KB056117

아케이드 프로젝트
2014-2020 비평 일기

조재룡

서울에서 태어나 성균관대학교 불어불문학과를 졸업하고 2002년 프랑스 파리8대학에서 박사 학위
를 받았다. 서울대학교 한국문화연구소와 성균관대학교 인문과학연구소, 고려대학교 번역과 레토릭
연구소의 전임연구원을 거쳐, 현재 고려대학교 불어불문학과 교수로 재직 중이다. 2003년 『비평』에
평론을 발표하면서 문학평론가로 활동 중이며, 시학과 번역학, 프랑스와 한국 문학에 관한 다수의 논
문과 평론을 집필하였다. 『앙리 메쇼닉과 현대비평: 시학, 번역, 주체』『번역의 유령들』『시는 주사위
놀이를 하지 않는다』『번역하는 문장들』『한 줌의 시』『의미의 자리』『번역과 책의 처소들』을 썼고, 앙
리 메쇼닉의 『시학을 위하여 1』, 제라르 데송의 『시학 입문』, 루시 부라사의 『앙리 메쇼닉, 리듬의 시
학을 위하여』, 알랭 바디우의 『사랑 예찬』, 조르주 페렉의 『잠자는 남자』, 장 주네의 『사형을 언도받
은 자/외줄 타기 곡예사』, 샤를 패팽과 쥘의 『철학백과사전 2』, 로베르 데스노스의 『알 수 없는 여인
에게』, 레몽 크노의 『떡갈나무와 개』『문체 연습』, 자크 데리다의 『조건 없는 대학』 등을 옮겼다. 2015
년 시와사상문학상을, 2018년 팔봉비평문학상을 수상하였다.

ARCADE 0011 ESSAY 아케이드 프로젝트 2014-2020 비평 일기

1판 1쇄 펴낸날 2021년 8월 10일
지은이 조재룡
디자인 최선영
인쇄인 (주)두경 정지오
펴낸이 채상우
펴낸곳 (주)함께하는출판그룹파란
등록번호 제2015-000068호
등록일자 2015년 9월 15일
주소 (10387) 경기도 고양시 일산서구 중앙로 1455 대우시티프라자 B1 202호
전화 031-919-4288
팩스 031-919-4287
모바일팩스 0504-441-3439
이메일 bookparan2015@hanmail.net

ⓒ조재룡, 2021, printed in Seoul, Korea

ISBN 979-11-87756-97-2 03810

값 30,000원

아케이드 프로젝트
2014-2020 비평 일기

조재룡

이 책에 실린 글들은 2014년부터 2020년까지 페이스북에 적었던 것들이다. 중단하기도 했던, 전체 중 일부이기도 하다. 그런데 글의 '전체'라는 게 있을까?

한 해가 시작되면 노트를 샀다. 어디를 가건, 어디에 있건, 가지고 다니며 그때그때 무언가 생각나면 메모를 하곤 했었다. 이 습관은 아마도 1990년대 중반 시작된 프랑스 유학 시절에 생긴 것 같다. 강의실에 남아서, 혹은 파리의 카페를 전전하며, 행인을 물끄러미 바라보거나, 간혹 하늘을 올려다보거나, 어느 책의 페이지에 눈을 둔 채, 뭉실뭉실 피어오르는 생각을 만년필을 들어 백지 위에 적곤 했었다. 수많은 시간의 무늬를 문자로 배열하는 일, 무언가를 메모하는 일이 사나흘 간격으로 잦았던 기억이 난다. 2001년 12월, 나는 프랑스에 혼자 남아 논문을 마무리하고 있었다. 그리고 2002년 2월 2일('2'가 네 개 모여 네잎클로버처럼 내게는 부적 같은 숫자가 되었는데, 그래서 지금도 2를 좋아한다) 논문 심사를 했다. 3월이면 한국의 대학은 개강이었다. 한 과목 강의 의뢰가 들어왔다. 생각해 보면, 없는 강의를 만들어 주었으니, 배려였다. 서둘러 귀국해야만 했다. 갖가지 짐은 많고 시간은 촉박했다. '아마도' 정신은 더더욱 없었을 것이다. 집에 도착해 짐을 풀어 보니, 노트가 없었다(2018. 8. 2. 참조). 공항에서, 비행기 안에서, 혹은 어딘가에서, 잃어버린 유학 시절의 노트'들'을 지금이라도 찾을 수 있으면 좋겠다.

이후에도 한 해가 시작되면 노트를 샀다. 그런데 어디를 가건, 어디에 있건, 가지고 다니며 메모를 하지 못했다. 남아 있을 강의실도 없었고, 카페도 자주 가지 않았으며, 더욱이 행인을 바라보거나 하는 일도 많지 않았고, 하늘을 올려다보는 일은 더더욱이 적었다. 그저 어느 페이지에 눈을 두는 일이 잦았을 뿐이다. 그래도 뭉실뭉실 피어오르는 생각을 만년필로 적곤 했다. 시간의 무늬를 문자로 배열하여 메모하는 일이 며칠 간격으로 잦았던 기억이 지금에서는 희미하다. 그러나 이 노트는 몇 년을 채 가지 못했다. 처음에는 블로그였다. 편했으나, 항상 누군가 보고 있었다. 그때는 그게 좀 이상했다. 얼마 가지 않아 그만두었다. 메모도 하지 않았고 노트도 없었다. 시간이 흘렀다. 뭔가를 적고 있었는데 그게 마음속 메모지 위에서였다는 사실을 알게 되었다. 백지의 백지의 백지였던 마음의 메모지를 떠났다. 2014년부터는 페이스북에 마음의 메모지를 옮겨 심었다. 그 사이 2년 정도 트위터에도 글을 썼다. 대부분 사라지고 없다. 블로그, 페이스북, 트위터 등에 올리는 글, 그러니까 웹상의 메모는 분실할 염려가 '아마도' 없을(없었을) 것이다. 그래서 아마도 안심하게 되었던 것 같다. 그러나 시간이 지나면, 간혹 이집트의 상형문자 같다는 인상을 받기도 했다.

분실은커녕 오히려 '열린' 일기장-메모판이다. 누군가에게 노출되고-노출하고, 누군가에게-누군가 읽힌다-읽는다. 누군가의 글을 복제할 수도 있다. 빈번하게는 허락 없이, 간혹가다 허락을 받고, 글은 공유라는 기능에 맡겨지기도 한다. '좋아요'를 왜 좋아하는 걸까? '좋아요'의 심리, 그것은 '아마도' 일종의 노출증과 공감증의 교체, 혹은 이 양자의 기묘한 중첩일지도 모르겠다. 타인의 관점으로 이동하는 동시에 실현되는 나르시시스트적 결정이라고 부를 수 있을지도 모르겠다. 자칫 이 둘은 모순되어 보인다. 나를 확산하는 일, 그러니까 페이스북의 글, 그것은 내면 일기-메모가 아니라, 차라리 공개 일기-메모다. 엄밀히 말하면, 모든 글이 갖는 운명 같은 것은 아니다. 단지 분실할 염려가 없다. 이 사실은 '아마도' 확실하다. 확실할 것이다. 나도 누군가와 마찬가지로, 몇 차례 탈퇴를 경험했다. 그러나 페이스북에는 글 전체를 파일로 내려받는 'save' 기능이 있었다. 공항에서, 비행기 안에서, 혹은 거리에서 분실할 일은 없었다. 파일명 'facebook-jaeryongcho'를 한두 개 갖게 되었다. zip 파일이다. 일종의 일기-메모의 '집'인 셈이다. 글은 그래서 간헐적이다. 생각해보면, '아마도' 간헐적이어서, 그렇기 때문에 이 책이 나올 수 있었던 것 같다. 그렇지 않았더라면, 아마도 쓰지 않았거나 쓸 수 없는 글이 대부분이었을 것이다.

이 책에 실린 글들은 분류하자면 '아마도' 에세이라고 해야 할 것 같다. 비평서나 연구서, 번역서 외의 글을 출간하는 것은 '아마도' 나에게는 처음인 것 같다. '아마도', 즉 미래와 어찌되었건 본질적인 관계를 맺을 수밖에 없는, 그렇게 예측이 불가능한 무언가가 당도할 수도 있다는 사실 자체를 담지하고 있을 것이라고, 나는 짐작했을 것이다. 이 책은 한 손에는 '아마도'와 '여전히'를, 다른 한쪽에는 '-인 것 같다', '-일 것이다'를 들고 적어 간 글들밖에 없다. 덧붙이자면, 하루하루, 어쩌다 사나흘의 글들이다. 그런데, 아마도, 글은 글일 것이다. 출간에 망설임이 없었다고 말한다면, 아마도 거짓일 것이다. 부끄러움도, 저어되는 마음(망설임과는 다소 다르다)도 없는 것은 아니었다. 마지막에 든 생각은 하나였다. '이래도 정말 괜찮은 것일까?' 사실 가장 자주 찾아온 생각도 '어쩌면' '-것이다'였다. 이 망설임, 부끄러움, 저어됨을 뒤로할 수 있었던 것은 누군가의 추천이나 권고 덕분은 아니었다. 페이스북 메모를 묶기까지, 두 가지 계기가 있었다. 몇 년 전, 예외 없이 시인이 수상자였던 모 잡지의 문학상을 비평가인 내가 받게 되는, 제법 희귀한 일이 베풀어졌을 때, 수상 시인의 대표 시선을 대신할, 무언가 있어야 했던 모양으로, 주최 측은 비평가의 메모나 비평 동기 등을 적은 글, 혹은 이와 비슷한 부류의 개인적인 산문 같은 것을 보내 주었으면 좋겠다고 말했다. 흥미로운 제안이었다. 시인의 대표 시선과 '등가'를 이루는 비평가의 비평문은 무엇일까? 제법 오래 생각했던 것 같다. 그러다가 페이스북의 글을 모아 비평-일기를, 몇 차례 늦추어 준 마감 시간에 맞춰 보냈다. 페이스북의 메모는 이렇게 처음, 최초로 글로 묶였다. 아니다. 글로 묶인 게 아니라 활자로 인쇄되어 출간되었다. 또 몇 년 전, '비평의 순간'이라는 주제로 청탁을 받은 적이 있었다. 상당히 낯선 청탁이었다. 그간 주로, 주제가 정해진 글(심지어 자유 주제라고 해도)을 청탁받아 써 왔기 때문이다. '비평의 순간'이라? 며칠을 고민하다가 페이스북의 글들을 선별해서 원고를 만들었다. 비평의 순간이 여기에 모여 있었다는 생각이 든 것은 순전히 이 청탁 때문이었다. 이 '비평의 순간'이 아마도 책을 출간하게 된 또 다른 계기가 되었던 것 같다. 누가 쓰라고 시키지 않은 글, 청탁받지 않은 글, 그러니까 원고료도 없이 쓴 글 들이 이렇게 모이기 시작했다. 이 글들은 '아마도'가 아니라, '정말로' 일기-메모-비평, 지극히 사적인(세상의 모든 글은 사적이다) 결들, 그리고 하루와 순간들의 무늬로 만들어졌다고 이야기하면 아마도 이율배반적으로 보일 것 같다. 아, 그리고, 덧붙이면, 사실, 그냥 내고 싶었다. 그래도 된다고, 흔쾌히 생각한 것은 아니지만, 아마도 나는 '비평의 순간', 그 기록을 남기고 싶었는지도 모르겠다. 파란에 감사한다. 다소 뜸해졌으나, 지금도 페이스북에 일기-메모를 쓰고 있다.

조재룡

차례

2014. 3. 22. − 6. 28.

2014. 3. 22.

　시의 고유성은 어쩌면 여기에 있는지도 모른다. 소비되지 않는다는 **사실**, 시가 **사실** 구술성과 리듬의 산물이라는 **사실**과 관련된다는 **사실**. 4개의 실. 實. 소리 내어 시를 읽을 때 찾아왔다가 허공에 흩어지는 의미의 자잘한 살결들을 붙잡고, 우리는 삶의 기이한 골목을 방문한다.

　어떤 필요 때문에 다시 아폴리네르(Apollinaire)와 보들레르(Baudelaire)의 시를 읽으면서 연구자들의 주해를 검토하고 있다. 사뭇 이상한 연결점이 발견된다. 두 시인을 잇는 가교라니! 리듬(rythme), 리듬, 리듬. 리듬에 관한 본격적인 사유는 19세기 말, 그러니까 차가운 언어학자들의 노력 이전에, 경구로, 직관으로, 삶의 운동으로, 의미의 정수로, 그 한 마디마디로, 이 두 시인에게는 차츰 또렷해지고 있는 무엇이었다. 언어의 개별화, 그 일환으로, 개별성의 징표로, 신비한 언어의 무른 살이자 굳은 경험으로, 이 두 시인은 바로 이렇게 리듬을 파악하고 있었다. 빈껍데기처럼 형식에 묶여 있던 리듬을 기어이 의미의 지평으로 끌고 오고, 리듬에 의지해 시의 특수성과 가치를 환기한 이 두 시인은 공히, 대도시와 기계문명의 저 살아 숨 쉬는 숨결, 그 리듬을 시에 담으려 한 것뿐이다. 논문을 살펴보니 이 주제는 프랑스에서도 '본격적으로' 논의된 바가 없다.

　보들레르의 애드가 앨런 포(Poe)와 빅토르 위고(Hugo)에 관한 글, 그리고 리얼리즘에 관한 글, 예술비평 주위에 점점이 퍼져 있는 리듬과 프로조디(prosodie)에 관한 사유⋯. 누구나 보들레르를 읽는다. 그 전과 후를, 시대와 시대를, 공간과 공간에서 보들레르를 읽는다.

우리는 모두 보들레르를 읽는다고 착각하지만, 실제로는 우리는 이전-이후의 보들레르를 읽을 뿐이다.

보들레르 이후의 말라르메(Mallarmé)-보들레르를 읽는다.

보들레르 이후의 랭보(Rimbaud)-보들레르를 읽는다.

보들레르 이전의 위고-보들레르를 읽는다.

보들레르 이후의 보들레르-아폴리네르를 읽는다.

보들레르 이후의 보들레르-샤르(Char)를 읽는다.

보들레르 이전의 보들레르-비용(Villon)을 읽는다.

보들레르 이전의 보들레르-네르발(Nerval)을 읽는다.

보들레르 너머의 보들레르-포를 읽는다.

보들레르 너머의 보들레르-드퀸시(De Quency)를 읽는다.

보들레르 이전-이후의 보들레르-리듬을, 알레고리를, 멜랑콜리를, 영웅주의를, 악을, 무의식을, 권태와 원죄와 시인의 운명과 시의 미래를 읽는다.

시간이 마비될 것 같은 오후가 저물고 있다.

> 머지않아 우리는 차가운 어둠 속에 잠기리라.
> 잘 가라, 너무나 짧았던 우리네 여름날의 생생한 빛아!
> 내게는 벌써 들려온다, 불길한 충격 소리 높이 울리며
> 안마당 돌바닥에 나뭇짐 떨어지는 소리가.
>
> —보들레르, 「가을의 노래」에서

2014. 3. 23.

시에서 구연(口演)은 필수다. 펄떡펄떡 뛰어다니는 문장들을 발음

해 보는 것, 호흡을 따라 소리로 짚어 내는 작업은 시뿐만 아니라 사실 모든 글에 갖추어야 할 미덕일지도 모른다. 반드시 출력할 것, 화면에서 탈출시킨 원고를 들고 (자리에서 일어나) 소리 내어 읽을 것, 그리고 조용히 연기자가 될 것, 다시 읽을 것, 소리 내서 다시 읽을 것, 큰소리로 읽어도 좋고, 나지막한 소리로 속삭여도 좋다. 그러나 시를 소리 내어 읽다 보면, 시인들이 시집을 출간하기 전에 내가 했던 이 읽기의 방식으로 자기 원고를 퇴고한다는 사실을 어렴풋이 알게 될 것이다. 리듬은 규칙적인 휴지나 문장의 분절이 아니라, 강세(accent)의 실현이자 그 어울림이며, 통사의 조직과 흐름 속에서 이 모든 것을 궁리하게 하는 지표로써, 결국 시의 특수성을 추적하고 말의 쓰임과 그 특성을 살피는 데 소용된다. 리듬은 율격이나 정형률과는 상관없다. 우리말의 리듬을 살피려면 무엇보다도 우리가 쓰고 있는 바로 그 말의 성질과 특성, 조직에 대한 일관되고 검증된 지식과 이 지식을 활용한 분석이 요구된다. 이 모든 것에서 선행 조건은, 의미가 텍스트에서 제자리를 찾아 나서는 시의 특수성이다. 시가 소비되지 않는다는 사실은 시가 구술성과 리듬의 산물이라는 사실과도 관련된다. 소리 내어 읽을 때 찾아왔다가 허공에 흩어지는 의미의 자잘한 살결들을 붙잡고 우리는 삶의 기이한 골목을 방문한다. 시의 리듬은 이런 점에서 형식의 반대로서의 의미나 내용으로 요약되지 않는 언어의 현상이며, 이것을 나는 의미를 만들어 내는 과정으로만 존재하는 구술성의 세계라고 부른다. 현대시의 목줄을 쥐고 있는 것은 바로 리듬과 구술성일 수 있다.

2014. 3. 25. ①

언제 우리가 '내용' 따로 '형식' 따로 따진 적이 있었던가. 시나 소설뿐 아니라 삶에서 주고받는 모든 언어활동에도 해당된다. 형식과 내용이 별개라고 믿는 사람은 독서의 묘미를 알 수 없다. 몰입한다고 느끼는 순간은 '형식/의미'가 함께 움직이는 순간이다. 문학에서 찾아내려 애쓰는 데리다식의 '철학소(哲學素)'는 이분법에 토대를 둔 기호의 화신일 뿐이다. 텍스트는 주어지기 전에, 우리 앞에 놓이기 전에, 그 어떤 선험적 도식도, 그 어떤 형이상학적 의미도 간직하고 있지 않다. 철학에 기대어 '선험적 구조가 있을 것 같다'는 착각 속에서 문학작품을 도식으로 환원하는 일에 몰두하면, 비평은 가장 손쉬우면서도 황량한 길로 접어들게 된다. 텍스트는 경험과 역사의 산물이다. 말은 협약뿐이며, 본질이나 기원을 갖지 않는다. 언어는 매번 역사적 맥락 속에서 제 가치를 새로 부여받는 생명체일 뿐이다. 18세기의 '행복'이란 단어와 21세기의 그것이 같을 수 없으며, 오늘 'good bye'는 내일 그것과 같은 가치를 지니지 않는다. 음소(音素)조차 홀로 가지 못한다. 아무런 연관이 없던 각각의 음소는 서로 결합하여 발음할 때, 각각 유의미적 자질이 된다. 그러나 결합 전에 음소는 그 자체로 아무것도 아니다. 어떤 소리를 두고서, 원래 이 소리가 아름답다거나, 부드럽다거나, 웅장하다거나, 모성애적이라고, 힘차다고 말하는 것은, 언어의 기본 성질을 망각한 착각에 불과하다. '음성상징'처럼 엉망이면서도 널리 사용되는 개념도 없다.

2014. 3. 25. ②

초현실주의적인 것은 가령 '대한민국은 민주공화국이다' 같은 말이다. 아무 '의미'도 없는 문장. 아무런 의미도 갖지 못하는 문장. 현실과 상관있는 문장도 아니다. 더구나 사실 여부를 묻기에 앞서, 공감하기도 어려운 문장이다. 이에 비해 시가 훨씬 현실적이다. 최소한 현실에서 다른 현실을 보여 주기 때문이다. 시는 자기 손실로 가득한 언어이자, 실존의 포화 속에서 세상에 터져 나온 기이한 목소리라고 해야 한다. 시는 세상과 우주를 향해 외치는 인간 정신의 함성이라는 점에서 일면, 수학 공식이나 물리 법칙과도 닮은 면이 있다.

문학에서 이미지를 이론적으로 다루는 일은 난해하다기보다 난감한 문제를 낳는다. 시는 '보는 것'이 아니라 '읽고-듣는 것'이기 때문이다. 시에서 이미지는 결국 통사(統辭)의 문제에서 출발할 수밖에 없다. 문장의 요소들이 결합하는 관계가 그 시작일 수 있다. 나는 늘 상상력보다는 시에서 언어를 중시했고 그러려는 노력으로 시를 마주했다. 상상력 역시, 결국 언어를 통해 피어나기 때문이다. 이미지 이전에 언어가 먼저라는 사실은 부인하기 어렵다. 언어는 이미지의 뿌리다.

2014. 3. 26.

시는 충분히 나를 감추어 이질감을 느끼지 못할 때 움직인다. 통고나 하달, 공표가 아니라, 작은 여론을 삶의 여기저기에서 만들어 내는 일종의 게토이다. 그리하여 사회의 비밀을 벗기고, 저들의 허물을 들추어내며, 음모를 솎아 낼 근간을 이룰 작은 힘을 추동한다. 도시 구석구석에서 주운 상념이 시인에게는 무기가 될 것이며, 논리와 합리와 이성은 기이한 저 경험들 앞에서 적잖이 용도 폐기될 것이다. 시에서는 선택이었던 것이 현실에서는 이미 완성형으로 제시되어 있다는 바로 그 사실이 시의 위험성을 사회에 소급한다. 상처뿐인 영광을 간직할 수 있는 사람, 공포가 삶의 원동력을 구성한다고 생각하는 사람, 삶의 인터페이스에 들러붙어 있는 남루하고 비루한 것이 삶을 풍성하게 하며, 삶의 인터페이스 자체를 성립하게 하는 조건이라고 생각하는 사람들이 시인이다.

2014. 4. 2.

낭만주의에서 만개하고 상징주의가 무르익을 무렵, 멜랑콜리, 삶의 고통, 사랑의 분노, 자기 파멸, 지배의 야망, 법률 위의 군림, 저주의 나르시시즘, 불행을 뽐내기, 자살의 댄디즘, 이유 없는 사랑과 같은 온갖 주제가 시를 통해 우리를 찾아왔다. 예술가는 만족을 몰라 저주의 엄습을 받은 자, 행복도 휴식도 알지 못해, 통념을 넘어선 자들이었다. 예술가는 오로지 사랑을 통해 황홀함이나 절망을 끌어낸 정열적인 사람임을 스스로 연기하듯 보여 준 자이기도 했다. 사랑에서 불행에 이르는 우리 삶에는 무의식적이나마 이들의 기질이 숨어들어 있다. 당시 시인은 가장 반사회적 인물이었으며, 펜과 가슴으로 무장한 무법자이자 열정의 폭풍우에 휩쓸려 버린 저주받은 자였다. 그의 분노와 고통은 공동체의 법률에 순응할 수 없는 것이었다. 시인은 전통의 굴레를 못 견뎌 하면서 도덕률의 편협하고도 밀폐된 원칙에 저항하는 자였으며, 새로운 감각과 풍경, 꿈을 탐욕스레 갈망하는 모험가가 시를 썼다. 그들은 음울하고도 신비로운 영광을 몹시 갈망하는 반역자이기도 했다. 사회가 가한 제약의 장애물을 걷어 내려 끊임없이 시도하는 예외적 개인이 주도하는 새로운 시대가 시인과 함께 열렸으며 또한 그랬다고 믿었다. 시인은 종잡을 수 없고, 변화무쌍하며, 비범한 재능을 놀라울 정도의 순진함으로 표현했다. 나약하면서 억세고, 너그러우면서 에고이스트인, 세련되었지만 난폭한 힘을 꿈꾸는 사람이 시인이었다. 그는 불행을 보고서 그저 냉정하게 불행이 죄를 짓게 내버려 두는 인간이기도 했다. 시인이 본래 번민하는 영혼을 들여다볼 만화경을 갖고 있거나, 온갖 감수성의 변화를 표현하기에 적합할 만큼 풍부하고 창의적이며, 재기발랄한 언어를 구사하는 뛰어난 자질의 소유자라고 단정하기는 어렵다. 시인의 재능이란 균형이 잡히지 않았다는 데 있기 때문이었다. 패자의 숭고함에 대해, 사랑의 비루함에 대해, 대상의 견고함에 대해, 소통의 위험함에 대해, 말의 무용함에 대해 존재를 걸고 기투할 때, 가장 중요한 삶의 실마리들이 세상을 잠시 찾아온다는 기대가 시를 쓰게 했다. 사실 이런 것들을 빼면 그들에게 뭐가 또 중요했을까. 낭만주의에서 만개하고 상징주의에서 무르익어 간 것들….

2014. 5. 26. ①

애써 보려고 하지 않는 것, 애써 감추려고 하는 것, 잊고 지나치려고 하는 것을 보고 듣고 사유하려는 것이 바로 예술의 힘이었다. 그것으로는 커피 한잔의 값을 지불할 수 없을지 모른다. 그러나 세상에는 돈으로 환원될 수 없는 것, 계산에서 빠져나가는 무언가가 있다.

스포츠는 자기 파멸의 과정과 닮았다. 호르몬 과다 분비자들이 땀을 흘리며 던진 공 하나에는 세상의 성찰과 고통과 권태와 우울을 파괴하려는 의지가 실려 있다. 나는 스포츠 한다, 고로 나는 시름을 덜어 낸다는 공식이 중요한 덕목처럼 여겨지고 있다.

SNS는 모든 것을 파편으로 만드는 재능을 감춘 채, 착각의 세계를 안착시킨다. 혁명은 벌써 일어난 것이어야 했으며, 부패는 만천하에 드러난 것이 돼야 했으며, 누구나 그 사실을 알고 있어야만 한 것으로 존재하는 이 가상의 공간에는, 계급과 가난에 대한 배려, 맥락에 대한 성찰이 없다.

2014. 5. 26. ②

옛 가락 타령도 아니고, 음풍농월도 아니고, 그 무슨 서정에 대한 고집스러운 방어도 아닌 시, 선동으로 목소리에 힘을 준 것도 아니고 순수 어쩌고 들먹이는 약해 빠진 고백도 아니고, 초월입네 하면서 먹물에 젖은 성찰도 아닌 시. 이런 시가 언제 당도했나.

이준규의 시를 읽다 보면 머리가 복잡해진다. 장시 「문」이 좋았다. 가능성. 어떤 가능성. 이 시인은 전체로 부분을 읽게 만든다. 발화의 체계 속에서 개별 문장이나 단어가 그 자체로 별것이 아니라는 현대시의 강령을 누구보다 멋지게 실천한다.

2014. 5. 27.

정신분석에 기댄 비평은 간혹 정신을 분석하느라 정신 줄을 놓아 버린다. '엄마 괴로워요. 안아 주세요', '아빠를 사랑한다고요?', '형을 죽일 거예요' 따위의 전언이 상형문자나 암호처럼 어설픈 상태에서 우글거리는 백지 위의 저 흔적들이 바로 시란 말인가? 언제까지 시를 붙잡고 과도한 욕망과 리비도를 탓할 것인가?

2014. 5. 28.

철학에서 말하는 사건이나 윤리는 발화되기 전, 그러니까 말이라는 덩어리로 조직되기 전에는 사건일 수도 윤리일 수도 없으며, 이는 사건이 실재하는 것이 아니라, 말하는 방식 안에서 구성되고 재현되고 해체되는 결과물일 뿐이기 때문이다. 시의 윤리는 언어의 윤리일 수밖에 없다. 왜 철학자들은 '주체성'에 관해 언어 문제를 배제하는 걸까? 현상학과 존재론이 발버둥 치며 보존하려는 주체성 개념에는, 사유가 언어에 의해, 언어 안에서 주체성의 징표를 드러내고 감춘다는 사실을 부정하려는 의도가 깔려 있다. 시는 이때, 단순히 그들 철학의 알리바이로 전락한다.

2014. 5. 29.

김언의 시를 이해하는 것은 그의 비평을 따라 읽는 것이며, 김언의 비평을 이해하는 것은 그의 시를 헤아리는 일이다. 이론이라는 지적 활동의 정수를 보여 준다는 점에서 그는 뛰어난 이론가이며, 조직된 사고에 감정을 입힐 줄 안다는 점에서도 놀라운 시인이다.

2014. 5. 30.

시는 말을 다급하게 말아 쥐고 속절없이 무너질 때 빛난다. 말의 힘을 부리는 능력에서 한발 양보하면 시는 그것으로 끝이다. 꽃피울 수 없는 바위 위에서 전개하는 이 싸움은, 결구를 예견할 수 없으며, 삶을 정화하는 데는 실패하지만, 우리를 빈손으로 살게 하지 않는다. 난해하다고 알려져 푸대접을 받았던 시의 낱말들을 헤아리고, 문장의 조직과 움직임을 움켜쥐려 몇 시간 골몰히 파다 보면, 결국 시에서 무언가를 배우는 것은 나, 비평가라는 결론에 다다르게 된다. 이때 이상한 환희가 행간에서 솟아오른다. 길은 항상 막다른 골목에서 열린다.

이수명의 시집 『붉은 담장의 커브』와 함기석의 『착란의 돌』은 당대에 고스란히 묻혔지만, 설명하기 어려운, 매우 중요한 디딤돌을 시단에 내려놓았다. 이 디딤돌을 밟고 누군가는 미니멀리스트가 되었고 누군가는 초현실로 향했다. 가령, 앞에 있는 잉크병을 A라고 해 보자. A 옆의 만년필을 B, 그 옆의 재떨이를 C라고 한다. A-B-C를 조합한다. 'A×B÷C는 돼지 껍데기다', 'A∀B√C∧C∫ A+moi = 멍청한 시선'이라는 결과를 얻었다. 잉크병과 만년필과 재떨이가 생명을 얻었다. 이런 방식의 시적 실현, 그 가능성을 나는 이 두 시집에서 보았다.

2014. 5. 31.

다자이 오사무의 『인간 실격』에는 처절하면서 철저한 자기 포기가 있다. 개인이 세계, 개인이 우주라는 생각을 끝까지 밀고 나갈 때, 파괴는 오히려 자연스러워지고, 멜랑콜리는 어느새 일상이 되는 이상한 순간들이 생겨난다. 회색은 정념과 이념과 사랑을 탈색해 실존의 앙상한 뼈를 드러내기에 거부하기 어려운 매력을 뿜어낸다.

위화의 소설은 그의 에세이 『사람의 목소리는 빛보다 멀리 간다』를 두 번쯤 읽고 난 다음, 훨씬 뛰어난 작품이 된다. 류전원이 참혹하게 드러낸 재난이나 쑤퉁의 저 빛나는 아이러니도 위화의 에세이 덕분에 한 걸음 더 다가온다. 선봉파의 선봉파.

류전원의 『닭털 같은 나날』을 읽다가 잠시 황석영과 김승옥의 장점만을 합해 놓은 것 같다는 착각을 했다. 한데 모아 놓은 이 세 편의 중편은 역사를 냉정하고 엄밀한 눈으로 바라보는 것 자체에서 야기된 해프닝을 통해 결국 어이없는 웃음을 터뜨릴 수밖에 없는 사건들을 세상에 적나라하게 드러낸다.

문화대혁명을 다룬 선봉파 작가들의 소설을 읽고 나면, 어김없이 양가적 감정에 사로잡히게 되는데, 그건 아마도 1970년대 남한의 풍경이 어른거리는 동시에 2000년대 남한의 자본주의 문화를 선망하는 젊은 중국인들이 갖는 제 조국에 대한 반감의 뿌리가 고스란히 드러나기 때문이라는 생각이 들어서인 것 같다.

하루키의 소설에서 국적을 지우려는 시도는 번역적 사유와 맞닿아 있다. 주제나 배경은 물론 이 무국적 문장들은 페시미즘을 저변에 깔고 독특한 감성을 조장하는 데 크게 성공했다. 하루키가 주목한 것은 외국 작품을 번역한 일본어 내부에 존재하는 어떤 보편성의 힘이다.

2014. 6. 4.

요즘 읽고 있는 미셸 앙리(Henry)의 글은 '아프리오리(*a priori*)'로 모든 것을 환원하며 그 점에서 칸트의 사유에 크게 빚지고 있다. 세계를 현상의 총체로 파악하는 현상학에 반발하며 앙리는 현상'성' 연구를 주장하지만(『물질 현상학』), 고비마다 칸트와 헤겔 뒤에 숨어 결국 수줍은 표정으로 경험론에 반기를 들 뿐이다. 야유를 퍼붓고 경험론의 약점을 지적하면서 갈릴레오의 전제를 근대의 '아프리오리'로 파악하는 그의 논지에는 적잖은 위험성이 따른다. 더구나 논리적 단점을 벌충하고자 내세운 '주관성' 개념에는 결정적으로, 언어에 대한 사유가 누락되어 있다. 그는 감성의 분할을 주관적 운동으로 승격시키려는 것뿐이다. 메쇼닉과 앙리의 차이는 어쩌면 갈릴레오와 교황의 그것을 떠올리게 한다. 그러나 야만과 삶에 관한 앙리의 연구에서 시도된 대상과 감성을 결합하려는 노력은 중요하다. 감성을 배제하면 삶의 '실체'(그는 이런 용어를 사용해서 사람을 당황하게 한다!)를 설명할 길이 막혀 버리기 때문이다. 따라서 앙리에게 주관성은 필연적이다. 그러나 주관성은 앙리가 말한 것처럼 '현상성' 속에서 자기를 깨닫는 과정을 의미한다기보다, 언어활동 내의, 그리고 언어활동에 의한, 주체의 자리매김에 가깝다. 그런데도 앙리의 이 저공비행은 삶의 상위에 솟아난 현상들, 그 형이상학이 왜 사기와 다름이 없는지, 잘 알려 준다는 점에서 충분히 아름답다. 특히 삼부작 중『야만』은 감동을 주며, 그가 말하는 대학의 '파괴성'과 '언더그라운드' 개념은 시의적절한 것이기도 해서, 결국 밑줄을 긋게 만든다. 그러나 그가 현상과 존재, 언어와 삶, 주관과 객관 등의 이분법을 무너뜨리고자 투쟁하는 건 아니다.

2014. 6. 6.

김수영의 산문이 여기저기에서 인용되는 걸 보면 기분이 좀 이상해진다. 그의 산문에는 그 시대에만 고유한 용어가 있다. 가령 '포오즈'는 박인환을 조롱하려는 맥락에서 사용되었던 것인데, 어느 글에서 불려 나와 고유한 이론 용어로 둔갑하기도 했다.

어떤 필요 때문에 서정주의 시를 다시 읽고 있다. 한국 현대시의 한 축이 그에게 빚지고 있다는 확신이 생긴다. 이건 좋은 말도 나쁜 말도 아니다. 그랬다는 것. 미당의『화사집』은 그가 보들레르를 읽지 않았으면 조금 다르게 나왔을 것이다. 말라르메 없는 김춘수를 생각하기 어려운 것처럼. 김현승의 산문을 읽을 때도, 그 무슨 '기독교주의'보다, 정신성이 결국 중요하다는 확신을 갖게 되었다.

2014. 6. 7.

　도시에 관한 글이 뿜어내는 매력은 그저 낭만 같은 것이 아니다. 칼비노나 보르헤스의 글이 반짝이는 것은 주야장천 낭만을 늘어놓아서가 아니라, 비애, 지극히 근대적인 비애를 도시 안에서 돌보고 들추어내고, 그 길을 자유로운 눈길로 쫓아가기 때문이다. 현대의 사랑이 비애와 다른 게 아니라는 사실은 도시의 미학에서도 드러난다. 대도시의 매력이 서로 스쳐 지나간다는 데 있는 것처럼, 삶이 잠시 걸음을 멈춘, 머물고 있는 바로 그 상태의 유동성이 대도시의 문법을 만들어 낸다. 그것은 뼈대가 없는 영혼과도 같아, 우리를 몹시 불안하게 만들지만, 인간 문명이 우리에게 보내는 유연하고도 유일한 선물이기도 하다.

2014. 6. 9.

　'선물(gift)'은 희생을 담보로 꾀하는 거래의 성격을 띤다. 선물의 어원 'dosis'에 '독'이라는 의미가 담겨 있는 것처럼, '선물'이 요청하는 '희생'은 필시 이데올로기적이다. 이데올로기의 학습 과정과도 같은 선물은 타자와의 등가적 거래를 벗어난 지점을 선취하면서, 무의식적으로 종속의 의지를 관철해 나가는 모종의 잠재력을 발휘한다. 우리는 이때 쾌감과 불안이라는 양가적 감정의 노예가 되어 버린다. 그러나 '욕망'은 선물과 달리, 순수한 개인, 순전히 개인의 것이다. 때문에 욕망은 어떤 경우에도 등한시할 수 없으며, 자신을 해체하면서 인간을 해명하고 사회를 분석하는 데 필요한 첫 단추 역할을 수행한다. 욕망은 안 보이는 것을 보게 해 주는 힘을 견인하며, 관계를 사유하는 미지의 길을 터 준다.

2014. 6. 10.

드물게나마 원전(原典)과의 관계를 환기하는 번역은 존재해 왔는데, 클로소프스키의 니체 번역, 도스토옙스키의 발자크 번역, 보들레르와 말라르메의 애드가 앨런 포 번역, 네르발의 괴테 번역, 앙투완 걀랑의 천일야화 번역, 메쇼닉의 구약 번역, 뒤 퐁록과 랄로의 아리스토텔레스 번역 등이 특히 그렇다. 이 번역들은 원문을 궁금하게 만들면서, 동시에 원문에 무언가를 '준다'. 번역에서 충실성이 '있는 그대로' 옮기는 행위의 성공 여부에 달려 있는 개념이라고 한다면, 문제는 이 '있는 그대로'를 무엇으로 파악하고 또 '어떻게' 충실할 것인가에서 발생한다. 번역가는 '무엇'에 '어떻게' 충실할 것인가? 문자에? 의미에? 문화에? 소통에? 충실성의 빈칸을 아무리 채워 보려해도 문학의 경우, 특수성, 즉 문학을 문학이게 해 주는 것들만큼의 설득력을 확보하지 못한다. 번역이 내려놓은 길고도 짧으며, 짙고도옅은 그림자가 세계를 배회하면서 내려놓은 것은 결국 타자가 내 안에 눌러앉게 될 미지의 언저리일 뿐이다. 지식의 역사성이라 부를이 인식과 사상의 공간이, 이렇게 번역을 통해 세계에 마련되지만, 이 사실은 번역을 이야기할 때조차 쉽사리 망각된다.

2014. 6. 11.

사실 비평은 문학이라는 활동성 안에 제자리를 마련하기보다, 제도권의 안에 포섭되어 질식하기 직전에 놓이거나, 학문의 영역으로 끌려들어 가 머리 꼭대기까지 아카데미즘에 빠지기가 더 쉽다. 비평이 어떻게 이 양가적 딜레마에서 빠져나오고자 제 논리적 근거를 확보하면서 본령을 저버릴 수 있을까? 비평은 근본적으로 '분류'하고, '정리'하고, 가치를 자리매김하려는 세 가지 욕망에서 벗어나기 힘들다. 비평이 창조적이기에는 몸에 달린 사변의 몫이 너무나 크기 때문이다. 사(思)는 지극히 얕고 변(辯)은 지나치게 장황할 때, 이 둘이 다른 곳을 바라보며 하늘로 올라가 버리거나, 컴컴한 낭떠러지에서 수직으로 추락하는 경우가 종종 발생한다. 이때 비평 자신이 감추고 있던 비평 고유의 함정이 모습을 드러내기 시작하며, 동시에 문학의 전쟁터에서 어떤 비평이 고군분투하고 있는지도 모습을 드러낸다. 전면전에 임하는 비평. 참호를 파고 들어가 기회를 엿보며, 적장의 목을 단숨에 베려는 비평. 웅덩이에 빠진 비평도, 희미한 빛을 발견한 비평도, 목에 잔뜩 힘을 주고 그 어색함을 자기 자신만 모르는 비평도, 대가를 지불한 흔적을 구석구석 남긴 비평도, 정작 무슨 말인지 자신도 모르는 말을 잔뜩 끌어 화려하게 치장한 공작새 비평도, 어리숙하나 허튼 말 한 구절, 군더더기 하나 없는 비평도, 장악하려는 비평도, 눈치 보는 비평도 모습을 드러낸다.

2014. 6. 13.

카프카가 놀라운 건, 어쨌든, 모든 것과 마주해서 '대결'하기 때문이다. 『변신』보다 『소송』을 『소송』보다 『성(城)』을 내가 더 좋아한다는 사실을 이번 독서에서도 다시 확인한다. 그는 절망을 억지로 희망 곁에 끌어오려 하지 않으며, 오로지 이러한 방식으로만 세계와 대면하고, 인간의 내면을 파헤치고 뒤엎어, 결국 저 자신을 돌본다. 문 안으로 들어가 안주하지 못하는 미친 글은 늘 좋다. 아니 미친 정신으로 쓴 글, 가령 단테의 『신곡』이나 베케트의 『고도를 기다리며』, 조이스의 『율리시스』 같은 작품을 읽을 때, 거참 골 때리네 어쩌고, 욕을 퍼부어도, 결국 다시 읽게 만드는 힘에 붙잡히고 만다. 소진되지 않는 정신으로 소진되지 않는 말을 부려가며 쓴, 미친 별자(別子)들의 산물이기 때문이리라.

2014. 6. 14.

무엇이 한 작가의 '문체'에 활력을 불어넣는가? 무엇이 그를 죽이고 살리는가? 무엇이 세계에 의미를 부여하고 현실에서 절망을 불러내는가? 이 모든 것이 시 안에 있다고 생각하는 자만이 시를 읽는다. 시는 신성한 것이 아니라, 처절해서 신성할 뿐이다. 숭고는 더러 어둡다는 사실로만 숭고의 자격을 갖출 때가 있다.

시인이 사냥꾼이라면 비평가는 농부다. 사냥꾼이 매일 제 먹을거리를 구하려 지천을 헤매며 세계와 싸울 때, 농부는 어디선가 구입한 기구를 손에 들고, 제 밭을 성실하게(성실하지 않게) 가꿀 뿐이다. 그러나 농부와 사냥꾼이 같은 운명을 공유했던 적은 거의 없었다고 해야 한다.

2014. 6. 15. ①

최근 출간된 다윈(유진 번, 『찰스 다윈』)과 니체(미셸 옹프레, 『프리드리히 니체』), 마키아벨리(세인 클레스터, 『마키아벨리』) 그래픽 평전은 읽을 만하다. 거장의 파란만장했던 삶을 그림으로 재현하고 접근하기 어려운 사상에 신비감을 없앨 수 있다는 상술로 독자를 유혹하는 부류의 책을 그다지 좋아하지 않았다. 그런데 이 책들은, 특히 관점이 매우 특이하고, 흥미로운 내용을 만화 특유의 장점으로 살려 낸다.

대릴 커닝엄의 『정신 병동 이야기』는 그의 『과학 이야기』와 더불어, 소위 '정신 질환'이라는 것에 대해 정말 많은 생각을 하게 해 주었다(각 일화에 덧붙여 제시된 의사의 상세한 해설도 좋았다). 만화가 아니라 에세이로 출간했다면 아마 이 책들은 크게 환영받지 못했을 것이다. 만화의 장점이 여기에 있다. 병동에서 일했던 경험이 좋은 글의 원인인 것 같았다. 그래서 경험은 좀 무섭다.

조 사코의 만화『팔레스타인』과『고라즈데』도 떠오른다. 리얼리즘의 정의에 새로운 이정표를 내려놓은 만화로 기억된다. 특히『팔레스타인』의 마지막 장면에 도착해서는 연구실에서 잠시 불을 끄고 가만히 앉아 있는데 울음이 났던 거로 기억한다.『고라즈데』역시 내가 모르지만 엄연히 지구에서 벌어지고 있는 야만의 현장들을 당당하게, 담담하게, 내려놓았다

며칠 전 아트 슈피겔만의『쥐』가 합본으로 출간되었다. 망설이다가 결국 장바구니 버튼을 눌렀다.(크게 바뀐 것이 없다면 환불 신청해야지.) 프레데릭 페테르스의, 몇 번을 강조해도 지나치지 않을 걸작『푸른 알약』(세미콜론)의 개정판 정도라면 새로 구입할 용의가 있다. 뭐가 되었건, 개정판에는 새로운 것이 있어야 한다. 마르잔 사트라피의『페르세폴리스』는 어릴 적 우리 모두 한 번쯤 해 보았을 투박한 고무판화가 어떻게 아름다운 예술이 될 수 있는지 보여 주었다는 점만으로도 이미 훌륭하다. 형식이 내용의 목줄을 쥐고 있다는 사실이 이처럼 정확하게 증명되기는 쉽지 않다. 압권이다.

2014. 6. 15. ②

그랬던 것 같다. 아마도. 그러니까 젊은 날 폼이나 잡으려고 절망이니 허무니 떠들고 다녔던 건 아니다. 인간이 신의 대치물이 될 수

없다는 사실을 인정할 수밖에 없는 좌절감을 느끼는 동시에 그에 준하는 가치를 오로지 인간의 삶과 사유 속에서 엿보려는 치기로 가득한 어떤 의지가 이 두 낱말을 끌어안게 해 주었고, 그렇게 해서 죽음을 이 세계 밖으로 추방하지 않은 글들에 매달렸을 뿐이었다. 그 글들은 자주 시였고 또 철학이나 소설이기도 했지만, 가끔 외국어 사전이기도 했다.

2014. 6. 15. ③

모든 경구(警句)는 통사적으로 특이할 뿐이다. 경구는 사실 '놀람'이나 경이와는 거리가 먼데, 그것은 통사 구조가 단순하기 때문이다. 우리는 이것을 상징과 비유의 산물로 여기고, 거기에 무슨 비밀이라도 있는 것처럼 정성껏 모시고 공들여 돌보면서, 장점이라고 생각한 것만 받아들일 뿐이다. 어떤 문장이 논리를 넘어, 문법을 넘어서, 무언가를 부과하고 미지의 감정을 추동한다면, 그것은 논리와 문법을 벗어났다고 말하기 어려운 상태에서, 그러나 논리와 문법만으로는 설명되지 않는 지점을 선취했다는 것을 의미한다. 시가 감추고 있는 비밀 하나가 여기에 있다.

언어 자체에 내장된 미확정성·불확실성·불가해성은 자체로 연구해야 할 형이상학의 대상이 아니라, 오로지 발화의 상황 속에서 포착하고 들추어낼(시도를 할), 사유의 잠재성이다. 이는 시라는 언어의 정당성을 설명해 줄 몇 안 되는 근거이기조차 하다.

2014. 6. 19. ①

벤야민이 바로크 시대에 매달렸던 것은 바로크 예술의 중요한 특징이, 하나가 다른 하나를 내포하는 방식에 달렸다는 사실을 재빨리 알아차렸기 때문이다. 바로크 예술이 뿜어낸 저 모호한 함축성은 유비(類比, analogie)의 승승장구하는 '고양'과도 연관되면서 유머와 말놀이(pun)는 물론, 패러디를 문학에서 활용하는 결정적인 계기가 되었다. 바로크 예술은 인용으로 넘치는 세계, 그러니까 완벽한 인용의 조합과 '의사(pseudo) 번역'의 행렬들 위에서 돈키호테의 마술적 사실주의를 재확인하는 일로 과감히 제 첫발을 디뎠다. 그것은 우수에 절망을 적절히 버무려 낸 다음, 무모함으로 무장된 광기로 벌려 놓은 해프닝에 모종의 의미를 부여하는 작업을 통해, 문학사의 한 페이지를 장식했고, 이것이 오늘날까지 반복되고 있을 뿐이다.『독일 비애극의 원천』…. 실패한 박사 학위논문…. 인용을 오히려 본문보다 더 중요하게 생각한 자는 벤야민이 최초였다.

글 쓰는 일은 혼자 가는 것을 기본으로 한다. 사유를 넓혀 내면 그만인 것이다. 그 무슨 통섭이니 소통이니 하는 말을 반복하며 사유를 단정하게 정리해야 한다는 사회적 강박은 글 쓰는 자에 대한 배려도 아니고 구체적인 도움을 주는 것도 아니다. 그자들은 그저 할일이 궁했을 뿐이다. 인문학자들이 한곳에 모여서 뭔가 하자고 기치를 내걸고 제법 흥분하며 제 목소리를 높일 때는 크게 두 가지 이유에서다. 우선 남의 것을 베낄 자료를 잘 모으기 위해, 그런 다음, 술먹고 놀 기회와 공간을 마련하기 위해. 인문학은 모여서 하는 것이 아니라, 홀로 임하는 각개전투일 뿐이다.

2014. 6. 19. ②
폴 발레리의 시를 읽다 보면 밀려오는 짜증을 참을 길이 없다. 어쩌자고 이 작자는 시에서 인간 자체를 제거하는 일에 이다지도 목숨을 걸었단 말인가? 수학이나 도형 미학 같은 걸 연구했더라면 오히려 이런 시를 쓰지는 않았을 것이다. 그러나 그의 에세이는 하나같이 값지다.

『파우스트』는 '위대하다'가 나의 결론이다. 괴테는 이름만큼이나 괴괴해서 한편으로 읽지 않을 수 없지만, 그것이 괴테의 매력을 전부 말해 주는 것은 아니다. 말을 할 때는 모름지기 괴테처럼 해야 한다. 그럴듯하게 뻥을 치거나, 해석의 이중성을 남겨 두어야만 글이 살아남는다는 진리는 오롯이 괴테적인 것이다.

2014. 6. 20.

하버드 어쩌고 문학 특강 등의 제목을 달고 나온 책에서 무언가를 건졌던 기억이 전무하다. 문학의 특수성과 그 가치를 매기는 작업은 미국산 비평 개론서처럼 '교양'을 위해 요약해 놓은 글로는 충족되지 않는다. 文學은 결국 文에 대한 學, 즉 '文의 學'이다. 文과 學 사이의 거리를 좁히려 시도하는 글이 비평이다. 文은 덩어리로 주어진 재료, 즉 텍스트이며, 學은 이것의 작동 방식에 관한 연구다.

다니엘 벤사이드의 『저항』은 다소 간과되었음에도 매우 중요한 책이다. 유토피아에 대한 성찰은 데리다와 벤야민에게 빚지면서도 그 이상의 사유를 일구어 내기 위해 작가가 얼마나 고심했는가를 잘 보여 준다. 필독서의 반열에 올라서는 데는 번역가도 큰 역할을 했다. 메시아적 기다림과 그것의 현재적 적용 가능성에 대해, 벤사이드가 통념과 타협을 거부하고 순응이나 사변과 기다림을 양립 불가능한 행위로 파악하여 낙관주의를 논하는 대목은 사건의 우발성과 프락시스의 필연성을 서로 결부시켰다는 점에서 주목을 필요로 한다.

로이스 타이슨이 『비평 이론의 모든 것』에서 『위대한 캐츠비』를 갖고 호기롭게 적용해 보았던 다양한 여러 갈래의 비평을 프루스트나 조이스, 카프카나 누보로망 작품에도 한번 적용해 보라고 권하고 싶은 마음마저 든다. 언제부터 비평은 작품을 재단하는 일에 취미를 느꼈던 것일까?

사회과학도의 글에서 명쾌하고 힘찬 논리의 전개와 재치 있는 추론을 발견하는 것이, 미문으로 뒤발한 문학가의 흔적에 눈길을 주면서 어떤 점수를 주어야 할지 망설이는 것보다 훨씬 낫다. 글의 특성과 재능은 분야에 따라 조금씩 달라져야 한다는 사실이 자주 망각되고 있다.

'고전'을 다시 읽을 때 자꾸 겸손해진다. 우리가 모두 들어서 잘 알지만 실제로는 읽지 않은, 집의 서재에 꽂혀 있는 책이 '고전'에 대한 일반적인 정의라면, 이 정의에 자꾸 읽게 되는 책, 다시 읽어도 고갈되지 않는 책을 이 정의에 추가하고 싶다. 사실, 아리스토텔레스의 시학을 다시 들추게 되는 경우가 너무 많은 것이다. 모든 챕터가 그런 것은 아니지만, '문법'을 다룬 부분은 현대 언어학의 거의 모든 테제를 함축하고 있다는 착시마저 불러일으킨다.

한국에서 푸코는 오히려 간과된 바가 크다. 특히 문학비평에서 그렇다. 수많은 이름이 그토록 자주 불려 나왔을 때, 푸코는 이들을 마리오네트처럼 위에서 조정하고 있었던 철학자였다고 해야 할지도 모르겠다. 특히 『말과 사물』과 『담론의 질서』는 내 눈을 다시 뜨게 해 주었다.

2014. 6. 21.

비평계는 이른바, '바' 씨들이 꽉 잡고 있다. 바르트(Barthes)는 이미 바닥을 친 감이 있지만, 텍스트와 관련되어 여전히 화수분처럼 아이디어의 보고이며, 바흐친(Bakhtin)은 통념을 전복하려는 의지로 지금까지 버티고 있으나, '다성성'을 빼면 잘 인용되지 않으며, 바슐라르(Bachelard)는 바다 위를 둥둥 떠다니며 상상에 푹 빠져 이미지에만 몰두하고, '사(四)-원소' 어쩌고, 이미지 저쩌고 하는 비평이 가장 손쉬운 선택을 할 때 불려 나오는 꼭두각시의 대명사가 되어 버렸고, 바타이유(Bataille)는 그 바탕이 몹시 지저분하고도 또 한편으로는 심오해, 자주 생각을 핑, 돌게 만들고, 바우만(Bauman)은 어딘가를 바라보며 우리를 한없이 흘러가게 만들어, 읽은 다음 도착한 곳이 어딘지 어리둥절해지고, 바디우(Badiou)는 욕심이 많고 재단적이며, 그래서인지, 바라는 바가 정말 많은, 그럼에도 '사건'으로 모든 걸 수렴하려고 하는, 가면을 겹으로 두른 하이데거 같다.

2014. 6. 22. ①

비가 내린다. 더 내렸으면 좋겠다. 끝내 떨쳐 내지 못한 흡연의 사슬도, 까닭 없이 차올라오는 연민도, 삶에 대한 지나친 비관도, 모두 쓸어가 버렸으면 좋겠다. 생이 한 번으로 충분하다는 말을 이제야 이해한다. 누구나 목마르다고 말하는 사람들, 항상 부족하다고 여기는 사람들, 여기에 예외는 없는 것 같다.

비가 자꾸 '갑질'을 한다. 어서 감정을 꺼내라고, 밀린 빚 받겠다는 듯 소리 없이 으르렁거리며 시위를 한다. 감정은 바닥난 지 오래되었다네, 이 친구야. 그렇다고 지금 당신을 반기러 약시의 산책을 서두를 수도 없다네. 그러기에는 나는 이미 삶의 안쪽으로 너무 깊이 들어와 버렸다고. 나는 비가 좋다. 나는 주체할 수 없을 만큼, 아니 때려죽인다 해도 부인할 수 없을 만큼 비가 좋다. 우산 없이 산책하러 나가기로 한다. 그러니까 이 시간 속, 저 빗속으로 간다. 말리지 마라. 제발 말리지 마라. 말리지 말라니까.

비 오는 밤, 산책하러 나가기 위한 필수 조건:

1. 걸을 수 있어야 한다.
2. 앞을 볼 수 있어야 한다.
3. 비가 오는 곳이 있어야 한다.
4. 비를 맞을 수 있어야 한다.
5. 비가 온다는 사실을 인지할 능력이 있어야 한다.
6. 그것이 비라는 것을 의심하지 않을 만큼의 지적 수준을 갖추고 있어야 한다.

2014. 6. 22. ②

생각을 멈출 수 없는 것도 일종의 병이라고 해야 한다. 뛰어난 거장들의 삶을 한번 보라. 어김없이 말년에 모두 미친 듯 글을 토해 내거나 입술을 움직인다. 몇몇 천재를 제외하면, 죽음의 공포가 이들의 펜에 가속도를 붙인 것은 명백한 사실이다. 그래서 우리는 몹시 피곤해진다.

2014. 6. 26.

최정례는 사랑의 화신이다. 하나는 확실한 것 같다. 사랑이 참 우습고도 무섭고 알 수 없는 힘이 된다는 사실을 확인하고 싶다면 『레바논 감정』과 『캥거루는 캥거루고 나는 나인데』를 읽어야 한다. 두 시집을 읽을 때, 사랑의 대상이 어떻게 변형되고 매 순간과 매 기억으로 대치되는가를 유심히 살펴야 한다.

음풍농월을 읊는 시들…. 서정시는 아름답다. 아니 지나치게 아름답다. 지금-여기의 삶을 에두르며 인간을 지금-여기에서 승격시켜 궁극적으로 배제하거나 미화하려 애를 쓴다. 시에서 자연은 두 발로 굳건히 땅을 디디고서 올려다보는 하늘이어야 한다. 왜 아도르노가 아우슈비츠 이후에 서정시를 쓰는 것이 '야만'이라고 했는지 다시 곱씹게 된다. 참사를 언급하며 앞다퉈 애도를 표하고, 짐짓 미안하다고 토로하는 계간지에 실린 몇몇 시들을 보면, 미안한 말이지만, 좀 구역질이 난다. 사건을 인간의 감정으로 소모하지 말고, 위로하거나 오열하면서 새어 나오는 카타르시스를 핥지 말고, 침묵으로, 유보할 수는 없을까? 재현되는 것 자체가 소비인 것들 투성이다.

요즘 들어 진이정이나 기형도처럼 요절한 시인들, 이연주나 실비아 플러스, 로트레아몽처럼 제 손으로 제 삶을 마감한 시인들의 작품을 자주 찾아 읽는다. 이들의 유언 같은 시집을 읽으면서, 나는 왜 이들의 시 덕분에 삶이 좀 덜 외로울 수 있다고 생각하고 있는 걸까? 길게 내쉬게 되는 한숨 같은 시간이, 시집의 고랑 그 사이에서 흘러간다.

2014. 6. 27.

허무와 절망에 관한 모든 글은 예찬을 받을 권리가 있다. 이 책들은 터무니없이 마음을 흔들다가 갑자기 무너뜨린다기보다, 삶이 왜 아이러니와 비애와 패러독스로 이루어졌으며, 그것을 이해하는 것이 왜 문학의, 시의 근본인지, 그 사실을 가장 '직접적으로' 말해 주기 때문이다.

아! 또 날이 저물었다. 사방이 어두워졌다. 어둠이 차라리 붉은 노을보다 낫다. 어둠의 우월함이여! 실존보다 위대한 이성이여! 뜨거운 마음을 조롱하는 냉정함이여! 어둠에 길을 내는 사람들의 시간으로 나는 원고를 물고, 조용히 들어간다. 문자들이 반짝거리며 나를 기다리고 있을 것이다.

2014. 6. 28.

원고를 끄적거리다 그만 접고 잠을 청한다. 원고가 안 풀릴 때, 가끔 꿈에서 해법이 보이곤 했던 기억이 있다. 그렇게 '이제 문제없다'라며 안도의 한숨을 내쉬고 기뻐하면서 잠에서 깨어나도, 아무것도 생각나지 않는다는 사실을 몇 번의 경험으로 잘 알고 있다. 오늘 밤은 분명 악몽을 꿀 것이다. 시의 가장 큰 적은, 역시, 시인을 추방했던 플라톤이다. 시인은 어떤 논리로 법률과 이성의 철학에 맞서 싸울 것인가? 공화국에서 살아남기 위해, 그는 어떤 말로 세계를 설득해 낼 것인가? 시인은 어떻게 시민의 자격으로 제 시를 관철해 나갈 것인가?

2014. 7. 2. – 12. 27.

2014. 7. 2. ①

쉽사리 요약되지 않거나 요약을 거부하는 것, 알 수 없는 정신의 행방과 감응, 그것이 머릿속을 한 바퀴 젓고 돌아 나온 상태를 제 언어로 궁굴리는 데 게으르지 않은 자들이 망설이며, 제 생각을 넓혀 내고 거침없는 말을 내려놓은 글들을 나는 시라고 생각한다. 불확실성이라는 삶의 유령 같은 양상을 기록하려는 시인들은 세계와 우주 사이에서 유비를 꿈꾸거나, 추상이나 형이상학을 위해 한없이 먼 곳을 바라보고자 하는 원시(遠視)의 열망에 사로잡히는 대신, 황사가 물러난 자리를 대신한 미세먼지에 쉬지 않고 눈을 돌렸던 약시(弱視)의 소유자들이었다.

김이듬의 시를 읽고 있다. 이접(離接)의 귀재라고 생각하지 않을 수 없다. 날렵하다고 생각하면, 육중해지고, 무거워진다는 생각이 들 때 즈음 잽싸게 다른 곳에 당도해 있다. 그러면서 알레고리가 현대시의 조건이라는 사실을 거뜬히, 그리고 멋지게 증명해 낸다.

미국 대표 시선 『가지 않은 길』을 읽으며 괜히 한국 현대시가 훨씬 뛰어나다는 사실만 확인한다. 모두 문학사에 이름을 남긴 위대한 시인이겠지만, 한국에서 요즘 활동했다면 명함도 내밀지 못했을 사람도 여럿이다. 엘리엇, 포, 휘트먼, 실비아 플러스는 제외하고.

2014. 7. 2. ②

도시를 기록한 시를 좋아한다. 내가 삭막한 정서에 사로잡혀 사는 사람이라 그럴지 모르겠다. 농촌에 가난이 있고, 자연에 아름다움과 위험이 도사린다면, 도시에는 비애와 우울과 공포가 있다. 시가 기웃거리기 좋은 최적의 환경은 도시의 어둠과 그 잔여물이다.

2014. 7. 3.

자다 깨면 너무 힘들다. 온갖 잡념이 머릿속을 휘젓고 다닌다. 원고가 여럿 밀려 있는 경우, 이 생각이 저 생각을 감염시킨다. 오늘 원고 하나를 떠나보냈는데, 그 후로 몇 시간 지나지 않아, 내 머릿속에는 법정에 선 시인, 법과 시, 보들레르의 찢겨 나간 시 여섯 편에 대한 생각만이 떠돌아다니고 있다. 이왕 잠에서 깬 참에, 스탠드를 켜고, 보들레르 재판 일지를 다시 읽는다.

검사는 무슨 논리로 유죄판결을 내렸으며, 변호사는 어떻게 시인을 변론했는가? 자료가 고스란히 남아 있어 정말 놀랍다(좋은 시를 쓰는 것도 중요하지만, 그 과정에 대한 자료들을 보존하는 일도 그에 못지않게 중요하다는 사실을 실감한다). 변호사의 눈물겨운 변론을 읽다가 내린 결론은 결국 변호사는 시가 뭔지 하나도 몰랐다는 것이다. 검사의 잣대는 외설과 미풍양속 위반, 종교 모독이었지만, 변호사는 그저 인간성과 시민'됨'을 주장하며 보들레르를 변론했을 뿐, 비유와 상징, 알레고리에 대해서는 무지하며, 무엇보다도 보들레르 시의 '사실성'을 보지 못한다. 장정일이나 마광수의 법정 공판을 보들레르나 플로베르의 그것과 비교해서 이야기할 수 있을까? 법 앞에 선 문학은 오로지 합리적·이성적 논리로밖에는 설명되지 않았다. 프랑스나 한국, 그 어디서나 법은 문학을 '보장'하지 않았다. 단지 백 년 정도의 시차가 있을 뿐이다.

법 앞에서 시는 여전히 무기력하다. 무의식, 상상력, 비유, 비약, 운율, 감각, 욕망, 문체 등 문학이 오랜 세월을 갈고 닦았던 무기는 법 앞에서 아무것도 벨 수 없는 피고의 수수께끼처럼 전락하고 만다. 법은 오로지 합리적이고 이성적인 '산문'만을 선호할 뿐이다. 보들레르같이 냉정한 댄디도 검사에게 몇 마디 대꾸하지 못한다. 하긴 자기 시를 설명해 보라고 다그치는 인간에게 시인이 대체 무슨 말을 할 수 있겠는가? 그 검사는 말라르메를 만나지 않은 것을 다행으로 생각해야 한다. 그랬더라면 공소장에 몇 줄 적지도 못했을 것이다.

법의 힘은 예술과 사회의 공존 가능성을 보장하는 정도에 따라 한 국가의 역량을 가늠하는 척도가 된다. 법은 최소한의 도덕이지만, 그렇다고 예술의 최대공약수는 아니다. 합리와 이성적 판단에 기반을 둔 법의 근간을 뒤흔드는 것이 바로 예술이기 때문이다. 물론 그렇다고 예술이 반드시 비합리적이라거나 비이성적인 것은 아니다. 미풍양속을 해쳤다는 이유로 법정에 섰지만, 플로베르의 『마담 보바리』는 무죄판결을 받은 반면, 보들레르의 『악의 꽃』은 벌금형과 이에 더해 몇 편 삭제 명령을 받았다. 어쩌면 시의 본질이 여기 있는 것인지도 모른다. 며칠 전 오르세 미술관에서 성기를 노출한 어느 예술가와 보들레르는 결국 같은 처지이며 같은 정신을 나누어 갖고, 공교롭게도 같은 처분을 받았다. '법정에 선 시인'이라는 주제로 강연을 준비하다 문득 깨달은 사실 하나: 시인의 위험성을 가장 먼저 깨달은 플라톤이 시인들을 추방하며 추방 전에 기회를 베푼다고, 이성과 법률의 언어로 마지막 항변을 해 보려고 시인들에게 주문한 것 자체가 이미 난센스며, 보들레르가 마주한 상황도 근본적으로는 이와 같았다는 사실!

불안에는 오히려 가혹한 평등과 부당한 정의, 교환되지 않는 등가, 그리고 파편으로 지어 올린 공동체가 자리한다. 불안의 거부할 수 없는 매력이 여기에 있다. 누구나 마음속에 천박하고 비루한, 나약하고 비장한, 길거나 짧게 머물고픈 익명의 인장을 간직하고 있다. 불안과 우울은 물리쳐야 할 것도 회피해야 할 것도 아니며, 삶에서 추방해야 할 것도 아니다. 의식하건 그렇지 않건, 우울과 슬픔을 인간의 자격으로 승격시키려고 각오한 자, 그런 제 생각을 글로 적어야 한다는 사실에 다소 예민한 모험가들이 결국 자발적으로 시를 쓴다. 우울한 이상(理想)처럼 빈약하고 보잘것없는 것들에서 제 글감을 찾아내고, 그것들의 이면과 내면을 쟁취하면서도 무언가에 취한 자신만의 정신으로 사회에 빗금을 치거나 예기치 않은 일격을 가하려 마음의 빗장을 풀지 않는 자가 어떻게 문학을 할 수 있겠는가.

2014. 7. 4.

왕과의 불화가 종교와의 불화보다 차지하는 비중이 더 컸던 시절의 문학에서 아이러니하게 '현대성'의 봉화가 타오르기 시작한다. 왕 앞에서의 죽음은, 신 앞에서의 죽음과는 비견할 수 없는 비장미와 현실성을 지니고 있기 때문이다. 하나의 세계가 이렇게 열렸지만, 따지고 보면 고작 150년도 안 된 이야기다.

현실 너머로 가기 위해서는 항상 '사실'에서 출발해야 한다. 사실 저 너머를 볼 수 있는 것은 결국 사실을 투시(透視)한다는 것이다. 섣불리 이론을 들이대거나 괴팍한 철학에 의존하는 것이 아니라, 있는 사실을 주의 깊게 보고, 거기서 사실을 넘어설 수 있는 무언가를 발견, 혹은 발명해야 한다.

누구나 내 마음의 거울, 내 욕망의 근원과 마주하려는 본능을 갖고 살아간다. 그곳에는 심원의 언어가, 자학의 문자가 있다. 광막한 하늘이라고 해도, 그 위를 한 번쯤 날지 말라는 법은 없다. 누구나 마음속에 시적인 무언가를 갖고 있으며, 나는 이것을 '시적 주체'라고 부른다.

모든 구호는 시대의 이데올로기적 부산물일 뿐이다. 이 시대의 구호가 그대로 마케팅이 된다. 마케팅의 대상이라 해도, 문학은, 특히 시는 그 팸플릿 위에 그대로 머무르지 않는다. 나도 안다. 이런 말이 비현실적이라는 거. 그런데 아무리 생각해 봐도, 시에 화려한 넥타이와 연미복은 어울리지 않는다. 시에 예쁜 향수를 뿌려야 하는 것은 아니다.

2014. 7. 5.

아흔 살을 넘긴 노인이 어린아이 앞에서 무언가를 설명하거나 말을 건네는 모습을 볼 때면, 영락없이 경이로운 느낌에 사로잡힌다. 그중 내가 본 몇몇 학자들은 모두 엇비슷한 억양과 몸짓, 말의 속도를 유지하고 있었고, 또한 비슷한 미소를 짓고 있었다. 삶의 굴곡이 다를 것이 분명한데도, 왜 이들은 아이들 앞에서 한결같아진 것일까? 노인이 되기 전까지, 손녀며 손자를 가질 나이가 될 때까지, 그 이유를 절대 알 수 없으리라.

2014. 7. 6.

사라져 가는 것을 붙잡을 방법은 시간을 멈추게 할 요령으로 과학이나 수학을 연구하며, 현실을 지나치게 깊이 추구하거나, 미래만을 바라보며 과도한 투자에 몰두하는 것으로는 궁리될 수 없다. 유일한 방법은 순간의 흔적을, 그 순간에 남기는 것이다. 무조건, 항상, 어디에서나, 쓰는 수밖에 없는 것이다.

늘 하는 다짐이지만 자주 망각하는 것: 제발 다르게 생각한 것을 써라. 제발 감각으로 써라. 제발 위트와 깊이, 이 둘 유지하려 애쓰며 써라. 제발 무언가를 아우를 수 있는 글을 써라. 제발 고통스럽게 써라. 제발 착상을 저버리지 말고 써라. 제발 쓰고 고치고, 쓰고 고치면서 써라. 이 하나 마나 한 다짐 중 한두 개만 건진다면, 나는 지금 글에서 크게 불만을 느끼지 못하리라.

2014. 7. 7.

존재의 현상학 어쩌고 떠드는 비평문에서 존재가 설명된 적이나 현상이 드러난 경우는 드물었다. 어떤 시를 대상으로 존재의 현상학 어쩌고 떠들고 있다는 건, 시를 전혀 읽지 못하겠다고 고백하는 거나 다름없어 보인다. 섣불리 '존재'를 말하기 전에, 주제를 좀 파악하고 구문을 읽을 필요가 있다. 어떤 시를 두고 혼종적 주체, 어쩌고 말하는 비평도 껄끄럽기는 매한가지이다. 사실 '혼종적 주체'를 어떤 시의 힘으로 파악하고 있다면, 이는 시인이 제정신이 아니라는 사실을 열심히 에둘러 표현한 것과 크게 다르지 않기 때문이다. 무언가를 혼동하고 또한 헛갈려 하며 시인이 어느 도드라지는 한 갈래에 편승하지 못했으며, 그래서 시가 난해해졌다는 것인데, 아니 이게 대체 무슨 씨나락 까먹는 말인가?

2014. 7. 19.

하루하루 연장하는 삶의 끝자락에서 기다리고 있는 것은, 의미를 유보해야 한다는 막연한 통보뿐이다. 과정 자체가 의미라는 말을 들으면서, 대체 어떤 위로를 받을 수 있는 걸까. 감정을 처분하고, 동정심이나 공감 능력 따위 훨훨 날려 보낸 삶이 훨씬 효율적이 며 이윤을 낳을 것이며, 그 자체가 도덕이 될 것이라 주장하는, 눈에 잘 보이지 않는 이 함성에 그저 머리를 묻고 살아가야 한다는 강령을 자본주의는 정말 영악하게 우리에게 주입해 놓았다. 그러니까 금을 모아 국가의 빚을 갚으라는 식의 행동은 부르주아라면 절대로 하지 않는 것이다. '돈과 기독교' 때문에 상류 부르주아들의 정신분석이 더디거나 가능하지 않다는 어느 정신분석가의 말이 갑자기 떠오른다.

말이 고갈되고 있다. 생각이 말라 가고 있다. 문장이 흩어지고 있다. 이 '지리멸렬'을 쓴다, 지운다, 쓴다, 지운다, 쓴다, 덧붙인다, 쓴다, 줄인다, 쓴다, 배치를 바꾼다, 덧붙여 말한다, 설명한다, 쓴다, 줄인다, 쓴다, 다시, 쓴다, 조금, 고친다, 고친다, 쓴다, 쓴다, 쓴다, 쓴다, 몽땅 지운다. 다시 시작한다. 이런 제길헐. 세상에서 가장 부러운 사람은 글을 잘, 그리고 빨리, 쓰는 사람이다.

2014. 7. 20.

시집 해설을 넘기고 나면, 허탈함이나 두려움도 그렇지만, 시에 무슨 할 말이 그렇게 많아 그토록 주절거렸는지, 내일 당장 다시 군대에 입대해야 하는 사람처럼 우울에 시달린다. 정말 미안하다. 미안, 코스프레나 하는 나도 참 한심하다. 에잇 젠장. 시집 해설을 쓰는 일은 부담감을 얼마나 떨쳐 냈는가, 그 여부로 승부가 날 때가 많다. 잘 써야겠다고 각오하고 쓴 해설보다 힘을 빼고 부담 없이 쓴 (최소한 그렇게 보이는) 해설이 더 호소력이 있을 때가 많기 때문이다. 절반만 실패하자는 마음으로 쓰자고, 그러자고 다짐하고 또 다

짐한다. 더 낮게 실패하자고 다짐한다. 해설은 시집이 세상에 존재
하는 한 계속 따라다닌다는 점에서 어지간해서는 돌이킬 수 없다.
후회하지 않게, 당당하게 실패하자고 입술을 지그시 문다. 살짝 피
가 난다.

2014. 7. 24.

데리다의 『조건 없는 대학(Université sans condition)』을 번역하다가
깨닫게 된 사실 하나: 뭔가를 배우고 가르치는 일은 원래 '돈'으로 거
래되지 않았으며, 거래될 수 없고, 거래될 수 없는 성질을 지니고 있
었다. 대학을 갈 필요성을 제거할 수는 없을까? 대학은 장사의 기술
을 가르치는 곳이 아니었으며, 그럴 수도 없다. '교수하다(professer)'
는 '공언하다', '가르치다', '고백하다'를 의미했다. 'professer'는 앎과
진리를 공적으로 공언하는 행위이자 고백하는 행위이며, 이 행위는
좋건 싫건 '앙가주망'의 한 형태일 수밖에 없던 것이다. 지구에 돈 벌
러 오지 않았다는 어느 시인의 말처럼, 대학에도 돈 벌러 오지 않을
수 있었으면 좋겠다. 다소 우스워 보이는 말처럼 들릴 수도 있겠지
만(교수의 위선처럼 들릴 수도 있겠지만), 그렇다고 해서, 옳다고 여겨지는
생각을 표현할 수 없는 것은 아니니까.

2014. 7. 25.

르네 지라르의 『희생양』을 두 번 읽고 나서 든 생각: 특별할 것이
없는 아이디어를 잔뜩 부풀리는 데 도가 튼 이빨꾼들을 앞에 두고,
잠시 눈멀어 쏟아 낸 제 경탄을 다시 거두어들이는 일에는 다소 용
기가 필요하리라는 것. 주구장창 옳은 말일지도 모르나, 성서가 모
든 문화권에서 통용되는 기준은 아니다. 이 책의 맹점과 매력이 여

기에 있다. 어떤 맥락이건 개의치 않고, 성서나 신화는 절반쯤 잘라 먹고 들어가는 이점을 지니는 동시에 절반쯤 풀리지 않는 모호함을 끌어안게 마련이다. 지라르의 책은 『소설적 거짓과 낭만적 진실』이 가장 문학적이다. 나머지는 공감 반, 소리 반이다.

2014. 8. 3.

중세는 다소 '미친' 시대였으며, 정확히 그만큼의 자취를 남겼다. 오해하지 말아야 할 것은 중세가 흔히 말하듯, 혹은 짐작하듯, 신성에 눌려 엄숙함이 지배하는 시대는 아니었다는 것이다. 존재에 대한 모든 의문을 신에게 위탁한 인간은 진정 웃을 줄 알았고, 행복을 현세에서 추구할 줄 알았으며, 죽음과 삶을 양분하지 않은 세계에서 인간 자신이 피조물임을 '누리며' 살았던 시대가 바로 중세였다. 호이징가의 『중세의 가을』이나 조르주 뒤비의 『위대한 기사 윌리엄 마셜』, 바흐친의 책을 읽다 보면, 중세는 지금과는 완벽하게 다른 패러다임과 인식의 체계를 갖춘 훌륭한 방식으로 이 세계를 살아 냈다는 사실을 깨닫게 된다.

중세의 역사학자는 상상으로 사실을 재현하여 소설처럼 연구 결과를 기록한다. 이런 방법이 중세 연구의 주를 이루는 것은 자료의 부재 때문이기도 한데, 특히 사실적 상상력, 추론적 연상의 힘이 매우 중요한 역할을 한다. 이 책들의 저자들이 엄밀한 자료 조사를 바탕으로 쓰기보다, 추정 가능한 상태를 기술한 것도 이 때문이다. 자료가 없어도 역사에 관한 기술은 가능하다. 우리는 이런 연구를 통해 스테인드글라스에 맺힌 성스러움과 그 사이를 통과해 온 인간의 빛을 본다. 공부할 기회가 다시 주어진다면 중세를 연구하고 싶다. 일전엔 19세기 파리 도시사에 관심이 많았는데, 오히려 시간이

지날수록 서양 중세사에 관한 책이 점점 좋아진다. 중세의 멜랑콜리를 다룬 책(자클린 세르킬리니튤레, 『멜랑콜리의 색깔들』)을 읽은 후, 관심이 급증하였다. 뒤비, 호이징가, 르 고프, 바흐친 정도를 읽은 나에게는 다소 충격적인 책이었다.

2014. 8. 11.

파리의 기차와 메트로는 진보에 관해 보들레르가 우려한 바를 가장 효과적으로, 단적으로 보여 준다. 기차의 전진하는 힘과 일상을 속도의 산물로 만들어 버린 메트로는 삶을 완전히 바꾸어 놓았을 뿐만 아니라, 문학예술 전반의 패러다임을 새로 창출하는 데도 기여했다. 속도에 관한 비를리오(Virlio)의 다소 과장된 글을 참조하면, 우리는 어떤 의미에서 모두 속도의 노예일 수도 있다. 역사는 간혹가다, 절대로 되돌릴 수 없는 필요악을 통해서 인간을 시험에 들게 하곤 한다. 대중교통 수단을 비롯해, 비행기 등을 자기 시의 영역으로 끌고 온 것을 보면 아폴리네르가 예지에 가까운 예방적 직감을 소유하고 있었다는 사실을 믿지 않을 도리가 없다. 문학, 특히 시는, 이렇게 간혹, 통념을 앞지르거나 통념을 벗어나, 도래할 무언가를 실현하는 힘으로, 제 정체성을 일구어 내기도 한다.

2014. 8. 23.

비평에 가끔 방해되는 것은 비평의 대상이 된 사람과의 친분이다. 그런데 전혀 알지 못하는 시인의 시를 읽다가, 아주 깊은 상처를 발견해, 흐르는 이 눈물은 또 무엇인가? 상처와 같은 수준이 아니라, 병적 강박감이 개인사에서 비롯되었다고 짐작하게 될 때, 비평가는 무엇을 할 수 있을까?

2014. 8. 25.

원고를 하나씩 털어 낼 때마다 가슴에 꽂힌 감정의 화살 하나를 뽑아냈다는 착각에 빠진다. 문제는 힘들여 뽑아낸 화살에 묻어 있는 내 살점과 피를 보며 아름답다거나 장엄하다는 느낌을 전혀 받지 못한다는 데 있다. 더 큰 문제는 그것 때문에 화살도 잘 보이지 않는다는 것이다.

2014. 8. 31.

장 주네의 장시 「사형을 언도받은 자의 노래」를 읽다가 문득 작가와 도둑은 모두 자기만의 감옥을 갖고 있다는 생각이 들었다. 그것이 마음의 감옥이건, 현실의 감옥이건, 외부와 차단된 상태에서 강제로 무언가 노역을 해야 하는 제 처지를 매일 견뎌 내고 있다는 점에서, 작가와 도둑에게 감옥은 고향이나 다름없다. 내가 아는 작가들이 일 년에 한 번쯤, 무슨 창작촌이나 문학관에 들어간다고 할 때마다, 그들의 마음 한구석에 장 주네의 그림자가 언뜻 스쳐 지나가는 걸 본다.

누가 빛이 있는 곳에 그림자가 있다고 말했나. 빛 같은 소리, 아니 그림자 같은 소리, 잘도 한다. 노예가 있어야 주인이 있다는 말은 주인의 목을 쥐고 있는 것이 바로 노예라는 말과 다르지 않다. 노예는 주인 없어도 살 수 있지만, 주인은 노예 없이는 아무것도 할 수 없다. 빛을 결정하는 것은 오히려 그림자다. 아니, 그것은 차라리 어둠은 아닐까. 세상의 모든 어둠에 입맞춤하는 사람들이 시인은 아닌가.

2014. 9. 1.

소설 읽는 일에 점점 게을러진다. 힘에 부친다고 해야 할지도 모르겠다. 며칠 전 평소 호감을 갖고 있던 소설가를 우연히 만났다. 서로 반가움을 표하고 나서, 가만 생각해 보니, 내가 그의 작품을 읽은 게 별로 없다는 사실을 깨닫게 되었다. 아니다. 데뷔작부터 꾸준히 챙겨 읽었었는데, 지금 기억이 나지 않는 것일 뿐이다. 메모해 둔 노트를 손에 들고 있는 것도 아니고 해서, 그만 이어 나갈 말이 다소 궁해졌고, 나는 좀 미안한 감정에 사로잡혀 버렸다. 괜히 김승옥 어쩌고 하려다가, 입을 닫아 버리고 말았다. 1990년대까지 비평가들은 시나 소설 심지어 희곡에 대해서도 두루 관심을 갖고 글을 쓰곤 했는데, 요즘은 각각 분화된 느낌이다. 전문화라는 말로 이해해도 괜찮을까? 발표하지는 않았지만, 내게도 두세 개 정도 소설 비평 원고가 있다. 기회가 주어지지도 않겠지만, 그런다고 해도 나는 소설 비평은 하지 않을 것 같다. 소설과 시를 가리지 않고 비평을 집필하는 평론가가 몹시 부러우면서도, 그들에게 묻고 싶은 게 있다. 잠은 언제 주무시나요? 문학이 제 존재의 방식을 캐묻는 데에 게으를 수 없는 시대라면, 시와 소설은 과연 같은 운명을 공유한다고 말할 수 있을까? 누보로망 이후에도 살아남기 위해 소설이 매번 고안하려 하고, 소설이라는 이름 속에서 고안되려 하고, 또 소설 자체를 고안하고 있는 고유한 방식들, 그 다양한 시도들에 마음속으로나마 갈채를 보낸다.

2014. 9. 5.

모든 계몽의 서사는 지배하려는 욕망을 드러낸다. 분노의 이면에도, 이 욕망이 흐르고 있다. 정치는 정치적인 것을 절대로 돌보지 않는다. 시기마다 같은 말을 반복하고, 온갖 수사를 동원해 말에 '약'을 타는 일로, 그들은 초등학교 교과서에 등장하는 인간과 사회의 윤리나 법도 같은 것, 가령 '인간은 누구나 평등하다'나 '대한민국은 민주주의 국가다'처럼, 지극히 당연한 것을 오히려 지키자고 떠드는 일을 수행할 뿐이다. 이 당위의 위선은 그럼에도 현실에서는, 항상, 실현되지 않는 미완의 명제로 남겨진다. 대다수 정치인이 쓰레기인 까닭이 여기에 있다. 궤변과 수사가 진리를 은폐한다고 주장했다가 독배를 마신 소크라테스는, 어떤 의미에서, 벌써 정치의 본질을 깨달은 사람이다. 신문 같은 걸 읽으니 차라리 나는 아무나 보고 사납게 짖어 대는 강아지나, 썩어 부패해 가는 시체, 우울한 하늘, 그 검은 움직임에 더 관심을 둘 것이다. 욕을 들어도 할 수 없다. 나는 이 비극적 사건에 대해 내게 요청해 온, 한 줄, 그 한 줄을 쓸 수가 없다. 왜 쓸 수 없었던 걸까? 왜 나는 그럴 수 없는 것이며, 왜 그럴 수 없다고 생각하는 것이며, 그런데도, 왜 하루를 꼬박, 그 한 줄 때문에 자책감에 빠지고, 이랬다저랬다, 망설이며, 지웠다가 썼다를 반복했는가? 잡지에 실린 이 비극과 관련된 특집 원고나 특집 시도 읽기 싫다. 어떤 글은 읽다가 그냥 덮어 버리게 된다. 심지어 '이래도 되는 걸까?', '이럴 수 있는 걸까'를 반복할 수밖에 없었던 시나 글도 꽤 있었다. 나는 결국 그 한 줄을 쓸 수가 없었다. 이제 이 일은 과거에 묻힌다. 일전에 눈여겨보았던 지그문트 바우만의 『홀로코스트와 모더니티』 같은 논리나 데리다의 '법'이나 '도래할(venir à)' 즉 '메시아 없는 메시아주의', '비극적 세계관' 같은, 지나치게 과감해서 난감한 개념으로 한때 우리를 후려쳤던 골드만이나 심지어 벤야민까지를 포함한 유대 지식인들의 논리를 다시 뜯어봐야 한다는 생각이 드니, 갑자기 모든 게 시들시들해지고 적잖이 지긋지긋해지기 시작했다.

2014. 9. 11.

평론을 위해 읽은 시보다, 그냥 누워서, 화장실에 앉아서, 전철에서 버스에서, 자주는 카페 구석에서 읽은 시가 몸에서 훨씬 느린 속도로 빠져나간다. 이상한 건, 대학 때 감명 깊게 읽었던 시는 이후 다시 보지 않았는데도 어지간하면 구절구절까지 생각이 난다는 것이다. 황병승의 중앙일보 '시가 있는 아침'을 읽다가 오랜만에 김중식의 『황금빛 모서리』가, 그 시집에 있는 몇 편의 작품이 선명하게 떠올랐다. 입술 위에서 몇몇 구절이 계속 달그락거린다.

2014. 9. 12.

아리스토텔레스의 『범주론 명제론』을 읽다가 문득, 그가 최초의 구조주의자였다는 사실을 깨닫게 되었다. 명제론이 비트겐슈타인에게 막대한 영향을 끼쳤다는 점도 그렇지만, 범주론을 읽으면 왜 『시학』이라는 이름으로 '구성'에 대한 논리를 그가 끝까지 밀어붙이려고 했는지 그 이유가 잘 드러나 있다. 여전히 우리는 고전에서 벗어나지 못하거나 고전에 속한다. 하늘 아래 새로운 사유를 고안하는 일이 이토록 어렵다는 걸까?

2014. 9. 15.

항상 느끼는 것이지만 이번 시집도 나에게 많은 것을 가르쳐 주었다. '정념(passion)'이 원래 '수난'과 같은 말이었듯, 정념과 수난이 하나가 되는 순간, 삶에서 울려 내는 진혼곡에 대한 글을 마감하고 이제 자러 간다.

2014. 9. 16.

박경희의 『꽃피는 것들은 죄다 년이여』를 읽다가 자주, 어느 충청도 아줌마가 자꾸 나한테 말을 하는 것 같아 이상한 기분이 들었다. 이 책은 어쩌면 구어(口語)와 문어(文語) 사이의 구분을 철폐한 아주 좋은 예가 될 것이다. 사실 좋은 문장이 너무 많아, 밑줄을 긋다가 지쳐 그냥 읽는다. 어디서 읽어도 좋을 것이 분명하다는 점도 이 책의 장점이다. 화장실에서 첫 장을 넘긴 이후 30분 가량을 그곳에서 지체하다가, 다시 침대에 누워 2시간 가량을 보낸 다음, 버스를 타고 학교로 오는 내내, 그리고 다시 화장실, 그리고 지금 연구실에서까지 자꾸 눈길을 주게 된다. 아마 첫 문단이었을 것이다. "저녁밥 짓는 냄새가 아파트 엘리베이터를 타고 돌아다니고, 밖에서는 비가 창문을 때리다 못해 개 패듯이 내리쳤다. 저녁 잘 드시고 초저녁잠이 많은 관계로 잠시 화투의 거룩한 세계에 빠져 본다며 컴퓨터 앞에 앉으신 엄니. 맞고의 위험한 세계가 화면에 펼쳐지는 가운데 설전이 벌어졌다"까지 읽으면, 그 이후 독서를 멈추기가 쉽지 않다. 개 패듯 내리는 비, 사실 어젯밤이 그랬다. 사투리를 고스란히 살리고 문장의 경쾌한 속도를 담아내려 편집자는 고생에 고생을 했을 것이다. 책의 편집자는 충청도 분이었을 것이 분명하다. 녹음한 것을 받아 적어 책으로 만든 것 같은 착각도 들었다. 읽는 내내, 내 어휘가 풍부해졌다는 생각이 들어 기분이 좋았지만, 이러다가 충청도 사투리가 아예 내 말투를 점령할지 모른다는 예감이 들기도 한다.

2014. 9. 17. ①

잘 마시지도 못하는 술을 오늘 많이도 마셨다. 그런데 정신이 점점 또렷해진다. 시를 읽다가 밑줄을 치다가, 엉덩이를 달싹거리고 있을 때, 한창 머릿속에서 무언가 모락모락 피어오르려는 순간, 나는 안절부절못하고 불안에 시달리며, 담배를 찾고 커피를 마시고, 일어나서 소리 내어 조금 읽어 보다가, 인상을 쓰고, 거울을 잠깐 보고, 세수하고 이를 닦고, 다시 의자에 앉아, 이리저리 분주하게 손을 놀린다. 하필 이때 연락이 온다. 이럴 때 나를 부르는 사람이 있으면 왜 나는 거절하지 못하는 걸까? 답답한 상태에서 구원을 받게 되는 느낌이 들면서 조금만 더 견디면 열릴 것 같은, 두드리면 열어 줄 것 같은 저 문자가 꽁꽁 걸어 잠근 백지의 하얀 문을 열지 못하고, 그냥 뒤돌아서는 것 같은 죄지은 기분으로 의자에서 일어나 연구실을 빠져나오고, 천천히 계단을 밟고 1층 저 아래를 향해 발걸음을 옮긴다. 암호 같은 이 백지의 문을 열기 위해, 내일 또 얼마나 안절부절못할 것인가? 잠시 유보하는 것뿐이다. 이렇게 중얼거리면서…. 누군가를 만나러 간다. 합리화도 일종의 병이다!

2014. 9. 17. ②

짜증이 날 때도 있다. 시가 그렇다는 것은 아니다. 한참 원고를 읽고 메모를 하고, 뭔가 적어 나가 조금씩 시의 수면 아래로 내려가고 있는데, 조금 바꿨다고, 순서도 좀 조절했다고, 문장도 좀 다듬었다고 말하며 다시 원고를 보내올 때, 시인들아, 편집자들아, 암튼 나같이 멍청한 평론가는 처음부터 다시 메모를 시작하고, 제본은 물론, 모든 걸 새로 착수해야 한다네…. 이건 결벽증이 아니라네, 이 사람들아. 생각 한번 해 보시게. 쉼표 하나가 바뀌면 의미도 달라지는 것이며, 작품의 순서를 달리 배치하면, 이 역시 많은 것을 흔들어 놓는 거라네. 나는 그럼 며칠을, 시가 아닌, 시가 되지 않을 초고를 붙잡고 씨름했다는 생각에서 벗어날 수가 없다. 그래도 좋다. 이번에 받아 든 시집은 너무 좋아 모든 것이, 아니 그의 욕망이 아름답게 보이기까지 한다. 뭐 어쩌겠는가. 결국, 시가 좋으면 모든 분노가 사라진다. 그래도!!! 인간 된 도리로 한번 넘긴 원고는 제발 좀 그냥 놔둬라. 나도 좀 살자….

2014. 9. 18.

게으름, 권태, 소요, 우울, 유보, 지리멸렬, 하염없음, 망가짐, 덧없음, 공허, 어이없음, 잠, 몰락, 잉여, 찌꺼기, 부스럼, 우유부단, 무기력, 포기, 절망, 익명 같은 주제로 써 내려간 글이 나는 무작정 좋았다. 이런 것들은, 학교에서건 집에서건, 어렸을 때부터, 내가 가져서는 안 된다고 나에게 말해 왔던 것들이기도 했다. 우리는 이런 것들을 구박하고, 지워 내고, 핍박하고, 급기야 깨끗이 청소해서 추방하거나 흔적마저 지우려 한다. 그런데 사실, 이런 것 없이 삶을 살아갈 수는 있는 걸까? 도대체 우리는 이것들 없이 어떻게 하루하루를 보낼 수 있는 것이며, 이것들 없이 어떻게 이 세상과 관계를 맺을 수 있는 것일까?

2014. 9. 23.

오늘도 '최신' 프랑스 소설 나부랭이를 읽으면서 남은 오후와 저녁을 마감할 수는 없다. 출판사에는 미안한 말이지만 서평은 물론 추천사도 쓸 수가 없다. 내가 누보로망에 중독된 것이 아니라, 프랑스 젊은 작가들이 너무 쉽게 인생을 이야기하고 있는 것뿐이다. 한국 소설이 더 좋다. 그리 열심히 읽는 편은 아니지만, 한국 작가들이 오히려 프랑스 소설의 바통을 잇고 있는 것은 물론이거니와 훨씬 새로운 것을 하려고 한다는 것도 분명하다. 물론 내 짧은 생각에 이야기를 잘하는 소설 3할에 실험하는 소설이 7할이라, 이런 구성은 좀

과해 보이는데, 어쩌면 나는 이 비율이 서로 바뀌기를 바라고 있는 것도 같다. 그러려면 물론 장편이어야 한다. 그런데도 이 둘을 모두 붙잡으려는 시도들, 그리하여 정말 그 뜻을 이룬 것으로 보이는 요즘의 단편들 앞에서 나는 그만 벌어진 내 입을 다물 수밖에 없게 된다. 한국 소설 만세!

2014. 9. 24.

좋은 날이 계속되면 언젠가 비가 내리기 마련이라고 사람들은 말한다. 그러나 비가 내리고 볕이 드는 날이 찾아온다고 해도 젖은 몸을 말리기는 쉽지 않은 법이다. 애당초 날이 좋지 않다고 생각하는 것이 정신 건강에 이로울지도 모른다. 아니면 원래 날이라는 것은 그저 그런 거라고 생각하는 것이 더 정직할지도 모른다. 우울의 폭정에 대항하여 싸우기 위해 무엇이 필요할까? 더 우울해지기 위해 평화를 위해 부서진 원대한 머리칼과 젖은 눈빛! 공허에 사로잡히지 않으려면 지루함을 길들이는 수밖에 없다는 것일까? 백지 위를 헤매다가 고꾸라지는 수밖에 없는 걸까?

2014. 9. 27.

그러니까 이성복은 처음부터 시인이었다. 『뒹구는 돌은 언제 잠깨는가』와 『남해 금산』의 모든 퍼즐이 완성되었다. 사이사이 끼어 읽어도 잘 어울린다. 고르고 또 고르고, 추리고 절제하고 참고, 그렇게, 바로 그렇게 그는 시집을 냈던 것이다. 어쩌면 이런 것이 시의 시작일 수 있다. 한번 시인이었던 것이지, 교정하고 노력한다고 될 일도 아니었던 것이다. 그가 "시 없이 살 수 있는가"라고 묻는 것은 따라서 지극히 타당해 보인다. 우리 모두의 내면에 시적 주체가 있다. 시의 마음, 시적인 무엇, 그런 것은 우리 모두가 가지고 있는 내면성이며, 이 시적 주체(아, 이 용어가 얼마나 한심하게 사용되고 있는가?)는 정치적이며 사회적인데, 그것은 시가 새로운 사유이기 때문이며, 이 새로운 사유의, 언어에 의한, 언어 안에서의 표출이기에 그렇다. 시적 내면성은 통념에서 빗겨 나간 말을 부려 통념을 비판할 수밖에 없다. 시는, 쓴다는 것 자체가 벌써 비평인 말이다. 시는 위로하는 말이 아니다. 시는 비관적인 푸념이 아니다. 시는 선동인 말의 뭉치가 아니다. 시는 넋두리가 아니다. 시는 관념에 물든 공설이 아니다. 가장 극단적(radical)이며 비판적인(critical) 언어, 그게 바로 시다.

2014. 9. 30.

시인이 때로는 타고난 이야기꾼이기도 하며, 심지어 이야기꾼의 재능으로 시의 고유성을 성취해 낸다고 말한다면, 다소 낯설게 들릴지도 모르겠다. 시인과 이야기꾼은 잘 어울리지 않는 한 쌍처럼 보인다. 더구나 시에서 이야기의 가치를 헤아리는 경우도 드물다. 이유가 없지는 않을 것이다. 이야기의 기원을 신화에서 찾거나 주인의 자격을 주로 소설에 일임해 버리기 때문이다. 이야기에서 어긋나거나 이야기를 아예 저버릴 때, 오히려 시적인 상태에 돌입하여 시가 제 무늬를 얻어 낼 수 있다고 믿어 온 까닭이다. 그러나 이야기의 매혹은 고독한 독방에서 소설가가 정제된 언어로 사건을 조직하고 플롯의 극적인 전환을 주조하며, 간혹 우리의 저 뿌리 깊은 곳에서 비장함을 샘솟아 나게 하는 데 달려 있기도 하겠지만, 시인이 지금-여기로 걸어 들어오게 하는 낯선 경험을 통해 크게 빛을 뿜어내기도 한다. 박판식은 이야기꾼의 탁월한 재능을 가진, 매우 드문 시인이다.

2014. 10. 15.

이번 주까지 넘기기로 약속한 시집 해설은 진척이 없다. 읽고 메모를 마친 지금, 나는 무엇을 기다리나. 아직 무언가가 더 필요한 모양이다. 이 시집은 산울림의 음악과 가장 잘 어울리는 시집으로 기억될 것이다. 학교에 가다 말고 잠시 산울림의 노래 몇 곡을 듣는다. 특히 「아마 늦은 여름이었을 거야」를 반복해서 듣는다. 들으며 무언가를 기다리고, 물끄러미 바쁜 걸음으로 지나가는 사람들을 본다. 벤치 위에 약간의 물기가 남아 있다. 내 두 눈에도 물기가 스며든다. 대지 위의 모든 것이 비린내를 풍기는 것만 같다. 여기저기 알 수 없는 언어로 말하는 사람들…. 이들은 과연 공존하고 있는 걸까. 소통은 그러니까 가능하기라도 한 걸까. 글을 쓰고 지우고 다시 반복하고, 다시 쓰면서 그러니까 무엇이라도 해야 한다고, 그래야 한다고 나는 생각하고 있는 것이 분명하다. 어떤 형식으로건, 무언가를 쓰고 있지만, 절대적인 신념을 가지고 구체적인 목표로 삼아 글을 써서는 결코 시가 되지 않으리라. 이 시인은 언어를 초월해서 언어를 벗어나서, 세계에 전해지는 의지나 진리는 없다고 말하는 것 같다. 언어를 넘어 엿보는 진리라는 것은 대부분이 소용없는 환상이나 과도한 확신에 근거하여 세상을 설명하려는 지배의 발현이지만, 시는 그 앞에서 무기력하게 백기를 들지 않는다고. 전진하는 말의 잔치 …. 어떤 '의도'를 갖고 말을 부리는 것이 아니라, 말이 그냥 주인이 되게 하는 글…. 시는 그런 것이다. 그것은 맑은 슬픔이다. 이 고독한 사람의 목소리에 관해 나는 대체 무슨 말을 내려놓을 수 있을까? 시에 무슨 말을 덧붙인다는 것 자체가 사실 부질없는 짓이다. 구시렁거려 봤자 시는 시일 뿐이며, 애당초 해석이나 설명 따위에 묶일 것이라면 그것은 차라리 시가 아니었을 것이다. 다시, 해설 때문에 펼쳐 든 시, 역시 다르지 않다. 매번 당한다. 내가 무슨 말을 하려는 순간, 시는 내 생각을 계속 비웃고 있는 것만 같다. 시라는 것이 애당초 빠져나가려고 쓴 말이라서 그럴 것이다. 잡히지 않는다. 잡힐 수 없는 말이라고, 아직 나오지 않은 이 시집에 대해, 하나 마나 한 내 글의 첫 문장을 내려놓을 것 같다. 잘도 간다. 잘도 움직인다. 말뭉치들이 이리 구르고 저리 구르며 어디론가 계속 의미의 운동을 만들어 내고 있다. 리듬만 있다. 리듬이 의미를 담보하는 최후의 사선이다. 덧없어라. 아름다워라. 말이, 말의 그 운동이, 빙글빙글 감겨 휘발되는 나선처럼, 그 나선의 감각처럼, '왜냐하면 우리는 우리를 모르고', 나를 모조리 집어삼키려 드는 것만 같다.

2014. 10. 19.

조금만 더 버티면 원고가 마무리될 것 같다. 메모를 다 한 상태에서 할 말도 대충 정해 놓고 금요일부터 컴퓨터 앞에서 지금까지 식사 시간조차 아깝다며 난리를 쳤는데도 완성하지 못한 것은 결국 내 체력에 이상이 생겼거나 할 말이 다 정리되지 않았거나, 두뇌에 마비가 왔거나 텍스트가 버거웠기 때문일 것이다. 텍스트가 버거웠다는 사실을 위안으로 삼는다. 조금 남았다. 그러나 피곤에 항복하고 집에 간다. 오늘은 며칠 전처럼 어두운 계단 헛디뎌 구르지 말아야지….

2014. 10. 20.

발화하는 순간 누구나 모순에 빠지게 된다. 말로 대상을 가둘 수 없기 때문이다. 여기서 입장이 나뉜다. 대상의 위대함에 절망하여 불변의 진리를 찾는 시와 언어의 불완전성에 기대어 주관성의 영역을 개척해 내려는 시. 이 둘은 서로 같은 절망에서 출발한다. 어느 것이나 좋다.

2014. 10. 22.

없어지지 말라고 채근하는 시 없어지고 있는 동안의 시 없어질까 두려워 시간을 쪼개서 보려는 시 없어짐에 대한 저항의 시 없어짐을 보고, 듣고, 느끼고, 향유하려는 시 없어짐에 대해 이상한 사유를 전개하는 시 없어지는 것 자체를 전복하는 시 없어지는 동안으로 들어가는 시 없어지는 일이라는 것을 체험하는 시 없어짐 안으로 천천히 밀어 넣는 시 없어짐과 동거하는 시 없어짐으로 나락하는 시 없어짐과 몸을 섞는 시 없어짐을 끝끝내 아쉬워하지 않으려고 발버둥 치는 시 없어져라, 없어져라, 계속 발화하는 시 없어지지 말아라, 없어지지 말아라, 애원하는 시 없어지는 것을 자기 몸에서 붙잡으려는 시 없어지기 전에 자기 몸에 있었던 것을 생각하는 시 없어지려고 자꾸 시도하는 시 없어짐에 덧붙이고, 없어짐에 엎어지고, 없어짐에 헌정하는 시 없어짐이 병이라는 것을 알고 있는 시 없어짐에서 병을 보는 시 없어짐과 병을 공존하게 하려는 시…. 병을 얻은 시, 병을 본다, 병에 들어간다, 그 병은 술병이 아니라 없어짐의 병, 몸의 병이다. 그것은 시의 병이다.

2014. 10. 23.

익명성은 마음의 평화를 얻기 위한 가장 확실한 수단인 것이 분명하다. 아무쪼록 사라져야 하는 것이다. 그런데도 사는 것이 그 무슨 광고 캠페인 행렬의 뒤꽁무니를 아무 생각 없이 졸졸거리며 따라가듯 진행하는 자잘한 일들, 결국 소략해도 좋았을 것이라고 언젠가 후회하며 뱉어 낼 소사들로 빼곡하다. 아주 작은 불빛에도 반해서 득달같이 달려드는 불나방처럼, 아주 작은 소리에도 화들짝 놀라 사방으로 달아나는 바퀴벌레처럼, 어쩌면 너무나도 날카롭게 촉수를 세우고 방향을 타진하고, 그렇게 순간순간을 잘 짜인 퍼즐 조각을 맞추려는 것처럼 사는 것이다. 거울 반대편의 세상으로 넘어가는 수밖에 없다는 것일까? 어디에도 게으름을 지원해 줄 후원자 같은 건 없고, 권태를 방치하는 공간도 없다. 자유롭다고 생각하는 것도 착각일 경우가 대부분이다. 일정한 시간이 되면 연속극 안으로 걸어 들어오고 또 퇴장하는 등장인물처럼 뻔히 들여다보이는 그런 사람일 뿐이다. 패배할지도 모른다는, 이탈하면 안 된다는 어떤 두려움이 우리에게 필요한 알리바이를 제공해 주는 그런 나날들의 연속이다. 기억이 사라지는 과정을 우두커니 지키고 서서 바라보는 것은, 결국 벌써 지나간 어느 미래의 행렬에 참여하라는 독촉을 견디기 위한 임시방편, 그것을 '방기'하기 위해 고안한 '방치' 중 하나다. 그러나 결국에는 다가가고, 물러나고, 그렇게 후회하며 끌어안게 될 공포, 그사이 시간을 붙잡고, 말을 붙잡고 오고 또 가는, 주고 또 받는, 저 지루한 시소게임이, 삶에서 우리를 기다리는 대부분의 지면이자 손아귀에 몰래 감추고 있는 가장 확실한 패인지 모른다. 감은 눈을 뜨는 동시에 사과가 제 입으로 떨어지는 사람들을 볼 때마다, 나는 차라리 삶에 기적이 있다는 사실을 믿고만 싶어진다.

2014. 10. 30.

공무원을 대상으로 '보들레르의 시' 특강을 했다. 어쩌다 보니 그렇게 된 것이지만, 정말 힘들었다. 사실 그분들이 무슨 잘못이 있겠는가. 강의를 딱딱하게 한 내가 잘못이지…. 내 강의 이전에는 어느 대학 영문과 교수가 셰익스피어 강의를 했다고 한다. 나에게 연락 주신 주무관에게 물어보니 정부의 방침 때문이라고 한다. 대통령께서 인문학적 소양을 강조하셨다, 덧붙이신다. 자기나 책 좀 읽을 것이지 애꿎은 공무원들을…. 3급에서 6급 공무원 60여 명이. 나른한 가을 오후에 지루한 강의를 들어야 했다. 그들은 몹시 피곤해 보였다. 그리고 강의 내내 죽은 듯 침묵하다, 끝나자마자 기다렸다는 듯 우렁찬 박수를 보낸다. 우리나라 공무원들이 정부 방침을 호락호락 따르지 않는 이유를 좀 이해할 것 같다. 나 같아도 분명, 잔다. 내가 이걸 왜? 이런 따분한 문학 강의 같은 걸 들어야 하는 맥락, 그 맥락이 정말 황당한 것이다. 그래도 끝나고 몇 분이 말을 걸어 주셨다. 건네는 명함을 받기도 했다. 이 정부가 우리나라 공무원들을 만만하게 본 거다. 지긋지긋한 하루….

2014. 11. 7.

사미르 다마니의 『낯선 서울을 그리다』에 이영주 시인이 몇 번 나오는지 세 보았다. 책 속에서 거리를 돌아다니는 모든 여인이 죄다 이영주 시인을 닮은 것 같았다. 똑똑하고 재능 많은 프랑스 친구! 네가 서울에서 '무의식의 고고학'을 그려 보겠다고 말한 만큼 발품을 팔아 나에게 선사한 향기가 나는 참 좋았어. 그건 말 그대로 좋았다는 뜻인데, 너처럼 맑은 눈으로 일상의 구석구석을 보지 못했다면 그건 아마 우리가 너무 바쁘게 살아야 하기 때문은 아닌가 해. '플라스틱이 만든 꽃'이라고 네가 말한 비닐우산을 우리는 자주 사야 하고 또 써야 하지만, 그건 우리가 너무 자주 잃어버리기도 하는 것이기도 해. 네게 배운 것이 많은데, 특히 일상의 기억을 흔들어 깨우지 않으면 내가 사는 이곳은, 말 그대로, 물리적 공간 이상의 의미를 지니지 못한다는 권고, 어지간하면 잊지 않으려고 해. 좋았던 것 하나를 더 이야기하면, 일상에서 버려지다시피 한 장소들을 스케치하며 낯선 타자의 자리에 네가 불어넣은 어떤 영혼이었어. 네가 프랑스어로 나에게 메시지를 보내왔으니 나도 이렇게 안부를 전할게. 그리고 말을 놓아 좀 미안해.

2014. 11. 24.

시 비평은 가끔 돌이킬 수 없는 순간과 어떤 관계를 만든다. 시인에게 분에 넘치는 감사의 말을 듣게 될 때마다, 나는 늘 이 말을 사실로 믿는 멍청한 비평가가 되지 말아야 한다고 다짐하곤 했다. 글이 좋건 그렇지 않건, 글을 쓰는 매 순간, 시를 통해 배우는 사람은 오히려 비평가, 나다. 이 말은 겸손과는 사실 아무런 상관이 없다.

2014. 12. 6.

슈조 오시미의 만화 『악의 꽃』이 드디어 막을 내렸다. 왜 그랬는지 모르겠지만 난 이 만화를 읽으며 잠을 못 이루기도 했고, 간혹 눈물을 흘리기도 했다. 멍하니 하늘을 바라보거나 속절없이 무너지는 가슴을 담배로 달래기도 했다. 결말은 다소 예상 밖이었지만 그래도 그 처절함과 동시에 펼쳐 놓은 현실의 냉정함이 좋았다. 너무 빨리 끝나 아쉽다. 가장 예민한 시기에 가장 순수한 열정과 가장 예기치 못한 눈이 생긴다. 오오! 나의 사춘기여! 성장할 수 없는, 성장하지 못할 저 절망이여!

2014. 12. 10.

떠나가는 사람을 붙잡는 것처럼 허망한 것도 없다. 삶이 벌써 이

별이다. 하늘을 볼 때마다 고향을 보는 것 같다. 나는 운명 따위를 믿지 않지만, 운명을 소중하게 생각하는 사람을 존경한다. 모두 진눈깨비 같은 사람들이다. 50억 년 이후에 태양 에너지가 고갈된다는 사실을 알고 있으면서도 우리는 오늘을 궁리해야 한다. 이성복 시인의 말처럼 '헐은 저녁'이 온다. 예고도 없이 찾아와 아침을 기별한다. 내내 타들어 가는 담배를 물고 넘기는 시집의 한 장 한 장에 손끝이 뜨겁다.

2014. 12. 17.

문학은 모든 종류의 기억을 파먹고 산다. 과거는 양피지의 매우 유용한 자료이며, 우리는 물들일 색깔을 고르기까지 떨리는 마음으로 흑백의 시간을 필사하지만, 그것은 한편으로 매우 주관적이라서, 아니 오로지 그렇다는 이유에서만 문학이 될 수 있다. 가장 어려운 것은 현재의 기억, 현재에 대한 기억이다. 현재는 과거나 미래의 지금-여기에서의 기억이기 때문이며, 항상 빠져나가는 속성을 바탕으로 기억을 끊임없이 순간의 구조물로 환원하려 든다. 부지런함으로 메울 수 없는 한계나 간극은 고스란히 직관과 감성의 몫으로 남겨지며, 이때 문학은 잔인하게도 재능을 시험하기 시작한다. 아름답다는 것과 예쁘다는 것의 차이만큼이나 문체의 힘과 서사의 묘미가 서로 다른 것이며, 이 사실을 아는 순간 모든 글은 '에크리튀르'의 모험과 결부될 수밖에 없다. 나는 문학이 그래서 허망과 망각을 동시에 붙잡을 말도 안 되는 시도라고 생각해 왔다. 문학에서 현재는 현대만큼 우리에게 항상 시련을 준다.

2014. 12. 19.

어쩌다 절연(絶緣)이라는 말을 사랑하게 된 것 같다. 여하튼 의미
는 포기할 수 없는 것이고 포기할 수 없다는 사실을 전제한다. 세계
에, 이 세계에, 지금 여기에, 무언가를 끊임없이 '번역하는' 문장들이
떠돌아다니고 있다. 그것은 정확히 말해, 해석이나 이해가 아니다.
뭔가를 세세히 풀어서 수용하거나 이해한다고 믿는 만큼 이해하는
행위는 나를 걸지 않고 바라보는 타자를 만들어 낸다. 이해나 해석
은 동등성을 전제할 수 없는, 한쪽이 일방적으로 주도권을 쥐고 전
개해 나갈 수밖에 없는 가증스러운 게임이며, 상대방의 목을 내리칠
때까지 끝나지 않을 이상한 숨바꼭질이다. 이에 비해, 동등성을 전
제할 수밖에 없는, 환율과도 같은 법칙에 의해 서로가 서로에게 내
기를 걸 수밖에 없는 난해한 사투가 번역이다. 팔짱을 끼고 저만치
떨어져 이해한다는 식의 얼굴이 흘리는 비열한 웃음이 아니라, 뭔가
얻으려면 나도 뭔가 걸어야 한다고 말하는 것이 번역이다. 밖으로
나가 봐라! 사람들의 시선이 나를 번역한다. 가로수가, 건물이, 매
섭게 부는 바람이, 행인들의 무표정한 얼굴이 나를 쉴 새 없이 번역
한다. 나는 그들을 이해한다고 말하지 않는다. 그럴 수는 없다. 대신
나는 번역한다, 그리하여 존재한다. 이렇게 번역은 절연의 연습이자
포기할 수 없는 의미의 마지막 자락이다. 시는 가장 정직한 번역이
다. 시는 삶을 이해하거나 해석하는 말들이 아니라 번역하는 문장들
이기 때문이다.

2014. 12. 27.

산문시(散文詩, Poème en prose) 단상

—대학 시절, 산문과 시의 차이가 무엇일까 하는 의구심에서 사로
잡힌 산문시—그렇게 야콥슨(Jakobson), 토도로프(Todorov), 리파테르

(Riffaterre)의 책을 읽게 해 준 산문시

　-메쇼닉(Meschonnic)의 이론서를 조금 읽고 곧바로 프랑스로 떠나게 해 준 산문시

　-이론적 지평을 넘나들다가 결국 시를 공부하게 해 준 산문시

　-보들레르와 말라르메를 만나게 해 준 산문시

　-19세기에서 20세기 초반까지 프랑스 현대시에서 시학의 뜨거운 장소가 되었던 산문시

　-주요한이 수용의 맥락 속에서 한국어로 처음 소개했던 산문시 「눈(雪)」과 「불노리」

　-시를, 시임을 증명해야 하는 산문시

　-어린 랭보도 새로운 시의 형식으로 인식한 산문시

　-순수주의자들(가령 발레리)이 불순하다며 욕하고 공격했던 산문시

　-운문/산문 이분법의 세계와 맞서 싸우는 산문시

　-시라는 통념보다 시적인 것을 향해 우리를 이끌었던 산문시

　-홍명희가 투르게네프를 번역하다가 처음 사용한 용어 산문시

　-운문의 한계를 고발한 산문시

　-대도시의 정서와 사회상을 담아낼 탁월한 시적 형식 산문시

　-기술복제시대의 진정한 주인, 산문시

　-흩어지다가 직진하다가, 다시 회전하는 산문시

　-모든 이론가를 절망으로 몰고 가는 산문시

　-쓰레기가 되는 모든 것, 사라지는 모든 것, 일상의 모든 것을 뒤적거린 산문시

　-짧은 형식의 여러 글들과도 싸워야 했던 산문시

　-서정시를 박살을 낸 산문시

　-정의 자체만으로도 비평을 촉발한, 정의하려는 순간 당황하게

만들고 곤궁에 처하게 하는 악명 높은 산문시

　-보들레르의 위대함을 다시 한 번 확인하게 해 주는 산문시

　-내 박사 학위논문 주제 산문시

　-여전히-아직도 하고 싶은 말이 많은 산문시

　-"시인이 될 것 심지어 산문으로도"(보들레르)

2014 — 2015

■김남주는 내내 번역을 했다. 이 사실이 중요한 것이다. 그의 시에서 나타나는 번역의 흔적은 간결성과 혁명적 어조다. 이걸 분석해야 한다. 번역할 수 없는 환경에서 번역을 했다는 것이 마음에 걸린다. 긍정적이든 부정적이든. 김남주가 번역한 아라공의 시를 보고 있다. 일본어 저본을 아직 찾지 못해 프랑스어를 뒤지고 있다. 그는 감옥에서 우유갑을 헤집어 나온 은박지 위에 못으로 긁어서라도 번역을 했다. 번역의 역사를 돌아봐도, 르네상스 시대를 제외하고, 이런 경우는 없다. 감옥이 육체적으로 고통스럽고 정신적으로 제한된 유형지라면, 역설적으로 사유를 벼리고 성찰을 강건하게 할 장소이기도 했다. 김남주에게 번역은 "묶임으로써 풀어지는 포승의 자유/ 갇힘으로써 넓어지는 자유의 영역"(「정치범」)에서 펼쳐진 정신의 초인적인 산물이다.

■관계를 함부로 포개는 일처럼 위험한 것은 없다. 맥락에서 자유로울 수 있는 낱말과 문장은 존재하지 않는다. 문장이나 낱말을 개별적으로 들여다보며, 그 존재에 대해 한없이 음미하면서 모종의 '결론'에 이르는 실수를 범하면 곤란하다. 맥락이 우선한다. 문학에서 주어지는 최소한의 맥락을 우리는 '디스쿠르(discours)'라고 부른다.

■양자역학과 상대성이론의 단점을 보완한다던 초끈 이론 같은 것에 관심을 갖던 시기는 이미 지났다. 시간은 어떻게 설명해도 이해할 수 없을 것이라는 결론에 이르렀다. 물리학과 교수가 말한다. 물리학이나 수학 공식은 결국 시와 같은 것이라고. 나는 놀란다. 아니, 그는 인류가 수식으로 요약해 낸 수많은 공식을, '세상을 향한 외침'이라고 했다. 세상에 존재하는 모든 공식은 고독한 것이다. 그

것은 추출의 추출 과정을 거쳐 정제된 알약 같은 것이다.

■발화하는 순간 모순에 빠지게 된다. 말로 대상을 가둘 수 없기 때문이다. 여기서 입장이 나뉜다. 그 사실에 절망하여 불변의 진리를 찾는 시와 언어의 불완전성에 기대어 주관성의 영역을 개척해 내려는 시. 이 둘은 같은 절망에서 출발한다. 어느 것이나 좋다.

■최선이라고 믿었던 선택이 늘 뒤통수를 칠 때가 있다. 가장 만족스러운 상태에서 끝났다고 생각하고 넘긴 원고나 번역이 나중에 상처가 되는 것과 비슷하다. 사소한 실수인 경우, 이상하게 그 상처가 더 크다. '막을 수 있었네'와 '어쩔 수 없었네'의 차이.

■자본주의 사회에서는 누구나 궁핍하다. 항상 시달리며 살게 되어 있다. 부족함이 없어 보이는 부자들도 예외가 아니다. 어쩌면 그들이 더 이런 구조 속에서 살아가야 하는지도 모른다. 그 누구도 이 메커니즘에서 벗어날 수 없고, 벗어나려 하지 않는다. 이제 자본주의에서 다른 체제로의 이행을 꿈꾸는 사람을 목격하기 어렵게 되었다. 제발 자본주의라도 제대로 해 달라고 빌고 싶은 심정에 젖어 있을 것이다. 경멸의 대상이었던 도덕이라는 단어가 지금 이 사회에서는 가장 그리운 말이 되었다.

■읽어도 읽어도 소진되지 않는 말은 시밖에 없다. 시에서 보아야 하는 것은 읽히지 않는 것-난해한 지점-단일한 의미로 수렴되지 않는 지점이다. 의미의 과정에 대한 궁리 자체로 제 의미를 만들어 가는 말들/표현할 수 없는 것을 꺼내려 한 말들.

■ 여기저기서 대의를 붙들고서 그 당위를 누차 강조해 온 '문학의 세계화'는 움켜잡아야 하는 거대한 안개가 되고 말았다. 그런데 세계화라는 명분으로 번역은 문학성을 포기할 권리가 있는가? 소개 차원의 번역은 문학이라는 괴물을 얌전한 강아지로 만든다.

■ 조르주 페렉은 바둑을 인류가 발명한 최고의 오락이라고 했지만 나는 끝도 한계도 없는 전투라고 생각한다. 아무것도 아닌 돌이 모여 전투의 거점이 되거나 버려야 할 약점이 되고, 돌보아야 할 식구가 된다. 바둑돌은 의미를 부여받기를 기다리는 전투병이다.

■ 김민정의 산문집 『각설하고,』를 읽다 보면 글을 읽는 게 아니라 김민정이 내 옆에서 계속 이야기하고 있다는 착각에 빠진다. 연재 글을 읽을 때도 그랬다. 구어와 문어 사이의 구분을 취하고 마는 이것은 과연 무엇일까? 그의 시도 그렇게 읽힌다.

■ 평론집이 성공하는 경우는 거의 없다. 예외적인 경우를 제외하고 독자들은 대부분 평론집을 외면한다. 지루한 글이라서? 이것저것 모아 놓은 글이라서? 지면에서 봤던 글이라서? 그런데 평론을 챙겨 읽는 시인은 많다. 그런 시인들의 시는 예외 없이 좋다.

■ 지성으로 가건, 감성으로 뭉뚱그리건, 감각으로 움켜잡건 간에, 어느 깊은 곳에 도달해야만 시가 반짝인다. 포크를 쓰건, 젓가락질을 하건, 나이프를 휘두르건, 숟가락으로 떠올리건, 시는 결국 비슷한 양과 비슷한 강도의 고통을 대가로 세상에 찾아온다.

■유머는 잔인한 것이다. 유머가 번뜩인다는 말은 가장 효과적으로 무언가를 빗댄다는 것이기 때문이다. 유머는 감정의 물결을 제곱으로 늘려 낸다. 웃지 못하게 만드는 유머가 특히 그렇다. 싸움을 주도하는 것은 비극성보다 오히려 희극성이다.

■강성은의 시 「Le Rayon vert—에릭 로메르를 위하여」는 영화를 기묘하게 번역한다. 간결한 문장으로 영화가 주는 기쁨을 죄 담았다. '여행 가방' '수영' '곱슬머리' '별'은 영화의 알레고리로 빛난다. 거기에 제 감정을 덧입히는 것도 잊지 않았다.

■수학사를 살피다 보면 왜 피타고라스가 수(數)로 종교를 만들고자 했는지 납득이 간다. 변하지 않는 최소 단위가 수라는 거지? 이 말을 긍정하는 순간, 새로운 세계가 열린다. 더구나 제곱근이나 루트 같은 개념은 정수나 분수에는 없는 것이었다. 혁명은 별것이 아니다.

■삶이 일회적이라는 이유로 여행은 환영받는다. 여행은 환상을 지워 준다는 의미에서 새로운 환상이다. 탄생과 죽음의 순환과정은 우리가 의식이라고 부르는 것의 시작과 끝이다. 그래도 삶을 견딜 수 있는 것은 다양한 순환이 끊임없이 변화하기 때문이다.

■대중의 취향에 침을 뱉으라고 말한 시인은 마야콥스키였다. 실존을 구성하는 자잘한 허무가 하나씩 모여 정념의 형태로 내 몸에 고이기 시작할 때, 왜 그걸 말로 터뜨리면 안 되냐고 세상에 대고 항변할 수 있는 사람이 시를 쓴다. 이건 그러니까, 불꽃의 트임이다.

■ 제 목숨을 걸고 사람을 구하는 소방수가 축구 선수보다 더 많이 연봉을 받아야 한다고 프랑스의 어느 사회학자가 주장하는 걸 들은 적이 있다. 실현할 수 없더라도 더러 이상한 사람 취급을 받더라도, 이런 이야기를 할 수 있는 사람이 주위에 있으면 좋겠다.

■ 장정일의 신간 『빌린 책 산 책 버린 책』: 나는 장정일만큼 서평을 잘 쓰는 사람을 아직 보지 못했다. 그의 글 대부분에 흠뻑 빠져들게 되지만 그의 신간에서 특히 김지하에 관한 글과 『피로 사회』에 대한 서평은 각별하다. 이걸 읽느라 원고가 늦어지고 있다. 모든 글이 좋지만, 특히 인물 평전에 대한 서평은 압도적이다. 최남선에 대한 글도 강력 추천이다. 더구나 장정일의 눈길에는 공평성도 있다. 그 폭이 넓고 편견이 없기 때문이다. 장정일의 독서일기를 읽고 남겨 놓은 메모 덕분에 읽지 못했을 책들을 읽게 되었다고 할까? 거기서 반짝이는 정신을 목격하고 내 자양분으로 삼은 경우가 적지 않았던 기억이 있다. 그의 서평은 손길이 가지 않을 책도 뒤진다. 글도 점점 맛깔스러워진다. 활자를 조금 크게 해서 두 권으로 나왔으면 좋았을 거라는 생각. 저자 소개에 『길 안에서의 택시 잡기』로 되어 있는데, '길안'은 도시 이름이 아니었나 싶다. 1990년대 가장 좋은 시집 중 하나로 기억한다.

■ 마감을 즐기는 사람도 있을까? 창밖을 내다본다. 거리의 사람들이 너무 부럽다. 감옥에 갇혀 있는 느낌이다. 이번 원고만 마감하면, 이번 원고만 마감하면 좋겠다고 생각한다. 늘 반복되어 온 패턴인 걸 안다. 그래도 이번 원고만, 제발.

■ 시에 대해 알려면 그 시를 읽는 것으로는 충분하지 않다. 그 시에 대해 써야 한다는 걸 새삼 확인한다. 시가 경험한 것을 경험하는 일이 그 시에 관해 쓰는 것이다. 어느 글에서 비평은 결국 뒤따라가는 글이라고 한 말이 옳았다.

■ 세상이 변했다고들 한다. 사실이 아니다. 흘러가는 과정에서 끊임없이 해체되고 재구성된 것뿐이다. 그 운동을 보지 않고 자기가 위치한 현재에서 잠재성을 붙들어 놓았기 때문에 이런 말을 하는 것이다. 고정된 것은 없다. 우리가 고정한 것뿐이다.

■ 앙투완 콩파뇽(Compagnon)이 휴머니티로 돌아가자며 교양이나 도덕을 강조할 때, 비참한 기분이 든다. 어떤 사람이 힘들여 먼 길을 걸어가 결국 남루해졌다면, 그에게 필요한 것은 새 옷이나 장밋빛 대로가 아니라, 왜 그렇게 했는가를 함께 고민해 보는 것이다.

■ 개별화를 경유하지 않은 공동체의 보편성이 시대착오적 이데올로기에 불과하다는 경험을 말아 쥐고 시는 어떤 각성의 목소리를 울려 내고 있는가. 전략인가? 실존의 울림인가? 새로운 목소리들이 탄생하고 있다. 그걸 지켜보는 건 즐거우면서 곤혹스럽다.

■ 시에서 익숙한 비유를 끌어다 쓰는 것도 용기를 필요로 한다. 온갖 종류의 고사와 이야기를 엮거나 반복으로 뒤발한다 해도, 방식을 발명했다면 문제가 되지 않는다. 지고지순한 서정의 세계가 아니라 평범한 삶의 경험들 속에서 반짝거리는 공간이 중요한 것이다. 시를 '잘' 쓴다는 것은 결국 자기 언어로 쓴다는 것이다. 자기 언어로

쓴다는 것은 결국 자기의 말을 궁리한다는 것이다. 자기의 말을 궁리한다는 것은 다른 사람들의 글을 읽되 그것만으로는 충분하지 못하다고 말하는 것이다.

■위화의 글에서는 발자크와 위고의 냄새가 난다. 문화대혁명은 이쯤 되면 매문(賣文)의 대상이 아니다. 선봉파(先捧派) 작가들 가운데 그는 단연코 톱이며 그의 에세이는 반드시 읽어야 한다. 번역가 김태성의 문장을 존경한다. 린다 부부의 『책 한 권 들고 파리를 가다』를 읽을 때도, 김태성의 번역이 좋았다. 옌렌커의 『풍아송』을 읽고 있는데, 역시 번역가 김태성의 힘이 느껴진다. 우리가 읽고 있는 것이 원문이 아니라, 번역이라면, 번역가가 중요한 건 당연하다. 좋은 번역가를 만나야 작가가 살아난다.

■한국 문학작품을 외국어로 번역하는 사람들아! 제발 문학 좀 사랑해라. 프랑스의 어느 삼류 소설가의 작품 번역에 관해서는 이러쿵저러쿵 토를 달면서 애써 지키려는 그 자존심을 제발 한국 작품이 외국어로 번역될 때도 부렸으면 좋겠다. 최근에 만났던 일본어 번역가가 이성복의 시가 왜 좋은지 모르겠다고 말하는 걸 듣고 기절할 뻔했다. 시를 읽을 수 없으면 번역을 할 수 없다. 번역은 언어 간의 단순한 교환이 아니기 때문이다. 이 한심한 번역가는 그래도 제가 갖고 있는 번역가로서의 권력이 뭔지 안다. 지겹다. 작가들에게 농간을 부려서는 안 된다. 어김없이 스며드는 사대주의가 구역질이 난다. 나 영어 할 줄 아는데, 프랑스어 할 줄 아는데, 일본어 할 줄 아는데, 번역해 줄까? 무슨 장사치도 아니고 브로커도 아닐 텐데, 왜 이런 일이 벌어지는 걸까?

■가령 조세희의 작품을 번역해야 하는 번역가라면 그는 열거된 단문들이 기이해 보여도 하나로 이어 붙여 복문으로 바꾸어서는 안 될 것이며, 일부러 생략해 놓은 느낌이 들어도 자연스러움을 빙자해서 문장 사이에 접속사를 끼워 넣어도 안 될 것이다. 또한, 혼란스러울 것이 분명한 시제의 혼용을 시간에 대한 통념에 기대어 지워 버려서도 곤란하다. 물론 비교적 단순해 보이는 조세희의 어휘들이 밋밋하다고 생각해 엇비슷한 뜻의 저 멋들어지고 사변적인 낱말들로 바꾸어서도 안 된다. 그러면 난쟁이가 거인이 되어 버린다. 그러나 김승옥의 글을 번역해야 한다면 조세희의 글에서 겪었던 번역의 고통이 다른 방식으로 어깨를 짓누른다는 사실을 깨닫게 될 것이다. 엉켜 있는 복문이나 혼합문, 무언가를 번역해 놓은 듯한 저 피동형의 용법에 번역가는 눈길을 빼앗길 수밖에 없다. 김승옥이건 조세희건 작품의 목줄을 쥐고 있는 것은 바로 이러한 지점들, 그러니까 좀처럼 이해의 자장 안에서 안착하지 않는 저 괴물 같은 대목들이다. 번역은 원문을 일방적으로 옮겨 오는 수동적인 언어활동이 아니라, 원문을 원문이게 해 주는 힘을 가진 행위다. 원작의 특수성, 원작이 꽁꽁 묶고 있는 무언가를 번역에서 재현하고자 할 때, 번역은 원문에 원문의 자격을 부여할 수도 있다. 내가 읽는 것은 무엇인가? 도스토옙스키가 아니라 도스토옙스키의 번역 아닌가? 문학이 위대한 창작이라면 번역은 위대한 창작이 확장될 발판이자 그 위대함을 나와 타자에게 대면시켜 주는 통로이다. 문학의 아우라는 번역에 의지해서 제빛을 뿜는다. 문학이라는 괴물이 얌전한 강아지로 변하는 것도 정도가 있다. 잘려 나가는 사유의 살점들. 정말 '세계문학' 같은 소리 하고 있다. 한국 문학작품이 어떤 방식으로 소개되는지, 어떤 문장으로 재현되는지를 면밀히 관찰해야 한다. 국가의 세금이 번

역을 지원하고 있다. 한국 문학작품을 가지고 장난치고 있는 번역의 문제를 계속해서 주시할 것이다.

■고종석은 언어의 속살을 어루만진 최초의 장인이다. 그의 글 이전에 한국어가 이렇게 풍성했던 적은 없었다. 「우리는 모두 그리스인이다」를 읽고 번역에 대한 관심이 증가하면서 역사를 들여다볼 필요성을 느껴 갖가지 자료들을 살피게 되었다. 고종석이 이 글에서 복거일에게 반공주의가 부끄러운 것이 아니라는 사실을 배웠다고 말할 때, 무거워진 내 마음을 추스를 수 있었던 것은 그의 글을 지탱하고 있는 합리주의였다. 고종석은 나에게 언어가 꾸는 꿈의 지도를 보여 주었다. 그리고 그를 따라 뒤늦게 사전을 들여다보기 시작했다. 언어를 대하는 나의 태도가 지나치게 보수적일 수도 있다는 생각이 든 것은 순전히 고종석 덕분이다. 그러나 그가 영어 공용화가 현실이 될 것이라고 말할 때, 어쩔 수 없이 모종의 '윤리'라는 것을 생각하게 된다. 『국어의 풍경들』과 『말들의 풍경들』을 다시 꺼낸다. 『감염된 언어』와 『자유의 무늬』 『언문세설』과 함께. 『말들의 풍경들』은 언어학에 관한 글 세 꼭지 정도가 더 붙었으면 좋겠다고 생각했던 것 같다. 그러고 보니 그의 한겨레 기사를 오려서 스크랩했던 기억도 난다. 고종석이 언어가 어쨌든 도구이기도 하다고 말할 때 반박을 고민하며 언어 자체를 오히려 세밀하게 들여다보게 되었다. 그가 살핀 것은 '랑그(langue)'였다. 음성이나 단어의 기원을 추적한 글을 나는 상찬하지만, 그가 '발화'에 좀 더 관심을 가지면 좋겠다고 생각한다.

■뛰어난 번역가들이 시인이자 문필가였던 것은 우연이 아니다.

네르발, 보들레르, 말라르메는 모두 번역가였다. 보들레르의 포 번역이나 네르발의 괴테 번역은 번역이 직역/의역 따위, 저 선택의 문제와는 하등 상관없다는 사실을 알려 준다. 번역에서 건져야 하는건 문학성이다.

■작가에게 감수성, 상상력, 지성, 통찰력 등이 필요하다고 말한다. 글을 매만지는 사람 중 가장 똑똑해야만 하는 사람은 단연코 번역가이다. 번역가에게 요구되는 덕목 중 잊고 있는 것은 창조력이다. 번역은 창작의 힘을 제거한 창조력을 요구한다. 그래서 무섭다. 원문은 번역으로 제 이상향에 도달한다. 그건 사실 원문이 원문일 수 있는 권리가 번역에 달려 있다고 말하는 것이기도 하다. 말라르메의 시가 소네트이기 때문에 시인 것은 아니다. 옮겨 와야 하는 것은 시적인 것이다. 이런 문제는 오로지 번역에서 제기된다. 내 의문은 간단하다. 번역서로 지식 대부분을 우리가 읽는다고 한다면 그 책이 무엇이건 가장 먼저 문제가 되는 것은 당연히 번역이라는 것이다. 번역은 단순히 어떤 '문제'가 아니라, 지(知)의 인식에 있어서 그 출발이다. 그런데도 번역이 별거 아니라고?

■『충사(蟲師)』: 뭔가 어두컴컴한 곳을 허무에 깊이 빠진 자가 허망함 그대로를 그려 내며 회색에 특권을 부여한 만화. 어떤 시인의 시를 좀 더 들여다보려고 비교적 최근에 펼쳐 들었던 만화. 흥미로운 것은 이 만화에 등장하는 수많은 구절이 젊은 시인들의 뇌리에 어느 정도 새겨 있다는 것이다. 상호텍스트성은 고귀하시고 위대하신 '고전'에서 출발하여 현재에 당도하는 글의 '위계'에 의한 결과가 아니다. 글은 회전하고 이접하고 교류한다. 한자(한문이기도 하다)에서

창안해 독창적인 이야기를 만들어 낸 어떤 시인의 작품에서 굴원(屈原)의 「어부사」를 지배하는 완곡하고 슬프며 장대하고도 묵시록적인 어조가 녹아 있다는 사실을 발견했을 때, 오히려 이상한 기분마저 들었다. 텍스트는 유(有)에서 유(有)를 창조한다.

■ 자본주의 사회에서 우리는 누구나 말을 소비하고 산다. 시는 가장 소비되지 않는 말이다. 이건 사실 간단한 거다. 다시 읽어도 새롭다는 사실 자체로 증명되기 때문이다. 어떤 시집은 스무 번을 넘게 읽은 적이 있다. 신기한 건, 그래도 새롭다는 거다. 시의 고유성은 여기에 있는지도 모른다. 소비되지 않는다는 사실은 시가 사실, 구술성과 리듬의 산물이라는 사실과 관련된다. 소리 내어 읽을 때 찾아왔다가 허공에 흩어지는 의미의 자잘한 살결들을 붙잡고 우리는 삶의 기이한 골목을 방문한다. 삶의 가장자리에 대롱거리며 매달려 있는 감정을 오롯이 되살려 내는 언어는 시밖에 없다. 이야기를 포기한 대가로 시에서 얻게 되는 것은 무엇인가? 이에 대한 알리바이 하나도 없이 세상에 선보이는 시는 없다. 산문시의 핵심일 수도 있다.

■ 누스바움(Nussbaum)의 『시적 정의』를 읽다가 느낀 실망감을 로버트 단턴(Danton)의 『시인을 체포하라』를 읽으며 달랜다. 단턴의 글은 밑줄을 그을 수밖에 없다. 푸코나 하버마스가 양분한 두 가지 방식이 놓치고 있는 틈에서 제 꽃을 피운다. 단턴의 책은 어지간하면 읽어야 한다.

■ 보들레르가 내면 일기에서, 가령, "사랑하는 욕구라고 인간이 고상하게 부르는 것은 고독에의 공포이며 외부의 육체 속에서 자기

자신을 잊고픈 욕구"라고 말할 때, 나는 이 미친 문장을 쓰기 위해 그가 다른 세계에 있으려 했다는 사실을 짐작하게 된다. "사랑의 행위에는 고문이나 외과 수술과 몹시 흡사한 데가 있다"라거나 "사랑에 있어 성가신 것은 사랑이 공모자 없이는 불가능한 범죄라는 것"이라는 보들레르의 글을 읽을 때, 이 인간이 도대체 제정신인가 하면서도, 마음이 벌써 거기에 가 있는 걸 알게 된다.

■ 자유로움은 우리가 아는 그 무엇으로부터의 해방도 아니고 구속 없음도 아닌 끊임없는 절망과 절망 사이에 벌어진 자그마한 틈새다. 그러나 너무 간격이 좁아서 미처 몸을 디딜 곳이 고갈된 틈새다. 신은 우리에게 이처럼 가혹하다. 오로지 인간만 있다니.

■ '-적이다' '-처럼 보인다' '-인 듯하다' '-이라고 느낀다' '-일 듯하다' 등등의 추상적인 용어들을 빈번하게 선택한 글들은 시가 그 자체로도 이론일 수 있다고 생각하는 나 같은 사람에게는 제 무능함에 대한 핑계로 동원된 표현의 집약처럼 보인다.

■ 시골에서 풀이나 베어다가 작두로 썰어 그것을 먹어 보니 소화가 잘 되더라 같은 귀신 씨나락 까먹는 소리를 해대는 사람들이 너무 많다. 이들이 목표로 하는 것은 검증이나 증명, 최소한의 규명이 아니라, 감상을 팔아 자신의 고상한 취미를 키우는 것이다.

■ 사물이, 예컨대 지금 내 앞에 있는 만년필, 종이, 시계, 나무 조각상, 책, 클레의 그림이 저런 모습으로, 예컨대 내 방에, 혹은 내 책상이나 벽 위에 있는 모양으로 존재하는 까닭은 완전히 우연에 의해

서일까? 왜 존재하는가? 우연히 버림받아서인가?

■ 사랑의 지평은 바라보는 시점에 따라 다르게 위치한다. 매번 변하는 것이다. 사랑은 필연적으로 독선적이며, 어딘가 잠시 고정되었다가 곧 어디론가 미끄러지는 무엇이다. 그렇게 미끄러진 것이 한 곳에 머무르면 도식이 되며, 이 도식은 사랑이 아니라 우정과 비슷한 무언가가 된다.

■ 가끔 기억을 되살려 보는 것. 내가 잘하는 쓸모없는 일 가운데 하나. 나쁜 기억이 몰려오면 그 일을, 마치 어제 겪은 것처럼, 인상을 쓰고 바라본다. 그러나 가끔 좋았던, 혹은 감정이 속속들이 묻어 있는 어둠이 찾아오면, 그럴 때 타인의 눈에 비친 내 모습은 어떨까?

■ 정신분석가가 치료를 위해 무의식에 관심을 두고 광기를 연구 대상으로 삼았다면 브르통은 이 둘을 부정적으로 바라보지 않았다. 그에게 무의식이나 광기는 일종의 희망이었다. 인간을 이해하는 열쇠였으며, 억압과 과도한 합리주의와 이성의 지배욕을 벗어 버릴 일종의 기제였다. 브르통이 광기에, 그 저장고인 무의식에 희망을 걸었던 까닭이나 예술가들의 작품에서 그 흔적을 발견하고자 한 이유는, 참으로 막막한 세월 앞에서 막막함을 인식하지 못한 합리와 이성이 타자를 억압하고 인간 고유의 상상력을 허용하지 않았다고 생각했기 때문이다.

■ 죽음의 비용을 가장 저렴하게 지불하는 것이 바로 아파트 같은 것들이다. 쇼핑, 쇼윈도, 자본, 문명이나 진보는 우리 모두 죽는다

는, 우리는 모두 죽을 운명의 인간이라는 사실을 망각하게 만든다. 시는 이런 것을 금 가게 하거나 이것에 저항할 수밖에 없다. 문명은 어디로 가는가? 그 목적은 무엇인가? 삶에서 무지막지하게 죽음을 몰아내는 이 문명이 기실 죽음의 노래에 불과하다는 사실에 시는 관심을 드리운다. 죽음을 몰아내는 것 자체가 삶 자체를 몰아내는 작업과 다르지 않다는 사실을 모르고서 쓰는 시는 없다. 시는 주목한다. 언제 어디서나, 단지 도덕과 비도덕이라는 두 가지의 상황, 두 가지의 인간형, 두 가지의 의미, 두 가지의 가치가 대립한다고 믿는 매우 선동적인 의견이 이곳에서도 마찬가지로 지배적이다. 아니, 믿을 수는 없지만, 더욱더 지배적이기도 했다. 둘 이상의 숫자는 (놀랍게도) 존재하지 않는다! 누군가를 가만히 놓아두지 않으려는 속성에서 지배가 시작된다. 그 말을 가만히 살펴보라. 누가 누구에게 어떤 말로 그를 놓아두려 하지 않는가? 누가 누구에게 어떤 말로 무엇을 시키며, 어떤 연결사를 끼워 넣는가. 이 지배의 고리는 언어적이며 구조적이다.

■ 왜, 무엇을, 어떻게, 어떤 연결어를 사용하는지 살펴봐야 한다. '넌 참 착해.' (그런데) (그리고) (때문에) (그래서) (그러니까) (그러나) '밥 사 줘'. 두 문장을 연결하는 핵심, 그러니까 두 문장의 '값'을 결정하는 건 바로 이 연결어들이다. 위대한 비트겐슈타인.

■ 정신분석학이 고안된 이후 수많은 현대의 작가들이 정신분석학이 제공한 지식을 멋대로 응용하여 자신의 작품을 멋지게 만들었다는 착각을 반복하는 가운데 역설적으로 심윤경의 『달의 제단』은 가장 정치한 방식의 정신분석적 분석을 목도할 모종의 희망을 안겨

준다. 『달의 제단』에서 억압된 무의식은 멋지게 타오른다. 심윤경에게 이 억압의 기제는 한국의 역사 자체이며, 남성들이 거기에 파놓은 가부장적 이데올로기이자, 외려 여성이 여성을 억압하게 만든 부조리, 역사의 뒤편에서 모든 것을 조종하는 원체험으로서의 한국적 윤리다.

■ 세상에는 이해할 수 없는 사람들이 참 많다. 비 오는 날 우산을 갖고 있으면서도 비를 맞는 사람. 흐리고 비가 오는 날보다 맑은 날을 좋아하는 사람. 마땅히 해야 할 일을 앞에 두고 좀처럼 하지 못하는 사람. 지금의 나 같은 사람. 더 이해하기 어려운 사람도 많다. 자기에게 필요한 것이 A라고 명확히 인식하고 있으면서도 결국에는 B를 선택하고 마는 사람. 누군가 자신을 구원해 줄 것이라고 믿는 사람. 아니라고 생각하고 나서도 끝내 집착을 버리지 못하는 사람. 지금의 나 같은 사람.

■ 사람을 그리워한다는 것은 그 사람을 '쫓아간다'는 것이다. 지나온 골목을 돌아보지 않고 앞으로 시선을 고정한 채, 걸어갈 수 있을까? 창밖으로 스쳐 가는 새처럼 자유롭게 그 사람을 향할 수 있을까? 방 한구석에서 손길을 주지 않는 인형처럼 나는 웅크리고 있다.

■ 엄복(嚴復)에게 번역은 '신(信)'을 증명하려는 절차였다. 『천연론』과 그의 번역론, 저 기저에는 믿음을 확보하려는 이데올로기가 자리한다. 루터의 성서 번역을 가능하게 했던 것도 바로 이러한 '믿음'이었다. 재미있는 것은 이들이 같은 단어를 사용했음에도 쓰임이 너무 상이하다는 것이며, 반면 다른 역사적 배경과 공간에서 하나의

개념을 생각했다는 것이다.

■또 시간 타령이다. 하물며, 나이도 먹어 가는데, 시간 타령 좀 한다고 누가 뭐랄까? 시간이 뭔데? 인간의 모든 고통은, 물질적인 덩어리, 인간이, 추상적인 시간의 공간 속에서 살아야 한다는 데서 비롯된다. 차원은 왜 이렇게 겹쳐져 나를 한없이 괴롭히나.

■김연수의 『네가 누구든 얼마나 외롭던』을 절반 가량 읽을 때 나는 1990년대 초반 복학해서 겪어야만 했던 그 끔찍한 세월을 한 번 더 곱씹게 되었다. 정말이지 비슷한 체험이 기록되어 있다. 아니 오히려 김연수가 내 기억을 훔친 것은 아닌가 착각이 들 정도였다.

■여러모로 시간은 잔인한 생각을 부여한다. 흘러간다는 것을 이해할 수 있다면 시간이 아닐 것이다. 오로지 아는 것 하나, 흘러갈 것이라는 사실. 나는 바야흐로 이 흘러가는 것이 못마땅하여 한없는 원망과 저주, 독선과 이기에 찬 말들을 토해 낼 것이다.

■새로운 감각과 풍경, 꿈을 탐욕스레 갈망하는 모험가가 시를 쓴다. 그들은 음울하고도 신비로운 영광을 몹시 갈망하는 반역자이기도 하다. 사회가 가한 제약의 장애물들을 걷어 내려 끊임없이 시도하는 '예외적인' 개인이 주도하는 새로운 시대가 그와 함께 열린다.

■다큐멘터리만큼 매혹적인 것도 없다. 지오그래픽을 보다가 눈물을 자주 흘리게 되는 이유는 기록의 객관성 자체가 사실, 주관성의 포화 속에서 터져 나온 함성이기 때문이다. 앵글에 포착된 피사

체들과 그들의 삶에 경의를 표한다는 점에서 다큐멘터리는 시와 다름없다.

■사유란 무릇 연역적이다. 까마귀가 검다는 사실을 증명하려고 세상의 까마귀를 하나하나 확인할 수는 없는 노릇이다. 가설을 세우고 수정을 거듭하는 추론의 과정에 놓일 때만 그것은 사유로 우뚝 설 수 있다. 이런 방식으로 확실성의 범주가 조금씩 마련된다. 비트겐슈타인의 저서 중 가장 중요한 것을 『확실성에 관하여』라고 여겼던 내 생각이 잘못되었다는 사실을 알게 된 것은 그의 노트를 읽고 나서였다. 언어-진리-게임 같은 건 크게 중요하지 않다. 소쉬르-훔볼트-비트겐슈타인의 접점에서 문학 연구, 디스쿠르 연구가 혁명처럼 시작되었다는 점에 비하면.

■바움가르텐이 말한 것처럼, 미학이 '아름다움'에 관한 연구가 아니라 오감에 관한 성찰이듯, 문학은 진리의 철학적 근거를 마련해낼 '샘플'이 아니라, 삶을 영위하고자 언어의 자의성을 비끄러매는 모험의 결과물이다. 그 위에서 탄생하고 사라지는 것은 어떤 테제가 아니라 사유의 흔적들이다.

■나다르(Nadar)의 사진에는 세기의 기품이 서려 있다. 현실을 있는 그대로 복사하는 일에 더는 희망을 걸기 어려워지자 화가들은 세계를 주관적인 시선으로 담아내는 일에 내기를 걸었다. 나다르의 사진은 정확히 복사와 고안을 매개한다. 사진은 사실과 늘 충돌한다.

■아직도 세상에 감정이라는 것이 남아 있다는 사실에 놀란다.

그 무엇도 고정되어 있지 않다는 사실에서 텃밭을 일구어 내는 일은 관계를 함부로 포개지 않는 것에서 시작해야 한다. 그 조건은 물기를 뺀 눈으로 바라볼 것, 하나 더 덧붙이자면 전이하지 않는 것.

■ 시가 거꾸로 간다고 생각하지 않는다. 회귀한다고 생각하지도 않는다. 움직이는 결에 사유를 놓아두는 일에서 시는 무정형의 형식으로 세계에 입사한다. 시는 되돌아 나오지도 않는다. 머리인 동시에 꼬리인 말의 덩어리의 자격으로 모든 것은 함께 움직일 뿐이다.

■ 시에 접근하는 두 가지 방식 '보기와 듣기'를 주제로 박사 학위 논문이 나왔으면 한다. 서로 대립되는 이론적 패러다임을 비교하는 야심 찬 연구를 보고 싶다. 플라톤과 아리스토텔레스의 대비에서 하이데거와 비트겐슈타인의 충돌에 이르기까지 정말 재미있을 것이다.

■ 필립 로스의 『나는 공산주의자와 결혼했다』를 읽으며 주말을 보내길 잘했다고 생각한다. 비전-전망이 비상한 뜻을 품으면 사연 많은 서사가 만들어진다. 문체의 실험에서는 찾을 수 없는 힘과 용기를 통해 글은 자기 목적을 성취한다. 소설의 가장 큰 미덕이 여기 있다.

■ 아무것도 확신할 수 없는 틈새를 파고들어 살짝 채가듯 이미지를 만들어 내며 시를 쓰는 시인들이 있다. 이건 능력이 아니라 본능 같은 거다. 2000년대의 재능이 지금 여기저기서 활보하며 성과물을 만들어 내고 있다. 새로운 지표가 될 그것으로 생각한다.

■ 이미지에 관한 연구로는 디디-위베르만을 따라오기 어려워 보

인다. 이미지가 애초에 슬픔이었다는 사실을 확인하고서, 역시나, 무릎을 치게 된다. 슬픈 잔영이 모여 의미를 만들고 의미가 사연으로 풀려나오면 우리는 그걸 읽으며 다시 슬픔으로 되돌아간다. 그걸 모를 뿐이다.

■누군가 마감이 재능이라고 했지만 나는 그렇게 할 수조차 없다. 마감을 미루는 건 재능이라기보다 유예에 가깝다. 시간이 많다고 빨리 쓰는 게 아니라는 걸 절감한다. 무슨 핑계가 그렇게 많은가? 한심한 건 이 핑계를 원고에 필요한 알리바이로 착각한다는 거다.

■시간이 순간의 구조물일 뿐이라면 사실 우리는 착각 속에 사는 것인지도 모른다. 착각은 시곗바늘이 돌면서 꼬박꼬박 환기해 주는 그 동그라미의 정박지만큼이나 교묘하고 비형식적이라 어지간해서는 벗어나기 어렵다. 동그라미 안에 네모를 넣으려는 사유가 필요하다.

■기다림이 병이 될 때, 사랑이라는 말로, 우리는 얼마나 자주 감당하기 어려운 제 감정을 타인에게 띄워 오로지 그것만을 보고자 했던가. 차오르는 내 감정의 무덤 안으로 타인을 완전히 침몰시킬 때, 사랑은 환상이나 욕망과 쉽사리 하나가 된다. 미완성으로 놔둬야 하는 것이 있다. 떠나간 사람을 붙잡지 말 것, 사색으로 보낸 시간을 아까워하지 말 것, 잃어버린 시간은 사라진 상태로 그냥 남겨 둘 것, 서투른 사람들을 사랑하려고 노력할 것, 애써 괜찮은 척하지 말 것.

■라캉이 새우깡은 아닐 텐데, 데리다를 마구 데려다가 쓰다 보

면 힘겨울 텐데…. 외국 이론가의 이름 뒤에 감추어 놓은 당신의 생각을 말하라! 그걸 듣고 싶다. 들뢰즈가 뜸해진 자리에 어느새 아감벤이 들어선다. 이건 마치, 그러니까 유행하는 영화를 연달아 틀 준비를 마친 영화관에 무료로 입장하려고 기다리고 있는 긴 줄 같다.

■파스칼 키냐르의 글을 읽다 보면 착시를 일으킨다. 다수의 한국 소설과 시가 그의 문장을 들여다보고 있다. 새로운 일, 새로운 작업, 새로운 글이다. 영향의 주인이 바뀐다고 아쉬울 건 없다. 텍스트는 우리가 미처 인식하지 못하는 사이에 벌써 자기들끼리 대화를 나누고 이 대화로부터 많은 것들을 고안하기 때문이다.

■시시각각 날아와 박히는 화살을 주렁주렁 매달고 살 수는 없다. 아무리 힘들어도 뽑아내야 하는데 그렇지 못할 때가 더 아름다운 건 사실이다. 주저하는 순간에 불꽃처럼 피어오르는 파편을 붙잡고자 그렇게 많은 시간을 머뭇거렸던가? 좀 더 우둔할 필요가 있다.

■잠을 자고 나면 다시 회복되는 영혼이 있는 것일까? 끊임없이 몰려드는 수면에의 욕구는 쉬라는 경고 외에도 주위를 다르게 보아야 한다는 주문과 크게 다르지 않아 보인다. 더 잘 필요가 있다. 눈을 감아도 꺼지지 않는 사람들이 유령처럼 떠돌아다닌다. 빛이 보인다. 개인 안에도 공동체가 존재하는 것이기에 내가 아픈 이유가 타자 때문이기도 하다는 사실을 받아들인다. 아플 때 평소에 보지 못했던 타인들의 모습이 더 잘 보이는 것도 이 때문일까? 시가 절절한 말이자 상처의 기록이라는 사실은 왜 아플 때, 더 명료해지는가. 최소한 시와 감정전을 할 수 있다. 미비하지만 새로운 말들을 지껄이

려고 노력도 할 것 같다. 어떤 시와 감정전이 시작될 모양이다. 힘든 싸움이겠지. 그런데 우리가 알다시피, 새벽 4시의 고요는 차마 견딜 수 없는 것일지언정, 깰 수 없는 무엇이다.

■시인은 매 순간 망설이고 동요하며 공포에 젖어 모순되어 보이는 말을 내뱉는 자이다. 그에게는 기댈 만한 사람이 달리 없다. 그는 자신의 불안이나 혼란, 삶을 가득 채우고 있는 저 까닭 없이 찾아오는 고통을 제 언어의 무대 위에 과감히 올리는 사람이다. 시인은 자기 삶의 모순과 씁쓸한 제 꿈이 반사되어 튕겨 나오는 거울 놀이에 한층 고무된 사람인 듯해도 이제 막 생겨난 상처 때문에 여전히 피를 흘리고 있는 언어의 뭉치를 한껏 들어 올릴 때조차 독자에게 참여나 동정을 요구한 적도 없는 사람이다. 시인이 추억의 침대 위에서 무언가를 부둥켜안으며 삶의 패배와 배덕을 확인할 때, 그들이 삶의 수많은 거짓말을 제 입술로 포개며 활활 불태울 때, 비평가가 움켜쥘 수 있는 배반의 비극은 어떻게 시가 던진 이 파멸의 유혹을 견딜 수 있는 걸까? 열정 가득한 시가 상기하는 물음에 대해 우리는 최소한 자문할 수 있다. 삶의 다면과 예술적 진실에 투신한 언어가 성찰하게 부추기고 나아가 꿈꾸게 해 주는 몸짓이라고 말이다. 시의 한계뿐 아니라 불가능성을 그 누구보다도 먼저 의식하는 사람이 바로 시인이다.

■모더니티는 가장 고전적인 정신적 흔적을 간직한 상태에서 유행과 아방가르드의 모험에 도취된 힘을 만들어 내는 일종의 운동이다. 그것은 무언가 고여 '이즘(ism)'이 되면 곧 어디론가 떠날 채비를 꾸린다. 모더니티가 떠난 자리에는 이렇게 동시대성만이 남겨진다.

■초자연적 현상이나 논리에서 벗어난 것들 앞에서조차 종교 따위를 선택하면 그걸로 끝이다. 알 수 없는 것들은 언제나 존재했다. 지구가 평평하다는 것은 더 이상 진리가 아니다. 그런데도 우리는 미지를 미지로 놓아둘 때 인간적이라는 사실을 자주 망각한다.

■돈과 기독교는 정신분석가에게 최대의 적이 되어 버렸다. 절대적인 신뢰의 대상이 있을 때 억압은 진리가 되어 버린다. 절대 벗어날 수 없는 것은 이때 무의식적 강박이 아니라 현실의 아파트이자 부동산이며 그들이 모여 일주일에 한 번 결속을 다지는 교회다.

■이수명의 『횡단』은 평론집이라는 틀에 갇히지 않는다. 빼어난 에세이이자 정교한 시론이라고 해도 이 책이 선사하는 즐거움과 놀람이 오롯이 설명되는 것은 아니다. 치고 나가는 글, 거침없이 쏟아 내는 힘찬 논리에 빠져드는 사이 이수명의 시도 의식 안으로 들어온다.

■김행숙의 『에로스와 아우라』는 첫 장을 넘기면 마지막까지 눈을 뗄 수가 없다. 이 무슨 신기한 능력일까? 시에 대한 논리는 물론, 세상을 헤아리고자 펼쳐 놓은 온갖 성찰들을 가장 잘 알고 있는 사람이 결국 시인이라는 사실을 나는 이 책을 읽고 알게 되었다.

■신해욱의 『비성년 열전』은 정상이라는 이데올로기에 도전하는 뛰어난 글들로 가득하다. 세계를 가장 공평한 시선으로 바라보려는 노력이 얼마나 놀랍고 독창적인 목소리를 낼 수 있는지 알고 싶다면 꼭 읽어야 한다. 좋은 시인은 산문은 물론 모든 글을 잘 쓴다.

■ 세상에는 아무리 힘들어도 참아야 하는 것이 있으며 하고 싶어도 못 하는 것이 있다. 아무리 부정하려 해도 부정할 수 없는 것도 있다. 세상에서 유일한 존재가 나라면 사회는 이러한 나의 모임이다. 공동체와 개인은 대립하지 않으며 개인 안에 늘 공동체가 있다.

■ 파리에서 가장 잊을 수 없는 건 추적추적 내리던 비다. 파리에는 항상 세 가지 회색이 있었다. 비 오는 하늘의 회색, 빗물이 흘러내리는 지붕의 회색, 비 오는 날 마음의 회색. 젊은 날의 영혼 한 자락을 내려놓았던 파리가 이상하게도 잘 떠오르지 않는다.

■ 희망은 냉철한 판단이 부족하거나 합리적 사유가 결여되었을 때 인간이 가지려고 덤벼드는 매우 변덕스럽고 불투명하며 선동적인 이데올로기일 뿐이다. 희망 같은 거 진즉에 개나 물어 가도록 놔두었어야 옳았다. 이루어질 거라는 기대는 점쟁이들에게나 어울리는 것이다.

■ 눈알이 짜질 것 같다. 언어의 결들/문장의 운동들 안에서 시가 펄럭이고 삶이 생동하고 세계가 움직인다. 리듬은 의미의 사건이다. 리듬은 시가 형식과 내용을 따로 분리하는 법이 없다는 사실을 가장 첨예하게 보여 준다.

■ 아침부터 이상한 책을 붙잡고 있다. 20년을 제자리를 맴돈다. 길은 멀고 날은 저물 것이다. 정신은 도대체 어디까지 제 황폐함을 용서할 수 있는 걸까? 통념을 조합하는 많은 사람 가운데 누가 사유를 고안하는가?

■ 에세이라는 말로 얼마나 많은 이들이 장사를 해 먹었는가? 최근 선보인 몇몇 에세이가 소중한 까닭은 에세이라는 이름으로 많은 이들이 위로하고 다독거리는 사이 세상이 망할 지경에 이르렀다는 사실을 알려 주기 때문이다. 좋은 에세이는 반드시 현실에 뿌리를 둔다.

■ 수전 손탁(Sontag)의 글 가운데 『해석에 반대한다』는 예술 행위의 본질을 알려 주는 데 그치지 않는다. 해석학에 목매달고 있는 사람이라면 반드시 읽을 필요가 있다. 예술과 시에 대해 가다머(Gadamer)나 리쾨르(Ricœur)의 책보다 백배는 뛰어난 견해들이 특유의 직관에 힘입어 우리를 찾아온다.

■ 기형도의 시를 필사하던 시절, 한 친구가 조치원엘 가자고 나를 꼬셨다. 나는 중요한 건 '조치원'이 아니라, '조치원행 기차'라고 했고, 친구는 역에 내릴 때 반드시 진눈깨비가 와야 한다고, 그게 더 중요하다고 말했다. 우리는 빈 빵 봉지는 물론 담배도 가지고 있었지만, 조치원(역)의 쓸쓸함을 갖출 수는 없었다.

■ 한 번이라도 단 한 번이라도 마음에 드는 글을 쓰고 싶다는 마음으로 사람들이 시를 쓸 게 분명하다면 그걸 읽는 사람은 한 번이라도 단 한 번이라도 이 텍스트를 시원하게 이해하거나 이해한 바를 마음에 들게 써 보았으면 '원'이 없을 것이라는 헛된 믿음을 갖고 있다.

■ 계산에 뛰어난 사람은 가장 인간다운 모습이 왜 어처구니없는 실수나 허점에서 발견되는지 절대 이해할 수 없을 것이다. 이들은

제 계산이 완벽하다고 생각할지도 모른다. 한 번 두 번 아니 세 번은 가능하다. 반복되다 보면 그 사람만 빼고 모두 그를 파악하고 있다.

■ 퀴어 문화를 부정하는 나라는 명백한 파시스트 국가다. 지난번 행사는 중요한 의미를 지닌다. 성적 취향은 보장되어야 하며, 사생활과 공적인 활동을 하나로 여겨 한 개인을 판단할 수 없다. 아무 때나 도덕 운운하는 것은 그만큼 미개하다는 증거다.

■ 조지 오웰(Orwell)의 『나는 쓰는가』와 도러시아 브랜디(Brande)의 『작가 수업』을 비교하며 읽는다. 오웰은 사실적인 충고를, 브랜디는 희망찬 권고를 내려놓는다. 글쓰기에 대한 책이 대부분 헛소리에 가까워지는 것은 그것이 대개는 한국어와 상관없기 때문이다. 그런데도 오웰은 끊임없이 메모를 하게 만든다.

■ 엘 피스곤(Fisgón)의 『마초로 아저씨의 세계화에서 살아남기』를 재미있게 읽은 하루. 끝까지 읽으면, 미국 드라마를 비롯해 할리우드 영화에서 묘사된(?) 남미의 모습이 얼마나 기만과 사기로 점철되었는지를 이해하게 된다. 중요한 것은 이 책이 반미라는 이데올로기가 아니라 최소한의 사실을 근거로 최대한의 사안을 짚어 내었을 뿐이라는데 있다.

■ 레리 고닉(Gonick)의 다섯 권으로 이루어진 『세상에서 가장 재미있는 세계사』는 다섯 번 정도 읽을 가치가 있다. 그 어떤 역사책보다 흥미롭고, 또한 진지하며, 위트가 넘쳐 난다. 프랑스혁명은 낭만이 제거되어 사실적이며, 미국의 개척사는 모험을 빼내어 건조하나,

칠레와 멕시코를 다루는 시각과 비슷한 무게로 그려진다. 단연코 올해의 책!

■ 초현실주의의 정수를 맛보려면 정치가들의 말을 보는 것으로 벌써 충분하다. 그들은 모든 것을 과감히 '이접(移接)'한다. 연접(延接)도 아니고 역접(逆接)도 아니고 순접(順接)도 아니다. 가령 '앓고 있던 썩은 이가 빠졌다'와 '너는 종북이다'처럼 상상할 수 없는 것을 나란히 붙여 논리적 타당성이 있다고 주장한다.

■ 개인이 연유한 까닭과 개인이 모인 이곳이 이 모양 이 꼴인 까닭을, 아니 이 모든 문제를 복합적으로 축소하고 조절해 내는 문학이 대관절 어떻게 생겨 먹었는지 그 근원과 작동 방식에 대해 의구심 없이는 살 수 없다고 생각했던 시절은 그저 젊은 날에 불과했던가?

■ 세계의 근대화 혹은 그 혼란과 난세를 이념적·사상적 차원에서 정리하기 위해서라도 시는 필연적이다. 동서양을 막론하고 시가 맞서 싸운 정적 가운데 하나는 (대)도시 풍경 그 자체였다. 시는 전통과 서정을 배반할 수밖에 없을 때, 비로소 삶, 그리고 인간이라는 윤리 속으로 파고든다.

■ 한국에서 번역은 일본과의 관계를 헤아릴 때, 본격적인 의제로 인식될 수 있다. 이 중심을 동양의 번역론이 가로지른다. 번역은 정복의 수단이 아니라 계몽의 방편이었으며, 바로 이 사실 때문에 한국의 번역가들은 어느 순간에도 비애와 이념, 언어와 근대를 포기할

수 없었다.

■시대를 잘 읽고 있는가? 문화사적 차원에서 시대를 읽고 못 읽고의 차이가 정신성의 존재 여부를 결정한다. 벤야민을 떠올려 보라. 기술복제시대의 예술 작품론은 고작해야 과거를 정리한 글이지만, 그는 이 글로 현재 아니 현대와 미래, 예술의 존재 양식을 한꺼번에 훔칠 수 있었다. 벤야민은 한 시대의 물질적 토대가 정신을 지배한다는 마르크스의 테제가 실상에서는 역전되어 나타날 수 있다는 사실을 재빨리 알아챘고, 여기서 그는 예술과 문학의 잠재성과 불가능의 가능성을 엿보았다. 그는 변화와 변화를 추동하는 힘이 에피스테메의 힘과 같다고 생각한 최초의 사람이다. 친화력의 문제를 번역과 결부시킨 것도 벤야민이었다. 그가 대상으로 삼았던 괴테의 글은 사실 아무것도 아니었다. 벤야민이 아니었다면, 아니 누가, 그따위 삼류 소설을 읽으면서 '친화력'이라는 개념을 추출하여, 예술에 응용하고 나아가 번역 전반에 불멸의 한 수를 내려놓을 수 있었겠는가?

■모든 말은 왜곡과 오해에서 벗어날 수 없는 운명을 지닌다. 말의 이 속성은 대화가 맥락을 전제할 때 오로지 가치를 지닌다는 사실을 말해 준다. 이것은 사실 말의 운명과도 같은 것이다. 여기서 공허함을 보느냐 활동성을 보느냐에 따라 철학이 갈라선다.

■번역은 타자의 환상을 지워 내는 작업에서 제 동기를 부여받는다. 그러나 그 과정에서 만나게 되는 타자가 내 내면의 어떤 힘과 충돌할 때 내가 돌보지 못했던 나의 낯섦이 외부로 고개를 쳐든다. 번역은 환상의 탈신비화에 불과할지라도, 매우 힘이 세다. 번역은 해

석의 문제로 수렴될 수 없다. 문제는 왜 그럴 수 없느냐는 물음 앞에서 사람들이 무언가를 이해한다는 행위를 기정사실로 받아들인다는데 있다. 우리는 누구나 이해한다고 믿는 것을 이해할 뿐이며, 번역도 예외는 아니다. 번역에 객관성은 없다. 개념어의 번역은 중요하지만 고정된 것이 아닐 수도 있다. '에크리튀르(écriture)' 같은 개념어는 번역자의 역량을 그대로 드러내기 때문에 아슬아슬하다. 바르트의 글 중 중요한 몇 작품들이 다시 번역되는 것이 좋겠다는 생각을 하게 된 것도 개념어의 번역 때문이다.

■ '완벽'이라는 지극히 비극적인 인식의 정점에 도달하지 않으려는 태도에서 무언가를 할 수 있을 것이라는, 해야겠다는, 용기가 솟아난다. 그것은 대부분 종교적 신념, 믿음이나 이데올로기에 매몰되지 않으려는 태도와도 맞닿아 있다. 비극이 바로 이것들 자체이기 때문이기도 하다.

■ 폭력은 폭력을 사용하는 자의 비루함을 드러낸다는 점에서 그것을 겪어야 하는 자의 내면을 파괴하는 힘을 갖고 있다. 폭력은 행하는 자가 그 비천함을 모르고 있기에 오로지 그것은 폭력이다. 폭력의 정의에서 가장 큰 범주는 타자에 대한 부정이다. 누가 이 자본주의 사회에서 노예가 아닐 수 있겠는가? 노예에게 필요한 것이 도덕과 빵이라고 한다면 예술가들은 그것을 거부할 의지가 아니라, 그와 같은 상태의 가변성을 인식하는 행위를 통해 무엇도 선택하지 않을 권리를 옹호한다. 바보가 되기는 무척 쉽다. 바보들과 함께 있으면 되기 때문이다. 그런데 바보들 속에서 자신의 바보 아님을 유지하는 건 무척 어렵다. 바보들과 말을 섞고 위화감과 긴장 속에서 바

보들의 말에 귀 기울이고, 경청해야만 하는 끔찍한 상황이 제도라는 이름으로 지금, 이 순간에도 반복되고 있다.

　■데카르트적 주체가 붕괴될 위험은 문법의 카테고리가 가지런하게 정돈되지 않는다는 사실을 알아차린 20세기 초반에 본격적으로 들이닥쳤다. 그걸 기반으로 무의식과 계급이 그 붕괴를 급기야 기정사실로 만들어 버렸다. 순서를 바꾸면 모든 게 엉망이 되어 버린다.

　■내적 자아와 외적 자아를 구분하지 못하면 모든 것이 피곤해진다. 가식이라는 가면을 써야 할 필요는 없다. 이 둘을 구분해야 하는 자리가 너무나 많다는 것이며 매 순간의 모멸감을 지나치게 내면으로 밀어 넣거나 밖으로 꺼내면 그걸로 관계는 끝이 나곤 한다. 나와 다른 타인을 허용한다는 것은 그를 이해한다는 말과 같은 것이 아니다. 그것은 내가 모를 수도 있는 것을 제 정체성으로 삼고 살아가는 사람이 존재할 가능성을 인정하고 받아들이는 것이며 동의를 표명하는 것이 아니라 그 자체로 존중한다는 의미를 지닌다.

　■프랑스어가 북아프리카에서 차지하는 권력이 영어가 한국에서 갖는 지위와 같지 않다고 말할 수 없는 상황에 살고 있는 듯하다. 알제리 여인에게 프랑스어가 잠재적인 해방의 수단이었다면 영어를 구사하는 한국인이 도덕이나 관습, 지배 이데올로기로부터 모종의 해방감을 느끼지 않는다고 말할 수 있을까?

　■야마모토 요시타카의 『16세기의 혁명』을 읽으면서 고전이나 르네상스를 전공한 학자들이 무언가를 한다면 바로 이런 방식일 것이

라 생각했던 시절을 떠올리게 된다. 사실 조선의 삶은 지금 우리의 삶과 너무나 멀리 있는데, 이는 한편으로, 그 간극을 메워 줄 책이 별로 없기 때문이기도 하다.

■번역에서 이론이 대세처럼 회자된다. 누구나 이론을 옹호하며 이야기하지만 제 이론이 위치한 지점을 정확히 아는 것은 아니다. 혹은 제 이론이 특정 이데올로기를 옹호한다는 사실조차 잊는다. 벤야민을 인용하는 방식을 보면 그 사실이 고스란히 드러난다.

■불안은 도처에 있다. 불안을 감싸거나 제거하거나 풀어놓는 것은 바로 사람이다. 사람이 불안한 것이지 사물은 불안을 조장하지 않는다. 그러나 사물이 불안을 주도하고 불안으로 세계를 감염시킨 시대가 있었다. 여기서 벗어나려는 노력이 앵포르멜 예술을 낳았다.

■도박은 자기의 운명을 신에게 맡기지 않고 자기 자신의 손아귀에서 결정하려는 의지의 산물이다. 우연에 모조리 자신을 투자하는 자가 제 운명의 주인이 될 수 있으며 전 존재를 건 바로 이 상태가 천재적 단순성에 기인한다고 생각한 사람은 물론 보들레르였다.

■가야타리 스피박(Spivak)의 데리다 번역에는 제삼세계 언어·문화의 흔적과 그 특수성을 지워 내지 않으려는 가상한 노력이 녹아 있다.

■시인은 비유의 남발을 경계해야만 한다, 고 흔히 말한다. 비유를 자주 사용하는 것이 시의 질적 하락과 어찌 비례할 수 있겠는가.

이론적으로도 말이 안 된다. 내가 잘못 말한 것 같다. 기형도는 비유의 남발에 관한 통념 자체를 바꾼 시인이며, 이런 의미에서 그의 시는 '진부함을 가지고 진부함을 넘어섰다'라고 고친다. '-같은'을 한 작품에서 세 번 이상 사용하고 '살아남은' 시인은 기형도가 유일하다. '빵봉지처럼 뒹굴었다', '청년들은 톱밥처럼 쓸쓸하다', '생선 가시처럼 앙상한 가지들'처럼, 그로테스크한 이미지가 결부되었기에 가능한 일이었다.

■ 카페에서 책을 보고 있는데 옆에서 '헐, 대박, 쩐다'를 기본 구조로 한 대화가 두 시간 넘게 지속되고 있다. 무슨 추임새 같기도 하고 시조의 종장이 쉴새 없이 되풀이되는 것 같기도 하다. 표정도 그때마다 같다. 구조주의 시대가 다시 도래한 것은 아닌가 한다.

■ 프리모 레비(Levi)(『이것이 인간인가』)는 아우슈비츠에서 단테의 『신곡』 한 구절을 동료에게 번역해 들려주어, 언제 죽을지 모를 사선에서도 삶과 죽음의 이치나 삶의 고결함을 깨닫게 해 주려 했으며, 이 의지는 전적으로 지성의 힘에서 나온 것이다. 지성으로 끝까지 밀고 나갈 때, 인간은 가장 처절하고 또 아름답다. 아버지를 전쟁터에서 어머니를 아우슈비츠에서 잃은 조르주 페렉(Perec)은 어떤 힘이 있어 긍정적으로 세상을 바라보고 사람과의 관계에서도 그토록 원만할 수 있었을까? 너무나 분노하여 용서할 수 없을 때 갖게 되는 낙관적 태도는 오로지 지성의 힘을 믿을 때 가능한 것일까?

■ 데즈카 오사무의 『아돌프에게 고한다』를 읽고 놀란 이유는 파시즘만은 아니었다. 우리가 식민 치하에 있을 때 세계에서 이런 일들

이 벌어지고 있었다는 사실을 알게 되었을 때의 기묘한 자괴감과 답답함을 어떻게 설명해야 하나.

■『바벨 2세』는 여전히 명작이다. 어릴 적, '김동명'이라는 이름으로 출간되었고, 요코야마 마쯔다루를 우리는 모를 수밖에 없었다. 종말론적 세계관이 일본에서 왜 위력을 발휘하는지 어렴풋 알 수 있을 것 같기도 하다.

■ 어쩐 일인지『요철발명왕』이나『신판 보물섬』같이 어릴 적 내가 읽었던 만화를 초등학생 막내도 좋아한다. 다시 읽으면서 느꼈던 것 두 가지. 당시에는 아파트가 거의 없었다는 사실. 그리고 윤승운이 길창덕보다 상상력이 풍부하고 덜 이데올로기적이며, 짓궂은 상황 설정이나 묘사, 유머의 구사에 더 능하다는 사실.

■ 마르잔 사트라피(Marjane Satrapi)의『페르세폴리스』는 어릴 적 모두 한 번쯤 해 보았을 투박한 고무 판화가 어떻게 아름다운 예술의 수단이 될 수 있는지를 보여 주었다는 점만으로도 이미 훌륭하다. 재현의 방식-형식이 오히려 재현하려는 내용의 목줄을 쥐고 있다는 사실이 이처럼 명확하게 증명되기는 쉽지 않다.

■ 행위예술에는 테크놀로지에 저항하려는 비장함에서 솟아오르는 숭고함이 있다. 몸으로 하는 모든 예술이 묵시록의 한 페이지를 여는 것은 지속 불가능성을 조건으로 아우라, 그러니까 '유일무이한 현존성'을 뿜어내기 때문이다. 이때 흘리게 되는 눈물은 슬픔의 산물이 아니라 경이의 경험이다.

■나를 수면으로부터 내몬 것은 무엇일까? 영화 「수면의 과학」을 다시 보거나 페렉의 소설 『잠자는 남자』나 페소아(Pessoa)의 『불안의 서』를 다시 읽거나 해야겠다. 차라리 뉘른베르크에 관한 6시간짜리 다큐멘터리나 「쇼아(Shoa)」를 다시 트는 게 나을까? 어느 시인의 「잠 선생」이라는 작품이 생각난다. 의식이란 대관절 무엇인가? 의식이 가장 첨예하게 도마 위에 오르는 것은, 잠에서 깨어났거나 막 잠들려 하는, 그러니까 의식이 마지막까지 발버둥 치고 있거나 꺼진 의식이 희미한 불빛을 잡고 서서히 기지개를 켜는 단 몇 초간이다. 이때의 상태를 기록할 수 있다면, 시의 비밀에 다가갈 열쇠 몇 개를 얻을 수 있을 것만 같다. 잠들었다가 한 시간 정도 지난 다음 깨게 되면, 푸르스름한 빛이 창문을 두드릴 때까지 다시 잠들지 못한다. 이때 나는 검은 외투를 입은 자들과 대화를 나누거나, 누구나 알고 있으면서 좀처럼 입 밖으로 꺼내는 법이 없는, 가령 모두 죽는다거나 언젠가 사라진다는 엄연한 사실을 또렷이 마주한다.

■피곤한 일정이 기다리고 있을 때 우리에게 필요한 것은 위로나 여유가 아니라 끝까지 밀고 나갈 때 찾아올 어떤 혼란의 상태가 나를 다른 경험의 세계로 안내할 거라는 두려움이다. 가끔 이 두려움이 삶에 예기치 못했던 사유를 몰고 오기도 하며, 어둠을 보상해 주기도 한다.

■언어의 해체나 분열이라는 말은 일종의 모순어법(oxymoron)이다. 언어는 고정된 무엇이 아니며, 넓혀 내거나 풍부하게 변형되는 정도에 따라서만, 그와 같은 상황에서만 주어지는 무정형의 덩어리이기 때문이다. 이 무정형의 덩어리를 빚어내 생명을 부여하는 방식에서

시의 특수성이 결정된다. 의미는 바로 이 과정의 산물일 뿐이다.

■문제는 항상 '사실인 것'과 '사실임 직한 것'을 구분하는 데 놓여 있다. 이 구분은 생각보다 중요하다. 그것은 옳지 못한 처신에 대한 비판을 만들어 내는 근본이라기보다, 처신 이전에 처신의 성격을 결정해 주는 최소한의 도덕률이다. 이 둘을 혼동하면 그것으로 끝이다.

■모든 종류의 왜곡은 역사적이고 사회적이다. 그러나 그것은 오로지 언어적 차원을 경유해서만 몸통을 드러낸다. 언어적 표현은 기표의 단순한 모임이 아니다. 언어가 구사되는 방식 자체가 왜곡의 이데올로기를 고스란히 반영할 때, 왜곡이 비로소 삶에 침투하는 것이다.

■타자의 것을 제 것으로 만들어야 한다는 생각이 러시아인에게는 타자를 뛰어넘어야 한다는, 일종의 강박관념 속에서 계승되었으며, 이에 따라, 러시아 문학이 메타-문학적 특성을 다소 지나칠 정도로 선호하게 되었다는 러시아어 번역가의 말을 듣고 나서, 러시아 형식주의의 가치가 내게는 보다 선명해졌다.

■삶은 자주 추리적이다. 한 편의 추리소설 속에서나 벌어질 일들이 벌어진다. 삶은 어지럽게 흩어져 있는 조각들을 붙잡고 고심하면서, 서로 엇비슷해 보이는 것들을 연결하고, 이질적인 것을 하나의 모양새로 조합해 낼 때, 비로소 제 형태를 살짝 드러내는 퍼즐과도 같다.

■모욕도 어느 선을 넘으면 완전히 무시해야만 견딜 수 있는 지경에 이른다. 지금 이 땅에서 정치 나부랭이 하라고 지명된 인간들은 인두겁을 쓰고 있을 뿐, 시민도, 이웃도, 정치인도 아니며, 차마 사람이라고 부르기조차 힘들다. 에일리언이 그들보다 더 인간적이다. 이건 비유가 아니라, 말 그대로 그렇다는 것이다. 이토록 부패가 만연한 적이 없었다. 이토록 표절이 난무했던 적도 없었으며, 돈을 받아 처먹으며 쪽팔린 줄 몰라 했던 적도, 이토록 이기적이었던 적도, 이토록 굽신대며 사대적이었던 적도, 하느님 어쩌고 하면서 농락과 기만을 일삼은 적도 없었다. 곳곳에서 병이 창궐하고 있으며, 괴물이 삶을 지배하고 있다.

■역사를 뒤져 보면 '승리'한 사람들은 어쨌든 제 가신들을 부리는 데 있어서 지나치게 영악했던 자들, 시간을 착취하고자 짜낸 효율성의 타임라인을, 그 누구보다도 먼저 게으름을 추방해야 한다는 식의 망상에 힘입어, 어금니를 힘차게 깨물며 맹신한 자들이다. 저자신이 지나치게 영악했다는 사실만을 오로지 자랑거리로 떠들어 댈 수 있는 사람은 누구인가? 누구도 그렇게 하기를 바라지 않았으나, 그 누구보다도 자주 자신의 엉성한 펜을 움켜쥐고 제 인생에 굵은 밑줄을 치려고 하는 사람들이 너무 많은 것 아닌가. 야비한 행동을 당당하게 실천에 옮기며 열을 다해 남의 아이디어를 강탈해 자기 것으로 둔갑시키려고 많은 밤을 하얗게 지새우며, 비겁과 무지, 잔혹과 냉정, 아부와 오기, 선점과 지배, 폭력과 겁박이라는 말들로 삶을 자주 비끄러맨 사람들이 태연하게 성공 수기를 쓴다. 성공과 출세를 뽐내려는 자들이 지나치게 야박한 고료를 지불해 제 이름을 주인으로 둔갑시켜 대형 서점 노른자위 가판대에 올려놓고 저 보란 듯

이 팔아먹고 있는 성공의 그 무슨 비급이라도 적어 놓았다는 듯 우쭐대고 있는, 폐지만도 못한 책자 나부랭이를!

■ 페렉의 『잠자는 남자』를 번역하면서 좋았던 문장: "도로 내려와야만 할진대, 네가 왜 가장 높은 저 언덕의 정상엘 기어오르려 할 것이며, 일단 내려온 후, 어떻게 거기를 오르기 시작했는지를 주절거리며 네 인생을 보내지 않으려면 너는 과연 어떻게 해야 할 것인가?"

■ 삶은 자살을 하지 못해 주어진 자그만 용기로 죽음의 전 단계들을 차곡차곡 밟아 나가는 절차로 이루어져 있을 뿐이다. 삶에서 아무리 무언가를 이루고 성취했다고 생각한들, 어느 아침, 하늘 한번 올려다볼 때 문득 품게 되는 막막함, 허무를 이길 수 있는 것은 아무것도 없다.

■ 인간은 빛을 보고 태어나지만, 어둠의 세계로 진입하는 종말을 유보하는 것에 목숨을 건다. 삶은 죽음이 아니라 죽임의 형태를 거부하는 것에서 의미를 찾을 수밖에 없으며, 이는 명백히 모든 사람에게 주어진 가혹한 평등이자, 삶에서 지켜 낼 최소한의 방어선일 뿐이다.

■ 언어학의 가장 큰 문제는 단어의 의미, 즉 값을 부여하게 되는 루트에 대한 오해에 있다. 어떤 낱말의 '값'은 낱말 자체가 아니라, 그 낱말 주위에 있는 다른 낱말들이 목줄을 쥐고 있다. 문법은 사전에나 있는 것이다. 각자가 각자의 문법을 소유하고 있을 뿐이다. 낱

말도 서로의 화학작용을 통해만 오로지 제값을 가질 뿐이다.

■시선의 곤혹과 잔인함. 오웰의 주제도 사르트르의 테마도 여기에서 출발한다. 누군가에게 노출된 순간, 우리의 존재는 사라져 버린다. 실존의 위기라고 말한 것은 바로 이 곤혹, 이 순간의 고통이다. 우리는 모두 노출에 공포를 갖고 있지만 그게 쾌락과 다른 것은 아니다.

■매번의 만남에는 두 가지 시선이 존재한다. 사적인 것과 공적인 것이라고 해 두자. 오롯이 개인을 보장하는 만남은 없다. 사적인 것과 공적인 것의 구분은 공동체와 개인을 별개로 취급하는 것과 같다. 보지 못했을 뿐이지 개인 안에도 공동체의 그림자는 늘 어른거렸다.

■모범적인 언사를 되풀이하며 그걸 업으로 삼고 제 임무를 다했다고 흐뭇해하는 사람들이 많다. 이들은 번지르르한 외모, 침착한 성격에, 중후한 목소리의 소유자인 경우가 많으며 주변머리가 아주 좋다. 침착한 것 빼면, 아무것도 아닌, 평생 표준을 추구하고 살 사람들이다.

■오리엔탈리즘의 탄생 시기가 13세기인 것은 우연이 아니다. 그것이 현대의 탄생물이라고 말하는 사람들은 입을 그만 좀 다물어야 한다. 오리엔탈리즘은 권력관계에 그 뿌리를 둔 것이 아니라, 명백히 종교 분쟁, 아니 종교 분쟁을 가장한 침탈, 즉 십자군 전쟁에서 비롯되었다.

■레비스트로스가 가장 잘한 것은 인간 정신을 분류하는 일이었다. 그가 신봉했던 것은 질서와 질서를 카테고리로 나누는 작업이었다. 그런 후, 그는 자신이 판단을 감행한 것을 안전하고 객관적(이라고 믿었던) 과학에 위탁했지만, 이 과학은 중립적이지 못했다. 자의적인 가치가 부여됐기 때문이다.

■문화적 병합이 가장 적나라하게 목격되는 것은 번역이다. 번역의 역사는 오리엔탈리즘의 역사와 정확히 일치한다. 언어는 선택의 문제가 아니라, 방어의 수단이자 공격의 무기일 수밖에 없었다. 자국의 언어를 보존하려는 노력과 번역의 필요성이 나란히 맞물려 있었다는 것은 아이러니가 아닐 수 없다.

■글을 힘차게 쓰는 방법: 정확한 말로 쓰기. 최상의 연습은 번역이다. 번역이 잘못되었을 때는 세 가지 이유밖에 없다. 문맥을 파악하지 못했거나, 낱말의 중의성을 놓쳤거나, 개념을 숙지하지 못했을 때, 번역은 작문이 된다. 언어를 옮기는 번역은 존재하지 않는다. 언어가 아니라, 언어의 화학작용을 번역해야 한다. 번역에도, 번역본에도, 번역가에도 고유명사가 있다.

■시간을 멈추게 하려고 과학이나 수학을 연구하거나, 현실을 지나치게 추구하거나, 미래만을 바라보며 지나친 투자에 몰두해서는 사라져 가는 것을 잡을 방법을 발견할 수 없다. 유일한 방법은 순간의 흔적을 남기는 것이다. 시시각각 무조건 쓰는 수밖에 없다.

■인간의 이성이 지닌 비평적 의식은 누구에게나 보편적으로 존

재하는 것이지만, 필요성을 느끼는 사람은 사뭇 다른 유전자를 갖고 있는 듯하다. 필요한 것은 전투적 유전자이지만 가장 중요한 것은 유연성의 유전자인 듯하다. 그걸 망각하면 비평이 쉽사리 비난이 된다.

■언어의 경계선이 곧 삶의 경계선이라는 사실이 망각될 때, 시에 이러쿵저러쿵 많은 사변이 들러붙는다. 언어의 친화력에 대해, 시라 불리는 언어활동만큼 극단적이고 실험적인 사유를 투척하는 경우를 보지 못했다. 바벨은 무너졌고, 언어는 여럿이고, 비평은 난무한다.

■처음부터 길이 있었던 것이 아니라 언젠가 내디뎠을 첫발 이후에 흔적이 생겼고 그 흔적에 다른 사람들의 발길이 보태져 길이 생긴 것이다. 그 길이 너무 크고 넓어 누구나 그 위에 있다고 생각하면, 이내 다른 곳으로 빠져나가려는 힘은 인간만 가지고 있는 것인가?

■가만히 놓아두지 않으려는 속성으로부터 지배가 생겨난다. 가만히 살펴봐라. 과연 누가 당신을 놔주지 않으려 하는 것이며, 나아가 쥐고 흔들려고 하는지. 왜, 무엇을, 어떻게 시키는지 유심히 살펴보면, 그 사람이 내게 행사하는 권력이 악에서 비롯된 것인지 그렇지 않은지 알게 될 것이다.

■사람들 사이에 있어도 사람을 보지 못하고, 책 사이에 있어도 책의 영혼을 읽지 못한다. 필요한 것을 섭취하고 이해타산을 따져, 가져올 것과 버릴 것을 헤아리는 데 길든 습관을 좀처럼 버리지 못한다. 가련한 모습을 한 번쯤 뒤돌아볼 때가 되지 않았나?

■ 문학이 제 존재의 방식을 캐묻는 데 게으를 수 없는 시대에 살고 있다고 한다면, 시와 소설이 같은 운명을 공유한다고 말할 수 있을까? 누보로망 이후에도 소설이 살아남기 위해 매번 고안하고 있는 고유한 방식에, 나는 매일, 마음속으로 갈채를 보낸다.

■ 시집이 쏟아져 나오고 있다. 시인들에게 2014년은 기억될 만한 해가 될 것이 분명하지만 비평가에게는 몹시 힘든 한 해가 될 것이다. 읽다 보면 어느새 또 시집이 출간되었다. 속도도 속도지만 이런 해가 또 있었나 하는 의아한 마음이 드는 것을 막기 어렵다.

2016. 1. 29. – 12. 30.

2016. 1. 29.

랭보는 참 이상한 아이였다. 황현산 선생님은 그가 절필한 이후에도 아프리카로 떠나기 직전까지 꾸준히 시를 썼다는 학자들의 견해를 오늘 강의에서 소개하셨지만, 내 생각에 랭보는 고작해야 삼사 년가량 시를 썼을 뿐이다. 아주 어린 나이에 시라는 예술을 그가 알았을 때, 그는 우리 나이로 중학교 2학년 정도의 다소 불량하고도 오만한 학생이었고, 자주 가출을 했으며, 라틴어 시 경시대회에서 1등을 하거나 빼어난 성적으로 주위 사람들을 놀라게 하곤 했다. 그는 정말로 집을 '갑갑해'한 것 같다. 여기서 천재의 신화가 탄생한다. 그런데 내 생각에 랭보의 잦은 가출과 반항은 거창한 의도 속에서 행해진 천재의 '예비적' 행보나 전조 같은 게 아니라, 지극히 머리 좋은 아이가 간혹 저지르는 단순하고도 불량기 가득한 사고에 불과한 것으로 보인다. 부친 프레데릭 랭보는 군인(나폴레옹 군대의 포병 말단 장교였던가?)이었고, 어머니와 여동생 이자벨 랭보는 독실한 가톨릭 신자였다. 아버지와 마찬가지로 어머니도 일 년 중 절반을 집을 비울 수밖에 없었는데, 남편 대신 가사일 전부를 책임지며 일을 했기 때문이다. 그녀는 생활고에 찌든, 또한 몹시 고루하고, 종교적으로나 도덕적으로 엄격한 여인이었다. 클로드 장콜라의 『랭보—바람 구두를 신은 천재 시인 1, 2』에는 당시의 삶이 낱낱이 묘사되어 있다.(프랑스 '것'들은 자국 문학을 빛낸 문인들에 대해 지나칠 정도로 꼼꼼히 전기 연구를 감행한다. 프랑스에서 태어나 유명한 작가로 사망하면, 사생활은 물론, 모든 것이 까발려진다.)

재미있는 것은 랭보가 자신을 통째로 걸었던, 그래서 변화와 기적을 가져오리라고 믿었던 시에 마침내 절망하게 되어 「불가능」 같은 작품을 끝으로 붓을 꺾었을 때, 그는 이 세상의 구원 가능성을 '돈'에서 보았다는 사실이다. 그는 정말 자본주의의 맹신도가 되었다. 당시 한탕 하려는 사람이 대개 그랬듯, 랭보도 자원이 풍부한 식민지 아프리카로 떠났다. 그곳에서 대상(大商)이 되었고, 원주민들을 부리면서 코끼리 상아를 잘라 팔아먹는가 하면, 에티오피아에서는 커피를 부당한 방법으로 거래하다 적발되기도 했으며, 무기 밀매에 이상한 열정으로 임하기도 했다. 랭보가 여동생에게 쓴 편지 몇 편을 일전에 심심해서 번역한 적이 있다. 풍토병에 걸려 프랑스로 수술을 받으러 배에 오르기 전까지, 랭보가 편지에서 털어놓은 말들은 '조금 더 견디면 돈을 벌 것이다', '이제 곧 한몫 잡는다' 등, 오로지 돈, 돈, 돈에 관한 것뿐이었다. 그리고 마침내, 그는 절름발이가 되어, 조금 더 생을 누리다가 서른일곱의 나이에 세상을 떠났다.

대학 시절 랭보의 작품을 읽고 번역하는 스터디 모임을 잠시 운영했었다. 최초에 발표한 작품에 속하는 「고아들의 새해 선물」을 번역하여 읽다가 이상하게 눈물이 났던 기억이 난다. 물론 우리는 랭보의 시를 제대로 읽지 못했다. 특히 후기 시와 산문시는 어려웠다. 이 말은 초기 운문시는 어휘가 비교적 단순하고, 구문이 그다지 복잡하지 않다는 말이기도 하다. 그의 재능은 어쩌면 여기 있었던 것인지도 모르겠다. 단순한 어휘로, 현실의 비극을 기록할 줄 아는 시인이 흔한 것은 아니다. 엘뤼아르(Eluard)가 그 길을 가려 했고, 프레베르(Prévert)가 또 그러했으나, 둘 다 랭보와는 비교할 수 없을 정도의 수준에 머물렀고, 장 타르디외(Tardieu) 역시 그러려 했으나, 추상과 철학에서 벗어나지 못해, 먹물들의 전유물이라는 비난을 감내해야 할 뿐이었다. 랭보의 한국어 번역은 어렵다. 초기 시는 특히, 소년이 쓴 그 말투를 살려 내는 데에서 성패가 결정될 것이며, 중기나 후기 시는 복잡한 구문을 발명한 그의 특수한 문장을 담아내는 작업이 어쩌면 번역가의 발목을 잡을지도 모른다.

2016. 2. 4.

황현산의 로트레아몽 강의를 듣고 떠오른 세 가지 잡념:

1. 로트레아몽은, 우리식으로 말하자면, 이과를 전공했다가 실패한 경우에 해당된다. 프랑스 최고의 이학(理學) 연구 기관 에콜폴리테크닉(L'École polytechnique)에 진학하려 했으나, 시대의 상황이 허락하지 않았거나, 문학을 향한 까닭 모를 심취로 인해 그렇게 하지 않은 것으로 추정된다. 로트레아몽의 산문시는 동일한 구조의 문장을 병렬식으로 배치하여, 의미의 차이를 생성해 낸다. 그러면서 무언가를 계속 덧붙여 기술하는, 그러니까 덧셈의 에크리튀르라고 해도 좋겠다. 논리적인 구조 안에다가 동질적인 의미 장에서 이탈한 어휘들을 고의로 배치하여 생겨난 난독의 세계는 작품 하나를 통째로 읽고 나서, 각 구절을 다시 헤아릴 수밖에 없게 만든다. 낱말, 구, 문장, 단락 순을 따르는 기존의 독법은 역전이 된다. 가령 '1+6+10+3+5'=25처럼, 각각의 항을 더해 25를 얻어 내는 게 보통이라면, 로트레아몽의 글은 이 절차를 거꾸로 따라가는 방식으로 읽을 것을 주문한다. 문제는 각각의 항을 마침내 더했을 때, 수학의 계산처럼 25라는 논리 정연한 결과물을 손에 쥐게 되는 것이 아니라는 데서 발생한다.

2. 한국의 프랑스 상징주의 수용: 상징주의 수용에서 랭보와 로트레아몽이 배제된 이유는, 간단하게 말해, 김기림이나 김억, 송욱 같

은 학자들이 영문학도였다는 데서도 기인한다. 1930년대 해외문학파는 와세다대학 등의 영문과 출신이 주축을 이루었다. 정인섭이 예이츠에 매달렸던 것도 이런 맥락과 맞닿아 있다. 이들에게 프랑스 상징주의는 랭보나 로트레아몽보다, 말라르메와 발레리로 이어져 내려오는 문학적 흐름이었다. '주지주의'에 사로잡혀 있던 영문학자들이 시에서 인간의 자취를 모조리 제거하려 했던, 그 자리를 기하(幾何)와 순수의 아름다움으로 채워 넣으려 했던 발레리에 주목한 것은 어쩌면 당연한 일이기도 했다. 해방 후에도 이러한 관점이 지속된 것처럼 보인다. 특히 유종호의 글을 읽을 때, 그에게 시문학의 본령은 바로 이 주지주의에 있는 것은 아닌가 하는 생각을 하게 된다.

3. 로트레아몽과 가장 근접한 한국 시인은 함기석과 정재학이다. 특히 함기석의 두 번째 시집 『착란의 돌』을 읽고 로트레아몽의 그림자가 얼씬거리는 것을 자주 보았으며, 그의 시집 『오렌지 기하학』의 해설을 쓰면서, 나는 로트레아몽이 『말도로르의 노래』 두 번째 노래의 제10절에서 수학에 대해 기술했던 부분을 제사로 달아 놓았었는데, 지금 생각해 보니, 이 제사는 사실 너무 짧았다. 제법 긴 10절의 절반가량을 아래 부기한다. 황현산의 번역이다.

오! 엄정한 수학이여, 꿀보다도 감미로운 그대의 정교한 수업이 내 마음에 상쾌한 물결처럼 스며들어 온 이래로, 나는 그대를 잊어버린 적이 없다. 나는 요람에서부터, 태양보다 더 오래된 그대의 샘에서 목을 축이기를 본능적으로 열망하였으며, 그대의 입문자들 가운데서 가장 충실한 자인 나는 그대의 장중한 전당의 성스런 안뜰을 여전히 밟고 있다. 나의 정신에는 모호함이, 연기처럼 두꺼운 어떤 알 수 없는 것이 있었지만, 나는 그대의 제단에 이르는 층계들을 경건하게 뛰어넘을 수 있었고, 그대는 마치 바람이 호랑나비들을 날려 버리듯, 그 어두운 베일을 날려 버렸다. 그 자리에, 그대는 극도의 냉정함과 완벽한 신중함, 그리고 가차 없는 논리를 가져다 놓았다. 몸을 튼튼하게 해 주는 그대의 젖을 빤 덕택에, 나의 지성은 빠르게 발전되었고, 성실한 사랑으로 그대를 사랑하는 자들에게 그대가 아낌없이 베푸는 이 황홀한 빛의 한가운데서, 나의 지성은 무한한 규모를 얻었다. 산술! 대수! 기하! 웅장한 삼위일체여! 빛나는 삼각형이여! 그대들을 모르는 자는 바보 멍청이다. 그는 가장 심대한 형벌의 시련을 받아 마땅하리니, 그의 무지한 무관심에는 맹목적인 경멸이 들어 있기 때문이다. 그러나 그대를 알고 그대를 상찬하는 자는 지상의 행복이란 어느 것도 이제 원하는 것이 없으니, 그대의 마술적 쾌락에 만족하여, 그대의 어두운 날개를 타고, 가벼운 비행으로 상승 나선을 그리면서, 하늘의 둥근 궁륭을 향해 날아오르는 것밖에 더 바라는 것이 없다. 지구는 그에게 도덕적인 환상과 마술 환등밖에 보여 주지 않는다. 그러나 그대, 오 간결한 수학이여, 그대는 그 완강한 정리의 엄밀한 연쇄와 그 강철 법칙의 항구성에 의해, 우주의 질서에 그 각인이 나타나는 저 지고한 진리의 강력한 반영을 부신 눈에 번쩍인다. 그러나 특히 그대를 둘러싸고 있는, 피타고라스의 친구인 정방형의 완전한 규칙성으로 대표되는 법칙이 그보다 더 위대하다. 전능자가, 그와 그 속성들이, 그대의 정리(定理)의 보물과 찬란한 광채를 혼돈의 내장에서 솟아나게 하는 것이었던 이 기억할 만한 작업에서 완전히 드러났기 때문이다. 고대의 여러 시기에도, 현대의 여러 시간에도, 인간의 여러 위대한 상상력은 불타는 종이 위에 그어진 그대의 상징적인 도형들을 숙고하는 가운데 그 정수를 발견하고 놀라니, 신비롭고 잠재된 숨결로 살아 있는 이 기호들은 모두 저

속한 속인에게는 이해되지 않으나, 우주 창조 이전에도 존재하였고 우주의 멸망 이후에도 존속할 영원한 공리(公理)와 상형문자의 명백한 드러남일 뿐이었던 것이다. 상상력은 운명적인 의문부호의 심연을 굽어보며, 수학을 인간에게 비교한다면 인간에서는 오직 거짓된 오만과 허위를 발견할 수 있을 뿐인데, 수학이 어떻게 그만큼의 압도적인 위대성과 그만큼의 반박할 수 없는 진리를 끌어안게 되었는지 자문한다. 그래서 이 뛰어난 정신은 그대가 허물없이 베푸는 고결한 충고로 인간의 왜소함과 그 유례없는 어리석음을 더욱 통감하고, 슬픔에 빠져, 그 백발이 성성한 머리를 앙상한 두 손에 파묻고 초자연적인 명상에 빨려 들어간다. 그 정신은 그대 앞에 무릎을 꿇고, 그의 존경심은 경의를, 전능자의 고유한 형상에 바치듯, 그대의 신성한 얼굴에 바친다.

—로트레아몽, 『말도로르의 노래』 두 번째 노래 제10절에서

사족 하나: 강의를 듣고 돌아와 원문과 대조하며 황현산의 로트레아몽 번역을 읽어 보았다. 유학 전에 황현산의 번역을 읽었더라면, 프랑스에서의 공부가 훨씬 수월했을 것이며, 조금 더 너른 대지 위에서 펼쳐졌을 것이라는 생각이 든다. 프랑스에서 만난 일본인 친구 두 명에 대한 나의 부러움은 동경대나 교토대의 튼튼한 재정적 지원이 아니라, 이 두 친구가 프랑스로 오기 전, 상징주의 시 등에 관한 다양한 일본어 번역본들을 프랑스어 원문과 비교해 가며 읽었다는 사실을 알게 된 순간 생겨난 것이었다.

2016. 2. 24.

TV에서 하도 슈퍼문 어쩌고 하길래 담배 피우러 나와 살짝 하늘을 올려다보았더니 이건 뭐야? 바람이 심하게 부는 거다 바람이 보

이지 않는 바람이 불어와, 농구공 크기의 달을 팽글팽글 돌리느라 정신이 없다 그걸 지켜보는 내내 글쎄 마음속에서 알 수 없는 뜨거운 기운이 마그마처럼 끓어 오른다 픽션은 아무리 꾸며 봐야 불안한 현실을 따라오지 못할 것이다 허락받고 진행해 보는 분열의 광란을 외쳐도 떠들어도 현실이 더 분열적이며 불안정하다 글쎄 슈퍼문을 한번 봐라 당신은 뭐야? 슈퍼문을 보았나? 그랬더니 정말 슈퍼한 문이었나? 글쎄 그 문으로 들어가면 그러니까 악몽만 반복될 뿐 삶에 대한 단서를 얻지 못해 주둥이 길게 내밀고 빈손으로 돌아올 것이다 삶의 거처는 몰라도 글쎄, 현실은 불안하다, 그럴까 하며 쓰는 글은 슈퍼하다 픽션은 시에 비해 얌전하며 시는 현실에 비해 지나치게 선하거나 지겹도록 온순하다 글이 안정적이거나 논리적이면 달빛의 환호를 얻어 문을 걸어 잠그는 거다 글쎄 망가지는 길은 이토록 자명하고 명백한 문 사이로 열린다 누구나 아는 문장을 손가락으로 깨작거려 적어 본 글들을 모조리 태워 버리지 않으면 달은 달이기를 내내 영롱할 것이다 구제받을 길이 없어진다 글쎄 글쎄 글쎄 그새 글은 삐딱하게 불안하게 난감한 감정으로 달 위를 걸어 다닌다 더럽고 유치하게 쓴다라고 쓴다 글쎄 그러면 슈퍼한 문장은 슈퍼문 주위를 맴돌고 있는 바람의 소리를 들으며 탄생하겠지 너무 앞서갔다고 생각되는 시인들은 자신들이 위반한 적도 범람한 적도 없이 달을 사랑한다 정말 슈퍼문을 볼 수 있을까 슈퍼한 문을 열 수 있을까 달이 글쎄 빛나고 있다 지금부터 죄책감에 시달리기로 한다 그게 뭐?

2016. 9. 18.

자살하려거든 차라리 봄이 어울릴 것이라고 생각했었는데, 웬걸, 요즘이 제격인 것 같다. 쌀쌀해진 날씨 때문이 아니다. 물리적인 차원에서 내게 가해 오는 기온의 영향력을 제외하고도 감정의 두께를 조절하려는 지금의 이 바람과 하늘과 햇볕의 폭력은 또 무어란 말인가? 무기력한 것도 아니고, 답답한 것도 아니고, 쓸쓸한 것도 아니고, 외로운 것도 아니고, 열에 들뜬 것도 아니고, 심지어 짜증을 내는 것도 피곤한 것도 더욱 아니다. 그럼에도 불구하고 이 시간은 견디기 힘들다. 누군가 죽고, 죽게 마련이며, 죽기 전에 그 누군가는 그만큼의 세월을 살았을 것이며, 그것은 항상 지금-여기에서 바라보는 과거는 일순간이었을 것이다. 논리적으로 말해, 앞으로도 그럴 것이 분명하고, 앞으로의 어느 시점의 지금-여기에서 바라보는 미래의 과거 역시, 파노라마 같은 풍경 몇몇을 제외하고는, 나에게 딱히 건넬 말이 없다는 사실은 자명해 보인다. 그럴 바에 차라리 지금, 이 광포한 시간의 굴레와 절연하는 것이 나을지도 모른다는 생각을 나는 비교적 오래전부터 해 왔다. 언제고 멈출 수 있고, 언젠가 멈춰질 것이 분명한데도 사람들은 거리를 돌아다니고, 사람들을 만나고, 술을 마시고, 글을 쓰고, 돈을 벌고, 노동을 하고, 하품을 하고, 시기하고, 욕하고, 그러고도 밤이면 잠자리에 버젓이 제 몸을 눕힌다. 이건, 도대체 뭔가? 아무리 생각해도 뭔가 좀 이상하다. 시오니즘만큼이나, 아니 파시즘만큼이나 이상하다. 아무 이유 없이 건, 혹은 받게 된 전화만큼이나, 그렇게 해서 이성의 빗장을 풀고 함께 두게 되는 저 가끔의 무리수만큼이나 이상하다.

2016. 12. 23.

번역에 관한 글을 쓸 때, 이상하게도 잡념이 줄어든다. 다시 말해서 가장 수월하다는 것인데, 나는 그 이유를 모르고 있다. '모국어와 번역'이라는 주제로 서울여대에서 했던 특강의 요지는 근대 한국어가 상당 부분 번역을 통해 형성되었다는 것이었다. 입말과 글말의 일치(言文一致)에 번역이 개입하고 주도한 과정을 최남선의 자료를 중심으로 설명하다 보니, 자연스레 에도 시대에서 메이지 시대로 이르는 과정에서 일어났던 일본어의 변모도 함께 다루게 되었다. 한참 강의에 열중하다 청중들을 보고 문득 깨닫게 된 것은 거의 대다수의 사람들이 모국어라는 실체를 그 자체로 존속해 온 것처럼 인정하고 있다는 사실이다. 강의 후 받게 된 여러 질문 중, 기억에 남는 것 하나: "한국어는 크레올(créole)이었던 것인가요?" 그렇다. 모든 언어가, 우리가 모국어라고 부르는 각국의 언어가 사실 '크레올'이었다. 진리처럼 존재하는, 그 근본의 증명이 가능한, 항구적인 실체를 전제하는 모국어는 없다. 모두가, 형성 중인, 그 과정 자체로 존재하는, 오로지 작동만을 그 기원으로 삼는 모국어만이 있다. 문법적 실체로, 항구적인 구조로 이루어진 모국어가 존재할 거라는 가정은, 언어의 기본적인 성질, 가령 '자의성'이나 '현재성', '공시성'이나 '생성성'을 이해하지 못한 근본주의적 발로일 뿐이다. 번역 역시 항상 근사치로만 존재할 뿐이다. 번역의 이러한 친화성이 바로 언어의 변화와 갱신을 부추긴다. 번역은 활동적인 상태의 말을 지금-여기에 결부시킨다. 번역은 진리를 옮겨 오는 게 아니라, 근사치의 값을 생성해 낸다.

2016. 12. 24.

마르쿠스 아우렐리우스에 관한 메모: "신이시여, 제가 바꿀 수 없는 것을 받아들일 수 있는 용기와 바꿀 수 있는 것을 바꿀 힘을 주소서. 이 둘을 구별하는 현명함을 제게 주소서."

방금 번역을 마친 구절에 대한 메모:

사랑하는 사람이 우리 곁을 떠나갈 때 우리는 꺼진 불꽃을 되살리려는 식의 불가능한 일을 이루려고 온갖 노력을 기울이곤 한다. 그러고 나서 이별과 사랑과 삶에 대한 우리 생각처럼, 바뀔 수 있는 것을 바꾸는 데 필요한 에너지가 더는 남아 있지 않다는 사실을 깨닫는다. 스토아학파를 추종한다는 것은 이런 사랑의 종말을 세상의 이치로 받아들인다는 것이며, 자기 삶을 다시 고안하기 위해 새로운 활력을 이 이치에서 되찾은 상태에 이른다는 것을 의미한다. 이 지혜는 아름답고 또 새롭다. 그들은 긴장된 힘의 관계 속으로 말려들어 갔을 때 그저 달아나려고 하거나, 세상의 이치에 요령껏 기대고자 하는 마음에서 세상의 이치에 저항하지 않는 일 따위는 단 한 번도 고려해 본 적이 없었다. 그런데 이제 그들은 어떤 주름으로도 구겨지지 않을 지혜의 비밀을 발견했다. 다시 말해 그들은 세상에 영향을 미치려면 의지가 필요하고, 자기 힘의 한계를 받아들이는 데도 역시 의지가 필요하다는 사실을 깨달았다. 이것이 바로 스토아철학의 눈부신 진실이다. 수용의 힘과 변화의 힘은 서로 대립하는 것이 아니라 상호 보완적인 것이다.

—『철학백과사전 2』, 100-101쪽

2016. 12. 30.

땀에 젖은 리듬들, 곳곳에 쌓여 휘몰아치는 글의 움직임을 본다. 아니, 읽는다. 아니, 읽고 있다. 벌써 아마득한 시간이 흐르고 있다. 어디에도 출구가 없다. 없는 출구는 그리하여 없는 것이므로, '없다'는 사실 너머로 향할 수밖에 없는, 그렇게 백색의 공포로 모든 것을 머금은 채, 저 멀리, 명료한 사각형의 죽음처럼 비추어질 것이다. 제 할 일을 하고 사는 것이 매우 힘들다고 느낄 때, 그때조차, 할 수 있

는 일은 결국 제 할 일을 하고 사는 것이다. 오늘이 저문다. 하늘이
피로 얼룩져 있다. 일몰과 끝내 싸움을 해야 한다. 지난한 일이다.
페이지를 넘기지 말자. 어떤 일이 있더라도 페이지를 넘기지 말자.

2017. 1. 1. − 6. 29.

2017. 1. 1.

새해에 희망을 품고 살자고 말할 수 있다면 그건 사실 대단한 용기의 발로라고 생각한다.

새삼스럽게 나는 지금, 시간을 생각하고 있다. 존재가 있었던 것이 아니라, 시간이 존재를 만들 뿐이라는 사실을 우리는 잘 알고 있다. 가령, 나는 지구 위에 서 있다. 지구가 돌기 시작하여 무한한 속도에 이르면, 종국에 나라는 물질은 없어진다. 그렇다면 무엇이 존재를 보장하는가? 오로지 시간, 주관적인 시간이다. 시간을 어떻게 붙잡느냐에 따라 삶이 결정되는 것이지 애당초 삶에 그 무슨 자리가 마련되어 있는 게 아니라는 말인데…. 이쯤 되면 말이나 사유, 개념이나 관념도 이와 마찬가지가 아니라고 할 수 없다는 사실은 차츰 자명해진다. 남아 있는 날들을 헤아려 말을 하게 된다는 명백한 사실은, 말이 가진 자의성과 주관성의 비밀을 조금은 객관적으로 이해할 수 있게 해 주리라 믿는 시간이 지금 막 지나가고 있고 지나갔다는 사실을 확인해 줄 뿐이다. 방금 도착했다가 빠져나가는 순간, 한없이 미끄러지는 순간, 근접 과거와 근접 미래로만 존재하는, 그렇게 세계를 짓치고 들어가는 말…. 그건 차라리 시가 아닌가? 나는 그러니까 새해에는 희망하고 살자, 따위의 말을 할 수 없다. 어떤 바람이 기만이자 폭력으로 느껴지는 것은, 그 바람이 역사 속에 위치하기 때문인 걸로 보인다. 절망도 마찬가지다. 가장 힘든 건 바로 어떤 낱말이건 확신을 실어 발화할 수 없는 시간을 살고 있다는 사실을 자각할 수밖에 없다는 사실에 의해 결정된다. 그렇다. 지금-여기의 시간이, 최소한 나에게는, 그렇다. 굿바이 새해!

2017. 1. 2. ①

황인숙의 시는 그냥 좋다. 군말을 덧붙이기 어렵다. 그냥 좋다는 것은 독자에게 참으로 매력적인 말이 되지만, 평론가에게는 시련을 준다. 작년에 쓴 글 중 황인숙의 시집 『못다 한 사랑이 너무 많아서』 해설이 가장 어려웠다. 매우 힘든 시기에 써야 했기에 더디기도 했지만(한번 연기한 마감이 10월 말이었는데, 그때 나는 『현대시학』 일로, 힘든 시간을 보내고 있었고, 일주일에 두 번, 병원 신세를 졌다!) 정신적으로 몹시 피로한 상태였다. 원고를 읽으며 까닭 모를 위로를 받아 너무 고맙다는 생각을 했고, 실로 시인의 시는 당시 정신없던 내게 주위를 둘러볼 힘을 주기도 했다. 해설을 위한 메모는 이야기로 가득했는데, 정작 해설에 넣을 만한 문장은 거의 없었던 것으로 기억한다. 몇 번 황인숙 시인을 따라 고양이 밥을 준 적이 있다. 정확히 말하면 따라간 것이었다. 한번은 몹시 무더운 날이었던 걸로 기억한다. 내 눈에 보이지 않는 고양이가 시인의 눈에는 보인다는 사실을 반복해서 확인하고, 이상한 느낌에 사로잡혔다. 그리고 그때, 나는 직관적으로 알았다. 이상한, 묘한 눈이로구나! 속으로 몇 번을 반복했던 말! 내가 황인숙 시인과 그녀의 시에 대해 갖고 있던 신비감이 풀리는 듯한 순간이었다고 해야 할까? 또 어느 날에는 함께 밥을 먹고 차를 마시고 나서, 사방이 어두컴컴해질 무렵, 황인숙 시인이 고양이에게로 향하는 뒷모습을 우두커니 지켜보았던 적이 있다. 이때도 이상한 느낌에 사로잡혔는데, 그건 좀 성스러운 무엇, 아주 어두운 곳에서 은은히 빛이 나는 물체를 한발 떨어져 보고 있는, 착각과도 같은 거였다. 글 모두에 이 경험을 조금 풀어놓자 진척이 없던 해설에 조금씩 조금씩 내려놓을 말이 떠오르기 시작했다. 시집이 출간되고 나서 다시 해설을 읽으니 얼굴이 조금 달아올랐다. 다시 읽지 않기로 한다. 한 달에 한 번 정도, 황인숙 시인을 만날 때마다 참 좋다.

2017. 1. 2. ②

왜 시는 길어지는가? 왜 시는 흩어지는가? 계간지에서 반년간 잡지로 개편한 『한국문학』 2017년 1월호에 실린(실릴?) 글 제목이다. 작년이었다. 요즘처럼 시가 길어지면 망한 것이나 다름없다고 개탄조로 어느 시인이 말씀을 했고, 또 어떤 시인은 사이비 산문시가 많다는 논조로, 요즘 산문시를, 잡다한 잡설들이라고 심하게 비난을 했다. 이번 글은 이에 대한 반론 혹은 비판이다. 시적 효율성을 길이의 문제로 환원하는 사람은 시는 오로지 서정시밖에 없다고 생각한다. 그런데 '간결함(brevity)'과 '짧음(shot)'은 서로 같은 말이 아니다. 운문과 산문의 관계에 대한 고찰 없이 산문시에 대해 제 생각을 늘어놓다 보면, 자기가 무슨 말을 하는지 알지 못한 상태에서 옳은 말을 했다고 착각하게 된다. 시를 둘러싼 시대착오적 주장들과 싸우는 것도 시학이다.

2017. 1. 3. ①

올해 1월 말부터 담배에 경고 그림이 삽입된다고 한다. 일전에 동남아시아 여행을 다녀온 사람이 선물로 준 담배에 삽입된 사진을 보고 충격을 받았던 기억이 있다. 내가 아주 좋아하는 프랑스 담배 지탄(Zitane)과 골루와즈(Gauloises)에도 사진이 실려 있다. 골루와즈는 서로 무관심한 듯한 얼굴을 반대 방향으로 돌리고 있는 침실 남녀 사진 바로 아래 "흡연은 혈액순환을 방해하여 성 불능을 초래할 수 있다"라고 적어 놓았고, 지탄은 흔히 발가락에 걸어 놓는 사망자 표식 사진과 더불어 "흡연자는 조기 사망합니다"라고 적는다. 이 사진은 흡연으로 인해 망가진 폐나 구강 등의 사진에 비해, 시각적으로 잔인하거나 끔찍한 느낌을 주지는 않는다. 갑자기 불길한 느낌이 든다. 내 경우, 담배도 디자인에 따라 선호도가 달라지기도 하기 때문이다. 이와 같은 미적 권리를 보장해야 한다고 말하면, 흡연으로 인해 발생하는 국가적 차원의 손실을 지표로 보여 주려는 사람들이 큰 목소리를 낼 것이다. 담배 피우기 어려워졌다. 누군가는 이참에 끊으라는 말을 할지 모른다. 담배 끊으라는 주위의 권고가 항상 좋은 것은 아니다. 선의도 아니고 그저 간섭처럼 보일 때가 많기 때문이다. 특히 나 같은 골수 흡연자에게는…. 올해도 라포르그의 시를 다시 읽으며, 나는 여전히 담배를 피우고 있다.

그렇다, 이 세상은 정말로 재미가 없다: 다른 것도, 진부한 헛소리일 뿐.

나로 말하자면, 나는 희망도 없이, 내 운명에 체념하고 말 것이다,

시간을 죽이기 위해서, 죽음을 기다리면서,

나는 늘씬한 담배를 저 신들의 코앞에서 피워 댄다.

나아가 보라, 활발하게, 투쟁해 보라, 미래의 불쌍한 해골들아.

나로 말하자면, 몸을 비틀며 하늘로 오르는 푸른색의 꼬불거림이

무한한 황홀의 지경으로 나를 빠뜨리게 할 것이며 나는 그렇게

마치 수천 개의 향로 속에서 죽어 가는 향기들처럼 잠을 청하리라.

그렇게 나는 맑은 꿈이 피어난 천국으로 들어간다.

거기서 발정 난 코끼리들이 모기들 합창단과

환상적인 왈츠에 맞춰 교미를 할 것이다.

그러고 난 후, 시 몇 구절을 꿈꾸며 내가 잠에서 깨어날 때면,

나는 감미로운 기쁨으로 가득한 마음을, 거위 엉덩짝 하나처럼
구워진 내 친애하는 엄지손가락을 곰곰이 주시하게 될 것이다.

—쥘 라포르그, 「담배」 전문

2017. 1. 3. ②

이문숙의 시집 『무릎이 무르팍이 되기까지』가 문학동네에서 출간
되었다는 소식을 어제 들었다. 시인은 아주 오래 기다렸을 것이다.
해설 청탁을 받았을 때와 시집의 제목이 바뀌었는데, 시집의 초고를
다시 읽어 보니, 왜 시인이 제목을 바꾸었는지 짐작하고 남음이 있
다. 해설에 적지는 않았지만, 메모해 둔 내용 중 하나가 바로, 일상에
서 일어나는 '각성의 순간'이었다. '탁' 하고 무릎을 치는 소리가 들린
다. 이 소리가 난 다음, 그 이후를 기록하는, 시의 저 '소진하는' 주체
는 처절하다. 이전의 두 시집보다 전체적으로 편편이 다소 길어진 것
에도 이유가 없지 않다. 이야기가 풍부해졌으며, 삶 속으로 파고드는
언어는 좀 더 날카롭게 벼려져, 자주 우리를 아프게 한다. 그러니까
이 시인은 소진되는 것이 아니다. 소진한다. 수동이 아니라, 주체의
자격으로 그렇게 한다는 말이며, 고유성이 여기에 매달려 있다.

2017. 1. 4.

「너무나도 자주 나는 너를 꿈꾸었다」, 로베르 데스노스(Desnos).

네가 네 현실성을 상실할 정도로 너무나도 자주 나는 너를 꿈꾸었
다.
살아 숨 쉬는 이 육체에 가닿아 내게 정겨운 목소리가 흘러나오도록
이 입술 위에 키스할 시간이 여전히 남아 있을까?

너의 그림자를 껴안으며 내 가슴 위로 포개어지는 데 익숙해진 나의 두 팔이, 네 몸 둘레로 굽어지지도 못할 만큼 너무나도 자주 나는 너를 꿈꾸었다.

그렇게, 숱한 날들과 세월을 나를 떠나지 않고 지배해 온 네 모습이 현실로 내 앞에 드러난다면, 나는 차라리 그림자 하나가 되고 말리라.

오! 아슬아슬한 감정의 저 균형이여!

깨어날 시간조차 없을 정도로 너무나도 자주 나는 너를 꿈꾸었다. 나는 서서 잠을 청한다, 삶과 사랑의 온갖 모습들을 오롯이 드러낸 몸으로, 그리하여 오늘 내가 단 한 명의 여인으로 생각하고 있는 너, 내게 찾아온 첫 입술과 첫 이마를 나는 네 이마와 네 입술보다 조금 덜 만질 수는 없으리.

나는 너의 환영과 너무나 자주 걷고, 말을 나누고, 함께 잠을 청할 만큼 너무나도 자주 나는 너를 꿈꾸었기에, 어쩌면 이제 내게 남은 것이라고는 아무것도 없으리, 하지만 네 삶의 저 해시계 눈금 위로 경쾌하게 산책을 하고 다시 산책을 채비할 그림자보다 백배나 더 짙은 환영 중 하나가 되리라.

번역 노트: 관계절 번역이 어렵다. 아주 쉬운 낱말들로 이어진, 그러나 시가 항용 그러하듯, 낱말의 모호성, 그 간격이 너무 크다. 가령 'balances sentimentales'는 어떻게 번역한다 해도, 번역가는 무언가를 상실했다는 생각에서 벗어나기 어렵다. '아슬아슬하다'는 의미의 '균형(balance)'은 여기서 복수로 쓰였다. 이 경우, 저울이나 추의 의미를 담는 것으로 보인다. 추상명사, 균형의 의미를 강조하려면, 단수로 적었을 텐데…. 더구나 형용사 'sentimental'은 '감정적'이라는 말로 옮기건 '애정'으로 옮기건, 모종의 선택에 처해 있으며,

근사치 값의 폭을 넓혀 놓는다. 번역가의 저 "아슬아슬한 감정의 저 균형"이 무너지고 있다. '너'에 무게를 둔다면, '애정의 숨바꼭질'과도 같은 것이며, '나'를 중심으로 살리려면, '균형'이 적절해 보인다. 이걸 사랑시라고 할 수 있을까? 그런데 알려진 것처럼, 초현실주의 시도 아니다.

2017. 1. 6.

다시 글을 쓰고, 글을 읽고, 번역을 해야 한다. 날이 포근하다. 마음은 춥고 몸은 무겁고, 날은 곧 저물고 말 것이다. 갈 길이 여전히 멀다. 까마득한 시간에 하나의 점(點)으로 소실되며 열리는 공간을 누가 보았다고 말하는가? 하얀 연기가 모락모락 피어오른다. 바쁘지 말자. 바쁘지 말자. 나쁜 시간을 나쁘게 보내지 말자. 새해라는 말이 이렇게 무색했던 적이 또 있었던가? '어둠은 빛을 이기지 못한다'. 그렇게 말했다. 그랬으면 좋겠다. 눈물이 흐른다. 낭비의 시간들, 허비하는 삶, 뒤로 넘긴 페이지들, 그리고 백색의 공포와 까닭을 모르겠는 허기와 두통…. 알레고리적 인물들, 질서를 상실한 사유의 보폭, 시간을 비끄러매는 이상한 자의식, 내면 일기….

2017. 1. 7.

이젠 싫으면 싫다고 말하려고 한다. 말은 쉽지만, 그러나 어려운 일이라는 사실은 자명해 보인다. 비판과 비난은 다르다. 비평과 상찬도 다르다. '나누어 편을 가르다(kritein)'나 '심미적으로 가치를 판단하다(criticus)'라는 비평의 어원에 충실하겠다는 것은 아니다. 바뀐 건 없다. 읽고 캐묻는 방식은 바뀌지 않을 것이다. 다만 말을 아끼려고 한다. 원고도 줄이자. 일 년에 서른 편을 쓰는 이상한 일은 이

제 내게는 더 이상 일어나지 않을 것이다. 몸에 대한 배려가 필요하다. 나는 색깔, 취향, 특색 같은 말을 조금 더 강화하려 애쓸 것이다. 비평이 작품을 뒤따라가야 한다고 내가 했던 말을 지금 다시 곱씹고 있다.

2017. 1. 8. ①

청탁받은 원고 중 하나는 '2010년대 시의 가능성'이다. 다시 고민이 시작된다. 왜냐하면, 세대론은 위험하기 때문이다. 10년 단위로 묶어 '정리'하려는 그 저의가 무엇이건, 시는 사실 10년과 다른 곳으로 간다. 10년이라는 숫자의 가지런한 질서 속에서 제 경향을 특징 짓는 것이 아니기 때문이다. 차라리 시가 길어지는 이유, 산문시, 간결성과 짧음의 차이를 중심으로 「길어지는 시, 흩어지는 시—시적 효율성에 관하여」(『한국문학』, 상반기)에 이어, 글을 하나 더 쓰는 것이 조금 더 적절해 보인다. 어쨌든 지난번 글에서 할 말을 충분히 한 것은 아니므로…. 시의 형식은 삶의 형식과 밀접히 관련된다. 여기에 오해가 개입한다. 형식? 의미를 내팽개치고 홀로 가는 형식이 어디 있나? 지난 글에서 나는 이렇게 썼다: "벤야민이 보들레르의 정형시집 『악의 꽃』을 두고, '영향력을 행사한 최후의 서정시'라고 언급한 사실은 널리 알려져 있다. 그러나 이 발언은 무엇보다도 보들레르의 산문시집이 출현한 일과 연관되어 있다. 벤야민은 서정 시인의 역할, 서정시의 시적 가치나 그 유효성이 폐기된 것이 아니라, 서정 시인이 더는 '순수한 시인으로 여겨질 수 없는' 시기가 도래했다고 생각했다. 1980년대 이후의 한국과 비교할 수 있을까? 시기는 19세기 중엽, 그러니까 기술복제시대, 흔히 마르크스의 경제학에서 자본주의가 본격적으로 가동되고 산업화가 지배하기 시작한 시대, 이에 맞추어, 파리가 완연히 대도시로 변모하기 시작한 때였다. 생활양식과 삶의 방식이 변모할 때, 시의 양식이나 유파도 함께 그러할 수밖에 없다는 생각을 바탕으로 벤야민은 서정시를 수용할 독자들이 차츰 사라져, 예외적이라 부를 정도만 남겨졌다고 말한다. 그는 그 이유를 대도시나 기술복제시대에 갖게 마련인 독자들의 체험이나 삶의 양식, 그 구조가 변했다는 것을 의미하기 때문이라고 전망한다. 반면 보들레르는 항상 시인이란 당대에 보고 느낀 사실에 충실해야 한다고 생각했다. '예술가, 진정한 예술가, 진정한 시인은 오로지 그가 보고 느낀 것에 의거해서만 그린다'라고 역설했을 때, 그의 산문시는 당대 삶을 보고 느낀 바로 표현하고자 한 노력의 결과이자, "언어가 정형의 틀에 매이지 않아도 시적일 수 있듯이, 삶에서 본질적인 형식이 부정되더라도 삶의 진정성을 추구할 수 있다"는 사유에서 산출된 것이라 할 수 있다." 그러니까 바로 여기서 다시 시작하는 글, 그러니까 지난 글에서 다루었던, 그러나 충분하지 하지 못했던, 이야기, 시, 운문, 형식, 길이, 호흡, 리듬 등을 중심으로, 그렇게 못한 말을 다시 그러모은다. 그리고 분량이 긴 시의 간결성과 압축성, 그리고 분량이 짧은 시의 산만함을 대비시킨다. 재미있는 글이 될 것이라는 생각….

2017. 1. 8. ②

온종일 고작 시 다섯 편 번역하고 짜증을 낸다. 데스노스의 시는 지극히 쉬운 어휘로 이루어졌지만, 구성, 그러니까 통사 조직이 만만하지 않다. 그는 과연 초현실주의자 중에서 가장 손쉽게 최면에 빠질 수 있었던 당사자답게, 쓱쓱 시를 쓴다. 내가 고른 작품들은 주로 길고, 출판사에서 정해 준 작품은 짧은 운문이며, 모두 동시(童詩)

다. 짧은 시, 동시에서 번역이 낭패를 보고 있다. 이제 외출할 시간이 되었다. 지난번 「황인숙 & 이제하 드로잉 전시회」에 가지 못했던 걸 후회하고 있다. 황인숙 시인은 그저 부끄러웠던 거다. 사실 황인숙 시인이 전화해서 내게 피아노 연주를 부탁했을 때 알아차렸어야 했다. 이것 참! 오늘 만나면 다시 이야기를 나눠 봐야겠다.

2017. 1. 9.

게으름을 지원해 줄 후원자를 찾아봐도 사방은 벌써 사막과 같다. 사실 내가 대학 시절에 꿈꿔 온 인생은, 최소한의 노동으로 생활에 필요한 돈을 벌고(이게 얼마나 순진한 상상인가?), 어떤 면에서 공허와 무위, 독서와 낮잠, 바둑과 당구, 카드놀이와 십자말풀이로 시간의 무늬 대부분을 새겨 넣는, 그런 인생이 아니었던가? 세상에는 명예나 희망, 꿈과 의욕으로 사는 사람도 많겠지만, 일찌감치 나는 허무와 절망으로 하루하루를 사는 사람이고 싶었다. (지금에서 이런 이야기한들 믿기 어렵겠지만) 이 후자의 욕망은 내겐, 그 시절에 앓고 있던, 질병과도 같은 것이었다. 그러나, 그렇다고, 이 욕망이 퇴폐나 도피, 자학이나 경멸과 같을 거로 생각하면 오산이다. 나는 개인 안에도 작건 크건, 그러니까 우주 같은 게 있다고 생각했고, 이를 타인과는 다른 무엇으로 여겼을 뿐이다. 이 역시, 그러니까 오만함이나 그 무슨 거창함, 특히 철학 같은 것은 아니었다. 단지 공허에 사로잡히지 않으려고 발버둥을 치며, 지루함을 매일매일 길들이는 수밖에 없다고 여겼을 때, 나를 자주 찾아왔던 저 사고의 편린들 중 하나였을 뿐이었다. 흑백 다큐멘터리를 서른 시간을 넘게 본 적이 있다. 흑백이었기에 가능했던 일이었는데, 또 돌이켜보면, 참혹했기 때문에 할 수 있는 일이기도 했다. 간혹 자기 삶에 고유한 리듬을 갖고 있는 사람, 더구나 이 리듬을 잘 조절하고, 거기에 색깔을 부여할 줄 알며, 확실한 특색을 갖춘 채, 그렇게 여기서(그래, 여기서!) 하루하루를 제 것으로 만들면서 살아가는 사람을 볼 때마다, 매번 마음속으로 정말로 존경하고, 자주 부러워한다. 그런 사람이 까닭 없이 좋다.

　　요즘 발표하는 서대경의 시를 챙겨 읽고 있다. 첫 시집을 내고 청탁을 빈번히 거절했던 것으로 알고 있다. 10년 후에 두 번째 시집을 내겠노라고 어느 인터뷰에서 했던 그의 말이 인상적이었던 기억도 있다. 서대경의 시에 어울리는 계절이 있다면 단연코 지금, 그러니까 겨울이다. 그가 백지 위로 끌고 온 이상한 등장인물들과 그들의 낯선 이야기에는 '번역한' 환상소설의 향기가 짙게 묻어 있다. 알레고리적 인물들이 맺는 관계를 말하자면 충격적이다. 그러나 자주 풀려나오는 이 기이한 풍경들과 이상한 관계들, 이 이상한 목소리를 들으면서, 나는 현실과 유리된 삶을 단 한 번도 떠올린 적은 없다. 산문시의 어떤 가능성이 여기서도 타진되고 있다. 조금 다른 것이다. 이 조금 다른 것으로부터 탈구축이 일어난다. 뼈 마디마디 하나까지 모두 분해된 다음, 다시 조립된 어떤 세계 하나가 그렇게 우리를 방문한다. 서걱거리는 느낌이 좋다. 번역의 말투가 좋다. 낯섦을 고지하는 그의 문법과 그 구성에는 이상한 힘이 실려 있다.

2017. 1. 10.
　　침묵하기 어려운 침묵이 사방에 고여 있는 것 같다. 창문으로 바라본 한적한 오후 저 뒤편에 핏빛 태양이 걸려 있다. 중얼거린다. 여기는 종착역…. 지친 두 다리, 쩌릿쩌릿한 양손, 헝클어진 머리칼, 애욕이 사라진 눈동자, 굳게 서로에게 의지하고 있는 목과 머리, 수 없이 갖추려 해 보았나 어정쩡할 뿐인 몸의 자세들, 함께 비틀리고 배배 꼬이는 창자…. 사라지지 않는 상처…. 사라질 수 없는 상처…. 사라질 리 없는 상처…. 결국 손을 댈수록 한없이 덧나고, 또 덧나기를 반복하는 상처들…. 우글거리는 시간 속으로 파편처럼 흩어져 버리는, 한때 단단했던 저 실존의 그림자들…. 허용되기 어려운 시간의 무덤에 깊숙이 몸을 파묻혀 숨죽이고 있는 얼굴들, 나는 그들과 납빛 지평선 위에 나란히 서서, 저 멀리 질주하며 달려오는 기병을 마주 보고 있다. 내게 달려오고, 내가 달려가는 이상한 풍경들, 추락하기 직전까지 달리는 말, 나는 지금 이 모든 것을 비스듬히 누워, 아래에서 위로 눈길을 주며, 상상하고 있다. 그러자 얼마 안 가, 내 눈앞에서 마치 이 모든 것이, 정말로 이 모든 것이, 아주 단순하고, 그래서 조금 이상하다 할 느낌조차 드는 무엇이라도 되었다는 듯이, 하나둘씩 차오르다, 한꺼번에 솟구쳐 오르기 시작한다. 모로 누워 있는 나는 지금, 아주 막연한 것들, 그래서 슬픈 것들, 아니, 차라리 잔혹한 것들을 생각하는 중인 게 분명하다.

갑갑해서 나왔다. 카페에서 책을 읽는다. 오늘의 날씨: 좋음. 마스터는 결국 알파고의 최신 버전이었다. 문자의 세계가, 그렇게 언어로 서로가 연결되는 의미의 세계가 위협받는다는 공상과학 소설을 아주 오래전 읽은 적이 있다. 꿈만 같아 좀처럼 믿기 어려웠던 이 옛이야기가 현실로 짓치고 들어온다. 차가운 기계는 의미를 계산하는 데 나보다 뛰어날 것이 분명하다. 의미를 계산하고 그 수치가 윤리가 될 것이다. 나는, 한 명의 사람으로, 그러니까 한 명의 사람인 나는 외롭다. 외로워하면 벌써 진 거라고, 적는다. 그래도 외로운 건 사실이다. 이럴수록 혼자 있어야 한다. 오늘 저녁은 흑백영화를….

2017. 1. 11. ①

자다가 자주 깬다. 분열과 결속, 허나, 분열이 조금 더 강한 것 같다. 시작하지 않는다. 시작되지 않는다. 깊이 가라앉지 않는다. 불쑥 떠오르지 않는다. 부정문이 이처럼 활기차고, 간투사가 이만큼 솟구친 적이 없었다. 세계가 어룽지고 있다. 의식이 지워지고 있다. 이제 곧 날이 밝을 것이다. 캄캄한 아침이 출근을 준비하면, 백지는 다시 공포에 젖어 허우적대기 시작할 것이다. 공모와 분노와 수치와 자괴와 절멸이 시대의 지평선 위에서 기지개를 켜는 시간…. 카페를 전전하던 어제가 수북이 바닥에 쌓여 있다.

2017. 1. 11. ②

지그문트 바우만의 타계 소식을 접했다. 인문학 전반에 '유동성 (fluidity)'을 접목한 그의 사유는 진리나 사건, 문명이나 제도가 사실 고정점을 갖는 것이 아니라, 항시 흘러가고 되돌아오고 고이고 다시 움직이고, 다시 물결친다고 말한다. 유동성의 저 이상한 질서로 항상 재구축되고 탈구축된다고 했던 바우만은 나에게는 플라톤과 하이데거주의의 완연한 거부로 대변된다. 차라리 헤라클레이토스에서 연원한 '영원회귀'나, 흐르는 한 형태를 의미하는 '리투모스 (rhythmos)', 그러니까 리듬이 바우만의 사상 전반에 젖줄이 되었을 것이다. 그러나 무엇보다도 내게 바우만은 홀로코스트에 대해 폭넓은 사유의 기회를 제공해 준 학자였다. 마치 지금-여기 한국에서의 일들이 일련의 처형이나 처단, 절멸과 닮은 아우슈비츠의 '삶'과 크게 다르지 않다고 생각되었던 일상의 저 잦은 순간들에, 바우만을 읽고, 밑줄을 긋고, 메모를 하며 보냈던 캄캄한 시간들이 다시 떠오른다. 수면 아래 가라앉은 어두운 곳에서 다시 떠오르지 않는 검은 태양의 현실적 가상만을 보며, 프리모 레비와 지그문트 바우만을 힘겹게 읽으며, 애도의 시간을 자주 가졌던 현실을 지배하는 저 침묵의 시간에 매번 허덕이다가 2015년 1월 『현대시학』 권두 시론에 적었던 글, 그 글의 일부를 다시 옮겨 놓는다.

　홀로코스트는 일시적인 사건도 단속적인 범죄도, 순간의 악행도 아니었다. 역사 속에서 간혹 분류되던 그 무슨 예외적인 상황과 같은 것도 아니었다. 홀로코스트를 "타고난 범죄자들, 사디스트들, 광인들, 사회적 악당들 또는 도덕적 결함을 지닌 개인들이 저지른 무모한 행위로 해석하려는 초기의 시도가 구체적 사실들에 의해 전혀 뒷받침되지 않는"(지그문트 바우만, 『현대성과 홀로코스트』, 정일준 역, 새물결, 2013, 54쪽) 것처럼, 그것은 지극히 평범한 일상의 범죄이자, 사회의 정신성, 당시의 과학과 서구 근대의 상징이기도 했다. 홀로코스트는 예외적인 인간들, 정신병자들과 인종주의자들로 구성된 소규모 집단에 의해 저질러진 우발적인 사건이 아니었다는 사실을 새삼 강조할 필요가 있다. 나치는 정당한 선거로 다수당이 되었던 게르만의 정신이었으며, 합법적이고 조직적인 절차를 거쳐 선출된 서유럽 근대의 결과물이었다. 그것은 준비된 과학의 애증이었고, 예고하지 못했던 현실의 우려였으며, 삶이 뿌리를 내리고 살아간 실제 공간의 결핍이었고, 옳다고 여기는 애국의 발로였으며, 너무나도 인간적인 비인간의 형상이기도 했다. 증오나 연민은 학살의 주체를 별개의 집단으로 분류하는 데 필요한 부차적인 감정 이외에 다른 것을 역사에서 길어 올리지 않는다. 문명의 야만에 면죄부를 주려는 시간이 증오나 연민이라는 이름으로 서둘러 소급되면서, 표상될 수 없는 것들을 쥐고 맘껏 흔들어 털어 낸 감동적인 이야기가 필경 인류의 눈물 몇 방울을 구걸하려 이 세계를 벌써 방문하기도 했을 것이다. 절대로 돌이킬 수 없는 일들, 절대로 회복될 수 없는 시간, 다시 돌아갈 수 없는 체험, 다시 복원할 수 없는 인간이 되어, 그것들의 기록이 되어, 돌이킬 수 없는 가학과 자멸의 공포를 우리에게 환기하는 일이 시의 몫으로, 살아남은 자의 목소리가 되어 우리에게 노크할 수 있을 뿐이었다.

2017. 1. 12.

날이 저물고 있다. 이렇게 저물어 버릴 날이었으면, 차라리 오지나 말지. 아주 오래전에 보았던 하얀 등불이 그리워진다. 그리워하지 말자. 돌이킬 수 없는 것은 시간뿐만이 아니다. 세상의 모든 것은 돌이킬 수 없기 때문에 존재한다는, 아주 평범한 이야기를 다시 새겨야겠다. 간단한 수술을 받아야 하는 환자의 생각과 환자가 된 느낌으로 하루하루를 살아야만 할 것 같은 심정. 머리에서 쥐가 난다.

글에는 여전히 브레이크가 걸려 있다. 칵테일 한 잔을 앞에 놓고, 빨대로 빨아 먹는, 해괴망측한 심정으로 글을 읽고 메모를 한다. 시가 되는 생활, 그런 삶에 대한 내 생각은 여전히 풀리지 않는다. 이 첫 시집에 나는 대관절 어떤 말을 보탤 수 있을까? 모든 생각이 정지되어 있다. 녹슨 뇌수를 살짝 적셔 줄 사유의 물꼬를 찾아, 자리에서 일어나 다른 카페로 가기로 한다. 앞에 놓인 삶과 글, 원고 빚에 진저리를 내던 며칠, 나는 목적도 시간도, 이유도 없이, 저녁이 되면, 서울의 후미진 동네, 아무 곳, 카페 몇 곳을 전전하고 있다. 세상의 모든 이분법은 여전히 무섭다. 형식/의미, 몸/마음, 글/사유, 이론/실천, 삶/죽음, 다수/소수, 이성/감성…. 내가 받은 교육이 이 둘을 분리하라고 내내 속삭이는 동안, 내가 읽은 글들은, 이 둘이 떨어질 수 없는 것이라고 말한다. 이 둘을 분리할 줄 아는 사람, 이 둘을 분리하고서 살아가는 사람들은 이 둘의 불가역성이나 불화해성에 대한 상정 자체가 벌써 이분법적 사고라는 사실을 모른다. 몸이 아픈 건 마음이 아프기 때문이고, 마음이 아프면 벌써 몸이 망가진다. 형식이 괴팍하면 저 의미가 괴상하고, 글이 정갈하면 사유가 단정하며, 활동적인 프락시스는 곧 활달한 데오리아의 소산이다. 이성적인 것과 감성적인 것은 자주 한 덩어리로 작동하거나 분리하려고 할 때만 이 양자로 구분될 뿐이다. 나는 오성 따위, 그러니까 이성의 궁극을 위해 꾸며다 놓은 사유의 전 단계나 그 가(假)-질서를 믿지 않는다. 개별적 보편성 같은 말도 이제 신뢰하지 않게 되었다.

2017. 1. 13.

보들레르의 메모 중 자주 붙들리는 구절: "계획 그 자체에 벌써 충분한 쾌락이 있는데, 계획을 실행하는 것이 과연 무슨 소용이 있는 것일까?"

보들레르가 남긴 이 말은 진정한 예술가의 정신을 목격하게 한다. 그래도 그는 기획에 멈추지 않고 시집을 출간하려 발버둥을 쳤고 원고를 송부한 후, 원고료의 높낮이에도 관심이 있었다. 그러나 보들레르의 위대함은 시가 시대의 윤리일 수 있다는 사실, 그러니까 기획(企劃)이나 계획(計劃) 자체가 갖는 원대한 꿈에서부터 벌써 시라는 모종의 사유가 실천되기 시작한다는 사실을 알려 주었을 뿐만 아니라, 시대를 활보하고 시대를 파고드는 시적 기획이 강령을 주절거리는 출간된 시들보다 훨씬 중요하다는 사실을 환기했다는 데 있다. 시는 견딜 수 없는 삶, 이 삶의 이면을 상상하고 기획한다. 그 기획에서 기존의 언어로 쉽사리 잡히지 않는 심상을 제 언어로 적어 보려고 발버둥을 칠 때, 소급되는 윤리가 자리한다.―바로 이 기획 하에, 모든 우울과 이상이 결국 근대적 의식에서 비롯된 권태로운 시간을 향유한다. 보들레르는 바로 그 입구에 서서 대도시의 소외와 함께 찾아온 이 권태의 시간을 시에서 한사코 붙잡아 보려 했다. 불모의 기억을 적어 보려는 기이한 노력 속에서 그는 근대적 시간을 차라리 발명할 수밖에 없었을 것이다. 낭만주의 시대에 누렸던 저 깊이 있는 영롱한 시간은 대도시 저 근대와 문명과 과학의 공간에서는 유지될 수가 없다. 시인의 아우라는 복제시대의 도래와 더불어 상실되었지만, 직선적·과학적·논리적·의식적인 사유의 패러다임을 끊임없이 방해하고, 이 범주화된 단순한 구조물을 넘어서고자 하는 권태로운 시간 속의 한 시인이 뿜어내는 말에서 차라리 빛나고 있었다. 물론 그 빛은 잘 보이지 않았다.

2017. 1. 14.

　아주 쉬워졌거나 더욱 어려워진 것일 뿐이다. 항상 그러하다. 그 누구의 것도 아니지만 그 누구도 갖고 있지 않다고 생각하지 않는 건, 그러니 착각이 아니다. 바늘을 숨기려면 바늘 더미 안에 숨기는 게 낫다는 사실이 자명해지는 시간들…. 마찬가지로 홀로 되려면 함께 있는 것이 가장 확실한 방법이다. 또한, 마음을 감추려거든 사사로운 감정을 끊임없이 드러내면 된다. 반대로 마음을 보여 주려면 언사를 제거하되 다른 신체 기관으로 소통을 해야 한다. 그러니 헛되었다고 생각하지 말아라. 순간과 순간이 벌써 스쳐 지나가는 옷깃인 그런 뜻 모를 세월일 뿐이다. 자명한 이치는 이것 하나가 고작이다. 그러니 부디 매사 정진하는 마음으로 살기를 바라거라. 그래야 삶에 감정이 생기고 의미가 잦아든다. 헛된 것이 아니다. 최소한 그렇다고 믿는 수밖에 없지 않은가? 부기: 인상을 잔뜩 찡그린 침묵의 사색가보다 떠들고 웃고 경박하게 즐거워하고 흥분하고 열에 들뜬 광대가 더 페시미스트가 분명하다.

2017. 1. 15.

레비스트로스의 구조인류학은 수학에서 착안하였다. 수학자 부르바키와 함께 뉴욕에서 공동 연구에 참여하면서 『슬픈 열대』의 길이 열렸다. 수학과 교수와 공동으로 강의안 작업을 진행하다가 새삼 깨닫게 된 사실은 의외로 인문학의 거장들이 수학에 강하다는 것이다. 비트겐슈타인은 공학을 전공했고, 바디우는 집합론을 자기 철학에 녹여 낸다. 인문학의 구조주의는 내가 준비했고 수학과 교수는 수학·물리·생물학에서의 구조를 준비해 왔다. 그와 여러 번 함께 일을 했지만, 늘 즐거웠다. 20세기를 강타한 구조적 사유의 얼개를 강의안으로 만들기 위해 오늘부터 함께 접점을 찾아내야 한다. 인문학의 군(groupe), 집합(ensemble), 전체(totalité) 같은 개념은 완벽하게 수학에서 따온 것이다. 비트겐슈타인의 가족 유사성 개념이나 소쉬르의 공시 언어관, 야콥슨의 음운론 역시, 수학적 사유로부터 영향을 받았다. 수요일까지 수학과 언어학 노트를 들고 아마존 원시 부족들을 방문하기로 한다. 레비스트로스는 문장도 가히 문학적이다. 그의 말에는 항상 그윽하고 지극한 눈길, 따사로운 사유의 숨결이 흐른다.

2017. 1. 16.

『슬픈 열대』의 당당함! 수많은 인문학자들이 수학과 물리학을 자신들의 논리에 마구 끌고 와 난삽하기 그지없는 궤변을 그럴듯하게 포장했던 것에 비추어(포스트 구조주의자들—가령 라캉의 위상학에 대한 오해나 남용, 크리스테바의 집합론에 대한 방만한 차용과 무지!!!), 레비스트로스는 부르바키(Bourbaki) 학파의 '군이론(Théorie des groupes)'에 대한 정확한 이해와 창조적 활용을 통해, 원시사회 친족의 심층구조를 명료하게 드러내었다. 이 기행문은 아름다운 문장과 진지한 성찰로 이루어진 자전적 기록이다. 인간적인 매력도 폴폴 풍긴다. "야만이란 원시 부족을 야만이라고 생각하는 자들이다."

2017. 1. 17.

열한 번째 강의는 '예술'이다. '예술 혹은 테크놀로지와 예술—미메시스의 두 얼굴?: 모방과 재현, 사진술과 회화, 몽타주와 팝아트, 일상과 숭고, 결국 플라톤과 아리스토텔레스' 빙고! '테크네'에서 이 모든 문제를 풀어 나갈 수 있다!!! 물론 '재(再)-현(現)(representation)'의 역사와 변모를 중심으로! 흐흐흐, 생각만으로도 즐겁네. 강의의 문제의식, 혹은 문제틀(Problématique): '예술 작품은 값을 매길 수 있는가?' '예술 작품은 요약될 수 있는가?' '현대성과 동시대성의 차이는 무엇인가' '증강 현실은 예술을 일상의 사건으로 환원할 수 있는가?' '아름다움(美)은 무엇인가?' '아름다움은 본질인가, 역사성인가?' '예술 작품은 시대의 필연인가, 필요인가?' '예술 작품은 소비될 수 있는가?' '보다-듣다-말하다-쓰다'와 예술의 관계는 어떠했는가?'

교양 개편에 맞춰서 강의안 만드는 작업이 이제 마무리 단계에 와 있다. 구조주의를 주제로 강의안을 준비하면서 느낀 것 중 하나: 수학과 생물학의 구조주의적 연구 방법론은 '그룹 이론'이나 집합론,

계통학과 분류학, 유전학에서 벌써 검증되어 널리 활용되어 왔다는 점. 프랑스 실증주의 비평가들이 이러한 과학적 방법론에 고무되어 비평이라는 연구 분야를 독립적으로 구축한 것은 19세기 중반이었다. 비평가 이폴리트 텐느(Taine)와 생트-뵈브(Sainte-Beuve)는 프랑스 식물학의 거장 주시외(Jussieu)와 린네(Linée)의 연구 방법론을 거의 그대로 문학비평에 적용하여, '비평=과학'이 되기를 꿈꾸었다: "비평은 오렌지나무, 전나무, 월계수, 자작나무를 각각 분류하여 연구하는 식물학처럼 진행되어야 한다. 비평은 식물을 대상으로 하는 게 아니라, 다만 인간이 만들어 낸 예술 작품을 대상으로 하는 응용 식물학이다."(장 이폴리트 텐느, 「비평」, 『대백과사전』) 아이러니는 사실상 실증주의 비평을 비판하면서 정립된 1960년대 프랑스 구조주의 비평이 조야하고 편협한 방식으로 제 이론을 관철해 나아갔다는 것이다. 오늘날 더 이상 구조주의를 찾지 않는 것은 '구조주의'의 이론 틀이 매우 편협한 이분법(가령, 심층-표층/의미-형식)에 의지해 기계적인 텍스트 분석에 착수했기 때문이다. 그러나 자연과학, 특히 인문학에서 구조주의는 인류학의 발전에 기여했다. 문학에서도 블라디미르 프로프(Propp)의 『민담 형태론』은 서사 이론에 막대한 영향을 미쳤으며, 텍스트 분석 연습 도구로도 유용하다. 이외의 문학적 구조주의는 대부분 폐기 처분을 해도 별로 슬프지 않다. 슬픈 열대가 아니라 슬픈 문학 구조주의, 이제 아듀! 대학 시절 한때 나를 사로잡았던 옛사랑, 구조주의, 바이-바이- 쪽!!

2017. 1. 20.

확연하게, 눈에 띄게, 의욕이 달아나 버린 건 왜일까? 누구를 탓하랴? 적은 항상 내부에 있다. 이 내부가 결국 문제라면 문제…. 개인 안에도 공동체가 살아 숨쉬기 때문이다. 공동체가 개인으로 이루어졌듯, 개인 안에는 개인이 모르며 개인에게 낯선 공동체적인 것이 살고 있다. 프로이트는 이걸 '무의식'이라 부른 것 아닌가? 이걸, 보들레르는 '악'이라고, 마르크스는 '계급'이라고, 랭보 같은 어린 시인은 '타자', 베를렌은 '신화'라고 생각했던 것, 바디우는 '진리', 비트겐슈타인은 '언어', 메쇼닉은 '주체'라고 불렀다. 주체는 항상 개인적인 동시에 공동체적이다. 개인이 타자와 맺는 관계에 의해서 변형되는 것, 사회에서 삶을 영위하고야 마는 힘! 주체는 바로 이것인데…. 나는, 벤브니스트의 말처럼, 개인이, 언어 안에서 그리고 언어에 의해서, 주체가 된다고 생각해 왔다. 시가 주관성의 사건인 것은 이 '언어 안에서, 언어에 의해' 주체가 되는 행위와 연관되기 때문이다.

2017. 1. 24.

한국이나 프랑스나 결국 '시'라고 우리가 부르는 활동에 대한 사유는 비슷하다. 국지적인 문제와 역사적 상황이 다르지만, 근본적인 사유가 시라는 문제, 그 문제의식의 공통 지점을 횡단한다. 희한한 일 아닌가? 무엇이 이 시대에 시를 쓰게 하고, 또 누가 시를 쓰는가? 아니 누가 시를 쓰지 말라 하고, 시가 불필요하다고 말하는가? 인간의 정신 활동 중 언어의 가장 독특하면서 특수한 실천, 어쩌면 바로 여기에서, 삶의 공동체적이고 개인적인 타자성, 그리고 사유의 포괄적 활동과 그 가치가 생성되는 것인지도 모른다. 시는 '장르'라는 틀로 접근할 수 없는, 오로지 말의 특수한 순간에 대한 고안과 텍스트화, 바로 그 창의적 과정을 드러내거나 알린다. 뎃송 선생님의 세미나는 20년 전 파리에서 들었던 수업의 연장선에 있다.

2017. 2. 2.

여운이 남는다. 좀 더 붙잡고 매달렸어야 했다. 시도 그렇겠지만 비평도 그러고 보면 항상 실패하는 연습인 것 같다. 첫 시집을 내는 이 시인이 내 초라한 해설에 상처를 받지 않았으면 좋겠다. 무엇보다도 내가 좋다고 느낀 점을 글에 충분히 내려놓지 못한 것 같아 미안한 마음이 든다. 일상을 찢고 나온 시, 그 기획이 좋았고, 생활을 버리지 않고 재구성하는 문법으로 현실을 시적 공간으로 물들여 나가는 과정이 치열해서, 해설을 쓰는 내내 경건한 마음마저 들었다고 고백하면, 시인은 이 사실을 믿으려 하지 않을지도 모르겠다. 더구나 약속한 날짜를 어겨서 미안한 마음도 든다. 원고를 기다려 준 시인에게, 그리고 편집자 서효인 시인에게도 고마움을 느낀다. 내일 오전 중에 송고하기로 한다. 일단 쓴 글을 다시 거들떠보지 않는 나의 나쁜 습관이 언젠가 내 발목을 잡을 것이다.

몹시 피곤한데 잠이 오지 않는다. 책을 꺼내 든 것이 실수였다. 예전에 잠이 오지 않으면 오로지 잠을 청해 볼 목적으로 비트겐슈타인의 『확실성에 관하여』나 『철학적 탐구』를 펼쳐 들었는데, 요즘은 주로 소설책을 집는다. 등장인물의 역할이 가물가물해지면 눈꺼풀도 함께 내려앉는 그런 시간이 아직 오지 않는 걸 보면, 이 소설은 잠을 청하려는 방편으로는 잘못 선택되었다. 권여선의 『안녕 주정뱅이』를 읽다 멈추지 못하고, 침대에서 일어나 목욕물을 받기로 한다. 목욕이 끝나 갈 즈음 동이 터올 것이다. 그러면 졸음을 애써 참아 가며 지내야 할 하루가 다시 펼쳐질 것이다. 나는 시간을 망칠 권리가 나에게 없다는 사실을 나 자신이 인식하고 있다는 사실에서 늘 위안을 얻는다. 삶은 그러니까 배터리가 소진되면 더 나아가지 못하는 장난감 기차를 닮았다. 그 이상도 이하도 아니다. 삶에 대한 냉소는 아니다. 이것이 삶을 사랑할 수 있는 유일한 방식이기조차 하다. 이번 생은 내내 미신과 싸우다가 끝날 것 같다. 물론 다음 생이 있을 리도 만무하다.

2017. 2. 3. ①

최근 시의 실험적 경향에 대해 글을 써 달라는 청탁이 있었다. 서정, 사회, 실험 이렇게 세 가지 주제, 세 꼭지로 구성된 특집이라고 한다. 수락까지는 좋았는데 막상 쓰려 하니 위의 삼분법이 좀 우스워 보인다. 각각의 주제에 예시라고 제시해 준 1980년대 이후 시인들의 이름을 보니 기획 의도가 짐작이 가지 않는 것은 아니나, 수긍하기는 어렵다는 생각이 들었다. 종일 '실험'이라는 낱말을 붙들고 고민하다가, 저녁 무렵, 최근 시집을 발간한 젊은 시인 두 명의 이름이 떠올랐다. 하나만 선택하기로 한다. 내일이 마감인데 제목을 "실험? 실험…. 실험!"(안태운의 첫 시집!)이라고 정하고 나니, 벌써 다 쓴 거 같다. 오늘 밤은 또 악몽을 꿀 것 같다.

2017. 2. 3. ②

시인이, '-을 -했다, -였으므로'와 같은 구문에 집착하고 있다면, 여기 이 쉼표와 마침표가 갖는 기능이 시의 의미론적 지표를 이룰 것이라는 생각이 드는 저녁…. 시인은 문법을 몰라서 비문(非文)을 쓰는 것이 아니라, 어떤 사태를 발화의 영역 속으로 끌어들이기 위해서, 그 사태에 적합한 말을 고안했기에 그 결과가 비문처럼 보이는 문장을 구사한다. 이것은 그러니까 비문이 아니다. 차라리 정확한 비문, 특수한 구문이라고 말해야 한다. 원고는 더디고 내가 붙잡고 있는 시는 이런 생각을 무더기로 쏟아부어, 백지를 뚫어지게 주시하게 만든다.

2017. 2. 4.

원고를 털었으나 기분은 우울하다. 말을 하다가 그만둔 것 같아서 그런가? 실험이라는 주제로 실패를 실험했다. 집으로 가는 길, 빛…. 실패의 빛…. 내 앞에 펼쳐진 눈이 차라리 부시다. 실패의 빛…. 안태운의 시를 읽으면서 새삼 확인한 사실 하나: 이미지는 언어의 산물이지만, 언어는 이미지로 환원되지 않는다. 이미지가 실패한 지점이라는 말은 시에서는 하나 마나 한 이야기다. 이미지와 리듬을 함께 사유하는 행위는, 할 수 없는 것이 아니라 무모한 것 혹은 현상학과 언어학의 접점을 모색하겠노라고 둘 다 간과하는 것, 그 이상도 이하도 아니다. 그림에 비유할 때 시는 가장 초라해진다. 시의 스펙터클은, 언어에 의해 언어 안에서, 발생하는 주관성의 사건일 뿐이다. 그건, 그러니까, 이미지와는 아무런 상관이 없다. 말라르메를 다시 읽는다.

2017. 2. 5.

데보라 스미스의 『채식주의자』 번역은 애초의 내 생각보다 엉망인 정도가 더 심하거나, 아주 '독창적으로' 엉망일 수 있겠다…. 이런 번역을 대관절 무엇이라고 불러야 하는가? 이 번역의 가치는 무엇인가? 고민이 담배 연기에 휘감겨 하늘로 모락모락 피어오르는 일요일 하루…. 원문과 번역문을 번갈아 살피며, 상당수의 문제적 지점을 발견하고 메모도 모두 마쳤는데…. 모두 마쳤는데…. 나는 과연 내가 생각한 바를 고스란히 글에 담을 수 있을까? 내가 이 글을 자청한 것은, 그러니까 번역을 둘러싸고 지금-여기서 벌어지는 각종 행정적·문화적·언어적 풍토가 잘못되었다고 생각했기 때문이다. 그런데 막상 뚜껑을 열어 보니, 내 생각을 어떤 방식으로, 이 번역과 연관해서 펼쳐 낼지 구체적인 그림이 그려지지 않는다. 집에 가자. 그리고 가만히 앉아서 생각하고, 한 번 더 생각하고, 또 생각해 보자. 나는 번역가를 비판하거나 번역을 헐뜯는 글을 절대 쓰지는 않을 것이다. 번역은 어쨌든 힘들고 보상도 적은 일이니까. 번역을 바라보는 관점, 번역의 환경, 그러니까 베르만(Berman) 같은 사람이 말한 '번역 지평' 같은 것, 번역이 당대의 이데올로기로부터 억압당하는 양태, 그리고 타자를 결부시키는 언어적 사태(앙리 메쇼닉), 번역에 대한 인식, 번역이 가동시키는 인식, 그러니까 '번역이라는 행위의 인식론'이 아니라면, 번역에 대한 글은 대부분 읽어도 소득이 별로 없는 부정의 집약일 뿐이잖는가? 키케로(Ciceron)를 생각해야 하는가? 자크 아미요(Amyot)를 생각해야 하는가? 개화기의 번역, 아니 번안(adaptation)과 닮았는가? 번안과 번역과 차용과 변용은 소위 말하는 '의역'과는 또 다른 것이다. 부글부글 끓는 관념들로 뇌수가 흠뻑 젖어 드는 오후의 나른하고 처절한 사태가 모락모락 기화되고 있다(과연, 이런 문장은 번역에서 영향을 받은 게 분명하다). 눈이 몹시 피곤하다!

2017. 2. 6.

원고를 미룰 이유를 헤아려 보니 대략 십만 가지가 넘는다. 가령 '피곤하다. 내일도 있다. 어깨가 결린다. 더 읽어야 한다. 날씨가 춥다, 혹은 덥다, 혹은 너무 쾌청하다. 우울하다. 사람들이 자꾸 연락한다. 가족들과 시간을 보내야 한다. 운동을 해야 한다. 좋아하는 영화를 본 지 꽤 지났다. 배가 아프다. 속이 좋지 않다. 눈이 침침하다. 두통이 괴롭힌다. 담배가 떨어졌다. 담배를 너무 많이 피웠다. 외롭다. 외롭다. 잘 안 풀린다. 세상 살기 싫다. 정국이 어수선하다. 시국이 말이 아니다. 잊었던 약속이 생각났다. 까닭 없이 짜증이 난다. 손가락에 물집이 잡혔다. 일전에 다퉜던 사람이 자꾸 떠올라 착잡하다. 세상이 부패했다. 물가가 너무 올랐다. 서민들의 삶이 엉망이다. 날은 추운데 속옷을 입지 않았다. 비타민이 떨어졌다. 거푸 마신 커피로 속이 니글니글하다. 아직 시간이 남아 있다. 아니, 남아 있을 것이다. 내일이 있다. 이렇게 쫓기려고 글을 쓰나, 내가 이러려고 비평가 되었나, 술이 당긴다. 심하게 당긴다. 상황이 뭔가 불안하다. 구름이 흘러간다. 갑자기 누군가가 보고 싶어진다. 학과에 일이 많다. 당최 집중할 수 없다. 화장실 변기가 막혔다. 쓰레기봉투가 다 떨어졌다. 책상이 어질러져서 집중하기 어렵다. 형광등 불빛이 너무 강하다. 스탠드 불빛이 너무 약하다. 눈이 아프다….' 등등. 하나 추가: '방금 밥을 먹었다.'

이에 비해 원고를 쓸 이유는 단 하나인 것 같다. 편집자가 두세 차례 보낸 메일을 읽거나 몇 차례의 직접적인 통화를 통해, 마감이 지났다는 사실을, 그것도 상당히 지났다는 사실을 정확히 확인하고, 재차 확인하는, 그 순간 원고를 써야 할 이유가 생겨난다. 그래서 '마감이 재능이다'라고도 말하는 거겠지.

2017. 2. 7.

담뱃갑 위에 즐비하게 새겨진 저 끔찍한 사진들…. 이 (공익???) 광고 때문에, 머뭇거리다가 결국 즐겨 피우던 담배를 사지 못했다 (광고의 효과가 확실히 증명됨?). 황당하다. 가령 유혈이 낭자한 교통사고 사진으로 자동차 외부를 코팅하거나, 기형적 비만이나 말기 당뇨 환자의 썩어 들어가는 손가락 사진을 코카콜라 병에 새겨 놓거나, 심각한 아토피 환자의 짓무른 피부 사진으로 새로 지은 아파트 거실 벽 한 면을 도배하거나, 말기 치매나 간암 환자의 참혹한 모습을 담은 스티커를 소주병에도 붙여야 하는 거 아닐까?

2017. 2. 8.

'번역은 무엇으로 승리하는가?' 원고를 방금 보냈다. 프랑스어 번역가와 영어 번역가의 근본적인 차이에 놀랐다. 번역이 오로지 수상으로 승리를 쟁취하는 기이한 현상과 그 역설, 국가의 미개한 욕망과 번역가에 대한 숭배 문제…. 『채식주의자』 영어 번역과 수상…. 그러니까 이제 나한테는 신나게 욕먹는 일만 남은 것이다. 한 언어가 이토록 권력을 행사하며 오만을 떨던 시대를 나는 지금 외에 잘 알지 못한다. 영어라는 벽돌을 쥐고, 무너진 바벨을 쌓으려는 사람들이 너무 많다. '세계문학'을 '문학의 세계화'로 착각하는 사람들, 세계화를 영어화와 동일시하는 사람들, 은근히 영어 공용화를 주장하는 사람들의 수상한 사이비 '엘리트' 의식은 어쨌든 역겹다.

2017. 2. 10.

작년 8월부터 진행했던 커다란 일('자유·정의·진리': 2018년부터 도입될 고려대학교 1학년 필수 교양과목)이 오늘로 제1부 막이 내렸다. 매달 합숙을 하면서 힘들기도 했지만 정말 짜릿한 지적 쾌감을 맛보았다. 팀을 꾸려 만든 이 강의안에 나는 자부심을 느낀다. 군더더기와 공론은 필요 없다. 각자의 특성을 살려 하나의 목표를 결과물로 수렴해 내는 일이 중요하다. 순간의 지성에 자주 기대었고, 직관을 증명해야 할 때가 많았으며, 구조보다 관계를 봐야 하는 사안들이 대부분이었다. 그럴 때 1+1+1=3이 만들어지는 것이 아니라 측정할 수 없는 덩어리가 나온다. 12개의 강의안에는 인문과학·자연과학·사회과학을 타자, 미지, 관계, 언어의 논리로 담아내고자 한 공동체적인 노력의 흔적들이 살아 숨 쉬고 있다. 결과물을 바라보는 동료들의 눈길을 나는 천천히 받아 내고 있다. 내일은 새로운 페이지를 읽기 위해 몸과 정신을 바꾸려 할 것이다. 나는 지금 자주 추억하고 그리워할 시간의 끝자락을 붙들고 있다.

허걱! 끝난 줄 알았지만, 아직 끝나지 않았다. 유클리드와 데카르트가 만난다. 2000년 전의 이 수학자는 어떻게 '공리(axiom)'라는 걸 발명했을까. 데카르트의 '코기토(cogito)'는 겨우 16세기 후반이 되어 고안되었을 뿐이다. 세기의 차이에도, 이 두 사람은 사실 동일한 생각에 사로잡혔었다. 의심이 모면되는 지점이 있어야만 의심하고자 하는 지점에 도달할 수 있다! 오호! 비트겐슈타인!

2017. 2. 12.

다니구치 지로가 세상을 떠났다는 소식을 접하게 되었다. 다니구치 지로는 나에게는 우선 『열네 살』의 작가였다. 그의 산책 시리즈를 좋아했다. 그의 만화에서는 자연과 동물과 사람과 일상이 느리게 흘러간다. 비교적 늦은 나이에 데뷔한 그는 완벽한 독학으로 고유한 스타일을 창조했는데, 그게 바로 고독한 인물이다. 그의 그림은 매우 깊다. 배경으로 전체적인 감정을 표현한다. 고독한 내면은 서사와 함께 그림 전체에서 우러나온다. 몇 번을 읽어도 또 읽고 볼거리가 생겨난다. 사유의 방식을 이런 식으로 바꾸어 놓는다. 유럽에서 먼저 인정을 받은 것은 우연이 아닐 것이다. 나는 특히 『도련님의 시대』를 읽고 큰 감동을 받았다. 앞으로 또 며칠을 다니구치 지로의 작품을 읽으며 보내게 될까? 번역에 대한 내 좁은 생각을 넓혀 준 만화 『도련님의 시대』를 읽고 서평을 쓰는 것으로 만족할 수 없어서 '번역과 근대'라는 글을 써 보기도 했다. 『도련님의 시대』는 '번역'에 관한 한, 내가 아는 한 가장 걸출한 작품이다.

2017. 2. 13.

청탁받은 글을 모두 물리친 지금, 이제 어려운 글 하나가 남았다. 주제는 바로 '자유 주제'…. 시 전문 잡지의 특집이라고 해서, 주제가 뭐냐고 물으니까 '자유 주제'라도 말한다. 쓰고 싶은 주제를 필자가 선별하는 것 자체가 특집 기획이라고 한다. 1월과 2월에 이미 썼던 주제는 각각 '시가 길어지는 이유'와 '시에서 실험은 무엇인가' 정도였다. 이 잡지의 편집장께서 말씀하시길 시와 관련된 것이면 무엇이든, 아무거나 괜찮다고…. 하신다…. 정말로? 어떤 주제가 좋을까요? (댓글 남겨 주시면 참조하겠습니다. 비평가, 시인 친구분들)…. 째깍째깍…. 째깍째깍…. 누구도 제안하지 않았다. 그러자 주제가 떠올랐다. 이런 아이러니란 대체!

2017. 2. 17.

김억의 글을 읽고 정리하는 시간.

그는 번역에 대한 이론을 별도로 정초하지는 않았지만, 번역에 대한 포괄적이고 이론적인 사유를 끊임없이 자신의 번역에 비추어서 개진했다. 두 가지 차원에서 놀라운 일이다. 우선 번역에 대한 이론적 제안이 당시에 거의 없었다는 점에서 그렇다. 다시 말해 그는 번역 실천을 통해 번역을 사유하였으며, 이렇게 경험적·후차적으로 번역론의 얼개를 그렸다. 이건 좀 다른 거다. 국내 연구는 간혹 벤야민의 번역론과 비교하거나 온갖 서양의 번역 이론으로 그의 번역에 대한 사유를 (특히 의역의 계보로) 가늠하곤 한다. 비교 자체가 실상 필요하지 않다는 생각이 점점 강화되고 있다. 방식이 바뀌어야 한다. 김억의 번역에 관한 사유를 중심에 놓은 다음, 필요할 경우, 벤야민이나 다른 서양의 번역 이론을 설명해야 하는 것이다. 이 양자의 순서가 바뀌면 곤란하다. 동아시아 삼국에서 번역은 일찌감치 독보적인 지위를 차지하고 있었고 번역의 방법에 사유, 즉 이론 역시, 일찌감치 개진되고 있었다. 루쉰의 번역론과 견주어 연구할 수는 있어도 서양 이론가들을 끌어들여 김억의 번역론과 비교하는 것은 좀 멍청한 짓이라는 거다. 1920년대 한국에서 김억 전후로 도출된 번역에 관한 제안과 사유 들은 매우 고유한 것이며, 서양이 번역 이론을 본격적으로 정초하기 시작한 1950년대 전후보다, 시기적으로도 훨씬 앞서기 때문이다. 양자의 차이는 간단하다. 한국·중국·일본은 개화기 전후로 번역에 대한 필요성이 급증했으며, 여기에 그친 것이 아니라 근대문학을 고안하는 일 자체가 번역에 달려 있었기에, 번역에 관한 이론적 사유가 도드라졌으며 그 수준도 매우 높았다. 이와 같은 맥락에서 보자면 서양에서 번역에 관한 이론적 제의가 본격적으로 이루어진 것은 양차 대전 이후일 뿐이다. 물론 역사적으로 번역에 대한 이론적 제안은 항상 존재해 왔다. 프랑스의 르네상스, 독일의 루터 등 자국어의 토대를 만들었던 시기 번역은 필연이었으며, 이때 이론적 제안도 간헐적으로 제시되었다. 그러나 근대국가의 성립 이후, 다시 말해 모국어라는 개념의 국민국가 언어가 형성되기 시작한 이후, 번역에 대한 근본적인 성찰이나 이론적 제안은 한중일에서 제기된 문제와는 상당히 다른 것이었다…. 이러다가 발표 원고를 다 쓰겠네. 자료를 제공해 준 박진영 땡큐, 아이디어를 공유해 준 구인모 땡큐, 암튼 땡큐, 김억 연구자들….

2017. 2. 18.

이럴 줄 알았다. 까닭 없이 메모만 늘어 가네…. 김억의 번역론…. 어찌 보면 매우 산만하고 어찌 보면 일관성을 결여한 듯하지만, 이와 반대라는 게 내 결론…. 김억 번역론의 출발은 어디인가? 1918년 『태서문예신보』에 실린 「프란츠 시단」이 그 하나요, 『개벽』에 실린 문예비평이 나머지라…. 번역 텍스트에 따라 매우 신축적인 논리를 펼치지만, 번역 이론은 벌써 그의 시에 대한 인식에서 대부분 완성되었다. 재미있는 건 1910년대 중반과 1920년대 중반까지의 글과 1930년대 후반에서 1949년까지의 글은 문체와 어휘에서 많은 차이를 보인다는 것이다. 물론 뒤로 갈수록 독서의 속도는 빨라진다. 초창기 글은 아직 한국어의 문법 체계가 잡히지 않은 상태에서 집필된 글이라, 어색하면서도 한편으론 굉장히 흥미롭다. 한국어의 변화가 김억의 글에서도 확연히 느껴지기 때문이다. 그의 글을 내리읽다가 김억 자신이 추구했던 보편적인 시가(詩歌)라는 개념이 지금 현대시의 가치와 얼마만큼 호응하는지 내내 물음을 던지지 않을 수 없었다. 결론은 '김억은 모던하다'이다. 이제 정리한 글을 찾아 상세히 출처를 밝히며 글을 쓰는 것만 남았다. 선행 연구는 정리하지 않기로 한다. 그중 엉망인 글들도 꽤 있지만, 어마어마한 연구도 제법 있기 때문이다. 특히 구인모의 글을 정리하고 평가하는 건, 내 역량을 벗어난다. 어마어마하다. 구인모가 나는 좀 너무하다고 생각한다.

2017. 2. 19.

　김억 번역론…. 글을 쓰다 보니, 점점 오묘해진다. 수요일이 학회 발표인데, 당일 아침까지는 원고를 마무리해야 한다. 그런데 할 수 있을까? 들려오는 소식통에 의하면, 개인적인 사정에서건 일정 때문이건, 김억 자체의 어려움 때문이건, 발표자들이 모두 '절절'매고 있다고 한다. 한국 근대문학을 정초하시느라 고생이 많으신 국문학 연구자들은 어째서 번역을 콤플렉스처럼 여기고 있었던 것일까? 번역은 한국문학의 '자생성' 여부를 묻고 또 캐고, 오로지 자생성에 매달려 한국 고유의 문학만으로 근대문학의 문을 열고 싶었던 사람들에게는 눈엣가시 같은 존재는 아니었던가? 여러모로 한심한 일이다. 번역은 다시 말하지만, 한국 근대문학의 변방은커녕, '본방'(本邦)이었다. 근대문학은 무엇인가? 사회와 역사가 '근대'로 변화하면서, 등장한 문학 아닌가? 그럼 당시의 문학 아닌가? 당시의 문학은 무엇이었나? 번역을 통해 '이식'을 하건, 전통에서 새로운 것을 만들어 내건, 아니, 낡은 문학을 개혁하건, 모두 하나의 활동이 아니었나? 여기에는 족보가 없다. 혼종과 혼합과 결합과 화해를 통한 고구(考究)의 노력이 있을 뿐이다. 이걸 두고 우리는 '현장'이라고, 문학의 지금-여기라고 부른다. 그런데 족보·가계·혈통을 따지려고 드는 사람들이 항상 있다. 이들은 오로지 우리의 순수한 문학 어쩌고저쩌고, 우리 정신에서 빚어진 순수 고갱이 문학 어쩌고저쩌고, 이러면서 소위 '번역문학'(굉장히 다양하게 나타나는)에는 서자(庶子)의 딱지를 붙여 버렸다. 그런데 당시에 대관절 어디까지가 '번역'문학인가? 번역과 창작이 명확히 구분되었던가? 그 구분이 자주 모호했고, 경계는 항상 희미했다. 우리가 창작이라고 알고 있던 작품도 자주 번역이었으며, 우리가 번역이라고 알고 있던 작품도 창작적 성격을 지닌 것이 많았다. 그러나 이들은 모두, 공히 문학을 위해, 문학의 근대성과 보편성을 고민하고 있었다. 문학사가들은 이와 같은 근대문학의 역사성을 알고서도, 민족주의의 화신, 전통의 수호자를 자처한 것은 아닐까? 정말 다양한 형태로 존재했던 번역문학이 바로 민족문학이었다는 생각은 쉽게 지워지지 않는다. 비난을 가해도 할 수 없다. 월요일과 화요일에 폭발할 에너지와 저 광기를 믿고, 오늘은 그만 철수하자.

어제 오전 8시부터 지금까지, 그러니까 스물여섯 시간 만에 원고를 '털'었다. 제목은 '김억 번역론의 현대성과 현재성'…. 미욱한 원고, 부족한 글이다. 아마 박진영 선생이 김억 원본을 정리한 파일을 보내 주지 않았더라면, 나는 지금도 영인본 전집을 넘기다가 병원에 실려 갔을 것이다. 원고를 펑크 내지 않게 된 건 오롯이 박진영 덕분이다. 그런데 글을 마친 지금, 출력해서 다시 읽어 보니, 얼굴이 조금 화끈거린다. 토론자 강동호 선생에게도 미안한 마음…. 내일 아침에 보낼 것이 뻔하니, 토론문은 작성하지 않아도 괜찮겠다고 말했는데…. 애고, 강동호 선생, 지금 원고 보내면, 나 때문에 좀 바빠지겠네. 이제 얼른 집에 가서 씻고, 좀 자기로 한다. 암튼 여기까지다. 보고 있나요? 아직 원고를 못 쓴 정기인 선생?

2017. 2. 22.

학술 대회 마치고 집으로 가는 길…. 발표, 정말 재미있었다. 에크리튀르의 발현은 항상 복합적이다. 한문맥(漢文脈)은 한문의 실현이 아니라, 한자, 한문의 무의식적·의식적 표출이자 섞임이다. 누구나 자기 글의 무늬를 제대로 알지 못한다. 단지 가치 있는 연구 대상이 되었을 때 조명이 가능한 말의 스밈과 짜임처럼 숨어 있을 뿐이다. 한문맥은 낱말의 차원이 아니라 통사 구조의 차원에서 한국 근대시, 심지어 오늘날의 시인에게도 발견되는 무의식적·의식적 언어이다. 영인본의 수준에서 벗어나 각주가 제대로 달리고 정본화된 김억 전집이 어서 나왔으면 좋겠다.

2017. 2. 23.

   '시와 구두점'을 주제로 원고를 쓰다가, 여러 책을 살피다 보니 새삼 프랑스 '것들'이 시에 관해 정말 섬세한 고민을 했다는 사실을 확인하게 된다. 글의 출발은 아폴리네르와 이성복이다. 암튼 이성복의 첫 시집 『뒹구는 돌은 언제 잠 깨는가』는 개인적으로 내 인생을 조금 바꾸어 놓는 데 기여(?)했던 시집이었다. 시집은 구두점의 혁명을 보여 준다는 점에서도 놀랍다. "내 시에는 終止符가 없다"와 같은 구절…. 구두점은 그러니까 단순한 기호가 아니다. 구두법(ponctuation) 과 구두점 기호들(signes de ponctuation)을 서로 혼동하면 곤란하다. 왜 현대시는 구두점을 필요로 하지 않는가? 구두점은 사라진 게 아니라, 다른 방식으로 전환되었다! 차라리 구두점을 사용하는 시인들이 조금 더 분명한 이유를 갖게 되었다. 김안의 시를 펼친다. 오! 아이디어, 죽인다! 크- 마감은 내일 오후 6시!

2017. 2. 25.

   넘겨야 할 원고를 모두 마무리하니, 어느덧 개강이 코앞이다. 대학원 강의 준비와 3월 출간될 번역서의 '옮긴이의 말', 즉 '해제', 3월 초까지 넘기로 약속한 로베르 데스노스 시 번역을 생각하니, 단지 생각만으로도 코피가 날 것 같다. 비평과 번역, 좀 즐거워야 하는 거 아닐까? 하루하루, 순간만 있는 세월이다. 나는 완벽하게 시간 감각을 상실하고 말았다. 불빛이 나를 보고 웃는다. 그래 낄낄거려라! 그래도 좋다.

다시 시작하는 하루…. 어쨌거나 조금은 경건하고 즐거운 마음으로…. 번역은 어떤 면에서 타자에게 거는 기투이며, 마음을 빼앗긴 후, 빼앗긴 만큼 내가 다시 훔쳐 오는 일이다.

2017. 2. 26.

스무 살 언저리로 돌아가게 하는 것들, 열 살 문턱으로 데려가는 것들, 서른 살 발치 앞에서 무너지게 하는 것들, 이런 것들이 문자로 흩어져 사방을 떠돈다. 별로 추억할 것이 없는 고등학교 시절, 그러니까 기계가 되라는 주문 속에서 하루하루 감정 없이 살다가 간혹 감행했던 일탈의 순간이 왜 이리도 자주 검은 커튼을 찢고 밖으로 튀어나오는가?

2017. 3. 2.

나에게 '정-말-로-암.울.한.시.대-에-살-고-있-다' 같은 말은 1차 대전이 발발했다거나 식민 치하에서 온갖 억압과 모욕을 감내하면서 저항을 궁리해야 한다거나, 나치스 점령 이후 공포가 일상이 되었거나, 전쟁이 일어나 살육을 일삼는다거나, 노예가 되어 부역해야 한다거나, 독재자의 폭력에 신음하는 나날이거나, 암튼 대체로 이런 상황을 고하는 표현이었다. 그간 책에서 만난 '정말로 암울한 시대'라는 표현은 대개는 이와 엇비슷한 경우에 쓰였던 것 같다. 내 독서 경험에 비추어 그렇다는 말이다. 요즘 이 표현은 아무런 변별력을 갖지 못하는 것 같다. 수시로 튀어나온다. 이유도 다양하고 원인도 정말 여럿이고, 상황도 몹시 다채롭다. 확실하게 알게 된 거 하나는 '망해 간다'가 아니라, 이명박 정권 이후, 지금까지의 세월을 지나오면서, 실제로 '망했다'는 거다.

2017. 3. 6.

작년 한국문학번역원에서 한국 문학작품의 외국어 번역가가 되기 위해 준비하는 (5-6개국 국적의) 젊은 학생들을 대상으로 '번역 이론'에 대해 4주 정도 강의한 적이 있었다. 한국 문학작품을 영어, 프랑스어, 러시아어, 독일어로 번역하는 작업에 열정을 갖고 임했던 분들을 만났다. 나는 내가 할 수 있는 일이 무엇일까 고민하다가, 한국어의 구조, 특유의 주어 생략, 문법적 난제가 될 만한 글 몇몇을 나눠 준 다음, 함께 번역해 보자고 제안했다(『채식주의자』의 영어 번역도 일부 포함되었다). 그들의 독해 능력이 내 기대치에 미치지 못해서 조금 당황했던 기억이 난다. 지원자 가운데 영어권 교포 몇몇은 전혀 실수를 하지 않았다. 이후 한국어의 미스터리들…. 질문이 쏟아진다. 물음을 앞에 두고, 내가 한국어를 잘 알고 있는지 나 자신조차 의심이 들 지경이었다. 모국어는 늘 사용의 상태에서만 존재한다는 사실을 새삼 깨달았다. 그러니까 언어는 그 사용에 모든 것이 달려 있다. 문법이란 이처럼 한 언어의 사용 방식과 운영 체계 전반을 의미할 것이다. 서양어의 경우, 근대국가가 성립되고 모국어(국가어)가 수립된 이후, 꾸준히 문법 체계를 규명하려는 작업이 진행되어 온 것뿐이다. 한국어가 영어나 프랑스어보다 정확하지 않다는 등, 이렇게 말하면 몹시 곤란하다. 한국어는 아주 짧은 시간에 급격히 변화했으며, 변화의 요로에 놓여 있었다. 근대 한국어와 중세 한국어의 차이는 사실 어마어마한 것이다. 한자의 사용 역시 한국어 연구에서 규명해야 할 중요한 키워드 중 하나다. 한국어를 사용하는 방식에 대한 구체적인 규명과 연구가 더 필요한 것뿐, 언어 간의 우수성이나 열등성은 존재하지 않는다.

이런 생각을 해 본다. 당시에 사용하던 언어를 그대로 복원하여 세종과 세조 시절을 배경으로 한글, 그러니까 입말을 기록할 표시 체계를 고안하는 내용을 드라마로 찍는다. 자막을 읽지 않으면 이해할 수 없는 드라마가 될 것이며, 배우들도 몹시 고생할 것이고, 매회 해제나 해설이 마지막에 첨가된다. 몹시 어렵겠지만, 내 짧은 생각에 이 드라마는, 드라마 역사상 기념비적인 사건이 될 게 분명하다. 시나리오를 쓰려면 언어 연구에만 엄청난 시간이 들어갈 것이다. 중세 한국어 연구자들과 함께 대본도 만들고(내가 할 일은 거의 없겠지만!) 스토리 라인(어쩌면 이건 할 수 있을지도 모르겠다)도 함께 구성해 보고 싶다. 중세가 아니면 개화기도 좋다. 유길준의 『서유견문』이 그 시작일 수 있으며, 이후의 언어 상황을 정확히 반영하여 대사를 만들고, 그대로 배우들이 말을 구사하는 드라마, 정말 환상적일 것 같다.

2017. 3. 7.

학교에서 멀리 떨어진 어느 카페에 왔다. 이번 시집은 누군가와 누군가가 도모하는 감정의 시소게임으로 읽히는 시편도 있지만, 거기에는 어김없이 몽상과 꿈과 환멸이 은밀한 장식처럼 묻어 있다. 이 시인은 자주 제 다리를 지우고 이상한 소리를 듣는 귀에 의탁해, 삶에서 피어오른 온갖 부끄러움을 담담하게 그려 내고 '경제적인'·'효율적인' 발화로 받아 낸다.

2017. 3. 8.

  오래 기다렸던 만화책 『중국인 이야기』가 세 권 합본으로 완결되었다. 1권을 구입해 흥미진진하게 읽었던 터라, 후속작이 궁금했고, 그사이 궁금증을 못 이겨, 프랑스어 원문 세 권을 구입했다. 합본으로 발간되어, 2권부터 필요한 나 같은 독자는 조금 당황했을 것이다. 그래도 좋다. 그런데 중국이나 동양에 관련된 책은 프랑스어보다는 한국어로 읽는 게 훨씬 재미있고 더 실감이 난다. 프랑스어 원문과 비교해 보니, 한국어 번역가의 노고가 이만저만한 것이 아니었을 거라는 짐작이 갔다. 원인은 한자나 고유명사의 표기 문제 때문인데, 중국 이름이 서양어로 표기되면, 오히려 한국어가 모국어인 나 같은 독자들은 번역된 상태의 그 이름을 잘 알아보지 못하게 된다. 발음에 의지하여 음차하므로, 굉장히 낯선 느낌이 드는 것이다. 한자 번역, 그중, 개념어가 아니라 고유명사 번역, 한자가 사라지면 발음 자체만 고스란히 남아 기이하게 앙상해지는 이름들…. 여기서 독서의 관성이 깨지고 이상한 낯섦이 짓치고 백지 위로 들어온다. 독서와 번역의 친화력, 특정 언어 경우를 비교하면 무척 흥미로운 주제가 될 것 같다.

  영어·프랑스어·독일어로 번역된 중국 문학을 나 같은 독자가 읽을 때 생기는 기묘하게 찾아오는 불편함에 대해 글을 써 봐야겠다. 유학 시절, 프랑스 국립도서관에서 호기심에 읽어 보았던 김용 무협지나 『삼국지』 등의 프랑스어 번역본을 대상으로 글을 쓰면 재미있을 것 같다는 생각이 든다. 테오도르 파비(Pavie)가 1840년대 부분적으로 번역한 『삼국지연의』의 표기는 'Sānguózhì yǎnyì'이며, 위(魏), 촉(蜀), 오(吳) 각각은 'Wei', 'Shu', 'Wu'다. 번역본에는 물론 한자 병기가 이루어지지 않으니, 조자룡, 관우, 유비 등등이 프랑스어로 중국어 발음에 따라 그대로 표기되니(로만어화 작업), 재미를 기대하고 읽은 나에게 생경한 수준을 넘어 독서 자체가 어려웠던 기억이 난다. 이와 같은 문제는 일본어 고유명사를 한국식으로 아예 바꾼 『슬램덩크』 같은 만화에도 매한가지로 적용된다. 프랑스어 번역으로 읽은 『슬램덩크』와 한국어판으로 읽은 그것은 다소 다른 무게를 지니는데, 강백호와 하나미치 사쿠라기는 정말 다른 것이다. 번역과 문화적 간격에 대해 일전에 쓴 글의 연장판/확장판 글을 써 봐야겠다. 아무 잡지에서나 청탁을 해 주시면 더욱 좋겠지만….

2017. 3. 11.

하루하루 무슨 생각을 하면서 보내는지 나 자신도 잘 모르겠는 이상한 시간이 지나고 있다. 명료한 듯, 명료하지 않은 듯, 이성의 끈을 잡고, 꺼질 듯 꺼지지 않는 불빛을 보면서, 천천히, 조금 천천히 걸어가기로 한다. 글을 읽고, 쓰는 행위 전반에, 조금은 새로운 의미가 서려 있는 것 같다. 바람 빠진 풍선이 어지럽게 사방을 날고 있다. 한동안 놓아둔 번역에 관한 생각을 조금 더 정리하고, 다시 공부를 시작해야겠다.

2017. 3. 16.

어제 대학원 비평 수업 시간에 비평의 본질적 특성에 관해, 비평의 태생적인 '부정성(negativity)'에 관해, 예술의 사회 비판적 특성에 관해, 언어 비판에 관해, 아도르노와 비트겐슈타인에 관해 이야기하면서 『미니마 모랄리아』와 『철학적 탐구』를 소개하였고, 예술의 효용성이나 가치에 관해 물음을 던지면서, 고흐에 관해, 현대성과 동시대성에 관해 이야기하면서, 이 물음, 그러니까 비평과 관련된 물음, 문제의식이 주체에 관한 물음을 끊임없이 소급한다는 사실을 새삼 느꼈지만, 그럼에도 불구하고, 현재, 지금-여기의 지평에서, 우리가, 비평이 그러한 정신을 갖고 무언가를 수행하고 있다고는 생각하기 어렵다는, 비평은 그러니까 답보 상태에 머물고 있다는 생각을 계속하게 되었고, 비평한다는 것의 가치에 관해, 그 역할에 관해, 처-음-부-터 다시 생각해 보지 않으면, 아무런 소용이 없을 것이라는 사실을 직관적·경험적으로 떠올리게 되었고, 저녁을 먹었지만, 소화가 잘 될 리 없었으며, 몇 통의 전화를 받았고, 그것이 모두 직/간접적으로 비평, 혹은 비평 '정신'과 관련된 어떤 말들이었다는 사실을 뒤늦게 깨닫고, 침대에서 몸을 일으켜, 밖으로 나와, 담배를 빼물고서 벤치에 앉아 멍하니 하늘을 보고, 보고 또 보았는데, 그곳은 컴컴했고, 밖은 조금 추웠고, 한기 속에서, 싸움이라는 생각, 싸움의 형태에 대한 생각, 싸움의 방식에 관한 생각에 사로잡혀 있다가, 다시 메쇼닉과 비트겐슈타인과 아도르노와 호르크하이머를 생각했고, 그건 한편 즐거운 일이기도 했으나, 나를 몹시도 불안하게 만드는 무엇이 그 사람들의 사유에 벌써 있다는 생각에, 또 조금 걸었고, 이 변화, 그러니까, 일상에서 일어나고 있는 요청들의 타당성과 비평적 특성에 대해 하나-하나-하나-하나, 곱씹어 생각하고, 또 생각하다가, 지금-여기의 이 모든 시도들, 전환들, 제안들, 그 자체가 벌써 비평적이라는 생각, 그러니까 나 같은 한심한 먹물들은 오래 생각해야 알지만, 그렇게 뒤늦게 그 특성을 파악하게 되지만, 현장의 사람들은 벌써-이미, 모두 알고 있는 그런 생각을 나도 하게 되었다는 걸 깨닫고, 부끄러움, 부끄러움이 피어오르는 걸 느꼈다.

2017. 3. 17.

아무 일도 손에 잡히지 않는다. 원고도 강의 준비도 번역도 더디거니 정지 상태다. 며칠 동안 조금씩, 그저 내키는 만큼, 김홍중의 신간 『사회학적 파상력』을 읽었다. 일전에 읽은 그의 '마음론' 덕에 매우 흥미로운 지점을 마주하게 되었지만, 읽고 나서 뭔가 허전하고 작위적이라는 느낌을 지울 수 없었다. 그가 벤야민에 기대어 분석한 보들레르와 모더니티에 대한 비평 역시 좋은 글임에 분명하지만, 알레고리에 대한 해석이나 '증기(蒸氣)론'은 사실 그다지 새로울 게 없다. 아니다. 내가 이해하지 못한 부분이 많았을 것이다. 그래서인지 다소 고개를 갸웃거리곤 하였다. 그러나 이번 책에서 나는 그의 사유가 그간 서서히 진화하고 있었다는 사실을 깨닫게 되었다. 특히 한나 아렌트에 관한 글은 빛난다. 아주 좋은 글을 읽게 될 때의 설렘 같은 것을, 오랜만에 갖게 되었다.

2017. 5. 5.

오랜만에, 정말 오랜만에 시집 해설을 마무리했다. 그동안 원고를 거의 쓰지 못했다. 마감은 일주일 정도 지났지만, 어쨌든 늦은 건 늦은 거다. 송부하기 전에 마지막으로 읽어 보니, 해설, 좋은 글은 아니다. 여기까지…. 뭐 이렇게 호기롭게 말하려면, 좋은 글을 써야 했는데, 불행히도 그렇지 못하다. 자학은 아닌데…. 사실 해설은 점점 더 한계를 느낀다. 특히 원고 분량을 제한하는 출판사의 해설은 더욱 그렇다. 나도 안다. 내가 글을 좀 길게 쓴다는 거…. 그거 상당한 단점이고, 고치려 해도 잘 고쳐지지 않는 이상한 습관이다. 돌이켜 보니 해설 가운데, 한달음에 끝마친 글도 있다. 분명한 주제 의식을 바탕으로 시집을 읽을 자신이 생기면 그렇게 한다. 그런데 대부분 한 주제에 맞추어 글을 쓰기가 어렵다. 암튼 출판사에 원고를 보냈으니 조금은 늘어진 저녁을 보내기로 한다. 고작 저녁 11시면, 무엇을 해도 할 수 있는 시간 아닌가? 자신에게 주는 선물이라 생각하며, 포도주를 한잔하기로 한다.

2017. 5. 8.

　팔×비ㅇ문△상 심사평에서 누군가 내 비평이 '열정이 넘친다'라고 평했다. 그러다가 '과도한 열정' 등등을 언급한다. 격려가 담겨 있다는 점을 제외한다면, '넘친다'와 '과도'에 방점이 찍혀 있다는 사실을 내가 모르는 것은 아니다. 무엇이 그들로 하여금 이런 말을 하게 했을까? 읽던 글을 멈추고, 가만히 생각해 본다. 아마 글이 대체로 길다는 이유 때문일 것으로 여겨진다. 모든 비평은, 어쩌면 그 비평에 대한 비평을 먹고 살아가는 것일지도 모른다. 그런데 이러한 비평을 그냥 꿀꺽 삼킬 수 없을 때가 종종 있다. 나도 내 글이 자주 지리멸렬하고, 이유 없이 잡다하고, 빈번히 만연체로 점철되어 있고, 대부분이 잘 읽히지 않고, 때론 분석이 너무 지루한 거, 잘 안다. 목에 살짝 가시가 걸린 것 같은 아침, 며칠 전 출판사에 넘긴 글의 '길이'를 다시 생각하니, 한 번 더, 처참한 기분이 드는데, 그럼에도, 나는 내 글을 줄이거나 일부를 덜어 낼 마음이 없다. 요청한 것은 아니지만, 경험에 비추어 조금 줄여 달라고 할 개연성이 높으므로, 또 분량을 매우 중요하게 생각하는 출판사이므로, 이런 걱정을 하게 되는 것 같다. 원고를 넘긴 후, 다소 이 점을 걱정했던 것도 사실이다. 작품에 따라 물론 다르겠지만, 시집 해설을 40매로 마감할 용기가 나에게는 없다. 시에 대한 '과도한' 열정이 무엇인지 계속 보여 주는 수밖에…. 다음 비평집 제목은 '과도한 열정', '열정이 넘친다'?

2017. 5. 9.

아침이 가기 전, 카페에 와서 시를 읽고 있다. 몇몇 신인들의 작품…. 아주 좋다. 확연하게 쏟아 내는 말들의 힘…. 이에 관한 글을 쓰기 위해서 나는 조금 더 고생해야 하겠지…. 바로 전 단계, 그러니까 읽고 메모하면서 하나하나 짝이 있는 퍼즐을 들고, 그 자리를 찾아 조금씩 움직여 보는 일, 그 순간에 찾아오는 어떤 마력과 매력 때문에 글을 쓰는 게 분명하다. 마약과도 같은 기묘한 힘이 여기에 있는 것 같다.

2017. 6. 20. ①

어떤 글은 그 글을 쓴 사람에게 자그마한 용기를 주기도 한다. 글이, 비평이, 간혹 치유의 기능을 한다면, 그건 오로지 쓰는 자에게, 쓴 자에게 가능한, 하나의 과정으로만 그러할 뿐이라는 사실을 이번 글을 통해 알게 되었다. 시 비평은 간혹 이런 식의 당황스러운 경험을 열어 놓는다. 시집이 출간되었다. 뒤에 붙은 해설은 사실 없어도 그만인 것이다. 오로지 쓴 사람에게 무언가를 주는 그런 글, 간혹 경험하게 되는 기쁨, 이런 것은 사실, 비평가 혼자 느낄 수 있는 자그마한 보상일 뿐이다. 독자에게 동일한 경험이 주어지는 일은 드물다. 프로이트식으로 이야기하자면, "덤으로 주어지는 보상"일 뿐이니까. 한창 공사 중인 관계로 소음이 일상이 된, 이제 놀랍지도 않은, 그런 아침이 끝자락을 향해 달음질치고 있다.

2017. 6. 20. ②

'정동(affect)'과 '목소리(voix)'는 오로지 '리듬'을 통해서만 드러나는 언어의 비상한 속성이다. 그러나 전자는 감각과 문법과의 관계를 헤아려야 한다는 점에서, 후자는 신체 기관의 발성과 연관된다는 점에서, 리듬과는 조금 다른 개념이며, 그럼에도 리듬을 통해, 리듬에 의해, 연구의 초석을 놓을 수 있는, 아직은 낯선 개념이다. 중요한 사실 하나. 언어가 '자기 지시적 특성(se référer)'을 갖는다는 사실은 시 비평에서 가장 중요한 덕목 가운데 하나라는 평소의 생각이 조금 더 강화되어 나타나는 오후…. 그러니까 여기가 출발일 수 있다. 윌리엄 오컴(Ockham)의 글을 다시 읽기로 한다. '보편'은 인위적으로 만들어진 '이름'뿐일 뿐… 유명론(唯名論, nominalism)이다. 개는 없고 바둑이만 있다. 자크와 발레리와 영철이가 있지 인간은 없다. 공사 소리에 서둘러 마칠 수밖에 없었던, 두통에 까닭 없이 손가락이 바삐 움직였던, 방금 출판사로 보낸 글의 대목 중 하나:

> 시인의 목소리, 광(狂)의 목소리, 취(醉)의 목소리, 현(弦)의 목소리, 곡(哭)의 목소리, 정(情)과 동(動)의 목소리, 저 상승하면서 감아올리는, 움터 오면서 증가하는, 그렇게 끝이라고 여기면 다시 피어오르고, 시작했다고 믿는 순간, 어김없이 끝을 향하는 저 말들이 열어 놓는 개방 체계, 그것의 실현이 바로 이 시인이 "나선의 감각"이라는 제목의 연작을 통해 실현하고자 했던 것은 아니었을까?

2017. 6. 25.

'따분하다'라는 말을 좋아한다. '지루하다'도, '허전하다'도 마찬가지다. 물론 가장 좋은 건 '우울하다'다. 왜냐고? 가장 오랜 시간을 함께하는 '말'이기 때문이다. 시간은 고작해야 주관성의 순간들, 그것들의 지속과 단절이며, 또한 이 지속과 단절의 반복일 뿐이다. 죽음을 향해 미끄러지는 시시각각의 마찰음이 즐거운 비명을 지른다. 자발적으로 눈을 감지는 않을 것이다. 감기는 순간까지 당도하면 그뿐이다. 지금-여기 곳곳에 웜홀이 떠다니고 있다. 눈에 보이지 않을 뿐이다. 차원에 대해, 시간의 주관성에 대해, 생각하면 머리가 지끈거린다.

2017. 6. 26.

금요일, 카뮈의 『이방인』 대중 강좌를 앞두고 책을 다시 읽고 있다. 전공자도 아니고 딱히 카뮈를 좋아하는 것도 아니라, 몇 차례 거절했는데, 일반인을 대상으로 한 교양 강좌라 부담 갖지 말라는 말에 홀라당, 그냥 홀라당, 넘어갔다. 이제 와서 후회하면 뭣하겠는가? 그러고 보니, 학부 때 불문학 일 세대에 속하는 조홍식 선생님께서 어느 자리에서 하신 말씀이 생각난다. "『이방인』이 엄청 유행했고, 너나 할 것 없이 이 책을 읽었다고. 그런데 말이지, 이후, 학생이고 할 것 없이 장례식장에서 아무도 울지를 않더라고." 짐작으론 1970년대 중후반의 일을 말씀하신 것 같다. 강연의 첫머리에 이 일화를 언급해야겠다. 그리고 세 가지 죽음, 삶의 참을 수 없는 지리멸렬함, 내 탓이 아니라는 이데올로기, 무엇으로도 증명되기 어려운 인간의 존엄성…. 같은 주제로 이야기를 풀어 봐야겠다. 이성복의 『뒹구는 돌은 언제 잠 깨는가』, 사르트르의 『구토』, 보들레르의 시 「이방인」, 카프카의 『성』도 함께 말해도 좋겠다. 지루하고 짜증 나는 실존주의 따위야 말해 뭣하겠나.

2017. 6. 27.

좋은 동료와 함께 일하는 기쁨…. 오늘의 토픽은 '공간'이다. 수학, 물리학, 건축학, 도시학, 문학예술, 사회학, 역사학…. 공간이란 무엇인가? 'raum'과 플라톤, 아리스토텔레스의 자연학과 범주론…. 무엇보다 데카르트의 좌표론이 시작이다. 빅뱅 이론, 기하학, 위상학, 지도학과 더불어 유토피아와 디스토피아를 이야기한다. 영화 「트루먼 쇼」와 「인셉션」…. 그리고 부르주아의 탄생과 성(城, bourg)이라는 주제…. 길을 내는 일의 어려움, 혜초가 걸었던 길…. 어쨌든 감정은 공간이 선사하는 부산물이라는 시각이 중요하다. 없는 곳, 사물로 채워지면서 의미가 부여되는 곳, 인간들의 왕래와 정복과 확산이 만들어 내고 다시 폐지하는 경계와 장소, 그리고 '장소 없음'과 '장소애착'…. 며칠 전부터 머릿속에서 이런 것들이 마구 떠돌아다닌다. 에너지가 샘솟는다. 인간이 공간에 의미를 부여한 것이 장소이며, 장소가 점(點)을 이룬 후, 경계를 만들고, 한계 속에서 이데올로기의 공간을 다시 게토화한다. 너머로 간다는 것은 아무것도 없는 곳으로 향하려는 동시에 진짜 공간에 대한 희구 없이는 가능하지 않은 것이다. 트루먼은 결국 끝까지 당도해 기어코 문을 열었다. 유토피아를 열어 보이는 동시에 자기 공간을 자각한다. 그곳은 아무것도 없는 동시에 허망한 곳일 수 있지만, 두려움에도 불구하고 연다는 행위를 실천에 옮길 수 있는 건, 인간이기 때문은 아닐까?

2017. 6. 28. ①

새삼 느끼는 거지만, 소설이나 시 모두를 포함하여 소위 '현대문학'이라 우리가 부르는 동시대의 문학, 그리고 모던한 문학에는 카프카의 그림자가 드리워 있다. 카프카의 영향은 서유럽은 물론 한국이나 일본도 마찬가지인 듯하다. 어떤 면에서 한국은 카프카적인 문학을 개진한 것이나 다름없다는 생각도 하게 되는데, 요즘 작가들에게도 해당된다. 1970-80년대가 소위 '실존주의'의 토양 위에서 문학의 결실을 보았다면, 카프카나 멜빌은 오히려 1990년대 후반 이후 보이지 않는 파급력을 갖고, 구석구석으로 스며들었다고 봐도 좋다. 카프카를 읽고 있다. 과연 '카프카다'라는 감탄이 입에서 절로 튀어 나온다.

2017. 6. 28. ②

어떤 필요 때문에 『21세기 문학』봄호에 실린 허수경의 시 세 편을 꼼꼼히 읽게 되었다. 읽고 또 읽으니, 결론은 참, 좋다,다. 허수경 시인의 시, 갑자기 세월의 포스가 느껴진다. 내공이라고 해야 하나? '새삼스럽다'는 말이, 요즘처럼 새삼스럽게 느껴진 적이 없다. 허수경의 시집을 다시 책장에서 빼내어 옆에 쌓아 둔다. 작년 하반기부터, 시를 많이 읽지 못했는데, 그게 내 탓이 아니라고 치부하고 넘어 갈 수 없는 것은, 결국 어떤 핑계를 대건, 어떤 이유에서건, 아니 핑계나 이유에도 불구하고, 내가 시에 대한 생각을 글로 쓰는 사람이기 때문이다. 이 역시 새삼스러운 일, 새삼스러운 확인, 새삼스러운 표현일 뿐이다. 여차여차, 새삼 느낀 것은, 평소 잘 드러나지 않는, 무언가를 계속해 왔던 갖은 이유가 새삼스러워질 때, 비로소 주위를 둘러보게 된다는 사실이며, 이러한 일이 비교적 중요하다는 것이다. 그러니 새삼스러워질 필요가 가끔 있는 것은 분명하다.

2017. 6. 29. ①

아마 이 책을 읽고 여러 사람들이 무슨 실수 같은 것에 대담해졌 거나, 예의나 습관, 격식에 저항하며 괜히 이유를 따져 물으려고 했을지도 모르겠다. 실로 내가 그러했는데, "나는 밀크커피를 마셨다. 그러자 담배를 피우고 싶어졌다. 그러나 나는 엄마 앞에서 담배를 피워도 좋을지 어떨지 몰라 망설였다. 생각해 보니, 꺼릴 이유가 조금도 없었다."(카뮈, 『이방인』)와 같은 구절은 스무 살 나에게는 그 어떤 묵직한 충고나 철학적 사변보다도, 훨씬 쉽게 일상에서 확인되는 어떤 사실을 당당하게 고지하고 있었다. 대학에 입학하고, 그해 가을, 가족들이 모인 제삿날, 집안 어르신들 앞에서 태연하게 담배를 꺼내 피운 적이 있었다. 물론 지탄받았고, 호적에서 이름을 파라는 말도 나왔고, 뭐가 되려고 애가 저 모양이냐, 왜 저러느냐… 등등의 호된 질책을 뒤로하고, 호기롭게 가방을 어깨에 둘러멘 다음, 유유히 빠져나와 서울로 향하는 버스 터미널로 걸음을 옮긴 기억이 있다. 가끔 어머니께서 하시는 말씀: "그때 너는 아마, 그 무엇이냐, 『이방인』 같은 소설 읽고, 객기를 부렸다", "곤란해서 혼났다", "너 유학 떠난 다음에도 집안 어르신들 모이시면, 한동안 그 이야기하셨다"고…. 그래도 어머니는 고등학생 책상 위, 재떨이를 갈아 주셨다. 어머니 앞에서 담배를 피울 수 있었던 고등학생이 당시 몇이나 되었겠는가? 새삼 어머니가 아니라 '엄마'라고 부르고 싶은 심정…. 내일 강의안 만들다가, 좀 쓸데없어져 버렸다. 『이방인』 같은 소설, 인생에 별반 도움이 되지 않는다. 읽으면 어쩔 수 없이 조금 미치고 마는, 권태가 온 세상을 덮는 것 같은 팍팍한 느낌에, 하루를 공치고, 다음 날도 공치고, 눈 부신 태양 탓이라며, 그냥 모든 걸 방치하고, 또 빈둥거리게 되는 그런 소설….

2017. 6. 29. ②

강의가 준비 간단히 끝날 줄 알았는데, 차츰 메모만 늘어난다. 특히 뫼르소가 감옥에서 느낀 시간에 관한 사유 역시, 나와는 무관하다고 말할 수 없는 것이기도 하다. 이거 뭐, 에휴, 이상한 겹침 혹은 영향이라고 해야 할 것 같은데…. 상을 받게 되었던 재작년, 연보를 써 달라 해서 끌쩍거린 초등학교 때의 일…. 아마 카뮈의 위 구절을 표절한 것과 같은 착시를 불러일으킨다. 좀 이상한 말이지만, 어린 시절, 누구나 이런 생각을 한 번쯤 해 보았을 것이다. 사실 나는 『이방인』에 이런 구절이 있었다는 사실이 잘 믿기지 않는다.

잠자는 시간, 기억하기, 사건 기사 읽기, 그리고 빛과 어둠의 교차로 시간은 지나갔다. 감옥에 있으면 시간개념을 잃게 된다는 것을 나도 분명히 읽은 적이 있었다. 그러나 그런 얘기가 나에게는 별로 의미가 없었다. 하루하루의 날들이 얼마나 길면서도 짧을 수 있는지 나는 예전에는 미처 깨닫지 못했던 것이다. 하루하루는 지내기에는 물론 길지만, 하도 길게 늘어져서 결국 하루가 다른 하루로 넘쳐나고 말았다. 하루하루는 그리하여 제 이름을 잃어버리는 것이었다. 어제 혹은 내일이라는 말만이 나에게는 의미가 있었다.

인생이 살 만한 가치가 없다는 것은 누구나 다 알고 있다. 따지고 보면 서른 살에 죽느냐 예순 살에 죽느냐는 별로 중요하지 않다는 것을 나도 모르는 바 아니었다. (중략) 요컨대 이보다 더 명백한 것은 없다. 지금이건 이십 년 후건 언제나 죽는 것은 바로 나다.

2017. 7. 2. − 12. 31.

2017. 7. 2.

기억할 만한 꿈을 가끔 꾼다. 어제도 그랬다. 어지간하면 꿈도 검열을 하는데, 어제는 끝없이 펼쳐지는 나락의 순간들이, 꿈이고 현실이고 할 것 없이, 모두 집어삼켜 버렸다. 무언가를 보았고 무언가를 붙잡아야 했는데, 그러지 못했고, 무언가가 계속 빠져나가는 느낌 속에서 허우적대는 순간들 사이로 현실과 꿈의 경계가 완전히 지워져 버렸다. 오늘은 종일 집에서 영화 네 편을 내리 보았다. 모두 좋았다. 뒤숭숭한 꿈을 꾸고 난 후면, 영화가 감정을 한 겹 더 껴입는다. 깨어나지 않을 꿈이라면 차라리 좋을 것 같은 악몽이, 아주 느슨하게, 아주 느리게, 현실 구석구석에 흩어져 있는 것만 같다. 내게 주어진 시간, 그러니까 통상 우리가 삶이라고 부르는 시간의 마지막을 본 것 같은 시간이 흘러간다…. 오로지, 또 오롯이, 흑백이다. 나는 흑백영화를 사랑한다. 언제나 나는 모든 것에 무덤덤해질 수 있을까?

2017. 7. 4.

본의 아니게 원고를 하나 펑크 내게 되었다. 좋은 일이라 생각하지 않는다. 그런데 내가 쓸 수 있는 글이 아니었다. 왜 이 생각을 미리 하지 못했을까? 청탁해 주신 시인에게 미안하다. 내가 욕심이 과했던 건 아닐까? 흔히 글을 쓸 때 행복하다고 말하는 사람을 가끔 만나게 된다. 그럴 때마다 그건 사실 거짓말일 거라고 돌아서서 생각하곤 한다. 아마 글을 쓰면서 내가 행복하다고 생각한 적이 한 번도 없기 때문인 것 같다. 단지 쓰고 난 다음, 잠시 그 시간이 그립거나 믿기지 않거나 할 뿐이었다. 글은 나에게 고통을 준다. 확실하다. 그런데도 왜 쓰냐고? 나는 혹시 마조히스트? 허나, 조금 더 확실한 건, 글을 쓰는 게, 내게는 화살을 하나 날리는 일이며, 도박과도 같은 성질을 지닌다는 것이다. 그러니까 말 그대로, 확실치 않은 결과에 나를 거는 그런 일, 뭔가 움직이게 하는 힘, 흔히 길을 낸다는 표현처럼, 컴컴한 방에 갇혀 부싯돌을 탁탁 튀기며 뭔가를 보려는 것, 그것을 만지는 어떤 쾌감과 불안함, 다소 떨리는 순간들을 백지 위에 기록하는 일, 글은, 정확히, 나에게는 이러한 성격을 지닌 것 같다는 것···. 내가 쓴 글을 다시 읽어 보는 일은 그래서 몹시 두려운 일이며, 자주 저어되는 것이기도 하다. 흔한 말로 너무 구불구불하여 온 길을 돌아보기 싫은 것이다. 나도 내 글이 끔찍하다는 걸 안다. 나에게 좀 적게 쓰라고, 어쩌다가 우정 어린 충고를 하시는 사람들에게 나는 한 번도 감사한 마음을 가져 본 적이 없다. 내 주위 글을 쓰시는 사람 중 지금까지 단 한 분만이 나에게 더 써야 한다는 말씀을 해 주신 적이 있다. 나는 오히려 이 유일한 후자가 저 수많은 전자보다 내가 글을 쓰는 이유에 대해 더 잘 알고 있는 사람이라고 생각했던 것 같다. 글을 쓰면 확실한 거 하나, 그것은, 뭔가를 잊게 되고, 시간을 정지시키고 시끄러운 이 세상 무인도에라도 온 기분이, 잠시나마, 든다는 것이다. 물론 이것도 글을 쓴 다음 갖게 되는 생각이다. 그래서 도피의 성격을 갖지도 못한다. 헐!

2017. 7. 5.

「오늘 나는 산책을 했다」, 로베르 데스노스.

오늘 나는 내 동료와 산책을 했다,

비록 그가 죽었지만,

나는 내 동료와 산책을 했다.

꽃이 피어난 나무들이 아름다웠다,
그가 죽던 날 눈이 쌓였던 저 밤나무들.
내 동료와 함께 나는 산책을 했다.

오래전 장례식에
부모님은 당신들만 가셨다
나는 나 자신을 어린아이라고 느꼈다.

지금 나는 적다고 할 수 없는 망자들을 안다,
나는 장의사들도 많이 보았다
그러나 그들의 관에는 다가가지 않는다.

바로 그런 까닭에 오늘 나는 하루 온종일
내 친구와 산책을 했다.
그는 내가 조금 더 늙었다고 여기는 모양이었다,

조금 더 늙었다고, 하지만 그는 내게 말했다:
어느 일요일이나 어느 토요일
자네도 또한 내가 있는 곳으로 올 거야,

나는 그때, 꽃이 활짝 핀 나무들을, 저 다리 아래로
흐르고 있는 강을 바라보고 있었다
그러다 불현듯 내가 혼자였다는 사실을 알아차렸다.

그러자 나는 사람들 사이로 되돌아왔다.

번역 노트: 번역에 어려울 것이 딱히 없는 이 시는, 사실, 너무 평범해서 어렵다. 가령, 시제는 번역에서 늘 어렵다. 복합과거는 무엇으로 표현한다 해도, 한국어에서는 항상 부족하거나 밋밋하거나 비어 있다. 전치사 역시 마찬가지다. "조금 더 늙었다고, 하지만 그는 내게 말했다", 영어로는 'but'으로 번역될 이 'mais'는 늘 애매하다. '하지만'으로 옮겨 놓았지만, 맥락은 그렇게 말하지 않는다. 차라리 '게다가', '더구나'가 나을 듯하다. '번역에서 바꿀 수 없는 것을 바꾸지 않고, 바꿀 수 있는 것을 바꿀 용기를, 이 양자를 구별할 현명함을 제게 주소서!'

2017. 7. 6.

박순원 시가 대개 그렇듯이, 유머를 빼놓고 이야기할 수 없다. 「용문 고시텔」 시리즈도 좋고, 「츄리닝」이나 「식언」 같은 시도 좋고, 뭐 상당히 좋고, 거꾸로 말해, 좋은 시도 상당히 많고, 그래서 우울할 때, 가끔 손이 가기도 하고, 솔직히 자주 가고, 그의 시집은 아주 독특하고, 유머유머유머, 아주 좋고, 또 우울할 때, 특히 슬플 때, 뭐 이럴 때, 오늘 같은 날, 읽으면 더없이, 한없이 좋은데…. 유머와 페이소스로 치면 정말 좋은 작품이 많은데, 아마 한국에서 이렇게 시를 쓰는 사람은 별로 없어 보이는데…. 더구나 그의 시 속 유머에 대해 별반 언급도 없는 것 같은데, 암튼 그중에서도 나를 가장 웃게 만들었던 시, 「늦가을」이다.

짜장면을 먹고 단무지 한 조각을 집어 반을 잘라 먹고 또 짜장면을

먹고 단무지 반 토막을 마저 먹고 물을 마시고 입을 훔치고 일어나 짜
장면 값을 내고 문을 밀고 나오며 혹시 뭐 빼놓은 것은 없나 순서가 바
뀌지는 않았나 너무 서두른 것은 아닌가

—박순원, 「늦가을」 전문

사람들아, 지금 미친 듯 비가 온단 말이다. 이 시, 좀 웃기고 재미
있지 않나? 시 읽고 웃음이 계속 나온단 말이다!

2017. 7. 9.

집으로 돌아와서 뭔가를 해 본 기억이 별로 없다. 언제부터인지
모르겠다. 아마 나는 신발 때문이라고 생각한다. 신발을 벗으면 영
락없이 글도 쓰지 못하고 책도 읽지 못하게 되는 것이다. 대신 손가
락의 기능이 기형적으로 발달한다. 리모컨을 잘 놀리거나 바둑을 두
거나 게임을 하거나 페북을 들여다보거나, 간혹 지금처럼 페북에 뭔
가를 남기곤 하는데, 이 모두가 손가락을 학대하면서 조금 더 복잡
해지고 다양해지는 일이다. 다쿠보쿠의 신간 번역 시집 『한 줌의 모
래』와 새로 도착한 문예지 몇 권, 번역가의 이름을 밝히지 않아 궁
금증을 자아내 결국 속아 넘어가듯, 구입한 장 콕토의 시집과 폴 발
레리의 시집을 읽었어야 했다.(이런 식의 출간은 대부분 아무 번역이나 긁어
다가 출간한다는 사실을 다시 확인했다. 누군가 비판해야 한다!) 그러나 현실은
책을 붙잡지 못했다. 금요일부터 지금까지, 마틴 스코세이지의 영화
「디파티드(The Departed)」(VOD 시청이 공짜여서)를 보고, 「무간도」를 다
시 보려 하다가, 문득 스코세이지 영화가 그리워 「코미디 왕」과 「성
난 황소」를 보고, 잠시 숨을 고른 다음, 「비밀의 숲」 9회, 2017 부루
사 세계 당구 대회 8강전 생방송, 「우리 누나: 한국이 낳은 세계적인

배구 선수 김연경 편」 재방송, 「소림 쿵푸의 전설 제2편」 등을 내리
보았다. 신발을 벗으면 영화를 보거나 드라마를 보거나 BBC 등 다
큐를 찾아서 본다. 그냥 무언가 본다. 프랑스 유학 시절 실내에서 신
발을 신고 살았고, 그렇게 또 공부를 해서 그런가? 아이가 생긴 후,
벗는 쪽으로 전향을 했지만, 암튼 그날 이후 집에서는 공부를 하지
않은 것인지도 모른다. 나중에 아파트에서 벗어나 서울 외곽에 땅콩
집이라도 지어 살게 되면(가능성은 제로에 가깝겠지만 로망이다! 아파트는 결
국 커다란 닭장 같은 곳이다) 실내에서 신발을 신고 지낼 수 있도록 설계
를 고려해야겠다. 바닥에 앉는다는 것, 이 문화가 나는 싫다. 소위
말하는 책상다리를 하고 앉는 것보다 의자가 좋고, 온돌보다 침대가
훨씬 좋다. 실내에서 신발을 신는 문화도 정말 좋다.

2017. 7. 10.

이시카와 디쿠보쿠『한 줌의 모래』(엄인경 역, 필요한책, 2017): 천재가
따로 없다. 추상적이고 고풍에 젖어 있던 단카를 일상으로 끌고 온
사람, 끝내 피를 토하며 스물여섯 살에 죽어간 천재, 1910년을 기점
으로 일본이 제국주의로 치달아 파시스트 국가가 되리라, 진작에 예
견한 사람, 에도 시대의 낡은 일본어로는 메이지의 근대적 감수성을
표현할 수 없다고 여겨 로마자로 일기를 써 보았던 엉뚱한 사람, 돈
에 평생을 쫓기면서도 개화의 물결에 몸을 싣고 문명의 근대, 그 악
과 미지를 마주하려 했던 사람! 번역도 좋다. 일본어 공부에도 좋은
교재…. 원문을 바로 아래 병기해 놓아, 5-7-5-7-7 서른한 자에 맞
춰 따라 읽다 보면, 번역의 묘미도 맛볼 수 있는 시집…. 아울러 다
니구치 지로의『도련님의 시대』와 민음사에서 출간된 디쿠보쿠의
'일전'에 출간된 시집『슬픈 장난감』이나『섬 위를 부는 바람』을 함께

읽으면 금상첨화…. 백석이 즐겨 읽었다는 그의 시들…. 그런데 이 허탈함을 어이 할꼬?

2017. 7. 11. ①

오늘은 목요일이 아니다. 오늘 내린 것은 비가 아닐지도 모른다. 우산을 두 개 잃어버리고, 양말을 두 번 말리고, 좋아하는 두 사람을 만나고, 삶에 드리워진 두 개의 다른 그림자를 보고, 두 번 본 영화를 떠올리고, 젖은 두 다리를 물끄러미 바라보고, 헛기침을 두 번씩 간헐적으로 내뱉고, 번역을 마친 시를 두 번 소리 내 읽어 본 날…. 이제 두 눈을 감고 잠을 청한다. 내일은 한 번만 찾아오는 순간들로 가득 채워졌으면 좋겠다.

2017. 7. 11. ②

'몸'이란 무엇인가? 강의안을 준비하다가, 더디게 준비하다가, 준비하다가, 너무나 많은 자료와 너무나 상이한 관점들과 복잡한 역사, 너무나 다양한 분야에 놀라고 만다. 욕심을 낼 수 없고, 욕심을 내서도 곤란하다는 사실을 나는 알고 있다. 몸을 재현한 사유 방식과 몸을 규명하려 시도한 과학과 의학, 몸을 상상하고 꿈꾼 예술가들의 시선, 역사의 굴곡들과 굴절들을 살펴보다가, 문득 이원론에서 실마리를 풀어 가야겠다는 생각이 들었다. 호문쿨르스와 DNA, 레오나르도 다빈치와 해부학, 테크놀로지와 주체-자아, 뇌와 정신, 인종과 젠더 등을 생각하다가 그만 내 몸이 하루가 저물기도 전에 지쳐 버렸다. 몸이 따라 주지 않는 더운 날, 몸을 조금 더 생각하며, 집에 오니, 아내가 「도깨비」를 보고 있다. 앗, 그러고 보니, 유령, 환상, 환각도 몸의 문제였던 것!!!

2017. 7. 12.

오늘도 혼자 밥을 먹었다. 학교 근처 '유성집'이란 식당에서 주로 점심을 먹는데, 이곳이 좀 기묘한 감정을 자아내면서도 한편으로는 이곳에 가면 조금 이상한 느낌을 받게 된다. 점심 메뉴는 한 가지, 오로지 백반이다. 저녁에는 고기와 설렁탕을 판다. 나는 주로 점심에만 간다. 점심은 주메뉴로 생선이나 고기가 나오고, 큰 그릇에 담은 국과 다섯 가지 정도의 반찬이 딸려 나오는데, 밥값은 6천 원이다. 처음 고대에 왔을 무렵, 그러니까 십여 년 전에는 4천 원이었다. 음식의 질에 비하면 나는 6천 원이 비싸다고 생각하지 않는다. 사실 물가에 비하면 싼 편이다. 가족들이 운영해서 이런 가격이 가능할 것이다. 노동이 가족 이데올로기에 제 가치를 상실하고 있다고 해야 할지도 모르겠다. 점심시간에는 자주 자리가 없어 조금 기다려야 할 때도 있다. 나는 30분을 일찍 가거나 30분 늦게 간다. 주로 공사장의 인부나 동네 가게 아저씨, 교직원들이나 학생들이 오는 것 같다. 언젠가 주인에게 물어보았더니, 제기시장에서 장사하시는 분들도 일부러 점심을 먹으러 오기도 한다고 말한다. 좋은 것은 혼자 가도 불편함이 없다는 점이며, 메뉴가 하나다 보니, 회전율이 빠른 편이라 오래 기다리지 않는다. 오늘은 닭백숙이 나왔다. 온전한 반 마리가 큰 그릇에 담겨 열무김치와 고추와 함께 차려졌다. 맛있게 먹었다. 내가 조금 묘하다고 생각하는 것, 아니 재미있게 관찰하곤 하는 것은, 메뉴가 하나이기에 사람들이 모두 같은 걸 먹는다는 데서 발생하는 풍경이다. 고급스러운 옷차림의 사람들(간혹 교수들)이건, 공사장에서 일하다 온 인부들이건, 노인들이건 대학원(대학)생이건, 똑같은 메뉴를 먹는다. 너나 할 것 없이 닭백숙 그릇에 얼굴을 가까이 대고, 똑같은 음식을 먹는 것이다. 같은 것을 먹는다는 말이다.

먹는 모습은 물론 다양하다. 묻지 않아도 맛있어 하는 것이 분명한, 빨리 먹는 사람, 습관 때문인지 천천히 음미하듯 먹는 사람, 젓가락으로 닭을 하나하나 건져 먹는 사람, 뼈를 손으로 쥐고 살을 발라 먹는 사람, 숟가락으로 휘휘 저으며 함께 나온 밥을 말아 후룩후룩 소리를 내며 고기와 국물을 같이 먹는 사람, 대추를 골라내는 사람(나도 여기에 해당된다. 나는 대추 같은 게 탕에 들어가 있으면 다 건져 낸다), 닭고기를 모두 건져 다 먹고 국물에 밥을 말아서 김치에 얹어 먹는 사람, 뼈를 쪽쪽 빨아 먹는 사람, 조금만 먹고 조심스레 수저를 내려놓는 사람 등등…. 아주 다양한 모습으로 사람들이 음식을 먹는다. 음식이 하나여서, 아니 그래서 느끼게 되는 기묘한 평등 같은 것이 있다. 그러니까 여기에 오면, 먹는 방식이야 천차만별이지만, 누구나 똑같은 음식을 먹고 있다는 사실이, 어느 때보다 강하게 느껴진다. 사회적 신분이, 성별이 나이가 어떻건, 비슷한 모습의 인간을 본다. 굽은 등 뒤에서 어느 노인이 놀리고 있는 부지런한 수저질과 핸드폰에서 눈을 떼지 않는 젊은 대학생이 마치 탐색을 하듯 반찬을 더듬거리는 모습을 보며 나는 연민보다는 평등이라는 것에 대해 생각하게 되고, 거기서 이상한 안도감 같은 것을 느끼게 된다. 그래서 좋다거나 나쁘다는 것도 아니다. 그냥 그렇다는 것이며, 그런데 평등하다, 뭐 이런 감정, 동등함과 함께 마주하는 기분이 우리 일상에서는 조금은 낯설게 느껴지기도 한다. 그게 오히려 더 이상한 것이다. 평등을 느낄 수 있는 장소들이, 순간들이, 시간이, 뭉텅이로 사라지고 있거나 없어진 것이라 생각하다가…. 그만둔다.

2017. 7. 13.
　'몸'에 관한 이러저러한 자료를 검색하다가 마틴 스코세이지의

「셔터 아일랜드」를 보게 되었다. 요즘 심리학과에서 연구하는 주제를 영화가 고스란히 녹여 냈다. 결국, 고통, 사랑, 연민 등 인간이 몸을 통해 겪는다고 알려진 모든 것은 사실 뇌에 의해 100% 결정된다. 인간 심리의 모든 근원이 뇌라는 것⋯. 정신이나 욕망이라는 게 단백질 덩어리의 화학작용에서 빚어진 스파크 효과라는 사실을 이제 인정하자⋯. 정신이란 결국 물질의 반응과 다르지 않을 뿐이라는 관점에서, 애당초 자유의지나 도덕, 양심이나 가책 같은 것도 단순한 뇌의 화학반응에 불과하다는 것, 그러니까 엄밀히 말하면 뇌가 인간의 모든 것을 결정하는 것이지, 인간이 자신의 행동을 가치판단에 따라 선택하거나 창의적이고 윤리적인 고민에서 착수하는 게 아니라는 말씀! 이런 것들은 그러니까 죄다 인간이 만들어 낸 환상이자 착각이라는 말씀도 되겠다. 몸에 관한 연구들, 영화들, 예술 작품들, 더 찾아봐야겠다. 암튼 많은 걸 생각하게 해 주는 영화⋯. 영화 마지막에 디카프리오가 남긴 말 "괴물로 살 것인가, 선인(善人)으로 죽을 것인가?(Live as a monster or die as a good man?)"는 이성과 환상, 현실과 욕망 이 양자조차 삶에서 선택일 수 있다는 사실을 암시한다. 그러니 어떤 삶을 살 것인가? 아니다. 정확히 이렇게 물어야 한다. 당신은 무슨 삶을 살고 있는가?

2017. 7. 14.

몸에 대한 강의안⋯. 어렵다. 평범하다. 항상 느끼는 것이지만 키를 잡는 사람이 중요한 것이다. 계획이라는 것의 대부분은 키잡이의 역량과 재능에 의해 결정된다. 바다에 길을 내기 전에 아직 가 보지 않은 곳을 투시하는 힘이 있어야 방향이 보인다. 어디로 가는 것 자체를 두려워해 본 적은 없는 것 같다. 그러나 방향은 항상 나에게는 두려움의 산물이었다. 지금이 그렇다. 노를 더 젓기 전에 지금이라도 방향을 틀어야 한다. 조금 나간 뱃머리를 돌려야 한다는 사실이 명료해지는 아침, 회의를 시작하기 전, 크게 심호흡을 한다. 폭탄을 던지거나 배를 깨거나 해야 한다. 후퇴는 아니다. 일보 전진을 위해 출발선을 다시 긋는 것이다.

2017. 7. 15.

점점점점점…. 시간이 간다. 점점점점점…. 몸이 만들어진다.

—성스러운 몸/영혼의 기관: '성삼위 일체론'.

—신체화된 마음: 니체, 메를로 퐁티, 해부학, 의학, 뇌, 베살리우스, 해체신서.

—관상학: 순자와 범진, 그리고 아리스토텔레스.

—수학, 비례, 대칭: 레오나르도 다빈치.

—몸으로 배우는 것들: '체득(體得)', 중국에서 쓰는 '체회', 장자의 수레바퀴 이야기, '몸치', '몸값'이라는 말….

—스포츠와 몸: 체조와 올림픽, 쿠베르탱, 맑은 정신을 강요하며 행해지는 육체 훈련.

—신체 자본과 텔레비전: 광고/자본—건강한 몸에 건강한 정신이라는 프로파간다.

—전쟁/과학: 최적화된 몸과 총동원령, 게놈 지도, 브레인 임플란트.

—파시즘/제국주의와 몸: 사살된 몸, 훼손된 몸(시신과 육질).

—68혁명과 몸: 성, 해방, 젠더, 바바라 쿠르거….

—포르노그래피와 몸: 교환되고 거래되는 시선들.

점점점점점…. 시간이 가리라. 점점점점점…. 몸이 만들어지리라.

2017. 7. 16.

하루 종일 쓰러져 자다가 일어나서 뭔가 미안하고 뭔가 허전하고 뭔가 자꾸 빠져나가는 느낌에 젖어 한참을 소파 위에 앉아 물끄러미 이것저것을 생각해 보다가 밖에 나가 저녁을 먹고 다시 집에 들어왔다. 몸과 정신 사이의 완벽한 엔트로피의 법칙, 어쩌고 중얼거린다. 몸이 정신이고 정신이 몸이라는 사실이 점점 자명해진다. 뇌에 관해 좀 더 알아봐야겠다. 깜짝 놀라 두근거린 심장의 박동이 정보가 되어 뇌에 파일을 만든다. 우리가 '사건'이라고 부르는 것은 파일의 형태로 뇌에 저장되어 있고 비슷한 사건을 겪을 때마다 불려 나온다. '자라 보고 놀란 사람이 솥뚜껑 보고 놀란다'라는 속담과 같이 우리가 일상에서 매일 겪는 현상이 여기서 설명되는 것이다. 그러니 뇌에 칩을 심어 기억과 인식, 감정과 윤리를 조절하거나 조직할 수 있다는 말이 나오는 거겠지. 거의 현실화되었다는 기사를 읽고 관련 자료와 논문 몇 편을 살펴보았다. 1990년대 일찍이 뇌를 전자화하고 해킹한다는 상상력을 보여 줘 나에게 충격을 주었던 만화영화 「공각기동대」와 이에 못지않은 충격을 준 만화 『총몽』(내겐 프랑스어 버전만 있는데 제목이 'Gunnm'이다, 무슨 뜻인지 한 번도 생각해 본 적이 없네!) 오늘 저녁, 꼼꼼히, 천천히, 다시 보고 읽기로 한다.

2017. 7. 17.

두 번째 시집이 갖는 이상한 긴장감은 무엇인가? 두 번째 시집에는 항상 서스펜스와 같은 것이 존재하는 것 같다. 처음 시집을 낼 때와는 다른 상황, 다른 맥락, 다른 위치가 시집에 모종의 방향성을 부여한다. 간혹 첫 시집 출간 이후, 활동이 뜸하다가 시간이 꽤 지난 후 두 번째 시집을 기획하는 경우, 대개 분량이 많고 다양한 세계를 담으려 애쓴 흔적이 있다. 두 권으로 출간하는 게 좋을 것 같은 시집은 대부분이 두 번째 시집이다. 첫 시집이 성공했건, 그렇지 않건, 내 경험으로 두 번째 시집은 통상 조금 두껍고, 조금 더 말을 많이 하며, 조금 더 거칠고, 조금 더 다양한 세계에 천착하며, 전체적으로 종합을 하려 시도한다는 느낌을 준다. 지금 붙들고 해설을 고민하는 시집도 그렇다. 2부까지 읽고 메모할 때와 그 이후 독서에는 조금씩 차이가 생겨난다. 조금 산만해지는 느낌이 들어 자주 앞부분부터 다시 읽게 된다. 메모와 독서가 더디게 진행된다. 무언가 꽉 채워진 느낌 때문일까? 조금 답답하고, 페이지는 잘 넘어가지 않을 때마다 상념에 젖게 된다. 메모는 방향성을 잃고, 내 시선은 자주 허공으로 흩어진다. 담배를 피우며, 조금 천천히 읽어야겠다고 생각하는 순간, 또다시 달아나고 마는 문자들을, 그 행렬을 어쩌면 좋을까?

2017. 7. 20.

'시와 테크놀로지'…. 특집이라며 청탁해 주셨는데, 주셨는데, 그랬는데, 두 달 전, 왜 그랬는지 모르겠지만, 그냥 '네' 그랬고, 마감이 한참 멀어서 그랬나, 암튼 그땐 그랬고 지금은 다르다. 뭘 쓰면 좋을까? 자동번역에 관해서는 일전에 썼고, 알파고와 문장 생성기에 관해서도 썼고, 뭐 어쩌란 말인가?

2017. 7. 22. ①

며칠 전 좋아하는 시인과 세 시간가량 이야기를 나눌 기회가 있었다. 통화를 마친 후, 나는 콜린 윌슨의 글은 뭐든 읽어도 좋다는 결론을 내렸다. 지금까지 콜린 윌슨의 글을 읽지 않고 어떻게 살아올 수 있었는지, 정말로 가능한 일인지, 나 자신을 의심하게 한 건 순전히 이 시인 덕분이다. 절반 이상이 절판되어 중고 책을 서둘러 주문했는데 방금 그중 한 권 『아웃사이더』가 도착했다. 오오! 이거 완전 흥미진진한 철학책이었네. 시인들의 독서를 조금 뒤쫓아 보면 더러 그들의 시의 세계로 안내하는 문도 살짝 열리는 것 같다.

2017. 7. 22. ②

간혹 대학원 진학과 관련되어 상담 신청을 받게 된다. 불문과나 비교문학 대학원에 진학해서 내 지도 하에 공부하고 싶다고 문의하는 학생들은 주로 시 연구(프랑스, 한국), 비교문학(프랑스와 한국), 번역학(번역 비평), 비평(비평 이론) 등이며, 학부의 학과는 불문과, 국문과, 철학과를 비롯, 문예창작과에서 법학과 심지어 물리학과까지 다양하다. 올해 불문과 4학년 학생이 메일로 상담을 신청했는데 나와 비평을 공부하고 싶다고 했다. 직접 만나 세부 전공에 관해 이야기를 나누었다. 여러 비평 분야 중 가능한 분야에 대해 한 시간가량 이야기를 나누었다. 그러다가 조금 머뭇거리더니 젠더 비평을 전공하고 싶다고, 가능하겠냐고 물어 왔고, 말없이 내 대답을 기다리는 듯했다. 아무 말 없이 나는 담배 한 대를 태웠다. 그러고 나서 젠더 비평에 대해 내가 아는 게 별로 없으며, 불문과보다 차라리 여성학을 공부하거나 비교문학과를 알아보는 게 좋겠다고 학생에게 말했다. 또다시 담배 한 개를 피울 만큼의 시간이 침묵 속에서 흘렀다. 학생은 나와 함께 공부하고 싶다고 힘주어 말했다. 학부 때 열심히 수업을 들었고 공부도 잘했으며 학생회 활동도 활발하게 했던 학생으로 기억하고 있었다. 갑자기 조금 빠른 말투로 나는 비록 내가 잘 모르는 분야지만 함께 공부해 보자고 했다. 국내에서 활발하게 진행되고 있는 담론들에도 귀 기울여 보라고 권고하기도 했다. 주제를 결정하기까지 아직 시간이 있다. 내 전공과 잘 맞지 않으면 냉정하게 거절하는 편인데 이번에는 그러지 못했다. 사실을 말하자면, 오히려 묘하게 끌렸다고 말하는 편이 옳은데, 그 이유를 아직도 모르겠다. 나는 아마 나에게도 어떤 기회가 주어졌다는 생각을 하는 모양이다.

2017. 7. 23.

"시(詩), 그리고 인공지능이 할 수 있는 것과 할 수 없는 것, 혹은 그럴 거라는, 그럴지도 모른다는 직관과 추론의 한 형식, 차라리 그러하리라는 믿음에 대한 증명되지 않은, 다소 위험하고 뜬금없다 여겨질 수도 있는 몇몇 단상들—알파고, 자동번역, 시, 그리고 '정신'이라고 부르는 것들의 '계산'과 그 작용에 관하여"

제목이 결정되었으면 다 쓴 거나 마찬가지…. 연구실 밖, 공사 소리는 오늘따라 유난히 성가시고 마음은 벌써 온데간데없으니, 온갖 자료를 다 싸 들고 집으로 가는 수밖에…. 망했다. 미즈시마 세이지의 「낙원 추방」을 다시 봐야 할 필요도 있는 것 같고…. 핑계 없는 귀가가 어디 있으랴?

2017. 7. 25.

인공지능은 어떻게, 그리고 왜, 시를 쓸 수 있는가? 문학작품의 자동번역은 어떻게 가능한가? 촘스키의 문장 생성 가능성은 문법이라는 구조의 한계를 어떻게 극복했는가? 프로그래밍 반복 과정에 발생하는 '버그'가 왜 뇌의 인지 방식과 동일한가? 언어에 의해, 언어 안에서 일어나는 주체화(subjectivation)를 인공지능은 어떻게 구현

해 내는가? 이러한 주제로, 일본에서 얼마 전 화제가 되었던 인공지능 단편소설 「컴퓨터가 소설을 쓰는 날」, 애니메이션 「낙원 추방」, 알파고, 자동번역기, 데카르트의 『성찰』과 프로이트의 '불안한 낯섦', 소쉬르의 '가치(valeur)'와 벤브니스트의 '문장(phrase)' 개념, 촘스키의 변형생성문법을 경유하여, 방금 완성되었다. 죽이 되었는지 밥이 되었는지, 군데군데 인용한 김언, 신영배, 김승강의 시가 적절했는지 이제 내 알 바 아니다. 방금 교정을 마치고 잠자리로 향한다. 스무 시간가량의 고생 끝에 졸고 하나를 끝냈다. 인공지능이 '딥러닝'을 활용했더라면 3분 안에 끝냈을 것을…. 암튼 내일 아침까지 잔다. 쿠쿠쿠쿠.

2017. 7. 26. ①

떠돌아다니는 것, 흘러가는 것, 이미 엎질러진 것, 안주하지 못하는 것, 휘감기는 것, 유동하는 것, 목적을 상실한 것, 추억으로 향하지만, 그러나 추억도 따지고 보면 별것 아니라고 말하는 것, 추억할 것이 없다는 사실을 고지하는 것, 마침내 흩어지는 것, 흩어져 버리고 마는 것, 그 순간의 작렬, 작렬의 표현, 불꽃, 불꽃의 범속한 트임과 그 순간, 낭만적 아이러니라고 부를 수 있는 모든 것, 가령, 낭만적 비극성과 관련된 탁월한 주제들, 경악, 놀람, 쇼크, 충격, 경이, 분노, 애도, 그리고 끝내 부활하지 않는 것, 반(反)-신(神)에 관한 무지막지한 테제들, 오비디우스처럼 고개를 빳빳이 쳐들고 하늘을 올려다보는 행위, 성스러움을 조롱하는 것, 오로지 조롱을 목적으로 기투하는 순간들, 그때, 바로 그 순간 인간의 얼굴 위를 걸어 다니는 표정…. 이런 것에 대해 생각하면서 조금 늦은 하루를 여는….

2017. 7. 26. ②

어제 밤새워 원고를 털고 조금 허전해하다가 아내와 영화「덩케르크」를 보았다. 첫 장면이 눈앞에 나타나자마자 왜 이 영화를 꼭 IMAX에서 보라고 했는지 바로 이해할 수 있었다. 아날로그의 날것이라서 좋았다고 말한다면, 아마, 다소, 더러, 그러니까 조금은, 아니 상당히 식상한 이야기가 될지도 모르겠다. 그런데 정말 '아날로그'라서 좋았다. 후반부에 조금 더 건조하게, 그러니까 다각도에서 비행 장면을 지루할 정도로 반복하면서 끌고 갔던 앵글의 힘, 바로 이런 방식을 작품의 후반부까지, 아니 구조를 기다리며 늘어선 저 병사들의 해변과 구조된 후 고향으로 가는 기차 안까지, 조금 더 밀고 나갔더라면 하는, 약간의 아쉬움도 있다. 최대한 드라마가 되지 않게, 흥미진진한 이야기가 되지 않게, 화면으로만, 오로지 화면으로만, 바로 이 아날로그식의 반복을 통해서, 영화가 끝났더라면, 정말정말 좋았을 거라고 생각했다. 아마 내가 흑백 다큐멘터리의 광팬이라 그런 것일 수도 있다.

재현될 수 없는 것들을 재현하는 방식을 항상 눈여겨보게 되는 것 같다. 죽음, 전쟁, 폭력과 관련된 주제는 더욱 그렇다. 조작과 개입을 통한 '사실임 직한 것'들의 재현으로는 비극이, 폭력이, 그 상처가 오락거리, 그러니까 감동을 주고 마는, 그렇게 비극 자체를 씻어 내고야 마는 행위가, 의도하건 그렇지 않건, 결부되기 마련이다. 이때 갖게 되는 불편함 같은 것은, 도덕이 아니라 반드시 윤리의 문제와 연관되어 있다. 구원이라는 일말의 생각, 아니 그 낱말의 첫 글자조차 떠올릴 수 없었던 수용소를 구원 이야기로 만들어 감동을 선사할 때 발생하는 모종의 아이러니 같은 것이다. '재현될 수 없음'에 도전하는 '재현할 수 있다는 사유'가 빚어내는 끊임없는 폭력들, '말할 수 없음'을 발화의 영역으로 끌고 올 때 요청되는 '윤리' 같은 것을 다시 생각하게 된다. 강제하는 규범, 그러니까 '도덕(moral)'의 필요성이나 필연성에 기대어 산출되는 카타르시스가 아니라, 삶에 최대한 밀착된 비극, 비극이 최대한 녹아든 삶을 그러니 어떻게 주체화의 한 방식으로 구현할 수 있을까? 그러니까 '윤리(ethic)'의 문제를 어떻게 표현의 영역으로 끌고 올 수 있을까.

2017. 7. 27. ①

어린 시절 보았던 만화영화 주제가, 유튜브에 다 있었네. 찾아 들어 본 곡들….

요술 공주 밍키, 모래 요정 바람돌이, 엄마 찾아 삼만리, 황금박쥐, 프란다스의 개, 원시 소년 돌치, 그랜다이저, 우주 삼총사, 짱가, 이상한 나라의 폴, 개구리 소년 왕눈이, 은하철도 999, 바다의 왕자 마린보이, 마징가 제트, 서부 소년 차돌이, 정의의 캐산, 하록 선장, 미래 소년 코난, 원탁의 기사, 꼬마 자동차 붕붕, 마루치 아라치, 요괴 인간 뱀 배라 베로, 날아라 태극호, 들장미 소녀 캔디, 달려라 번개호, 요술 공주 세리, 독수리 오 형제….

생각이 날 듯 나지 않는 제목들…. 뼈다귀 던져 주면 강아지가 로봇으로 변신하고 악당 삼총사가 나온 만화…. 마지막에 악당 셋이 폭삭 망해서 3인 자전거 타고 줄행랑을 치면서 끝났던 만화. 복면한 악당 두목이 여자였던 만화…. 제목이 기억나지 않는다. 빙고! 이겨라 승리호!

그러고 보니, 모두 일본 만화…. 교육적인 목적으로 만든 만화가 상당하다. 모방을 통해 서구를 자기화하려는 저 욕망이 오만 가지 독특한 문화를 만들어 냈다. 한국에서 이 모든 걸 일본어를 '그대로' 번역해서 방송했더라면 어땠을까. 쇠돌이도 강백호도 없었겠지…. 재미있는 가정이 아니라 하기 어렵다. 여기에는 뭔가가 분명히 있다.

2017. 7. 27. ②

인공지능-나/나-인공지능의 글쓰기 시도―페이스북이 기억하는 나, 내가 기억하려는 페이스북.

원리

-우선 한두 문장을 내가 작성한다. //로 표시한다.

-페이스북 창에 뜨는 낱말 중 하나를 선택해서 문장을 이어 간다.

-한 단락이 마무리되면 어색한 부분을 교정한다. 가령 ( )는 내가 삽입한 부분을, (#)은 앞 낱말을 대치했다는 사실을 의미한다.

-이런 실험을 컴퓨터와 연결해서 계속한다.

-제목은 마지막에 정한다.

이렇게 '나-페북'의 첫 작품이 아래와 같이 완성되었다.

제목: 그대로 // 번역해서 오늘 하루도 즐겁게 시작하세요

어느 날의 일이었지만 // 어느 순간에 가지처럼 뻗어 나가는 것이 아니라 내가 좋아하는 사람이 나를 좋아하는 일을 하는 것이 아니라 자신이 가진 지식에 의해 만들어진 (일을 하는) 것으로 알려졌다. 암튼 여전히 잘 지내고 있어(#있지만) 가장 중요한 것은 실패했다고 해서 낙심하지 말고 그냥 좀 걱정되는 원고 마감 때문에 내일은 또 다른 학교에 열려 있는 문을 열고 들어가

(ㄹ 수) 있으면 좋겠다. 이(#이런) 번역을 너무 많이 했다는 생각이 들었다. 오늘 하루도 즐겁게 시작한 것은 이 세상에서 가장 소중한 사람이 나를 좋아하는 일을 하고 있는지(있기 때문인지) (나도) 모르게 눈물이 난다. 아 정말 정말 진짜 완전 흥미진진한 이야기가 시작되었습니다.

2017. 8. 1.

개인 안에도 항상 공동체적인 것이 살아 있다. 이 공동체적인 것이 개인을 주체로 전환하게 하는 힘이라는 사실이 자명해지는 시간을 보내고 있다. 우리가 사건이라 부르는 것들을 통해 공동체적인 것은 개인을 정체성의 속박에서 풀려나오게 해 타자를 대면하게 하는 동시에 고통스러운 시간을 살게 하면서 끊임없는 자기반성의 시간을 자아에 '결부'시키기 때문으로 여겨진다. 공동체적인 것 속에서 공동체적인 것을 살아 낸다는 것은, 어떤 형태로건, 어떤 시간에서건, 어떤 방식으로건, 개인/사회, 자아/타자, 소수/다수, 여성/남성의 이분법 속에서 주로 후자가 전자에게 가하는 폭력에 맞선다는 것을 말한다. 공동체적인 것을 사유한다는 것은 파시스트적 행위들에 대항한다는 것이며, 대항의 방식을 고안한다는 것이며, 어떤 형태로건, 어떤 방식으로건, 그런 시간을 살아간다는 것을 의미한다. 힘들어도, 외면하고 싶어도, 벗어나고 싶어도, 그럴 수가 없다는 사실을 끊임없이 깨달으며 지낼 수밖에 없는 저 불가항력의 시간이 흐르고 있다.

2017. 8. 3. ①

정말 덥다. 몹시 덥다. 더운 것보다 견디기 어려운 건 답답함이다. 원고는 역시 무능을 고스란히 드러내며 단 한 줄, 나아가지 못하고 있다. 시집 해설, 처음 써 보는 것도 아니고, 어지간히 어렵다고 하는 시인들의 시, 그래도 뭔가 쓸 수 있었는데, 이번 시집, 정말 어렵다. 왜 어려운가? 왜 어려운가? 아니다. 어려운 것 말고 다른 게 뭔가 더 있는 것 같다. 그런데 나는 이 '다른 무엇'이 뭔지 잘 모르는 것이다. 아침부터 다시 읽고 있는데 미궁이다. 덥다. 몹시 덥다. 답답하다. 사방이 꽉 막혀 버렸다. 시인은 첫 시집을 낸 후 거의 작품 활동을 하지 않았던 것 같다. 10년 전 오규원 시인은 이 시인의 첫 시집에 대해 "언어와 대상 또는 언어와 세계 사이에서 떠도는 수많은 의존적인 또는 자족적인 이미지들을 하나의 관념 아래 유기적으로 묶지 않고, 비유기적인 그대로 펼치면서 구조화하는 특성"을 갖는다고 말했다. 정확한 지적이다.

게다가 약속한 날짜도 넘겼다. 이번 주까지 반드시 끝내야 하는 내 글이 해설이 아니라 차라리 오규원 시인이 써야 했던 것과 같은 추천사였으면 좋겠다. 이번 주에 해설을 넘기지 못하면, 다음 주 겨우겨우 일정을 맞춰 놓은 나흘 간의 휴가가 어디로 증발해 버릴지도 모른다. 어서 세수를 하자. 어깨에 다시 파스를 덕지덕지 붙이고…. 푸하푸하푸하…. 얼굴을 씻는다. 담배를 하나 꺼내 문다. 글은 뭔가 신나서 써야 하는데, 그럴 수가 없다. 엄살 같은, 그러니까, 이런 이야기도 안 하고는 당최 글을 쓸 수 없다는 것일까? 유난히 공사 소리가 크게 들린다. 반복적인 소음만이 가득한 답답한 공간. 내 눈은, 웬걸, 바삐 움직일 줄을 모른다. 가히 악조건이라 할 만하다. 원고를 쓸 때, 조건도 중요하다. 유진목 시인의 시집 『연애의 책』 해설을 쓸 때, '몸'이 아파서 고생했던 것과는 근본적으로 다른, 악조건에 둘러싸여 있는 게 분명하다.

2017. 8. 3. ②

혼자 밥을 먹는다. 주로 그렇게 한다. 학교에 온 후에도 나는 주로 혼자 밥을 먹었다. 그렇게 누군가의 표현에 따르자면 나는 '사회적 자폐'와 '자본주의의 횡포'의 대표적인 피해자가 되어 버렸다. 그러거나 말거나…. 나는 주로 혼자 밥을 먹었다. 혼자 있는 시간을 견디지 못하는 사람을 싫어한다. 내 개인의 취향이다. 주로 혼자 밥을 먹었다. 개인의 합리성이 좋다. 섞여서 무언가를 한다는 것, 이 역시 좋을 때가 많다. 많을 것이다. 많기를 바란다. 그러나 조건이 있다. 합리적인 관계여야만 한다. 말이 좀 이상하다. 합리적인 관계라니. 그런데 모든 불행은, 아니 불행의 거반은 혼자 밥을 먹는 것을 이상하게 바라보고 판단할 수 있다고 믿는 집단에 속한 사람들, 집단에 편승하지 않으면, 뭣 하나 혼자 하지 못하고, 빌빌대며 손쉬운 결정조차 하지 못하는 사람들, 어울리기를 밥 먹듯이 하면서, 그러니까 함께 밥을 먹고 술을 마시면서, 노래를 부르고 큰소리로 동지를 외치고 단결을 부르짖으며, 온갖 일을 도모하시는 분들에 의해 초래되는 것으로 보인다. 주로 혼자 밥을 먹는다. 악행은 주로 '우리가 남아야'라는 말과 함께, 혼자가 아닌 집단과 그 집단의 정체성을 강제로 관철하려 개인에게 강요할 때 주로 발생한다. 혼자 자주 밥을 먹었다. 개인은 자주 외롭다. 그러나 이 외로움은 내가, 삶에서 감당하거나 스스로 알아서 해야 하는 무엇이지, 다른 사람들과 함께 있다고 해서 저절로 증발하지 않는다. 외로움은 집단 속에서 잠시 유보될 뿐이다. 대학 시절에도 나는 이상하게 '개인', 당당한 개인, 그 말이 좋았다. 혼자 자주 밥을 먹는다. 아니다. 개인주의적 합리성이 조건이 되지 않을 때, 그런 개인들이 모여, 집단이라는 이름으로 의기투합 어쩌네 하면서 무언가를 저지르고 강제하는 일들, 일상에서 너무나 자주 벌어지고 있던 일들, 시시때때로 간섭하고, 맘대로 판단을 하고, 이래라저래라 하는 그 꼬락서니가 정말로, 정말로, 싫었다고 말하는 편이 옳은 것 같다. 이해하려고 노력한다. 그러나 함부로 판단하지 않는다. 이 두 문장을 신앙처럼 생각했던 적이 있었다. "Comprendre, mais ne pas abuser de juger(판단을 남용하지 말고, 이해할 것)"라고 써서 자취방 벽에 붙여 놓았던 적이 있다. 판단 자체를 유보한다는 것이 아니다. 남용하지 말아야 한다는 것이다. 이 모든 것이 젊었을 적 일이다. 이런 상황이 너무나도 자주 벌어지는 사회에서 살면서 게다가 소위 '민족'을 지나치게 강조했던 대학에서 젊은 시절을 보냈기 때문인지도 모르겠다. 개인주의적인 합리성과 개인의 합리적인 판단, 합리적인 주체로 서는 개인과 한 사람의 독립성은 어찌 보면 자유와도 직결된 물음과 연관된다. 함께 밥을 먹는 거, 그걸 뭐라 하겠는가? 그런데 혼자 밥을 먹는 행위를 자폐니 어쩌고, 자본주의의 횡포니 저쩌고, 함부로 판단하는 사람들이 대부분 함께 밥을 먹지 못하면 견디지 못하는 사람들이라는 것, 그러니까 혼자서는 뭐 하나도 하지 못하는 사람들이라는 것, 혼자서는 지레 겁을 먹는 사람들이라는 것, 집단의 힘에 자기 정체성을 내맡기면서 비로소 목소리에 힘을 주는 사람들이라는 사실은, 최소한 내 삶에서는, 내 경험상으로는, 충분히 증명된 것 같다. 이 역시 내 의견일 뿐이다. 혼자 자주 밥을 먹는다. 혼자 자주 밥을 먹었다. '당당한' 개인이라는 말을 좋아한다. 혼자서 무언가를 잘하고('혼자서도'가 아니라), 의존적이지 않고, 혼자 있는 시간을 영위할 줄 아는 사람만큼 아름다운 사람도 없다. 삶의 여러 조건 중, 이것도 하나를 차지하는 것이라고 생각한다. 이런 사람들, 당당한 개인들이, 함께 타인과 무언가를 할 때도 잘한다. 경험상 그렇다. 그렇다. 나는 사람을 가린다. 집단에 속한 나는, 그래서 무슨 일을 도모할 때, 가장 먼저 함께 일할 사람들을 고민하고, 선택하고, 또 고민하고, 선택한다. 물론 내가 기획할 때, 그렇다는 말이다. 반대로 함께 일하자는 공동체의 제안, 주로 직장에서 주어지는 과외의 일을 자주 거절하는 편이다. 불필요한 간섭과 이로 인해 야기되는 피곤을 미리 예방하고, 자기도 모르는 주장들, 가령 '대의' 같은 것을 자주 입 밖으로 내면서 하늘로 증발해 버릴 시간을 그 낭비를 현실에 도로 붙잡아 놓기 위해서는 어쩔 수가 없다. 혼자 자주 밥을 먹었다. 혼자서는 아무것도 못 하는 사람들은 누군가와 함께 있을 때는 많은 일을 할 수 있다고 믿으며, 실로 그렇다. 좋게 끝나거나 잘 마무리되는 경우가 드물다. 사실 집단 이데올로기처럼 무서운 것은 없다. 자신이 소속된 집단에 비추어, 함부로 개인을 판단하는 일처럼 부당한 것도 없다. 폭력은 다른 것이 아니라, 타자의 부정-타자에 대한 부정(dénie de l'autre)이기 때문이다.

2017. 8. 5.

그러니까, 이런 날, 이렇게 더운 날, 원고를 쓰는 거, '불-가-능'이라고 쓴다. 너무 덥다. 밤에도 덥다. 핑계가 뭉게구름처럼 몽실몽실 머리로 피어오른다. 원고를 연기할 수밖에 없다라고 쓴다. 너무 덥다. 몸도 아프다. 연구실에서 늘어지게 자다가, 졸다가, 눈 비비고 일어나 세수하다가, 지인과 제법 긴 전화 통화를 하고, 이후 전화를 또 한두 통 받고, 이러다가 저녁이 되면 또 하루에 마침표를 서둘러 찍으려 하겠지…. 그러기 전에 일어나서, 시원한 카페로 가서, 그렇게 해서, 노트북 켜고, 몇 자 들여다보다가, 집으로 향하겠지…. 내 페북은 온통 이런 이야기뿐이구나…. 근데 이렇게 더운 날도 밖에 공사는 계속된다: 괜히 죄의식에 사로잡혀 내 삶이 너무 편하구나,

너무 편하구나, 이런 생각이 들고, 마음이 심히 어지럽다. 이 무슨, 때늦은, 뜬금없는, 비극적 세계관이란 말인가!

2017. 8. 6.

원고를 저 멀찍이 밀어 놓고 애니메이션 「이브의 시간」과 「애니 매트릭스」를 봤다. 인공지능에 대해 사뭇 다른 방식의 접근이었다. 이전에 보았을 때와 새삼 달리 보이는 부분이 상당히 많았다. 아주 오래전부터 고민은 엇비슷했고 다만 누군가 조금 더 창의적인 아이디어를 내서 힘껏 밀어붙였다고나 할까? 만화 『라이어 게임』이나 『Q.E.D.』를 읽을 때도 비슷한 생각이었다. 수학이라는 고리타분한 학문은 이렇게 뛰어난 '콘텐츠'가 된다. 이 두 만화는 수학의 다양한 명제들에 기발한 이야기와 서사를 입힌 것뿐이지만, 새삼 인문학이나 창의성에 대해 알려 주는 게 너무 많다.

2017. 8. 7.

다시 논쟁이 시작된 것 같다며, 기자에게서 전화를 받았다. 글을 통해서건 인터뷰를 통해서건, 통화를 통해서건, 몇 번 말한 것처럼, 데보라 스미스의 번역은 '번역'이라고 말하기 어렵다. 아니다. 번역일 것이다. 그러나 몹시 서투른 번역, 작위적인 번역, 작품을 왜곡하고 독자를 다른 지평으로 끌고 가는, 한마디로 한국어에 서툰 사람이 감행한 영어 작문일 뿐이다. 번역이라기보다 작문에 가깝다고 나는 글에서 말했다. 왜 자꾸 이상한 소리가 끊이지 않는 것일까? 누군가 번역에서 '감정'이 중요하다며, 이 번역에 대해 (엉뚱한) 얘기를 하고, 또 누군가는 직역과 의역의 절묘한 균형이 어쩌고 창조력이 저쩌고 칭송을 늘어놓으며, 미국에 계신 교포 교수라는 분, 번역의 정수를 보여 준다고 찬사를 아끼지 않으시는 듯한데, 나는 도대체가 무슨 말씀들이신지 알아들을 수 없다. 소설 비평하시는 김영찬 선배가 11월 초, 계명대학교에서 열리는 국제 학술 대회에 초청을 해 준 참에 관련된 주제 전반을 다뤄 보려고 한다. 제목은 '번역가의 자유?: 한국어, 그리고 주어 없음의 시련' 정도가 될 것 같다. 그간 출몰했던 이 번역가의 번역을 칭송한 글들이 왜 허구로 가득한 망상인지, 왜 이 번역가가 번역론이라고 발표한 글이 감상과 바람의 나열인지, 왜 번역이 기이한 이데올로기 안에서 포섭될 때 이토록 버둥거리는 것인지, 국내에서 이 번역가를 중심으로 전염병처럼 번진 '국뽕' 이데올로기가 왜 한심한지, 왜 한국에서 벌어진 외국(영어) 콤플렉스와 그 작태들이 소위 말하는 문학의 '세계화'를 역행하는 것인지에 대해, 그간 여러 다양한 이유로 참고 있던 속내를 시원하게 이야기해 주마. 오해할까 덧붙인다. 수상을 둘러싼 논의, 그리고 그 번역이 어떤 번역인지가 문제일 뿐이다. 번역가를 비난하는 작업과는 전혀 관련이 없다. 번역을 폄하는 것도 절대 아니다. 최근에 소설을 번역했다고 한다. 상당히 기대된다. 분명 나아졌을 것이라고 생각한다. 번역가가 소설가와 진지하게 상의했다고 하기 때문이다. 내가 좋아하는 작가의 작품이며, 작가의 작품 중에서도 가장 좋아한다고 말할 수 있는 작품을 번역했기에 한편으로 기대되는 것이 사실이다.

2017. 8. 9.

성수기가 지나 사람들이 적당히 빠져나간 해변을 한 시간 이상 걸었다. 조금 빠르게, 조금 느리게 걸었다. 새삼 느끼는 거지만 대도시 저 시커먼 빌딩을 오가며 나는 얼마나 걷지 않았던가. 걸으니 좋다. 땀이 온몸에 흐르니 또 좋다. 발바닥 감각들이 살아나고 종아리가 뻐근하고 허리에 힘이 실린다. 마치 온몸의 근육이 왜 그동안 자기를 사용하지 않았느냐며 시위를 하는 것 같다. 휴가를 마치면 꼭 몸을 움직이며 살겠다고 다짐을 한다. 사실 그간 너무 몸에 무심했다. '육체는 정신을 위한 도구에 불과하다'는 둥, 니체나 들먹이면서 정신, 오로지 정신, 이라고 외쳐 왔던 내가 부끄럽다.

2017. 8. 10.

확실히 기억력이 감퇴한 게 분명하다. 왜 나는 로베르 데스노스 시집 번역 마감을 8월 말이라고 굳게 믿고 있었는가? 민음사에서 오늘 연락하지 않았더라면 어찌할 뻔했는가? 출판사는 이런 사태를 많이 겪었는지 오히려 당황해하는 내게 웃음으로 답하면서 다음 주까지 천천히 주면 된다고 말한다. 다음 주까지, 맙소사. 번역이야 벌써 끝냈지만, 뒤에 붙일 해설이 문제로다. 발등에 불이 떨어졌다는 말이 실감 난다. 9월 행사 전에 출간을 마쳐야 한다는 말을 잊지 않는 편집자. 그런데 너무 친절해서 마치 내 상황이 조금도 급하지 않은 것처럼 되어 버렸다. 이 편집자 대단히 마음에 든다. 다만 내가 이 편집자의 마음을 잘 따라갈 수 있을지가 문제로다….

2017. 8. 11.

어제 새벽에 도착해서 여독을 푼다고 종일 집에서 뒹굴거리면서 만화책 『도련님의 시대』 다섯 권을 다시 읽었다. 만약 다시 기회가 주어진다면(그럴 리 없기에 하는 말이겠지만) 메이지 문학 연구에 매달릴 것 같다. 대략 1860년부터 1910년까지, 그다지 길지 않은 이 시기는 정말이지 '근대'를 질병처럼 앓았고, 문명의 충격을 나름의 방식으로 흡수하면서, '자아'를 찾으려 정신이 격렬하게 몸부림을 쳤던 시간,

저마다 미지를 향해 불꽃을 쏘아 올리며 부지런히 번역에 매달렸던 격동기였다. 한국 근대문학의 옅고도 짙은 그림자가 어른거리며 길고도 짧은 자락을 내려놓는다. 언문일치란 얼마나 황홀하고도 생경한 경험이었을까?

2017. 8. 15. ①

요네하라 마리나 쓰지 유미의 글을 읽으면서 새삼 느끼는 건, 러시아어나 러시아 문학, 프랑스어나 프랑스 문학을 공부한 학자가 모국어로 번역하여 외국어를 '자기화'할 때, 그 작업의 결실을 볼 때의 아름다움, 혹은 유용성이다. 외국문학 연구자들이 반드시 고민해 봐야 하는 문제가 여기에 있다. 수용의 문제이자 번역의 문제이기도 하지만, 그건 엄연히 학문의 정체성과 존재 이유에 대한 것이다. 번역하라! 번역하라! 번역하라! 두려워 말고 번역하라! 외국문학, 외국어를 읽고 모국어로 사유하라! 모국어로 표현하라!

2017. 8. 15. ②

비 오는 휴일 종일 로베르 데스노스 연보를 적어 보았다. 어쩜 이렇게 자료가 많은 걸까? 고민 끝에 9월 출간될 데스노스 시선집 제목을 '어느 알 수 없는 여인에게(À une mystérieuse)'로 결정했다. 내일 해설을 써야 하는 데 너무나 방대한 자료 앞에서 그만 망연자실! 한국어로 데스노스의 시는 어쨌든 처음이다. 필요 때문에 앙드레 브르통의 『초현실주의 선언』(황현산 역, 미메시스)을 다시 살피게 되었는데, 매번 느끼는 거지만 경이로운 번역이다. 프랑스 문학 분야에 황현산 같은 번역가가, 더도 말고, 다섯 명만 더 있었으면 좋겠다.

2017. 8. 16.

Q: 내가 살기에 가장 적합한 곳은?

A: 프랑스 파리입니다.

스무 개 남짓한 문항에 대답하니 이런 결론이⋯. 괜히 기분이 좋다. 프랑스에 살면서 불편했던 기억이 거의 없다. 더구나 파리에서의 삶은 정말이지 좋았다. 젊었을 때여서 그랬을 수도 있지만, 흔히 겪는다는 음식 문제도 전혀 힘들지 않았다. 생활비는 자주 부족했고 일도 많이 했지만, 좋았다. 기억에서만 좋았다는 게 아니다. 살면서도 내내 '좋음'을 느꼈다. 산책할 때, 카페에서 혼자 책 읽을 때, 모든 시간이, 고독이, 개인으로 겪는 삶 자체가 좋았다. 물론 학생이었기 때문에 그랬을 것이다. 내가 한 달 이상 체류를 해 본 유럽의 도시는 고작해야 스위스 로잔, 이탈리아 바리, 프랑스 아미앵, 프랑스 그르노블, 프랑스 파리가 전부다. 로잔은 깨끗하고 여유가 있는 도시였고, 바리는 가난했지만 지중해 물결과 자연의 고풍스러운 향기를 간직하고 있는 도시였고, 아미앵은 안개와 고독과 먹구름과 중세의 자취가 남아 있는 대성당의 도시였고, 그르노블은 젊고 생기 넘치면서도 알프스 자연의 축복이 가득한 도시였다. 이에 비하면 파리는 뭐 하나로 설명할 수 없는, 지저분한 듯 깨끗하고 북적거리면서도 여유가 흐르고 이방인의 시선이 낯설지 않았지만 파리지앵이 낯선, 고독한 듯하면서도 연대감이 느껴지고, 낡은 것처럼 보이면서도 모던한, 학생과 노동자와 청년과 노인과 여자와 남자의 도시, 밤과 낮이 조명에서 문화까지 확연히 다르면서도 기묘하게 소통을 하는, 그런 도시였다. 파리, 파리, 파리가 그립다. 프랑스, 프랑스, 프랑스가 그립다. 프랑스에서 살았던 삶, 그 삶, 그 삶이 그립다. 생을 마감하고 싶은, 가능한 가장 오래 머물고 싶은, 젊은 날의 영혼 한 자락을 내려 놓은 단 하나의 도시 파리.

2017. 8. 17.

온종일 소음에 시달리며 연구실에서 온갖 짜증을 다 부렸다. 해도 해도 너무하다는 생각. 견딜 수 있는 차원의 소음이 아니었다. 주로 세 가지 '소리'였다, 굴착기, 포클레인, 커터, 셋이 간혹 합주를 하고, 독주를 이어 가고, 듀엣이 되고, 트리오로 변한다. 이건 뭐 타악기, 현악기, 건반악기가 교묘하게 섞여 있는, 메탈 교향곡, 메탈 아리아, 메탈 듀엣이다. 결국 학교 근처의 북카페로 피신을 왔다. 너무 조용해서 조금 낯설다. 그러나 이런 공간이 참으로 낯설지 않은 요즘이라는 생각이, 낯설지 않은 아주 작은 톤의 음악과 간혹 들려오는 타이핑 소리와, 책장을 넘기는 소리와 함께 찾아왔다. 원고를 써야 한다. 그래야 산다. 원고를 써야 한다. 그래야 개강 전에 할 일, 해야 한다고 생각했던 일을 모두 마칠 수 있다. 원고를 써야 한다. 그래야 집에 들어갈 수 있다. 원고를 써야 한다. 그래야 번역서가 출간된다. 원고를 써야 한다. 그래야 하루를 마저 산다. 원고를 써야 한다. 그래야 이 공간에서 나갈 수 있다. 24시간 독서 카페, 황홀한 공간, 고독은 이 경우, 사치라 하지 않을 수 없다. 좋다. 좋다.

2017. 8. 19.

1. 시집 해설을 쓰기 위해 창세기와 마태복음을 다시 읽어야 하나니,

2. 오비디우스의 『변신』도 읽어야 하나니, 메시아께서 가라사대, 이유인즉슨, 비평가 너의 상상력 고갈 때문이 아니라 차라리 너의 짜증 나는 결벽증에 기인함이라.

3. 비평가 아뢰니, 확인하고 싶은 욕망이 책으로 된 탑을 하나씩 쌓아 결국 확신이라는 가면을 쓰게 될 때야 기어이 문자의 행렬을 데리고 저 애욕의 땅에 당도하지 않겠나이까.

4. 메시아께서 이 말을 들으시고 가라사대, 검은 폐허 위에 가장 순수한 말을 내려놓을 용기를 네가 취하고자 한다면, 너 비평가, 필시 피의 변주로 검은 등고선을 넘어야 하리라.

5. 그리하여 오래도록 번창할 나라, 지금은 숨어 보이지 않지만, 기억 속에서 절대 지워지지 않을 찬란한 시의 나라에 너 당도하리라.

6. 메시아께서 꾸짖으시며 다시 가라사대, 비평가 네가 쓰려는 '성(聖)과 속(俗)의 원근법과 순수 언어의 아우라', 뭐 이런 제목은, 고작해야 태초에 내가 이미 했던 말을 어찌어찌해서 살짝궁 베껴 보려는 심산이 아니더냐.

7. 메시아께서 마지막으로 가라사대, 너 비평가 지금 헤매는 이유를 내 알려 주마. 시인이 불을 입으로 뿜어내어 네가 원고를 쓰지 못하도록 영벌을 내린 것으로 너 알아야 하리라 하심에,

8. 비평가 그 말씀 오히려 감사히 여기며 제 보따리를 주섬주섬 주워 들고는, 온 세상 암흑으로 뒤덮여 어두워지기 전에 서둘러 젖과 꿀이 흐르는 술집으로 가겠나이다, 이렇게 대답하더라.

2017. 8. 20.

시집 해설에 참조하려고 구약을 꺼내 창세기 편을 중심으로 읽다가 여러 프랑스어 번역본을 참조했다. 구약성서는 읽으면 읽을수록 이야기-시, 시-이야기의 목소리가 선명히 들린다. 구약에는 시가 갖고 있는 대부분의 요소들이 있다. 특히 앙드레 슈라키(Chouraqui)와 앙리 메쇼닉(Meschonnic)의 프랑스어 번역본을 비교해서 읽는 재

미는 장난이 아니다. 앙리 메쇼닉의 구약 번역을 한국어로 번역하면 엄청 놀라운 결과를 가져올 게 분명하다. 구약은 산문도 아니고 운문이라고 할 수도 없는 글, 오로지 목소리(voix)와 리듬(rythme)을 따라 읽게 되는 이상하고도 신비로운 글이다.

2017. 8. 22. ①

날이 더웠고, 습기가 가득했고, 비가 흩뿌렸으며, 지나가는 사람들이 무심해 보였다. 신기하기도 하지. 그토록 자주 솟아났던 감정인데 좀처럼 고갈되지 않는다. 에너지라고 하기에는 지나치게 우울하다. 두통약을 두 알 삼키고 소음을 피해서 노트북을 들고 카페에 앉아 창밖만 우두커니 바라본다. 간혹 종종걸음으로 밝게 웃으며 지나가는 사람들을 보면 뛰어나가 손을 덥석 잡고 고맙다는 말이라도 하고 싶었다. 그러면 그뿐, 하긴 그런다고 또 뭐가 달라지겠는가. 하루하루 무덤으로 향하는 지긋지긋한 발걸음일 뿐인데, 어차피 언젠가 모두 해골이 되어 버릴 텐데, 뭐가 그리 좋다고 웃음을 짓고, 또 뭐 그리 슬프다고 눈물을 흘리는가. 지나친 비관이나 허무가 아니냐고? 나는 알고 있다. 이럴 때, 나는 내가 엄청난 낙천주의자라는 걸 다시금 확인하고 만다는 사실을…. 가만 보면 사실 인간만큼 인간적이지 않은 존재도 없는 것 같다.

2017. 8. 22. ②

내년 하반기나 적어도 후년에 프랑스에서 출간 예정인 『조선어-프랑스어 사전』 교정을 보고 있다. 프랑스 동양어대학(Inalco)이 중심이 되어 연구 팀을 구성했고, 그 외에 남한에서는 나와 부산대 이은령 교수가 공동 집필자로 참여해 작업했다. 북한에서는 김일성대학과 원진대학 교수 3인이 참여했다는데 지금까지 만나지는 못했다. 남한에서는 내가 서문을 맡기로 했다. 물음이 계속 생겨난다. 조선어-프랑스어 사전이라고 불러야 하나, 서문에 무슨 말을 쓸까 고민하다가, 왜 프랑스어로는 '한국어(la langue coréenne)'로 표기하면 문제가 없는데 정작 한국어로는 '조선어'라는 단어가 프랑스어의 '한국어'라는 번역어와 등가를 갖지 못하는가? 이 사전의 핵심은 그러니까 여기에 있는 것이다. 북한어, 남한어 식으로 왜 나누어야 하는지, 왜 나누어졌는지, 지금 한반도의 언어 상황은 무엇을 말하고 있는지, 그 이유를 중심으로 서문을 집필하기로 한다. 이 사전이 프랑스에서 출간되어도 아마 한국에서는 별로 주목하지 않을 것이다. 그런데, 그런데, 말이다, 이 사전, 남북한어 사전은 최초란 말이다…. 더구나 남북한-프랑스 공동 작업이다. 몇 년 전부터 시간 날 때 틈틈이 일했다. 뭐라 하건 나에게는 큰 의미가 있는 작업이다. 팔백 페이지가 훨씬 넘는 이 사전이 프랑스에서 출간될 즈음 학술 대회도 열린다. 북한의 언어학자(국어학자?)도 만날 수 있을 것이다.

2017. 8. 23. ①

어제 을지로 3가의 안동장에서 지인들과 만나 과식을 했다. 오랜만이라 반가웠고, 그래서인지 대화도 과식이었다. 영화 공부를 한 친구 둘, 그리고 좋아하는 선배…. 잡담을 나누다가 에릭 로메르의 영화 「여섯 개의 도덕 이야기(Six contes moraux)」 이야기가 나왔다. 그러자 「모드의 집에서의 하룻밤(Ma nuit chez Maud)」에 생각이 미쳤고, 자연스레 파스칼과 '장세니즘'에 대한 복잡한 이야기들이 파스칼의 고향 클레르몽-페랑의 풍경과 함께 일목요연하게 머릿속을 떠돌아다니기 시작했다. 그러니까 나는 항상 이런 식이다. 아니 또 다른 고향이라고 해야 하나? 내가 에릭 로메르와 존 카사베츠와 프랑스와 트뤼포와 우디 앨런의 영화에 매혹되어 시나리오를 모으고 콜렉션을 완성하려 했던 시기는 다시 오지 않을, 그러니까 항상 '부재하는 미래'라는 의미에서만 현재였던, 신기루 같은 시간이었던 것이다. 이 말이 사실인 이유는 이후, 이들의 영화에 반해서 특히 그 대사의 묘미에 푹 빠져 대본을 글로, 작품으로 읽고 또 읽었던 행위는 귀국한 이후 반복되지 않았기 때문이다. 오히려 반대였다. 어쩌다가 이 영화를 볼 기회가 있을 때면 애써 피했다. 왜 그랬을까? 여유가 없었던 게 아닐까? 아니다. 나는 단지 파리에서 보고 즐기고, 또 좋아했던 것들의 아우라가 여기서는 무참히 깨질 수도 있다는 두려움을 멀리하려 했던 것은 아니었을까. 그러니 현재의 삶이라는 것은 또 어떤 시기에는 얼마나 가증스러울 것이며 과거라는 것은 또 시간에 따라 어떤 미래를 준비할 것인가. 실로 삶이 두렵다. 삶을 기록하는 모든 영상과 글들이 끔찍하다. 어떤 사람에게 가장 소중했던 시간이 어떤 사람에게는 공포의 시간이 될 수 있다. 문학은 이 아이러니에서 시작되는 것일지도 모른다. 시간은 항상 피로 물든 시간일 뿐이다. 우리가 무언가에 붙잡혀 그 선연한 핏빛을 보지 못하는 것뿐이라고….

2017. 8. 23. ②

2017년 8월 23일 오후 5시 39분을 지나고 있는 순간에 대한 철학적·미학적·시적 고찰:

지금-여기의 모든 시간은 글을 위해 유보한 미지의 순간들이다. 그것은 그러니까 사형을 선고받은 자들이 길게 제 목을 내리 빼고,

어서 칼날이 내려오기만을 기다리는 초조한 순간들이며, 오로지 당도하지 않는 현실의 시간이자, 도래를 꿈꾸며 엑스터시로 물들여 나가는 붉은 순간들이다. 이 순간들은 결코 현실의 시간에서 살아나 춤을 추지 못한다. 그렇게 해 버리면 곧바로 달아나 버리고 마는 이상한 순간들이기 때문이다. 오로지 그럴 수 있다는 믿음 속에서, 지금-여기에서 아직 실현되지 않은 것의 지금-여기로의 도래를 꿈꿀 때만 가능한, 불꽃처럼 타오르며 나를 활활 태우는 쾌락의 순간들이다.

글이 안 써지니, 별 희한한 변명을 이유랍시고 늘어놓고 있다고 생각하면…. '빙고'.

2017. 8. 24.

개강이 얼마 남지 않았다. 이 시기의 초조함은 익숙하다. 매번의 방학은 사실, 에너지를 재충전하고, 일보 전진을 위해 휴식을 취하는 시간은 아니다. 차라리 학기 중에 하지 못했던 것들, 밀린 원고와 번역, 특히 밀린 독서 등등으로, 사실 학기보다 조금 더 바쁘게 지나간다는 것을 경험이 잘 말해 주는바, 원고 청탁도 조금 더 늘어나고, 일도 조금 더 욕심을 내 진행하는 시간이 되어 버렸다. 이번 방학은 절대 잊지 못할 것이다. 내내 소음과 싸워야 했던, 저 지긋지긋한 시간을 어찌 잊으랴. 이제 나는 지긋지긋했던 소음을 조금 용서하기로 한다. 오늘도 자료 때문에 연구실에서 무언가를 해 보려고 시도하다, 결국 항복하고, 다시 카페로 왔다. 얼마나 더 견딜지 자신할 수는 없지만, 그래도 조용한 곳에 오니, 마음이 조금은 편안해진다. 희망이라는 거, 참 별거 아니다.

2017. 8. 26.

모든 일이 그렇겠지만, 새로운 시도는 항상 보는 사람에 따라, 자신이 처해 있는 입장에 따라, 사뭇 다른 평가를 받을 운명에 처한다. 대학에서 기획되는 새로운 일의 경우, 정치적 상황이 이 일을 창출한 근본적 계기가 되기도 하지만, 일을 일시에 그르칠 위험을 불러오기도 한다는 사실을 절감한다. 누군가 자신의 역량을 끌어모아 열심히 진행한 일이, 누군가에겐 독선적인 횡포처럼 보이기도 하고, 일의 성격이나 가치와는 크게 상관없이 엉뚱한 맥락에서 평가받기도 하며, 일의 취지가 바뀌기도 하는 것이다. 어제, 그리고 오늘, 나를 몹시 맥 빠지게 하는 일이 있었다. 그렇게 폭풍우 같은 순간이 지나갔고, 그래서 천천히 다시 생각해 봤다. 소위 대학에서 행해지고 있는 '정치'라는 것, 인맥과 파벌이라는 것, 시기와 질투라는 것의 본질, 그리고 개혁이라는 것에 대해 하나하나 생각을 하다가 부끄럽게도 그만 나는 분노하는 자신을 발견하고서는, 어제와 오늘, 붙들고 있던 글을 팽개치고 연구실을 일찌감치 나왔다. 아파트 단지 놀이터에 앉아, 뉘엿뉘엿 지는 해를 바라보다가, 뛰어놀고 있는 천진한 아이들을 물끄러미 바라보고 또 바라보았다. 이 아이들도 언젠가 대학이라는 곳에서 무언가를 배울 것이다. 무엇을? 무엇을? 생각이 끊이질 않았다. 그리고 지금 내가 진행하고 있는 일의 의의를 다시, 곱씹듯 하나하나 따져 물었다. 지금 내게 필요한 건 무엇인가? 어쩌면 용기라는 생각이 들었다. 조금 더 자주 찾아들 피곤을 마다하지 않을 용기, 조금 더 귀를 열고 눈을 뜰 용기, 조금 더 힘을 주고 발걸음을 내디딜 용기가 나에게 필요한 것이다. 나는 지금, 내가 진행하고 있는 일이 의미 있는 일이라고 믿는다. 막바지에 이르렀다. 그래, 조금 더 힘을 내자.

2017. 8. 27. ①

가을이 성큼 다가온 것같이 날이 쾌청하다. 하늘이 푸르다. 미세먼지도 걱정할 것 없는 듯하다. 공사 소음도 들려오지 않는다. 조금 늦거나 더러 이르다고 할 수 있는 시간, 노동에서 가장 멀리 달아난 일요일, 주변이 조용하다. 공포의 시간을 잔뜩 머금고 있는 것 같은 이 공간, 연구실 저 형광등이 검은빛을 뿌린다. 영혼에 색깔이 있다면 아마 검은색일 것이다. 항상 모든 것은 제자리로 돌아오게 마련이다. 길을 떠난 자아가 시련을 겪고 결국 회귀하는 것과도 같은 이치다. 되돌아오는 것, 다시 마주치게 되는 것, 그와 같은 회귀의 시간들…. 전진하고 있다는 것 자체가 벌써 회귀를 기약하는 징표나 다르지 않다. 떠나려는 자들이 채비를 꾸릴 때, 무언가 벌써 되돌아오기 시작한다. 어제도 오늘도 내일도 결국 같은 시간, 같은 공간, 같은 순간이다. 영원회귀의 기약 없음을 주시하며, 사유의 절벽에서 뛰어내리려 한 니체, 오! 초인 니체여! 초인일 수 없었던, 그래서 더 매혹적인 니체여!

2017. 8. 27. ②

중학 시절, 조동진의 노래는 친구들 사이에 유행처럼 번졌다. 통기타와 함께 시나브로 파고들었다. 당시 「나뭇잎 사이로」 「진눈깨비」 「제비꽃」 같은 노래를 통기타 반주에 맞추어 따라 부르며 나는, 정확히, 한 편의 시라고도 생각했던 것 같다. 친구에게, '이건 시야, 시라고, 시'라고 몇 번이고 말했던 게 기억난다. 그렇게 우리는 조동진의 음악과 함께 들판으로 나갔다. 서울에도 들판이 있었던 시절이었으며, 야생화가 여전히 이 들판에 살아 있던 시절이었다. 아니, 제비꽃이라니. 열 줄 기타를 메고 그가 연주하는 모습을 현장에서 본 적이 있다. 콘서트가 그다지 익숙하지 않던 시절이다. 그는 매우 수줍은 표정의 소유자였지만, 눈에는 이상하리만큼의 날카로움이 서려 있었고, 입은 크게 벌리지 않아 늘 단호해 보였다. 당시에는 잘 몰랐지만, 조동진의 이와 같은 모습을 흔히 카리스마라고 부른다는 걸 나중에 알게 되었다. 수많은 명곡 중 특히 「진눈깨비」가 기억에 남는다. 진눈깨비라니. 노래의 마지막 부분에 '실사'를 배치하고, 음정을 올려 잡아 이 '실사'를 투척하면서 세상을 향해 감정을 새기려 그는 대관절 어떤 입술을 놀려야 했던가? 그의 사진…. 아우라가 어마어마하다.

2017. 8. 28.

개강을 앞두고 앓던 이처럼 달고 다니던 시집 해설을 마감했다. 금요일과 토요일에 마무리했어야 했을 원고지만 그렇게 하지 못했다. 그러니까, 묵시록 같은 시집이다. 어쨌든 지금은 조금 기분이 좋다. 마침 비가 내린다. 폭우가 가시고 빗줄기가 흩날리는 폼이 아침 나절 내내 그리워했던 진눈깨비를 닮았다. 마지막 원고를 향해 달음질치기 전 조그마한 여유가 생겨 카페에 왔다. 이 평화로운 순간은 또 얼마나 짧을 것인가? 그러나 모든 시간이 원래 이런 거 아니었던가?

2017. 9. 1.

어제 너무 늦게 원고를 보냈다. 제목은 '번역의 다섯 가지 역설'. 마감의 역설은 시간의 역설을 낳고 시간의 역설은 몸의 역설을 낳았다…. 결국 통증이 재발했는데…. 그렇게 지긋지긋한 물리치료를 시작하는데 일조한 이 원고, 차마 꿈엔들 잊히랴!

2017. 9. 3.

소량의 '진'을 넣고 칵테일을 만들었다. 게토레이 덕분에 색깔이 예쁘다. 하루 종일 어깨와 목, 등에 통증이 가시지 않다가, 찜질과 진통제 덕분인지, 밤이 되니 조금 괜찮아졌다. 잠과 알코올…. 그러니까 내 귓가에 들려온 것은 마치 부족한 것을 좀 채우라는 계시의 목소리와도 같은 것이었다. 번역에 관한 잡념들이 어지럽게 머릿속을 맴돈다. 고토쿠 슈스이, 「공산당 선언」을 번역하고 『평민 신문』을 간행했던 아나키스트…. 10월 20일 한국고전번역원에서 '재번역이란 무엇인가?' 발표, 계명대 국제 학술 대회에서 11월 3일 '번역가의 자유?: 한국어와 '주어 없음'의 시련' 발표, 그사이 성대와 서울대에서 『도련님의 시대』와 번역', '자동번역의 가능성과 딜레마' 주제로 두 번 특강…. 비교문학과 번역 수업, 게다가 번역 작업…. 애고…. 2학기는 어쩔 수 없이 번역에서 시작해 번역으로 마감할 것 같은, 다소 불길한 예감이 든다.

2017. 9. 4.

이번 학기 대학원 수업은 보들레르의 『악의 꽃』을 읽는다. 한국어 번역본(윤영애)을 읽다가 문득 든 생각 하나: 그러니까 보들레르가 이렇게 썼단 말이지? 이건 차라리 프랑스어 해석의 문제보다 한국어 운용의 문제로 보인다. 번역은 아무것도 감추지 않는다는 점에서, 무섭다. 원문에 대한 장악력, 프랑스어에 대한 장악력, 한국어에 대한 장악력이 고스란히 드러나기 때문에 무섭다. 번역은 원문에 대한 가장 강력하고도 정교한 비평이다. 이 번역에서 가장 큰 문제는 차라리 한국어에 있는 것으로 보인다. 프랑스어를 핑계로 도망가는 번역, 한국어의 고삐를 늦추거나 아예 놓아 버린 번역을 과연 번역이라 부를 수 있을까? 번역은 그러니까 잔인하다. 어느 길 하나 뻥 뚫린 곳이 없는 것이다. 양쪽이 꽉 막혀 있는, 두 길을 다를 뚫어야만 하는 가증스러운 작업…. 게다가 그렇게 도달해도 문학 특유의 난해함과 복잡성이 도사리고 있다. 번역은 이렇게 막다른 골목으로 자진해서 가려는 작업, 거기서 구멍을 내고 그 구멍에다가 타자의 그림자를 비끄러매려는 작업이다.

2017. 9. 5.

어쩌다가 영화 「데몰리션」을 보게 되었다. 어느 대목부터인지 잘 기억나지 않지만, 어느 순간부터 자꾸 눈물이 났다. "바쁜 척만 하지 말고 나 좀 고쳐 줘요" 같은 대사는 치명적이다. 다행인 건 혼자 봤다는 거다. 화장실 가서 얼굴을 씻고 거울을 들여다보았다. 그러다가 칫솔을 물고 다시 거울을 보면서 가만 생각해 보니, 아마 내가 늙어서, 늙어 가는 중이라서, 그런 거라는 결론에 도달하게 되었다. 곧 마감할, 기어이 마감하고도 남을, 저 삶의 순간순간이 자꾸 마모되는 소리가 들려서, 아마도 그런 것 같아서, 그랬을 것이다. 요즘 순간의 조각들이, 감정의 편린들이 일상에서 흘러내리는 게 자주 보이고, 고작해야 지금 이 시간이 닳아 없어지는 순간과 순간의 연장일 뿐이라는 느낌이, 하루를 가리키는 정확한 시계추 위에서 하염없이 미끄러지고 있는 풍경에 까닭 없이 자주 둘러싸인다. 눈을 비비는 시간, 어깨를 쭉 펴는 시간, 주위를 둘러보며 두리번거리는 시간, 말을 꺼내기 전 목젖을 두세 번 울리는 시간, 걸음걸이를 내려다보는 시간, 하얀 담배 연기가 천정에 닿을 때까지 멍청하게 시선을 방기하는 시간이 조금씩 늘고 있다. 호르몬 체계가 서서히 깨지고 있다. 앗! 생각이 났다. 아이에게 방탄조끼 입은 자기를 쏘라고 하는 순간 눈물이 나기 시작했다. 내일은 비가 온다고 한다.

2017. 9. 6.

강의를 마치고 연구실로 돌아와서 담배를 하나 피워 문다. 가만 보니, 온몸이 땀에 젖어 있다. 수업하는 내내 사실 좀 창피했다. 강의실이 조금 더웠다. 10분 정도 지나자 이상한 열기가 등줄기에서 목으로 차올라오며 조금씩 번지더니, 머리카락을 흠뻑 적시고도 가라앉을 생각을 하지 않고는, 어느새 이마에서 땀방울을 만들어 내더니 두 눈 위로 조금씩 흘려보내기 시작했다. 그렇게 나는 강의 내내 마치 공중부양을 하기라도 한 기이한 상태에 사로잡혀 있었는데, 그 사실을 모르고 있었기에 조금 더 놀란다. 그러니까 내가 무슨 말을 하고 있는지 정확히 모르면서, 내 입에서 흘러나와 공중으로 흩어지는 언사의 줄기를 의식이 채 붙들지 못한 상태에서 강의하는 나를 발견하고는 조금 놀라 고개를 살짝 돌려 벽시계를 바라보았더니, 분침은 어느새 강의를 마쳐야 하는 숫자에 당도해 있었다. 몸이 말을 만들었다고 해야 하나. 하나씩 복기해 보니 그중, 하지 않았어도 괜찮았을 말들이 오늘 강의에 조금 섞여 있었던 것 같다. 항용 그러하듯, 말은 의도와 크게 상관없다. 한편으로 생각해 보면, 해석의 여지가 분분한 말을 우리는 문학이라고 부른다. 그러니까 해석이 하나에 묶이지 않는 말, 그 말이 문학의 기본이다. 이에 비해 (문학) 강의는 해석을 하나로 붙들어 매려는 사람들과 소소한 분쟁에서 갑자기 의도치 않게 활력을 잃을 수 있다. 그러나 가만 생각해 보면, 또한 강의는 항상 공포를 머금고 있게 마련이다. 내가 들었던 좋은 강의는 그 공포를 긴장으로 살짝 변화시키는 강의였던 것 같다. 미지에의 공포를 에두르거나 미지에의 공포를 지워 버리려 애쓰는 강의를 별로 좋아하지 않는다. 말솜씨에 의탁하여 이데올로기를 전파하는 순간들을 추방하려 할 때만 강의는 오로지 미지에의 공포를 끌어안을 수 있다. 나는 이런 강의를 좋은 강의라고 생각하는 것 같다. 미지에의 공포를 벼려 내는 단단한 강의와 이데올로기를 전파하려는 감동적인 강의는 결코 같은 말이 아니다. 후자는 차라리 전자의 이름으로 무언가를 자주 속인다.

2017. 9. 8.

대학은 대학 스스로 어떤 공간이었는지에 관해 포괄적인 물음을 던지는 곳일 수밖에 없다. 수많은 이유를 헤아려 볼 때, 결국, 명백히 소멸 과정에 진입한 것으로 보인다고 말할 수밖에 없는 오늘날의 대학이 역사적으로 어떠한 지식과 사유를 생산하는 곳이었는지 다시 살펴볼 때가 되었다는 생각이 든다. 칸트의 학부론, 훔볼트의 교양론, 메이지의 번역론은 대학의 목적과 기능, 역할과 활동을 가장 또렷이 보여 주는 세 가지 지점이다. 물론 이전에 중세의 대학론이 있다. 중세 서유럽을 중심으로 형성된 대학론에서 핵심은 역시 '번역'과 지식의 횡단이다. 그럼 이 세 가지 지점 이후의 대학? 한국에서의 대학? 교양교육의 메카? 산업 인력의 양성소? 진리를 탐구하고 그 방법론을 배우는 곳? 대학은 학교와는 다르다. 대학은 정해진 커리큘럼을 순서에 입각하여 소화하는 학교와는 달리, 주어진 학적 대상과 재료들을 가지고 창의적으로 고안하는 방법론을 배우는 곳이라는 점에서, 또한 진리 탐구의 과정을 실험하고 궁리한다는 점에서, 차라리 유치원과 흡사하다고 말하면, 유치원을 다니지 않은 사람들은 화를 내겠지?

2017. 9. 9.

'진리와 논리 탐구의 과정' 강의안 초안:

전제는 두 가지, 문제의식은 여기서 시작한다.

–수학과 논리학의 역사는 매우 흥미롭다. 인문학과 자연과학은 공히, 논리적이고 정합적인 사고에 기초하여 진리를 탐구한다. 그 중, 과학적 진리의 탐구는 어느 정도 관찰과 실험에 의존한다. 수학과 같이 형식적인 기호에 의한 공리 체계의 설정은 항상 난제를 통과한 실험의 과정에서 사유의 추론 형태로 우리에게 새로운 인식의 장을 열어 주었다.

–엄밀한 사유의 과정에서 나타난 직관과는 다른 현상들에 관심을 둔 시도들이 수학과 논리학에서 진리 탐구의 방식으로 전개되었다. 가설을 세우고 검증을 위해 방법을 고안하려는 도전은 한계에 도달하면서 지적 유산을 남기고 다시 일보 전진한다.

무엇을 채워 나갈까?

–칸토르(Cantor)는 '무한을 분류할 수 있다'라는 가설을 세워 자연수의 개수가 실수의 개수보다 작다는 논리를 반박한다. 오메가라는 수를 발명한 그는 동일한 무한에도 등급이 존재한다는 사실을 증명해 보였다.

–러셀(Russel)은 '모든 것을 전부 포함한 집합은 존재할 수 없다'라는 가설을 증명하여 칸토르의 가설을 극복하고, 프레게(Frege)의 공리를 부정할 논리를 선보였다.

–이러한 도전과 좌절을 통해 진리를 향해 지적 모험을 전개하는 과정은 괴델(Gödel)의 불완전성의 정리에 이르러 또다시 한계를 극

복한 것으로 보였다. 그는 '임의의 유한 공리계는 그 공리계로 증명할 수 없는 참인 논리적 명제를 반드시 가진다'라는 사실을 증명해 보였다.

–이와 같은 괴델의 논리로 인해서 힐버트(Hilbert)가 생각했던 완전성을 가진 공리계가 존재하지 않는다는 사실이 증명되었으며, 이와 동시에 모든 참인 명제를 증명할 수 있는 이상적인 공리계를 건설하려는 수학자들의 꿈이 다시 무너져 내렸다.

–그러던 중에 튜링(Turing)이 등장했다. 튜링이 괴델의 불완전성 정리를 다시 증명하는 과정에서 고안한 논리 기계 '튜링 머신'은 현대 컴퓨터나 모든 기계의 근본이 되었다. 현대의 모든 컴퓨터와 같은 기계문명은 근본적으로 튜링 머신에 의해서 이루어진다고 할 때, 튜링 머신은 좌절한 인류에게 신이 내린 선물인가?

–이 모든 흐름을 영화 「페르마의 밀실」에서 나온 파르마의 정리에서 우선 착수하기. 7개의 난제 중 논리학과 연관된 수학 난제로 문제를 제시한다.

–아리스토텔레스의 논리학, 언어의 문제(양화사), 비트겐슈타인의 언어 진리 게임으로 이어지는 흐름도 만들어야 한다.

남겨진 과제: 수학, 통계, 언어, 논리, 확률 등의 패러독스와 연관된 사고들…. 이걸 정리하려면? 흐흐흐 생각만 해도!

2017. 9. 10.

열나게 일하다가 기관지염으로 병원 가고…. 이러다 의료 비용이 더 많이 나올 듯…. 과학사를 진리 탐구의 관점에서 일관성을 부여해 가며 강의안을 만들고 나니 사뭇 뿌듯하다. 만화 『Q.E.D.』와 『라이어 게임」, 영화 「페르마의 밀실」과 「이미테이션 게임」에서 영감을 얻고 큰 줄기를 잡았다. 러셀의『수리철학의 기초』는 1991년 학부 수업 강의 노트를 참조했는데 역시나 명저이며, 인문학 공부에 절대적으로 필요한 책이라는 확신이 다시 들었다. 대학 때 논리학에 심취했던 경험이 큰 도움이 되었던 것 같다. 역시나 오래된 책(그러나 여전히 최고인 책) 마틴 가드너의『이야기 패러독스』에서 통계의 역설과 계산의 역설 문제를 출제한 것, 절묘하게 맞아 떨어진다는 생각에 무릎을 쳤다. 할 수 없었다고 생각했던 일들이 하나씩 이루어질 때의 기쁨을 만끽하는 기대 반 걱정 반으로 점철된 시간이 이제 조금씩 줄어들고 있다. 겨우 밥값을 했다는 생각에 조금씩 긴장이 풀리는 소리가 들린다. 다시 조금 열이 오르고, 또 조금 심장이 쿵쾅거리고, 이내 감정이 차오르는 시간, 동료들과 헤어져 혼자 호텔 방에 남아 차를 한잔 마시면서, 며칠 간의 합숙을 하나씩 복기를 해 본다. 오늘 밤 꿈에서 튜링을 만났으면 좋겠다. 외줄 위에서 혼자 긴 논리의 장대를 들고 아슬아슬 걸어갔던 그의 삶을 생각하니 조금 눈물이 나려고 한다.

2017. 9. 11. ①

오랜만에 만난 전성태 소설가, 입담과 재치, 여전했다. 윤성희 소설가 역시 항상 밝고 또 명랑하다. 모두 그런 건 아니겠지만, 몇몇 소설가들은 정말 이야기를 잘한다. 말이 많지만 가만 귀 기울여 듣고 있자면 타고난 재능에 가까운 게 아닌가 할 정도로 말로 사람을 끌어당기는 매력을 발산한다. 그래서 소설가(작은 주제로 썰을 푸는 사람! 흐흐흐)인가? 소설가의 입담은 암튼! 그런데 왜 나는 문태준 시인이 나보다 나이가 많을 거라 생각했을까? 아마 시인이 비교적 이른

나이에 등단해서 그랬을 것이다. 내 '액면'이 그러니까 어디를 봐서 문태준 시인보다 나이 들어 보이는가? 공개적으로 이렇게 물었더니 문태준 시인, 고개를 숙이면서 배시시 웃고(나중에 이게 일종의 자신감의 표현이라는 사실을 알게 되었다!) 다른 분들 멀뚱멀뚱 나만 쳐다보더니 대답을 하지 않으셨다. 일 분 정도 흐르던 침묵을 깨고 전성태 소설가가 나를 보면서 하시는 말씀: "형님 아니셨수?" 이런, 이런…. 피곤할 때 사람들을 만나면 나이가 늘어난다. 옆에 있던 백지은 평론가가 마지막으로 확인 사살한다. "어지간히 피곤하신 것 같아요. 선생님 이렇게 조용하신 모습 처음 봐요." 이그이그….

2017. 9. 11. ②

나는 평소에 세속적인 쾌락을 포기하지 않으면서 지금까지 내 삶을 살아온 것 같다. 아니 최소한 그러려고 했던 것 같다. 세속적인 쾌락은 특히 맛있는 것을 탐하는 욕망, 장르나 분야를 가리지 않고 읽고 싶은 욕구, 당구나 포커, 바둑이나 게임 같은 취미에로의 탐닉을 노동하는 근면의 시간으로 지워 내지 않는 것, 담배나 알코올 등을 건강을 이유로 멀리하지 않는 것 등을 말한다.(몇 년 전부터 삼가려 했으니 알코올은 여기서 제외하자.) 암튼, 그러다 보니 '잘'하는 거 딱히 없으나 '못'하는 것도 그다지 없는 상태, 잘 아는 것은 딱히 없으나 잘 모르는 것도 딱히 없는 상태가 된 것 같다. 문제는 나의 식탐과 제한을 두지 않는 흡연이 가져온, 명백히 망가졌다고 말할 수 있는 몸이다. 특히 식탐은 여러모로 엄청난 후유증을 동반한다. 미식가와는 거리가 멀지만, 가리지 않고 다양한 음식을 맛보게 하는 호기심과 한번 꽂히면 그야말로 질릴 때까지 먹는 고약한 습관은 나를 몸이 허용하는 한계를 넘는 이상한 곳으로 끌고 와 버렸다. 식당도 마찬가지다. 좋아하는 음식을 발견한 곳이면 계속 거기에 간다. 그러다 시들해지면 완전히 발을 끊고 다시 다른 곳을 발견하는 식이다. 내가 세상에서 가장 존경하는 사람은 먹는 것을 자기 필요에 따라서 현명하게 조절하거나 자제하는 사람이며, 내가 부러워하는 사람은 천성적으로 입맛이 까다로운 사람, 흔히 입이 짧다고 말하는 부류에 속한 사람이다.

잡념: 파티를 벌여 고급스러운 포도주를 그때그때 바꿔 가며 산해진미와 함께 맛보고 진수성찬을 두루 섭렵한 다음, 하릴없이 매일 놀고먹은 로마의 귀족 나부랭이들이 그랬듯, 깃털로 목젖을 살살 간지럽혀, 조금 전, 혀에서 살살 녹여 내 목구멍으로 술술 넘기던 저 오묘한 맛의 음식물들이 분해되어, 결국엔 찌꺼기로 변화하고 마는 저 길고 가는 터널로 향하기 전, 다시 불러내 몸 밖으로 그 색깔이며 모양새며 얼추 그것들의 추상을 늘어놓은 다음, 다시 가열한 탐닉에로의 열정을 활활 지펴 불사르고 다시 그러기를 반복해야 하는 걸까? 배가 부르니 헛소리가 나오는구나!

2017. 9. 12. ①

자주 확인하게 되는 진부하면서도 놀라운 열 가지 사실들 1:

1. 가장 손쉬운 설명이 자주, 가장 뛰어난 이론을 만든다.
2. 안다고 생각했던 것들이 주로 인식의 함정을 이룬다.
3. 예기치 않았던 지점은 그야말로 예기치 못한 지점이다.
4. 가벼운 실수는 없다. 실수는 늘 치명적이다.
5. 개별 사실들을 하나씩 파악해도 전체라는 덩어리 속에서 그 특성은 자주 무너진다.

6. 금전과 종교, 이 양자가 자주 예외적 상황을 선포한다.

7. 사람들의 합리적인 관계는 빈번히 질투나 욕망의 표출이다.

8. 도움을 받거나 준다는 생각 자체에 벌써 불행이 싹트고 있다.

9. 몸은 반드시 계산하는데 더하기보다는 곱셈에 가깝다.

10. 흔히 적(敵)은 가까운 곳, 그러니까 내부에 있다.

2017. 9. 12. ②

다시, 그 카페, 그 자리에서, 다음 달 말이면 시집이 될 원고를 읽는다. 이 시인에게 내가 대관절 무슨 말을 할 수 있을까? 문장을 공리처럼 쓰려고 하는 사람, 말을 이항 대립의 원리로 된 역설의 피라미드처럼 부리는 사람, 앞선 시집보다 더 복잡하면서도 더 단순하다고 해야 하는가? 비평은 오리무중, 오리가 무수하게 중력을 벗어나고 있다. 시가 삶의 조건을 기술해야 한다는 생각은 150년 전이나 지금이나 변화가 없구나. 누가 쓰는가? 결국 주체(sujet)에 관한 물음이다. 어떤 형용사가 기이하고 낯선 이 '주체'라는 실사를 수식할 것인지가 그러므로 문제로다! 김언 시인에게도, 나에게도, 행운을 빈다.

2017. 9. 12. ③

자주 확인하게 되는 진부하면서도 놀라운 열 가지 사실들 2:

1. 제안은 기회임이 분명하지만, 기회는 자주 위기를 자초한다.

2. 새로운 이론적 제안이라 믿었던 것들은 대부분 고전주의 시대의 발명품이다. 가령 현대 철학자들은 고대 수학자들의 사유를 말로 풀어 자기 것으로 둔갑시키는 재주를 갖고 있을 뿐이다.

3. 한번 떠나갔던 사람이 빈손으로 되돌아오는 법은 없다.

4. 충분히 대담하지 못한 사람이 대담한 짓을 하는 사람보다 훨씬 더 삶을 깊이 생각하는 경향이 있다.

5. 시간은 정직하기에 잔인하며, 잔인하기에 허무하며, 오로지 허무하다는 이유에서만 삶에 감정을 부여할 뿐이다.

6. 우연히 손에 무언가를 쥐게 되었을 때 반드시 휘둘러 보는 사람을 조심해야 하지만, 사실 아무것도 하지 않는 사람보다 그를 더 조심할 필요는 없다.

7. 자본주의 사회에서 등가를 이루는 교환은 없는 것이나 마찬가지인데 이를 가장 잘 보여 주는 것이 화폐의 '등가'교환이다.

8. 현실 정치는 결코 정치적인 것을 돌보지 않는다.

9. 역설을 이해하는 순간이 휴머니티의 악덕을 이해하는 순간이다.

10. 인간이 스스로 기계(machine)라는 사실을 인정하지 않으려 할 때, 인간은 가장 비인간적인 모습을 드러낸다.

2017. 9. 13.

자주 확인하게 되는 진부하면서도 놀라운 열 가지 사실들 3:

1. 강의가 '잘 이해되었다'와 '좋은 강의다'는 자주 일치하지 않는다.

2. 감정은 항상 더 큰 충격에 견디게 되어 있지만 절대 고갈되지 않는다는 조건 속에서만 조절을 원하는 특성을 지닌다.

3. 아무리 좋은 말이라도, 그것이 아이들에게 하는 충고라면, 삼 분을 넘기면 효과를 기대하기 어렵다.

4. 대화나 소통은 동일한 지평선 하나를 같이 바라본다는 착각의 산물일 뿐이다.

5. 재기(才器)는 신(神)이 내린 선물이지만 거기에는 항상 '독'이 내

재되어 있다.

6. 무언가를 이해한다는 말은 결국 이해한다고 믿는다는 것에 불과하다.

7. 장애물이 제거된 상태에서 사랑은 빈번히 사랑한다는 착각과 허상을 만들어 낸다.

8. 외계인은 존재하지 않는 것이 아니라 다만 만날 수 없을 뿐이며, 이는 개미나 세포, 바이러스와 인간의 관계와도 같다.

9. 무언가를 이루었다고 믿는 순간, 무너져 내리는 것들이 항상 존재한다.

10. 언어는 확정적인 상태로 존재한 적이 없지만 그럴 거라고 생각할 때만 연구의 대상이 된다.

2017. 9. 14.

보들레르의 가을: 낭만주의자의 가을이 아니다. 가을은 그에게 우수의 계절이라기보다, 차라리 냉혹한 시간, 즉 죽음과 함께 덧없음에 의탁해야 하는 얼음 같은 시간이다. 저 강렬한 짧음으로 존재를 각인하고 곧 사라질 시간이 바로 가을이다. 보들레르의 가을에는 삶의 연속성도, 그 연속성에서 타진해 나갈 희망도 없다. 오로지 지는 장면, 소멸해 가는 순간과 순간들이 있을 뿐이다. 그렇게 늦가을의 어느 순간의 덧없음을 말하는, 이 덧없음을 사실로 붙잡아 둔, 그런 가을이 있을 뿐이다. 죽음의 그림자를 예감하게 하는 이 만년(晩年)을 그는 삭막한 겨울이 오기 전의 전조로 노래할 뿐이다. 장작 패는 소리가 들려오면 어둠과 추위와 공포와 증오의 시간을 체감한다. 가을의 소리를 들을 때, 우리 내부에 자리한 미지에로의 공포와 두려움이 일시에 깨어날 준비를 한다. 늦가을 그 무엇도 보들레르의 우

울을 달래지 못한다.

짧은 순간의 수고(愁苦)! 굶주린 저 무덤이 기다리는구나!
아! 그대의 두 무릎 위에 내 이마를 올려놓고,
불타올랐던 저 하얀 여름을 그리워하며,
늦가을의 노랗고 부드러운 햇살을 맛보게 해 다오!

수업 준비 때문에 보들레르의 「가을의 노래」를 번역하다가…. 이 대목에서 팍! 꽂힘. '늦가을'이 아니라 '만추'로 번역하면 좋을 것 같다. 만추(晩秋)라는 낱말이…. 그러니까, 좋다…. 영화도 있었다. 환절기…. 이제 조금 지나면 시린 겨울이 오고…. 바로 그전, 살짝 흔들리는 마음이 잦아드는 계절…. 외로움이 절정에 달하는, 어디로 갈지 잘 몰라, 평소라면 절대 하지 않을 짓도 살짝 하게 되는 그런 이상한 마음이 드는 계절…. 전화기를 붙잡고 또 내려놓기를 수십 번 반복하는 계절…. 바바리코트가 어울리는, 담배가 어울리는, 헝클어진 머리가 한없이 매력적으로 다가오는, 퀭한 눈, 취한 표정, 맥없는 발걸음, 모딜리아니의 그림처럼 고개를 약간 기울여 초점이 없는 눈동자로 한없이 누군가를 기다리기 좋은 계절…. 그 기다림 속에서 한없이 서로 엇갈리기 좋은 계절, 그런 계절에, 보들레르는 누군가를 그리워하며, 그렇게 지는 계절에 인생의 만년을 생각하며, 시시각각 찾아오는 죽음의 그림자를 느껴서, 이런 이상한 시를 쓴 것은 아닐까?

2017. 9. 16.

산울림 소극장에서 「이방인」을 보았다. 임수현 선배 연출, 아주 좋았다. 무대 연출 독창적이고, 엄마가 죽은 다음 날 뫼르소와 마리가 수영을 마치고 코미디 배우 페르낭델 주연 영화를 보면서 연애하는 부분의 처리는 단연코 압권이었다. 뫼르소에 의한, 뫼르소를 위한 작품이라고 해도 좋을 「이방인」인데, 전박찬 배우(이름이 특이해서 기억하지 않을 수 없는), 정말 잘 소화해 내고, '딕션' 좋고, 표정에 개성이 넘친다. 연극 끝나고 뒷자리에서 임수현 형에게 물어보니, 이 배우 벌써 나이가 삼십대 중반이라 한다. 전작 「에쿠우스」도 기억난다. 어려운 극만 도맡는 듯…. 갑자기 연극 평을 써 보고 싶다는 생각을 했다.

2017. 9. 18.

수업이 점점 하늘로 올라가거나 땅으로 꺼진다. 수업에서 말이 다시 말을 물고 이어지는 걸 보니, 강의에서 자꾸 잔소리가 많아지고 노파심이 늘어나는 건 늙었다는 증거라고, 오래전 어떤 선생님께서 하셨던 말씀이 떠오른다. 수업이 아니라 차라리 늙은 개그맨의 재미없는 시연처럼 느껴지는 건 왜일까. 이제 고작 개강했을 뿐이다. 세수를 하자고, 세수를!

2017. 9. 20. ①

1. 대중교통을 이용할 것.
2. 음악을 자주 들을 것.
3. 혼자 지내려고 노력할 것.
4. 할 수 없는 것을 하려고 하지 말 것.
5. 절대 엮이지 말 것.
6. 하기 싫은 것은 하려고 하지 말 것.
7. 노동한다는 생각으로 글을 쓸 것.

8. 성실하게 책을 읽을 것.

9. 타인의 욕망에 자신을 투영하지 말 것.

10. 모르는 것에 정직할 것.

11. 용기와 만용을 구분할 것.

12. 좋아하는 사람을 특히 존중할 것.

13. 필요 없이 선하려고 하지 말 것.

14. 젊은 사람의 이야기를 경청할 것.

15. 도망치려 하지 말 것.

16. 삶을 어쨌든 사랑할 것.

2017. 9. 20. ②

「죽음의 순간에 내민 손처럼」, 로베르 데스노스.

죽음과 난파의 순간에 손 하나를 석양의 빛줄기처럼 내뻗듯, 그렇게 네 눈길이 사방에서 쏟아져 나온다.

시간이 더는 없다, 어쩌면 나를 볼 수 있는 시간이 더는 없을지도 모른다,

그러나 떨어지는 저 나뭇잎과 돌아가는 저 바퀴가,

사랑을 제외하고는,

지상 위 영원한 것은 아무것도 없다고 네게 말해 주리라,

나는 그러하리라고 굳게 믿으려 한다.

불그스름한 색깔로 칠해진 몇 척의 구명선,

점차 잦아들고 있는 폭풍우,

하늘의 저 길쭉한 공간을 누비며 시간과 바람을 쓸고 가는 고루한 왈츠 한 곡.

풍경들.

그토록 열망하는 포옹 이외에 나는 다른 것을 바라지 않는다,

그리고 닭이 울음을 터뜨리면 죽으리.

죽음의 순간에, 한 손이 오그라들 듯, 내 심장이 조여지리라.

너를 알게 된 이후 나는 단 한 번도 울었던 적이 없다.

울음을 터뜨리기에는 나는 너무 너를 사랑한다.

내 무덤 위에서 네가 눈물을 흘리리라,

네 무덤 위에서 내가 그러하리라.

너무 늦은 것은 아니리라.

나는 거짓말을 하리라. 나는 네가 나의 애인이었다고 말하리라.

그래 봤자 사실 그건 소용없는 짓이리라,

너와 나, 우리는 이제 곧 죽음을 맞이하리라.

번역 노트: 번역에서 어려운 것은 말의 어조를 붙잡는 특유의 방식이다. 나는 이 텍스트의 목소리를 어떻게 붙잡았는가? 보편적인 언어의 시원, 시의 보편성을 넘보려 프랑스어와 한국어를 충돌시키면서 얼마나 많은 시간을 보내야 했던가? 번역의 '태생적 불충분성'을 인식하지 않은 채, 번역에 정답이 있다고 주장하는 사람들은 항상 나를 맥 빠지게 한다. 이런저런 이유에도 불구하고 나는 이 시가 참 좋은데, 내가 좋아하는 마음이 번역에서 사라진 것 같아 아쉽다.

2017. 9. 22. ①

'재번역(retraduction/retranslation)은 무엇인가?'라는 주제로 발표한다. 번역에 관한 사유가 항상 그러하듯, 이 물음은 간단해 보이지만, 상당히 복잡하다. 원고의 첫 문장을 이렇게 시작하기로 한다: "원문

은 노후하지 않은데 왜 번역은 노후하는가? 번역은, 심지어 첫 번역을 포함해서, 모두 재번역이다. 번역은 하나의 언어를 다른 언어로 옮기는 작업이 아니기 때문이다. 우리가 번역한 텍스트(첫 텍스트라도)는 항상 누군가가 벌써 번역한 텍스트일 뿐이다. 번역에 대한 가장 큰 착각은 번역이 항상 새로울 거라는 믿음에 있다."

재번역과 관련하여, 앙리 메쇼닉의 '탈중심/중심이탈(décentrement)', 발터 벤야민의 '생존(survie)', 앙투완 베르만의 '시련(épreuve)' 개념을 중심으로 살펴본다. 루터의 독일어 성서 번역, 최남선의 빅토르 위고 번역, 김화영의 카뮈 번역, 이세욱의 에코 번역 등을 중심으로 얼개를 그리고 있다. 신난다. 아호!!! 책을 옆에 가지런히 쌓아 놓고 뒤적거리니 빨라진 심장박동이 오히려 차분히 가라앉는다. 다시 한 번, 아호!!!

2017. 9. 22. ②

책을 읽는 나에게….

1. 소진되지 않는 글은 메모하거나 소리 내서 읽는다.

2. 통념을 확인하려 애쓰는 글을 잘 가려내고, 읽지 않아도 좋을 근거를 확보한다.

3. 만화책을 자주 읽는다. 그림으로 재현할 때 솟아오르는 아이디어와 뿜어나오는 빛에 아낌없이 두 눈을 저당 잡힌다.

4. 아주 드문 경우를 제외하고, '에세이'는 가급적 읽지 않는다.

5. '친절하게 알려 주마' 부류의 2차 철학 서적보다는 철학자의 원서를 읽는다.

6. 어떤 책을 읽더라도 반드시 문장을 살핀다.

7. 디자인이나 타이포에 속지 않는다.

8. 가끔이라도 헌책방을 찾아다닌다.

9. 카페에서 책을 읽을 때는 밑줄을 긋거나 포스트잇 등을 사용하며 표시하면서 독서를 진행한다.

10. 프랑스어나 영어 등의 원서를 읽을 때 (학술서를 제외하고는) 모르는 낱말이 나와도 일일이 사전을 찾지 않고 그냥 넘어간다.

11. 어떤 책을 편애한다. 좋아하는 책은 충분히, 그리고 대담하게, 좋아한다.

12. 모르는 어휘가 나오면 메모를 한다. 이후, 이 어휘를 사용해 문장을 만들어 본다.

13. 글쓰기 어쩌고… 인문학 가이드 어쩌고…라는 제목의 책은 구입하지 않는다.

14. 독서일기(가령 장정일, 앤 패디먼 등)를 읽고 도움을 받아 독서 계획에 참조한다.

15. 책을 읽고 감동을 받으면, 눈물을 흘리거나, 소리를 질러도 좋으니, 어쨌든 감동의 순간을 표현한다. 물론 혼자 있을 때.

16. 가끔이라도 백과전서(특히 Encyclopædia Universalis)를 펼쳐 놓고, 뭐든 읽는다.

17. 복문과 혼문으로 표현된 경우, 구두점을 유심히 살핀다. 의미의 층위가 바뀌면 그 이유를 따져 본다.

18. 번역가이자 작가인 사람들의 한국어 작품을 읽고 번역 대상 언어와의 관계를 헤아려 본다.

19. 언어나 번역을 주제로 다룬 소설이나 시는 반드시 찾아 읽고 비평의 대상으로 삼는다.

20. 어떤 글의 패러디, 상호텍스트, 차용, 모방 등과 관련된 창작

물을 퍼즐처럼 읽는 재미를 존중한다.

21. 책을 읽다가 간혹 밤을 새게 되더라도 내일을 걱정하지 않는다.
22. 읽지 않은 책을 읽은 척하지 않는다.
23. 정말 좋아서 미칠 지경이라면 필사를 한다.
24. 베스트셀러는 가급적 읽지 않는다.
25. 과학자나 수학자의 전기를 찾아 읽는다.

2017. 9. 24.

너무 오래 잤더니 그사이, 세상이 확 바뀐 것만 같다. 문자와 전화가 한쪽에 쌓여 있다. 내 기억은 금요일 오후 어디쯤 살짝 걸쳐 있다. 몸이 이렇게 시간을 먹는다. 정신없이 삼킨 시간을 도로 천천히 뱉어 낼 차례인 건 분명한데, 자신이 없다. 11월까지는, 아니 12월 중순까지 가장 바쁜 기간이라는 걸 이제 경험으로 안다. 바쁜 일정의 전조가 느껴지는 일요일 저녁, 가족들과 저녁을 먹으러 나왔는데, 사방의 풍경은 아직 여름인 것 같아 또다시 어리둥절하다. 가을아, 어서 오란 말이다. 너무나 바빠서 아무것도 느끼지 못하는 가을아, 어서 오란 말이다.

2017. 9. 26. ①

문학은, 문학에 대한 사유는 그러니까 항상 '모던(modern)'이라는 낱말에 머무른다. '모던', '모더니티(modernity)', '모도(modo)', '모데르누스(modernus)' 등…. 실사와 형용사로 쓰일 때의 가치를 따져 묻는 일에서 시대를 비추는 문학성의 거울, 문학을 비추는 시대성의 타자가 만들어진다. '모던'은 특성이자 성격이지, 시대나 시기에 국한된 개념은 아니다. '모던'은 시대를 항상 빠져나간다. 그러나 '모던'은 또

한, 그냥 빠져나가지 않는다. 무언가를 걸고넘어지면서, 유유히 미끄러지듯, 유동하듯, 어디론가 간다. 끊임없이 탄생하고 재탄생하는 상태, 바로 여기에 '주체'의 운동이 있다. 자아와 타자의 충돌, 욕망과 금기의 충돌, 사와 공의 충돌, 혹은 이 양자의 봉합에서 창출되는 모더니티를 비추는 문자의 거울은 자주 금이 간 상태, 그러니까 깨지기 직전 긴장을 머금은 수정과도 같다. 오로지 이 순간이 곧 깨질 것을 알며, 문학의 속성이 그렇다는 것도 안다. 그러나 이 순간이 세계와 인간의 순간이라는 것도 안다.

2017. 9. 26. ②

대학원 논문 심사 철이 왔다. 이번에는 모두 석사 논문이다. 학생들은 분명 가장 힘든 시간을 보내고 있을 것이다. 아라공을 주제로 논문을 준비한 학생은 발군의 실력을 갖추고 있다. 『파리의 농부 (Paysan de Paris)』를 각주를 달아 가며 전문을 번역하는 저력을 보여 주더니, 며칠 전 가져온 예비 심사 원고가 무려 80쪽을 웃돈다. 학부 시절 번역에 재능을 보인 학생이었다. 버릴 문장이 거의 없다. 게다가 꼼꼼한 분석을 바탕으로 선행 연구를 잘 정리했다. 문장에 대한 집중력과 근성으로 치면 차라리 나보다 나은 것 같다. 시인 이상을 주제로 논문을 쓰고 있는 학생은 주제가 워낙 참신하고 연구의 가치가 높아 처음 만나 상의할 때부터 기대가 컸다. 일본어 원문의 한국어 번역을 통한 굴절 및 해석의 문제 전반을 다룰 예정인데, 10월 초까지 초고를 보내겠다고 한다. 여러 다양한 이유로 그간 한국 문학에서 간과했던 주제지만, 그러나 반드시 짚고 넘어가야 하는 문제 전반을 건드리기에 향후 적잖은 파장이 예상된다. 또 다른 친구의 김승옥과 정신분석에 관한 논문도 거의 마무리가 되었다. 지금,

이 친구들 모두, 매우 고통스러운 시간을 보내고 있을 것이다. 진지하게 문학을 공부하는 이 친구들을 아낌없이 응원하고 뜨거운 마음으로 지지한다. 무엇보다도 이 미래의 연구자들이 후회하지 않을 시간을 보내고 있으면 좋겠다.

2017. 9. 27.

오늘 강의를 마치고 뭔가 허전하고 이상했는데, 바로 이거였다. 수업 도중에 쓸데없는 질문을 하지 말았어야 했다. 반응도 별로 없었으며, 이 무반응이야말로 어쩌면 당연하다고 할 수도 있는 반응일 것이다. 그건 마치, 내가 아는 걸 너희는 왜 모르느냐, 이 정도는 알지 않느냐, 뭐 이런 태도를 은연중에 드러내며 (비)자발적으로 모종의 권위를 불러내는 것이기 때문이다. 강의는, 그러니까 나에게는 적어도, 테트리스와도 같아 보인다. 시간이, 세월이 흐를수록, 모든 게 점점 더 어려워지는 게임과도 같다. 난맥과 난황이 '난처(難處)'를 만들어 내고, 이 '난처'라는 함정에 빠져 허우적거리는 모습을 요즘 너무나 자주 마주한다. 세상의 모든 '난(難)'은 정확히 몸과 반비례하는 '난(亂)'을 추동하는 것이라는 말인가? 대학원 강의보다 학부 강의가 훨씬 어렵고 힘들다. 그간, 십오륙 년가량을 불문과, 비교문학과, 문예창작과 등에서 강의했다. 그러면 좀 수월해져야 하는 것 아닌가? 나이를 먹는 건 사실 상관이 없는데, 사고가 늙거나 태도가 느슨해지는 것은 싫다. 타자에 대한 게으른 배려를 마냥 열정으로 감출 나이는, 이제, 아니, 벌써 지난 거다.

2017. 9. 30. ①

'밤과 낮 그리고 불빛에 비친 자아': 공간, 장소, 길, 경계, 지대, 지리, 좌표, 거리, 한계와 같은 개념을 가지고 며칠, 강의안을 만든다고 '역사'를 돌아다녔더니, 세상의 풍경이 시시각각 달라 보인다.

2017. 9. 30. ②

풀리지 않는다. 풀리지 않는다. 개념적 사고를 통한 접근이 요구되는 실증적 사건들을 어찌하면 좋을까? '헤테로토피아(Hétérotopia)'를 다룬 자신의 글을 푸코가 왜 출간하지 말라고 당부했는지 이해가 간다. 알레고리와 헤테로토피아는 결합하는 듯 갈라서고 갈라서는 듯 다시 뭉친다. '파사주(Passage)'나 '마테오라(Mateora)' 같은 장소들은 '장소 없음'의 공간적 실현이며, 따라서 바로 이 '장소 없음'의 '장소성'을 증거한다. 그러나 유토피아와 디스토피아가 구체적인 장소로 발현된 논의로 예를 든 박물관이나 감옥, 병원이나 모텔과 같은 곳은, 명쾌한 설명과 검증의 관문을 통과하지 못하는 것 같다. 더구나 헤테로토피아는 푸코라는 고유명사에 묶여, 전위예술의 공간에 전유되는 경향이 있는 바, 일반화된 개념으로 사용하기에는 여전히 위험성이 따른다. 유토피아가 토마스 모어에게 묶여 있다가 일반화의 과정을 겪어 헝클어졌듯, 이 개념도 푸코에게서 풀려나려면 도대체 얼마나 더 기다려야 하는 걸까?

2017. 10. 3.

　믿음이나 신뢰는 깨지기 마련이며, 간혹 깨지라고 있는 것 같지만, 단단할 것이라고 여겨졌다가 정작 깨지고 나면, 이후의 시간들은 걷잡을 수 없이 무너진다. 사실 믿음이나 신뢰, 이 두 낱말은 또 얼마나 허약한가. 단단함으로 이 허약함을 감추고 있었던 것일 뿐, 어떤 사람은 깨짐을 차라리 당연한 것으로 여기고, 그 순간부터 자신을 훌륭하게 그리고 재빨리 보호하기 시작한다. 그는 상처받기 싫어서 상처를 주는 쪽을 택한다. 나는 그런 사람들이 무서운데, 사실을 말하자면, 조금은 부럽기조차 하다. 나 같은 범인은 도저히 가늠할 수 없는 내공을 지닌 것 같고, 상상하기 어려운 계산을 하는 것 같고, 짐작하기 어려운 이 판단력의 소유자들은 그러니까 신뢰나 믿음 같은 걸, 맘대로 가지고 놀 줄 아는 자이며, 이런 자들이 사실은 보이지 않거나 보지 못할 뿐, 곳곳에 널린 것이다. 이런 종류의 기만은 사실 잘 보이지 않으며, 잘 드러나지 않는다. 그사이 나는 벌써 어딘가로 가 있고, 나는 어떤 맥락에 노출되어 있다. 이때 나는 누군가에게 필요한 장기판 위의 말이 되어 있고, 누군가의 알리바이로 전락하고, 누군가의 도약과 탈출을 위해 엎드린 발판이 되고, 누군가의 신념의 희생양이 된다. 이 누군가가 신뢰와 믿음을 그렇게도 강조하던 사람이라는 사실이 그다지 놀랍지 않은 시절을 보내고 있는 거, 그거 맞다. 이 모든 게 지긋지긋하다. 이 지긋지긋함에 시간이 붙들린 채 잘 가지 않은 지 꽤 오래되었다. 시계추는 어느 한 시점에 멈춰 좀처럼, 나갈 줄을 모른 채 자기 멋대로 가고 있다. 가장 바보 같은 짓은 망각 속으로 이 기억을 묻어 두는 것인데, 이게 훨씬 편하다는 걸 나도 잘 안다. 힘들더라도, 짜증이 나더라도, 지긋지긋하더라도, 나는 그렇게 하지는 않을 것이다.

2017. 10. 5. ①

왜 복잡한 문장을 끊어야만 한다고 생각하는 것일까? 일전에 조르주 페렉의 『잠자는 남자』를 번역하면서, 영어, 독일어, 일본어 번역본을 들여다본 적이 있다. 독일어를 제외하고 영어나 일본어 번역가는 군데군데, 정말 읽기 편하게, 글을 토막 내 놓았다. 거의 한 페이지에 걸쳐서 작가가 표현한, 잠이 들락 말락 한 상태, 그러니까 좀처럼 끊이지 않는 의식과 무의식의 엇갈림이 솟아나는 소설의 첫 대목을 말이다. 번역가의 이 과감한 용기는 어디서 비롯된 걸까? 다자이 오사무의 『인간 실격』의 한국어 번역 역시, 아주 지저분한(?) 문장으로 적혀 있는, 그렇게 길고 긴 문장이었던 원문을 군데군데 잘라 버려서 묘미가 사라졌다는 대학원생의 말을 들으니, 새삼 맥이 빠진다. 번역이 어려워서 그렇게 한 건 아닐 것이다. 독자를 염두에 둔, 그러니까 '가독성' 어쩌고를 고려한 선택이라면, 큰 실수를 한 거나 다름없다고 봐야 한다. 독자는 번역가의 친절을 먹고 교양을 살찌우는 바보가 아니다. 독자에게는 복잡한 것을 복잡한 상태로 읽고, 낯선 것을 낯선 채로 접할 권리가 있다. 믹서에 갈아서, 그냥 앉아 있으면, 떠먹여 주는 음식과 같은 번역.

2017. 10. 5. ②

연구실, 사방이 고요하다. 책을 읽다가 갑자기 책장을 둘러보았다. 누군가 있다. 어딘가 걸려 대롱거리는 모습, 그 영혼들, 책에 붙들리고 글자에 포박된 사유들이 꾸물거리며 허공으로 퍼지고 있다. 모든 감각이 눈에 있어 조용히 잠든 서가의 무거운 발소리를 나는 듣지 못한다. 두 눈이 더러 뿌옇다. 초점이 잘 모이지 않는다. 책을 읽으며 아무 사심 없이 오늘 밤을 새우고 창밖이 밝아 오면 감옥에서 풀려나듯 여기를 나갈 것이다.

2017. 10. 6. 오후 4:50

소파에 누워 나츠메 소세키가 보낸 죽기 전의 마지막 한 주처럼 멀뚱거리며 두 눈으로 연구실 천장을 바라본다. 형광등 불빛 속에서 그는 자신이 마지막으로 읽은 윌리엄 제임스의 『다원적 우주』의 내용을 찾고 있었을 것이다. 위장병, 각혈 이후, 간신히 연명한 일 년하고도 약 두 달간의 삶을 끝으로 사실 그의 죽음과 더불어 메이지 시대가 저물고 있었다. 곧 테러리스트의 시대가 올 거라는 사실을 메이지 말기의 지식인들 대부분은 알고 있었다. 그들은 이제 다시는 자아와 국가를 일치시키려 애쓰는 시대를 맞이할 수 없다는 사실도 알고 있었으며, 그렇기에 '근대'는 그들에게 마치 질병 같은 것이었다. 중요한 것은 그들이 이 질병을 정직하게 앓았다는 데 있다. 다쿠보쿠와 소세키의 죽음, '대역 사건'과 더불어 메이지의 하늘은 붉게 물들기 시작했다. 러일전쟁. 전쟁은 모두를 파시스트로 만든다. 이제 조금만 지나면 모든 것이 사라질 것이라는 사실을 그들은 누구보다 잘 알고 있었지만, 어찌해야 할 줄 알고 있는 사람은 아무도 없었다. 생각해 보면, 메이지의 본질은 여기에 있는 것이나 다름이 없다. 지식인들의 고뇌는 시대를 막론하고 동서양이 닮아 있는 것 같다. 메이지의 지식인들은 프랑스혁명 발발 전 『백과전서』를 집필했던 지식인들, 그렇게 차후, 혁명을 일으킬 정신적 교본을 집필했던 지식인들, 그러니까 로버트 단턴이 '문인(les gens de lettre)'이라고 정의했던 일군의 계몽주의자 무리들과 여러모로 닮은꼴을 하고 있다. 며칠 후의 특강은 여기에 초점을 맞추기로 한다.

2017. 10. 6.

오늘 중학교 1학년 막내가 서점에 들른 모양이다.

나: 책은 좀 있디?

막내: 별로요….

나: 읽고 싶은 책이 없어?

막내: 거의 없는 거나 마찬가지예요.

나: 그럼 한 권도 사지 않았어?

막내: 아뇨. 딱 한 권 골랐어요. 딱 한 권!

나: 오호. 뭐 샀니?

막내: 음…. 뭐였더라…. 위…. 위저드 빵집…. 아니 위저드 베이커리라는 책이요.

나: 잉? 그 책을 샀어? 그 책 아빠 연구실에도 있는데…. 암튼 와. 신기하네.

막내: 그냥 읽고 싶더라고요. 재미있을 것 같아서요.

나: 나 그 책 쓰신 분 아는데….

막내: (눈이 휘둥그레져서) 정말요? 와….

나: 응. 아빠 아는 분이야. (어깨에 힘을 주고서)

막내: 와…. 근데 어떻게 아세요?

나: 그게…. 그러니까…. 페북 친구야….

막내: 난 또…. 진짜로 아는 것도 아니네…. 에이…. 급실망….

나: 그게…. 나, 이분 아는데…. 아 이것 참….

막내: 그럼 만난 적은 있어요?

나: 아니…. 어이구…. 암튼 아는 분 맞아…. 암튼 책 잘 읽고 꼭 소감을 말해 주렴!

막내: (킥킥거리며) 페북 친구래…. 페북 친구, 크크크….

(오늘 이상한 의문의 일패! 구병모 작가님 이를 어쩌지요?)

2017. 10. 7.

오우! 안암병원, Anam's HOSPITAL = 안쪽의 암? 8층에서 내려다본 고려대학교 오우! 좌랑스러운 KOREA UNIVERSITY 부속물의 하나인 하나-HANA 과학관(科學館) 저 직각(直角)의 세계 속, 그러니까 장방형(長方形)의 상자 안에서, 부지런히 실험을 하기 위해 또 부지런히 손을 놀리고, 자주 비커를 깨면서, 그렇게 사람들이, 인간이라 불리는 자들이, 밤을 새우곤 한다거나, 밤을 새우고 있는, *사각의 사각의 사각사각의 케이스(CASE)*에 갇혀 미래(Oh, 퓨처!)에 상품이 될 공식(公式)을 만들고 드라이바가 이마에 딱 꽂힐 것 같은 통계를 내고 모기업에게 가져다 바칠 모의를 꾸미느라 몹시도 바쁜 이들의 진지한 표정을 잠시 생각하는 하릴없는 꿈에서 **AU MAGAZIN DE NOUVEAUTES**를 읽고 있는 것만 같은 순간, 어제-오늘-내일에 벌어질 일들, 그 대낮의 일을 생각하니, 우리 모두 이 *四角形의 內部의 四角形의 內部의 四角形의 內部의 四角形의 內部의 四角形* 속에서 사는 게 어느 한편으로 맞는 것 같기도 한데, 그런 생각이 들 즈음, 나는, 왠지 모르게 영화 **밀정**과 **암살**과 **동주**와 어쩌면 이 영화에서 보았거나 다른 기회에 수차례 목도했던 것이 분명한 뿌랑쓔의 프랭탕(Printemps) 百貨店과 明洞의 골목과 上海, 그러니까 상하이, 샹가이, Sanghai와 에도 시대의 해부학과 동물보호령, 바쇼의 하이쿠, 윤동주와 정지용의 앳된 표정과 나가이 가후와 미시마 유키오와 표절과, 그러니까 표절, 다시 again 표절과, 지금의 이 바이러스와 질병과 병균과 세균과 이 바이러스와 질병과 병균과 세균의 말살에 대해 다룬, 위생과 근대의 시절, 실증의 시대 이후의 68혁명과 흑백영화들, 가령 다큐멘터리 **뉘른베르크에서 뉘른베르크까지**, 그리고 파졸리니의 그것을 떠올리거나, 그 외의 것들, 이를테면 자살과 피, 피, 피, 피와 검정 외투와 작동하지 않는 권총과 러시아 룰렛, **프랑스 이모** (*쟝, 이 귀여운 새끼, 쟝, 어서 나오거라*)와 권태-권태-권태와 아편과 토마스 드 퀸시와 애드가 앨런 포우와 젊은 날의 김현, 아니 그의 비평문과 외국문학, 외국문학도(칼을 들었나?), 외국문학 연구자, 그들의 덧나는 상처와, 나가사키 짬뽕과 적혈구의 숫자와 **암캐**(Chienne)와 프랑스 조계지(租借地? concession, 오호 프랑스 국적의 사내가 집어삼켰던 인도차이나반도?)와 대륙을 질주하는 열차와 소홍주(少紅酒)(마시면 잠이 잘 와요, 그날의 악몽처럼)와 공화(共和)라는 낱말의 어원, 그것은 중국(진나라? 제나라?)이었다, *그렇지요, 네 그럼요, 맞아요*(C'est bien ça, nest-ce pas? Oui, c'est ça)와 사할린과 긴, 길고, 길, 흘러내리는, 브라운색 항아리치마(이런 낱말은 아름답기에 쉽게 사라진다)와 모딜리아니(Modigliani)의 그림 속 저 초점을 잃은 여인과 삐딱하게 기울어진 길쭉한 얼굴과 노를 젓는 아르카몽과 **리타의 습관**과 같은 감옥이나 감힘, 혹은 울음과 **쇼생크 탈출**과 **충사**(蟲師)와 **에반겔리온**과 시집이 아니라 만화책 **악의 꽃**과 이지도르 뒤카스와 몬테 비디오, 그리고 야옹, 고양이, 고양이, 고양이와 황인숙 시인과 장례식장 엔젤스톤과 그날의 이상한 장례 습관과 통영의 더운 날씨와 대학로 중국집 진하춘과 네이션(NATION)이라는 낱말과 이 낱말이 뿜어내는 이상한 굴욕과 필연이라고 말하는 개방과 죽음, 그리고 *四角*이 난 원운동과 흘러넘치는 *사이비* 논리와 쥘 라포르그(Jules Laforge)와 다다(DADA)와 문자주의(LETTRISME)와 감정의 소용돌이와 감정이 모두 증발해 버린 괴물들의 우울, 괴수라는 말은 이제 쓰지 않지요?와 카론과 **연옥**은 물론 단테, 단테는 물론 연옥과, 그것은 사실 古聖所였네, 와 로베스피에르(어감이 좋아요)와 로자 룩셈부르크(고상해 보여요)와 트로츠키—아아 그는 트로츠키스트(ist)였더라— 얼음도끼와 아이히만의 재판과 사드 백작(Marquise de Sade)과 동굴, 컴컴한 동굴, 그가 기어들어 간 깜깜한 동굴, 穴이라는 한자와 관중 없는 프로야구와 정신병자들의 무수한 행렬과 배구공 윌슨과 **톰과 제리**와 벽장과 **벽장 속의 연서**, 히스테리와 아우라, 아우라, 아우라와 무덤-무덤-무덤덤덤-무덤덤덤, DUMMY와 아직도-여전히-이미, 무덤과 녹아내려 이마 위로 똑똑 떨어져 입술까지 흘러내리는 주루룩 태양과 *Je vais m'exercer seul à ma fantastique escrime* 같은 주절이주절이와, 넝마주이와 고현학과 푸코와 대머리와 대머리의 평행 이론과 파리-파리-파리와 칸토어가 아닌 칸토르(자꾸 칸토어라고 읽으면 입을… 그냥, 콱!, 이것도 이데올로기입니다)와 베를린 장벽, 그리고 그 무수한 돌조각들과 러셀과 러셀을 잘근잘근 씹는 비트겐슈타인과 **철학적 탐구**와 프레게와 그의 수학=미분=순열=무리수=공리=공집합 등등과 결국 무한과 무한, 그 겹침과 왜곡, 대칭과 분사와 **착란의 돌**과 데데킨트의 절단과 미증유(未曾有)라는 낱말의 무채색적 감정과 '오호!' 난제와 '어라!' 밀실과 '어휴!' 슬프다라고 말하는 행위와 그러니까 '너는 나의 이드(ID)다'라는 말(아이디? 건물을 그냥 꽁으로 통과하시겠네요)과 세 가지 종류의 회색과 우라질 표창장(표창을 접어 날렸나?)과 루이 아라공과 해프닝과 해프닝과 패러독스와 패러독스와 'vis'라는 단어가 '힘'을 의미한다는 걸 알게 된 순간과 그 순간에 나도 모르게 찾아온 '살아 헛것이었다'라는 문장의 주어와 언어학자들의 쉼 없는 미필적 고의와 거위와 오리와 "이제는 악수하고 헤어지는 일만 남았다" 같은 시구절과, 푸와그라(foie gras)와 그 탱탱 부은 이미지, 아니 그 참혹한 心象과 dreamer

와 revolution과 guillotine과 break out과 스콜피언스와 Time in a bottle과 '진귀하다'와 '비루하다'와 '헛헛하다'와 '달뜨다'와 '죽일 거야', '죽을 거야', '결코 죽는 일은 없을 거야', '결국 죽었다'와 '소화불량엔 가스명수'와 날자날자날자꾸나와 고백이라는 말과 사뭇 다른 자백이라는 말과 Aveux des chairs와 합숙과 아리랑 호텔에서의 추억과 이제는 내 손을 홀홀 떠난 교양교양교양, 그 bildung의 연속, 발음을 하면서 '보디빌딩'을 생각하게 되는, 훔볼트와 제국대학과 함께 하는 깜짝퀴즈들의 모음집이나 분사 구문의 주어 찾기와 같은 멍청한 짓거리와 '너에게만 말해 주마'와 같은 비밀, 이를테면 신비, 그러니까 난해와 함께, 오늘 밤, 영영 깨지 않을 깨어나지 않을, 그런 꿈을 꾸게 될 것만 같다.

2017. 10. 8.

이 원고는 역시 예상했던 시간의 곱절을 잡아먹는다. 휴일에 마무리하려던 원고 네 개, 이제 두 개를 겨우 끝냈으나 그나마 하나는 미진하다. 내일 하루 종일 고쳐야 할 것이다. 휴일은 항상 망자를 불러낸다. 오늘도 어제도, 그리고 또 며칠 전에도, 나는 망자들과 힘겨운 숨바꼭질을 했다. 역사라는 거대한 늪, 죽음의 컴컴한 공간을 간혹 불빛으로 수놓는 자들은 작가들밖에 없는 것 같다. 그들의 안내로 암흑 같은 구멍으로 들어가지만, 허공에 내뻗은 헛손질이 대부분인 「흔해 빠진 독서」와 내 휴일이 대체 무엇이 다르겠는가?

휴일의 대부분은 죽은 자들에 대한 추억에 바쳐진다
죽은 자들은 모두가 겸손하며, 그 생애는 이해하기 쉽다
나 역시 여태껏 수많은 사람들을 허용했지만

때때로 죽은 자들에게 나를 빌려주고 싶을 때가 있다 수북한 턱수염
이 매력적인 이 두꺼운 책의 저자는

의심할 여지없이 불행한 삶을 살다 갔다, 그들이 선택할 삶은 이제
없다

2017. 10. 9. ①

여러 연구자의 글을 모은 '번역과 횡단' 단행본이 곧 출간된다. 이
기획에 그간 발표했던 논문 두 꼭지가 실린다. 하나는 여는 글이고,
하나는 닫는 글이다. 이런 배려가 감사하면서도 조금은 부끄럽다. 교
정차 다시 읽어 보니, 2009년에 집필한 논문 「번역문학의 정치성에
관한 고찰」은 정말이지 부족한 글이라 하지 않을 수 없다. 문장은 성
기고, 논지는 지금에서 거의 연구자 대다수가 인정하고 있는 내용을
조금 과격하게 드러낸 것뿐이다. 갑자기 몰려오는 자괴감…. 이에 비
해 2014년의 글 「번역문학이라는 불가능성의 가능성」은 교정할 사항
이 거의 없는 것으로 보이며, 다시 읽어 봐도, (조금 쑥스럽지만) 충
분히 고찰할 만한 내용을 바탕으로 문제를 던진 것으로 판단된다.

이 두 글은 역시 (번역에 관한 내 글 중 상당수가 그래 왔듯) 국문
학 연구자 박진영, 이상현, 황호덕, 구인모, 임상석, 손성준, 이철호
등을 비롯하여, 함께 참여하고 있는 부산대 '파리-조선의 학문적 네
트워크' 연구 팀의 요청 덕분에 작성할 수 있었다. 발표한 글 중 '중
역'과 '번역문학'에 관한 것은 전적으로 황호덕의 요청으로 이루어진
것이고, '최남선'과 '번안 및 문학장', '해외문학파'에 관한 것은 박진
영의 요청이 없었더라면 쓰지 않았거나 쓰지 못했을 글이며, '모리
스 쿠랑'이나 '자연주의와 사전'에 관한 것은 이상현이 압박하지 않
았더라면 작성하지 못했을 글이며, 김억에 관한 것은 구인모와 박

진영이 긍정적으로 이끌어 주었기에 가능한 글이었다. 임상석은 한자에 대한 내 지식을 자주 검증해 주었다. 박진영은 거의 10년을 넘게 자주 만나 번역에 관한 이야기를 나누었던 파트너였다. 번역문학이라는 기이한 덩어리를 나는 사실 박진영 덕분에 구석구석 살피게 되었으며, 김진희, 김연수 선생님과 함께 네 명이 스터디를 했던 시절도 기억에 남는다. 황호덕은 날카로운 문제의식으로 나를 항상 자극하여 태만을 물리치게 해 주었고, 소중하고 귀한 학문적 아이디어를 공유해 주었다. 그의 『근대 네이션과 표상』을 읽던 시절, 그에게 얻어들은 김사량에 대한 이야기, 한문맥에 관한 사유는 번역 전반에 관한 나의 좁은 견해를 보다 풍요롭게 해 주었다. 그러고 보니, 갑자기 2008년 학술 대회에서 처음 만난 구인모의 얼굴도 생각난다. 이후 김억과 황석우, 주요한에 대해 나는 그에게서 많은 걸 배웠고 또 물어봤다. 내가 고마워하는 이유는 아마 하나인 것 같다. 한국 근대문학 전반을 빈약한 시선으로 바라보던 나를 구박하지 않고, 오히려 격려해 줬다는 것, 그렇게 공동체에서 끌어안아 주었다는 것, 아, 이렇게 쓰고 보니, 조금 창피하지만, 어쨌든 사실이다.

2017. 10. 9. ②

"거짓말에서 진실을 찾아내고, 진실에서 거짓말을 걸러 낸다.": 김백진, 드라마 「아르곤」.(아르곤: Ar. 원자기호 18번. 산소가 다른 물질을 산화시키지 못하게 안정화된 기체.)

프리모 레비의 『주기율표』에 등장하는 첫 번째 원소가 '아르곤'이다. 레비는 어린 시절을 회고하면서 유대인을 아르곤에 비유한다. 유대인은 존재하지만 마치 비활성화된 기체 아르곤처럼 자신의 활동을 억제하며 살아왔다고 예의 저 씁쓸함을 내비친다. 이 연결 고리는 재미있다. 일전에 구상했던 프리모 레비의 『주기율표』와 번역이라는 주제를 다시 떠올린다. 아르곤을 기자의 특성이나 본령 같은 것과 연관 지으면서 유대인의 '유대인성' 이야기를 함께 풀어내면, 어떻게 되려나? 일전에 성윤석의 시집 『밤의 화학식』과 연결해 보려다가 실패한 경험이 떠오른다.

2017. 10. 10.

한글날…. 그냥 지나가는 법이 없구나. 개그도 이 정도면 웃어넘기기 어렵겠네. 그 무슨, 우리말-순화-운동-국민-총본부나 국어-오염 방지-전국-연합회 같은 곳에서 발행한 국어-청결-결의문도 이렇지는 않을 것 같다. 그리고 저 망할 놈의 '국어' 혹은 '국역'이라는 단어!

2017. 10. 11. ①

며칠 전 끝낸 '재번역은 무엇인가?' 원고를 탈고하다가 새삼 느낀 사실 하나: 번역은 어떤 비상한 속성을 지니는가? 대관절 번역이 무엇인가? "세상의 모든 번역이 이미, 그리고 여전히 재번역이다. 번역은 하나의 언어를 다른 언어로 옮기는 작업이 아니기 때문이다. 번역한다는 사실 자체가 재번역이라는 사실을 모른 채, 인식하지 못한 채, 우리는 번역을 하고 있다."(앙리 메쇼닉) 발표의 출발은 바로 여기다.

2017. 10. 11. ②

하나를 털어 내니 하나가 조여 온다. 어제가 발표 원고 마감이었다는 독촉 연락을 받았다. 원고는 아직 한 글자도 쓰지 못했다. 언제까지 보내면 되냐고 다시 물어보니 10월 15일까지는 무슨 일이 있어도 보내 달라고 한다. 그런데 아무리 달력을 들여다봐도 가능하지 않은 날짜를 말하고 있었다. 원고는 완성이 되면 보내는 것이고, 완성하지 못하면, 발표고 게재고 없는 거다. 11월 3일이 학술 대회 발표일인데 무려 20일 전을 마감으로 결정하는 학술 대회, 별로 익숙하지 않다. 지난 10여 년간 크고 작은 학술 대회를 40여 회 정도 주관하면서, 나 역시 수없이 원고를 독촉했지만 그건 마감 3-4일 전에나 하는 일이다. 심지어 당일에 원고를 출력해서 가져오는 예도 있었으며, 이 역시 가능하다고 나는 생각한다. 내가 너무한가? 원고 늦게 주기로 유명한 분들, 원고 지연에 발군의 능력을 내게 1회 이상 보여 주신 분들, 지난 내 경험에 따른 베스트멤버 10인:

1. 황호덕(국문학): 직접 당해 봐야 안다. 전화를 받지 않는 건 기본이고 태도에서 미안함 따위는, 요즘 표현으로 1도 찾아볼 수 없다. 당당함과 기개!!!

2. 박진영(국문학): 당일 출력은 기본이고 심지어 당일 발표하는 시간 직전까지 고치고 또 고친다. 그래도 황호덕 선생보다 착하다. 미안한 표정으로 웃어 주니….

3. 황현산(불문학): 학술 대회 이틀 전에 원고 독촉하니, "조 선생 힘들지요? 적은 항상 내부에 있습니다."라고 말하신다. 그러시곤 당일 아침에 보낸다. 뭐, 겪어 보지 않은 사람은 그 순간 타들어 가는 심정을 알 턱이 없다.

4. 정선태(국문학): 버티기, 읍소하기, 변명과 핑계 등등, 내공으로 치자면 앞서 언급한 분들을 훌쩍 뛰어넘는다. 비범한 재능의 소유

자. 다소 비굴하게 개인적인 사연을 들먹이며 끊임없이 말을 한다. 사연 연기 대상!

5. 류준필(중문학/국문학): 무표정에 고지식한 태도를 보인다. 당일 복사의 달인. 흔들리지 않는 고수의 면모!

6. 윤지관(영문학): "조 선생, 일단 일전에 발표한 원고를 보낼 테니 그걸로 편집하시고, 당일 발표 글 따로 가져갈게요." 자료집에는 항상 예전 글이 실려 있다.

7. 최정우(미학): 끝까지 간다. 성실한 자세로 전화도 받고 편집자의 고충도 들어준다. 그래도/그러고는 마지막 날짜 '반드시' 넘긴다. 최종 편집 마치고 빈칸 남겨 놓으면 그즈음(인쇄소 가기 직전, 즉 학술 대회 마지막 날) 원고를 보내온다. 편집하려고 열어 보면, 프랑스어, 독일어, 영어 등등의 자료가 섞여 있는 복잡하고 난해하며, 게다가 무려 40쪽이 넘는 원고가 도착해 있다. 결과적으로, 편집하다가 그날 인쇄소 가지 못한다. 자세는 늘 좋다. 항상 긍정적이다. 절망하는 법이 없다.

8. 이현우(러시아 문학): 배짱과 자세, 당황하는 법, 없다. 침착한 수준을 넘어서, 실로 어떤 경지를 보여 준다. 아무리, 아무리, 독촉해도, 흔들림 전혀 없으며, 의연하고, 스트레스를 받지 않으며, 단지 똑같은 톤의 말을 반복한다. "아침에 복사, 고대 근처 어디서 해야 해요?"

9. 장은수(출판문학): 결과적으로 안 준다. 당일 PPT로 대처한다. 절대 안 준다. 원고 한번 받아 보는 게 소원인 케이스.

10. 김정환(영문학/시인): "어! 원고 달라고 했어?" 지존이다.

생각해 보니 그래도 이분들과 즐거운 시절을 보냈다. 이분들에게 깊은 감사의 마음을 갖고 있다. 끈끈한 우정은 자주, 원망과 초조, 기다림과 절망, 기대와 좌절에서 싹튼다. 암튼 늦게 주셨어도 이분들 원고 정말이지 좋았다. 최선을 다하느라 늦은 것이다. 학술 대회 전날 복삿집에서 편집하고 당일에 자료집 찾아와도 좋았다. 나는 이분들에 비하면 그래도 원고를 늦게 보내지 않는다. 아무리 늦어도…. 아무리 늦어도…. 이번에는 일주일 전, 그러니까 10월 25일에는 보내겠다. 그러니 좀좀좀!

반대로 원고 제 시간에 주신 분들이 사실은 더 많은데, 이상하게 잘 기억이 나지 않는다. 시간이 없고 일이 많지만 청탁하면 꼭 들어 주신 분, 감사에 감사를 더해야 하는 분들, 원고도 마감에 맞춰 보내 주신 분들은…. 음…. 일단 김남시(미학), 안미현(독문학), 안재원(서양 고전문학), 김헌(서양고대철학), 이명현, 조준래(러시아 문학) 선생님… 등이 떠오른다.

2017. 10. 13.

오늘 특강이 있어서 성균관대를 다녀왔다. 조금 낯설었는데, 사실 변한 건 크게 없었을 것이다. 강의 내내 정신이 하나도 없었다. 며칠 전부터 준비는 제법 했는데, 다섯 권의 책을 아우를 방법을 찾지 못했다고 해야 하나? 새삼 느낀 것 하나: 다니구치 지로의 『도련님의 시대』는 좋은 책이다. 10여 년간 작가들이 고투한 결과, 해석의 다양성을 열어 주었고, 매우 입체적으로 한 시대의 고뇌와 희망, 열정과 투쟁의 과정을 조명한 작품이 탄생했다. 이 만화책은 "유용하지 않은 시대"에 "유용하지 않은 길"(나츠메 소세키)을 가기로 선택한 자들, 시들어 가는 시대의 끝자락을 온몸으로 앓은 "부정수소(不定愁訴)"(이시가와 다쿠보쿠)의 시인, 혁명의 불씨를 품고 제국의 한복판에 다이너

마이트를 들고 뛰어든 아나키-코뮤니스트(고토구 슈스이), 근대의 사유를 번역하면서 언문일치라는 미답의 길을 열려 한 소설가(후타바테이 시메이), '화혼양재'(和魂洋才, 자국 것(魂)을 위해 서양 것을 재(才)로 삼는다)의 정신을 가슴 깊이 품고 근대의 창문을 하나씩 열며 냉철하고 절제된 모습으로 무사의 길을 묵묵히 걸어갔던 엘리트(모리 오가이)들이 서로 만나고 교류하고, 함께 머리를 맞대고 사유하는 모습을, 깊은 원근법의 산물로 평면 위에다가 펼쳐 내고, 다성적 목소리를 새겨 뛰어난 이야기로 담아내었다. 한 장면 한 장면이 다시 스치듯 지나가는 시간, 조용히 눈을 감고 비행기가 날아가는 푸른 하늘, 작품의 마지막에 등장하는 장면을 떠올려 본다. 게다가 반가운 분도 만났다.(강의를 들었다는 말을 들은 순간, 갑자기 내 호흡이 좀 가빠졌다!) 강의를 경청해 준 분들, 두 시간 반, 휴식 시간도 없이, 쉴 새 없이 주절거린, 지루한 강의에 박수를 보내 주신 분들께 감사의 마음을 전한다.

2017. 10. 14.
　눈을 감자, 시작되지 않는 잠의 모험에 관한 메모:

　1.『헨젤과 그레텔』의 '빵부스러기'와도 같은 것들.
　2. 시차를 닮아 있는 열 알, 그리고 하루.
　3. 'Life is wonderful' 같은 조소.
　4. 열심히 죽지 않는 사람들.
　5. 차이 나는 클래스와 어금지금한 혀.
　6. 도끼로 쪼개는 리듬의 맛.
　7. 대롱대롱 돋아난 담배 연기.
　8. 문득 나타나지 않는 시름 같은 것들.

9. 지나가는 반가움.

10. 갖춘 상복 위로 굴러가는 눈알.

11. 뼈 빠지는 발화.

12. 제임스 조이스의 s와 S 사이로 스며든 기억.

13. 목욕과 미역의 감춤과 드러냄.

14. 카프카의 'ㅋ'과 'k' 사이로 한참 돌아 나온 안개.

15. 햄버거를 위해 갈라선 주름들.

16. 'aimer'와 'ami' 사이를 방황하는 'e'.

17. 깜빡거리는 성실과 아스팔트 위의 두 바퀴.

18. 애면글면과 계란후라이, 혹은 그 위에 누운 케첩.

19. 속상한 그림자밟기.

20. 구름의 요동치는 고백.

2017. 10. 15.

진퇴양난…. 나아갈 곳이 보이지 않고, 물러설 수도 없는…. 글을 쓸 때, 가장 어려운 것은 이미 한번 펼친 논지에 이어 무언가 다시, 새로운(그러나, 절대 새로울 수 없는) 논지를 끌어내야 할 때라는 생각을 다시 하게 된다. 가령, '번역은 중요하다'…, '번역은 문학의 세계화에 유일한 수단이다'…, '세계문학은 번역에 의해, 번역 안에서 성립하는 문학이다'…, '번역에 대한 가치 평가는 쉽지 않다'…, '이분법에 토대를 둔 가치 평가는 종종 번역을 숭상하거나 깎아내리는 원인이다'…, '언론은 여론으로 이어지고 여론은 정론으로 굳어지며 정론은 환상과 착각을 만들어 내며 한 시대의 문화 지평을 엉뚱한 곳으로 이끌고 간다'…. 이와 같은 논지는, 낯설지도 않으며, 낯설 수도 없다. 나는 그간 얼마나 자주 이런 이야기를 해 왔는가? 다시 해야 한다면, 달리해야 한다…. '번역가의 자유'라는 개념에서 글을 시작해 보자. 암튼 나는 뭔가 마음에 들지 않는 것이다. 소화불량이거나 공복, 둘 중 하나, 오로지 이 양자 중 하나인 상태가 이어지고 있다. 피곤과 짜증과 염려와 불안과 초조와 권태가 동시에 몰려오는 일요일 오후, 사방이 막혀 있다. 더구나 내부와 외부가 동시에 무너지는 소리가 들린다. 뭐 하나 소홀히 할 수 없다. 나도 안다. 힘이 부족하다. 나도 안다. 더구나 예전과 같지 않다. 나도 안다. 물론 좀 쉬라고 사람들이 말한다. 나도 내가 왜 쉬어야 하는지 안다. 그러나 그럴 수가 없다. 이럴 때는 혼자 있어야 한다.

2017. 10. 17.

좌절이라는 낱말의 행방을 종일 탐색하고 있다. 구멍이 생길 때까지 그저 바라본다. 안으로 스며들 때까지, 그렇게 찰방거리며 저 깊은 심연으로 잦아들고 바닥과 너른 대통 밑을 두루 돌아다닐 때까지 기다린다. 기다림이 병이 될 때…. 그 순간까지…. 정말 '힘(force, energia)'이 필요하다.

2017. 10. 20.

내가 뭘 적었는지 잘 모르는 상태에서 일단 원고를 마무리하기로 한다. 마감, 그러니까 뻥 말고, 정말 마감이라 주장하는 날짜가 오늘이니, 오늘 넘긴다. 발표가 두 주 남았으므로 그사이에 보완하고 다듬는다. 번역을 주제로 삼은 이번 원고 '번역가의 자유?: 한국어와 '주어 없음'의 시련'에도, 감정이 실렸다. 그것도 소시지에 마구 처바른 케첩처럼 듬뿍…. 번역가의 입장에서 쓰다 보면, 번역 어쩌고저쩌고하는, 번역하지 않는 사람들의 충고가 짜증이 나는 것이다. 그렇다고 해도, 이번 원고, 좀 어처구니가 없다. 반성하고…. 음…. 당분간 번역 관련 원고, 청탁받지 않기로 한다. 대신, 번역 모드로 진입한다. 풉. 푸푸풉. 푸하. 푸하하 푸하하하…. 나도 내가 좀 이상한 거 잘 안다. 푸하 푸하하 푸하하 푸하하하 푸하하하하….

2017. 10. 21.

특강. 고등학교 교실이 무척 작아 보였다.

'대학이란 무엇인가?' 주제도 나 원 참. 학생들에게 차라리 이렇게 말할걸….

그러니까, 대학이란…. 음….

그러니까 틀리라고 낸 문제 맞히기 게임을 학습이라는 형태로 반복하면서 숙지하게 된 지식의 쪼가리들을 닥닥 긁어 3년 내내 뇌의 어딘가에 저장해 놓고, 하루 날을 잡아 다시 복원하는 기억력 테스트에서 받은 점수의 차이에 의해 배치되는 곳이자, 예의 저 낡은 건물들처럼 명백히 소멸의 길로 접어든 것이 분명함에도, 모두 알고 있는 이 사실을 모르는 척하는 자들이 시간을 무지르며 어슬렁거리는 동네의 공원 같아서 그나마 눈치 덜 보고 담배를 피우기 좋은 곳, 영문도 모른 채 들어와서 다시 까닭을 모른 채, 벗어나야 한다는 사실을 깨달을 즈음, 실제로 벗어날 수밖에 없어 아쉬워하는, 조금은 이상한 곳….

어렵고 낯선 이야기를 반짝이는 눈빛으로 경청해 준, 질문을 많이 해 준 친구들…. 고마워요!

2017. 10. 22.

「슈퍼 배드 3」의 명대사: "아빠가 있었어요? 나 태어나자 실망해서 죽었다고 그랬잖아요."(으하하…. 으하하….) "인생은 유니콘을 찾으려다가 결국 염소를 발견하는 거란다."(염소라도 잘 키워야겠지…. 에궁!)

막내: 근데 미니언즈들이 사용하는 말, 어느 나라 언어예요?

나: 그건…. 그건…. 영어를 토대로…. 이탈리아어…. 등을…. 뭐냐면…. 에잇! 그냥 봐라!

막내: 근데 무슨 말인지 알아들을 수 있다는 게 신기하네.

나: 정말? 넌 저게 들리냐?

막내: 아빠 안 들려요?

나: 안 들리는데….

막내: 그런데 왜 웃어요?

나: dcj@**~"*♡^☆&&!@

2017. 10. 23.

비난을 가하는 사람은 그 사람이 가한 비난에 책임이 없다고 생각한 자가 겪게 되는 고통을 알지 못한다. 흔히 하는 말로, 돌을 던지면 그 안의 개구리는 죽을 지경이다. 또한, 그것이 반복되는 경우, 이런 식의 비난을 견딜 만한 자가 얼마나 있을까? 크건 작건, 그 중함이 어떠하건, 공동체의 일을 맡아 할 때는 어김없이 비난을 가하는 자, 뒤에서건 앞에서건, 논리적이건 비논리적이건, 자기가 하는 비난이 정확히 무얼 의미하는지 모르는 상태에서 상처를 주는 말을 뱉고는, 뱉었다는 사실조차 잊고 사는 사람들이 있게 마련이다. 정치인들은 그러니 얼마나 강심장인가? 일이 진행되어야 하기에 논쟁할 수도 없고, 에너지가 지나치게 소모되며 그래 봐야 얻는 것이 없기에 하나씩 찾아내 맞받아 비판을 가할 수도 없다. 비난을 가하는 자들은 이런 사실을 정확히 알고 있는 것이다. 언제쯤 나는 무뎌진 가슴으로 주어진 일을 할 수 있는 것일까? 일이 힘든 것이 아니라, 일을 둘러싸고 벌어지는 사람들의 계산과 일에 대한 그들의 욕망과 일과 상관없는 외적 요인들이 가장 힘들다는 걸 몸소 체험하는 중이다. 마음을 다잡고, 호흡을 크게 하고, 고개를 좌우로 돌려 보고, 자리에서 일어나 산책을 하고, 담배를 천천히 피우면서 허공을 잠시 바라보고, 무덤덤해질 때까지 기다리기로 한다.

2017. 10. 24.

일단…. 일단…. 일단 자기로 하자. 내일도 있다. 딱…. 그러니까 딱…. 한 시간만 콜트란(Coltrane)을 듣고…. 그리고 나서 잠을 청하자. 이렇게 하지 않으면 미칠지도 모른다. 귀를 씻어 내자. 음악을 들으며, 그의 Transition을 들으며 두 눈을 감고 오늘 일과 내일 일들, 없어도 좋을지 모르는 것들일랑 빨랑 잊어버리자고…. 자고…. 푹 자고…. 그러자고….

2017. 10. 29. ①

헛스윙 한 타자가 웃으며 다시 타석에 들어설 때, 나도 미소를 짓게 된다. 답안지를 확인한 학생이 감사하다며 겸연쩍어하는 표정으로 웃음을 지어 보일 때, 그냥 대견하다는 생각이 든다. 자기 실수를 인정하면서 그간 몰랐던 사실을 알게 되었다며 살짝 미소를 지을 때, 나도 고마운 마음이 든다. 남의 기발한 아이디어 앞에서 '오오' 감탄할 때, 마음이 훈훈해진다. 늦은 걸 알면서도 끝까지 마무리할 때, 지켜보면서 나도 응원하게 된다. 게임이 패배로 완전히 기울었는데 마지막까지 포기하지 않을 때, 뻔한 결과 앞에서 애쓰는 모

습에 감동하게 된다. 논쟁 끝에 자기주장의 오류를 깨닫고 수정하며
나은 결과를 산출하려 작업을 재개할 때, 좋은 동료를 만났다는 사
실을 알게 된다.

2017. 10. 29. ②

책의 행방이 묘연하다. 찾아도 찾아도 없다. 집 책장은 고작해야
다섯 개, 연구실은…. 음 열 개(?)…. 암튼 연구실 책장을 하나씩 하
나씩 살펴본 다음, '없다'는 결론을 내린 후 집에 와서 하나씩 살펴봤
는데…. 잉? 있으리라 짐작했던 책이 없다. 누군가 빌려 갈 만한 책
도 아니고 더구나 한 권이 아니라 네 권짜리 시리즈다. 첫 권만 연구
실 책상에 있다. 나머지는 대체 어디로 간 걸까? 발이 달렸나? 생각
해 보니, 또 봐야지 하면서 세 권을 한곳에 잘 모아 놓았던 것 같은
데…. 아무래도 연구실일 확률이 높다. 집에 있다고 여기면 연구실
에 있고, 연구실에 있다고 생각하면 집에 있다. 이건 뭐 하이로 포커
게임 같다. 거짓말이라 생각하고 확인하면 진짜고, 진짜라고 생각해
서 죽으면 뺑카고…. 그나저나 집에 없으니 내일 아침 도서관부터
들러야 할 것 같다. 정작 급할 때는 눈앞에서 사라지는 책들…. 급한
불을 끄고 나면 어슬렁거리며 다시 나타나는 책들…. 이런 책들을
뭐하러 갖고 있나. 있으나 마나 한 폐품 아닌가? 지긋지긋한 이놈의
책장들…. 없애 버리면 아파트 공간이 조금은 더 넓어지겠지…. 책
장 다 없애 버리고 차라리 당구대를 들여놓고 싶은 심정.

2017. 10. 30.

'날은 저물고 갈 길은 멀다.' 日暮途遠. 인생이 그런 것 같다. 아니
내 삶이 그런 것 같다. 10년 전쯤, 크게 적어 어딘가에 잘 보이게 걸

어 놓았던 기억이 있다. 이후, 또 언젠가 굴원의 글을 읽다가 떠올려 보기도 하고, 복수에 한이 맺힌 오자서의 이야기를 읽다가, 다시 떠올려 보기도 하였다. 매사 어떤 글을 읽을 때, 비장함과 결기는 대부분 '일모도원'을 말하는 데 바쳐지는 것 같다. 삶이 실로 그러하다. 아아, 시간을 구부릴 수만 있다면…. 차원의 미스터리를, 그 오묘한 신비 속으로 걸어 들어갈 수만 있다면…. 물질이라는 이 허구를 재촉하며 사는 데 지친 사람들에게 바친 헌사가 시나 문학은 아닐까? 일전에 비운 테킬라 빈 병과 보들레르 연구서들과 향수 사이로 '날은 저물고 갈 길은 멀다.' 시작은 끝에 거는 내기가 아니다. 시작 자체가 내기다. 착수한다는 것은 '하지 않음'을 실행하면서 부정을 만들어 내는 것이지, 시간 위로 무언가를 착착 진행한다는 것은 아니다. 명료한 실패 속으로 투신하는 이상한 체험의 시간이 글을 통해 뿜어 나올 때, 바로 그 순간, '날은 저물고 갈 길은 멀다'고 웅얼거리는 목소리가 들리는 것이다. 아무쪼록, 조급한 것이다. '은총의 일격(coup de grâce)' 같은 번역어의 기이함을 생각하고 있는지도 모르겠다. 소설을 읽다가 이상한 곳으로 와 버렸다. 거기서 '날은 저물고 갈 길은 멀다'는 문장을 다시 만난다.

2017. 11. 1.

수업에서 보들레르의 「넝마주이의 술(Le vin de chiffonnier)」을 읽었다. 시어를 이렇게 쓸 수 있는 시인이 또 있을까? 말을 부수는 게 아니라 최선의 말을 구축하는 시, 운문을 비틀면서도 운문으로 탁월성을 쟁취하는 시, 솟아야 할 때와 가라앉아야 할 때를 가장 잘 아는 시, 읽고 읽어도 소진되지 않는 시, 한 줄 한 줄 깊이 파고들다가 갑자기 하모니를 울려 내는 시, 이쪽에서 터지면 저쪽에서 받아 내는 시, 항상 환기하는 시, 분사(分詞)로 감정을 움직이는 시, 누가 그의 시가 150년 전에 쓰인 거라 믿겠는가? 그런데 나는 왜 자꾸 '넝마주의'라고 쓰고 읽었는가? '넝마'를 '주의'할 필요가 있어서? '넝마'가 일종의 '주의(ism)'라서? 한 학기 내내 보들레르의 시와 함께 황홀한 시간을 보내다 보니, 아무것도 눈에 들어오지 않는구나. 시의 언어와 정신과 윤리를 알려 주는 시, 시의 본령이 어디에 있는지 깨닫게 해 주는 시!

토마토 즙(이현승 시인의 지인(?)이 운영하는 곳에서 구입한)을 아침저녁으로 맛있게 먹었다. 석 달가량 지나니 혈압, 당뇨, 소화불량 등이 다소 개선되었다. 아아 사랑스러운 토마토! 내가 사랑하는 토마토! 담백한 토마토! 피 같은 토마토! 토마토토마토! 토마토, 하니, 오규원, 이경림, 이준규 시인의 시가 떠오른다.

토마토는 붉다 토마토는 좋다 토마토는 익는다 토마토는 마신다 토마토는 물컹거린다 토마토는 터진다 토마토는 뭉개진다 토마토는 굴러간다 토마토는 웃는다 토마토는 토실토실하다 토마토는 상한다 토마토는 운다 토마토는 도마 위에 있다 토마토는 말한다 토마토는 찡그린다 토마토는 토마토는 흐른다 흐른다 토마토는 날아간다 사라진다 토마토는 철퍼덕, 철퍼덕, 토마토 한다 토마토는 한다 토마토는 토마토를 한다 토마토를 토마토가 한다 토마토는 토마토에 의해 토마토를 한다. 토마토는 토마토에 의한다 토마토는 토마토다 토마토는 있다 있다 잇다 인다 토마토는 잃는다 토마토는 잊는다 토마토는 토한다 토하는 중이다 토마토는 내려간다 토마토는 꾸루룩 토마토 한다 토마토 구루룩 토마토 철퍽 토마토 철철철 흐른다 토마토 토마토는 새긴다 토마토는 또 토한다 토마 토는 토 토토 토토토 톡 토도록 토도더더덕 ㅌ ㅌㅌㅌㅁㅁㅁㅌㅌㅌ 토토마마토토 토머토마토마토마 앞집 토마토 옆집 토마토 뒷집 토마토 동쪽 토마토 서쪽 토머토 tomatos tomate 토메이토 토마이토 또마또 데쓰까 토마토 터맛트 n'est-ce pas? 토마토? 응응 토미토머토투무토한다.

2017. 11. 3. ①

어제 특강을 마치고 늦은 시간 집에 와서 원고 본다고 너무 무리했다. 오늘 발표는 어물쩍 마쳤는데 더는 버틸 자신이 없다. 김영찬 선배 발표를 듣다가 꾸벅꾸벅 졸다가, 결국 학회장을 빠져나왔다. 오전에 외국인 번역자들과 외국 대학 한국학 교수들과 한국문학 번역에 관해 이야기를 나누었는데, 역시나 온도 차이가 너무 컸다. 현실을 직시해야 하는데…. 한국, 우물 안에 있는 거 맞다. 한국문학의 세계화 담론을 만들어 내느라 고생하는 시간에 외국의 한국학 연구자들을 지원하고 번역가를 지원하는 게 한국문학 세계화에 조금은 도움이 되지 않을까? 발표 원고 '번역의 자유, 주어 혹은 주어 없음의 시련'을 어디에 실을지 고민하자. 실어야 할지 말아야 할지 빨리 결정하고, 보완도 하고!

2017. 11. 3. ②

다시 KTX, 서울행, 스티븐 핑커 『언어 본능(language instinct)』과 고종석 『불손한 언어가 아름답다』를 나란히 놓고 살펴본다. 언어학! 두근두근. 번역가 세 명이 공역으로 출간했다. 읽다 보니 번역이 다소 이상(?)하다고 여길 만한 대목들이 여기저기서 목격된다. 예문으로 나온, 저 유명한 루이스 캐럴의 「재버워키」 번역은, 물론, 몹시 까다

266

롭고 어려웠을 것이다. 촘스키의 변형생성문법 부분 등 언어학 용어 등에 관한 번역도 고개를 갸웃하게 되는 부분이 많다. 번역을 다시 살펴볼 필요가 있을 것 같다.

2017. 11. 3. ③

'도둑맞은 세 권의 책 책 책.'

문장이 먼저인가? 생각이 먼저인가? 이런 구도 속에서 분실이 발생한다. 나는 대략 일주일 전부터 책 세 권을 애타게 찾고 있었다. '연구실에 모아 두었다'라는 문장이 하나 발생했다. 연구실을 뒤져야겠다는 생각이 그 순간 발생하여 내 몸은 실천에 옮기기 시작했다. 헛수고! 일차 탐색 실패! '집, 아니 내 서가의 책꽂이에 잘 꽂아 놓았다'라는 문장이 발생했다. 책장을 다 뒤져야겠다는 생각이 뒤따랐고 그렇게 했다. 헛수고! 이차 탐색 실패! '학과 사무실에 맡겨 놓았다'라는 문장이 발생한 이후, 과사무실 H 선생이 보관하고 있을 거라는 생각이 뒤따랐고 H 선생에게 문의했다. 헛수고! 삼차 탐색 실패! 문장은 이후 다양한 의문문들이 뭉쳐진 커다란 복문으로 나에게 주어졌다. '학생이 가져갔나? 누군가 돌려주는 걸 깜빡했나? 합숙할 때 호텔에 놓고 왔나? 교양교육원에서 가져갔나? 오 선생에게 물어봐야 하나? H 선생이 까먹었나? 조교가 연구실에 가져다 놓았나? 아니아니, 누굴 빌려줬나? 아니아니'를 발생시킨 이후, 이 복문 덩어리는 곧장 생각으로 정리되지 않았다. 생각이 엉켰고 추리와 탐색이 더 나아가지 못하자 짜증이 버그를 만들어 내기 시작했다. 그러자 '새로 구입하자'라는 문장, 즉 감정이 담긴 문장이 발생했다. 알라딘을 뒤져 보자는 생각이 뒤따랐고 그렇게 했다. 오류가 발생하기 시작했다. '밑줄 친 부분은? 내가 읽은 흔적은? 메모는?' 주관성이 적재되기 시작했다. 헛수고! 다시 탐색 실패! 감정이 재차 개입되었다. 그러자 '슬프다, 허전하다, 이상하다, 짜증 난다, 울고 싶다, 외롭다, 답답하다'라는 문장이 발생했다. 생각은 나아가지 못하고, 바로 여기서 멈추었다. 헛수고! 탐색 실패! 실패! 실패! 시간이 흘렀다. 주차장에 내려가 특강 장소로 향하던 차, 그냥, 정말 그냥, 아무 이유 없이, 트렁크를 열었다. 트렁크 내부에는 뭔가 많았다. 무언가 많이 있었다. 뒤적거리니 저 안쪽 구석에 조그마한 에코백이 하나 있었다. 논리학 책 한 권, 언어학 책 한 권, 수학책 한 권, 그리고, 그리고, 그리고, 내가 그토록 찾아 헤매던 책 세 권이, 그 안에서 서로가 서로를 기댄 채, 나란히, 사이좋게, 가지런히 담겨 있었다. 갑자기 눈물이 났다. 그러자 내 입술에서 더 이상 문장이 발생하지 않았다. 생각만 가득했다. 포화 상태. 문장은 거꾸로 뒤집어진 생각이었고, 생각은 흐르는 눈물이 되었고, 기어이 내 두 뺨 위로 흘러내리더니, 세상을 적셨다. 혀를 삐죽 내밀었지만 보이지 않았다. 문장이 구멍 속으로 기어서 들어가고 있었다. 도둑맞은 생각이 부끄러워하는 순간, 책-책-책이 저 어두운 귀퉁이에 낄낄거리며 폭소를 규칙적으로 터트렸다.

2017. 11. 5.

일요일 저녁은 항상 폭풍 전야 같았다. 특히 11월의 일요일은 서풍이 불어오는 모래사막 위에 홀로 서서, 낯선 뿔피리 소리라도 듣는 것 같다. 어디서 많이 보았던 어둠과 언젠가 겪었던 시간들, 나는 아마 프로이트를 생각하고 있는 것 같다. 침대에 누워 잠을 청하는 일요일 밤은 항상 카우치 위에 누워 정신분석가와 함께 치르는 전쟁과도 닮았다. 머릿속 파일들이 마구 엉키는 것이다. 죽음은 죽지 않고, 삶도 살지 않는다. 단지 유년의 빛과 어둠이 세계를 뒤발한다. 사실, 그것뿐이지 않겠는가? 누구나 알고 있지만, 누구나 말하지 않는 바로 그것! 비극은 엉킴이고 버그이며 긁힘이다. 비극에는 이성도 테마도 의지도 없다.

2017. 11. 6.

대학 시절 나의 취미는 시를 필사하는 것이었다. 대학 중앙도서관에는 커다란 창문이 난 자리가 있었는데, 특히 비가 오는 날이면 시집을 싸 들고 자리에 앉아 하루 종일 시를 읽다가 노트에 베껴 적곤 했다. 프랑스 시도 있었고 영미 시도 있었고 한국어로 번역된 외국 시도 있었지만 주로 한국 시를 필사했다. 그러다 간혹 프랑스어나 영어로 번역을 해 보기도 했다. 김수영, 오규원, 김광규, 기형도, 이성복 등의 시집 가운데 비교적 쉬워 보이는 작품들을 프랑스어로 번역해 보았고 펜촉의 두께가 서로 다른 만년필로 공들여 쓴 다음, 몇몇을 오려 자취방 여기저기에 붙여 놓았던 기억이 난다. 그때, 왜 그랬는지 잘 모르겠지만, 암튼 시든 소설이든 투고하는 족족 낙방했고, 그럼에도 딱히 슬프거나 조바심이 나거나 하지는 않았다. 아마 젊어서 그랬을 것이다. 요즘은 시를 필사하지 않는다. 노트는 웃고 있고, 만년필은 졸고 있고, 시집에는 먼지가 수북하다. 언제부터인지, 음, 정확히 기억이 나지는 않지만, 시가 어딘가로 감쪽같이 증발해 버린 것 같다고나 할까. 눈물이 마르지 않는다. 시집이 될 원고를 붙잡고 낑낑거리는 일, 나는 분명, 반복되었던 이 일을 사랑했던 것 같고, 사실 지금도 사랑하는 게 분명하다. 사랑은 눈을 멀게 하고, 모든 걸 바꿔 놓는다는 사실을 요즘처럼 절감하는 때도 없었다. 아무쪼록 사랑했던 시절이었던 것이다. 날이 춥다. 사방이 춥다. 어떤 시인이 늦은 시간에 전화했다. 진눈깨비 같은 사람, 깨질 듯 투명해서 단단한 사람이다. 오래 이야기를 나누었다. 그와 통화하면서 '공습의 시대', 그러니까 1990년대를, 그 시대의 시를 잠시 떠올렸다. 전화를 끊고 나니, 다시 시를 필사하고 싶은 생각이 들었다. 그러리라. 그러리라. 그렇게 하리라. 쓰겠다고 이렇게 말하지만, 자신이 없다. 입에서 맴도는 말을 나는 앞으로 얼마나 받아 적을 수 있을까.

2017. 11. 10.

공통 교양 강의안 제작: 뭔가 계속, 빙글빙글, 헛돌고 있다. 프랑스어 'droit(법-권리)'는 그러니까 하나의 단어다. 카프카의 소설에서처럼, '법 앞에 선 인간'은 법의 문을 열고 안으로 들어가지 못한다. 그러니까 오로지 법의 내부와 법의 외부만 있는 것이다. 중간 지대를 우리는 흔히 '게토'라고 부른다. 법이 일종의 '명령'일 때, '권리'와 충돌하며, 법이 '정의'일 때, 스스로를 부정하며, 법이 '절차'일 때, '예외'와 어긋난다. 'ius(유스)'와 'lex(렉스)' 사이에서 '공리'(벤덤)와 '계약'(루소)과 '정의'(롤스)를 들고, 갈팡질팡하고 있다. 카프카에서 시작해서 멜빌로 마감한다. 이 두 작품이 어떻게 법을, 동시에 의제와 문제로 삼고 있는지 고민하면 길이 열릴 것이다! 나머지는 내일 그러니까 4시간 이후에 다시 생각하기로 한다. 뭔가 빙글빙글 돌고 있다. 싸우고 있다. 담배를 물고 창밖을 본다. 거리의, 도심의 불빛이 아름답다.

2017. 11. 12.

라틴어를 계속 붙잡고 있다. 어원을 연구하려는 게 아니다. 그런 건 관심 없다. 지금 내가 어원을 뚫어지게 살피고 사전을 뒤지는 것은 개념의 잠재성을 꺼내 지금의 지평에 위치시킬 때, 현실에서 작동하는 다양한 개념들의 힘을 이해하는 데 중요한 지점이 만들어진다는 사실을 깨닫게 되었기 때문이다. 가령 나는 지난 며칠간 'ius', 'prudentia'와 '법-권리(droit)', 'lex'와 '법칙(loi)'을 비교하면서 'sovereignty'와 'justice'를 이해하려 노력했다. 과연 성과가 적지 않았다고 믿는다.

2017. 11. 14.

점심을 먹고 잠시 나만 아는 학교 공간(사실은 아님!)에 와서 앉았다. 어서 다시 글 쓰는 몸으로 나를 바꾸어야 한다. 물끄러미 하늘을 올려다보니, 지금 이 순간이, 마지막으로 온갖 색깔들이 돌올해지는 사건이라는 걸 실감한다. 마지막 자락은 늘 아름답다. 그것은 덧없음으로 가기 전의 아름다움, 소멸하기 전, 바닥을 향해 떨어지는 벚꽃 같은, 아니 앞선 꽃잎과 따라오는 꽃잎의 차이와 그 차이에서 찾아오는 아름다움이다. 모든 아름다움은 'trans'의 순간 빚어지는 운동과도 같다. 그러니 하늘의 구름도 흘러가지 않는다면 얼마나 끔찍하겠는가! 살아 숨 쉬는 것들이 그 자체로 죽지 않는 삶이라면 얼마나 무섭겠는가! 문제는 어차피 사라질 건데 언제가 된들 무슨 소용이 있냐는 데 있다.

2017. 11. 19.

'번역문학'이라는 말을 들어 본 적이 있는가? 번역문학은 도대체 무엇이며 어떤 문학장 속에서 기능하는가? 외국 문학작품의 번역이 한국문학과 무관하다고 생각하는 사람은 아마 없을 것이다. 그러나 이러한 사실을 인지하고 나아가 인정한 사람들이 번역문학에 가장 무관심한 것은 도대체 어떻게 설명되는가? 위선인가? 무지인가? 타자에 대한 단순한 공포인가? 타자에 대한 전면적인 부정인가? 『번역과 횡단—한국 번역문학의 형성과 주체』(현암사)가 출간되었다. 참여해 주신 분께 우정의 인사를 보낸다. 내가 이 방대한 책에 보탠 글두 개는 모두 기획의 산물이었다. 청탁해 주신 분들이 책을 만들자고 했고 번역문학에 골몰한 글을 반가운 마음으로 발표했으며, 하나로 모으자고 했을 때, 다른 분의 글을 추천하면서 함께 보내 드렸다. 실린 글들이 대부분 논문이라 조금은 무겁고 답답할지도 모른다. 이무거운 문장들은 번역문학에 대한 성찰을 이끌고 지형도를 그려 보려고 집중한다.

2017. 11. 20. 오전 12:22

대학원 강의 준비를 하다가 문득 확인하게 된 사실 하나:

보들레르에서 랭보로 넘어가는 지점은 우선 '미(beaut)'에 대한 사유의 차이, 사회질서와 법에 대한 경험과 입장의 차이, 신에 대한 태도의 차이, 언어의 작동 방식의 차이에 놓여 있다는 사실을 확인하게 된다. 이 차이는 무척 중요한데, 랭보가 비교적 어린 나이에 추상적 상상력에 기대어 시를 썼기 때문에도 발생하는 차이일 수 있다. 그러나 언어의 차이는 실로 중요하다. 랭보의 언어가 조금 더 어렵다. 어렵다는 것은 수준의 차이 때문이 아니라(이는 오히려 반대일 수 있다) 구성 방식이 다르므로 발생하는 난해함이다. 초현실주의자들이 랭보를 이야기하는 것은 우연이 아니다. 문장이 일목요연한, 단일한 의미의 영역에 포섭되지 않는다. 이중적 해석이 문제가 아니라, 구성 자체가 의미를 뒤흔들어 놓는다는 데 있다. 특이한 통사론, 생략의 통사 구조. 차라리 의미 연관이 느슨해지는 만큼, 이미지가 오롯해지며 솟아나는 순간들이 더 잦다. 보들레르는 절대 이런 문장을 구사하지 않는다.

강의 준비하며 다시 읽고 있는 『지옥에서 보낸 한 철』의 서시 격에 해당되는 첫 작품에 나오는, "나는 마침내 나의 정신에서 온갖 인간적인 희망을 모조리 사라지게 하는 데 이르렀다. 온갖 기쁨 위로, 나는 사나운 야수처럼 소리 없이 뛰어올라 그 목을 비틀었다.(Je parvins à faire s'évanouir dans mon esprit toute l'espérance humaine. Sur toute joie pour l'étrangler j'ai fait le bond sourd de la bête féroce.)" 같은 문장은, 그 말뜻을 잘 알지 못하면서, 대학 3학년 내 노트에 적혀 있었다.

「나쁜 피(Mauvais sang)」를 읽다가 만난 구절:

과학, 새로운 귀족! 진보. 세계는 전진한다! 왜 세계는 돌지 않는가?
이것은 수(數)의 비전이다. 우리들은 **성령**에게 가고 있다. 내가 말하고 있는 것, 이건 아주 확실하다, 이건 신탁이다. 나는 이해한다, 허나 이교도들의 말로밖에는 설명하지 못하므로, 나는 입을 다물고 싶다.

이 구절에 대한 메모:
신이 있다는 가정과 신이 없다는 가정, 두 개의 가정이 있다. 신이 없다고 하자. 시인은 신이 있다고 우리가 가정할 때, 발견했던 세계의 깊이를 신이 없다는 사실을 인정한 상태에서도 발견해야 한다고 생각한다. 신이 없다는 가정은 시대의 지지를 받으며, 이성과 진보와 결합한다. 그러나 허망할 뿐만 아니라, 삶과 세계의 모든 무늬들과 경험들을 신을 죽인 반대급부로 지워 버릴 수 있다고 생각할 때만 가능한 세계관에 갇힌다. 반대로 신이 있다고 하자. 이와 같은 가정은 모든 것-미지의 것-이해할 수 없는 것을 모두 담보하는 장소가 마련되어 있다는 사실을 인정하므로, 일견, 미지를 걷어 내는 것 같지만, 사실 한 발도 앞으로 나아가지 못하고 로마(Roma)-로망(roman)-로망스(romance)로, 낭만과 바로크의 세계로 어김없이 되돌아간다. 서양 문학-시의 궁극적인 주제 가운데 하나가 여기에 있다. 보들레르에게도 마찬가지였다.

보들레르가 노동의 시간의 공포와 폭력을 비틀고 고발했다면, 랭보는 노동의 시간은 아름답지만, 허무하다고 말한다.

2017. 11. 22.

엔트로피의 법칙. 아주 정확한 엔트로피의 법칙. '균형을 이룬다'와 같은 말. 가장 자주 범하는 오해. '인풋과 아웃풋이 균등하다'는 에너지 총량의 법칙. '나는 왜 이런가'와 '나는 왜 그랬나' 사이의 균형, 혹은 화해. '너는 이 정도의 에너지를 갖고 있다'와 '너는 이 정도의 에너지를 썼다' 사이의 화합. 잃어버린 것과 얻은 것이 만나는 접점. 한 일과 하려고 하는 일 사이의 간섭. 오늘의 무기력과 내일의 희망 사이의 교차. '원고를 쓰지 못한다'와 '그 에너지를 다른 데 썼다' 사이의 계산 혹은 접촉. 집과 연구실의, 하나로의 붕괴. '쓰다와 말하다'와 '쓰지 않다와 말하지 않다'의 절충. '나는 바보가 아닐까'와 '너는 바보가 맞다' 사이의 갈등. 어제와 오늘의 힘겨루기. 질병이다. 질병. 이런 걸 바로 질병이라고 부르는 거 맞다. 하얀 백지 어쩌고저쩌고 자주 글에 썼더니, 정말 화면이 흰색으로 남아 있다. 뭐 어때? 그게 뭐 대수라고? 나는 오늘도 강의 후유증으로 아무것도 못하는 환자. 호기롭게 의자에서 일어나 주차장으로 간다. 엔트로피의 법칙, 아주 정확한 엔트로피의 법칙. 누가 뭐라건, 나는 이유가 있다. 너무 많은 에너지를 다른 곳에 쏟았다. 그럴 만한 일이었다. 그래야 하는 일이었다. 이유, 명분, 실리, 재미, 보람, 모험, 스릴, 더구나 함께하는 사람들, 모두가 충분히 만족할 만한 일이었으므로, 여기에 에너지를 쏟았던 시간을 절대 후회하지 않는다. 그러나 정말 백지는 싫다. 뭔가 채워야 한다. 내일 또 내일. 아듀, Adieu, 안녕, Goodbye, 고별인사, rien, rien de rien, rien de rien de rien de rien.

2017. 11. 25. ①

세상에는 부러운 사람들이 참 많다. 잠자리가 달라져도 잠을 잘 자는 사람들을 볼 때마다 나는 대체 어떻게 생겨 먹은 종자인가 싶을 때가 종종 있다. 매번 침구를 가지고 다닐 수도 없으니, 잠을 청하려면 그저 이틀 정도 피곤이 쌓여, 지쳐 곯아떨어질 때까지 기다릴 수밖에 없는 것일까? 예민함과 까다로움이 같은 말이 아니듯, 섬세함과 유난함 역시 같다고 할 수 없다. 내 잠자리는 세상의 모든 변덕스러운 씨앗(완두콩)에게 보내는 일방적인 안부와 닮았다. 복잡한 가면 뒤에 자리한 아름다운 언어의 세계를 바라보는 눈빛을 생각하며, 길 잃은 양 한 마리 끊임없이 복제해 내는 내 단순한 산술 능력에 감탄하다가, 채널 순서를 모조리 외울 즈음, 나 모르는 사이 지쳐 잠든 내 모습을 상상하는 일의 끔찍함이란 대관절 무엇이뇨?

2017. 11. 25. ②

비가 온다. 일전에 어떤 시인은 '빛은 어쩔 수가 없다'라고 쓴 거로 기억한다. '빛'을 주제로 연작시를 발표해서 그 이유가 궁금했었는데, 어떤 지면에서 시인은 그냥 그렇게 말했다. 나는 '비는 어쩔 수 없다'라고 쓴다. 그리고 빨래를 했다. 우선 니트를 넣었다. 세탁기에서는 양말과 속옷 티셔츠와 바지가 서로 엉켜서 물을 빨아 먹으며, 춤을 추고 있을 것이다. '비가 오면 빨래를 한다'라는 문장은 내가 자주 범하는 오타나 비문처럼, 졸음을 참지 못한다. 비가 오면 바닥에 눈물이 젖는 대신, 나의 오랜 고소공포증이 증발한다. 베란다 저 아래를 바라볼 시야가 생긴다. 그리고 담배가 하늘을 바라보며 날아가려고 감추어진 무기를 꺼내 비와 겨누며 난리를 친다.

2017. 11. 28.

What is THIS? 요즘 들어 부쩍, 무엇이든 결심을 하게 되는 것 같다. 며칠 전 닭튀김을 '디스'했다. 오늘은 밤샘을 '디스'한다. 원고를 이유로 밤을 새우는 일은 이제 하지 않겠다. 마무리가 잘 안 돼, 스무 시간 넘게 담배를 줄곧 피워 가며 원고를 집필해 봤자, 좋은 원고 나오지 않으며, 공들여 썼다는 착각에 빠질 뿐이라는 사실을 지금 막 확인했다. 이 착각을 '디스'한다. 시간을 효과적으로 활용하는 것도 아니다. 단지 온갖 핑계로 미루고 미루고 또 미루던 원고를 하룻밤이나 그다음 날 오후까지 붙잡고 어떻게든 막아 보려는 요령의 귀결이라고 하지 않을 수 없다. 밤을 새우는 짓은 참으로 미련하다. 밤샘을 '디스'한다. 담배를 너무 많이 피우고, 두통약을 한두 알 꼭 먹고, 박카스 등을 홀짝 마시고, 초콜릿을 쭈걱쭈걱 먹고, 새벽 5시경, 배가 고프면 손에 잡히는 온갖 과자며 빵이며 수프며 몸에 좋지 않을 군것질거리를 폭풍 흡입하는 미련 멍텅구리 바보 천치가 나였다. 이 등등등을 '디스'한다. 번역도 원고도 논문도 그렇게 써 왔던 지난

날, 내게 남은 것은 만족이라는 환상과 가짜 성취감, 정확히 두 시간만 유효한 엔도르핀 분비밖에 없다. 이 엔도르핀을 '디스'한다. 더구나 이 연구실은 여름 겨울 할 것 없이 일과 시간이 지나면 냉방이든 난방이든 바로 꺼 버린다. 스토브는 해결책이 아니다. 손가락이 곱아 자판을 독수리 타법으로 내리찍듯 뭔가를 써 내려갔던 지난 시간이 좀 우습다. 이런 지난날을 '디스'한다. 이런 게 바로 낭만적 기만이나 자아로의 도취라고 부르는 것, 아닐까. 그런데 랭보의 시는 하나하나 해석해 보니 새삼, 아니, 정말 좋네. 하! What is This?

2017. 11. 29. ①

시집 해설을 쓸 때마다 느끼는 것 하나는 내가 시인의 얼굴을 글에서 잘 지우지 못한다는 것이며, 또한 이게 못마땅해서 의도적으로 분석에 지면을 많이 할애한다는 것이다. 시인에 따라 이런 방식이 좋을 수도 있다. 그러려면 시집이 매우 정교한 건축물처럼 짜여야 한다. 이 경우에 국한해서 말하자면, 내가 가장 큰 보람을 느꼈던 해설은 작품의 세계를 이해하기 위해 수학책을 두 권 읽어야 했던 함기석의『오렌지 기하학』이었다. 몹시 춥고 또 시렸던 그해 겨울을 잠시 생각한다. 끝날 때까지 붙들고 있다가 결국 추위에 곱은 손가락을 후후 불어 가며 새벽 동이 틀 때까지 시에 취해 글을 썼던 것 같은데…. 당시에 그랬던 열정이 죄다 어디로 증발해 버렸는지…. 오늘 출판사에 보낸 해설을 다시 읽고 있다. 며칠을 아팠고 어제와 그제는 사실 글 쓰느라 잠을 거의 자질 못 했는데도, 왜인지, 지금 내 두 눈은 잠이라는 단어를 본 적도 없다는 듯 형형하다. 시인들은 대부분 해설을 받아 들고는 마음에 들지 않아도 좋다고 말할 것이다. 나도 이제 그 정도는 안다. 그리고 그게 대부분 인사치레라는 것도 안다. 어서 조금이라도 눈을 감자. 하나씩 차분히 복기를 해 보자…. 문장이 발생한다. 문장이 계속 발생한다. 이 시집은 러셀의 역설을 닮아, 글을 먹으면서도 집합을 만들면서 계속 전진한다.

2017. 11. 29. ②

카페와 독서, 시집이 될 원고 읽기, 젤라토 한 컵만큼의 사랑, just for me, ah, yesterday's episode is the first time in my life 같은 어느 걸그룹의 달콤한 가사, 이어지는 오#오#오, 어@어@어, 오ㅇ우ㅇ오ㅇ우, voice 그리고 tonality, 『샬롬』이라는 제목의 시집, 로빈슨 크루소와 프라이데이, 그리고 나도 읽었던, 이상해서, 재미있었던 『천재 유 교수의 생활』이라는 MANGA. '스포트라이트'라는 명사의 형용사성, '꾸역꾸역'의 관용적 활용, '모듈과 항성'은 글 제목으로 어떠세요? 같은 물음들, '문장-사유-주체: '쓰다'와 '발생하다'의 변증법' 같은 제목의 파생적 촌스러움과 구조적 정당성. 하품이 끊이지 않는 오후 두 시, 눈꺼풀, 그리고 잠…. 그리고, 빌어먹을, silver bell is Christmas…. 같은 노래의 시간성. 굿바이, 굿바이, 굿바이, 잘 있지 말아요…. 그리운 당신…. 어떤 시인이 30여 년 전에 썼던 문장, 그의 솟구치는 jouissance의 시. 대략 지금으로부터 한 시간 이후 이 핸드폰은 꺼져서 대략 120시간 이후에 켜질 것이다, 같은 문장의 전미래성! 반복과 변형. 굿바이, 아듀, 잘 있지 말아 주세요…. 도무지 그리울 것 같지 않은 당신.

2017. 12. 6.

되돌아오는 물음: '번역문학'은 한국문학 안에서 어떤 지위를 갖는가? 우리가 흔히 '문학장'이라 부르는 것 안에 번역된 텍스트들을

위한 자리가 마련되어 있는가? '그렇다'고 대답해야 한다는 사실을 직관적·경험적·역사적으로 알고 있지만, 그럼에도 번역된 텍스트들이 이 문학장 안에서 어떻게 작용하는지, 어떤 특성을 갖는지, 무엇을 구축해 내었는지는 좀처럼 말하지 않는다. 번역은 빈번히 패배의 얼굴을 할 뿐이다. 번역은 상당히 납작하고, 또한 납작 엎드린다. 번역은 그렇게 한발 뒤에서 가만히 있어야 하는 존재, 눈에 보이지 않거나 보지 말아야 하는 비가시성의 영역에 거주한다. 번역은 잘 이야기되지 않거나 유별난 사건을 계기로 불려 나올 뿐이다. 번역이 자기 손에, 결코 지워 내지 못할, 결코 물릴 수 없으며, 쉽사리 물러나지 않을, 그러니까 절대 지지 않을 강력한 패를 쥐고 있다는 사실을 우리 모두 잘 안다. 아니 잘 알기 때문에, 바로 그러한 이유로 번역을 말하지 않는다. 비평과 문학에 대해서는 그렇게도 잘 돌아가던 혀가 번역 앞에서 유난히 딱딱해지거나 굳는다. 시르죽은 혀, 분노를 감추지 못하는 얼굴, 불편해하는 심기와 존재를 부정하려는 욕망이 타래처럼 엉켜 번역을 유령처럼 떠돌게 한다. 나는 이 침묵과 묵언을 그대로 놔두지 않을 것이다.

2017. 12. 10.

국어, 국문학, 국문과, 국역, 국학이라는 호칭의 자민족 중심주의 혹은 내셔널리즘, 그리고 어느덧 찾아드는 불편함 혹은 거부감.

2017. 12. 12.

삶을 헤쳐 나가는 건 감정이 아니라는 생각이 간절히 드는 시간, 논리라는 차가운 뼈대만이 앙상하게 남는다. 사람들은 잘 이해하지 못하겠지만, 앞으로 어떻게 살아가면 좋을지 조금은 막막하다. 근원적인 물음들이 항상 근원적이듯, 추론을 통해 얻게 되는 대답이라는 것 역시, 인간과 세계가 원래, 아니 그렇게 부조리나 미스터리로 가득하다는 것, 그러니까 답이라고 할 수 없는 답을 두 손에 쥐게 하는 재주가 시간 위로 펼쳐지면서 던져진 결과물인 것으로 보인다. 흙더미를 뒤집어쓴 것같이 갑갑한 시간이 더디게 흘러간다. 지난 세월을 통해 절실하게 느낀 것 하나는 왜 그토록 '진리'라는 것을 규명하고자 그토록 수많은 인간들이 머리를 쥐어짰는지, 그런데도, 그 노력에도 불구하고, 진실-진리라는 것이 왜 밝히기 어려운 것인가 하는 점이다. 조금은 덜 사변적이고자 노력하는 삶을 살아왔다고 생각하는 순간, 내 주변은 온통 컴컴한 생각의 덩어리, 그러니까 압박을 가해 오는 불안과 공포로 가득하다. 무엇이든 물어야 마땅하겠지만, 무엇이든 물어볼 수 없는 건 상황과 맥락을 모두 파악할 수 없기 때문이다. 주위를 천천히 둘러보아야겠다. 오늘부터 또 시곗바늘이 바삐 움직일 것이다. 시간은 조건 없이 흐른다. 그렇게 그사이, 기계적으로 무언가를 할 것이고, 그러한 일정 속에서 모종의 결과물이 생길 것이다. 다시 고개를 들어 시계를 볼 때, 애초에 무조건적으로 흐른다고 생각했던 저 애물단지가 종종 과거를 가리킨다는 사실을 발견하게 될 때 갖게 되는 아이러니는 어떻게 설명해야 하나. 삶의 조건이자 본질은 차라리 역설과 주관성에 있는 것일지도 모른다. 뒤돌아보지 말아야 하는 시간을 조건으로 걸어가도 걸어가는 발자국 자체가 뒤를 돌아보게 되어 있다는 사실을 차라리 받아들여야 하는지도 모른다. 좌우를 잘 살펴야 한다고 두리번거린 저 긴장의 시선이 오로지 초점을 방기하는 힘에 의해서만 무언가를 정확히 가늠하게 된다는 사실 역시 마찬가지일 것이다.

2017. 12. 16.

모든 활동이 시간을 걸고 배팅하는 도박과도 같다. 허무하다. 허무하다. 무언가에 몰두하는 건 아름답다. 그러나 사실 그것뿐이다. 시간이 지나면 모두 사라져 버릴 것을, 열정도, 탐미도, 몰두도, 모험도 심지어 절망조차도 모두 시간이 파 놓은 무덤 속으로 파묻혀 버릴 것이다. 차라리 시간을 물어뜯고 싶다. 지금이 어느 한 시절의 아마득한 미래였듯, 미래의 모든 순간도, 지나갈 시간, 반드시 증발해 버리게 될 거품 같은 순간과 순간들이다. 별이 총총 하늘을 수놓는다. 별은 없는 것일지도 모른다. 아아, 리얼리티가 과연 이데올로기를 이길 수 있을까? 벗어날 수 있을까? 한순간이라도 이 지긋지긋한 관념에서 빠져나올 수 있을까? 아마 그렇지 못할 것이다. 시간이, 미래의 시간이 벌써, 어느 순간인가, 어느새 내 뒤통수를 째려보고 있다. 헛하다. 헛되다. 그래서 삶은 살 만한 것이다. 그런데 삶이 짓누르는 무게를 감당하기 싫다. 날아가고 싶다. 나는 삶을 사랑하는 게 분명하다. 헛되기 때문에만 사랑할 수 있다고 한다면 누가 이 말을 믿겠는가?

2017. 12. 18.

누군가 나를 어제부터 시작된 두통에서 해방시켜 주기만 한다면…. 열은 오르고 기운은 없고 두통약은 효과가 없고, 일은 산더미처럼 쌓여 있고, 눈은 또 미친 듯 내리고, 쌓이고 쌓이고, 또 쌓이고…. 일단 쉬고 보자는 마음에 일거리를 하나 가득 싸 들고 집으로 왔다. 두 손으로 꽉 잡은 운전대가 조금 떨렸다. 내일 대학원 마지막 강의도 취소하고, 오늘 학과 발표회 및 종강 모임도, 금요일 비교문학 대학원 모임도 불참석을 통보했다. 열은 오르고, 하늘 높은 줄 모르고 오르고, 몸은 무겁고, 땅 무거운지 모르고 자꾸 가라앉고, 마음은 한 없이 저 바다 깊은 줄 모르고 컴컴한 점 하나를 향해 침잠한다. 높은 산에 올라 세상을 굽어보려 했던 두보(杜甫)여! 두보여! 이 세상을 컴컴한 암흑이라 했던 두보여! 두보여! 오후 한나절의 잠시 참혹했던 눈보라여! 이제 잠을 청한다. 차라리 달콤한 꿈에 젖어 영영 깨어나지 않았으면 좋겠다. 어차피 삶이란 순간순간을 살아간다는 것 외에 아무런 의미가 없는 것이라면 차라리 달콤한 꿈이 더 실감 나는 것 아니겠는가?

2017. 12. 20.

오후가 시작될 무렵, 처방전을 받아 들고 병원을 나와 약국에 들렀다가 연구실에 갔다. 하루 종일 연구실에서 조용히 보냈다. 신춘문예 심사평을 마무리하고, 미루던 추천사도 겨우 분량을 채워 건네주었고, 비닐봉지에서 샌드위치를 꺼내 먹으며, 어느 정도 네 번째 비평집 교정을 마무리할 때까지, 대략 열 한두 시간가량이 급하게, 서서히, 마모되듯, 어디론가 증발해 버렸다. 진작에 넘기기로 했던 번역 원고를 꺼내니 시계가 열한 시를 넘었다. 논술 예상 답안을 두 장 출력해서 들고 나왔다. 내일 아침부터는 논술 채점을 해야 한다. 교정이 온통 하얀 빛으로 반짝거린다. 보고 싶은 분들 몇몇을 떠올렸지만 당분간 집과 연구실 이외에는 가지 않기로 한다. 내가 참는 거다. 그런데 보고 싶은 사람들을 보지 못하는 것도 큰 고역이다. 몇몇 시인들과 지인들의 얼굴이 하나씩 스쳐 지나간다. 바닥을 보며 터벅터벅 본관 앞을 지나 주차장으로 향하다가 잠시 눈을 돌려 주위를 둘러보았다. 저건 그러니까 트리인가? 기형도 시인의 "크리스마스트리는 아름답다. 그것뿐이다."가 저절로 입에서 흘러나왔다. 입

속에 검은 잎이 피어나는 소리가 들렸다. 비린내 비린내 비린내. 사람 입처럼 더럽고 컴컴한 것도 없다는 사실을 새삼 확인한다.

2017. 12. 22.

  타미플루 복용 후 급격히 증상이 좋아졌다. 틈만 나면 졸지만 그래도 조금 견딜 만하다. 오늘부로 학교 일정이 모두 마무리된 것 같다. 집에 들어와 씻고 잠시 소파에 앉아 또 졸았다. 졸음이 쏟아지는 게 마른하늘에서 예고 없이 내리는 우박 같다. 얼굴은 퉁퉁 붓고 눈은 자꾸 감기고 입술은 터졌다. 마치 마지막 라운드에 임하는 권투 선수 같은 심정이다. 그려! 드려! 오늘 드디어 경기 종료종이 울렸고, 지금 나는 고단한 링 위에서 내려온 기분이다. 이와 더불어 한 학기 연구년이 시작되었다. 벌써 머릿속에서는 이 황금 같은 6-7개월 동안에 마무리할 번역 계획이 두서없이 떠돌아다니기 시작한다. 재능도 없고 실력도 부족하지만, 사실 난 번역을 좋아한다. 대학 시절, 몰래 좋아했던 조르주 심농의 추리소설이나 프랑스 영화 자막 같은 것도 심심해서 번역해 보았고 간혹 프랑스 시도 번역해 보았다. 그냥 해 보았는데 이유는 잘 모르겠다. 대학 4학년 때 조르주 심농의 『모자를 만드는 유령(Fantôme du chapelier)』을 영화로 먼저 보고 책을 구해 절반가량을 번역한 후 출판사를 알아볼까 고민을 했던 적도 있었다. 내년부터는 비평을 줄이고 번역에 더 매진하고 싶다. 번역가라는 이름이 나에겐 비평가라는 이름보다 매력적이니까. 하긴 뭐 하나 잘하는 게 없으니 이름 타령을 하는 거겠지. 내년에는 절반이나 그 이상을 진행한 후 학교 일 등의 이유로 미루었던 번역을 빨리 넘기고, 새로 계획한 서너 권의 번역도 모두 마감할 수 있도록 꾸준히 일하기로 한다.

2017. 12. 27.

원고를 고치다 보니 시간이 마비되는 느낌이다. 창밖도 컴컴하다. 허리를 쭉 펴고 담배를 하나 문다. 사흘 동안 소나기처럼 쏟아지는 잠을 피할 수 없었다. 감기가 조금 잦아들 무렵 찾아드는 나른함, 여전히 아프면서도 푹 쉰 후에 몸은 이상하리만큼 차분해진다. 그래선지 아침부터 지금까지 어지간히 원고를 들여다보았다. 사실 겨울만큼, 오늘처럼 몹시 추운 겨울처럼, 글이나 번역에 집중하기 좋은 계절도 없다. 이 시리도록 고요한 시간, 적적하고 차가운 이 밤을 나는 기억할 것이다. 아무리 세월이 변했다 해도 원고는 그러니까 원고다. 치러야 하는 정신노동이 반드시 있어야 한다. 나는 차라리 구식이어도 좋다. 출력한 다음 펜을 잡고 고친 후, 다시 입력하는 방식을 좋아한다. 간혹 유난히 오늘 같은 밤이면 원고지에 글을 써야만 했던, 내가 좋아하는 선배 문인들의 얼굴을 하나둘 떠올릴 때가 있다. 어김없이 찾아오는 얼굴들…. 너무 일찍 세상을 떠난, 선배 비평가, 번역가, 어느 것이고 할 것도 없이 가장 먼저 떠올리게 되는 단 하나의 저 김현이라는 이름!

2017. 12. 28.

고양이가 아니다. 다람쥐다. 다람쥐 길에 다람쥐가 춥다. 다람쥐는 쥐인가? 고양이가 자주 노는 다람쥐 길에 옷단장을 한 다람쥐가 벤치 위에서 다람쥐를 하고 있다. 다람쥐가 다람쥐가 고양이를 기다린다. 고양이는 다람쥐를 다람쥐를 다람쥐를…. 다람쥐는 쥐가 아니라 고양이가 함께 노는 다람쥐

다. 다람쥐 다람쥐 쥐가 아닌 다람쥐 달아나지 않는 다람쥐 앉아 있는 다람쥐 고양이가 아닌 달아나지 않는 벤치 위에서 다람쥐하고 있는 옷 입은 다람쥐가 고양이가 아닌 다람쥐가 달아나지 않는 다람쥐가 옷을 입은 다람쥐를 하고 있다. 검은 고양이가 다람쥐를 하고 있다. 야옹 야옹 야옹 다람쥐 다람쥐 다람다람 달아나지 않는 옷 입은 고양이쥐 한 마리. 머리에 수건을 두르고 추운 날 찜질방에 온 것 같은 다람쥐 고양이고양이 다람쥐. 잠잠잠잠 야옹야옹 잠이 달아나는 다람쥐 낮에 본 다람쥐쥐쥐 다람다람달앍돠뢈쥐….

2017. 12. 30.

조금 더 쉬어야 할 것 같다. 연말을 잠과 함께 보낸다. 자도 자도 풀리지 않는 피곤과 피로, 어떤 경우에도 약속을 지키기 위해 최선을 다하는 삶은 아름답다. 내년에도 약속을 지키기 위해 노력하려고 한다.

2017. 12. 31.

작년 8월부터 올해 내내, 나는 한 달에 한 번씩 며칠간 합숙하며 '자유·정의·진리'라는 과목을 만들며 보냈다. 2018년 3월부터 시행하게 될 새 공통 교양 강의안을 함께 만들어 주신 분들의 노고를 잊지 않겠다. 돌이켜 보면 첫 기획에서 완성까지 정말이지 내 역량을 넘어서는 일이기도 했다. 그러니까 그것은 '지(知)의 패러다임'이다. 함께 무언가를 만들어 갈 때의 기쁨과 그 순간과 순간의 열정, 고민과 고민을 더해 최선을 다했던 시간들, 힘들고 지칠 때마다 끊임없이 서로를 격려하면서 진행했던 시간들이 하나씩 떠오른다. 강의를 함께 이끌어 가실 여러 선생님, 2월 워크숍에서 만나요.

2018. 1. 2. — 6. 29.

2018. 1. 2.

오늘 구입한 책 열네 권 중에서 유난히 기다렸던 책『무협 작가를 위한 무림 세계 구축 교전』! 제목이나 목차를 보자, 사지 않고는 도저히 견딜 재간이 없었다. 지금부터 아마 밤을 새울 것 같다. 무(武)와 협(俠)의 세계여! 난무하는 저 필살기여! 융숭한 무공과 화려한 초식이여! 절절한 의리와 장대한 용기여! 협객이여! 패배를 구하려고 떠돌아다닌 독고구패여! 양손에 검을 쥐고 홀로 중양궁을 쑥대밭으로 만든 소용녀여! 원대한 장백산맥이여! 복수의 화신, 이막수의 목소리!

情爲何物 直敎生死相許
세상 사람들에게 묻노니, 정이란 무엇이길래 생사를 가름하느뇨?

하! 이거 참, 오늘 밤, 원고도 밀려 있는데, 큰일 났군!

2018. 1. 4. 오전 2:14

'계몽주의와 백과전서'에 대한 원고를 다음 주까지 써야 해서 종일『백과전서(Les Encyclopédies)』에 관한 자료들을 뒤적거리며 메모를 했다. 이충훈이 번역한 디드로의 글『백과사전』『미의 본성과 기원』은 모두『백과전서』에 실린 항목으로, 지금 읽어도 대단한 가치가 있다. 장 모르네(Mornet, 문학사가 랑송(Lanson)의 제자였다)의 역작『프랑스혁명의 지적 기원』과 로버트 단턴의 학위논문『문인들(Les gens de lettre)』과 대단히 흥미로운 그의『고양이 대학살』을 꼼꼼히 읽고, 음미할 가치가 있는 책이라는 사실을 한 번 더 실감했다. 미셸 들롱(Delon)의『유럽 계몽주의 사전(Dictionnaire des Lumières en Europe)』은 존경이라는 말로는 부족한 학자적 면모를 풍긴다. 아주 오래전에 이 춘길이 번역한 루시엥 골드만의 『계몽주의 철학』이나 송기형과 정과리가 반절 정도만 번역하여 소개한, 한편으로 매우 난해하면서, 아주 특이한 『숨은 신(Dieu caché)』도 『백과전서』의 사상 전반을 이해하는 데 퍽 좋은 책이라는 걸 실감하면서 부지런히 메모했다. 그런데 무엇보다 놀란 건 프로파간다 출판사에서 2017년 한국어로 출간된 『백과전서 도판본』(총 5권)이다. 이 책이 번역되었다는 사실에 매우 감격했다. 마지막 5권에 실린 윤경희의 해제도 훌륭했다. 덕분에 블랑쇼, 바르트, 들뢰즈 같은 학자들이 『백과전서』에 대해 남긴 중요한 서지들을 살필 수 있었다. 프랑스혁명을 가능하게 한 실질적이고 집단적인 지적 노력이라는 점에서 『백과전서』는 프랑스의 18세기가 그러니까 모든 것들을 토론하려 했던 시기, 머리를 맞대고 사회와 역사에 대해, 그 사상과 철학과 개념에 대해 끊임없이 고민하고 성찰했던 시기라는 점을 여실히 보여 준다. 1789년 프랑스대혁명 이후, 자유, 평등, 진보, 개혁, 사회, 정치와 같이 18세기가 남긴 지적 유산을 직접 실현하고 적용해 보려 끊임없이 시도하는 과정에서 비로소 우리가 '현대(époque moderne)'라 부르는 시기가 열렸다는 마르크스의 말이 떠올랐다. '철학의 세기가 아니었다면 백과전서는 탄생하지 않았을 것이다'라고 말한 자가 디드로였던가?

2018. 1. 5.

'경제'에 관한 지(知)의 패러다임:

한계가 무엇인지 정확히 알게 되었다. 늘 나 자신에게 하는 말이지만, 할 수 있는 일, 하고 싶은 일, 해야 하는 일을 정확히 구분하는 것만큼 할 수 없는 일, 하기 싫은 일, 하면 안 되는 일이 무엇인지 파악하고 자기 자신을 돌아보는 것 역시 중요하다는 사실을 다시 한 번 깨닫게 되었다. 노동, 자본, 대지, 화폐, 거래, 소비, 증여, 시간 등 경제의 논리를 주제로 동료들과 함께 강의안을 만든다. 역시 힘든 일이다. 동료들을 믿고 따라가면서 도와주기로 한다. 경제학이여! 야속한 경제학이여!

2018. 1. 7.

긴 호흡으로 이끌어 왔던 두 가지 일이 거의 동시에 마감되었다. 내 인생의 한 페이지가 살짝 넘어간 느낌이다. 아쉬움은 없다. 나는, 그러니까 매 순간, 최선을 다했다고, 그랬다고 여긴다. 어제 새벽 세 시까지 토론을 했고 마침내 결과물을 얻었다. 서로 수고했다고 잠시 격려를 하고, 각자 방으로 돌아간 다음 침대에 누웠다. 몹시 피곤했으나 좀처럼 잠이 오지 않았다. 15개월 동안 정확히 동료들과 열여섯 번을 합숙했다. 그 기막힌 순간순간이 주마등처럼 스쳐 지나, 아침 약속 시각까지 눈을 붙일 수 없었다. 아침에 마지막으로 결과물을 출력한 다음, 각자 가져온 책이며 자료들을 정리하고, 짐을 꾸려 회의실에 다시 모였을 때까지, 나는 이번이 마지막이라는 생각을 하지 못했다. 그렇게 수고했다는 말도 건네지 못하고 집에 와서 내내 쓰러져 잤다.

아마 꿈이었을 것이다. 아마 꿈에서 무언가를 보았을 것이다. 역사 속 위대한 사상가들의 저 숱한 얼굴들과 그들이 남긴 난해한 공식과 사유의 모형들, 역사의 구비구비에 스며들어 정신이라는 것을 만들어 낸 저 열띤 시도들이 때론 잉크가 되어, 때론 문자가 되어, 자주 우리가 나눈 말이 되어, 사방을 날아다니는, 그런 꿈이었을 것이다. 선잠에서 깨어나기 직전에 아마 내가 고개를 올려 바라본 저 하늘에는 경제의 논리들이 몇 개의 그래프로 둥둥 떠다녔을 것이다. 아쉬워하지 말자. 15개월의 시간 사이사이에 흘려 놓은 정념을 걷어 내고, 주관성의 흔적들이 이제 서서히 망각의 강을 건너려 할 것이다. 마지막으로 고마운 사람들의 얼굴을 하나하나 떠올려 본다. 착수, 출발, 그러니까 조금 두려운 저 시작을 나에게 제안해 주고, 기꺼이 내게 '전권'을 준 경제학과 박만섭 선생님, 언제나 그랬듯 내 말 한마디를 믿고 어리둥절해하며 합류해서 자연과학의 황홀한 지평을 고비마다 열어 주신 수학과 양찬우 선생님, 흔쾌히 내 제안을 받아들여 처음부터 끝까지 함께해 준 오연경 선생님, 사회과학이며 문학이며 할 것 없이 모범을 보여 주신 중문과 김준연 선생님, 법에 관해 필요한 조언을 해 주신 정외과 신재혁 선생님, 뇌의 메커니즘에 대해 고마운 조언을 해 주신 심리학과 김학진 선생님, 우리의 제안들이 안정된 제도 안에 정착되게 고민해 주신 중문과 장동천 선생님, 진행을 도와주었던 이혜원, 김두리 조교…. 모든 분께 감사와 존경의 마음을 전한다.

내일부터 밀린 원고와 번역, 만남과 치료 등에 몰두하기로 한다. 다시 돌아오지 않을 이 황홀한 순간들이 어떤 면에서는 대학에서 추구하는 진리 탐구의 빈번히 일그러지고 자주 고통스러워하는 맨얼굴이라는 사실을 알게 되었다는 사실만으로도 나는 행복한 시간을 보낸 것이다. 지난 2년 동안 정말이지 열심히 만들었다. 며칠 후면 이 강의를 가지고 2018년 신입생을 만나게 된다. 가슴이 두근거린다. 아아! 문 앞에서 서성거리고 있는 '자유·정의·진리'의 그림자여! 어서 오라!

2018. 1. 9. ①

작년은….

몹시 바빴던 해,

몹시 아팠던 해,

원고를 조금 썼던 해,

시집 읽기에 가장 게을렀던 해,

사람들을 가장 적게 만났던 해,

사람이 가장 무섭다고 생각한 해,

사람들 생각을 가장 많이 했던 해,

혼자 영화를 많이 봤던 해,

학교 업무가 정말 많았던 해,

호텔에서 가장 잠을 많이 잤던 해,

외국에 단 한 번도 나가지 않았던 거의 유일한 해,

병원에 가장 많이 갔던 해,

전화 통화가 제일 많았던 해,

트위터를 가장 많이 방문했던 해,

문학 잡지를 가장 덜 읽은 해,

소설을 가장 많이 읽은 해,

기자들과 가장 통화를 많이 했던 해,

표절에 관해 가장 많이 생각했던 해,

연구실에서 가장 적게 밤을 새운 해,

학생들을 가장 적게 만난 해,

가장 일찍 잠자리에 들었던 해,

가장 많이 담배를 피웠던 해,

신문을 가장 자주 들여다보았던 해,

희망을 가장 자주 종이에 접어 공허한 하늘로 날렸던 해,

눈물을 많이 흘렸던 해,

짜증이 심장을 물들였던 해,

절망이라는 단어가 가장 크게 부풀어 올랐던 해,

보들레르를 많이 읽었던 해,

선생님을 가장 적게 만난 해,

지인들과 가장 적게 만난 해,

보고 싶은 사람들을 가장 적게 만난 해,

하늘을 자주 올려다보았던 해,

포커 게임을 가장 사랑했던 해,

유난히 만화책을 많이 읽은 해,

손톱을 가장 많이 물어뜯었던 해,

더위와 추위를 가장 많이 탔던 해,

일기를 거의 쓰지 않은 해,

가장 슬펐다고 해도 좋을 것 같은 해,

나이를 거꾸로 먹는다는 생각을 가장 자주 한 해,

번역에 가장 게을렀던 해,

가장 자주 속을 태운 해,

가장 자주 서성거렸던 해,

청소를 가장 적게 했던 해,

옷을 거의 사지 않았던 해,

열정을 신념으로 자주 깔아뭉갠 해,

일그러진 해,

서서히 부패하던 해,

발톱이 내내 나를 괴롭힌 해,

알고 있다고 생각했으나 모르고 있던 것들과 내내 함께한 해,

두 달 다니다 그만둔 이과대학을 계속 다녔어도 좋았을 거라는 생
각을 처음 해 본 해,

　　그만둔 걸 처음으로 후회했던 해,

　　파리가 가장 그리웠던 해,

　　프랑스 친구들에게 가장 연락을 하지 않은 해,

　　죽지 않은 해,

　　저물지 않은 해,

　　동그란 해,

　　얼어 죽은 해,

　　떠오르지 않은 해,

　　오리무중인 해,

　　갇힌 해, 닫힌 해,

　　무(無)로 돌아가는 해, 유(有)가 되지 못하는 해,

　　아직 용서하지 않은 해,

　　어두운 해,

　　눈이 시려 차마 볼 수 없는 해,

　　사람들을 깊이 묻은 해,

　　사람들이 깊이 묻은 해,

　　매장한 해, 매정한 해,

　　매장당한 해, 매정, 당한 해,

　　지워지지 않는 해, 지워 낼 수 없는 해,

　　지나간 해, 지나가지 않는 해,

　　해해거리는 해,

　　혀를 길게 내밀고 초라하게 아직 웃고 있는 해….

2018. 1. 2. ‒ 6. 29.

2018. 1. 9. ②

이영광 시인이 술을 줄였다고, 아니 거의 끊었다고 한다. 담배도 줄였다고 한다. 이 거짓말을 어떻게 믿으라는 건지…. 암튼 축하할 일이다. 그렇게 걱정을 했건만 (사실 내가 걱정하는 게 무슨 소용이 있으며, 오지랖에 불과하니, 별로 와 닿지도 않았을 거다…) 나는 단 한 번도 이영광 형이 술을 줄이겠다는 말을 하는 걸 들어 본 적이 없다. 수술 문병차 방문했을 때도 '줄여야겠지'(그렇게 하지 않으리라는 뉘앙스를 담고 있는 건 초등학생도 안다)였고, 글「알코올과 시」를 발표한 다음, 내가 전화했을 때도, '줄여야겠지' 혹은 이와 엇비슷한 말이었다. 너무 힘들어서 마신다는, 그 말, 언젠가 들었던 것 같은데, 언제인지 정확히 기억나지 않는다. 사실 2014년 이후, 술 없이 하루도 견디지 못할 것만 같은 심정이 들지 않은 사람이 얼마나 되겠는가? 암튼 굉장히 반가운 소식인데, 역시나 그 효과에 대해서도 말을 들려주었다. '맑아진다', '두통이 줄어든다', '숙면을 한다'와 같은 말들은 또 얼마나 유쾌하고 좋은가? 그런데 나는 왜 이 소식을 접하면서, 자꾸 나 자신에게, 술도 마시지 않은 나, 그런 내가 왜 거의 날마다 술과 담배와 함께 살아온 이영광 시인보다 건강하지 않은가, 뭐 이런 식의 자괴감이 잠시 들었다. 자괴감이라는 말은 좀 이상하다. 이영광 시인은 체력이 좋다, 술을 그렇게 마시고도 글도 쓴다, 술을 마셔야만 글을 쓰는 거라는 생각이 든다. 아니 생활도 (잘)하고, 강의도 하고, 뭐 그런다. 이런 생각이, 이에 비해 술도 거의 안 마시는 나는, 글도 잘 못 쓴다, 생활도 잘하지 못한다, 강의도 힘들고, 뭐 그렇다와 유비(대비?)가 되는지 잘 모르겠다. 암튼, 하고 싶은 말은, 축하한다, 인데, 이런 말을 하는 나 자신을 정작 축하하지 못하는 데서, 반드시 그렇지는 않겠지만, 자괴감이 좀 든다는 거다. 이영광 시인은 덩치도 좋고 정신력도 좋고, 표정은 좀 무섭지만, 사람도 대략 좋은 것 같다.

2018. 1. 11.

  다시 부산행 KTX…. 서울을 빠져나오니 세상천지가 눈이다. 어제, 밤을 새워 원고 「세상의 모든 지식: 모으기-분류하기-구별하기—프랑스 백과전서 간행과 보급의 인식론적 전략」을 마무리했다. 술기운이 오히려 에너지를 주었다. 어제 피곤 탓인지 기차 시간에 맞춰 알람을 눌러 놓았고, 덕분에 뛰다시피 해서 서울역에 아슬아슬하게 도착했다. 이제 해설을 쓰기 위해, 시집이 될 원고를 다시 읽는다. 두 번째 시집이다. 이 시인은 첫 시집과 연작을 통해 어떤 비밀스러운 이야기를 감추어 놓는다. 나는 크루소, 프라이데이, 론 울프 같은 고유명사를 들여다보고 있다. 연쇄가 생겨난다. 첫 시집을 다시 살펴봐야겠다. 이 연결 고리를 놓치면 헛소리를 하게 될 것만 같다. 다시, 창밖의 세상이 하얗다. 백지도 하얗다. 이 시인과 '백색'을 포개니 창백함과 그로테스크가 남겨진다. 무엇이 이 시인에게 차가움과 절망을 조용히 풀어내는 냉랭한 고통을 주었던 것일까? 그럼에도 왜 신은 저버릴 수 없는가? 그런데 왜 신은 버려야 하는가? 순간, 주인과 노예의 변증법이 머릿속에 떠올랐다. 나는 방금 해설 제목을 정한 것이나 마찬가지다. 음…. 그러니까 '기적과 가정의 변증법: 크루소, 프라이데이, 그리고 론 울프가 벌이는 신과의 전쟁에 관하여….' 이 정도가 되지 않을까?

2018. 1. 12. ①

  대략 약 3년 전부터 조선과 프랑스 번역에 관해 공동 연구를 진행하고 있다. 연구와 관련되어 연구 팀을 만나러 부산대에 다녀올 때마다 번역과 관련된 글이 하나씩 나왔다. 올해 9월 예정인 학술 대회에서는 정말이지 5년 전부터 미루고 또 미뤄 왔던 '홍종우와 번역'을 발표하기로 한다. 자료는 모두 그러모았는데 관점이 문제다. 암튼 나는 로니(Rosny)가 홍종우의 도움을 받아 『춘향전』과 『심청전』을 프랑스어로 번역했다고는 생각하지 않는다. 당시 기메 박물관의 정황을 헤아리면, 홍종우가 프랑스어를 배울 수밖에 없었다는 결론이 나온다. 그러니 순서가 바뀐 것이다. 아마 로니의 역할은 받아쓰고 교정하는 수준의 작업에 국한되었을 것이다. 프랑스어로 '번역'된 『춘향전』의 한국어 원본이 존재할 거라는 생각이 터무니없는 것과 마찬가지로 홍종우가 일본어로 구술한 것을 로니가 받아 적어 번역했다는 프랑스어의 수준이 초등학생 정도에 맞추어져 있다는 점을 고려하면, 홍종우의 도움을 받아 로니가 번역을 했다는 주장도 다소 무리인 것으로 보인다. 홍종우를 둘러싼 미스터리가 여기에 있다. 일본에 남아 있는 자료도 좀 찾아봐야겠다. 특히 후쿠자와 유기치와 김옥균에 대한 자료를 살펴볼 필요가 있다. 대관절 홍종우는 차츰 판단이 흐려지던 김옥균을 꼬여 상해로 데려가 살해하기 전, 일본에서 6개월 정도의 시간을 뭐하며 보냈는가? 김옥균과 함께 지낸 두 달 남짓한 시간 외에, 기이하고도 기구한 불세출의 이 몰락해 가는 조선 양반이 고종의 밀명을 받고 일본으로 건너가 무얼 보았고, 무슨 생각을 했고, 또 무얼 배웠단 말인가? 프랑스 신부 누굴 만나, 무슨 생각을 품었단 말인가? 알려진 것이 거의 없다. 그 이전 프랑스에서의 2년 반가량의 삶 역시 매우 피상적인 수준만 알려져 있을 뿐이다. 당시의 프랑스 신문이나 자료, 기메 박물관의 자료도 찾아봐야겠다. 구인모, 박진영, 이상현, 황호덕 선생에게 어떻게 생각하는

지 꼭 물어봐야지.

2018. 1. 12. ②

최근 들어 꼭 살펴봐야겠다고 생각한 몇 가지 지점들:

1. 식탐: 프랑스와 라블레의 『가르강튀아』.

2. 타투: 『주기율표』 『레위기』.

3. '60년대 프렌치 페미니즘': 드니 홀리에(Hollier)의 『프랑스 문학사』.

4. 백과전서: 모리스 블랑쇼의 『우정(Amitiés)』, 롤랑 바르트의 『백과전서』, 질 들뢰즈의 『천 개의 고원』.

5. 돈: 게오르그 짐멜의 『돈이란 무엇인가』.

6. profession, travail, metier, labeur, artisant, art의 어원과 어원의 변천사.

7. 현대자본주의: 야마시타 가즈미의 『천재 유 교수의 생활』.

8. 기계, 로봇: 「마징가 Z」.

9. Bildung: 괴테, 훔볼트, 다이쇼 데모크라시, 이헌구.

10. 모국어: 맥아더 포고령, 사사키 아타루, 고종석.

11. "Une autre parole" in Le Monde, 그리고 Caroline De Haas의 "France culture" 인터뷰.

2018. 1. 12. ③

숭배는 혐오만큼이나 위험하다. 숭배는 좌절한 혐오의 한 형식일 뿐이다. 정치는 이성과 합리, 능력으로 평가받아야 한다. 사실 그게 다다. 우상을 만들면 그것으로 끝이다. 인격이라는 말은 때때로 너무나 위험하다.

소설 비평을 한다면 아마 나는 배수아론으로 시작할 것이다. 『뱀과 물』, 근래 읽은 소설 중 단연코 최고다. 개인적인 견해다. 그런데 비평이 또 개인적인 견해가 아니고 무엇일까? 『에세이스트의 책상』도 나에겐 정말 좋은 글이었고 『독학자』도 『일요일 스키야키 식당』도 『북쪽 거실』도 좋았다.

아프다는 핑계로 학교 갔다 병원 갔다 일찌감치 집에 와서 오후 내내 「슬기로운 감빵 생활」을 보다가 드라마와는 무관하게 다소 엉뚱한 생각이 들었다. 내가 인상 깊게 읽었던 한국 소설을 하나씩 불러내 '정신분석'을 해 보는 거다. 소설 비평이 아니라, 단편이건 장편이건 그냥 일기를 쓰는 거다. 하루에 한 편씩 아무렇게, 내 멋대로 감상문 같은 걸 마구 써 보는 거다. 서평도 아니고 정말 일기니까, 막 까기도 하고 막 감동도 늘어놓고 막막막…. 얼핏 몇몇 작가와 작품들이 떠올랐다. 서른 명을 적어 본다.

1. 임노월, 「악마의 사랑」 「지옥 찬미」.
2. 이상, 「날개」 「종생기」.
3. 최명익, 「비 오는 길」.
4. 현진건, 「운수 좋은 날」 「빈처」.
5. 김동인, 「광염소나타」.
6. 김승옥, 「생명 연습」 「무진기행」 「다산성」 「1960년대식」.
7. 최인훈, 『광장』 『회색인』.
8. 황석영, 「입석 부근」 「몰개월의 새」.

9. 최창학, 「창」.

10. 조세희, 『난장이가 쏘아 올린 작은 공』「시간여행」.

11. 이문열, 「익명의 섬」「필론의 돼지」『영웅시대』『황제를 위하여』.

12. 최인호, 「타인의 방」.

13. 박상륭, 『신을 죽인 자의 행로는 쓸쓸했도다』.

14. 이인성, 『낯선 시간 속으로』.

15. 김소진, 「처용단장」.

16. 하일지, 『경마장 가는 길』『경마장 네거리에서』.

17. 서정인, 『달궁』.

18. 최수철, 『즐거운 지옥의 나날』「시선고」『침대』.

19. 은희경, 『새의 선물』「빈처」.

20. 배수아, 「뱀과 물」『에세이스트의 책상』『일요일 스키야키 식당』『북쪽 거실』.

21. 전경린, 「염소를 모는 여자」『검은 설탕이 녹는 동안』.

22. 한강, 『희랍어 시간』.

23. 한유주, 「달로」「나의 왼손은 왕, 오른손은 필경사」.

24. 박민규, 『삼미 슈퍼스타즈의 마지막 팬클럽』『죽은 왕녀를 위한 파반느』「갑을고시원 체류기」「딜도가 우리 가정을 지켜 주었어요」.

25. 박형서, 『핸드메이드 픽션』「끄라비」.

26. 서준환, 『로베스피에르의 죽음』「다음 세기 그루브」.

27. 정용준, 『바벨』「가나」.

28. 이장욱, 『천국보다 낯선』『기린이 아닌 모든 것』.

29. 김사과, 『나b책』『미나』.

30. 박솔뫼, 『해만』『백행을 쓰고 싶다』.

2018. 1. 16.

오후에 자주 만나거나 이야기를 나누지는 않았지만, 뭐랄까, 음
…. 내가 오래전부터 팬심을 가지고 있는, 소설가(번역가)와 전화를
했다. 다음 달에 함께 참여하는 일이 생겼지만, 그건 생각해 봐도 그
저 핑계였던 것 같고, 단지 목소리를 듣고 싶었고, 또 안부를 묻고
싶었던 건지도 모르겠다. 그러다가 이야기가 좀 길어졌다. 주로 내
가 말을 했던 것 같다. 중간중간 내 목소리가 조금 고조되었던 것 같
고, 나는 소설과 시, 문단 등에 대해, 특히 번역에 대해 뭔가 많은 이
야기를 한 것 같다. 이런 말은 좀 우습겠지만, 나는, '동지애' 같은 걸
느꼈다. 나는 창작하는 사람도 아니고, 직장도 있고, 더구나 교수(사
실 긍정적이건 부정적이건 어떤 선입견을 주기도 한다)고, 번역가보다는 평론
가로 더 알려져 있으며, 그래서 그런지, 내가 동지애 운운하는 건,
어쩌면 내가 작가의 고독을 잘 알지 못하고 특히 창작할 때, 그러니
까 문학의 언어를 집필할 때의 고통이나 노력을 오롯이 이해하지 못
한다고 평소 나 자신을 여기고 있는 내 생각과도 잘 어울리지 않는
다. 그런데 나는 이 소설가와 문학관이 어쩌면 비슷할 거라는 생각
마저 들었는데, 아마 소설가, 편하게 내 이야기를 받아 주시고 부분
부분 긍정을 해 주시고, 뭐 암튼 그래서 그런 것 같기도 하다. 무언
가를 서로 공감한다는 건, 늘 한계를 갖는 모종의 착각일 수 있겠지
만, 외롭다는 느낌을 다소 덜어 주는 따뜻한 손길과 같은 것이다. 전
화를 끊고 나니, 앞으로 내가 번역이라는 주제에 조금 더 골몰하게
될 것 같다는 생각이 들었다. 연구실을 나와 집으로 돌아오는 차 안
에서 뭔가 떠올라 갓길에 잠시 정차를 했다. 그리고 통화에서 나누
었던 몇 마디 말을, 떠오르는 것만 메모했다. 그중 하나: '원문을 파악
하는 것 자체가 문제가 되는 번역이 있다. 번역은 원문을 깨트린 결과물을

이어 붙인 것에 불과하지만, 원문을 파악하는 과정 자체를 고스란히 그대로 드러낼 수밖에 없는 숙명을 지니고 있는데, 이 경우를 우리는 좋은 작품, 혹은 '문학'이라 말한다. 이런 작품은 문법이 옳으냐, 오역이 있느냐, 같은 질문 자체를 무색하게 만드는 힘을 갖고 있으며, 번역을 통해 폭로되거나 번역이 재현하려 애쓰는 것은 바로 이 힘이다.' 내일부터 다시 번역을 시작한다.

2018. 1. 22. ①

「패터슨」, 두 번 보면 더 좋은 영화. 간결한 문장들, 반복되는 리듬, 흐름 흐름 흐름, 삶, 그리고 같은 것처럼 보이지만 결국 다른 일주일, 마빈, 멍멍이, 조금 다르게 쓴다는 것, 하늘, 회색 하늘, 거리, 바삐 움직이는 사람들, 침대, 아침의 기상, 사랑, 일상이라는 이름의 하루 또 하루, 삶의 리듬, 단상들, 의미라는 이름의 자리들…. 버스 운전사이자 시인이라는 사실, 매우 중요한 터닝 포인트…. 한국에 이런 시인이 매우 드물다는 사실은 이 영화의 시가 한국에서의 시와 다를 것이라는 생각을 갖게 해 준다. 픽션, 시에 대한 동화, 시에 대한 상상이 시의 현실을 압박해 온다. 전업 시인…이라는 말의 함의에 대해 생각해 본다.

2018. 1. 22. ②

아이코스를 담배 대용으로 삼을 수 있을지 아직 자신이 없다. 원고는 쓰지 못하고 대신 필요 이상으로 공들여 연구실 이곳저곳을 정리했다. 버려도 좋을 문서나 더 읽지 않을 게 분명한 책이나 낡은 잡지, 옛 강의 프린터나 학생들 리포트 등을 들고 망설이는 나를 보면서 결정 장애가 있는 게 확실하다는 생각을 하게 된다. 뭐든 쉽게 또는 시원하게 일 처리를 잘하는 사람이 버리는 것도 정리도, 그리하여 새로운 시작도 잘할 게 분명하다. 버리지 못하고 모아 놓은 담배를 보니 참 이상하기도 하지. 여러 종류의 담배로 가득한 바구니, 갑자기 피터 브레겔의 지옥도를 보는 느낌이었다. 담뱃갑에 새겨진 경고 문구나 사진들 때문인 것 같다. 담배와 지옥도, 기묘한 조합이다. 나는 언제나 담배를 끊을 수 있을까? 아이코스도 담배요, 전자담배도 담배요, 패치도 담배기는 매한가지인 것을. 하늘에서 펑펑 내리는 눈이 마치 내가 담배를 한 모금 빨아 입으로 '펑펑' 피워 올려 만든 도넛과도 같았다.

2018. 1. 24. ①

먹을 것들이 결국 문제를 일으킨다는 생각에 조금 골몰하다가, 점심을 먹으러 식당에 갔다. 음식이 공포를 자아낸다. 나트륨 덩어리와 싸구려 기름이 맛을 낸다는 사실을 떠올리니, 밥상이 그 무슨 추리소설의 한 장면처럼 보였다. 반찬과 흰쌀밥과 김칫국은 제각각 혐의를 품고 있었고, 사뭇 다른 의혹을 자아냈다. 급조해서 알리바이를 만들어 그들의 혐의를 지워 주고 의혹을 풀어 준 건 물론, 나다. 어떤 근거로? 모두가 가담해서 쓰고 있는 이런 추리소설의 범인이란 결국 우리 모두일 수밖에 없을 거라는 사실에 생각이 미치자, 나는 속으로 이렇게 외쳤다. 오! 유레카, 오리엔탈 익스프레스! 오오 비참한 삶이여! 잔혹한 일상이여! 아! 아! 좀처럼 식을 줄 모르는 저 식탐이여! 추악한 목구멍이여! 노릇노릇한 치킨 뒷다리여! 이글거리는 돼지목살이여! 야들야들 매콤 시원한 신라면이여! 빌어먹을 저 욕망이여!

2018. 1. 24. ②

주문한 책이 왔다. 이자벨 랭보의 편지를 엮은 『랭보의 마지막 날』은 시인의 병상 일지와 흡사하다. 1880년 무렵 랭보가 거주했던 하라르의 주택 사진과 그의 모습 두 컷이 실려 있어 좋았다. 스무 살이 채 되기 전에 절필하고 아프리카로 건너가 돈을 벌었던 랭보, 사망하기 1-2년 전의 사진이다. 프루스트의 책 『프루스트의 독서』도 알차다. 두 책, 비교적 얇고 판형도 적당하다. 주머니에 담아, 어디를 다니며 읽기에 좋아 보인다. 벤야민의 프루스트와 베르그송론을 처음 읽었던 1990년대 후반, 만약(당시에는 그럴 리가 없다고 생각했으므로!!!) 프루스트 책을 번역할 기회가 나에게 주어진다면 무엇보다도 나는 그의 『혼성모방과 뒤섞기(Pastiches et mélanges)』를 선택하리라고 생각했던 것 같다.

『보르헤스의 말』은 윌리스 반스톤과 나눈 인터뷰집이며, 일견, 보르헤스 문학론이라고 해도 좋을 것 같다. 출간을 기다렸던 책이기도 했다. 텍스트가 관계의 산물이라는 사실을 나는 보르헤스의 글에서 배웠다. 사실 대부분 작가들의 왼손에는 인생의 경험이나 역사적 체험, 철학적 각성이나 성찰 따위가 들려 있는 게 아니라 책, 그러니까 무수한 책들, 아니 책들을 볼 수 있는 도서관 출입증이 쥐어 있는 것이다.

2018. 1. 25. ①

밖이 춥다. 마감이 27일 토요일인 원고…. 그러니까 내일모레. 아직 갈피조차 잡지 못하고 있다. 의자에 앉아 시집에서 눈을 떼지 않아도, 뭐 하나 길이 생겨나지 않는다. 선택의 문제는 아닌 것 같다. 확실히 이 시인은, 음, 그러니까 시쳇말로 세다. 해설은 항상 한계를 갖는 글이라는 사실을 잠시 잊었던 것 같다. 사실 60여 편의 시를 대상으로 작성한 원고지 60-70매의 원고는 얼마나 불성실하고 또 불량할 것인가. 그래, 그냥 '불량하게', 쓰자. 말을 해 놓고 보니, 이번 원고의 실마리는 '불량하게' 쓰는 데서 생길 것 같다. '노동'과 '일'의 차이에 대해, '아름다움'의 '협잡'에 대해, 아니 그 미학적 불손함과 정치적 불량함에 대해, 용서할 수 없는 이생과 끊임없이 회전하는 지구라는 무의식에 관해, 매 순간 달고 마는 '죄'의 무게에 대해, 거침없이 '불량하게' 비평을 쓸 것. 이번에도 용기가 필요할 것만 같은 예감이 든다. 눈이 펑펑 와 주면 더할 나위 없겠다. 눈이 와서 돌아갈 길을 지워 주었으면, 갈등의 순간을 그저 하얗게 물들여 준다면, 백치처럼, 씩씩하게. 밖만 추운 것이 아니라 실내도 춥다.

2018. 1. 25. ②

난방이 꺼진 연구실이 너무 춥다. 주섬주섬 짐을 싸서 집으로 왔다. 그러니 원고를 쓸 리가 없다. 그간의 경험으로, 나도 그걸 안다. 나는 신발을 벗으면 글을 쓰지 않는다. 못 한다. 대신 무언가를 붙잡고 읽거나 또 본다. 며칠 전 선물 받은 화집『데이비드 호크니 화집(David Hockney Current)』을 이제 열어서, 천천히 보고, 빠르게 읽는다. 페이지를 넘기는 손가락에서 땀이 난다. 그림에 시간을 비끄러맬 줄 아는 거의 유일한 화가가 아닌가 하는 생각이 들었다. 살바도르 달리의 초현실적 시간도, 피카소의 사건의 시간이 아니라, 사물과 자연과 사람과 일상의 시간이 이차원의 평면에서 이상하게 펼쳐지며 흐르고 있다. 감사한 마음.

2018. 1. 28.

작년 한국에 초청했을 때 지도교수였던 뎃송(Dessons) 선생님께서 내게 하신 말씀이 새삼 떠오른다. 몸은 모든 걸 기억하고 있다고, 혹사하면 반드시 되갚는다고, 이런 이야기 그간 한 번도 하지 않았지만, 꼭 해야 할 것 같다며, 손을 잡아 주셨다. 2001년 여름, 논문을 마무리해서 보냈을 때 선생님은 병원에 있었다. 두 눈에 깔때기 비슷한 걸 붕대로 감아 놓았다. 과도한 독서로 인한 안구 파열 증세…. 시력을 잃을 뻔했던 거다. 병원에서 내 두 손을 잡고 미안하다고 했다. 수술을 마친 후 시력을 회복하려면 한두 달 걸릴 거라고 했고, 따라서 논문 심사는 12월에나 가능할 것 같다고 미안해했다. 이후 메쇼닉 선생님이 1월 말 귀국한다며 2월 2일경에 논문 심사를 진행하자고 제안했다. 나는 달리 할 말이 없었다. 미안하고, 또 고맙고…. 그날 무언가가 가슴에 새겨지는 걸 느꼈다. 이후 딱히 할 일이 없었던 6개월 동안 파리에서 열심히 아르바이트하며, 귀국 후 정착하는 데 사용하려고 돈을 모았던 기억이 난다. 요즘 몸이 안 좋으니 특히 뎃송 선생님 생각이 난다. 작년에 정년 퇴임을 했지만, 여전히 젊으시고 유학 간 내 제자에게도 좋은 충고도 해 주신다. 말씀처럼 몸은 망각하는 법이 없다. 항상 정직하다. 이 사실을 간직하기로 한다. 쉬고, 돌보고, 뒤로 물러서고, 그때그때 기분을 조절하고, 의사의 말에 잘 따르는 수밖에 없다. 어제오늘, 유난히 몸이 아파서 그랬는지 선생님 생각이 다시 간절했다. 선생님이 보고 싶다.

2018. 2. 4.

다섯 번째 비평집 『의미의 자리』 마지막 교정이 거의 마무리되었다. 첫 비평집 『번역의 유령들』을 출간한 이후, 거의 일이 년에 한 권씩 책을 낸 것 같다(『시는 주사위 놀이를 하지 않는다』 『번역하는 문장들』 『한 줌의 시』). 뒤돌아보면 매년 프랑스어나 한국어로 집필한 논문을 제외하더라도, 대략 스무 편 가량의 원고를 썼는데, 대부분 며칠 밤을 새우지 않았더라면 나올 수 없는 원고였다. 지금 생각해 보니 문학 텍스트를 들여다보며 메모를 하고 백지를 채우면서 지낸 시간은 그 어떤 시간보다 순수했고(순진했고) 소중한(특별한) 시간이었던 것 같은데, 정작 글을 쓸 당시 전혀 그런 생각을 하지 못했다. 하나하나 고비를 넘겼다는 안도감이 겨우 피로를 쓸고 지나갔다고 한다면, 옳은 말일까? 그러니 서문을 마지막으로 읽어 보고 마무리라 생각하며 원고를 덮을 무렵의 좀처럼 무뎌질 줄 모르는 이 감정의 정체는 또 무엇이란 말인가? 내일 아침 일찍, 병원에 갔다가 우체국을 방문하고, 오후 특강을 하고, 집으로 돌아와야 하는 저녁이 기다리고 있다. 이런 삶을 나는 일상적이라 부를 수 있을까?

2018. 2. 5. ①

의사의 권고로 집에서 쉬면서, 요 며칠 (다시) 읽은 만화책:

1. 다니구치 지로, 『열네 살』(1, 2): 융숭하고 깊은 원근법이 시간의 무게를 잰다.

2. 마누엘레 피오르, 『초속 5,000킬로미터』: 파스텔의 감각은 누구도 흉내 내기 어려운 장기.

3. 데이비드 미추켈리, 『유리의 도시』: 기하학적 구도가 지적 색채를 입힌다.

4. 이희재, 『간판 스타』: 그림의 생동감과 움직임으로 이야기를 이끌고 간다.

5. 고우영, 『십팔사략』: 간결한 선 몇 개로 담아내는 풍경들은 아

름답다는 말로는 부족하다.

2018. 2. 5. ②

'법은 멀고 주먹은 가깝다' 같은 이상한 '속담'이 떠오른다. '멀다'는 '눈이 멀었다'는 뜻인 것 같다. 신화 속 법과 정의의 여신 아스트라이어(Astraea)가 헝겊으로 제 두 눈을 가리고 있는 이유도 다시 해석될 것 같다. 주관적 판단을 배제하기 위해 눈을 가리는 게 아니라 질끈 감겠다는 뜻 아닐까. 한 손에 들고 있는 칼은 엄격하게 법을 집행하겠다는 의미를 품은 것이지만, 가차 없이 판단한다거나 단호히 휘두른다는 뜻으로도 읽힐 가능성도 만들어 낸다. 다른 한 손에 공평하게 정의로움을 추구하겠다는 의미의 저울은, 라면 받침이나 예상을 깡그리 뒤엎은 출소를 알리는 꽹과리, 수척해진 얼굴을 출소하기 전 한 번 비춰 보고 로션이나 바를 거울 대용으로 사용하는 편이 좋겠다. 출소하는 삼성. 삼성. 삼성. 별이 셋이다. 감옥을 세 번 가서 달게 된 그 훈장 같은 별인가? 저 별은 누구의 별인가? 죄와 벌인가? 달아나는 발인가? 별별 일을 다 본다는 바로 그 별, 자손 대대로 물려준다는 그 별별인가? 이 세 별들…. 지겹다. 별별별…. 벌벌벌…. 부르르 떤다.

2018. 2. 8.

지난 화요일, 수술 후, 채 회복되지 않은 발을 끌고 부랴부랴 택시를 타고 찾아간 홍대 근처 수제버거집 부근에 도착해, 추위에 떠니 발의 통증이 오히려 마비되었던 것 같았다. 고생(?) 끝에 반가운 분을 만나니 참 좋았다. 대담의 사전 모임 같은 것이었다. 며칠 후면 사회를 봐야 하는데 내가 잘 아는 주제가 아니었다. 대략 난감…. 인

공지능과 글쓰기, 자동번역, 이런 주제를 언어학적으로 혹은 문학적
으로 이야기하는 게 그리 어려운 건 아니다. 관련된 글도 두 편 정도
썼던 것 같다. 그러나 소설가와 뇌과학자, 인공지능 전문가가 이 주
제로 나누게 될 대담 전반을 진행하는 건 정말 자신이 없다. 날짜가
제법 남았다고 해도 희망이 보이지 않는다. 이 수제버거집 입구/내
부의 풍경들이 독특하다. 그런데 추웠다. 몹시 추웠다. 안도 밖도 다
추웠다. 돌아오는 길, 택시를 또 타야 했는데…. 택시는 없었고, 거
리는 추웠다. 몹시 추웠다. 후미진 곳에서 벗어나 택시를 잡으려고,
걷고 또 걷다가, 두 번 넘어지고, 우여곡절 끝에 택시를 타고 집에
왔다. 몸이며 발이며 엉망이 되어 밤새 끙끙 앓았다. 선약이 아니었
더라면…. 후유증으로 오늘까지 고생하고 있네….

2018. 2. 10.

일상에서 마주한 것들, 그리고 잡념들

1. 학교 편의점에서 김밥을 사 먹으면 한두 시간 지나 속이 불편
해진다.

2. 군대 생활을 함께했던, 그러나 이후 만나지 않았던 사람에게
전화를 받으면 낯설다. 특히 할 말이 없다. 존댓말을 쓰면 왜 그러시
냐고 상대방이 오히려 불편해한다. 대부분 술자리에서 걸려 온 전화
다. 꼭 만나자고 하는데 그럴 마음이 전혀 생기지 않는다.

3. 고등학교 동창에게 걸려 온 전화도 마찬가지다.

4. 원고를 쓸 때, 내부·외부에서 뭔가 심란한 일이 생기거나, 사회
적·개인적·역사적·사상적으로 소란스러우면, 시간이 있어도 글을 잘
쓰지 못한다. 최근에 부쩍 이런 일이 잦다. 나 스스로에게 실망한다.

5. 예고 없는 방문은, 누가 되었건, 정말 피곤하다. 그냥 집에 있

을 걸 그랬다는 후회가 밀려와 나 자신에게 외려 짜증을 낸다.

6. 다시 시작한 공사 소리에 편두통이 재발했다. 두통약은 사람을 쉬이 지치게 한다.

7. 아이코스는 담배보다 천천히 들이켜야 하며 간격도 조금 두어야 하는데, 글을 쓸 때는 소용없다. 담배로 다시 돌아가고 싶어진다. 다만 글을 쓰지 않을 때는 일산화탄소 흡입으로 인한 두통이 없어 좋은 것 같다.

8. 번역이 자꾸 더딜 때, 번역을 자꾸 미룰 때 도대체 나는 어떻게 생겨 먹은 인간인가, 한숨이 절로 나온다.

9. 집에 돌아와 신발만 벗으면 내 손은 잡지나 만화책, 리모컨만 찾는다. 프랑스에서처럼 신발을 신고 생활해야 하나 고민해 보지만, 가능하지 않다는 걸 금방 안다.

10. 트위터를 들여다보면서 세상에서 가장 쓸모없이 시간을 보내는 것 같아 미치겠다. 사건이 그곳에서 주로 터지니까…. 요즘 페북도 다르지 않다. 이런 생각을 하면서 한편으로 '좋아요'에 홀딱 반하는 심리 구조를 알려 준 김학진의 글을 읽는데, 그래도 소용이 없는 것 같다. 지금 이 글을 쓰는 순간도 마찬가지겠지….

11. 아침에 우유를 마시는 게 여러모로 좋다는 사실을 경험적으로 알지만, 커피를 찾는다. 심장에 좋지 않다는 말을 들어도 소용이 없다. 하루에 다섯 잔 정도를 마시는 걸 어떻게 말릴까?

12. 담배, 커피, 포도주: 내가 가장 좋아하는 세 가지…. 아울러 치즈, 바게트, 짭짤한 버터(beurre salé), 장봉 크뤼(jambon cru), 말린 소시지(sossisson sec)를 좋아한다. 모두 의사가 먹지 말라고 한다. 울고 싶다. 정말 엉엉 울고 싶다.

13. 요즘 영화를 보다가 자주 우는데, 이런 내가 정말 피곤하고 짜

증 난다. 인상적인 장면은 대부분 그날 밤 꿈에서, 다소 비극적이고 잔인하게 변형되어 나타난다.

14. '도대체 시가 도대체 뭐길래', '예술이 뭐가 그리 대단하길래'를 입에, 부르지 못한 노래의 후렴구처럼 달고 사는 내가 나도 좀 지겹다. 곧 지나가리라. 그래도 시를 읽는다.

15. 무언가를 해야만 해서 하는 것과 해야 할 필요성을 절감해서 하는 것 사이의 비구분이 나를 환장하게 만든다. 공부를 정말로 하지 않는다는 거다. 그걸 알면서도, 이미 아는 걸 사용하는 일로 대부분 시간을 보낸다. 아마 내 한계겠지…. 속에서 확, 불길이 인다. 아주 죽을 맛, 요즘 말로 '병맛'이다.

16. 떡볶이와 오뎅을 먹고 싶을 때 떡볶이와 오뎅을 먹자.

17. 시간을 늘릴 방법은 느리게 사는 건데 그걸 못해 슬프다.

2018. 2. 14.

어떤 이유로 우웰백의 『소립자』를 다시 읽었다. 이 책은 주체에 관한 헤겔의 관점을 완벽하게 전복한다. 아울러 예술에 관하여, 시에 관하여, 그 행위의 가치에 관한 사유는 동일성에서 다원성으로 이전한다. 이는 사유의 차원, 그러니까 몸/영혼의 형이상학적 이분법에 대한 비판을 넘어 이 양자의 봉합이나 탈구축과도 연관된다. 문학은 항상 이런 방식으로 사유 거리를 남기는데, 이 소설적 방식은 철학을 포괄하면서도 철학이 담지 않거나 담지 못하는 것조차 우리 곁으로 데려와 각성의 독서, 독서의 각성이라는 형식 속에서 일어나는 반응을 만들어 내고, 삶에 그것을 가지고 기투한다. 입자가 아닌 것이 전체가 아니듯, 입자는 오로지 전체라는 조직 속에서 자기 자리를 갖는다. 실체론에서 관계론으로의 이행은 소설 및 시, 도처에서 일어나고 있었던 것이다.

2018. 2. 21.

눈을 감는 게 두렵다. 두 눈을 감으면 별들이 떠돌아다니고, 하얀 장막이 하늘을 가린다. 자꾸 하늘로 올라간다. 뿌옇게, 뿌옇게, 그러다 마치 온 세상에 물방울이 맺힌 것처럼, 촉촉해지고 액체가 되어 흘러내린다. 저 멀리 어디선가 나 모르는 적막한 곳에서 바람이 불어온다. 춥다. 귀에 윙윙거리는 소리가 들려온다. 춥다. 춥다. 마침내 아무것도 보이지 않고, 아무것도 들리지 않고, 아무 감촉도 없는 곳, 거기에는 검은 깃발만이 사방에서 나부끼고 있다. 입술 사이로 나지막이 black out…이라는 낱말이 흘러나온다. 슬픔이 곳곳을 누비고 있다. 나는 어찌할 바를 모르고, 우두커니 아무도 없는 골목 한가운데 서 있는 꼬마 같다. 이렇게 작아진 적이 없었다. 바다 한가운데로 나간 거북이 이야기가 떠오른다.

2018. 2. 23.

피곤하다. 시간이 좀 멈추면 좋겠다. 눈을 감으면, 눈을 감으면, 눈을 감으면…. 눈이 내렸으면 좋겠다. 비가 아니라 눈이 내리면 좋겠다. 펑펑 내리면 좋겠다. '펑펑'이라는 말의 저 권력….

행사가 끝났다. 내 컨디션이 좋지 않아 진행을 잘하지 못한 것 같다. 패널로 나온 뇌과학자, 상당히 말을 많이 했는데, 그게 딱히 나빴다고 하긴 어렵지만, 맥락을 완전히 자기 것으로 만들어 버렸다. 굉장히 할 말이 많은 사람이었는데, 인공지능과 자동번역 등에 관한 설명이나 소개보다는, 거의 자기 이야기였고, 나는 그 이기심과 순진함(?)에 조금 놀랐다. 더 놀라운 건 연예인처럼 자기 말을 하고 있다는 사실. 배수아 작가에게 미안하다. 배수아 작가, 빛났다. 고마웠다. 아아! 지금, 거짓말처럼 눈이 온다.

2018. 2. 24.

'육당연구학회'를 마쳤다. 발표 원고를 보면서, 나만 그런 건지 모르겠지만, 젊은 연구자들이 너무 바쁘다는 생각을 했다. 피곤한 얼굴로 학회장에서 만난 그들보다 그들의 발표 원고가 나를 더 놀라게 했다. '육당과 횡보'는, 시간이 없었을 거라 짐작했지만, 이 연구자가 애당초 쓰고 싶지 않은 주제를 갖고 고민했던 것은 아니었나 하는 의구심마저 들었다. 정작 듣고 싶은 말은 글에서 찾아볼 수 없었다. 쓰다 만 꼴이었다. 어느 역사학자의 '신화론과 일본 비틀기'도 마찬가지였다. 너무나 평범한 내용을 자기만의 지식으로 둔갑시킨 발표문도 그랬지만, 결론은 비약이 너무 많아 해프닝 자체였고, 진지한 인문학 연구로는 가히 빵점짜리였다. 「소년」과 일본의 「소년원」을 비교한 글 역시, 경청할 만한 분석은 이루어지지 않았고, 고작해야 발표자가 일본어를 할 줄 안다는 사실 정도가 확인되는 수준에서 그쳤다. 나의 실망, 내 기대치라고 하는 것 역시 개인적이다. 그러나 오늘 발표한 몇몇 연구자들의 글은 육당연구학회가 그간 성취한 수많은 연구 성과에 비하면 정말로 초라하다. 다소 우울한 기분. 10년 전부터, 아니 그전부터, 우리는 얼마나 조마조마해 하면서, 혹은 최소한의 창피라도 모면하고자 발표 원고에 공을 들이고, 밤을 새워 가며 연구에 열정을 바쳤던가! 오늘 같은 경우는 적어도 없었던 것 같았다. 그간 우리는 최소한 중요하다는 인식에 따라 각자 최대한 노력은 했던 것 같은데, 오늘 몇몇 발표자의 글, 특히 위의 세 분의 글, 그러니까 비교적 젊다고 해야 할 연구자들의 글은 실망 그 자체였다. 성의조차 없었는데, 스스로 그 사실을 깨닫지도 못하는 것 같았다. 선행 연구를 좀 읽어 보고, 선행 연구가 어떤 과정을 거쳐 나온 것인지, 한 번쯤 진지하게 자문했으면 어땠을까. 아울러 학회에 덜 준비된, 다시 말해 (각자의 한계에서) 최소한의 완성도 되지 않은, 그러니까 최선을 다하지도 않은, 다시 말해, 애정 없는 발표를 들으러, 혹은 그런 글을 열심히 읽고 토론을 하러 주말을 포기하고 나올 수는 없다. 그간의 연구와 성과에서 느꼈던 좋던 기분이 이 세 분의 발표로 팍삭 깨져 버렸다. 어쩌나!!! 학술 대회를 기획한 박진영, 구인모 선생님께 내가 면목이 없다. 조금 더 신경을 써야 했다. 황호덕 선생도 바빴고, 나도 바쁘다는 핑계로 무관심했다. 내년은 삼일운동 100주년 학술 대회를 열 것이다. 준비를 잘해야겠다.

2018. 2. 26.

핸드폰을 없애든지 해야지…. 자기 전에 항상 책을 읽던 습관이 차츰 사라지고, 생각하는 시간이 점점 줄어드는 데에는 분명한 이유가 하나 있을 뿐이다. 매체는 가히 차고 넘치며, 내가 무언가를 선택해서 글을 읽는 것도 아니며, 타인의 사생활을 본의 아니게 알게 되고, 나의 그것도 은연중에 전시하게 된다. 삶의 패턴이 근본적으로 달라지고 있다. SNS는 너무나도 기묘하고 집요해서 어지간한 의지 없이는, 절대 벗어날 수가 없다. 벗어날 필요가 없다는 생각의 이면에는 내가 원하는 것만 취하면 된다는 자신감이 자리하고 있겠으나, 윈도우가 원할 때 열어 정보를 취하고 또 원할 때 닫는 창문이 아니듯, SNS는 삶으로 치고 들어오고, 무언가를 가져가며 시간을 휩쓸어 버리고, 더러 무언가를 주며(정보), 나 모르는 사이 삶을 서서히 장악하고 만다. 이런 생각을 하다 보면 결국 페이스북을 탈퇴해야 한다는 결론이 나온다. 핸드폰을 들여다보며 보내는 시간에 뭐라도 쓰고 또 읽거나, 산책이라도 할 수 있는 삶을 살고 싶다. 내 주위에서 핸드폰을 사용하지 않는 사람은 황인숙 시인과 김정환 시인뿐이다. 갑자기 이 두 분이 위대해 보인다.

2018. 4. 12.

여러 이유로 미루고 또 미뤘던 글을 방금 마쳤다. 기분이 날아갈 것 같다. 빛나는 시를 애면글면 어쩌지 못했다. 자책은 아니지만 내가 이 시인을 너무 좋아해서 쉽사리 글이 진행되지 않았던 것 같다. 지난달 비평집 『의미의 자리』가 출간된 다음, 좀처럼 우울증이 가시질 않았는데, 오늘 하루 일용할 엔도르핀을 구했으니, 그간 읽지 못했던 책이나 펼쳐 보며 하루를 농땡이 치기로 하자!

2018. 4. 13.

양장피와 독주. 지난 화요일, 지난달의 시집 발간을 축하할 겸, 오랜만에 시인 두 분과 함께한 술자리. 근래 내가 쓴 해설 중 가장 마음에 든다는 자평과 더불어 술잔이 바삐 돌았다. 해설 쓰는 데 시간이 얼마나 걸렸냐는 물음에, 나는 호기롭게 '하루'라고 대답했다. 터져 나온 '오호', 사이로 나는, 그러나 준비하는 데 열 배가량의 시간이 들었다라고 기어가는 목소리로 말했지만, 공기 사이를 어수선하게 떠돌아다니는 이 '오호'에 그만 묻혀 버렸다. 시인과 비평가 사이에도 궁합 같은 게 있나 보다. 돌아보니, 내 첫 시 비평도 이 시인에 대한 글이었다. 나는 내 해설이 썩 마음에 든다. 그리고 이 사실을 말했더니, 시인도 내 해설이 좋다고, 힘껏 추켜세운다. 미안해. 창피해. 그래도 나는 내 해설이 정말 좋았다고, 머뭇거리지 않고 썼다고, 열심히 읽고 메모하고, 또 푹 빠져 뜨거운 마음과 차가운 머리로 썼다고 지껄였다. 술도 정말 좋았다. 취하지 않았다. 2차 자리가 이어졌고, 포도주를 나눠 마셨다. 취하지 않았다. 자정을 넘기자 모두 자리에서 일어났다. 누군가를 만나는 것 자체가 두려웠던 시간들, 여전히 우울하지만, 아픈 사람들, 힘들어하는 사람들, (옛) 친구들, 자주 만났던 사람들, 함께 웃고 떠들며 즐거워했던 사람들에게, 멀리서 안부를 전한다.

2018. 4. 14. ①

며칠 전, 페이스북, 그래, 다시 돌아왔다. 모든 매체가 이데올로기의 터전이다. 이 사실이 지긋지긋하다. 그래도 돌아왔다. 곧 다시 탈퇴할 것 같은 예감이 든다. 그래도 다시 돌아왔다. 아침에 원고를 넘기고 나서 엔도르핀이 급증한 까닭이다. 페친들의 탐라를 바삐 돌아다니며 눈팅을 한다. 오후가 저물고 있다. 롤랑 비네의 『언어의 일곱 번째 기능(La 7eme fonction du langage)』을 집어 들고 침대로 향한다. 크리스테바가 스파이였다는 기사(가짜 뉴스 아닐까?)를 읽고 나니, 한때 '텔켈(Tel Quel)' 그룹으로 박사 학위논문을 써 볼까 잠시 고민했던 시절이 떠오른다. 나는 기호학을 일종의 '사기'라고 생각한다. 소쉬르를 다시 읽어 보라! 잘, 꼼꼼히, 읽어 보라! 『모든: 시』 여름호 '앙리 메쇼닉' 연재는 '기호학과 구조주의의 아버지' 소쉬르를 다룰 것이다. 아버지를 아버지라 부르지 못하게, 독하게, 제대로 쓰기로 결심한다.

2018. 4. 14. ②

두 권의 시집. 대개 시집이 나오면 바로 구입하는 편이다. 일주일

정도 지나면, 고맙게도 시인들이 직접 보내 주신 '사인본'을 받아 들게 되는 경우가 종종 있다. 그렇게 두 권을 갖게 된다. 일주일 사이에 읽은 흔적이 표시된 시집이 있으면, 그 시집은 사인본과 함께 책꽂이에 그대로 남겨진다. 깨끗한 경우, 시를 공부하는 대학원생이나 주변의 지인들에게 내가 구입한 시집을 준다. 대학 시절, 시집을 선물하는 경우가 많았다. 원하건, 원하지 않건, 누군가에게 선물해야 할 때, 가령 생일 모임에 초대받아, 시집 한 권 사서 들고(삼천 원에서 삼천오백 원 정도였던 것으로 기억한다), 자리엘 가면, 별로 좋아하는 눈치는 아니었다. 이후, 내가 선물로 준 시집에 관해 다시 이야기를 꺼내는 경우가 거의 없었고, 말을 하지는 않았지만, 그 사실로 작은 상처를 받기도 했던 것 같다. 시집을 선물해서 낭패를 본 적도 있었다. 대학 4학년 때, 역시 생일이었다. 실망의 기미를 감추지 못했다. 아마 헤어지는 간접적인 이유가 된 것 같다. 생일 선물로는 시집보다는 다른 것이 더 좋을 수 있다는 사실을 그때 알았다. 이후로는 시집을 선물하지 않았다. 가격이 문제였던 것일까, 그건 아니었을 것이다. 책상에 쌓여 있는 복수(複數)의 시집 중 하나를 누군가에게 줄 것 같다. 내가 줄 이 시집이 샌드위치와 커피를 사 먹을 때 느끼는 정도의 만족감을 그 사람에게 주었으면 좋겠다.

2018. 4. 15.

벚꽃이 지고 있다.

몇 해 전, 애니메이션 「초속 5센티미터(秒速5センチメートル)」(2007)를 연달아 보았던 기억이 난다. 세 가지 에피소드 중 특히 기차를 타고 여학생을 만나러 가는 길, 한없이 지연되는 기차 안에서 혼잣말을 하던 장면이 너무 좋아 한 번 더 보았다. 이상하게도 이 영화를

보면서 중학 시절 읽고 좋아했던 한수산의『어떤 개인 날』과 김민숙의『목요일의 아이』가 생각났다. 한수산의 책은 내내 찾았으나 없었다. 김민숙의 책은 아직도 갖고 있다.『어떤 개인 날』1979년 판본을 갖고 싶다. 오늘 아침, 남아 있던 벚꽃이 때마침 내린 비로 모두 떨어졌다. 초속 5센티미터는 아니었지만, 애니메이션을 봤을 때 들었던 이상한 감정이 일시에 나를 찾아왔다. 벚꽃은 이때가 가장 ( )하다. 괄호 속의 낱말을 찾지 못하겠다. 괄호 속 낱말은 나중에 다시 생각해 보기로 한다.

레몽 크노(Queneau)의 첫 시집『떡갈나무와 개(Chêne et chien)』(1937)를 읽는다. 크노가 아주 젊었을 때 쓴 이 장시(長詩)는 "나는 1903년 2월 21일 르 아브르에서 태어났다"로 시작한다. 딱히 난해한 어휘가 많은 편도 아니고, 문장도 그리 복잡하지 않지만(3부를 제외하고), 온갖 종류의 운문 형식을 모조리 실험하며, 단락과 단락을 독특하게 나누어 전개한다. 크노는 자기 시집을 '운문으로 된 한 편의 이야기', 혹은 '운문 소설'이라고 불렀다. 70쪽가량의 긴 시를 3부로 묶었을 뿐, 각 시편에 제목 없이 다양한 형식으로 변주된 운문들이 변화무쌍하게 이어질 뿐이다. 일화 하나를 푸가의 변주처럼 99가지 문체로 변주해 낸『문체 연습(Exercices de style)』은 아마 이 시집에서 착안하고 전개했던 실험을, 더, 완벽하게 밀어붙인 게 분명하다. 번역이 기대되는 만큼 고생문이 열렸다. 여름방학은 크노와 함께!

2018. 4. 16.

오전의 독서:

1.『언어의 7번째 기능』: 당시 프랑스의 지적 분위기를 이해할 수

있을까? 통번역 전공자의 문학 번역에 대해, 편견을 갖지 않으려면, 과연 어떤 노력이 필요한 걸까? 아아아! 급-급-찾아오는, 자괴감!

2.『우리는 거대한 차이 속에서 살고 있다』: 위화의 글은 간혹 소설보다 에세이가 더 큰 울림을 갖는다. 번역은『사람의 목소리는 빛보다 멀리 간다』가 훨씬 좋다. 한 작가의 두 번역가라…. 언젠가 글로 써 보리라. 위화 번역의 예는 이 주제에 아주 적당하다. 나는 중국 선봉파 작가들의 작품의 번역가로 김태성보다 뛰어난 사람을 아직 알지 못한다.

2018. 4. 17.

글은 항상 어렵다. 쪼가리 글이라고 왜 어렵지 않겠는가? 번역은 온갖 자료를 찾아 가장 정답에 근접한 말을 찾아내는 일, 그러니까 일종의 결정과 비결정의 연속, 그렇게 다소 매정한 글이다. 논문은 논리적 정합성을 따라 차곡차곡 쟁여 가는 이성적 풀림과 그것의 논리적 봉합, 그러니까 차가운 글이며, 서평은 무엇을 버릴지 칼을 들고 최소한의 이야기를 구축해야 하는 글, 조립식 완구를 만드는 일과 흡사한, 그러니까 절묘한 글이다. (개인적으로) 가장 어려운 글은 시집 해설이다. 해설은 아무것도 없는 상태에서 텍스트의 미로를 홀로 헤매며 출구를 찾고, 우여곡절 끝에 돌아 나와 그 미로의 구성과 가치를 보았다고 말하여, 오롯이 미로에게 바쳐진 헌사를 짓기 위해 희생한 뒤, 자신마저 과감히 버리는 사랑, 그러니까 나를 걸고 임하는 타자와의 내기이기 때문이다. 많은 걸 걸었으나 대답을 듣지 못해, 혼자서 물음을 던지고 또 들었다고 여기는 대답마저 찾아내야 하는 지독한 글, 그렇게 항상 지고야 마는, 내가 패배한다는 속성으로만 타자의 아름다움을 폭로하는 글이다. 이 계절, 어쩌다 보니, 해설이 밀려 있다. 2월에 썼어야 마땅한 글도 있다. 고작 하나를 끝냈을 뿐인데도, 벌써 두 다리를 잃고 허공을 걷는 기분이다.

2018. 4. 18.

삶의 리듬은, 어떤 이유 때문이건, 한번 망가지면 이전에 정상이라 스스로 여기게 되는 그런 상태로 되돌리기 힘들다는 사실을 절감한다. 너무나 피곤하고 또 너무 늦은 시간인데, 두 눈을 감으면 생각이 번개처럼 떠다니며 잠으로 직진하지 못하게 방해를 한다. 과도한 흡연은 후유증처럼 사변을 허공에 날려 보내는 것 같지만, 새벽 무렵에 잠이 들어, 이른 아침이 되어, 전날 맞춰 놓은 알람 소리에 놀라 황급히 잠자리에서 빠져나와, 흐리멍덩한 정신으로 샤워를 하기 시작할 무렵, 이제 곧 시작될 하루가 피로와 우울로 가득할 거라는 사실에 대한 아주 작은 알리바이로 모습을 바꾸곤 하는 것이다. 이제 나는 내 우울이 별로 놀랍지 않은 것 같다. 다만 착각은 하지 않기로 한다. 허우적거리는 거 맞다. 부정할 생각도, 성급히 빠져나왔다고도 말하지 않겠다. 견딘다고도 말하지 않겠다. 견뎌야 하는 삶 같은 건, 어디에도 없다. 견딘다는 말 자체가 사치인 삶이 여기저기 이어지고 있을 뿐이다. 무엇이 나를 수면에서 몰아낸 것일까? 어제 채혈을 했고, 팔뚝을 꾹 누르며 같은 병원에서 병마와 싸우고 계신 선생님을 잠시 뵈러 엘리베이터 버튼을 눌렀다. 오늘은 아침 일찍 의사를 만나는 날이다. 기왕에 수면제도 처방해 달라고 해야겠다. 상담은 별 도움이 되지 않을 것이다. 경험적으로 알 정도가 되어서야 알게 되는 모종의 사실이 허망한 것처럼, 경험하지 않고 확신의 반열 위로 올려놓는 직관도 항상 위험성을 내포하는 거니까. 그러니까 나는 내가 무척 잘 살고 있다고 생각한다. 그렇게 생각하지 않을 이유가 없다.

2018. 4. 26.

이런 변화가 쉽지는 않았을 것이다. 이전 시집에 비해 조금 더 주관성과 부조리성이 강해진 시, 구어(活)와 문어(知)의 교차를 대화와 방백, 독백(그러니까, 情)을 통해 토해 내는 시, '알 수 없음'과 '-처럼'으로 집 한 채를 짓는 시. "우리는 방금 앞을 실천하였다"처럼, 번역되지 않을 문장들로 가득한 시. '오늘'의 시학, '나-여기-지금(je-ici-maintenant)'의 지표들로 흥건히 백지를 적시는 시. 미답의 영역에 이렇게 발을 들여놓는다. 아직-여전히, 살아가고 있다는 사실이 기적과 같이 느껴지는, 무한 반복의 공간, '물류 창고' 안의 저 지루한 반복 속에서 무능과 불능을 독특한 언어로 한 차례 더 확인하는 시. 죽음을 입고 사는 존재들의 '나아갈 수 없음'과 '할 수 없음'으로 이상한 문장들을 울려 내는 시. 어느새 슬픔 속에 당도해 있다는 사실을 문득 깨닫게 해 주는 시들을 읽으며, 마음을 달래고, 달래고, 달래고, 시간을 죽이고, 죽이고, 죽이고 있다. 무시무시한 이 삶 앞에서 무슨 말을 할 수 있어 또 입을 요란스레 열 수 있다는 말인가?

2018. 4. 27. ①

어느 시인이 심야의 고속버스는 우주선을 탄 것과 같은 기분이 든다며 좋아했다. 아침 8시에 시작된 긴 일정이 예상보다 조금 일찍 끝났다. 아주 오랜만에 사람들이 북적이는 자리에 갔다. 형평문학상의 취지와 오늘의 남북 정상회담이 기묘하게, 같은 길 위에 있는 것 같은 느낌은 나만의 것이 아니었던 것 같다. 형평운동은 백정들의 신분 개혁 운동이었다고 한다. 수상자는 시상식이 열리기 전에 꼭 형평기념탑을 보고 싶다고 했다. 과연 좋았다. 점심 식사를 위해 찾아간 식당도 굿-굿-굿이었다. 식당은 1910년대에 지어진 가옥이라고 했다. 시상식 이후 뒷자리에서 사람들은 형평문학상에 얽힌 이야기와 남북 정상회담을 번갈아 주제로 꺼내 들었고, 오늘만큼은 유난히 사람들이 많이 웃는 것 같아, 나도 유쾌했다. 그 누구도 인상을 찡그리지 않았다는 게 잘 믿어지지 않는다. 내 삶에서는 가능하지 않으리라고 여겼던 것들이 현실의 지평 위로 잠시 찾아든 느낌은 나만의 착각은 아닐 것이다. 내일은 아마 뉴스 다시 보기를 하면서 보낼 것 같다. 새벽부터 서둘러서 그랬을까? 피곤이 몰려온다. 이 우주선을 타고 음악을 들으며, 눈을 조금 붙이기로 한다. 북으로 향하는 길 위에서, 그 길을 살짝 상상하며…. 쏟아지는 폭포에 온몸을 적시고, 산봉우리에서 기침하는 사명대사를 만나고, 할아버지 고향 황해도 배천(百川)에서 안중근의 어머니 조마리아 여사, 증조(고조?)할머니를 만난다.

2018. 4. 27. ②

한국 교회를 모두 도서관으로 바꾸면 좋겠다.

2018. 4. 30.

말이 다소간 헛도는 속성을 바탕으로 굴러간다는 비극 때문에 주관성의 공간이 생겨나는 것까지 어쩔 수 없다고 해도, 분석에 그치지 않고 함부로 제 판단을 내려놓는 글을 볼 때마다, 어쩔 수 없이 인내심은 바닥을 친다. 적은 대부분 가까이 있으며 실로 그렇다. 긁히고 찍히는 것은 모종의 믿음이 허물어지며 녹아내리는 글의 발등이다. 그러니까 사뭇 연기와도 같이 흩어지고 말 시간이 사방에서 흐르고 있으며, 그 한 자락을 붙잡고 그토록 애를 쓰고야 마는 것이다. 텍스트 앞에 놓여 있다는 것은 무엇인가? 어투, 리듬, 배치 등이 텍스트에 대고 빈번하게 긋곤 하는 주관성의 궤적을 빗겨 설 수 있다는 과감한 믿음은 시를 화자와 문법의 산물로 제한하는 관점만큼이나 어리석어 보인다. 글 전체가 빚어내는 그림을 사유하려면 어떻게 해야 하나? 말을 붙잡고 오고 또 가는, 주고 또 받는, 지루한 저 시소게임 속에는, 삶을 담아내는 사유의 마찰과 시인이 손아귀에 감추고 있는 가장 확실하면서도 불확실한 패가 서로 대면을 하고 있는 모종의 힘겨루기가 존재할 것이라고 나는 믿는다. 곤혹스러운 것은, 감은 눈을 뜨는 동시에 달콤한 열매가 제 입으로 저절로 떨어질 것이라는 기대 속에서 밤낮없이 남의 책장을 뒤적거리고 부지런히 제 말로 옮겨 적는 자들이다. 이들을 볼 때마다, 삶에 기적이 있다거나 단박에 모든 것을 낫게 해 주는 만병통치약이 있을 거라는 막연한 사이비 신학과도 같은 신념에 기대어 적잖은 시간을 낭비하는 자들의 저 질투에 사로잡힌 열망이 잠시 선연해지곤 한다.

2018. 5. 2.

편집장: 4월 말 마감이었습니다. 내일까지….

나: 어렵겠습니다.

편집장: 주간님과 말씀 나누시죠.

나: 네.

주간: 언제까지?

나: 도무지 모르겠어요.

주간: 이번 주까지 보내 주세요.

나: 불가능….

주간: 그럼 언제까지?

나: 보내긴 보내겠습니다.

주간: 그럼 다음 주까지 주세요.

나: 어려울 것 같아요. (뭣도 있고, 요것도 저것도 해야 하고, 밀린 XYZ도 있고, 마음도 좋지 좋고, 이상하게 집중하기도 어렵고, 블라블라블라…. 세상 오만 가지 이유 × 변명을 줄줄 늘어놓고) 그래도 잡지 발간 전에 꼭 보냅니다. 6월 1일에 나오니, 5월 25일까지….

주간: 오! 지저스, 절대 있을 수 없는 일!

나: 그럼…. 음…. 연재는 한 회 쉬는 거로 하겠습니다.

주간: 늦더라도 보내 주세요.

(나는 이제 협박을 일삼는 깡패가 다 되었나 보다…. 죄송해요. 홍 주간님! 꼭 보낼게요!)

2018. 5. 3.

계단, 그리고 coffee, 검게 흐르는 음악, 빗소리 빗소리, 불면, 꺼지지 않는 불빛, 흐느끼는 음성, 벽 벽 벽, "시멘트가 좋다" 같은 문장으로 시작하는 시, 검은 머리카락, 몇 가지 삶의 공식들, 피할 수 없는 것, '구석'이라는 단어, '구석을 받다' 같은 말의 저 차가움, xyz, 원대한 평화, 침잠 그리고 참혹, $f(x) = \text{€ } a + b$ 같은 수학 공식, '지구는 돌고 있다'의 명백한 자유, adieu를 사랑하는 사람들, 새벽이 오는 소리의 파장과 약간의 기울어짐, '책기둥' 같은 낱말, 카프카와 괄호, 지밀과 앙뚜완, 책책책, inter-pulp, 낯선 것이 주는 공포와 환희, Perfect Earl Grey Individualist Club, 3월 17일 오후 2시, '여러분 안녕하시죠'의 폭력성, 받침이 많은 낱말, 리듬 리듬 리듬, 가슴에 불이 인다, 확확확. Good-bye blue sky!

2018. 5. 4.

  섭생, 수신, 상생, 화쟁, 통섭, 통달, 깨달음, 선, 회통, 정진, 수행, 영성 (한자는 알아서 짐작하시라), 베풂, 나눔, 소통, 좋은 삶 어쩌고 어쩌고 하는 인문학 연구자의 글을 나는 어지간하면 읽지 않는다. 공부를 너무 열심히 해서 그런 것이다. 이분들은, 매우 의욕적으로 학술 대회에 참가하고 논문을 발표한다. 논문을 모아 저서로 출간하기도 한다. 주장하는 것처럼 삶이 베풂이나 나눔, 소통이나 상생으로 이어지는 것은 아니다. 타인을 위해 돈을 쓰는 경우가 거의 없을 것 같으며, 반대로 금전에 집착할 것이 분명하다. 영성이니 깨달음이니 수행이니 하는 개념은 또 얼마나 이기적이며 기복(祈福)적인가! 평생 '옳은 말'을 찾아 얼마나 많은 시간을 골몰하며 자기 공부의 알리바이를 만들기 위해 애썼을 것이며, 책상머리를 붙잡고 세월을 헛살지 않았노라 자랑스레 떠들며, 안심을 하고 또 뽐내기 위해, 그럴듯해 보이는 타인의 글을 얼마나 자주 탐독하고 욕망했을 것인가? 인문학이 가련하다는 생각은 또 얼마나 자주했을 것인가. 깨달음을 명석하게 표현하기 위해 인문과학이란 낱말도 가져다 쓴다. 오로지 '인문학 발전을 위하여', 그러니까 무언가를 '위하여', 열심히, 갈고 닦고 또 닦자고 외치기 위해, 이러한 구호를 외치기 위해, 이 비장한 최후의 결구를 내려놓기 위해서!

  밀린 원고는 쓰지 않고 하루 종일 책을 읽으며 보내는 시간이 점점 길어지고 있다. 슬픈 순간들이 서로를 덧대며 지속되고 있다는 사실을 이제 나도 안다. 얼마 지나지 않아 몹시 후회할 시간이라는 것도, 그간의 경험으로, 안다. 그러니 이런 마음의 상태를 무엇이라 불러야 좋을까? 지연(遲延)의 쾌락적 독서, 혹은 방기의 미학적 몸부림과 같은 독서 기행인가?

사사키 아타루의 글을 읽다 보면 종교학이 얼마나 훌륭한 지(知)
의 '보고(寶庫)'인지를 깨닫게 된다. 근래 마음을 사로잡았던 열 권의
책 중 무려 세 권이 사사키 아타루의 책이다. 대학론, 번역론, 종교
론, 역사론, 정치론, 예술론, 혁명론, 존재론 등이 소설가 못지않은
입담과 강렬한 시선, 역사를 헤집고 지금-여기로 끌고 와, 마침내
효율적으로 '위치시키는' 뛰어난 재능 속에서 유려하게 펼쳐진다. 종
교학! 오오! 신선하다. 믿음을 내세운 사이비 신학과 쉴 새 없이 떠
들어 대는 현학적인 잡설과 강담이 이 사회를 통째로 구원이라는 배
위에 둥둥 띄우려 할 때, 역설적으로 그의 책들은 역사에 대한, 중
요하면서도 고유한 성찰을 포괄적으로 수행한다는 사실을 거침없이
드러내면서, 종교학이, 그러니까, 무엇을 할 수 있는지를 여실 없이
보여 준다.

2018. 5. 9.

시집 원고를 일부분 교정했다고 한다. 그 마음, 이해하고도 남음
이 있다. 처음부터 다시 읽기로 한다. 해설 원고가 조금 늦어질 것
같다. 시인에게 미안하지만, 어쩔 수 없다. 쉼표 하나가 바뀌어도 글
이 달라지는 게 사실이니까. 일종의 징그러운, 나의 결벽증이 분명
하다. 그래서 또 결벽증이라고 말하는 거니까. 나도 이런 내가 싫다.
공교롭게 아침부터 앓고 있다.

2018. 5. 10. ①

밀린 번역이 당분간 궤도에 오르지 못하리라는 불길한 예감에 사

로잡히자, 함께 일했던, 번역 원고를 넘겨야 하는 편집자의 얼굴이 잠시 떠올랐다. 번역의 노고를 알아준 사람, 지극히 타당한 제안으로 세상에 나오기 전 나의 번역을 돌볼 수 있게 함께 고민해 주었던 사람, 그러나 무엇보다도 번역의 가치를 알아봐 주고 격려로 글을 되돌아볼 힘을 준 사람…. 나는, 얼마나 자주 그를 괴롭혔던가? 함께했던 첫 작품을 마치고, 이후 다른 작품을 붙잡게 되었을 때, 그는 내가 번역 약속을 미룰 때마다 독촉하지 않았다. 그러기는커녕 내 온갖 핑계를 들어주었다. 오늘 통화를 했다. 나는 어눌한 몇 마디로 또 약속을 미뤄야만 했다. 미안하고 안타깝고 더러 슬펐지만 나는 그에게 고마워하고 있었다. 약속을 지키기 위해 오로지 정신력과 의지가 필요하리라 여겼던 내 생각은 또 얼마나 초라하고 어리석었던가? 마음이 내뻗은 길을 몸이 늘 따라 주는 것은 아니라는 사실이 나를 다시 수면의 영역 밖으로 추방한다. 착잡하면서도 죄를 짓는 기분이다. 문학을 문학으로 번역하는 일의 중요성을 다시 곱씹으며 페렉의 『잠자는 남자』와 주네의 『사형을 언도받은 자』, 데스노스의 『알 수 없는 여인에게』를 번역하며 연구실에서 하얗게 맞이했던, 그 잦았던 몇 년 전의 새벽들, 지금 이 새벽들을 담배를 피우며, 피우고 다시 피우며, 곱씹고 있다. 사방이 정말 하얗다.

2018. 5. 10. ②

어떤 점에서 원고 수정 과정을 지켜보며 한 작가의 작품을 서로 다른 판본을 통해 비교해 보는 작업은 굉장히 흥미로운 일에 속하며, 더러 비평의 실마리를 제공하기도 한다. 내가 알기로 '발생비평(critique génétique)'을 한국에 소개한 사람은 김현이었다. 그리고 그는 실로 최인훈의 『광장』의 개작 과정을 중심(특히 작품의 마지막 부분의 변화)으로 당시에는 제법 생소한 비평문을 썼다. 처음 글이 나왔을 때, 너무나 사소해 보였을 것이다. 작가가 몇 차례 고친 대목을 살펴보면, 집필 의도나 작품의 특수성(그러니까 특수하게 만들려는 고유한 대목들이 고친 부분이다!)이 드러나기도 한다.

어제저녁 새로 전해받은 『물류 창고』의 원고를 살펴보니, 스무 편 가량의 시가 수정되었다. 사소한 수정이 대부분이었다. 분류해 보면 1. 행 삭제, 행 첨가, 2. 구두점 수정(추가 혹은 삭제), 3. 종결사 수정, 4. 어휘 수정, 5. 작품 전체 배열 수정, 6. 시인의 말 수정 등이다. 변화한 대목을 들여다보는 게 무슨 소용이 있을까? 그런데 매우 흥미로운 지점들이 발생하기 시작한다. 난해하기로 알려진 이 시인이 조금 더 친근하게 느껴졌다고 할까. 왜 이 대목을 바꾸려 했을까? 왜 이 낱말을 지웠을까? 왜 이 대목은 마침표를 꾹꾹 눌러 표기하려고 했을까? 종결어미를 바꾸니 어투가 변했다. 이러한 변화가 시집에 어떤 영향을 미치는 걸까? 물론 바뀐 부분을 확인한 나의 작업, 그러니까 출력을 해서 원본(?)과 대조한 내 작업의 결과를 지금 쓰고 있는 해설에 반영하지는 않을 것 같다. 그런데도 흥미롭다. 해설이 조금 더 늦어질 것 같은 느낌이 드는 동시에 시인에게 약간 원망이 생겼다. 시인은 조금 수정했으니 신경 쓰지 않아도 된다고 했는데, 나는 자꾸자꾸 신경이 쓰이는 것이다. 모든 원고에는 운명과 사연이 있다. 조그마한 이야기가 생겼다. 피곤은 덤이다. 새벽같이 연구실에 나와 하나하나 비교해 보니 그래도 무척 재미있다.

한국문학에서 '발생비평'은 김현의 시도 외에는 잘 눈에 띄지 않는다. '발생비평'하니 몇 년 전에 『잠재문학실험실』(남종신·손예원·정인교, 워크룸프레스)이라는 기이한 책을 접하고 서평을 쓰며 느꼈던 즐거움이 떠오른다. 이와 같은 텍스트의 조작과 상호작용이나 실험을 살펴보며 만끽했던 재미가 요즘 내 삶에서 사라지고 있는 것 같다. '예상표절'에 관한 글을 썼을 때, 한유주의 소설을 대상으로 '번역문학'에 관해 글을 썼을 때, 신동옥과 이장욱의 시를 대상으로 '상호텍스트성'에 관한 글을 썼을 때 느꼈던 기묘한 흥분은 분명 '발생비평'과도 연관된다. 빙고!

2018. 5. 11.

최근에 해설을 쓴 시집은, 해설 원고를 넘기고 나서 제목이 '울프 노트'로 바뀌었다. 애초의 제목은 '샬롬'이었으며, 사실 제목이 해설에 적잖게 영향을 미쳤다. 해설에서 가장 중요한 키워드 중 하나는 그렇게 신과 기다림에 관한 것, 반복되는 삶의 무의미와 의미, 권태나 멜랑콜리와 같은 상태와 신, 자본주의의 근면성, 노동과 신이었다. 신(神)에 관한 물음이 왜 '불가지론'의 형식을 취할 수밖에 없는지, 이 주제가 왜 오늘날에도 계속 제기되고 마는지, 어찌하여 우리는 포스트모던이라는 이름으로 신을 극복했다고 스스로를 믿으며 홀가분해지면서, 눈을 질끔 감고 똑똑한 척을 하는지 등등을 중심으로 비판의 지점을 파고들었다. 아마 애초에 지금의 제목이었더라면, 결국 해설에서 조금만 언급하는 수준에 그친 'nuda vita', 그러니까 이 사회의 우수리나 희생양에 관해 르네 지라르의 글을 조금 참조해서 더 밀고 나갔을 것이 분명하다. 약간 원망 섞인 투로 이런 이야기를 시인에게 전하니, 시인은 '형이 이렇게 직접 다 말해 줘서, 이제 제가 알고 있으니 괜찮아요'라고 말한다. 좋다. 그런데 나는 조금 서운하다. 그리고 가뜩이나 부족한 내 글의 균형이 제목의 갑작스러운 변화로 조금 더 무너졌다는 생각이 들었다. 앞으로 출판사에 단단히 일러두기로 결심한다.

이 시집과 무관하게, 어쨌든 지금 붙잡고 있는 원고도 최종 수정 문제로 골머리를 앓고 있다. 몇 년 전 이제니 시인도, 교정이 잦아 결국 두 달이 더 걸렸다. 시인들! 일단 해설자에게 넘긴 원고를 중간에 가능하면 수정하지 말아 주세요! 오오! 부탁해요! 하긴 나도 비평 원고를 보낸 후, 교정하고 싶은 욕망에 시달리며 편집자를 괴롭히고 또 괴롭히니까, 쩝, 할 말은 없다.

2018. 5. 16. ①

아침의 비 소식, 오후에도 비 소식, 원고 쓰기 좋은 날씨, (오늘은 기필코 마감하리라) 고장 난 시계(時計), 사라지는 시계(視界), 수증기 같은 공기, 습기, 습기, 습기. 습식(濕式)이라는 말의 맥없는 기류, 담배 연기, 습도 매우 높음, 눈꺼풀 감김, 그리운 이름, 아니 이름들, 명사(名詞)를 이용할 것, 사물과 말, 대상과 언어, 그리고 관념 혹은 재현을 통해 당도하는 세계의 값, 혹은 지형도, 구성과 구조의 차이, 말과 말을 연결할 때 발생하는 이상한 침묵의 공간, 어지럽게 피어오르는 문장들의 춤, 머물기, 눈길을 주기, 담아 두기, 떠나기, 어제의 망고 몇 알과 사선(射線), 그리고 사선(死線), 삶의 알량한 질량, 한 줌의 시(minima poetica), 학살, 장벽, 통곡과 잦아들지 않는 먼지, poussière, 벽, 벽, 벽, '벽을 부수고 내달려도 다시 벽에 갇혔다' or '희망이라는 낱말을 제거하기에 이르렀다'와 같은 무시무시한 문장. 담장을 도끼로 두 번 찍은 자, 하루의 시작, 그리고 끝. voyage

d'Adieu, 어디에 강약을 주며 말해야 하는지를 잘 알고 있는 사람들
…. 완벽한 하루…. 혹은 그 시작의 알림 같은 것, 굵어지는 빗소리,
미묘한 흥분.

2018. 5. 16. ②

온종일 연구실에서 원고와 씨름해도 진척이 없다. 그러다 물에 젖
은 종이처럼 몸이 축 늘어져 버렸다. 식은땀이 분명한데 대관절 그
이유를 모르겠다. 얼마 전까지 조금 아팠으므로(지긋지긋한 감기! 인류는
감기로 멸망할 것이다!) 충분히 휴식을 취했으며, 잠이 그리 부족한 것도
아니고, 영양 공급이 중단된 것도 아니다. 정말 시간이 야속하게, 정
신없이, 마구, 흘러간다. 나는 이러다가 내가 하려던 일을 모조리 망
치고야 말 것이다. 이런저런 생각에 정말 심장이 터질 것 같다.

2018. 5. 18.

방금 깨달았다. 나는 밤을 새우지 않고는 글이 나오지 않는 사
람이라는 걸…. 그냥 포기하고 잠자리에 들기로 한다. '언어 이론
(théorie du langage)'은 '언어학(linguistique)'과는 조금 다르다. 언어 이
론이 시학의 근간이라는 사실을 설명하려 할 때, 가장 큰 장애물이
용어 번역에 있다는 사실을 새삼 확인하고 절망한다. 고바야시 히데
오 같은 사람, 가히 천재에 속한다는 사실을 다시 확인한다. 1928년,
그가 스물다섯의 나이에 번역한 소쉬르의 『일반언어학 강의』는 개
념어 번역의 놀라운 경지를 보여 준다. 게다가 세계 최초의 번역이
었다. 영어나 스페인어, 독일어나 이탈리아어 번역이 있었더라면 참
조라도 했을 텐데, 이 불굴의 젊은 학자는 아무런 전례도 없는, 온통
새롭고 낯선 제안들로 가득한 이 까다로운 프랑스어 텍스트를 훌륭

히 일본어로 감당(?)해 내는 것이다. 한국에서 내가 아는 한, 가장 뛰어난 언어학자, 일반언어학에 대해 가장 좋은 글을 쓴, 쓸 수 있는, 거의 유일한 사람은 고종석이다. 『말들의 풍경』과 『감염된 언어』는 얼마나 좋은 언어학 책이었던가? 많이 아프신데 쾌차하셨으면 좋겠다.

2018. 5. 19.

방금 원고를 보내긴 했는데 이게 잘하는 짓인지는 정말 모르겠다. 내내 딴짓을 하다가 며칠에 몰아 쓰는 거, 그것도 막바지에 그 무슨 영예를 누리겠다고 연구실 불을 환하게 켜고 밤을 홀라당 새운단 말인가? 오늘은 그래도 일찍 보낸 것 같은데…. 서둘러 보내기 전 나는 아마 출력해서 한 번 더 원고를 읽었어야만 했을 것이다. 그런데 이 버릇을 고치려면 어떻게 해야 하는가? 일단 집에 가서 주말 내내 고민해 보자.

2018. 5. 20.

연구실이 조금 춥다. 다시 감기에 걸릴 것 같아 일하다 말고 짐을 싸서 어디론가 가기로 한다. 더우면 더워서, 추우면 추워서, 비가 오면 좋아서, 주위에서 조그만 공사 소리라도 들려오면 시끄러워서, 누군가 찾아오면 이야기 나눈 다음에 밀려드는 피로 때문에, 어쩌다 재미있는 책을 읽게 되면 책을 읽느라고…. 정국이 어수선하면 정치 탓이요, 우울하면 기분 탓이요, 미세먼지 탓이요, 배고픈 탓, 두통 탓, 오늘처럼 날씨가 좋으면 뭐하나, 온갖 핑계만 궁리하는걸! 공부하기 딱인데!!! 밥은 또 먹어야 하고…. 왜 나만, 이렇게 원고 쓰기 싫어서, 원고 쓰지 않으려고, 번역하기 싫어서, 번역하지 않으려고,

몸을 이리저리 비틀고, 연신 하품을 해 대면서…. 누군가 지금 내게 전화하면, 당장, 거기 어디라고 하며 쪼르륵 달려나갈 것만 같다.

2018. 5. 26.

한국 시 연구에서 혹독한 시련을 겪고 있는 두 가지 개념은 단연 코 '리듬'과 '주체'다. 헛소리의 생생한 현장과 교묘한 짜깁기의 기묘한 광경을 직접 체험하고 싶은 자들의 기대를 충족시키고도 남을 만한 논문들과 글들이 차고 넘친다. 마구잡이로 철학이 끼어들어 논의를 산으로 끌고 가고, 역사와 맥락을 착각하여 선문답을 주고받으며 이해했다는 환상을 부여하고, 타인의 글을 정작 자신은 무슨 뜻인지조차 모르는 상태에서 점유하고(인용은 자주 생략된다) 전유하려는 (자기 것으로 둔갑한다) 욕망이 무분별하고 과도한 글의 생산으로 이어진다. 언어 이론에서 출발하지 않을 수 없다는 사실을 어렴풋이 알고 있음에도, 이 두 개념에 관한 연구는 주로 언어 이론이 제거된 상태에서, 혹은 언어 이론을 기호학이나 구조주의 언어학으로 착각한 상태에서, 고작 몇몇 유명한(유명했던), 그러나 지금은 낡았다고밖에 말할 수 없는 몇몇 글을, 그것조차 이해하지 못한 상태에서 오로지 유명한 몇몇 대목들을, 원문이 아니라, 타인이 인용한 것을 다시 인용한 것이 분명한데도, 자신이 마치 처음 인용하는 것처럼 교묘하게 둔갑시켜 알리바이처럼 제시할 뿐이다. '리듬'에 관한 연구는 오히려 1930년대의 글들이 지금보다 수준이 더 높고 정확한 논리적 기반을 갖추고 있었다. '주체'에 관한 연구는 문학 외의 영역(철학, 정신분석학, 사회학, 논리학 등)에서 더 활발하게 진행되었으며, 문학은 이러한 시도 중, 정신분석학이나 사회학, 철학'들'의 논리를 끌어들여 문제 전반을 해결하려 시도하며, 또한 그럴 수 있다고 믿는 것 외에는 별다른 일을 하는 것이 아니다. 이와 같은 태도는 언어 이론을 제거하는 동시에 언어 이론에 타격을 가하며, 문학을 언어 밖, 저 어디론가 이동시킨다.

2018. 5. 28.

'계획(project)'은 '앞으로(pro)' 무언가를 '던진다(jet)'는 뜻이다. 계획에는 실현되지 않을 모종의 가능성이 포함되어 있다. 계획과 실행이 일치하는 경우는 사실 드물어 보인다. 그래도 우리는, 너는, 나는, 계획을 세운다. 막연히 갖게 되는 큰 그림이 있고, 좀 더 구체적인 밑그림이 계획에 포함된다. 목록을 적기도 한다. 시간이 지나 하나하나 실행을 확인하고 나서, 지워 내는 목록이 있는가 하면, 한없이 뒤로 밀리거나 혹은 유보되거나, 아예 계획 자체를 취소하게 되는 경우도 자주 발생한다. 대학 시절, 책상 앞에 읽어야 할 책의 목록을 붙여 놓고 대략 한 달 단위로 바꿨던 적도 있다. 프랑스어 텍스트 독해는 페이지별로 하루의 시간대를 단위로 삼아 촘촘하게 계획을 세웠는데, 그걸 실현했다기보다, 오히려 실현하는 상상만으로도 즐거웠던 적이 있다. 아무리 두꺼운 원서도 일주일, 길게는 한 달 후면 다 읽게 된다는 계획, 이처럼 짜릿한 상상이 또 어디 있겠는가? 계획은 자주 상상에 머물며, 불발에 그치지만, 그래도 삶을 빈손으로 살게 하지는 않는다. 계획의 일부 만을 손에 쥐고 다시 계획을 짜는 일은 애초 계획이라는 말이 품고 있는 커다란 미덕이다.

올해 1월부터 5월까지, 나는 내가 해야 한다고 생각했던 일, 당연히 할 것이라고, 할 수 있을 것으로 생각했던 일을 거의 하지 못하거나 하지 않았다. 지난 오 개월가량, 내가 하지 못했던, 실행하지 못했던, 실천의 반열에 올리지 못했던 일은, 단순하게 원고나 번역뿐만 아니라, 실로 '모-든-것'이 포함되어 있다. 더구나 이번 학기는 나에게 연구년이었다! 계획의 역설은, 바쁠 때 오히려 잘 지켜진다는 데 있는 것은 아닐까? 다섯 달에 가까운 시간, 무기력과 우울, 피로와 짜증이 매 순간과 순간을 잡아먹었는데, 이상하고도 기이한 이 순간과 순간이, 하루가 되고 이틀이 되면서 물리적 시간, 그러니까 크로노스 자체를 마비시켰고, 고작해야 나는 이와 같은 사실을 며칠이 지난 뒤에야 알아차리고 허둥댈 뿐이었다. 1월부터 5월까지 나에게 바쁜 일은, 정말이지, 눈 씻고 찾아봐도, 없었다. 나는 왜, 지금, 그러니까 5월의 달력이 몇 장 남지 않은 시점에서 다시 참담한 기분에 사로잡히는가? 그런데도 다시 계획을 짜 보는, 노트를 꺼내 줄을 긋고, 날짜를 따져 하나둘 고정시키고, 낯선 장소를 상상해 보고, 시간에 주관성의 줄무늬를 남겨 보는, 아! 이 따분한 아침, 오로지 계획만으로 맛보게 되는 예기치 않았던 즐거움과 예상되는 쾌락이라니!

보들레르 산문시 「계획들」의 마지막 구절이 저절로 떠오른다: "나는 오늘 몽상 속에서 세 개의 집을 가져 봤고, 어느 집에서나 똑같은 즐거움을 발견했다. 내 영혼이 이렇게 날렵하게 여행을 하는데, 무엇 때문에 내 몸을 다그쳐 장소를 바꾸게 하겠는가? 또한, 계획 그 자체에 벌써 충분한 쾌락이 있는데, 계획을 실행하는 것이 과연 무슨 소용이 있는 것일까?"

2018. 5. 29.

1977년 북한에서 발간된 『프조사전(DICTIONNAIRE FRANCAIS-COREEN)』(평양: 외국문도서출판사), 무려 1,500쪽이다. 김일성의 발간사, 간결하다. 혁명 과업의 달성을 위해 외국어도 잘해야 한다니….

중국 문화대혁명 시기가 떠오른다. 내용을 좀 살펴볼 필요가 있겠다. (집필: 평양 외국어대학교 천리마 프랑스어 강좌, 편집: 천리마 프랑스어 사전 편집부.)

2018. 6. 13.

아무리 생각해 봐도, 후회로 가득한 하루. 결정하고 나면 어쨌든 돌이킬 수 없는 순간만 남는다. 허공으로 흩어지는 말, 휘발되는 말, 약속이나 행위를 지시하는 발화는 '수행성(performativity)'을 지닌다. 무서운 일들은 바로 이 말의 수행성에서 비롯된다. 상처를 받았다고 생각하나 상처를 주는 게 대부분인 어떤 착각이 나에게도 작용하고 있다. 내일은 해가 뜨자마자 투표를 하고, 학교에 가서 원고를 쓰자.

2018. 6. 16. ①

원고고 뭐고, 밀린 책을 읽으며 주말을 보내기로 한다. 우선 발자크, 그의 『사촌 퐁스』. 프랑스어를 번갈아 읽는다. 발자크의 대작 『인간 희극(Comédies humaines)』을 마무리하는 걸작이다. 나머지는 만화책! 읽는다는 생각만으로도 정말 즐겁고 가슴이 두근거린다.

2018. 6. 16. ②

한 달을 질질 끌었던 원고를 가까스로 넘기고 집에 왔다. 좋은데, 좋은데, 연신 반복하면서 메모를 하고 쓴다고 썼는데, 아무리 생각해 봐도 마무리가 부족한 글이었다. 시집으로 묶여 나올 원고를 읽으면서 좋다고 느낀 것을 글에서 모두 표현할 수 있으면 얼마나 좋을까? 어색한 오후, 때 이른 샤워를 마치고 잠시 멍하니 소파에 앉아 있다가 전화를 받았다. 마감이 지났다고 말씀하신다. 헉, 다른 원고를 까맣게 잊고 있었다. 다음 주 목요일까지 보내 달라고 하신다. 펑크는 곤란하다는 당부와 함께…. 그러자 또 전화가 왔다. 비교문학 학술 대회 건이었다. 오늘 참석하겠다고 했는데 이것도 까맣게 (그렇다, 검은색이다) 잊은 것이다. 전화를 아예 받지 말아야겠다. 기억력 감퇴가 아니라 정신 줄을 놓고 살아서 그렇다. 나는 점점 약속을 어기는 사람이 되어 간다.

2018. 6. 17.

아침이 밝아 오기 전까지, 이 기분을 좀 즐기자. 내일의 일은 내일로! 나는 어쨌든 지금 너무나 기분이 좋다. 시집 해설을 어제 마쳤다. 오전에 학교 가서 다시 읽고, 조금 고쳤다. 정말 필요하다고 생각한 대목을 추가하니 한 페이지가량이 늘어났다. 대략 130매, 더 늘어지기 전에 서둘러 마감했다. 끝! 그리고 잘했다는 생각이 들었다. 시인이 어떻게 읽을지는 생각하지 않기로 하자. 암튼 나는-지금-바로-이-순간-하늘로-붕붕-날아갈-것-같다. 주말이 몇 시간 남지 않았다. 저녁은 포도주와 함께! 카레라이스를 만들자! 멸망이 오건 말건! 건배, 건배, 건배! Viva! poetica!

2018. 6. 22.

요즘 시에 확연하게 등장하는 '신'이라는 주제에 관해 글을 써 보려고 최근의 시집들을 뒤적거리고 있다. 전조가 없었던 건 아니다. 2000년대에는 조연호와 정한아, 2010년대는 황인찬을 떠올릴 수 있다. 그 이후는…. 음… 문보영, 안미린, 양안다, 안웅선, 유희경 시인의 글이 일단 떠오른다. 근데 나는 한국 현대시에서 누가 '신적(神的) 주체'와 같은 개념을 말하는 걸 아직 들어 본 적이 없는 것 같다. 시사(詩史)를 다시 들여다보고 싶다. 난감하다. 누구나 알고 있는 평범한 사실을 아무도 말하지 않은 거 아닌가 한다. 괜히 골드만의『숨은 신』을 읽다가, 스피노자와 칸트와 니체의 책을 뒤적거렸다. 이 모든 뒤적거림 끝의 결론은 '나는-원고-쓰기-싫다'로 귀결되었다. 암튼 '책-신, 거울-신, 당신, 시와 신, 신과 시', 이렇게 제목만 달랑 적어 놓은 원고는 흰 눈으로 뒤덮인 운동장처럼 텅텅 비어 차라리 눈이 부시다. 내일은 여기서 신들과 함께 뛰어다니며 부지런히 문자의 발자국으로 백색의 저 눈을 전부 녹여 버리겠다.

2018. 6. 24.

아침 일찍 학교 갔어. 원고를 마무리하다가 한두 단락을 남겨 놓았을 때였어. 점심을 먹자고 해서 그러자고 했어. 아예 이참에 집에 가서 한 시간 정도 더 써서 원고를 보내려는 마음이 나를 움직인 거야. 시집 몇 권을 주섬주섬 가방에 넣고 원고 파일을 USB에 복사했어. 만났어. 밥을 먹었어. 집에 도착하기 전에 파리바케트에서 빵을 사는 것도, 마트에 들러서 우유를 사는 것도 잊지 않았어. 게다가 아이스크림도 몇 개 골랐지 뭐야. 나 참 기특해하다가 '잊지 않는다'는 생각을 떠올렸어. 엘리베이터 버튼을 누른 순간, USB를 가져오지 않았다는 사실을 깨달았어. 주머니를 뒤져 봐도 소용없었어. 학교는 너무 멀었고, 집은 코앞이었어. 나, 이제 어쩌니? 편집장에게 서둘러 문자를 보냈어. 나는 단박에 거짓말쟁이가 된 거야. 월요일 아침까지는 꼭 보내겠다고 적었는데, 조금은 억울한 거 있지? 한두 문단만 마무리하면 정말 끝나는 거였어. 그런 거였다고! 뭐 이런 날이 있나 …. 웃음이 나오지 않았어. 점심을 함께한 그분께서는 집에 와서도 계속 웃고 있으셔. 아 정말…. 오늘은 자기 전까지 드라마를 볼 거야. 아. 짜증 나. 정말….

2018. 6. 25.

마르셀 프루스트의 『잃어버린 시간을 찾아서』를 완독하겠다고 마음을 먹은 지 이십오 년이 다 되어 간다. 한 번도 성공한 적이 없다. 이제 실패의 이유를 알 것 같다. 대략 세 가지인 것으로 보인다. 첫째, 이 글에 대한 비평서를 그간 너무 많이 읽었기 때문이다. 쉽사리 지나칠 수 없는 중요한 비평가들이 프루스트에서 무언가를 부지런히 꺼내 올 때, 꺼내는 대상보다 꺼낸 내용을 나는 더 궁금해했다. 둘째, 베르그송의 『물질과 기억』 때문이었다. 프루스트가 베르그송에게서 무언가를 부지런히 꺼내 올 때, 꺼내는 대상보다 꺼낸 내용을 나는 더 궁금해했다. 셋째, 한 편의 소설로 대하지 않았기 때문이다. 대학 3학년 때 누군가의 권유로 갈리마르 출판사 포켓판 『스완의 집 쪽으로』를 읽었을 때, 정말 앞부분에 사로잡혀 해석하고 읽고, 또 해석하고 읽기를 반복했다. 그러나 그뿐이었다. 독서는 제자리를 어느새 맴돌고 있었다. 고작해야 사오십 페이지 정도를 더 읽었을 뿐이다. 이후 유학 시절 아마 나머지 절반의 반 정도를 읽은 것 같고, 귀국해서는 프랑스어로는 더는 읽지 않았다. 김창석의 완간을 구입했지만 몇 권 읽다가 그만두었다. 그런데 나는 『잃어버린 시간을 찾아서』를 마치 읽은 것처럼 강의에서 이야기하곤 한다. 그러다가 피에르 바야르의 책 『읽지 않은 책에 대해 말하는 법』 『예상 표절』 『망친 책, 어떻게 개선할 것인가』를 추천하면서, 슬그머니 읽지 않은 나를 변명한다. 나는 이번 여름방학에도 『잃어버린 시간을 찾아서』를 읽지 않을 것이다. 그럼에도 계속 이 책에 관해, 프루스트에 관해 이야기할 것 같다.

2018. 6. 26.

오늘도 나는 좀 웃겼어. 이건 뻥이 아니야. 뻥이었으면 오히려 좋겠어. 어제였나? 내가 USB 이야기했지? 오늘 아침에 딱 두 문단 더 써서 원고 보내면 되는 거였어. 그런 각오로 아침 일찍 학교에 왔어. 연구실에 올라가 컴퓨터를 켜고 원고를 쓰기 시작했어. 그런데 인용해야 할 시집 원고가 안 보이는 거야. 찾아도 없었어. 그러다 문득 깨달았어. 차에 가방을 두고 연구실로 왔다는 사실을. 정말 웃기는 일이지. 그래서 어떻게 했냐고? 그냥 마무리했어. 짜증이 밀려왔지만, 주차장에 다시 가지 않았어. 나이를 먹다 보니 나도 게으름을 피우는 거야. 메모를 참조했어. 웃음밖에 나오지 않더라. 그래도 약속한 원고를 오전에 보냈어. 그냥 뭐, 내가 요즘 좀 그래. 바람 빠진 풍선 같아. 나도 내가 왜 이러고 사는지 잘 모르겠어. 머리에서 쥐가 나는 거 같아. 그래도 원고 보내고 나니까 좋더라. 배시시 웃음이 나왔어. 나, 혹시 미친 거 아닐까? 이제 그만 코! 자려고 해. 모두 안녕-.

2018. 6. 27.

『번역과 책의 처소들』이 오늘 연구실에 도착했다. 이 책을 마지막으로 당분간 저서를 내지 않기로 한다. 지난 십여 년간 여섯 권의 책과 열 권의 번역서를 냈다. 별로 읽는 사람이 없겠지만 그래도 좋다. 번역에 열중해야 하는데, 일만 받아 놓고 몹시 게으르다. 원고를 쓰는 것보다 번역에 부지런한 사람들을 보면 정말 부럽다. 번역가들을 존경한다.

2018. 6. 29.

문학이 죽었네, 어쩌고, 문학이 더는 사회적으로 자기 역할을 하지 못하네, 저쩌고, 이런 담론들이 아직도 심심할 때마다 튀어나온다. 문학을 권력으로 생각하거나 문학이 사회를 '계도'하고 이끌어야 한다는 식의 시대착오적인 발상이 아니라 할 수 없으니, 누구의 입에서 이런 말이 튀어나오는지 유심히 관찰할 필요가 있다. 이건 심지어 문학적 순수나 순결성, 어쩌네 하는 이데올로기도 아니고, 문학 중심주의도 아니다. 이 둘은 순진하기라도 하지. 얼굴을 험하게 찡그리며 세상의 모든 심각함을 잔뜩 머금은 저 개탄으로 가득한 지식인 노릇, 한국문학을 살려야 한다는 충고로 철철 넘치는 국뽕에 쩔은, 휴머니티의 얼굴을 애써 연출하고 있는 포즈, 정말 지긋지긋하다.

2018. 7. 1. – 12. 29.

2018. 7. 1.

새로운 번역을 '선전'할 때, '정본(定本)'이라는 표현이 종종 사용된다. 고전의 '이본(異本)'을 비교 검토하여 표준이 될 만한 판본을 선보였다는 것이다. 그러나 이 번역본이 '정본이다'와 같은 주장은 맥락에 따라 앞선 번역의 가치를 강하게 부정하는 표현이자 앞선 번역의 존재 자체를 인정하지 않는 말이 되기도 한다. 새로운 번역이 늘 '정본'은 아니다. '정본'이라는 말 자체에 벌써 엄청난 권위적 태도와 교묘한 선전술이 모두 담겨 있다. 정본이라는 주장은 항상 위험에 노출되어 있다. '정치적 올바름', 가령, 명백히 잘못된 번역을 두고서도, 당신은 이렇게 번역했지만, 나는 이렇게 번역한다, 식의 접근법은 한국에서는 좀처럼 찾아보기 힘들다. 한편 일본에서 가장 선호되는 번역에 대한 이 비평 방식. 그러니까 '번역적 올바름'이 그럼에도 마냥 좋은 것은 아니다. 그러나 남을 밟고 올라서려는 번역은 선동적이기 쉬우며, 간혹 엉터리일 경우도 많다. 특히 타인이 이미 이루어 놓은 번역을 토대로 감행한 번역, 그러면서 앞선 번역을 비판하는 번역은, 이 비판의 대상을 유일하게 자기 번역의 터전으로 삼은 게 명백함에도, 마케팅이나 선동은, 앞선 번역을 무(無)로 만드는 일에 최선의 노력을 기울인다. 그러나 이런 번역은 아직 그 누구도 번역하지 않은 책을 번역하는 법이 절대 없다.

2018. 7. 2.

오늘도 반말로 시작해. 아마 비 때문일 거야. 그제, 어제 그리고 오늘, 계속 비가 와. 나는 너무 좋은데, 이 좋은 내 기분을 표현하기에는 말이, 언어가 야속해. 이 기분은 정말 말로 표현할 수 없는 것 같아. 비는 거부할 수 없어서 더 좋아. 눈을 들어 하늘을 한번 봐. 그리고 다시 땅을 또 봐 봐. 어두컴컴한 게, 스멀스멀 뭔가 새어 나오는 거 보이지 않아? 뭔가 이상하지 않아? 내가 이래서 담배를 못 끊어. 이건 그냥 물기에 대지가 촉촉해진다, 뭐 이런 게 아니야. 하늘이 항상 문젠데, 뭐가 문제냐 하면, 음…. 간단하게 말하면, 음…. 회색이 주는 우울 같은 거 있잖아. 우울, 그런데 이 말, '번역어'라고 보는 게 좋을 것 같아. 'spleen'은 '근심스럽고 답답하다'는 뜻의 '우울(憂鬱)'이나 '음침하고 답답하다'는 뜻의 '음울(陰鬱)'은 물론, 뭔가 축처지고 가라앉을 것 같은 '침울(沈鬱)'과도 조금 달라. 권태(ennui)나 멜랑콜리(mélancolie) 같은 건데, 또 번역어네, 암튼, 이것도 뭐라 설명하기 어렵다는 생각이 드네. 시간이 달라지고 공간이 변해. 조금 느리게, 조금 따분해지는 거 있지? 그래서 시간을 잡아먹어. 시간이 달라지면 공간도 달라지는 거 알지? 나도 무슨 말을 하는지 지금 잘 모르겠지만, 그냥 넘어가 줬으면 좋겠어. 더구나 오늘 비는 스콜, 그러니까 국지성 호우도 아냐. 창밖을 바라보는 것도 좋은데, 아침부터 이 무슨 쓰잘데기없는 소리냐고? 이게 권태야. 하던 일을 내려놓고, 하염없이 창밖을 보거나 딴짓을 하게 되는 거 말이야. 갑자기 모든 걸 정지시키는 거, 그런 거 있잖아. 너무 바쁘게 살지 말라고, 너무 앞만 보고 뛰어가지 말라고, 시곗바늘에 추를 달아 놓는다, 뭐, 비는 이런 말을 하게 해 줘. 세상의 풍경을 바꿔 놓고, 이 풍경 사이로 시간과 역사를 맘대로 구겨 넣는 거 같아. 하품 한 번에 갑자기 모든 게 시시해지는 거지. 출근길 발길을 돌리는 거지. 일하다가 멈추고, 담배를 하나 피워 무는 거, 뭐 그런 거, 그러고 싶은 마음, 그러니까 갑자기 왜 이러고 있는지 한번 돌아보는 거 그런 거 말이야.

그중에서 가장 추악하고, 가장 악랄하고, 가장 더러운 게 하나 있다!

야단스러운 몸짓도, 이렇다 할 고함도 없이,

지구를 거뜬히 산산조각 박살 내고,

하품 한 번에 이 세계를 삼킬지니,

그것은 바로 권태! 눈에는 본의 아닌 눈물을 머금고,

물담배를 피워 대며 단두대를 꿈꾼다.

독자여, 그대는 알고 있지, 이 까다로운 괴물을,

— 위선자인 독자여, — 나의 동류여, — 내 형제여!

—샤를 보들레르, 「독자에게」에서

　그러니까 컴퓨터 끄고, 시집을 꺼내 아무 페이지를 펼쳐 시를 읽으면 더 좋고.

2018. 7. 3.

　나는, 그러니까, 도저히 안 된다고 생각하고 있는 게 분명하다. 세상의 모든 의지가 순식간에 증발해 버렸다. 무기력한 오후, 망친 글을 어떻게 살려 낼까 고민을 하다가, 포기하는 게 낫다고 판단한 순간, 앞으로의 며칠이 내 앞에서 갑자기 휘발되는 소리가 들렸다. 죽은 글은 억지로 살리려 하지 말고 그냥 폐기 처분하는 게 맞다. 크게 숨을 들이마시고, 다시 내뱉는다. 처음부터 다시 쓰자. 지금까지 쓴 거, 아깝지만, 파일을 아예 삭제해 버리자. 언뜻 보기에 쉽게 읽히는 시, 별다른 꾸밈도 수식도 없는 시, 평범한 문장으로 툭툭 걸어가듯 쓴 시에 대한 비평이 가장 어렵다는 사실을 다시 확인하고 말았다. 좀처럼 군말을 덧붙이기가 어렵다. 이런 상태를 대체 뭐하고 해야 하나? 길은 여전하고, 장소도 같다고 하지 않을 수 없다. 골목들이, 좁아터진 길들이, 그 장소들이 지금 눈에 선하다. 대로들이며 상점들이며 음식점이며, 모든 게 눈에 훤히 보인다. 출판사에서 글의 제목을 먼저 달라면서, 에세이풍의 글로 30매 정도면 충분하다고 한다. 나는 호기롭게 '길 위의 시학'이라고 적어 보냈다. 신작 시 세 편과 자선 시 두 편이 공교롭게 모두 '길'에 관한 것이었기 때문이다. 여기서 멈추어야 했다. 그냥 신작 시를 중심으로 글을 마무리했어야 했다. 서가에 꽂혀 있는 시인의 시집을 뭉텅 꺼내지 말았어야 했다. 첫 시집부터 읽다가 길과 관련된 작품들을 일별하는 짓도 하지 말았어야 했다. 작품을 읽기에도 벅차다. 너무 많다. 그러고 보니, 길이라는 주제는 너무 폭넓어 어느 경우에도, 그것으로, 그 자체로, 충분한 적이 없다. 산책이나 장소, 사람과 사물 등을 이야기하지 않을 수 없는 것이다. 이런 사실을 깨닫고는 한 번 더 시집을 뒤졌다. 나는 어느새 속수무책…. 걸음은 늘 자명한 산책, 그 산책길 위로 새가 날고 교회당을 지나고, 철물점과 시장을 지나고, 계단을 오르고, 나무가 뒷전으로 사라지면, 어느 계절 할 것 없이, 온 세계, 도처에, 길위로 물든 침울함과 우울함 사이로 스며드는 명랑한 모습들, 그런 말들, 우수와 명랑의 말들이 한껏 솟아오른다. 나는 주제를 잘못 잡은 것이다. 30매가 아니라 80매로도 모자랄 것 같다. 마감이 코앞인데, 자꾸 산책 타령만 할 수는 없는 노릇이다. 그런데 에세이풍의 평론은 또 무엇인가? 아마 이것도 내내 마음에 걸렸던 모양이다.

2018. 7. 5.

구름, 시선, 구겨진 셔츠, black free, 약간의 바람, 산책, 땀, 습기, 클리마(climat)라는 낱말의 어감, 자두 두 알, 나는 '쌤'이어야 했던가? 축약어의 효율성과 익숙함, 그렇게 습관 또 습관, 약간의

joke, 숨겨진 패, 손바닥으로 하늘을 가리려 하십니까? 주름, 커튼과 커튼 사이, 자동차 소리, 그것은 소음, 빠빠빠빠, 4음절의 정확성, alexandrin, 바로크적인 풍경들, 교회당, 첨탑, 뾰족한 하이힐, 또박또박, 의성어들, 경쾌함, 발랄함, 약시의 산책, 잠이 급습하기 직전의 하품 같은 것, Oh! Prozac, 리튬, 라듐, 칼슘, 글글글, 어느 시인의 "어둠둠둠둠둠둠둠둠둠둠둠둠둠둠둠둠둠둠둠둠둠둠둠둠(⋯)" 같은 시구, 불 꺼진 장례식장, 언어학, 그것은 한순간에, 한순간에 일-어-났-다. 비린내, 구름 또 구름, 마침내 회색! 드디어 회색! 원고를 끝낸 뒤의 샤워와 물소리, 아침이 밝았습니다.

2018. 7. 8.

어제 꾼 이상한 꿈:

장면 1: 안암병원 지하 1층. 이발소가 있었다. 머리를 짧게 자르고 나오는 이영광 시인을 만남.

장면 2: 고대 근처 음식점. 찾아간 곳은 아주 낡고 1980년대 술집과 비슷함. 빈자리 없이 우리는 아직 치우지 않은 테이블을 차지하고 앉음.

장면 3: 먹다 남은 음식 중, 생선구이, 특히 뼈에 붙은 살점을 내가 손으로 조금 떼어 먹음.

장면 4: 대낮이었고 실내는 환함. 술을 주문했는데 안방 같은 곳에서 문이 스르륵 열렸고, 옷을 대강 걸친 여주인이 귀찮은 듯 뭐라 뭐라 큰소리로 우리를 향해 말함.

장면 5: 테이블에 앉아 있던 이영광 시인, 자기 신작 시집을 꺼내 큰소리로 읽기 시작함. 나는 그 시집의 해설을 썼는데, 정작 시인은 내가 쓰지 않았다고 말하고, 나는 또 아니라고 부정함. 여기서 둘의 대화가 헛돌기 시작함. 대화는 엉키고 전형적인 꿈처럼 내 이야기를 시인은 알아듣지 못함. 그러다가 잠에서 깸.

꿈의 해석:

장면 1: 요즘 안암병원을 자주 갔음. 이영광 시인이 일전에 올린 사진이 여기에 매치됨.

장면 2와 장면 3: 고대 앞 '동네'라는 지하 음식점에서 며칠 전에 생선구이를 먹었는데 그때 가시를 발라서 손에 들고 먹었던 장면이 포개짐.

장면 4: 요즘 재미있게 보고 있는 「라이프 온 마스」 장면들이 무작위로 불려 나온 것 같음.

장면 5: 이영광 시인 신작 시집 출간 예정이었음. 나는 이수명 시인 시집 해설을 썼는데, 5월 초, 두 시인 시집 중 누구 시집이 먼저 나오냐는 해설을 누가 빨리 넘기는지에 달려 있다고 이영광 시인이 말했던 것 등이 장면으로 살아남.

현실:

오늘 우연히 이영광 시인을 만남!

2018. 7. 13.

곧 시집이 될 원고를 읽는다. 흥미로운 건, 이 시인의 말투에 그대로 다 들어 있다. 이걸 무어라고 해야 하나. 일상 언어? 구어? 쫀득한 말들? 확 와닿는 경제적인 말? 가령, 반복되면서도 지루하지 않은, 혀, 입, 몸 등의 행위들과 이 행위와 관련된 기발한 표현들은 밑줄을 긋게 만드는 힘이 있다. 이런 말은 현실을 긁고 또 긁으면서 커다란 구멍을 내고야 마는데, 정신분석학의 관점을 잠시 빌리자면 '아브젝시옹(abjection)'과 '주이상스(jouissance)'를 동시에 사유하게 한다고 해도 좋을 것 같다. 시집 『파헤치기 쉬운 삶』의 독창성과 신선함은 여기에 있다. 겹-화자는 잘 작동하고, 분열은 과장을 벗어나 내면에서 조용히 빚어진다. 크게 스며들며 현실을 감아 내는 말은 활발하게, 그러나 경박하지 않게 움직인다. 그러므로 항상 같은 문제와 마주한다. 읽고 메모하면서 내가 좋다고 생각한 만큼, 바로 그만큼 글로 표현할 수 있는가 하는 것이 늘 문제. 올해 해설로 만난 시인들은 하나같이 나를 힘들게 했다. 그래도 나는 이들의 시가 정말 좋았다. 지금 붙잡고 있는 시집은 내 비평에서 조금 색다른 경험을 하게 해 줄 것 같다. "김치 싸대기를 맞아야 할 소리", "조용해 미친 양아 여기 주인공은 나야", "버리지 뭘 봐줘요/鳥된 거예요. 야! 새됐다고요, 새", "운 나쁘면 나도 골로 가는 거다"…. 정말 끝내주는 표현들이 차고 또 넘친다.

2018. 7. 14.

조금 이상하게, 그러나 흐르고 있는 토요일 오후.

웹툰 「유미의 세포들」과 지금 읽고 있는 시집 원고가 서로 화답을 하는 느낌이 들었다. 그나저나 이 웹툰은 어찌 알게 돼서, 정주행하고 있냐!!! 마감을 까맣게 잊게 해 주는 웹툰. 조금 유치하지만 유치한 게 또 재미는 있는 거니까. 그런데 뭔가 도움을 받는 느낌이 든다. 항상 이렇다. 원고를 궁리할 때, 뭐든 이 원고를 중심으로 해석하게 된다. 글자가, 문장이, 그림이, 아이디어가 한꺼번에 원고를 중심으로 배열되는 것 같다. 암튼 사람 마음속으로 들어가 보는 일과 시를 읽는 일이 서로 같지는 않을 것이다. 그런데도 이 웹툰을 읽으니 뭔가 뻥 뚫리는 느낌이 든다. 이 시집 원고에서 드라마와 화자는 뭉쳤다가 헤어지고 헤어졌다 뭉치기를 반복한다. 누가 말하는가? 내가 본 것? 내 감각기관들? 내 삶? 내 이성 세포들? 내 감성 세포들? 경험 세포들? 시각 세포들? 깊은 우물 같은 본마음 세포? 텔레파시 세포? 웹툰을 이끌며 수없이 등장하는 세포들이 몹시 흥미롭다. 온통 세포들이 말을 하네…. 뭔가 찾은 것 같다. 유레카!

2018. 7. 16.

파리에서 조르주 페렉을 연구하는 제자가 잠시 귀국해서 오후에 연구실에 들렀다. 수업 들었던 이야기 등등, 내내 공부 얘기가 그치질 않는다. 참 좋다. 파리 3대학의 어떤 교수는 이렇고 또 파리 4대학의 어떤 교수는 이렇고, 어디서 들었던 말라르메 수업은 뭐가 좋았고, 이야기 연구도 뭐가 인상적이었고, 어떤 책을 읽었으며, 어떤 책을 읽고 있는지, 기존 연구에는 무엇무엇이 있으며, 시학 연구도 페렉 작품을 분석하는 데 적잖이 도움이 된다는 등등의 이야기를 한다. 한국에 있을 때도 정말이지 성실했던 학생이었다. 석사 준비를 할 때, '뭐 이런 공부 머신이 다 있나?'(부정적인 의미 아님) 하는 생각을 여러 번 했었다. 그는 그때도 내 연구실에 올 때면 정말 많은 걸 물어보았다. 면담 신청할 때 30분 정도를 예상해도 결과는 거의 매번 두 시간을 넘기곤 했는데, 오늘도 마찬가지였다. 오후가 시작되자마자 연구실에 와, 오후가 다 저물 시간에 돌아갔으니, 족히 서너 시간을 넘게 이야기를 나눈 셈이다. 내가 알지 못하는 책도 여러 권 알려 주었다. '자유시(vers libre)'에 관한 최근 연구 현황, '이야기(récit)'에 관한 최근 연구 서적, 최근에 참석했던 콜로키움에서의 발표 등등, 쉬지 않고 학계의 동향과 책, 그리고 연구에 관해 이야기한다. 내가 번역하고 있는(번역한다고 해 놓고 절반 정도 마친 다음, 뭉그적거리고 있는!) 페렉의 『어렴풋한 부티크(La Boutique obscure)』가 사실 꿈을 필사한 것이 아니라며, 정신분석학에 대한 불신을 담고 있다고 알려 줘서, 정말로 고마웠다. 나중에(이번 겨울방학까지는 마친다, 안 그러면 위약금 문다!) 번역을 마치고 해설을 쓸 때 꼭 참조해야겠다고 말하니, 관련된 자료를 보내 주겠다고 한다. 그러고 보니 프랑스에서 공부할 때 생각이 또 난다. 이후 세월이 많이 지났다. 그렇다. 시간이 흐른 것이다. 자리에서 일어나기 전에 선물이라고 『박사 일지(Carnets de thèse)』라는 만화책을 나에게 주었다. 정말 재미있다고 하면서 "선생님, 재미있는 거 잡으면 그날 다 끝내시죠? 오늘 오후, 저 때문에 시간 많이 빼앗기셨는데, 남은 시간 이 책 읽으면서 보내시는 건 어때요?" 연구실을 나가면서 마지막으로 이렇게 말한다. 이것처럼 솔깃한 말이 없다. 다음에 만나면 내가 책을 선물해야겠다.

2018. 7. 19.

저녁에 어떤 시인과 통화하다가 알게 되어 집으로 향하던 발걸음을 옮겼다. 가길 잘했다는 생각이 든다. 좋은 사람이다. 공교롭게 부부 두 분 해설을 쓴 인연도 귀했다. 이 시인처럼 치열하게 고민하고, 말 그대로, 시에 모든 걸고 밀고 나가는 시인은 드물고 또 귀하다. 2012년 1월, 거의 한 달을 매달려 연구실에서 손을 호호 불어 가며 수학책을 읽고 또 해설을 썼던 이야기를 새삼 나누며 함께 담배를 피웠다. 시인이 묻는다. "그런데 푸앵카레의 난제나 칸토르의 무한 개념, 위상수학은 또 어떻게 알았어?" 머리를 조금 긁적이다가 대답한다. "어떻게 알긴…. 시집 받고 시 읽다가 궁금해서 찾아봤지!" 둘 다 조금 웃었다.

2018. 7. 20.

오늘 점심에 중요한 약속이 있어 을지로를 다녀왔다. 학교로 돌아오는 길에 안암병원에 들렀다. 안암병원은 이제 눈 감고도 훤히 다 알 것 같다. 응급실, 중환자실, 일반 병동, 2인실, 4인실, 6인실…. 안암병원은 바위 위에 건물을 지은 것 같다. 안암동 아닌가. 안암동을 내 맘대로 바위 '안'동네라고 해석한다(후암동은 바위 뒷동네, 상암동은 바위 윗동네, 종암동은 바위 끝 동네… ㅎㅎㅎ). 안암동 고개는 비교적 가파른 돌 언덕이었을 거로 짐작한다. 병원은 그래선지 3층이 입구다. 들어가면 창구들, 무수한 창구들이 눈에 보인다. 22번과 23번 창구는 서류와 산다. 맞은편 10번으로 시작하는 창구는 돈과 함께 열리고 닫힌다. 방금 돈을 냈습니다. 증명서를 발급해 주세요. 코너를 돌면 원무과가 별도로 있는데, 구석이라 그런지 좀 수상한 냄새를 풍긴다. 진료 예약 창구는 눈에 확 들어오는데, 커다란 자동문이 활짝 열리면, 좌우로 칸칸이 빼곡하게 늘어서 있는 모습을 볼 수 있다. 4층에는 스태프 핫도그 판매장과 스타벅스, 그리고 뚜레쥬르가 있다. 스태프 핫도그 정말 많이 먹었다(치즈덕 강력 추천, 닭가슴살 샌드위치는 디스!). 스타벅스와 뚜레쥬르는 다른 곳에 비해 조금 비싼 것 같다. 다른 매장보다 빵이 정말 맛있다. 2층(여기부터 지하라고 부른다)에 내려가면 죽을 파는 곳이 있는데, 당일 입원하고 퇴원하는 환자들이 주로 찾는다. 당일 시술을 마치면 어느 정도 회복된 후 여기서 죽을 섭취할 수 있다는 말과 함께, 쿠폰을 주는데 아마 진료비나 시술비에 포함되어 있을 것으로 짐작된다. 그 옆은 편의점이다. 담배와 술을 팔지 않는다. 대신 환자용 용품들이 즐비하다. 편의점 바로 옆은 의료 재료들을 판다. 당뇨 측정기를 여기서 샀다. 응급실은 1층으로 내려와서 왼쪽으로 한참을 꺾어져 걸어야 한다. 그러면 외부로 연결되고, 다시 응급실로 연결되는, 그러니까 건물 자체는 응급실 내부를 통해서만 갈 수 있고, 응급실 출입이 당연히 가능하지 않으므로 환자가 아닌 이상, 번거롭더라도 이와 같은 루트를 이용해야 한다. 심혈관계 병동은 별관에 있는데, 응급실을 가는 방식과 비슷한 경로를 거쳐야 찾을 수 있다. 10년 전 처음, 안암병원에 왔을 때, 나는 미로를 따라 섬을 방문하는 듯한 느낌을 받았다. 내가, 그러니까, 테세우스라도 되는 것처럼, 돌고 돌아, 떨어진 건물을 잇고, 붙어 있는 건물을 빙빙 돌아 헤맨 끝에 찾고, 8층에서 3층으로, 다시 1층에서 2층으로 분주하게 돌아다녔다. 계단을 이용한 적도 꽤 있는데, 계단은 생각보다 가파르며, 그래서인지 층과 층 사이가 조금 멀게 느껴졌었다. 내려오다 발을 헛디딘 적도 있다. 나에겐 풀어서 흔적을 남길 실뭉치도 없었으며, 물론 만나야 할 미노타우로스 같은 괴물도 없었고, 망각해도 좋을 아리아드네 같은 여인도 없었다. 다만 헛돌고, 걷고, 오르고, 내려가고, 돌아 나오고, 간혹 잰걸음으로, 대부분은 보통의 보폭으로, 밟고 지나야 할, 통로, 계단, 소로, 복도 같은 것들이 즐비했고, 자동문, 유리문, 비상구, 철문 등을 열어야 했을 뿐이었다. 착각이라도 해서 바꿔 달 수 있는 흰 돛도 없던 마당에 나는 왜 그리 분주했던가. 주차장은, 정확히 말해, 이보다 덜하다고 할 수 없을 복잡함을 소유하고 있다. 안암병원의 주차장은 유니크하다. 그러니 무슨 일이 벌어질지 나는 잘 알 필요가 있었던 것이다. 이걸 미로 같은 암흑의 병원을 상대로 거둔 나의 작은 이성의 승리라고 부를 수 있다. 불필요한 감정으로, 병원 복도에서, 곤혹스러워할 필요는 없었던 것이다. 그러니까, 이루 말할 수 없는 불볕더위에, 누가 할 말을 잃었다고 말하겠는가? 연구실의 냉방 장치는 거짓말처럼 잘 돌아간다. 고장 난 계절, 기계의 정확성과 정확히 반비례하는 나의 정확성은 또 뭔가 말이다.

2018. 7. 21.

아! 정말 덥다. 연구실도 푹푹 찐다. 이런 날은, 땀이 삐질삐질 새어 나올 때 찾아오는 약간의 피학적 쾌감을 즐기며, 종일 책상 앞에 앉아 있는 것도 나쁘지 않다.

유리 로트만의 『문화와 폭발』이 출간되었다. 러시아 문학비평은 우리가 아는 것 이상으로 힘이 세다. 형식주의 이후, 문학과 삶을 분리하지 않으려는 태도나 어떤 경우에도 의미를 추방하지 않으려는 시도가 이 힘의 원천이다. 대학 시절, 그러니까 1990년대 초반, 토도로프의 프랑스어 번역으로 읽었던 오지프 브릭의 「리듬과 통사」, 빅토르 쉬클로브스키의 「산문에 관하여」, 아이헨 바움의 「파뷸라(fabula)와 슈제트(suzhet)」 등과 같은 글은 구조주의와는 완전히 다른 차원에서 '특수성'과 '언어'의 문제를 제기한 것으로 기억한다. 러시아 형식주의를 비판한 트로츠키의 『문학과 혁명』도 인내심을 가지고 읽다 보면, 빛나는 대목들을 만난다. 트로츠키의 비판 중, "형식주의자들은 '태초에 말씀이 있었다'라고 믿는다. 그러나 우리는 태초에 행위가 있었다고 믿는다. 말은 그 행위의 음성적 그림자로 따라왔을 뿐이기 때문이다"라는 구절을 언젠가 메모해 놓았던 것 같다. 말이 단지 껍데기는 아니라는 것인데, 트로츠키의 주장과 달리 형식주의자들은 의미와 형식을 분리하는 데 몰두했던 적이 없다. 이는 야콥슨이 내세웠던 '문학성' 같은 개념조차 마찬가지다. 20세기 초반 20여 년간의 모스크바는 문학 연구에서 가장 도드라졌다. 시어(詩語)를 연구하기 위해 모인 스터디 그룹 러시아 형식주의자(formaliste russe),

활동을 시작한 1915년경, 구성원 대부분은 이십대의 젊은이였다! 일을 도모하고 토론하는 과정은 고난의 연속이었지만, 방대하고도 난해한 연구 주제를 세상에 선보였고, 추방 후, 프라하로 옮겨 끈질기게 활동을 이어 가며, 음운론은 물론 억양이나 리듬, 구두법 등에 관한 연구도 진행했다. 기묘하게 압박해 오던 당시의 시대적 상황을 여기에다가 흥분을 부추기는 요소로 추가해 놓으면, 문학이 되었건, 예술이 되었건, 언어가 되었건, '형식'에만 몰두한 것으로 취급된 이 반쪽짜리 운동은 팽팽한 정치적 긴장과 예측 불가능한 변수들, 사상의 환절기에 몰아친 거센 이데올로기의 풍력과 그 서스펜스의 체감을 모두 감내해야 했던 한 시대의 증인이 되기에도 부족함이 없어 보인다.

2018. 7. 22.

「도전 골든벨」을 보다가 문득 프랑스의 '마지노선'과 중국의 '만리장성'에 대해 글을 쓰고 싶다는 생각이 들었다.

최후의 1인에게 주어진 문제는 '서얼'이 정답이었다. '서자'라고 써서 떨어졌는데, 나는 그만 수박을 먹다가 그 이유를 듣지 못했다. 찾아봐야겠다.(① 서자: 양반 첩 사이의 아들, ② 얼자: 천민 첩 사이의 아들, ③ 적자로 구분하는군! '별자'는 들어 봤어도 '얼자'라는 말은 처음 들어 봄.)

며칠 전 뉴스타파의 가짜 학회 보도 이후, 뭔가 글을 써야겠다는 생각이 든다.

표절에 대한 글, 문학작품 표절이 아니라 학술 논문 표절을 다룬 글, 그리고 등재 학술지 논문 발간에 관한 글…. 두 주제 다 착잡하기 그지없다. 어문학 관련 등재지는 현재 600개에 이르며 모두 비매품이다. 한국연구재단은 학자들이 공부했다는 증거를 이런 식으로 인증하는 제도를 마련했는데, 이런 해프닝은 전 세계에서 그 유례를 찾아보기 어렵다. 한국의 문학 전공자는 자기 글을 실어 줄 잡지를 고민할 필요가 없다. 연구자 1인당 학술지 비율은 전 세계 최고가 아닐까? 한국의 문학 전공자처럼 행복한 경우가 없다. 논문 투고자, 심사자 3인 외에 누구도 읽지 않는다는 푸념이 들려오는 이 학술 결과물 중, 상당수가 쓰레기 더미 위에 다시 내려앉는 쓰레기에 불과하다고 말할 때, 좋은 논문이 있다는 사실, 좋은 학술지가 있다는 사실을 부정하는 게 아니라, 구조적 모순에 대한 지적이라는 사실을 잊지 않아야 한다.

2018. 7. 23.

'이론가 김현'을 쓰고 있다. 다시 전집을 꺼내 들었다. 전집 외에, 살펴볼 글도 많다. 장르 이론, 구조주의 이론, 수사학, 기호학, 푸코, 바슐라르, 루시앙 골드만, 르네 지라르, 사르트르, 제네바 학파 등등 소위 '이론(Théorie)'이, 한국에 수용되어, 거대한 '문학론'을 형성하며 속속들이 비평 담론 속으로 흡수되었던 것은 김현 덕분이었다. 이론은 이렇게 자주 국경을 넘는다. 비평과 이론은 이렇게 '방언'의 한계를 부수고자 하는 열망을 통해 낯선 곳의 문을 두드린다. 이 방대한 작업을 진행했던 시대를 잠시 떠올려 본다. 무모하다고 해야 할 정도의 고된 작업이었을 것이다. 김현은 비평의 '트랜스-횡단' 작업을 몸소 실천한 유일한 비평가, 유일한 이론가였다. 그의 손길이 닿지 않은 이론은 없다시피 하다. 마지막에 김현이 붙잡고 있었던 것은 푸코였는데 『시칠리아의 암소』에서 '모더니티'에 관해 다루면서 '메쇼니크'(김현의 표기에 따르면)의 하버마스와 푸코 비판을 열린 태도로 경청하고 차분히 정리한다. 놀라운 것은 시기에도 있다. 김현은 이론이건 비평이건, 동시대의 흐름 속에서 받아들여야 한다고 생각했던 게 분명하다. 그의 번역서나 편저에 1960년대 중반부터 관심을 두고 자료를 모았다는 언급이 꾸준히 등장하는 것도 이 때문이다. 현장에 관한 이 목마른 표식들은 그가 항상 동시대성 안에서 이론과 비평을 사유하고 실천했다는 사실을 말해 준다. 시대가 지나기 전에 자기 언어로 번역·편역하여 한국문학의 지평에다가 비끄러매려는 이 태도는 김현이 단 하루도 쉬지 않았다는 사실, 실로 불가능한 작업을 매일 개진했다는 사실을 말해 주는 동시에, 바로 이론-비평의 이 상호-주관성의 지평을 그가 항상 바라보고 있었다는 사실도 알려 준다. 갑자기 가슴에 멍이 드는 것 같다. 한국문학은 김현과 같은 비평가-이론가를 다시는 갖지 못할 것이다.

2018. 7. 24.

‘이론가 김현’을 써야 하는데 『말들의 풍경』이나 『젊은 시인들의 상상 세계』처럼, 대학 시절 읽었던 그의 시 비평에 자꾸 눈이 붙들린다. 김현의 시 비평은 읽는 것 자체로도 즐거움을 준다.

> 황인숙의 시를 읽은 것은 즐거운 일이다. 그녀의 시는 나처럼 메말라 버린 머리만으로 시를 읽는 사람을 즐겁게 하는 시구들로 가득 차 있다. 그녀로서는 고통스러운 탐색의 결과였을 것이지만, 나는 그것들을 즐겁게, 감각적으로 읽는다.
> —김현, 「이루어지지 않는 바람—황인숙의 통과 제의」에서

이 평문을 ‘김현의 시 비평을 읽은 것은 즐거운 일이다. 그의 시 비평은 나처럼 메말라 버린 머리만으로 평문을 읽는 사람을 즐겁게

하는 글들로 가득 차 있다. 그로서는 고통스러운 탐색의 결과였을 것이지만, 나는 그것들을 즐겁게, 감각적으로 읽는다.'라고 바꾸고 싶다.

2018. 7. 31.

막내 성현이 생일 선물로 이영광 시인의 산문집 『나는 지구에 돈 벌러 오지 않았다』를 사 줬었다. 그런데(?) 의외로(?) 좋아한다. 더 구나 이 '희귀한' 책을 알고 있다고 말해서 조금 놀랐다. 대학원생 조카가 일전에 언급한 적이 있다고 한다. 아내도 이영광 시인에게 호감(?)을 갖고 있는 것 같다. 일전엔 고등학교 국어 선생인 여동생이 내가 이영광 시인을 안다고 하니까, 나를 조금 '색다르게'(?) 바라본 적이 있다. 물음표투성이 큰아이는 나희덕 시인과 이영광 시인 중 그래도 아직은 「땡볕」(이 아니라 '땅끝' ㅠㅠ)의 나희덕 시인이 더 유명하지 않냐고 묻는다. 암튼 내가 두 시인을 안다고 말하니, 집안 식구들이 나를 좀 대단하게(?) 보는 것 같다. 아니, 이런 '영광'과 '희덕'이 다 있나. 이 정도면 우리 집안은 나만 빼고(ㅎㅎ) 이영광 시인, 나희덕 시인 '빠' 아닌가? 공교롭게 지난 일요일엔 두 시인을 만나 저녁 식사를 했다고 하니 일제히 "정말?" 이러면서 새삼 나를 다르게(?) 본다. 이것 참! 보라고! 내가 이 정도라니까!

2018. 8. 1.

덥다. 몹시 덥다. 사방에 침묵이 흐른다. 책을 읽고 있지만, 글자가 눈에 들어오지 않는다. 알파벳 사이로 무언가 피어오르는 것만 같다. 생각은 자주 다른 곳을 바라보고 있거나, 종종 자취를 감추기도 하는 밤, 기다림은 늘 오지 않는다는 조건에서만 의미가 있을 것이다. 지연이나 유보, 망각이나 휘발 같은 말을 까마득히 잊고 기다림이 도래할까 두렵다. 타들어 가는 밖, 타오르는 내부, 기다림만으로 충분할 수 있으면 좋겠다. 찬물을 끼얹고 나와 아주 뜨거운 커피를 천천히 천천히 마시기로 한다. 밤이 길어질 것 같다.

2018. 8. 2.

누군가의 노트를 발견했을 때 돌려주기 전까지 그 노트를 절대 열어 보지 않는 것이 정말 중요하다는 사실을 실감한다. 새해가 되면 조금 비싸더라도 좋은 노트 한 권을 마련해 메모하는 습관이 나에게도 있었다. 『번역의 유령들』과 『번역하는 문장들』은 이 노트에 힘입은 바가 크다. 그러나 사실, 노트와 나는 별로 좋은 인연이 아니다. 유학 당시 여섯 권의 두꺼운 노트가 내게 있었다. 그러니까 그건, 일기 같은 것이었고, 끊임없이 메모한 경험의 흔적이었다. 문학에 관해, 이론에 관해, 혹은 삶의 단상들, 생활의 경험 등을 주로 파리의 카페에서 혼자 적은 것들, 강의실 구석에서, 도서관에서, 곳곳에서 적은 기록들이었다. 소중하다면 소중한 노트였지만 귀국하면서 비행기에 작은 가방과 함께 놓고 내렸다. 다시 공항엘 가고 항공사에 부탁해도 결국엔 찾지 못했다. 겉으로 표현하지 못했으나, 사실 살점이 떨어져 나가는 것 같은 고통이 이후 한동안 지속되었다. 가끔 꿈을 꾸기도 했다. 아, 이 노트만 찾을 수 있다면…. 이러면서 몇 년을 보냈던 것 같다. 2002년 2월 하순의 파리-인천의 어느 비행기였다. 그해 겨울은 노트와 함께 떠나갔지만, 봄은 쉽게 오지 않았다. 노트를 다시 마련한 것은 몇 해가 지난 후였다. 요즘은 노트가 없다. 노트는 이제 내 인생에서 떠나갔다. 노트에는 반드시 만년필로 적었는데, 만년필도 이제 내 인생에서 서서히 떠나가고 있다. 떠난다는 말만 들어도 체할 것 같은 시간이 이어지고 있다.

2018. 8. 3.

정말이지 뭐 이런 거지 같은 더위가 다 있나 싶지만, 더 화가 나는 건, 인내와 끈기를 모조리 하늘로 증발시켜 버린 나의 하루, 그러니까 연속된 하루들이다. 며칠을, 정말 며칠을 이러고 있다. 시간을 방석처럼 깔고 앉아 꼼짝하지 않고 뭉그적거리는 모습을 하염없이 지켜보며, 하루를 보내는 일은 정말이지 고역이 아닐 수 없다. 어디론가 훌쩍 떠나고 싶다는 생각을 자주 하게 된다. 그러나 현실적으로 가능하지 않은 일을 이유로 자주 불러내, 바로 이 현실에 검은 커튼을 드리우는 것 자체는 어디서 많이 보아 온 모습, 그러니까 핑계나 변명이 가장 잘 포획하는 논리에 불과하다. 나는 도대체, 대관절, 뭐 하는 사람인가? 수분이 몸에서 빠져나갈 때, 정신머리도 함께 증발한 게 아니라면, 도저히 설명되지 않는다. 이런 적은 없었다. 이래서는 곤란하다. 누구도 바라지 않을 뿐만 아니라 나 자신이 납득할 수 없는 이 허비를 어쩌면 좋은가. 그걸 알기에 더 황당하다. 페북과도 '굿바이' 할 때가 온 것 같다. 괜한 핑계, 그래서 핑계는 무섭다.

2018. 8. 4.

오전에 학교 갔다가 세 시간을 버티지 못하고 퇴각(?)했다. 김현 전집을 읽다가 얼굴이 땀으로 범벅이 되고 손이 미끈거렸다. 학교는 주말에 에어컨을 틀어 주지 않는다. 평일은 오후 5시나 6시에 냉난방을 끊는다. 조그만 에어컨을 별도로 설치했는데, 건물 맨 꼭대기 층에 자리한 내 연구실의 주책없는 열기는 막을 수가 없다. 한숨을 몇 번 내쉬고는 책을 가득 싸서 집에 왔는데…. 집에 와서 애초의 계획과는 달리 점심 먹고 영화 두 편 연속으로 보다가 꾸벅꾸벅 졸았다. 아내가 방에 가서 푹 자라고 한다. 깨어나 시계를 보니 오후 7시가 넘은 시간이었다. 자도 자도 자꾸 졸리다. 책의 활자가 눈앞에서 가물거린다. 올여름은 완벽한 '교착상태'라는 말로밖에 표현되지 않는다. 꼼짝하지 못한다. 더운 날씨만큼이나 속은 타들어 가고 몸은 흐물흐물 녹아내린다. 차라리 지구가 더위 때문에 50년을 버티지 못할 거로 예측하는 어느 비관적인 환경론자의 말을 믿고 싶어진다. 이대로 지구는 10년을 버티지 못할 것 같다.

2018. 8. 10.

저녁 9시, 집에 돌아왔다. 마음속에서 부끄러움이 피어오른다. 환하게 웃으시는 모습이 아른거린다. 목소리가 들려오는 것 같다. 어제도 그제도 그 전날도 장례식 내내, 이상하게 잠을 잘 수가 없었다. 잠깐 눈을 붙였다가 깨어나기를 반복했다. 더워도 덥지 않았다. 오늘 오후 모시고 가던 차창 밖 저 하늘은 얼마나 맑던지, 구름은 또 얼마나 생생하던지, 창문을 열고 손으로 붙잡고 싶었다. 지상에서 피어 하늘 저 멀리 날아오르는 모든 것을, 『잘 표현된 불행』과 번역시 구절구절을, "목 잘린 태양"과 흠뻑 「취한 배」를, 「알바트로스」와 헛됨과 열기를 붙잡고 싶었다. 내내 그랬던 것 같다. 돌아서 댁으로 들어가시기 전에 다시 나를 향해 돌아서서 환하게 웃으시며 손을 흔들곤 하셨던 그 모습이 자동차 헤드라이트 불빛처럼 떠오른다. 피곤이 백지처럼 몰려온다. 나는 여전히 꿈을 꾸고 있는 것만 같다. 혀가 바짝 마른다. 이마에 땀방울이 맺힌다. 부끄러움이 또다시 피어나고 있다.

2018. 8. 12. ①

AM 5:34, 박명(薄明)의 감도, 불면의 장소, 차마 하지 못한 말, 미처 하지 못한 말, 기억 그리고 또 기억, 물기, 어떤 사소함, 'I don't care' 같은 표현, 유사성, 추모, 어둠보다는 차라리 밤, 증발하는 열기, 기화(氣化)와 vaporization의 차이, 이성의 마비, 문장 생성기, 자동사와 타동사, 제가 이기적인가요? 문제없음의 잔혹함, 그러니까 빠져나가고 있어요, 얼음 깨기, 구들장이라는 낱말의 횡당무계성, 이빨이 아파요, prothèse dentaire라는 낱말을 처음 배운 날의 이상한 안도감, 마취, 마취, 마취, march, 헤드라이트, 그 불빛 되돌려주던 아파트 입구의 유리창, 머뭇거리다가 돌아서며 짓던 희미한 미소 같은 것, 헌정과 헌신, 말이 너무 무겁습니다, 제주도 어느 호텔에서 마셨던 포도주, 예약된 번역, 각주 없음, 주해 결여, 미간(未刊)과 미간(眉間), 정말 어지럽습니다, 헝클어진 머리카락, 퉁퉁퉁, 불안한 박자, 아슬아슬한 균형, oxymoron, 이게 정말 말이 된다고 생각하십니까? absurd, ahurrissant, 어안이 벙벙, 감각 그리고 apaiser, 아스피린은 하얀색입니다, 바이엘, 바이블, 바야르 같은 이상한 작가, 백색의 장조(長調), 붉은 석류, 그러니까 이건 시 제목입니다, 허면, 그건 번역 시, 인사를 나눈다, salut, 안녕? sad ending, 이건 아니다, 차라리 Still I'm sad, 철 지난 rock and roll, Stairway to heaven과 Bohemian Rhapsody를 처음 들었던 날, 천국으로 가는 계단과 총구를 겨누는 아이, Is this the real life? Is this just fantasy? '황망하다'의 음역대, 아침이 밝아 올 때까지, Heaven! Heaven! Heaven! 다이어트의 폭력성? 미러링의 끝은 어딘가요? 하우와이유우? 아아아아이이이이이임 빠아아아인 때에에엥큐! Good luck! 쿨럭쿨럭쿨럭,

2018. 8. 12. ②

　괜찮을 줄 알았는데 그렇지가 않네. 그게 좀 무섭네. 밖에는 홀연
듯 비가 오네. 괜찮을 줄 알았다는 말은 또 얼마나 우스운가. 세상은
물기로 젖고 내 몸에선 물기가 빠져나가네. 흘러흘러 자꾸 어디론가
가네. 먹어도 먹어도 허기가 지네. 눈을 감아도 다시 눈을 감아도 세
상이 훤하네. 괜찮을 줄 알았는데 그렇지 않네. 이 세상 모든 게 자
명한 이유가 되네. 되돌아왔다가 다시 빠져나가고, 곧 채워지고 또
지고야 마는 이것은 대체 무엇인가. 문자의 행렬에 몸이 감기고 이
내 다시 빠져나가네. 명멸하는 불빛처럼 깜빡거리다가 다시 커지고
또 꺼지기를 반복하는 이 잔상들은 무엇인가. 한 사람의 영혼이 이
리도 무거울 줄은 미처 몰랐네. 슬픔을 전시하는 게 그리도 싫었는
데, 이제 다 내려놓으라 내게 말씀을 하시네. 맘껏 울라고 하시는 것
같네. 괜찮을 것 같았는데 나, 괜찮지 않네. 만나 행복하셨다는 말
씀, 나는 끝내 되돌려 드리지 못했네. 침묵하고 슬퍼하고, 병을 저주
하고 원망만 했네. 나, 곁에서 내내 행복했네. 내 슬픔, 내 욕심, 내
신경, 내 청원을 모두 내려놓으니, 환하게 미소짓는 모습으로 돌아
오시네. 함께해서 너무 좋았다고, 함께하는 매 순간 차올랐다고, 당
신의 작업을 떠듬거리며 내내 충만했다고 나, 차마 말씀드리지 못했
네. 물기가 다시 빠져나가네. 괜찮을 줄 알았는데 괜찮지 않네. 너무
보고 싶네. 벌써 그리워서 견딜 수가 없네.

2018. 8. 18. ①

　아침이다. 다시 책장 앞이다. 머리가 좀 쑤신다. 선생님께서 주신
책, 몇 권을 꺼내 열어 본다. 한 권, 그리고 또 한 권, 그 시간, 그 만
남, 그리고 목소리, 입을 열면 뭔가 튀어나올 것만 같다. 공부를 열

심히 하자, 같은 말, 성실하게 살자, 같은 말, 정직하게 쓰자, 같은 말, 허공에 맴돌고 있다. 책 속으로 들어가고 싶다. 풀리지 않는 퍼즐 같은 것이 온통 몸을 감고 있는 것 같다. 이제 더 이야기하지 않을 것이다. 이제 더 징징거리지 않을 것이다. 그러니까 이런 말들이 아까부터 혀 위를 굴러다니고 있다. 세상을 긁어내리고 있다. 입안이 까끌까끌하다. 여기는 와이파이가 터지지 않는 미로, 손으로 더듬더듬 출구를 찾아가야 하는 미로, 나는 벌써 그 안에 있었다. 나만 모르고 있었을 뿐, 망가진 것들을 고치려고 하지 말고 구겨진 것을 반듯하게 펴려 하지 말고, 흩어진 시간을 애써 그러모으려 하지 말고, 수화기를 만지작거리지 말자. 오랜만에 술을 마셨는데 과음이었고, 아무도 없었고, 누구와 함께할 수 없었고, 그건, 그러니까, 어제의 일이었을 뿐이다.

2018. 8. 18. ②

책을 버렸다. 며칠 동안 대략 300권 정도 버린 것 같다. 앞으로 읽지 않을 게 분명한 책을 책장에서 골라 정리했는데 마음이 허전하다. 시간을 죽이고 있다. 어차피 읽지 않을 책일 거라 생각한다. 2000년대 이전에 출간된 한국 소설과 2018년 이전의 잡지가 거의 전멸했다. 시집도 비평집도 이론서도 상당히 많이 쓰레기통으로 향했다. 그렇게 아꼈던 프랑스어 사전(Grand Robert, Grand Larousse, Littré, Trésor)도 미련 없이 버렸다. 에세이도 이론서도 상당히 많이 버렸다. 집과 연구실에 이렇게 책이 많았다는 건 그동안 그만큼 지출도 많았다는 거겠지. 버려야 한다. 버려야 한다고 생각한다. 앞으로 더 버려야 할 것 같다. 며칠을 이러고 있다. 보내 주신 책은 가급적이면 버리지 않으려고 했다. 서명이 매정한 손길을 가로막는다. 그래도 버린 책이 상당하다. 일전에 선생님께서 떼어 낼 수 있는 포스트잇 같은 종이에 서명해서 신간을 주신 적이 있다. 나중에 버릴 수 있게 하려고 그리하셨다는 말씀이 떠오른다. 선생님께서는 나에게 귀중한 프랑스 책 몇 권을 물려주셨다. 당신 스승이 주신 책도 두어 권 있다. 아주 오래된 프랑스 문학사 원본도 당신이 읽으셨던 원서 몇 권도 지금 나의 서가에 꽂혀 있다. 나는 책을 열지 않는다. 책을 더 버리고 책장 빈칸에 시들지 않는 조화를 가득 담은 투명한 유리 꽃병을 올려놓아야겠다.

2018. 8. 20.

문학 연구에서 가장 흥미롭고 재미있으며 중요한 것은 '언어 이론'이다. 우리가 쓰는 말의 작동 원리, 그 가치를 다룬 뛰어난 연구서를 들여다보고 있노라면, 소위, '문학'이라는 언어활동이 왜 지금-여기 삶의 한 형식의 고안이자, 그 방식이며, 삶과 역사가 의미를 만들어 내는 과정인가라는, 아주 새삼스러운 사실과 직면하게 된다. 위대한 언어 연구가들은, 나에게는, 근본적인 관점에서, 문학과 시를 사유하고, 문학의 작동에 대해 규명하려 시도한 자들이다. 언어학자와 언어 연구가는 다르다. 이 양자는 동일한 목록 안에 이름을 올리지 않는다. 후자에는 소쉬르나 벤브니스트, 훔볼트나 비트겐슈타인 같은 언어학자뿐만 아니라, 벤야민이나 메쇼닉같이, 언어 이론 없이 문학 이론이 성립할 수 없다는 사실을 규명하는 작업에서 출발한 비평가들이 대거 포함되어 있다. 동시대 사유의 끝까지 밀어붙여, 미지의 영역으로 한 걸음을 디딘 자들의 글을 읽는 즐거움은 말로 표현하기 어렵다.

2019. 8. 21.

해설이 늦어지고 있다. 온통 할 수 없음에 대한 시, 온통 취소되는 것에 대한 시, 온통 물과 불로 뒤덮인 시, 이런 세계에서 연대는 무엇인가? 시는 너무 늦게 이 물음을 꺼낸다. 죽음 이후의 삶을 기록하는 시는 슬픔도, 분노도, 욕망도, 당연히 희망도, 타자도, 타자의 들끓는 아우성도 모두 무효화시킨다. 무효화의 언어는 거울에 비친 자기 얼굴을 투영하는 대신, 깨진 거울에 얼굴을 비치고, 깨진 거울의 금을 이후 자기 얼굴의 상처로 간직하는 언어다. 이 시인은 언어를 이렇게 부린다. 겹서술, 복합화자, 구어와 문어의 혼합, 시제의 혼용 등이 파뷸라에 이상한 시적 골격을 입힌다. 체험이 뒤섞이고, 공간이 통합되고, 시간이 휘거나 굽고, 너와 내가, 우리가 단위를 잃는다. 이국성에 바쳐진 어휘들과 이 어휘에 알리바이를 제공하는 사건들은 모두 원체험의 복원, 원(原)-시간, 태초의 기억과 경험을 복원하는 고유한 방식이고자 하나, 다리를 잃고 허공에 허방을 내지르거나, 둥둥 떠다니거나, 주르륵 흘러가 버리거나 활활 타오를 뿐이다. 호모 사케르의 비극적 운명이 원 시간, 원체험, 태초의 기억을 무지르며 슬픔과 사랑에 다시는 재현되지 않을 아듀의 인사말을 남기고 작렬한다.

2018. 8. 24.

프로메테우스에 관련된 부분을 번역하고 있는데 하필, 연구실에 라이터가 없다. 담배를 피울 수가 없다. 전자담배는 집에 놓고 왔고, 일은 밀려 있는데, 그러니까 불이 없다. 고기를 구워 먹으며 쾌락을 맛보았던 인간이 제우스에게 불을 도로 빼앗긴 심정과 비슷한 기분에 젖어 있다. 프로메테우스는 어쨌든 제우스보다 자기가 더 강하다고 생각하고 있었으므로, 그저 불만 훔쳐 달아나지 않았다. 불씨를 회양풀 줄기 안에 담아 훔치는 김에 그는 예술과 기술도 훔쳤다. '견물생심'이라! 그런데 프랑스어 'L'occasion fait le larron'을 '견물생심' 대신, '기회가 도둑질을 부추긴다'로 옮긴다. 속담을 번역할 때 나는 등가(等價)로 바꾸는 선택을 하지 않는다. 그러면 자주 문화적 고유성이 지워져 버린다. 방금 '부재(不在)하는 라이터가 엉덩이를 가볍게 한다'라는 말이 떠올랐다. 속담 사전에 등재되기를 희망하면서…. 누가 라이터를 좀 빌려준다면, 얼마나 좋을까? 이카로스가 7층 연구실로 날아와 나에게 라이터를 주고 장렬하게 추락하기를 바라는 수밖에.

2018. 8. 25.

인간적인 것들이 내게서 모두 사라졌으면 좋겠다. 슬픔, 분노, 기쁨, 설렘, 권태, 두려움, 우울, 희망, 절망, 기대, 저주, 연민, 감동, 짜증, 그리움, 증오, 이런 것들 다 사라지고 그날그날 알게 되는 지식이나 정보만 남으면 좋겠다. 그렇게 시곗바늘에 추를 매달아 거꾸로 돌리려는 마음을 접고 정확한 초침의 전진만큼만 주어지는 삶, 그런 삶이 어떤 의미에서는 가장 아름다울 것이다. 자! 어서 지식과 언어를 위하여, 그리고 사라짐을 위한 잔을 들자.

2018. 8. 26.

어떤 필요 때문에 야나부 아키라의 『번역어의 성립』과 도널드 킨의 『메이지라는 시대』를 다시 읽고 있다. 『번역어의 성립』 같은 책이 한국어와 문화, 언어를 주제로 나왔으면 좋겠다는 생각을 한 게 한두 번이 아니다. 『메이지라는 시대』는 천황의 일기나 메이지 역사보다 한국(이라고 쓰고 있지만, '조선'으로 번역했어야 할)과 관련된 부분이 흥미롭다. 특히 안중근에 대한 부분은 만약 한국인이 기술한 거라면 벌써 난리가 났을 내용으로 가득하다. 다니구치 지로의 『도련님의 시대』에서 안중근을 메이지의 지식인에 포함한 이유가 궁금하다면 답을 찾은 셈이다. 그뿐만 아니라 고토구 슈스이가 안중근을 조선의 지사로 칭하며 아나키로서의 동료 의식을 가진 까닭이나 안중근이 이토를 암살한 이유와 안중근의 동양론 등이 궁금하다면, 이 책이 조금 도움을 준다. 안중근이 사형에 처해지기까지 1년 조금 넘는 기간 옥중에서 집필한 책이 시중에 나와 있나 한번 찾아봐야겠다. 안중근 연구서는 일본에서 몇 권 출간된 것으로 알고 있다.

2018. 8. 27.

8월 초에 마감했어야 했던 원고를 쓰기 위해 김현의 글을 '다시' 읽고 있다. 메모했던 부분을 다시 보고 있는데 메모가 각자 따로 논다. 김현 전집 구석구석 붙여 놓은 표시가 남아 있으나 읽고 밑줄을 치고 메모를 하던 당시에 정리를 끝낼 수 없었던 관계로 전후 관계가 묘연해졌다. 7월 중순부터 정리했던 흐름이 어디에서 끊겼는지 알 수 없다. 개인 사정으로 원고를 쓰기 어려울 거라고 말씀드렸으나 청탁해 주신 측에서는 끝까지 기다리겠다고 하신다. 힘들면 청탁 매수의 절반만이라도 채워 보내 달라는 말씀에 고개를 들기 어렵다. 벌써 스무 날 이상 시간이 흘러갔다. 김현에 관한 원고는 이번이 네 번째다. 문학사와 번역에 관한 첫 글을 선생님께서는 아주 좋게 읽어 주셨다. 메일함을 살피다 선생님과 새삼 참으로 많은 이야기를 주고받았다는 사실을 알게 되었다. 두 번째 글은 김현의 번역론에 관한 글이었다. 여러모로 아쉬움이 많이 남았지만, 김현 특유의 "오역의 번역론"을 다루면서 1960년대 외국문학도가 내비친 한국문학에 대한 지극한 염려와 열정을 알게 되어, 마음 한구석이 몹시 아팠던 기억이 생생하다. 세 번째 원고는 김현 특집의 모두 발언 비슷한 기획의 자리, 그러니까 『싫』 창간호에 발표한 글이었다. 지금과 마찬가지로 더운 여름이었고, 나는 무슨 기이한 열정에 사로잡히기라도 한 듯, 그해, 여름방학 내내, 약속한 번역을 구석에 내팽개치고, 김현 전집을 뒤적거리며 김현 비평의 의의와 현대성에 대해 적어 보려 했었다. 그러다 수많은 얼굴들을 만났고, 두 달 정도의 시간이 전집과 함께 서서히 증발했지만, 결과물을 내놓으면서, 불문학을 전공한 자의 어떤 자긍심 같은 것을 갖게 되었으므로, 사실 보람이 컸다. 그리고 누가 될까 보내 드리지 않았으나 출간된 이후, 선생님께서 살뜰하게 내 글을 읽어 주셨고, 이후 어느 저녁 자리에서 김현의 비평서 『제강의 꿈』과 『프랑스 비평사: 근대/현대』에 대해 긴 시간 좋은 말씀을 해 주셨다. 이번 역시 『싫』의 기획 원고다. 내 마음을 헤아려 연기해 주신 이인성 선생님, 김현과 관련된 내 글을 좋게 읽어 주신 정과리 선생님이 생각난다. 8월 말이 마감이니, 정말로 며칠 남지 않았다. 자신은 없지만, 꼭 쓰고 싶다. '회자정리(會者定離)'라는 낱말이 갑자기 떠오른다. 부끄러움이 피어오른다. 서서히 얼굴이 흙빛으로 변하는 것 같다.

2018. 8. 30.

습하고 더운 날의 편두통은 피해 가기 어려운 것 같다. 한숨을 푹 푹 내쉬며 두통약을 세 시간 간격으로 복용해도 소용이 없다. 결국, 저녁 일곱 시를 조금 넘긴 시간에 탈출하다시피 연구실을 나왔고 두통약도 인내심도 그걸로 마지막이었다. 아주 어렸을 때부터 나는 두통에 시달렸다. 선생들은 양호실에 보내 달라는 초등학교 3학년 아이의 말을 자주 묵살했고 나는 항상 주머니에 아스피린을 서너 알정도 넣고 다녔다. 습하고 더운 날, 토요일까지 억지로 연기해 놓은 원고는 한 줄도 쓰지 못하고 다음 주 시작하는 강의를 준비하는 둥마는 둥 하다가 결국 견디지 못하고 동굴에서 뛰쳐나온 호랑이처럼 연구실을 나와 1층 벤치에 잠시 앉아 멍하니 행인들을 보았다. 어둑어둑해질 무렵, 갑자기 나에게 이번 생의 공포는 바로 이런 거라는 생각이 들자, 정말 이유 없이 눈물이 났고, 그건 정확히 축축한 습기였고, 너무 보고 싶어 견딜 수가 없었다.

2018. 9. 4.

요즘 간혹 꿈을 꾼다. 자주 가위에 눌린다. 나는 어떤 대문 앞에 서 있다. 열린 대문 그 안은 컴컴하다. 문턱을 넘어가려는 모습을 붙잡고 가지 말라고 말을 하지만, 내 목구멍에서 분절된 음절이 형성되지 않는다. 꿈에서 나는 소리를 지르지만, 공기 속으로 발화되지 않는다. 아내가 흔들어 깨운다. 무슨 일 있냐고, 가지 말라고 신음을 하기에 무슨 일이냐고. 깨어나 식은땀과 눈물을 닦아 내고 냉장고 문을 연다. 찬물을 마신다. 슬리퍼를 끌고 밖으로 나와 담배를 피운다. 다시 잠을 청한다. 30분 간격으로 깬다. 새벽이 이렇게 지나간다. 새벽 5시경, 잠들기에는 너무 늦거나 이른 시간이다. 깨어나 세수를 하고 책을 읽는다. 어제 개강을 했다. 이번 학기 학부 수업에 보들레르의 시를 강의한다. 30분을 넘기지 않으려는 애초의 생각과는 달리 첫날부터 꽉 채웠다. 꿈에서 하지 못한 말이 방언처럼 터져나오는 것 같다. 그러니까 조금 더 할 말이 늘어난 것이 분명하다. 대학원은 시학 이론이다. 오늘 첫 수업이다. 세 시간을 모두 채울 것 같다. 꿈에서 하지 못한 말을 수업에서 할 것 같은 불길한 느낌이 든다. 어쨌든 모두 문학과 시와 언어에 관한 것이다. 자기 학문에, 자기 연구에, 자기 글에 조금 더 용기 있는 사람이 되고 싶다. 까닭을 알 수 없지만, 부끄러움이 또 피어오른다. 늘 그렇듯 원고가 밀려 있다. 조금 더 지체될 것 같지만, 상관없다.

2018. 9. 7.

학술 대회 발표차 부산행 KTX를 탔다. 발표 원고를 어제 새벽에 보냈다. 토론을 맡아 주신 박진영 선생님께 면목이 없다. 기차 안에서 읽을 수 있도록 출력을 해 왔는데 만나지 못했다. 나는 점점 엉터리가 된다. 글도 엉터리, 사람도 엉터리, 언제부터인가 모든 게 엉망이 되어 버렸다. 기차 안에서 읽으려고 구병모 소설가의 「오토포이에시스: 단 하나의 문장」(『문학사상』)을 펼쳤다. 이 소설은… 정말 좋다. 열 권의 책이 변해 버린 한 장의 백지 이야기, 아, 재미있다…. 뭔가 쓸 수 있을 것 같다.

2018. 9. 8.

서울행 KTX 13시 10분, 한국학: 파리-서울 네트워크, 학술 대회, Maurice Courant, 해부학, 난가쿠(蘭學), 해체신서(解體新書), 동맥과 연골, 어제의 잔상들, 바닷가의 바람 바람, 손목서가로 향하지 못한 발걸음, 술잔과 함께 기울어지는 문자들, 러시아 연구자의 마지막 발표, 민물장어의 꿈, 번역, 그리고 또 번역, 지식과 언어, 근대 그리고 횡단, 바그다드의 번역국 'House of Wisdom', 프톨레마이오스와 히포크라테스, 그리스어#아랍어×히브리어=거기에=@라틴어☆☆ 프랑스어와 독일어, 아아 루터여 루터여, 사회(社會)와 개인(個人)이라는 낱말은 어떻게 탄생했나요? 무엇을 상상하건 그 이상을 보게 될…. 것이다. 흐흐흐와 하하하와 호호호, 호텔에 걸려 온 오전 10시의 전화 한 통, 번역서와 와우 와우 와우, 북(book) 부우욱— livre와 bouquin의 차이, pulp와 fiction 오! 오 마이 갓(god) GODOT, 세상에 뿌려진 Dictionnaire의 행방들, 피곤, 감기지 않는 눈, 다니구치 지로의 『선생님의 가방』, 읽다 만 페이지, 거기에 머문 시선, 넘기지 못한 백지들, 죽음, 선물, 추억, 추억의 공포, 오타 같은 기억들, 너무 친했던 건 아닐까? 남겨진 것들, Ah! impératif! 뭉개진 토마토처럼 삶도 그렇게 & 갑자기 뭔가 할 수 있을 것 같은 마음, 파도같이 밀려드는 공허, 어제는 토하지 않았어요, Voltaire의 용기, Rousseau식 시니컬, 끈적한 유머, 너는 이게 장난이라고 생각하니? 다시 다시 다시, again의 기만과 never의 충실성, encore의 다시, 다시, 다니구치 지로의 그림들, 하필 『선생님의 가방』과 어느 책의 마지막 페이지, 운명을 비웃는 순간들, 그 틈에 열리는 차가운 현실, 다 식어버렸어요, 푸후후훗! pouf-ha-ha-ha: 'la vie est vraiment comme ça?' 「레옹」에서 마틸다의 대사, ㅋㅋㅋ과 ㅎㅎㅎ와 ㅠㅠㅠ, 긴 터널 속으로 들어가는 기차, 어서, 두 눈을 감아요. 피자를 좋아하는 시인: 시간 맞춰 오는 건 피자밖에 없어요. 김수영문학상, 기념이라는 낱말 사이로 피어난 활자들, 검열, 지워지는 단어들, 저어되는 표현들, 달려갈까요? rhythmos와 modernus, 리듬과 현대성, 산문산문산문, 번역 번역, 도착, 연착, 연락, 이름이 지워지고 있어요, 그러니 난 이제 어쩌면 좋을까?

2018. 9. 10.

살아 있는 것은 대부분 진지하다. 다만 그렇게 보이지 않을 뿐이다. 두통약을 정기적으로 복용하지 않아도 좋을 날씨에 하루 종일 집에서 글을 읽었다. 좋은 글도 있었고 슬픈 글도 있었고 지루한 글도 있었지만, 대부분 읽을 만한 것들이었다. 그랬을 거라고 생각한다. 문자가 시간을 잡아먹는다. 늦은 밤, 커피를 마시며 다시 글을 읽고 있다. 불면의 시간이 찾아오면 이 또한 지나가리라, 이 또한 지워지리라라고 중얼거리면서도, 사실 지워지는 게 좀 싫고 지나가는 게 좀 무섭고, 사람들이 종알종알거리는 게 좀 짜증 나고, 여기저기 광고판처럼 치렁거리는 게 성가시고, 그래서 누굴 만나지 않을 방법을 강구하고, 문득 걸려 오는 전화에 짜증이 나지만 내색하지 않으려고 노력을 한다. 일전에는 다소 시시해 보였던 이야기들이 조금도 그렇게 보이지 않는다. 사연은 참 무서운 거고, 그게 사실에 부합할 거라는 생각이 들면 삶에 새겨지는 무늬가 이토록 다양할 수 있다는 사실에 다시 놀라게 되고, 그러면 이야기의 끝에 먼저 당도하려고 내내 그렇게 발버둥 치는가, 이런 이상한 상념이 시간의 벽을 뚫고 노크한다. 이런 날이 반복되면 사람들이 잊히고 자연스레 감정이 사그라들고 비로소 주위를 둘러보게 될 것이다. 하긴 어떤 조숙한 시인은 스무 살이 되기 훨씬 이전에 희망을 자기 자신에게서 모두 제거했다고 믿고 있었는데, 나는 사실 그게 잘 믿어지지 않는다. 다시 책장을 열고 그 속으로 들어가야겠다. 읽다가 마무리하지 못한 해부학을 펼친다. 사람 속을 들여다보기 좋은 시간이다.

2018. 9. 13.

이제 연구실에서 더 밤을 새우지 못할 것 같다. 대략 스무 시간을 매달려 보낸 글을 다시 읽어 보니 이건 정말 뭣도 아닌 거다. 내 요령은 제목에 (1)을 붙이고 프랑스 비평사 근현대 편, 제강의 꿈, 정신분석학 비평을 잘라 내는 것이었다. 구조주의와 문학사회학을 다루는 데 100매를 훌쩍 넘겼다. 이제 잔다. 다시는 밤새우지 않을 것이다.

2018. 9. 14.

지난 십 년이 내게 어떤 시간이었는지 돌아보니 아마득하다. 2008년 3월 학교에서 일하게 된 후, 아니 2006년 10월, 처음 인연을 맺게 되었을 때부터 지금까지…. 그러니까 십 년하고도 한두 해가량의 시간 말이다. 그리고 나는 2009년 겨울부터 문단에서 많은 사람을 만났다. 항상 바빴고 때론 힘들었고, 시간에 늘 쫓겼지만, 그래도 참 좋았다. 다시는 그러지 못할 거라는 걸 나는 잘 안다. 그저 다시 제자리로 돌아온 것뿐이다. 사실 너무 친했다. 말 그대로 너무 친했다고밖에 표현할 길이 없다. 흔적이 너무 많다. 그냥 원래 내 자리로 돌아온 것뿐이라고 생각하면 그만이다. 조금 쓸쓸하고 또 조금 외롭고, 그럴 테지만 어차피 인생이 그런 거라는 걸 나는 잘 알고 있고, 그게 또 사실이므로, 별 두려움이 생기지는 않는다. 약속을 지키지 않았으나 그렇다고 원망이 내게 남겨진 것은 아니다. 어떤 틀에 묶이지 않는 관계, 그런 것도, 그러니까, 간혹, 존재하기도 하는 것이다. 나는 자유로웠다. 편하고 좋았으며 신뢰했다. 학교가 다르다는 건 간혹 이렇게 사람의 관계를 묶일 수 있을 속박에서 풀어 준다. 그래서 나는 늘 동등하다고 느꼈는지도 모르겠다. 불편한 적이 한 번도 없었고 눈치를 볼 일도 없었고 말이나 생각을 검열하지 않았고 무엇보다도 터부가 없었다. 아마 그래서 내 마음에 슬픔이나 상실보다는 그리움이 더 큰 것 같다. 그동안 나를 감싸고 있던 모든 것들이 하나하나 나에게서 풀려나가는 것 같다. 내일은 비가 온다고 한다. 벌써 그 시간이 그립다.

2018. 9. 15.

오후 내내 소파에서 졸다가 깨어나 책을 읽다가 다시 졸기를 반복했다. 그간 피곤했나 보다. 어제는 한국문학번역원 강의가 있었다. 전전날 밤새우고 원고 보내고 전날 강의 가기 전까지 학과 회의를 비롯해 일이 많았다. 한국문학번역원 강의는 조금 힘들었지만 참 좋았다. 내가 예상하지 못한 게 두어 가지 있었다. 단상에 서서 강의하게 될 줄 몰랐는데 마이크를 들고 서서 판서를 하면서 강의 자료를 넘겨 보는 게 좀 힘들었다. 그리고 외국인에게 영어로 질문을 받게될 줄도 몰랐다. 문학 번역이 창의적인 능력을 요구하고 작가적 재능이 필요하다고 강의를 했는데, 그런 번역이 반드시 좋은 번역인가라는 질문이었다. 구체적인 예를 들어 설명하려다가 '좋은' 번역이라는 개념이 주관적이라 대답을 짧게 했다. 강의 도중에 나온 질문이었고 나는 사실 강의의 흐름이 깨지는 게 싫었고, 무엇보다 강의 시간이 턱없이 부족했기 때문에 길게 대답할 수 없었다. 또 하나, 프랑스인을 만나면 특히 반가운 건 어쩔 수 없나 보다.(끝나고 함께 지하철역까지 오면서 이런저런 이야기를 주고받은 학생은 아폴리네르의 시를 공부했다고 하면서 놀랍게도 선생님을 언급했다.) 작년에 강의했을 때보다 수강생이 많았다. 아주 기쁜 일은 오늘이 토요일이라는 거다. 내내 까먹고 있었는데 방금 알고서 소리를 질렀다!

2018. 9. 20. ①

개강한 지 아직 한 달이 채 지나지 않았는데 체력이 고갈된 것 같다. 대체 피로는 왜 나에게만 몰려오는 것처럼 느껴지는 걸까? 오늘은 원고를 잠시 접고 종일 레몽 크노의 '운문 소설' 『떡갈나무와 개』를 번역했다. 나는 '운문을 운문으로' 번역하려 시도하고 있다. 드디어! 마침내! 며칠 전 출판사에 넘긴 번역은 늦어도 10월 중에 출간되었으면 좋겠다. 하긴 넘긴 지 두 해가 지난 또 다른 번역은 지금 어느 출판사에서 썩고 있다. 내가 달리 뭘 어쩌겠는가? 급하다고 해서 서둘러 번역을 넘겼는데, 그쪽도 아마 사정이 있을 것이다. 암튼 내일도 날은 밝아 올 테고, 시곗바늘은 변함없이 돌아갈 것이고, 나는 그저 대담하지 못하거나 덜 대담한 내 마음을 쓸어내리며 원고를 쓰거나 번역을 하거나 강의를 할 것이다. 이번 학기 대학원 수업에서 앙리 메쇼닉의 시학 이론 전반을 다루고 있는데 지금까지 그럭저럭 버티고 있다. 학생들이 좀 봐주는 것 같기도 하다. 시학, 주체, 번역, 현대성, 리듬을 살펴본다. 모두 중요하면서 또 난해하다. 아는 것을 한국어로 풀어놓는 일은 항상 내가 알고 있는 것을 넘어선다. 모국어로 대면하는 게 늘 문제이자 핵심이다. 새삼 김현, 황현산, 두 분이 위대해 보인다. 방식은 달랐으나 두 분 모두, 한국문학과 한국어가 방언에서 벗어날 수 있는 길을 평생 고민했다는 점에서 존경스럽다. 밤이 깊었고 내일은 해가 뜰 테니 종일 곤두서 있던 신경 다발을 이제 다 풀어헤치고서 어서 두 눈을 감자. 불필요한 만남이 줄었지만, 더 줄일 필요가 있다.

2018. 9. 20. ②

심사 대상 시들을 하나하나 읽다 보니 엇비슷한 것 같기도 하고 긴 시도 많고 어디선가 본 것 같은 구절도 제법 있고 내가 잘 모르는 문장도 많고 반말도 있고 오타도 있고 무엇보다도 눈물과 절망이 있고 낯선 감각과 예리한 시선이 있고 자연이 있는 곳에 사람이 있고 죽음이 있고 하늘과 거리와 불꽃이, 그림자와 빛이, 이 둘을 쥔 뜨겁거나 식은 손이 있고 퉁퉁 불은 발걸음이 저 바다 깊은 곳의 심연과

굴처럼 상해 가는 눈동자와 그와 그녀의 사정이 약간의 소금기와 식은 커피와 맡을 수 없는 향기와 타오르는 열기와 증발한 땀이, 어제의 기억이 있다. 누가 읽어도 좋은 구절들이 누가 읽어도 이해했다고 믿기 어려운 문장들을 끌어안고 흔들거리는 몇 척의 배를 만난다. 펜촉은 무디나 내려놓은 문자는 모이고 또 흩어지며 아무튼 잘 가지 않았던 길을 하나쯤 내려 애쓰고 있는 것 같다. 물기에 젖은 바닥처럼, 감정이 흥건하고, 빛을 내뿜는 축축한 건물처럼 살아 있는 것 같은 글들, 시라는 이름으로 참 많은 걸 고백하고 지워 내면서 열심히, 열심히 쓰는 것 같다.

2018. 9. 25.

경쟁은 항상 나 자신과의 경쟁이라는 사실을 다시 확인하게 되는 시간이 흐르고 있다. 누군가 그랬던가? 부러워하면 지는 거라고. 그런데 나는 부끄럽게도 너무나 많은 것들, 간혹 어떤 사람을, 간혹 어떤 상태를 부러워하고 있다. 어느 어두운 시간이 있어, 내 등 뒤에서 몰래 흘러갈 것이며, 어느 밝은 순간들이 있어 머리 위에서 영롱하게 빛날 것인가? 삶은 지나면 지날수록 빠져나올 수 없거나 아예 빠져나오면 안 되는 미로들로 가득하고, 나는 눈이 침침해서 내 발치 앞을 보지 못하면서도 먼 피안을 바라보면서 까닭을 알 수 없는 한숨을 내쉬고 있다. 누군가 떠나갔지만 죽음은 계급도 고하도 귀천도, 그러니까 아무것도 없는 것, 그저 모든 것을 취소하고 모든 입을 막아 버리고 눈을 가리고 손을 허공에 휘젓는 일로 시간을 뭉텅뭉텅 잘라 먹고 몸을 다 쓰게 만든다. 나한테도, 내가 사랑하는 사람들에게도 말한다. 그러니까 그저 살아 있으라. 뭘 하든 뭘 하지 않든 간에, 그러니까 좀 살아 있으라!

2018. 9. 26.

자주 꾸는 꿈의 유형:

1. 수학 문제를 푼다. 학력고사(그러니까 내 세대, 대학 입학시험)를 봐야 하는데, 수학에서 절절맨다. 수학을 제법 했고, 이과였다가 재수하면서 문과로 바꾼 나여서 실제 수학 때문에 스트레스를 받을 일은 없었다. 그런데 꿈에서는, 지금의 내가 수학 문제를 풀어야 하는 것으로 나온다. 아주 힘들다. 낑낑거린다. 대학 졸업 후 지금까지 지내온 삶이 수학 문제 풀이로 한순간에 무너지는 것 같아, 이상하고, 힘들고, 겁이 난다.

2. 공중전화 부스에서 전화를 건다. 어디인지는 모르겠으나 전화를 걸어야 하는 상황에 놓여 다이얼을 돌리는데 다이얼이 돌아가지 않거나 헛돈다. 그게 아니면 숫자를 자꾸 틀린다. 5를 돌렸다고 생각했으나 6이나 7이어서 다시 다이얼을 돌려야 하는 이 꿈은 결국 실패하는 것으로 마무리된다. 요즘, 핸드폰 버튼을 눌러 전화해야 하는데 숫자가 자주 틀리는 꿈으로 바뀌기도 했다. 자꾸 실패하는 꿈이다.

3. 누군가 둘이 대화를 하고 있고 나는 그 장면을 보고 있다. 오해가 빚어질 대화, 그러니까 십중팔구 나에 관한 말들을 두 사람이 주고받고 있고, 나는 이 두 사람 앞에 버젓이 서 있는데, 그들은 나를 의식하지 못하거나 아예 의식하지 않는다. 나는 이 애매한 상황에서 숨어야 하는지, 나를 드러내야 하는지 결정하지 못한다. 아는 사람이 대부분이며 그들이 나를 오해하는 내용이 주를 이루나, 간혹 나

에게 아주 좋은 감정이 있다는 사실을 표나게 드러내는 의외의 사람들도 종종 등장한다. 나는 이 경우를 훨씬 무서워하거나 두려워한다. 내가 끼어들 틈은 없다. 그런 나를 두 사람은 의식하고 있거나 그게 아니라면 내가 이 둘을 의식한다.

4. 헤아려 보면 어딘가 보고 들었고 겪었던 것들이지만, 전혀 연관성이 없는 것들이 무작위로 섞여 아주 그럴듯한 하나의 이야기로 조합된다. 꿈에서조차 설마, 설마, 설마, 반복하며, 이 엉뚱한 조합과 상황을 좀처럼 믿으려 하지 않는다. 판타지와 흡사한 장면들이 종종 등장하나, 이 경우조차, 행복한 결말이나 황홀한 장면은 좀처럼 연출되지 않는다. 의외의 조합들에 놀라고 두려워할 뿐이다.

5. 다 쓴 원고가 사라지거나 혹은 이와 반대로, 아직 하지 않은 번역이 완성된다. 사라진 원고는 어떻게든 찾아보려 애쓴다. 여기서 이야기가 펼쳐진다. 편집자가 등장하여 분실을 책임지려 하거나, 가까운 동료가 자기 이름으로 발표했으나 분명 내가 쓴 게 맞아 전전긍긍하며 사태를 바로잡으려고 하나 잘 될 리가 없다. 번역은 내가 하지 않았지만 좋은 평가를 받고 돈을 벌게 되어, 들키지 않았으면 바라지만, 어떤 번역가는 이 사실을 알고 있으며, 그에게 다가가서 너스레를 떨거나 번역에 관해 이야기를 나누려 하나 대부분 실패한다. 원고료나 번역료 문제가 발생하는데, 십중팔구 나는 제대로 고료를 받지 못한다. 출판사 사장에게 전화를 걸어 직접 따지려 하나, 그게 또 비겁한 것 같고, 출판사 사장이 자주 바뀌기도 한다. 가령 문학동네 염○○ 사장이 어느 날 창비나 문지 사장이 되기도 하고, 창비는 출판사가 없어져 사장도 없거나 편집자가 독립해서 독립잡

지를 운영하다가 망했거나, 민음사는 원고를 청탁한 사실 자체를 까먹기도 한다. 더구나 이 출판사들이 명료하게 드러나지 않는다. 암튼 원고료가 문제가 아니라는 사실을 강조하면서 속으로 원고라도 되찾았으면 바라지만, 그렇게 될 리가 만무하다.

6. 프랑스 파리가 자주 등장한다. 파리를 하루에 다녀와야 하는 이상한 상황이 발생한다. 그러고 나면 십중팔구 생 미셸 근처다. 좌우로 아래위로 돌아다닌다. 생 자크 거리, 보지라르 거리, 온통 대로, 골목, 거리와 거리, 카페, 카페, 카페, 시간이 훌쩍 지나고 비행기를 타야 하는데, 반드시 가 봐야 하는 곳 때문에 발걸음이 떨어지지 않는다. 이상한 기시감과 이상한 쫓김과 이상한 서글픔에 젖은채, 나는 이게 진짜로 꿈이 아니라고 꿈에서 믿고, 그렇게 꿈에서 꿈꾸고 있다는 사실을 완벽하게 잊는 순간을 꿈에서 맞이한다. 이것도 몹시 이상하다. 일반적으로 꿈을 꾸면서 꿈이라는 사실을 모르는 경우가 대부분이다. 그런데 이 경우는 꿈을 꾸고 있지 않다는 메시지가 꿈에서 너무 강하게 도출된다.

7. 빗길에서 넘어지는 꿈, 우산을 잃어버리는 꿈, 눈길에 파묻히는 꿈, 홍수 속에서 헤엄을 아주 잘 치는 꿈, 불길 위를 슈퍼맨처럼 날아다니는 꿈, 호수 한복판에 둥실둥실 떠 있는 꿈, 바다를 걸어서 어느 섬에 도착하려는 순간 헛발질을 하는 꿈, 이런 꿈들은 굉장한 쾌감을 동반한다. 순간순간 짜릿하며 오감이 열리고 꿈에서 황홀경에 몸을 부르르 떨곤 한다. 특히 꿈이라는 사실을 내가 알고 있을 때, '이건 꿈이야, 그러니까 맘대로 해도 괜찮아.' 이러면서 나는 꿈속에서조차 대담해지려고 노력한다. 아쉽게 깨는 꿈, 혹은 꿈이라는 사

실을 내가 인지하고 있다는 사실을 어느 순간에 까먹어 다시 꿈에서 속아, 겁을 먹거나 놀란다.

8. 장소에 대해서도 말을 할 수 있다. 이탈리아 지중해(십중팔구 한 달 정도 머문 적이 있는 이탈리아 남부 코라토의 해변)에 다시 가서 프란체스카를 찾았으나 이사 가고 없어 만나지 못하는 꿈, 이탈리아 바리의 어느 올리브 농장에서 올리브를 따다가 마피아에게 살해되는 꿈, 아미앵 대성당에 숨어서 몰래 잠을 자는 꿈, 독일 맨하임에 있는 친구 집에서 자다가 친구 남편에게 혼나는 꿈, 오사카 사촌 집에 갔으나 사촌이 시베리아로 유형을 가서 못 만나는 꿈은 내가 겪은 과거의 일이나 내가 방문했던 지역이 모티프가 된 꿈인데, 처음은 멋지게 펼쳐지나 마지막에는 상실이나 종말과 연관되어, 깨어나면 몹시 허탈하고 허전하다.

2018. 10. 4.

연구실에서 오전부터 꾸벅꾸벅 졸다가 늦은 점심을 먹고 다시 온 이후, 아무 일도 하지 못하고 있다. 피곤이 몸을 점령한 게 분명하다. 회복 체계가 잠시 무너진 것 같다. 할 수 있을 것 같아서 하겠다고 한 일이, 내가 애당초 예상했던 것 이상의 에너지를 가져간다. 예를 들어, 어제 낭독회가 그랬다. 나나 부탁한 사람이나 아주 간단한 일이라고 생각하고 있었고, 나는 날짜가 코앞으로 다가오자 조금씩 이상한 기분에 사로잡혔다. 책장에서 책을 하나씩 꺼내 무얼 읽을지 생각하는 일에서 시작해 모든 게 서서히 삐걱거리기 시작했다. 행사 당일, 내가 착각한 게 또 있었다. 사람들이 온다는 사실, 이 행사의 기본을 나는 까맣게 잊고 있었고, 무슨 말을 할지 메모를 하지 않은 나를 비로소 그때 마음속으로 타박했지만, 그런다고 뭐 하나 해결되는 건 없었다. 아무튼, 끝났고, 별반 사고는 없었고, 내 걱정은, 항상 그랬듯이, 기우였고, 그랬다는 걸 나는 짐작할 수 있었다. 그런데 그게 또 다가 아니었다. 피곤이 씻어 낼 수 없는 가루처럼 남겨졌다. 생각해 보니 아주 당연한 결과였는데, 행사 전날 잠을 설쳤고, 당일에는 학교에 나와 무슨 일이건 해야 했고, 다만 긴장해서 나는 그렇게 시간이 지나는지 잘 모르고 있었을 뿐이었고, 그 후유증이 이제 내게 남겨진 것뿐이었다. 그러니까 나는, 입을 열고서 한가로이 누워 사과나무에서 어서 열매가 떨어지기를 기다리고 있던 것이다. 인과성을 무시한 마음, 그러니까 대담한 기대, 요령껏 얻어지기를 바라는 마음을 그간 나는 얼마나 경계하고 또 자주 경멸했던가? 나는 아무것도 배우지 못한 것이다. 이 삶의 리듬과 인과성과 우리가 합리적이라고 부르는 모든 이치와 작용과 운동과 행위, 의식의 쓰임과 그 정직한 메커니즘과 그것을 알려는 정신의 노력에 대해, 나는 예외라는 카드를 내 몸속에 간직하고서 남몰래 자주 빼내 들곤 했던 것이다. 해 떨어지기 전에 어서 집에 가서 쉬기로 하자. 해 떨어지기 전에, 노을이 저녁을 물들이기 전에, 학교에 사람들이 남아 있을 때, 가방을 들고 마주치면 조금 어색한 시간에 집에 가기 위해 말이 조금 길어지는 하루의 비정상적인 마감을 나는 앞두고 있다. 어서 자리에서 일어나 집에 가서 더운물을 받아 목욕을 오래 하고, 그런 다음, 책을 읽거나….

2018. 10. 5.

　내가 쓰는 글 중에서 나 스스로 가장 어려워하는 건 시집 해설인 것 같다. 발문이나 서문이 아니라, 말 그대로 '해설'이기 때문이다.

상당한 시간을 요구하며 결국 반영하지 않을 메모도 가장 많이 남겨지는 글이 해설이다. 그런데 쓰고 나면 항상 부족하다고 여겨지는 글이 또 해설이다. 2011년 가을, 송승환의 『클로로포름』 이후 지금까지 대략 서른 편 이상 해설을 쓴 것 같다. 그런데 해설을 쓰면서 단 한 편도 쉬운 적은 없었던 것으로 기억한다. 다른 글이 쉬웠다는 건 아니다. 출판사에서 혹은 시인들이 해설을 내게 자주 부탁하는 이유는, 아마 내가 비교적 원고를 빨리, 그리고 약속한 날짜에 맞추어 넘기기 때문으로 여겨진다. 요청한 시간에 맞추어 원고를 보내니 어쩌면 사람들은 내가 글을 쉽게 쓴다고 생각할지도 모르겠다. 그러나 그런 일은 없었다. 단 한 번도 없었던 거로 기억한다. 올해 상반기에는 약속을 두 차례 어겼다. 내심 인내심을 갖고 기다려주신 두 분 시인이 정말 고마웠다. 2월 초로 약속한 시집은 두 달이 지나서 겨우 원고를 보냈고, 5월 초로 약속한 시집은 6월 초까지 한 달 정도 지연되었다. 두 시인에게 전화를 걸어 미안하다고 날짜를 연기할 때, 두 분은 정말 괜찮다고, 오히려 힘들어하는 나를 위로해 주셨다. 해설은 왜 어려운가? 아마 시집과 끝까지 운명을 함께하는 글이라는 생각 때문인 것 같다. 어려운 이유를 분명 알고 있고, 지금도 청탁받은 시집을 틈틈이 읽으면서 전전긍긍하고 있지만, 그런데도 이 어려움을 말로 표현하기 어렵다. 아침부터 비가 온다. 해설을 위해 시 편편을 읽고 메모를 하고 있지만, 시선은 자꾸 창밖으로 간다. 하루가 또 유예의 날짜로 변할 것을 잘 알고 있다. 시집이 될 원고를 항상 갖고 다닌다. 정들 때까지 갖고 다닌다. 그러다 틈날 때마다 읽고, 메모하고, 자기 전에 읽어 보고, 눈을 감고 상상을 하다가, 간혹 꿈을 꾸기도 한다. 두 달 정도, 이렇게 우여곡절을 겪는다. 그러다가 어찌어찌해서, 해설을 마치면, 너무나 허전해서 또 며칠을 혼자 전전한다. 마치 몰래 좋아하던 누군가를 떠나보내는 것처럼, 마치 영영 보지 못하게 될 것을 미리 알기라도 한 것처럼, 그런 마음이 들고, 그 순간, 과거와 현재와 미래가, 하늘에서 지상으로 내리는 빗줄기처럼, 한순간, 수직으로 꽂힌다.

2018. 10. 9. ①

구한말로 타임머신을 타고 날아간다. 지금의 한국어로 우리는 당대 사람들과 소통할 수 있을까? 이 질문에 나는 쉽지 않을 거라고 말했다. 지금 우리가 아무런 불편함 없이 사용하는 말의 상당수가 당시에는 만들어지는 중이었거나 아예 존재하지 않았기 때문이다. 용언의 사용도 달랐으며 발음도 달랐지만 이보다 확연히 달랐던 것은 통사와 어휘, 그러니까 구문 자체였을 것이다. 고종석은 거꾸로 구한말 사람이 타임머신을 타고 지금으로 날아온 예를 들었다. 유길준 정도가 소통할 수 있는 사람일 거라고 언급했는데 유길준이 『서유견문』의 저자이며 근대 개념어를 알고 있었기 때문이라고 말했던 걸 기억한다. 한글날 단상에는 잘 어울리지 않는 글인 것 같지만….

한글날, 빼놓지 않고 반복되는 한글 자랑. 좋다. 우수한 문자. 정말 우수한 표기 체계. 외국의 어느 학자는 이 표기 체계는 변별 자질을 갖추고 있다고 말한다. 그럴 수 있겠다는 생각이 든다. 그러나 여전히 라디오에서 유명 인사의 한글과 한국어를 혼동하는 말들이 흘러나온다: "한글을 짧고 분명히 쓰면 좋다, 한글을 구사할 때 외국어 섞인 낱말을 가급적 지양하면 좋다, 한글로 표현하는 게 아름답다, 한글의 우수성은 다른 외국어보다 월등하다"처럼, 방금 들은 논평들이 여전히 차고 넘친다. 한글은 '코리언' 알파벳이다. 그러니까 한국어는 키릴문자나 로마자로도 표기할 수 있다. 반대로 한글로 영어나 프랑스어를 표기할 수 있다. 이시카와 다쿠보쿠는 20세기 초, 에도 시대 낡은 일본어에서 벗어날 요량으로 제 일기를 로마자로 표기하여 적은 바 있다. 요지는 한국어와 한글을 혼동하면 곤란하다는 거다. 올해도 또 이런 얘기를 하게 될 줄 몰랐다.

2018. 10. 9. ②

아침 일찍 연구실에 와서 원고를 매만지다가, 올해 안에 써야 할 원고와 번역 계획을 전반적으로 다시 검토했다. 아마 조금씩 늦어질 것 같은데, 그러나 이것을 나는 '수정된' 혹은 '지체된', 혹은 '망가진' 계획이라고 부르지 않으려고 한다. 잡지의 원고는 최대한 늦게 보내게 될 것이다. 하긴, 항상 늦게 보내 주간님들께 원성을 들어 왔으니 새삼스러울 것도 없다. 해설 역시 최소 한두 주 늦어질 수밖에 없을 것 같다. 정말이지, 이런 말을 뻔뻔하게 내 입으로 하고 있다니! 수분을 충분히 보충했고, 영양제를 잘 챙겨 먹었고, 아침 식사를 했다. 아직 손가락에 힘이 잘 들어가지 않는다. 집으로 돌아가서 잠을 조금 더 자고 쉬기로 한다. 내일은 일찍 병원에 가서 조금 휴식을 취하다가, 오후에 수업을 마치고, 저녁에는 원고를 써 보려고 애쓸 것이다. 아마 나는 이와 같은 상태에 빠진 이유를 정확히 알고 있는 것 같다. 세상에는 다소 망가질 것을 알면서도 할 수밖에 없는 일들이 있다. 간혹가다 제어될 수 없는, 그러니까 어쩔 수 없는 상태에 빠질 수밖에 없다는 사실을 누구나 잘 알고 있다. 모든 것은 내가, 나 자신이 원인, 유일한 원인이다. 어디서 감히 누굴 탓하고, 어디서 또 무얼 원망하겠는가? 가을인데, 조금 외롭고 쓸쓸한, 그래야만 어울릴 것 같은 가을인데, 나는 좋다.

2018. 10. 11.

내게는 두 권의『춘향전』이 있다. 하나는 다이쇼(大正) 십오 년, 그러니까 1927년 집안의 누군가 필사한 것이다. 첫 장에는 필사한 곳과 연도가 적혀 있는데 '상모면 온천리', 지금의 시골집이다. 집안 어르신이 필사하신 게 분명하다. 나는 이 필사본을 읽어 보려고 노력을 했다. "숙종ᄃ왕즉위초의셰화연풍ᄒ고국퇴민안ᄒ데강구연원동ᄌ요…"로 시작한다. 천천히 살피면 이해할 수 있다. '숙종 대왕이 즉위하자 시절이 평화롭고 해마다 풍년이 드니(歲和年豊), 나라는 태평하고 백성은 편안한데(國泰民安), 거리에는 달빛이 은은하게 비치니(康衢煙月)…' 정도일 것이다. 띄어쓰기가 없고, 한자에 우리말 조사와 연결어를 사용해서 조합했다. 통사 구조도 지금의 한국어와 비교하면 상당히 다르다. 오히려 '-하니 -해서 -니라' 식의 구성이 남아 있다. 근대 개념을 담은 한자어가 거의 사용되지 않았다. 또 하나는 1892년 프랑스 유학 중이던 홍종우가 소설가 로니(J. H. Rosny)의 도움을 받아 출간한『향기로운 봄(Le Printemps Parfumé)』인데 손아귀에 쥐어질 정도로 작으며, 가죽 양장이라 매우 고급이다. 중간중간화보가 섞여 있는데, 춘향은 외국 여배우처럼 우아하며, 서양식으로 그네를 타고 있다. 재미있는 것은 사용된 프랑스어가 정말 쉽다는 것이다. 지방 이름, 벼슬, 기타 고유한 문화를 설명하기 위한 주석도 달려 있는데, 간혹 엉터리도 있지만(프랑스어 번역의 문제였겠지만), 아주 재미있다. 구전동화처럼 소개한 것은 아닌가 하면서도, 소설가 로니가 이 작품을 만약 소설로 생각했더라면 절대 이런 프랑스어로 번역하지 않았을 것으로 추측해 본다. 프랑스에서 소설은 이런 프랑스어로는 출간되지 않는다. 아직 한국어로 출간되지 않은 이유를 모르겠다. 누군가 한국어로 번역해서, 최초로 프랑스어로 번역된 이 한국 소설을 소개하고, 이후 이 소설이 왜 독일로 넘어가 오페라의 시나리오가 되었는지 등등을 이야기하면 의미 있는 작업이 될 것 같다. 집에는 이런 책들이 매우 많았다, 아니 그랬다고 한다. 해방되고 한국전쟁 당시 겨울나기가 너무 힘들어 땔감으로 사용했다니…. 믿거나 말거나…. 그런데 이 책들이 남아 있었더라면 나는 분명 시골에 도서관을 차렸거나 이 책들을 궁금해하며 많은 시간을 보냈을 것 같다. 사전이나 잡지들, 필사본들, 자료들…. 소설들, 시집들, 번역 시집들…. 서간문들, 그리고 진문(眞文)이라 불린 숱한 경전들, 번역의 시초라 할 언해(諺解)들…. 아이고 아까워라.

2018. 10. 12. ①

프로이트는 '애도'는 상실을 겪은 주체가 상실된 대상을 다른 대상으로 전이해 낸 경우이며, 우울은 상실된 대상에서 주체가 분리되어 나오지 못해 대상의 객관화에 어려움을 겪어, 결국 자아분열이나 나르시시즘에 빠진 상태라고 말한다. 이 말은 나에게는 그럴듯한 '뻥'에 가깝지 않나 한다. 애도와 우울을 구분했다 치자. 그런데 프로이트의 글을 인용하지 않고서 우리가 이 양자를 쉽게 삶에서 분리해 낼 수 있는 건 아니다. 애도는 지향해야 하는 이차적 산물이자 의식적인 반응으로 표상되는 반면, 우울은 매일 먹는 아스피린처럼 소모될 뿐이다. 이 아침, 차라리 난 '우울'에 한 표!

2018. 10. 12. ②

커피와 담배…. 이 둘을 찾게 만드는 유전자가 같다며 어제 만난 시인은 최근 읽은 글을 소개해 준다. 이 둘의 밀접성을 분석한 논문을 읽지 않더라도 커피와 담배를 동시에 찾는 경향에 대해서는 짐작을 하고 있었다. 하루에 나는 커피는 에스프레소 혹은 아메리카노 다섯 잔 이상, 담배는 적게는 한 갑 많이는 두 갑을 피운다. 끊으려면 동시에 끊으려 시도해야 효과가 있다고 말하는 사람도 많다. 자무쉬의 영화 「커피와 담배」가 떠오른다. 커피와 담배는 확실히 중독된다. 커피를 마시지 않고 또 담배를 피우지 않고도 글을 쓰고 번역을 할 수 있으면 얼마나 좋을까. 아마 글이 폭삭 망하겠지…. 아! 여기에 와인을 추가할 수 있겠다. 간혹 생각나는 유일한 주류는 와인, 그것도 스테이크와 함께 곁들이는 와인, 연어회에 곁들이는 와인, 그런 후 천천히 계속 마시는 와인이다. 오! 커피-담배-와인! 갑자기 하루가 이 황홀한 삼각편대 속에서, 아니, 버뮤다 삼각지대 속에서 증발하는구나. 받아 놓은 원고들 모두 모두 모두 무사히 마감하고, 밤새 누군가와 와인을 마시고 싶네….

2018. 10. 19.

특강이 있어 오늘 차로 한강대교를 두 번 건넜다. 봉천동 일대를 지나다 빼곡하게 들어선 아파트 단지를 보며, 어린 시절 달동네였던 이곳에서 살았던 사람들이 생각났다. 「서울의 달」 같은 드라마의 배경이 되기도 했지만, 친구들의 집이 거기에 있어 간혹 놀러 가기도 했었다. 이런 게 좀 뜬금없다는 걸 나도 안다. 그런데 아주 짧은 순간이었을 것이다. 1970년대 중반에서 1980년대 중반까지 신림동-난곡동-봉천동의 장면들 장면들이 스쳐 지나는 것이었다. 마음이 조금 '싸'했고 또 그 순간, 나는, 평상시 내가 참 감상적이라는 생각을 했지만, 그러나 조금 비장해지는 걸 막을 수는 없었다. 특강은 잘 마쳤다. 질문도 좋았고, 따분한 강의를 진지하게 경청해 주었다. 강의를 마치고 잠시 누군가를 만나 이야기를 나눈 후, 차를 몰고, 3

시간 57분 주차 시간을 확인해 주는 단말기의 메시지를 4시간 주차 중으로 물리치고, 상도터널을 빠져나와 한강을 건너는데 시간도 시간이라 그런지 차가 막혔다. 운전대에 몸을 기울여 지루하게 고개를 주억거리다가 오른쪽으로 눈길이 갔는데, 아뿔싸, 내가 기억하고 있는 무엇, 그러니까 1980년대 초반, 중학 시절에 남산이나 정독도서관을 간다고 새벽부터 집을 빠져나와 친구와 함께 94번, 혹은 95번 버스에 몸을 싣고 건너던 어슴푸레한 빛의 한강대교에 있었던 헌병 초소가 여전히 그 모습 그대로 있는 것이었다. 뒤에서 빵빵 소리를 내기 직전까지, 그러니까 길어야 30초가 될락 말락 한 찰나에 나는 어떤 충돌과도 같은 것을 맛보았다. 알레고리의 시간이라고 하면, 좀 웃기겠으나, 암튼 그것은 블랙홀 같은 것이었다. 이야기가 포개어지고 파편 같은 감정이 튀기 시작했다. 조금 전 강의에서 쥬디트 버틀러에 대해 질문한, 학생의 눈빛이 갑자기 떠올랐다.

2018. 10. 25.

후쿠오카…. 옛것과 새것이 함께 공존하는 도시, 맛있는 음식, 커다란 호수, 근처의 풍경은 파리 근교의 위성도시 크레테이유를 닮았다. 길거리도, 시장도, 미쓰코시 백화점도, 서점도, 지하철도, 재래식 시장도, 도심도 낯설지 않다. 1980년대 명동과 무교동이 떠오르기도 하고, 간판도, 동네 골목은 지금 한국에서는 찾아보기 어렵지만, 옛 명륜동 골목과 비슷하다. 이상한 기분이 든다.

2018. 10. 27.

학기 중 짧은 출장을 마쳤다. 바빴지만 오래전, 예정되었던 일정이라 어쩔 수 없었다. 그간 잠시 손을 놓고 있었던 번역문학 연구 계획을 머릿속으로 다시 그려 본다. 우리는 드림팀이었다. 구성과 조합은 완벽했고, 각자만이 할 수 있는 일이 있었으며, 분명한 목표를 갖고 있었다. 한국 번역문학사 사전은 외국문학, 한국문학, 비교문학, 번역문학 연구자들이 함께 모여 연구를 진행해야 한다. 생각만으로도 벌써 가슴이 설렌다.

큐슈 대학 도서관. 잡지 및 기타 번역문학에 관한 자료들…. 번역과 문체에 관한 자료가 메이지 이후 정말 정리가 잘 되어 있어 놀람을 금치 못하겠다. 손문이 남긴 글도 걸려 있다. 언문일치의 역사, 그리고 후타바테이 시메이의 글들…. 어휴! 열 권이 넘는 번역문학 사전만 몇 개…. 천 페이지 복사하고 황홀한 기분에 사로잡혀 도서관에 앉아 있다. 옛 제국대학답게 자료가 정말 잘 정리되어 있다. 정구웅, 이상현 선생님 정말 고생하셨습니다. 살펴볼 자료가 두둑합니다.

10월 말까지 약속한 해설 원고를 어서 마무리하자. 단단한 시집, 자신을 통째로 걸고 이 세계-현실-비극을 마주한 좋은 시집이다. 입이 사라지려 할 때만 비로소 흘러나오는 이 얼음과 공포의 노래는 어떻게 이 밑바닥의 절망을 뚫고서 '음'을 갖고 또 '의'를 걸머쥘 것인가? Rhythm 0 그리고 퍼포먼스, 통념을 뚫고 명멸하는 불꽃이 세계의 폭력과 권위와 자연스러움의 남성 권력을 무지른다.

2018. 11. 2. ①

그간 아주 긴 꿈을 꾼 것 같다. 100일이 조금 모자란 오늘까지, 지난 12년, 그 하루하루를 헤아리며 보냈다. 내 의지는 아니었다. 그

저 '어쩔 수 없었다'고 적는다. 조금씩, 조금씩, 잠에서 깨어나는 것 같다. 앞으로는 누구의 이름도 부르지 않을 것이다. 내가 있던 곳에는 원래 아무도 없었다. 그게 사실이고 또 당연한 거다. 그러니 변한 건 없다. 되돌아오는 길이 조금 멀게 느껴졌지만, 이 역시, 어쩔 수 없었다고, 여기에 적는다. 나는 잠에서 깨어나, 이제 언제 그랬냐는 듯, 혼자 이 겨울을, 이후의 시간을 준비할 것이다. 아무도 없이, 누구도 필요하지 않은 시간을 활짝 열어 갈 것이다. 애써 상처를 지우는 일도, 누군가를 다시 찾고 누군가에게 어깨를 내주거나 빌리는 일은 벌어지지 않을 것이다. 그게 훨씬 좋다. 상처는 지우는 게 아니라 그냥 달고 가는 것이다. 그리고 나는 원래 그랬다. 다만 십이 년이, 조금 특별했던 것뿐이다. 꿈은 한 번 꾸는 것으로 충분하다. 나는 내 삶을 사랑한다. 그걸로 된 거다.

2018. 11. 2. ②

갑자기 모든 게 자명해졌다. 정신이 훌훌 하늘로 날아갈 것 같다. 누가 나에게 날개를 좀 달아 주면 좋겠다. 여기는 그러니까 7층, 하늘로 오르기 딱 좋은 곳이다.

사춘기 소년 이카로스는 매일 새가 될 꿈이나 꾸며 일생을 적잖게 소비했다. 그는 성인이 되어 자신을 신이라고 믿었으며, 그래서였는지 남의 말을 잘 듣지 않았다. 오만과 난폭, 그러니까 '히브리스(hyberis)'는 여기서도 작용하는데, 이카로스의 경우, 죽음에 결정적이었다. 이 '아들'은 특히 제 아비의 말을 듣지 않았다. 그럴 수 있다. 그런데 단순히 말을 듣지 않았더라면 오히려 괜찮았을지도 모른다. 그는 아버지가 자기에게 권고하려는 게 무언지 충분히 이해하고 있다고 믿고 있었으며, 이런 식의 충고가 응당 지니기 마련인 옳음이

나 사실성 따위조차 정확히 파악하고 있었다고 여겼다. 자신의 지성은 당연한 옳음이나 부인할 수 없는 사실성 저 넘어선 곳에 있다고 생각했으며, 그 결과 그는 모든 걸 비웃을 수 있었다. '그쯤은 나도 안다…' 이런 말이, 이때 그의 입에서 튀어나왔으며 그는 묘한 웃음을 짓고 있었다. 사실 그것은 명백히 사랑이었다. 아버지도 별반 다르지 않았다. 대가 없는 충고는 이 세상 어디에도 없다는 사실을 아버지는 증명해 보였다. 타인에게 건네는 충고가 자기 지시적인 성격을 지닌다는 것을 그는 직관으로 알고 있었으며, 그래서 반드시 되돌아오는 반사적 보상 심리를 동반한다는 사실을 아들에게서 확인했다. 설사 그것이 옳다고 해도, 내가 갖고 있지 못한 것을 타인에게서 목도하고(그것도 아들에게서), 그걸 훔치려는 마음은 아니었으나, 그 황당무계한, 그러나 현실 저 너머로 뻗어 나가려 하는 그의 계획을 시기했으며, 어떤 의미에서, 그것은 사랑이기도 했다. 자신에 대한, 그리고 아들에 대한 사랑. 모든 시혜와 베풂, 돌봄과 나눔, 동정과 연민은 자아라는 하나의 중심을 이탈하여 타자를 감싸고 타자에게도 입사하는 사랑의 형태를 지니지만, 반드시 대가를 치르게 마련이다. 사랑은 항상 거울을 들고 자기 얼굴을 본다. 충만하면, 그것은 사랑이 아니다. 사랑은 항상 반사되거나 비어 갈 때, 그럴 때만 사랑이며, 이와 같은 속성, 즉 늘 부족해야만 하는 특성을 기반으로만 제 이름을 갖는다. 다시, 하늘을 날고 싶다. 부족한 것은 항상 하늘이며, 세계는 이렇게 흘러넘친다. 이 결핍과 과잉 사이를 결국 연기처럼 흩어지고 말 시간이 연결해 주며, 없는 것과 있는 것 사이에 길을 튼다. 그렇게 난 길은 그런데 길도 아니다. 비극이, 사랑이, 아우성을 치고 있다.

2018. 11. 7.

   대학원 강의를 옳게 하고 있는지 잘 모르겠다. 내년 1학기까지 앙리 메쇼닉의 시학을 강의하려고 계획했다. 강의는 몹시 흥미롭고 보람되면서도, 한편으로 무척 어렵다. 알고 있는 것, 알고 있다고 착각하고 있는 것, 알고 있어야 하는 것을 나는 잘 구분하지 못하는 것 같다. 이 불굴의 학자가 남긴 글은 정말 많다. 난이도는 가히 최상급에 속한다. 한국에서 주로 한국문학 전공자들에 의해 메쇼닉이 전유되는 방식은 그야말로 한심할 따름이다. 어떻게 귀신같이 달려들어 짜깁기하고 메쇼닉의 사유에 재빨리 제 입을 달아 놓는 것일까. 그 재주가 (말 그대로) 정말 신비로운 수준에 이른 것 같다. 모르는 것에 대해 입을 다무는 것, 이제는 이 최소한의 윤리를 드물게 발휘되는 용기라고 해야 할 지경이다. 이 현상에 대해 작정하고 글을 쓰고 싶은 적이 한두 번이 아니었다. 특히 벤브니스트와 메쇼닉의 리듬 개념을 다룬 글들을 보고 있으면 난장판도 이런 난장판이 없다는 생각을 하게 된다. 분노할 시간에 공부하고 글을 쓰고 책을 쓰자. 길 출판사에 절판을 시켜 버린 『앙리 메쇼닉과 현대비평: 시학, 주체, 번역』의 개정 증보판을 준비하고 있다.(출판사는 절판에 관해 내게 어떤 이유도 설명해 주지 않았다!) 그간 발표했던 논문 여섯 편을 추가해서 새로 출간하려고 준비 중이며, 현재 출판사를 찾고 있다. 아울러 총 8회로 예정된 현재 3회까지 진행된 메쇼닉 이론 연재 글도 연재를 마치면 단행본으로 출간할 것이다. 반짝이는 눈으로 수업을 열심히 들어주는 열 명의 대학원생들에게 고마운 마음이다. 요즘 부쩍 눈물이 흔해졌다. 왜 그럴까? 반가운 소식 하나: 일전에 워크룸프레스에서 번역한 장 주네의 『사형을 언도받은 자의 노래/외줄 타기 곡예사』가 초판을 다 팔고 증쇄를 하게 되었다. 정말 놀라운 일이다. 아울러 워크룸프레스로부터 삼 년 전에 제의를 받았던 알로이지우스 베르트랑의 『밤의 가스파르』, 최초의 산문시집을 내년 하반기까지 넘기는 조건으로 번역 계약서를 쓰게 되었다. 계속 바쁘다는 핑계로 거절했었는데, 그렇게 미뤘었는데 이제 더는 그럴 수 없다. 시간이 나를 기다려 주지 않을 거라는 사실을 이제는 안다.

2018. 11. 11.

미룬다고 해결되는 원고는 세상 어디에도 없다. 어쩌다가 조금 시간을 벌어 보겠다고 온갖 핑계를 끌어 대고 그렇게 미루어 얻게 된 한두 주는 절대 원고의 진척을 보장하지 않는다. 며칠 다른 일에 시간을 내주고 다시 원고를 맞붙잡는 순간, 그때 마무리했어야 한다는 후회는 차치하고, 미루었던 순간 막 손아귀에 잡은 것이나 다름이 없던 원고가 허공에 둥둥 떠다니는 것을 깨닫게 되기 때문이다. 언제부턴가 이런 패턴이 반복되고 있다면, 다시 원점으로 돌아와서 생각해 봐야 한다. 올해는 가장 적게 원고를 쓴 해로 기억되겠지만, 가장 많은 시간을 그저 원고 생각으로 질질 끌면서 보낸, 지리멸렬의 시간으로도 기억될 것이다. 올해가 한 달 남짓 남았다. 내게 남겨진 원고는 이제 네 개다. 그간 미룬 탓이다. 무사히 이 원고들을 넘기면 비로소 달력도 넘길 수 있다. 누군가 시간이 아직 더 남아 있다고 하루 단위로 생각하면서 잠시 안심을 하고, 눈을 붙이고 다음 날 또 하루를 연기하면서 불안해한다면, 그 사람은 나와 똑같은 상태에서 허우적거리고 있는 자가 맞다. 의심할 여지가 없다. 평일에 쉬었으니 휴일이 고생이다. 그런데 여전히 뭔가 풀리지 않는다. 지금 붙잡고 있는 시집, 나는 뭔가 단단히 꼬여 있다는 느낌을 받는다. 지금부터 스무 시간 정도가 흐른 다음, 이런 말을 했던 내 경솔한 입을 틀어막고 싶다는 생각에 흠뻑 젖어 얼굴에 홍조를 띨 수 있으면 좋겠다.

2018. 11. 15.

　진짜로 미친 짓은 그러니까 똑같은 일을 반복하고, 반복하고, 또 반복하면서, 의외의 결과를 기대하는 것이다. 더 나이를 먹기 전에 이 사실을 알게 되어 다행이다. 헤드폰을 끼고 음악을 크게 틀어 놓고 외국어를 배운다. 똑같은 일을 반복하고, 반복하고, 또 반복하면서, 의외의 결과를 기대할 수는 없다.

2018. 11. 21.

　오! 오! 연구실에서 나오는데 비가 온다. 오! 오! 비가 온다. 눈이 아니라서 너무 좋다. 어제 하나, 오늘 하나, 일전에 자료를 준비해 놓았던 글을 마무리했다. 비가 촉촉하게 내린다. 내가 제일 좋아하는 순간…. 원고를 털었는데 비가 오는 순간!!! 오! 오! 비가 오네. 이 겨울, 그냥 이틀에 한 번씩, 비만 내렸으면 좋겠다. 그것이 무엇이건, 비에 관한 글은 다 모으고 싶다.

2018. 11. 25.

　『과학자들 1, 2, 3』은 좋은 책이다. 인식론 전반을 훌륭하게 펼쳐 낸다. 존 헨리의 『서양 과학 사상사』에 깊은 영향을 받은 것으로 보이지만, 독창적이고 그림도 뛰어나며 유머는 재치를 뿜낸다. 이 책이 번역서가 아니라는 점이 특히 놀랍다. 허리와 등, 목 등이 아파도 손에서 놓질 못한다. 이상한 비유일지 모르겠으나, 마치 흥미로운 시집을 읽는 것 같다. 온종일 우왕좌왕…. 내일은 3권까지 마저 읽고 집에서 쉬기로 하자. 내가 꼽은 올해의 책 중 하나….

2018. 11. 26.

고등학생 시절 주로 책을 구입하거나 연극을 보러 종로에 가곤 했다. (지금은 사라진) '종로서적'은 포장이 기대되었고 '교보문고'는 정말 책이 많았다. 게다가 마당세실극장에서는 좋은 연극을 자주 올렸다. 고등학교 2학년 때 일이었던 것 같다. 교보문고에서 시집을 두 권 구입하고 바둑책(사활 5급)을 읽다가, 그만 바둑책은 가방에 넣고 시집만 계산대에서 책값을 치렀다. 나가려는데 누군가 다가오더니 나에게 사무실로 잠깐 가자고 했다. 사무실에 도착하니 그분은 나에게 책을 그냥 가지고 나오면 안 된다고 말씀하셨다. 나는 아차 싶기도 하고 변명도 비겁한 것 같아, 이렇게 말했던 것으로 기억한다. "도심이 생겼던 것 같아요. 알면서 가방에 넣은 것 같습니다. 죄송합니다. 처벌을 받겠습니다." 직원분께서 나를 잠시 쳐다보시더니, 다음부터 그러지 말라 당부하시고는, 책값을 지불하고 구입하거나 자리에 돌려놓으라고 하셨다. 차비 정도를 제외하면 내 수중에 남은 돈이 없었다. 구입한 시집 대신, 바둑책을 사겠다고 했다. 환불 절차를 밟아야 했는데, 당시에는 좀 성가시고 복잡한 일이기도 했다. 바둑이 그렇게 좋냐고 말씀하시길래, '오늘 이 일을 기억해서 앞으로는 그러지 않으려고 마음에 새기려고 한다'고 말씀을 드렸던 것 같다. 생각해 보면 부끄러운 일이다. 아마 직원분(나이도 지긋하셨던 기억)께서 바둑책을 공짜로 주셨던 것 같다.(일전에 아내에게 이 이야기를 했더니, 예나 지금이나 입만 살았구나, 그런 말을 했다!) 유한양행, 동화약품, 교보문고가 독립운동의 자금을 지원했다는 기사를 읽고, 문득 옛일 하나가 떠올랐다. 기억은 무서운 것 같다. 아이들과 함께 교보문고에 책 구입차 방문했던 기억도 이제 가물가물하다. (혹시 글을 읽고 1984년 책 절도 미수 사건으로 저를 고발하지는 말아 주세요!)

2018. 12. 4. ①

위화의 신작 『글쓰기의 감옥에서 발견한 것』을 구입하기 전, 이 책이 그의 강연을 모은 글로 구성되었다는 사실을 알고 있는 사람이 얼마나 될까? 이 책에 실린 강연을 두세 편 읽다 보면 금방 시시해지고, 나머지 부분도 계속 비슷한 이야기로 가득할 거라는 사실을 깨닫고는 반품을 고민하게 된다. 3-40쪽을 남겨 둔 지금, 내가 내린 결론은 정말 시시하고 엇비슷한 이야기들로 빼곡하다는 거다. 위화의 에세이는 최고였다. 위화의 소설은 말할 것도 없다. 그러나 위화의 강연집은….

2018. 12. 4. ②

나는 쉽게 중독된다. 책을 읽다 잠을 청하던 게 엊그제 같은데, 이제는 액정을 들여다보며 하루를 마감하는 경우가 더 많다. 넘쳐나는 온갖 정보와 메시지와 기사들은 가히 폭력적이며 내가 알지 않아도 좋은 것들로 가득하다. 유용한 것도 있지만 일부일 뿐이다. SNS를 강제로라도 차단하지 않으면 곤란하다는 생각이 들었다. 핸드폰도 폴더폰으로 바꾸는 게 좋을 것 같다. 사실이 사실 이상의 파이를 갖는 공간, 이 넘쳐나는 사실들에 붙잡혀 시간을 파먹히고 쾌와 불쾌에 사로잡혀 노예가 되고, 점점 더 자극적인 것들에 쉽게 노출되고 익숙해진다. 떠날 때는 뒤를 돌아보지 않는 게 좋다. 무엇보다도 책을 읽는 시간이 줄었다. 누가 말했던가. 삐삐의 시대에서 멈추었어야 했는지도 모른다. 원할 때 열고 원할 때 닫는 '윈도우'는 없다. 골라 읽으며 정보를 취하고 도움을 받고 다시 일상에 피를 돌게 하는 SNS도 없다. 알게 모르게 삶을 파먹는 것들은 한마디로 중독되기에 좋은 것들이다. 뾰족한 창으로 사방에서 나를 찌른다. 다만 그 사실을 모를 뿐이다. 중독되기 쉬운 삶들이 도처에 널려 있다. 어서! 더 늦기 전에 어서! Anyway out of the SNS world! N'importe où hors du monde de SNS!

2018. 12. 7.

올해 여섯 번째 시집 해설을 방금 마쳤다. 올해에 썼던 원고 중 아마 가장 어렵고 가장 힘들었던 원고가 아닐까 한다. 난해해서 그런 게 아니다. 암튼 개인적으로 시인에게 참 미안하다. 원고가 많이 늦어졌다. 내일 오전 중에 한 번 더 살펴보고 오후나 저녁에 출판사로 보내기로 한다. 그런 다음 저녁에 영화를 보고, 주말에 밀린 일들을 해치우고 다음 주에는 올해 마지막 해설을 준비하기로 한다. 모두 내 탓이다. 이렇게 타들어 가는 시간을 보낼 마음은 없었다. 올해 원고는 모두 쫓기면서 썼다. 하나 남았으니 어서 잘 마무리하자.

2018. 12. 11.

도대체 리듬(rythme), 목소리(voix), 발성(diction)은 '몸'과 어떤 관계를 맺는가? 목소리, 그것은 대체 시에서 무엇인가? 의미와 형식의 분절을 봉합하는 것, '주체(sujet)'처럼, 가장 개인적인 것이자 가장 은밀한 것이면서 가장 특수한 것이다. 우리는 그런데 그게 뭔지, 뭘 하는지, 몇몇 수식어로 포섭하고 끝내 버리는 아주 구태의연한 작업을 제외하면, 알고 있지 못하며 또한 알려고 하지 않는다. 글을 읽는데, 내용은 없어지고, 의미가 해체되면서 목소리만 들린다. 목소리와 리듬이, 후차적으로 의미를, 아니 의미가 되어 가는 과정을 드러낼 뿐이다. 시는 '보는 것'이 아니라 명백히 '듣는 것'이다.

2018. 12. 20.

　오늘 아침 올해의 마지막 원고를 넘겼다. 앞으로는 시집 해설을 200자 원고지 150매(대략 A4 용지 15장)나 200매를 쓰는 짓은 하지 않을 것이다. 해설은 대부분 100매를 넘기곤 했는데, 내 기억으로 가장 길게 쓴 건 이제니 시집『왜냐하면 우리는 우리를 모르고』해설로 250매가량이었다. 내년부터 시집 해설은 60매에서 길면 80매를 넘기지 않기로 한다. 돌이켜보면, 그간 무슨 힘으로 그랬는지, 다소 의아하다. 또다시 돌이켜보면, 정말 원고를 많이도 썼다. 그것도 대부분 100매를 훌쩍 넘기는 매우 긴 원고들이 대부분이었다.(평론집이 두꺼운 이유이기도 하다.) 이제 더는 그렇게 하지 않기로 한다. 메모를 하고, 쓸 부분을 곱씹고, 모두 준비가 되었다고 생각되면, 하루 날을 잡아(거의 마감이 임박하거나 마감을 조금 넘긴 시점) 아침부터 다음 날 새벽이나 다음 날 아침까지, 그러니까 스무 시간 정도 내리 달리는 스타일이었는데, 어제 새벽 5시경, 원고가 눈에 잘 들어오지 않았다. 세수해도, 커피를 마시고 담배를 피워도, 예전 같지 않았다. 이제부터 방식을 바꾸기로 한다. 짧게 쓰는 것도, 일종의 재능이다. 모든 걸 말해야 한다는 강박감이 있었던 것 같다. 그래서 오히려 글이 지리멸렬했던 것인데, 이런 사실은 누가 나에게 이야기해 주지 않는다. 사실 글이 엉망이라고 누가 대놓고 나에게 말하겠는가. 내가 스스로 아는 수밖에 없는 것이다. 말을 하지 않았다고, 표현하지 않았다고 해서 내 글이 좋다는 보장은 어디에도 없는 것이다. 비평가가 가장 경계해야 할 것은 자기 글에 대해 평가하지 않는 것, 혹은 자기도취가 아닌가? 바꿔 보려고 하는데, 이게 쉽지 않다는 사실을, 해 보지 않고도 충분히 알 것 같다.

2018. 12. 22.

경북대 특강을 마치고 동대구역 어느 카페에서 기차를 기다린다. 출간되자 바로 구입한 래리 고닉의 『세상에서 가장 재미있는 미국사』를 펼쳐 지금 읽는다. 래리 고닉의 책은 모두 모은다. 조 사코, 다니구치 지로, 고우영, 장 자크 상뻬와 더불어 가장 좋아하는 만화가 …. 노승영 샘이 번역하셨다. 이전에 아주 재미있게 읽은 5권으로 된 래리 고닉의 '세계사' 만화는 전권이 이희재 번역가의 번역으로 출간되었다. 그중 1권은 고려미디어에서 이일수 번역가에 의해 훨씬 전에 출간된 적이 있다. 이 둘을 한번 비교해 보았는데 아주 재미있었다. 이희재의 번역은 좀 특이하다. 원문의 주요 설명은 그대로 살렸지만 유머나 대화 등은 상당 부분을 '창조적'(?)인 병합을 통해 완전히 지워 버렸다. 원문을 살펴보기 전, 번역으로 읽은 이 '세계사' 시리즈는 그 자체로 좋았다. 번역이 원문을 접할 독자의 권리를 앗아가 버렸다는 생각을 하게 된 것은 호기심에서 이일수의 번역과 대조해 보면서였다. 이희재 번역가가 만약 원문을 그대로 살려 번역을 했다면, 한국어 독자에게 매우 낯설게 다가왔을지도 모르는 부분들이 내 관심을 사로잡았다. 이희재 번역가의 선택은 낯선 부분을 한국 문화의 판박이 표현들로 번역하는 것이었다. 이렇게 이집트 주민들이 손잡고 부르는 이집트의 민요는 한국의 강강술래 가락으로 대치된다. 또 "다 같이 돌자—동네 한 바퀴—"를 부르면서 함께 달리는 원시시대 서구인이 번역가에 의해 탄생한다. 암튼 이런 번역은 평소 번역에서 '길들이기'를 역설해 온 번역가의 주관성을 반영한다. 이타성이나 중심 이탈 대신, 정체성이나 병합이 번역에서 훨씬 중요해졌다. 아마 번역에서 더 효과적으로 가독성을 확보해야 한다는 생각이 강했던 것 같다. 이희재의 번역과 번역론에 관한 내 글, 다소 아쉽게 끝냈던 기억이 난다. '문화번역과 병합'이라는 제목으로 다시 써 보는 것도 좋겠다.

2018. 12. 29.

집에 와서 우연히 영화 「소셜 네트워크」를 보았다. 페이스북 창시자의 일대기를 담은 이 영화는 아주 재미있었지만 이와는 다른 이유로 나에게는 충격적이었다. 그리고…. 그리고…. 그리고…. 나는 올해 마지막 날에 페이스북을 탈퇴하기로 했다. 다시 돌아오지 않을 것이다. 정확한 이유를 모르겠지만, 암튼 내가 '다른' 세계에 있었다는 사실을 확인하게 되었다. 이건 도덕적 판단은 결코 아니다. 영화에서 말한 '배타적' 세계 같은 것을 알게 되었을 뿐이다. "YOU DON'T GET TO 500 MILLION FRIENDS WITHOUT MAKING WITHOUT A FEW ENEMIES(5억 명의 친구들을 만들기 위해서는 친구와 등을 돌려야 한다)"를 곱씹어 본다. 이상한 표현 같지만, 그러니까 이건 타인을 향한, 나를 향한, 일종의 마약과도 같은, 그러니까 자주 빠지는 함정이라는 생각이 든다. 나는 중독에 약하다. 삶이 페이스북에 의해 잘려 나가거나 더해지는 소리를 그간 듣지 못했던 것뿐이다. 알아서 좋은 것보다 알지 않아도 좋을 것들이 이 공간을 뒤발하고 있다. 탈퇴하고 나서 당분간 심리 상담을 받아야 할지도 모르겠다.

(…)

2019. 8. 22. – 12. 27.

2019. 8. 22.

해야 할 일들:

시집 해설…. 오오, 증오한다. 너무나 많은 품이 들어간다. 나는 이제 한계에 도달했나 보다.

시집 한 권에 대한 글, 그 방식을 바꾸지 않으면, 더는 쓰기 어렵다. 열정이 모두 증발해 버린 것 같다.

-8월 중순: 이영주 시집 해설
-9월 초: 김유림 시집 해설(첫 시집)
-9월 말: 박은정 시집 해설
-10월 말: 남진우 시집 해설
-11월 말: 이지아 시집 해설(첫 시집)
-12월 말: 류진 시집 해설(첫 시집)

당장 이영주 시집 해설을 써야 하는 데, 집중력이 하늘로 사라져 버렸다. 나는 연구실에서 썩어 가고 있다. 힘을 모아야 한다. 모을 힘은 대체 어디에 흩어진 건가? 무기력은 아니다. 그럼 뭔가? 2008년 이후 12년이 흘렀다. 아니, 흐르고 있다. 지친 것이다.

방법 & 해결:

1. 일주일에 최소한 3회 자전거를 탄다(300칼로리). 즉, 30-40분.

2. 담배를 최대한 적게 피운다. 그런데 글을 쓰면서 과연 그럴 수 있을까? (1)

3. 소식, 절식, 선택식을 실행한다. 그런데 글을 쓰면서 과연 그럴 수 있을까? (2)

-먹지 말아야 할 목록은 오로지 3개, 탄산음료, (닭) 튀김, 탄수화물 (여기에 과자, 특히 밤 10시 이후의 온갖 과일들).

4. 스트레스를 받지 않는다. 그런데 글을 쓰면서 과연 그럴 수 있을까? (3)

-내가 원하는 것이 무엇인지를 알기 위해 나는 혼자여야 한다.

-생각을 줄인다. 타인에 대한 생각을 줄인다. 말을 하지 않는다. 믿지 않는다.

-차가움을 길들이고 더움을 밖으로 발산한다.

-일기를 쓴다. 그날의 기록들을 다시 살펴본다.

-오, 망각이여, 그 위대한 힘으로 내 삶을 살피게 해 주소.

2019. 9. 10.

오늘도 여전히 공치고.

리처드 파인먼은 인생의 선택을 줄이기 위해서 디저트로 오로지 초콜릿 아이스크림만을 먹었다고 한다 1:

삶의 결들이 잘려져 있다. 여기저기 잔해처럼 널려 있어, 그걸 주울 수 없다는 사실을 알면서도, 그걸 바라보고 있다. 바라보는 것은, 말 그대로 대상을 외부의 시선으로 주시한다는 것이지만, 거기에 말이 보태지면 관계가 생겨, 대상과 관계를 맺게 되므로, 본다, 혹은 보기만 한다는 자기 목적을 상실한다. 나에게, 내 주위에, 내가 보낸 시간들과 공간들 사이에서 그간 무슨 일들이 발생했던 것이며, 발생한 것들은 내 뇌를 어떤 방식으로 점령하고 그 신경망들에 어떤 신호를 보내 몸을, 마음을 움직이거나 마비시킨 것일까?

하루하루가 지나간다. 그러면 그것뿐이다. 시간은 순간을 정확히 느낄 수 없을 만큼 양으로 환산되지 않기에 10년, 적으면 1년, 혹은 몇 개월을 단위로 변화를 포착하게 될 뿐이다. 개별화된 시간, 그 분(分)과 초(秒)에 걸려 있는 일들을 조금은 돌봐야겠다.

2019. 10. 30.

혼자라서 달랑,

그는 누구도 찾지 않게 되었다. 여기서 중요한 건 물론, '되었다'는 표현이다.

'왜'라고 묻는 순간 너무나도 긴 말을 늘어놓아야 한다. 그래서 질문은 포기되었다. 포기라니. 도대체 이 낱말은 왜 이렇게 횡포를 부리는 걸까?

텍스트 속으로 빠져드는 시간이 늘어난다. 늘어난다기보다, 시간 대부분이 텍스트 속으로 매몰된다. 아무도 없는 동시에 누구나 있다. 여기가 좋다. 힘들지 않게 만나고 이야기를 나누고 내 감정을 덧입히고, 덧입힌 감정을 가지고 살 수 있기 때문이다.

2019. 12. 17. ①

리처드 파인먼은 인생의 선택을 줄이기 위해서 디저트로 오로지 초콜릿 아이스크림만을 먹었다고 한다 2:

그간 번역에 시달리느라 그랬던가? 정말 올해 6월부터 어제까지 매일 번역을 했던 것 같다. 내년 2월, 4월, 6월, 출간 일정이 하나씩

잡혔다. 동시에, 연달아 편집자에게 원고를 미룬다는 전화를 하거나 전화를 받아야 했다. 언제부터 도미노처럼 쓰러져, 일정이 밀리고 있다. 돌려막기가 더는 가능하지 않은 상태로 내 삶이 치닫고 있다. 첫 조각은 무엇이었을까? 내가 놓친 것이 분명한, 내 손아귀를 빠져 나가 나도 모르는 사이에 시간을 뭉텅뭉텅 잡아먹었기 시작한 그 첫 조각은 무엇이었을까? 비가 온다. 오늘도 비가 온다. 조금 있으면 바람이 불 것이다. 불어올 바람이 무엇인지 창문 밖을 내다보며 생각하고 있다. 삶은 가히 가증스러운 것들로 가득하다. 시간이 공포라면 사람은 그 공포의 무늬들이다.

2019. 12. 17. ②

『아름다운 시대, 라 벨르 에뽀끄』(1, 2)(글·그림 신일용).

처음을 아폴리네르의 「미라보 다리」를 길게 인용하며 시작한다. 왜 나에게는 '번역자'가 인용에서 사라졌는지 신경이 쓰이는 것일까? 번역가가 어떻게 은폐되고, 또 어떻게 표절되는지 등등의 말을 주억거리면, 과장이라고 생각할 것이나, 이게 또 그렇지가 않다. 1권만 읽었지만, 좋은 책이다. 장면 장면이 포개어질 때, 스쳐 지나가는 '기시감'이 오히려 좋은 자료를 반증한다. 구성이 책의 운명을 좌지우지한다. 독특한 주제로 끝까지 밀고 나가는 힘이 있다. 지난 아름다운 시절('벨 에포크')을 지금 향수 어린 눈으로 바라보던 그때의 사연과 사건이 흥미진진하다. 1차 세계대전과 경제공황으로 완전히 박살이 난 어떤 꿈 같은 것, 아르누보와 함께 향수를 갖게 하는 그윽한 눈빛이 느껴진다. 오늘 그토록 천착했던, 애면글면 놓지 못했던 번역을 멋지게 마무리했으므로, 해제도 모두 마무리했으므로 나는 이 책을 끝까지 읽을 시간은 물론, 여유도 있다.(편집자의 일정으로 바로 작업에 들어가지 못한 불우한 번역! 흑.) 이 홀가분함을 뭐라고 표현하면 좋을까? 더구나 비가 내리지 않는가? 책을 들고 성북동 카페로 가자. 학부생 면담만 마치면 바로 이 담배 연기로 자욱한 연구실을 떠야지.

2019. 12. 18.

정말 6개월 동안 번역만 하고 지냈는데, 그건 새로 맡은 레몽 크노의 작품 『문체 연습(Exercices de style)』의 번역이 몹시 어려웠기 때문이기도 했지만, 다른 걸 하고 싶지 않았기 때문이기도 했다. 나는 4년 전에 이 번역을 기획했고, 아주 잘할 수 있다고 여겨진 번역가가 맡기로 했었는데, 몇 년 지나 갑자기 못하겠다고 선언을 하는 바람에, 난감해하다가 기획의 책임으로 어쩔 수 없이 떠맡게 되었는데, 지금 생각해 보면 그건 공교롭다기보다 나에게는 차라리 운명 같은 것이 아니었나 한다. 아주 오래전, 처음 파리에서 이 책을 발견하고 읽었을 때 언젠가 번역하면 좋겠다고 생각했으므로…. 아니 이런 말도 안 되는 꿈도 이루어지나? 하나하나 해결점을 찾아 나서는 것이 즐겁기조차 했고, 시간 가는 줄 몰랐으며, 해제까지 쓰고 나니 12월부터 몸 여기저기 삐걱거리는 소리가 들려왔다. 일정상 내년 4월에 내자고 하는 출판사도 이렇게 빨리 끝낼 줄 몰랐던 것 같다. 표현이 좀 이상하지만 번역은 슬럼프를 지내게(지나게?) 해 주었다. 사실 그간 나는 슬럼프라는 말을 잘 믿지 않았다. 그런데 슬럼프는 다른 것에서 오는 게 아니라, 일상의 작은 긁힘, 아니 작다는 표현은 여기서 주관적이라 사용하지 않는 게 좋다는 걸 감안하고 다시 표현하자면, 긁힘, 그냥 긁힘, 그런데 여기서 그냥이라는 단어 역시 적절하지 않은 것 같아 다시 표현하자면, 긁힘, 바로 그런 긁힘 때문이다. 긁힘은 영어로는 '스크래치(scratch)'로 번역되겠으며, 프랑스어로는 '그리프(griffe)'에 해당될 터이지만, 이 두 단어가 같은 것은 또 아니다. 각설하고, 긁힘이다. 그것은 마음의 긁힘이고, 인간다움에 대한 긁힘이고, 지성의 긁힘이다. 긁혔다는 말은 수동태이지만, 이 경우, 이 수동태의 주어가 되는 일은 두 가지 양면성을 지닌다. 누가 주어인가? 양자의 구분은 바로 이 동사에서 붕괴된다. 긁는 사람도, 긁힌 사람도, '긁혔다'는 동사가 홀라당 잡아먹는다. 그러니까 마치 이 동사는 2인칭과도 같은 것이다. 세상을 긁힘이 지배한다. 긁고 긁히고, 긁히고 긁는 무수한 것들, 여기서 주어-대상, 타자-자아는 붕괴된다.

2019. 12. 19.

기말시험을 끝으로 종강한 다음, 12월까지, 약 보름가량이 가장 좋은 시간이라고 어떤 교수가 말한다. 1월부터는 다시 쫓긴다는 것이다. 나도 그랬으면 좋겠다. 답안지 채점과 약속한 원고와 시집 해설과, -와, -과, -와, -과 등등, 기타, etc.는 가지런한 저 하얀 달력, 숫자 외에는 아무것도 적혀 있지 않은 캘린더 속 네모, 그 안에 어지럽게 찍히게 될, 테이블 위를 마구 돌아다니는 고양이 발자국과 같지만, 만사 제치고 오늘은 대학로 트라이앵글엘 간다. 연말이라 보자는 것인데, 연말이 아니라고 해도, 만나면 좋은 사람들이다.

2019. 12. 21.

오늘 읽은 소설에서⋯. 그는, 그 사람은 결국 누구도 찾지 않게 되었다. 여기서 중요한 건 물론, '되었다'라는 표현이다. '왜'라고 묻는 순간 너무나도 긴 말을 늘어놓아야 한다. 그래서 이후 질문은 포기되었다. 포기라니. 도대체 이 낱말은 왜 이렇게 계속 횡포를 부리는 걸까?

텍스트 속으로 빠져드는 시간이 늘어난다. 늘어난다기보다, 대부분의 시간이 텍스트 속으로 매몰된다. 아무도 없는 동시에 누구나 있다. 여기가 좋다. 힘들이지 않고 만나고, 이야기를 나누고 감정을 덧입히고, 덧입힌 감정을 가지고 살 수 있기 때문이다.

'복잡하고 혼란스러울 때는 가장 단순한 행동을 취하라'라던 레닌의 강령이 갑자기 떠올랐다. 전혀 연관이 없는 소설…. 그 끝자락에는 이 강령이 서 있었는데, 하루 종일 생각해 봐도 그 이유를 도통 모르겠다. 이런 건 정말 무의식을 뒤져야 나오는 것일까? 으아아아아아― 뇌를 열어 보고 싶다.

도무지 진전이 없다. 날이 덥다. 이 두 문장은 연관성이 없지만, 나란히 놓인다. 이런 것을 무엇이라고 해야 하나. 모든 문장과 문장 사이에는 말해지지 않은 무엇이 있다. 비트겐슈타인은 접속사의 사용이 문장의 목줄을 쥐고 있으며 의미를 좌우지한다고 말했다. 그건 그런 거다. 가령 이런 문장이 있다고 해 보자.(뉴스에서 들었던 문장이라 가정이 필요하지 않을 수 있겠다!) "대표팀 모든 선수에게 출전권을 줄 계획이 없다." 여기서 "모든"은 모호성을 갖는다. 그러나 이 문장이 불분명하고 잘못 쓰인 표현이라고 말하는 것은 세상의 모든 시에 입을 다물라고 하는 것과도 같다. 다른 문장들이 말의 값을 결정한다. 그래서 우리는 언술이 주어진 이후에만 언술 구성 요소들의 행방을 파악할 수 있다. 삶이 해석의 여지가 없는 강령일 때, 단일성에 기초한 폭력일 때, 맥락을 뒤로하고 낱말의 진리를 주장할 때, 할 수 있는 것은 많지 않다. 입을 막기 때문이다.

2019. 12. 22.

여러모로 핸드폰이 책을 이긴다. 뭘 읽더라도 핸드폰이 유리한 건 사실이다. 내 기억에 KTX 안에서 꺼내 놓은 책을 제대로 읽어 본 적이 없는데, 그건 아마 조명 때문인 것 같다. 핸드폰에는 이런 제약이 없다. 전철 안에서 책을 읽다가 접은 적이 있는데 사람들이 많을 때 곤란했기 때문이었던 것으로 기억한다. 핸드폰은 이런 제약도 덜 받는다. 심사 마치고 돌아오는 KTX 열차를 둘러보니, 두 눈을 붙이고 잠을 청하는 부류(40%), 핸드폰 보고 있는 부류(50%), 그리고 내 옆 칸에 앉아 있는 최정례 시인과 이경수 평론가처럼, 나직나직한 목소리로 이야기를 나누거나 아이와 함께 이야기를 나누는 부류(10%)로 나뉘는 것 같다. 오늘 동행한 심사 위원 두 분, 옆 칸에서 이런저런 이야기를 나누시는데, 눈을 감고 있는 내 귀에 속삭이는 것처럼 다 들린다. 가만 들어 보니 심지어 재미도 있다. 문단 이야기, 시인 이야기, 시 이야기, 강의 이야기, 심장, 혈관, 콜레스테롤 이야기, 복용하는 약 이야기, 다양한 경험들, 대학 이야기, 갑자기 쓰러지는 사람들 이야기 등, 주제도 다양하다. 최정례 시인이 주로 말을 한다. 듣지 않으려 해도 자꾸 들려온다. 암튼 심심하지 않아 좋고 또 재미있는 라디오 방송을 듣는 것 같다. KTX에서 승객들이 소리에 예민한 이유를 이제 정확히 알게 되었다. 암튼 책을 읽기에는 너무 힘겨운 조도의 오후, 지나치게 늦은, 어느 오후 햇살인 건 분명하다. 이제 곧 서울, 어제 내린 진눈깨비 다시 안 오려나?

오늘 만난 송재학 시인께서 이런 말씀을 하셨다. "예술가는 가지 않은 길을 간 사람이다라고 누군가 말했듯, 그간 아주 긴 평론, 평론을 길게 쓰셨는데, 그것 자체가 카리스마를 갖고 고유한 스타일이 될 수 있기를 바란다, 혹은 그럴 것 같다." 나는 이 시인에게 "힘이 달려서 그런지 요즈음엔 짧게 씁니다"라고 말한 것 같다.(그렇지, 내가 '만연체'에다가 지리멸렬 늘어지는 평론을 쓰는 건 또 사실이지….) 시간이 좀 더 있었더라면 이야기를 더 나누었을 텐데…. 하긴 그런다고 뭐가 또 달라지겠는가? 짧긴 길긴 다 지난 글이다. 한번 쓴 글은 정말 다시 보기 싫다. 아주 끔찍하다. 그래서 그런지, 나는 탈고(가 아니라, 퇴고라고 알려 주신 분이 있다) 같은 걸 거의 하지 않는 편이다. 내가 쓴 글을 다시 보기가 싫은 것이다.

『한국어-프랑스어/프랑스어 한국어 사전(Dictionnaire bilingue coréen-français)』이 출간되었다는 소식을 방금 접했다. 남북한어-프랑스어 사전이다. 집필보다는 교정 작업에 참여했고, 자문을 했으며, 남한 대표로 서문을 썼다. 그다지 크게 한 일이 없는데 집필진에 처음으로 이름이 올라가 있으니 좀 쑥스럽고 동료들에게 미안하다. 내년에 프랑스에서 학술 대회가 열리면 김일성대학 교수 등 북한 측 참가자들도 만날 수 있을 것 같다. Younès와 Patrick에게 감사…. 정말 고생하셨다.

2019. 12. 23.

한국에 시인이 많다는 것은 익히 알려진 사실이다. 오늘 아침, 알라딘에서 올해 9월에 출간된 이영주 시집을 찾아보았는데, 찾기까지 페이지를 무수히 넘겨야 했다. (알라딘 기준으로) 고작 4개월이 지나지 않은 기간에 출간된 한국 시집은 890권이었으며, 번역된 외국 시집까지 포함하면 947권이었다. 정말이지 어마어마하고 또 굉장하다. 이 가운데서 내가 읽은 시집을 하나하나 헤아려 보니 스무 권이 채 되지 않는다. 자괴감…. 4개월 동안 890권 중에서 나는 채 스무 권을 읽지 않은 것이었다. 외국 시까지 포함하여 다시 헤아려 보니, 스물여섯 권을 읽었는데, 출간에 비교하면 터무니없이 모자란 숫자가 분명하다. 출간된 시집의 3% 미만 정도를 읽는다는 결론…. 갑자기 휭하니, 내 마음이 다소 썰렁해진다. 정말 한국은 가히, 시집의 왕국이라 부를 만하다. 말 그대로, 아주 놀라운 일이다. 이와 같은 속도로 시집이 출간된다면, 단순히 계산해도 일 년에 이천 권 이상이 출간된다는 것인데(계절마다 조금 다를 수 있으니 직접 헤아려 보는 게 좋겠지만…), 나는 지금까지 이런 사실을 전혀 몰랐다. 몰라도 크게 상관없겠지만, 조금은 이상한 기분이 드는 아침….

방금 확인해 보니 올해 1월 1일 발간된 이제니 시인의 시집 이후 한국 시 + 외국 번역 시는 지금까지 3,122권이 출간되었다. 이천 권 이상이 아니라 삼천 권 이상이었다. 엄청난 숫자 앞에서 다시 한 번 놀람을 금치 못한다.

2019. 12. 24.

성적 처리를 중간시험과 기말시험, 그때 그때 해 본 기억이 별로 없다. 성적 마감이 31일이다. 오늘은 하루 종일 연구실에서 채점을 하겠구나. 내가 맡은 과목 중 3-4학년 학부 심화 전공 '한국과 프랑스의 비교문학'은 수업 시간에 강의했던 내용을 고스란히 담은 단답식 문제를 중간시험에 27개 냈는데, 40점 만점에 30점을 넘은 학생이 딱 한 명이다. 누가 절대평가가 유리하다고 했는가? 이대로라면 B+나 A 한 명에 모두 그 이하… 그래도 나머지 시험 독해와 번역 20점짜리 세 개는 채점해 보니 훨씬 낫다. '상호텍스트성'에 관한 기말 리포트를 읽어 보니 좋은 글이 많다. 당장 평론으로 등단해도 좋을 정도로 글을 잘 쓰는 학생이 두 명 정도 있다. 그중 한 명은 진은영과 엘뤼아르의 '상호텍스트성'에 관해 글을 쓰다가 파일이 날아갔다고 밝힌 다음, 성적에 상관없이, 최근 사망한 해럴드 블룸에 대한 오마쥬 형식의 글을 그냥 쓸 수밖에 없었다고 밝히고, '영향에 관한 불안'을 주제로 아주 재미있는 글을 썼다. 또 한 학생은 한국 현대 시인에 나타난 타자의 흔적을 일방적인 종속이나 영향이 아니라 '번역'적 관점에서 다루었는데, 아주 설득력 있고 매력적인 문장들로 몇 장을 꽉 채웠다. 몇 년째 수업을 계속 들었던 친구들이었다. 괜히 고맙고 그렇네….

2019. 12. 26.

무슨 일이 있더라도 12월 30일까지 시집 해설을 마감해야 하는데, 이 시인, 기억력도 참 좋지. 내년 초에 출간할 것이 분명해서, 바쁜 참에 날짜를 조금 미뤄 볼까 해서, 또 공교롭게 확인해야 하는 일이 있어서 전화했는데, 지난번 약속을 잊지 않고 기다리고 있다고, 묻지 않았는데도, 내게 먼저 말한다. '이야기'로 똘똘 뭉친 60편의 시를 읽고 또 읽고 있다. "멀리서 이야기가 여기에 온다"라는 문장을 달랑 하나 써 놓고 내내 딴청을 피운다. 해설의 제목도 잘 떠오르지 않는다. 사실 제목이 결정되면 절반은 쓴 거나 다름없다. 비평을 다시 시작한 이후 지금까지 비교적 많은 해설을 썼는데, 힘든 건 언제나 마찬가지다. 이번에도 역시, 나는 마찬가지 심정에 사로잡혀 있다. 내가 좋다고 생각하는 것을 잘 표현하고, 시 옆에 적어 놓은 메모를 잘 비끄러매는 일, 이 두 가지…. 그런데 이게 항상 어렵다. 60 개의 이야기로 이루어진 이 두툼한 산문시집은, 어떤 이유가 되었건, 시인에게나 독자에게나, 독특한 시집으로 기억될 것이다. 변화가 쉽지 않다고 시인들은 흔히 말한다. 얼마나 많은 시인이 자기 자신을 걸고 새로움을 향하려고, 아니, 그 문을 열고자 몸부림을 치는가? 시인이 한 권의 시집을 통해서, 혹은 한 권의 시집을 걸고, 알건 모르건, 취할 수 있는 최대치의 정념이 바로 변화 아닌가? 이야기가 멀리서 여기에 왔다, 혹은 오는 중이다.

2019. 12. 27.

누군가 만나자는 요청을 물리치고, 도서관에서 책을 잔뜩 빌려 집에 일찍 들어왔다. 프랑시스 퐁주의 시집 『비누(Le savon)』와 앙리 미쇼의 시집 『시련, 악마 쫓기 1940-1946(Epreuves, exorcismes 1940-1946)』을 읽다가 잠시 졸았다. 아마 비누칠을 하다가 시련을 겪으면서 살풀이 굿을 하는 꿈을 꾼 것 같다. 둘 다 번역하면 정말 재미있을 것 같은 시집이다. 저녁은 감자 수프를 만들었는데 나쁘지 않은 것 같았다. 잘게 썬 양파를 버터에 볶다가 우유 두 컵 부어 삶은 감자를 으깨어 넣고 잔불에 끓이다가 오로지 소금과 후추, 체더 치즈만으로 간을 맞추었는데 우유가 조금 부족해 퓌레와 맛이 비슷해졌다. 바게트가 없는 게 너무 아쉬웠지만, 파스타와 곁들이니 그럭저럭…. 저녁을 먹고 책을 다시 읽거나 원고를 쓰거나 할 상황에서…. 하하. 신발을 벗어서 그런가? 그만 소파에 늘어져 TV를 켜고 채널을 돌리다가 「주먹왕 랄프 2」를 찾아서 처음부터 다시 봤다. 다시 봐도 재미있었고, 처음 봤을 때처럼, 역시나 눈물이 났고 가슴이 먹먹해졌으며, 이상한 감동 같은 게 밀려온다. 인터넷 세계에서 바넬로

피와 헤어져 원래 자기가 살던 0과 1로 이루어진 세계로 다시 돌아와 하루하루 일상을 채워 나가는 랄프의 모습을 보면서 뭔가 뭉클, 마음이 출렁인다. 각자 자신만의 창을 갖고, 또 그걸로 들여다보며 살아가는 삶이다. 바로 그만큼 서로 다른 현실을 열며 살아가지만 그걸 우리는 공존이라고 부른다. 우리가 현실이라고 지각하는 이 4차원의 공간은 도대체 어떻게 구성된 것이며 자기 욕망을 보고 빠져나오거나 붙잡아 두는 타인은 또 나에게 무엇인가? 같은 공간에 너무나 다른 삶이 공존한다….

2020. 1. 1. − 6. 16.

2020. 1. 1.

2020년에는 운동을 하자.

2020년에는 번역을 열심히 하자.

2020년에는 좋은 글을 쓰자.

2020년에는 어렵더라도 하하하 좀 많이 웃자.

2020년에는 들어주는 거 고맙다고 생각하고, 강의를 열심히 하자.

2020년에는 좀 적게 먹자. 오! 제발 좀.

2020년에는 읽지 못한 책, 읽다가 포기한 책(가령 도스토옙스키의 『악령』이나 제임스 조이스의 『율리시스』, 킹 제임스 버전의 『성서』, 앙투완 갈랑의 『천일야화』나, 제라드 드 네르발의 『파우스트』 프랑스어 번역, 안토니오 타부키와 이탈로 칼비노의 책 등)을 꼭 읽자.

2020년에는 더 늦기 전에 라틴어와 이탈리아어를 공부하자.

2020년에는 할 수 없는 것을 하지 않을 수 있는 분별력을 갖출 수 있길, 또한 할 수 있는 것을 할 수 있는 용기를 가질 수 있도록 빌고 또 빌자. 이게 얼마나 어려운 일인지도 명심하도록 하자.

2020. 1. 3.

남원에 왔다. 남원 추어탕 먹고 문득 든 생각, 그러니까 춘향전, 사실인가? 광한루에 춘향 사당이 있고, 남원 근처에는 춘향 묘도 있다. 근데 이몽룡도 조금 웃긴다. 암행어사 출두해서 감옥에 있는 춘향이 불러 구출하고서는 신분 속이고 술 시중을 들라 하는데…. 이건 또 무슨 **#장수풍뎅이푸하하날개짓으로봉창두드리는소리인가?** 변학도는 또 술 시중을 거부하는 춘향이, 그냥 곤장을 쳤다 하는데 아니 이건 또 무슨 **#부지깽이들고서찌이이이익엿가락늘리는말씀인가?** 춘향 기념비가 여럿인데 춘향이 능력이나 뭐 이런 건 하나도 없고, 그 무슨 절개와 지조와…. 정조와 일편단심 아주 **#오뉴월하품하품하품하다가파리삼키고짖어대는소리**가 따로 없네, 따로 없어. 국문과 박사 과정 조교에게 물어보니, 선생님! 저 현대문학 전공입니다라고 말한다. 설화란다, 설화, 숙종 시절에 설화? 구전이라고 한다, 구전…. 춘향전 지-알-못, 일인 여기 있다.

2020. 1. 9.

오전에 편집자가 전화를 걸어 시인이 시 여덟 편을 바꿨고 전체적으로 조금씩 수정했다며, 고친 걸 반영한 최종본을 조금 이따 보내겠다고 말씀한다. 시집 제목을 바꿀까 시인이 고민하고 있다는 사실도 '덤'으로 알려 주셨다. 어머나! 깜짝이야! 그 순간, 해설이고 뭐고 내려놓고, 종일 벤야민의 글만 읽었다.

이야기꾼에 관한 글, 보들레르에 관한 글, 다시 읽어도 좋다. 그런데 논리와 논리 사이에 여백이 상당하다. 벤야민에게 목격되는, 음…, 그러니까…, 일종의 과장이나 비약은, 벤야민 고유의 비평적 특징, 그 고유성의 일부라고 여겨진다. 젊을 때 쓴 글은 힘차고 거시적인 관점에서의 분석이 탁월하다는 사실을 다시 확인하게 된다. 가령 위고와 보들레르의 '군중'을 비교하는 대목은 놀라운 직관을 보여 주며, 그가 항시 역사성을 염두에 두고 있었다는 생각을 하게 된다. 보들레르의 「태양」을 대도시 한복판 저 군중들 속에서 고독한 대결을 펼치는 시인의 사투라고 누가 읽겠는가? 산문시 태동의 원인을 대도시의 탄생이나 군중과의 연관성에서 접근하여 파악한 사람도 벤야민이었다. 1848년 혁명의 실패와 『악의 꽃』 재판 이후, 보들레르에게 찾아온 변화를 산문시와 연관 지어 조금 더 밀고 나갔으면 어땠을까 하는 생각을 다시 하게 되었다.

암튼 해설은 해설은 해설은…. 원고가 도착한 다음 다시 읽어야 할 것 같다. 시인들은 내가 왜 이러는지 잘 모를 것이며, 어떤 연유로 짐작을 한다고 해도 유난을 떤다고 말할 것 같다. 사실 원고를 부분적으로 수정했다거나 몇 편을 추가했거나 삭제했다고 내게 알려올 때마다(이와 같은 일은 적지 않았다!) 나는 까닭도 모른 채, 처음부터 다시 읽어야 할 것 같은 이상한 강박증에 시달린다. 내일은 없다. 비평의 시간은 내일을 기약하지 않는다. 순간만 있는 시간 아닌 시간의 연속을 이제부터 비끄러매야만 한다.

2020. 1. 10.

1. 우리는 거짓을 증오하고 진실을 추구하는가?
2. 인정하기 싫은 진실을 마주할 때, 그것을 받아들일 용기가 우리에게 있는가?
3. 그 진실이 당신이 평소에 지지하고 편을 들던 진영의 치부를 드러내는 것이라도?

—드레퓌스 사건 당시 에밀 졸라가 던진 세 개의 질문

현재나 당시나, 이 물음에 쉽게 대답을 내려놓기는 어렵다. 진실을 추구하는 것, 진리를 밝히는 것은 어쨌든 매우 어렵기 때문이다. 20세기 초보다 정보량이 훨씬 늘어난 현재의 우리가 당시의 대중들보다 더 지성적이거나 더 이성적이거나 더 합리적인 것은 아닌 것으로 보인다. 진리 규명에 필요한 정보의 양은 분명 수천수만 배 이상으로 늘어났지만, 그 질은 오히려 더 저속해졌기 때문이다. 소셜미디어에 달리는 댓글의 수준을 보고 짐작할 수 있는 이 질적 저하는 오히려 댓글의 대상이 된 정보들 대부분이 날조되었거나 진영의 교묘한 논리로 포장되었다는 사실에 견주어 오히려 덜 심각해 보일 수조차 있다. 드레퓌스 사건으로 프랑스가 진보/보수로 완전 두 동강이 나서 패싸움을 벌였던 일이나 이 싸움이 그 어떤 혁명 못지않게 어마어마한 영향을 미쳤던 사실이 대관절 왜 이 아침부터 떠오르는지 잘 모르겠다. 더구나 진실을 규명하고자 벌이는 진보/보수의 싸움도 아니고, 누명을 쓴 장교의 명예와 생사가 걸린 일이 아니라, 오히려 그 반대와 닮았는데 말이다.

2020. 1. 11. ①

어쩌다 댓글 읽는 취미(?)가 생겼다.

스포츠 기사(특히 프로야구) 댓글은 가장 상스럽고 적나라한 욕설이 난무하다. 『문체 연습』의 '욕설'이나 '저급한' 문체를 번역할 때, 도움을 받을까 해서 몇몇 어휘나 표현을 메모한 적이 있었는데, 실제로 도움이 되었다. 간혹 스포츠 기사의 댓글은 객관적 자료를 근거로 기자의 불성실함을 비판하거나 오타쿠나 덕후들만의 놀라운 분석이 목격되기도 한다. 기상천외한 욕설을 제외하고, 가장 기억에 남는 댓글은 롯데 자이언츠 꼴찌 관련 기사의 댓글이었는데, 롯데를 "꼴데"라 부르며 "이제 롯데는 101010 디지털의 세계로 오셨습니다"였다.

연예 기사의 댓글은 이모티콘이 가장 자주 사용되며, 대개 '-했어용'으로 마감되는 짧은 문장들로 구성되지만, 간혹 이상한 링크를 자주 걸어 놓고 핵폭탄급 누설을 자기만 알고 있는 자랑처럼 전시한다. '성형 전 생얼'이나 '데뷔 전 모습'이 대표적이며 각종 호객 광고가 댓글을 도배한다.

정치 기사의 댓글이 가장 파시스트적이었다. 모세가 갈라놓은 바다 각각 편에서 벗어나 있는 걸 본 적이 거의 없다. 간혹가다 양비론에 발을 걸친, 다소 어정쩡하지만 균형을 잡으려 애쓴 견해가 목격되긴 하나, 대부분 가지런한 이분법, 다시 말해 진영에 못 박혀 상대편을 폭격하기 바쁘다. 또 하나의 특징은 기사의 주제와 크게 상관없이 특정인을 지지하거나 비판한다는 점이다. 이런 댓글들은 주관이 매우 강하고, 일관성이 도드라지며, 영락없이 우상 숭배적인 동시에 '너를 믿는다, 싸랑해요-' 등, 의리로 똘똘 뭉친, 그러니까 '태촌파' '칠성파' 어쩌구 하는 조폭을 닮았다. 기묘한 것은 시대마다 '모세'가 꼭 등장한다는 사실이다.

2020. 1. 11. ②

죽기 전에 번역해 보고 싶은 책 10권:

1. 조르주 페렉(George Perec), 『실종(La Disparition)』.

2. 스테판 말라르메(Stéphane Mallarmé), 『횡설수설(La Divagation)』.

3. 페르디낭 드 소쉬르(Ferdinand de Saussure), 『일반언어학 강의(Cours de linguistique générale)』.

4. 레몽 크노(Raymond Queneau), 『살라마르의 내면 일기(Journal intime de Salamar)』.

5. 알로이지우스 베르트랑(Aloysïus Bertrand), 『밤의 가스파르(Gaspard de la nuit)』.

6. 앙리 메쇼닉(Henri Meschonnic), 『리듬 비평(Critique du rythme)』.

7. 폴 발레리(Paul Valéry), 『노트들(Cahiers)』.

8. 에릭 로메르(Eric Rohmer), 『여섯 개의 도덕 이야기(Six contes moraux)』.

9. 샤를 보들레르(Charles Baudelaire), 『서간문 1, 2(Correspondances

1, 2)』.

10. 막스 자콥(Max Jacobs),『주사위 통(Le Cornet à dés)』.

2020. 1. 12.

매번 해설이 늦어질 때마다, 시인들에게 정말 죄송한 마음 가득하다. 언제부터인지 약속한 날보다 짧으면 한 달, 길면 두 달 정도로 늦어지고 있다. 사실 이 한두 달이 내겐 참 힘든 시간인데, 글을 쓰는 실제 기간이 이 한두 달이기 때문이기도 하지만, 이 한두 달, 시인들이 노심초사 내 원고를 기다리고 있을 거라는 생각에 더욱 그렇다. 이 기간, 어지간하면 서로 연락하지 않는다. 시인들은 독촉한다는 느낌을 내게 줄까 봐, 나는 원고 마감했다는 소식 외에는 그 어떤 내 연락도 시인들에게는 반가울 리 없기에 그렇다. 연말에 만나기로 한 시인과의 약속은 이렇게 기약 없이 미뤄진다. 휴일, 원고는 더디고, 기묘한 감정만이 온 사방을 떠돌아다닌다.

2020. 1. 14.

한국 소설을 가장 많이 읽었던 때는 아마 중학교 시절이 아닌가 한다. 정말 조숙한 독서였는데 지금 회상해 보니 나조차 믿기 어렵다. 박완서『부끄러움을 가르칩니다』, 최명익『비 오는 길』, 전광용『꺼삐딴 리』, 김유정『봄봄』, 현진건『운수 좋은 날』, 염상섭『삼대』등, 모범적(?)인 소설은 물론, 황석영『어둠의 자식들』, 이외수『꿈꾸는 식물』, 김홍신『인간 시장』『바람 바람 바람』, 김승옥『서울의 달빛 0장』『내가 훔친 여름』『재룡이』를 읽은 기억 외에도 여학생문고의 김민숙(『목요일의 아이』『내 이름은 마야』), 박계형(『머무르고 싶었던 순간들』), 한수산(『아프리카여 안녕/어떤 개인 날』), 최인호(『내 마음의 풍차』)의 소설도 읽었던 기억이 있다. 그것도 대부분 초등학교 6학년 겨울방학에서 중학교 2학년 마칠 때까지 읽었던 거로 기억한다. 당시 미림중학교는 남녀 합반이었는데, 아주 성숙한 몇몇 여학생들 덕분에 중학교 1학년 때, 루이제 린저나 전혜린의 글도 읽었던 기억이 난다.

고등학교 시절엔 사회과학 책을 오히려 많이 읽었는데, 왜 그랬을까, 생각해 보니 누나 때문이었던 것 같다. 누나 책꽂이에 있던 책들이 죄다 그 무슨 해방, 노동 뭐 이런 부류였다. 동녘출판사 책들이 기억에 남는다. 지금 보면 조금 이상한 느낌을 갖게 되는 책은 한완상의 『민중과 지식인』(나중에 사르트르 글을 짜깁기했다는 사실을 알게 되어 놀란 적이 있다)이다. 그중에서 『여운형 평전』과 『프랑스 혁명사』가 아직 기억에 또렷이 남아 있다. 아마 후자는 노명식 교수가 쓴 혁명사일 텐데 대학 시절 다시 읽고는 번역을 했다는 생각을 하게 되었다.(암튼 피가 끓어오르는 데는 그만 한 책도 없었다.)

소설에 대한 내 #마음대로일기 리스트를 만들어 짧은 감상문을 써 보려고 했던 게 작년 이맘때였다. 첫 출발은 작년이나 지금이나 임노월의 『악마의 사랑』이 될 것 같다. 다시 읽어 보면 내가 왜 이 책을 읽고 충격을 받았었는지 그 이유를 알게 되겠지.

2020. 1. 15.
종이컵은 공동묘지 무덤들,
수북한 책은 묘비, 컴퓨터는
아마득한 저승, 커피는 루비콘
강을 건너며 마시는 음료, 자판은

카론의 지팡이, 어쩌자고 삶은

이렇게 생겨 먹은 것인가?
과거-현재-미래를 꿰뚫으며
내지르는 문자들이 사방에서
징징거린다 걸어 잠근 내 마음,
움직이지 않는 손가락, 아침부터

연구실 벽을 때리는 이상한 파성추
소리, 이명(異名), 이명(耳鳴), 이수명?
무능의 짤막한 기별들, 취소되는
행위들, 간혹 무관심의 위대함,
풀리지 않는 수학 공식 같은

시간들, 전조라는 말로부터 끝없이
밀려드는 불길함, 안개 속으로
빨려 들어가며 내뱉는 쳇쳇쳇
소리… 오, 헛되도다!
헛되도다! 헛되도다!

　－오용(誤用)에 가까운 '중복하여 말하기'의 예들: '일요일 날', '역
전앞', '정중앙 한가운데', '치통으로 이빨이 아프다', '말에서 낙마하
다', '축사를 통해 축하의 말을 건네다', '위치를 바꿔 가며 치환하다',
'말라빠진 목과 야윈 목덜미', '울먹거리고 질질 짜는 듯한 목소리'…
목록을 만들면 재미있을 것 같다. 문학적 표현들….

2020. 1. 19.

아무리 시간이 없어도 어쩔 수 없다. 순간만 있는 것같이 착각하다가 며칠 지나서 결국 허둥댄다. 그분이 오셔야 할 텐데…. 애꿎은 시계만 멍하니 보고 또 보면서 타들어 가는 속을 달래고 또 달란다. 실수는 아니다. 나는 게으르지 않았다. 단지 시간을 산술적으로 환원할 수 없는 순간들이 축적되어 만들어 놓은 구덩이에 자주 빠졌을 뿐이다. 소설의 시간과 시의 시간이 다르듯이, 번역의 시간과 비평의 시간이 이렇게 다르다. 이 주제로 글을 써 봐야겠다.

2020. 1. 22.

어제 정면이 나온 사진이 필요하다고 연락을 받아, 일전에 최호빈 시인이 찍어 준 사진 중에서 골랐는데, 이게 벌써 5년 전의 모습이다. 갑자기 세월이 무섭다는 생각이 든다. 언제부터인지 "내일 없어질 지구에 왜 자꾸 사과나무를 심어?"라는 드라마 대사가 귓속을 맴돌고 있다. 세월이나 시간, 늙음이나 덧없음의 문제가 아니라 매우 현실적인 상황에서 반추해 보게 되는 말이 되었다.

수사가 화려한 이런 말은 사전에 준비되어 있지 않으면 나오기 어렵다. 「펄프픽션」에서 존 트라볼타가 거울을 보며 상대방에게 던질 대사를 연습하던 장면이 떠오른다. 이런 대사들은 "인생에서 별의별 일을 다 겪어 가며 터득하고 철두철미하게 마련해 놓은 레퍼토리"에 해당되며, 그러나 준비가 되어 있지 않다면, "거칠게 응수할 말을 찾아내려 애쓰면서, 그를 매서운 눈으로 째려보아도", 갑작스러운 상황에서 언쟁에 휘말리게 되면 "평소 자신이 분류해 놓은 목록에 쉽사리 합류하지 못하는 말"들에 가깝다(「편파적으로」, 레몽 크노의 『문체 연습』에서). 언제부터인지 잘 모르겠지만 드라마 작가들은 이런 대사들을 고르고 또 골라 등장인물의 재치와 언변, 지성과 능력으로 포장하느라 바쁘다. 그런데 실제 대화 상황에서, 혹은 누군가와의 논쟁에서 이런 식의 '미리 갖춘' 말들은 어지간해서는 잘 나오지 않는다.

가장 마음에 드는 사진은 담배를 피우고 책상 앞에 앉아 글을 쓰고 있는, 옆면을 담은, 세 번째이다. 담배를 피우며 『그로테스크』를 읽으면서 원고를 매만진다. 이 사진은 경향신문을 제외하고는, 담배, 측면 등의 이유로 종종 거부되었다.

2020. 1. 23.

흥미로운 주제가 산재해서 그런지 요즘 취침 전에 자주 유튜브를 본다.(어쩌다 그렇게 되더라….) 우주는 끝이 있는가, 시간이란 무엇인가, 차원의 비밀, 공간이란 무엇인가 등등을 비롯한 AI 관련 방송이 다수를 차지했는데, 그래서, 아니 그 영향이었던지, 아니면 원래 그런 생각을 하고 있어서 그랬는지, 그것도 아니면, 내가 원래 그런 생각을 오래전부터 하고 있어서 그랬는지, 아니 그것도 아니면, 오래전에 읽은 데카르트의 『성찰』에 나오는 자동기계와 밀랍에 관한 이야기의 흔적이나 영향이 내 뇌의 어딘가에 파일처럼 저장되어 있어서 그랬는지 모르겠지만, 온종일(이렇게 표현하는 게 옳겠다. 아무것도 하지 못했고, 아무것도 쓰지 못한 하루였으니…), 어쩌면 우리 모두, 그러니까 우리의 삶 전체, 즉 '이 모든 것'이 어쩌면 고등생물이 재미있게 즐기고 있는 게임 속 캐릭터거나 그에 맞추어 설정한 배경, 그리고 진행을 위해 짜 놓은 스토리일 수 있다는 생각이 들었다. 그러다가 이와 같은 생각이 어쩌면 앨런 머스크의 것이라는 사실에 내 생각이 또 미첬고, 그가 4-5년 안에 인간의 뇌와 컴퓨터가 연결될 것이라고 말했다는 사실을 떠올렸는데, 그 지점에서 「공각기동대」와 「낙원 추방」, 두 애니가 생각의 표면 위로 솟았고, 이어 하나씩 쓰러지는 도미노의 행렬처럼, 상당수의 과학자나 공학자, 혹은 뇌공학 연구자들이 이 두 애니메이션에서 어떤 영감을 받았을지도 모른다는, 다소 엉뚱한 생각을 품었을 즈음(그러니까 지금, 이 시간), 나는 이 설계자 고등생물이 '나'라는 캐릭터를, 오늘 약속 시각에 늦지 않게 연구실 의자에서 몸을 일으켜 거동해야 할 바로 그 한 시간 정도의 시간이 남게끔 설정했기 때문에, 내가 이 한 시간 동안 뭘 한다고 해도, '이-세-계-와-아-무-런-상-관-없-음', 그 이상도 이하도 아니라는 사실을 방금 깨달았는데, 이런 깨달음 자체도 이미 설정된 것일 수 있다는 점에 또다시 내 생각이 미치고 말았으니, 결과적으로 이런 생각의 생각들, 일면 신경망의 순열과도 같고 한편 언어의 연쇄와도 같은 이런 생각에 생각에 생각을 거듭하며, 의심을 제곱 순으로 늘려가는 그 자체의 존재, 즉 우리가 주체라 부르는 무엇이 있는 것은 한편으로 사실이라는 것을 지금 막 깨달았을 즈음, 그리고 이와 같은 결론이 제기되는 동시에 거의 반사적으로, 바로 이런 방식으로 데카르트가 제1의 원리를 'cogito ergo sum'이라고 불렀다는 사실이, 갑자기 내 얼굴을 거울에 비추어 반사된 거울 속 내 모습을 보는 것처럼 갑자기 확인되는 순간, 놀랍게도 책꽂이에서 찾아내 다시 찾아본 『성찰』에는 이런 대목에 굵게 밑줄이 그어져 있었다.

우리는 밀랍이 우리 앞에 있을 때 밀랍 자체를 본다고 말하지, 빛깔이나 모양으로 미루어 밀랍이 거기 있다고 판단해서 말하지는 않는다. 따라서 나는 밀랍은 눈의 시각에 의하여 인식되며 정신의 통찰만으로 인식되는 것이 아니라고 결론을 내리기가 일쑤다. 그런데 내가 문득 창 너머로 길을 지나가는 사람들을 바라본다고 하면, 밀랍의 경우와 마찬가지로 사람들 자체를 본다고 말한다. 하지만 내가 본 것은 모자와 옷뿐이요, 그 밑에는 자동기계가 숨어 있을 수도 있지 않을까?

2020. 1. 27.

카톡, G-mail, 문자 등 SNS 덕분(?)에 모든 게 빨리 해결된다. 그만큼 피로가 쌓이는 것이다. 일은 하나를 처리해도 끝이 없으니까. 레이저 프린터가 나오고 편리해서 참 좋다 하면서도 자꾸 쉴 시간이 없어진다는 생각을 한 게 벌써 오래전이다. 이젠 옛말이 되었지만, 처리가 느리면 '강제로'나마 좀 쉬게 된다. 오늘 새삼 느낀 건 누구나 실시간에 동원되어 있다는 사실이다. 이 총동원령에서 벗어나는 길은 스마트폰을 없애는 것인데, 이게 얼마나 어려운 일인지는 말을 하지 않아도 누구나 알고 있다. 오늘 학교 갔다가 마우스 문제로 집에 와서는 지금까지 카톡과 이메일로 학회에서 발생한 급한 사안을 처리했는데, 외국에 나가 있는 친구도 이 카카오톡 망을 피하지 못했다. 누군가 말했지만 이제 정말 스마트폰이 신체의 일부가 되었다는 생각이 든다. 내가 아는 사람 중에서 핸드폰 자체를 갖고 있지 않은 사람은 황인숙 시인, 김정환 시인 딱 두 명이다. 갑자기 자기 삶을 사는 이 두 분, 존경심이 쏟아져 나온다.

2020. 2. 2.

정말 씻기 싫어하는 막내와 오늘 동네 목욕탕에 갔는데 일요일인데도 불구하고 사람들이 거의 없었다. 목욕탕 아저씨 한숨 쉬시고, 함께 영업하시는 이발소 아저씨, 얼마 전부터 손님이 절반 이상 줄었다고 하신다. 조금 이른 감이 있었지만 커트하겠다고 하니 아저씨, 머리 자를 때 '거의' 됐다고 말씀하신다. 어릴 때부터 공중목욕탕, 정말 가기 싫어 했고, 성인이 된 이후 어지간하면 가지 않았는데 (이런 것도 유전인가? 특히 큰아이는 병적으로 싫어 한다), 아이들 때문에 정기적으로 가게 되었다. 요즘 병원, 공항, 학교, 박물관, 공중목욕탕, 기차역, 카페처럼, 헤테로토피아에 다시 관심이 생겼다. 푸코는 왜 헤테로토피아에 관한 자신의 글을 절대 출간하지 말라고 부탁한 것일까? 공간 없음의 공간성, 감염과 난민, 예외 상태, 휴머니티에 관한 생각이 갑자기 머리를 짓누른다. 휴식의 끝을 바라보며 시간이 흐르고 있다. 내일은 병원에 갔다가 오후에 학교에 갈 만하다. 내가 가는 공간, 내가 영위하는 장소 대부분은 사실 헤테로토피아에 속한다. 어쨌든 접촉면에 두 발을 디디고 있는 거다. 그걸 깨닫지 못했을 뿐이다. 예전부터 생각하고 있던 '휴머니티'의 두 얼굴, 휴머니티의 파시즘 등에 관한 논문을 쓰기로 한다.

2020. 2. 8.

어떤 이유가 되었건 시집 해설을 미룰 때는 정말 미안한 마음밖에 들지 않는다. 미안한 마음, 허공에 떠 있는 달처럼 내 마음을 둥둥 떠다닌다. 우여곡절, 원고를 쓰고 나면 시인이나 나나, 마치 화해라도 하듯, 악수하며, 모든 기다림과 짜증이 일시에 녹아드는 순간을 맞이할 거라는 사실을 어렴풋이 알지만 그래도 미안하고 그렇다.

2020. 2. 12.

오전에 물리치료를 받고 나면 이상하게 오후가 늘어지거나 힘겹다. 오늘은 비가 왔고, 또 오고 있다. 늦은 오후 트라이앵글로 원고를 갖고 왔다. 다시 읽어도 좋은 시집이다. 비 오는 창밖, 이제는 어두워져 시집 속 시처럼, 검은 눈동자만 흩뿌리고 있다.

2020. 2. 14.

평론가의 유형에 관한 하나 마나 한 고찰: 시 평론을 중심으로.

1. 포수형: 누구의 글이든 일단 '다' '받는다.' 글을 매우 많이 쓰지만, 아주 빠른 속도로 그 글들을 소화하여 놀라움을 선사하거나 부러움의 대상이 된다. 글 대부분이 엇비슷한 구조를 가지며, 동일한 프레임 아래, 주어와 대상을 바꾸어 전개하는 절묘한 변주와 조합을 즐긴다. 간혹 다른 사람이 포기한 글도 받는다. 자주 '호인'으로 소문이 난다. 모든 걸 받아 내고, 급한 부탁도 수락하며, 어떤 어려운 상황에서도 척척 글을 진행한다는 점에서, 엄청난 체력과 자기 관리의 정도를 짐작할 수 있다. 그러나 간혹 자기가 무슨 글을 썼는지, 누구에 관해 썼는지, 기억하지 못하는 일도 벌어진다.

2. 스나이퍼형: 대상을 골라, 숨죽이며 조준하고, 그렇게 자기 호흡이 차오르면, 갑자기 방아쇠를 당기는 식으로, 저격하듯 글을 쓴다. 목록에서 시인의 이름을 하나하나 지워 가듯, 기획에 맞춰 제 글을 내보낸다. 청탁이 집필 목록을 구성하는 대부분의 원인이지만, 조준하던 중간에 눈을 떼고 갑자기 쓰던 원고를 철회하기도 하는 등, 시키지 않은 자기반성을 하여 시인들에게 원성을 사기도 한다. 그러나 이렇게 해서 붙게 된 악명에는 크게 개의치 않는다. 그럴 때마다, 방아쇠가 녹슬었다거나, 눈의 시력이 급격히 나빠졌다거나, 작년 여름에 먹은 짜장면이 소화가 안 되어 아프다거나 하는 기상천

외한 이유를 댄다.

3. 산고형: 청탁은 흔쾌히 허락한다. 이후 골몰하며, 하염없이, 끙끙거린다. 그렇게 '그분'이 오실 날을 고뇌에 찬 모습으로 기다린다. 하루하루 고통의 시간을 보내고, 인내로 충만한 순간순간을 통해, 시인과 자기 자신에 동시에 드리운 기다림의 시학을 완성해 나간다. 원고 마감 약속 날짜를 세 번 정도 미룰 즈음, 글의 첫 문장을 완성하거나 가까스로 제목을 정한다. 기다리는 동안, 전화를 걸어 여러 사람을 괴롭히기도 한다. '죽겠다'를 남발하며 애원조로 구원을 요청하듯 동료 평론가에게, 간혹 글을 부탁한 시인에게 호소하기도 하는, 황당한 만행을 저지르기도 한다. (어쩌란 말인가?) 이렇게 고통 속에서, 기다림 속에서, 한 문장, 한 문장을, 정말 힘겹게 써 내려간다. 한 줄을 완성하면, 처음부터 방금 완성된 그 줄까지 다시 읽고, 두 줄을 완성하면, 처음부터 이제 완성한 그 줄까지 다시 읽는 식으로 글을 쓴다. 그사이 '그분'이 오셨다는 사실과 시인에게 보내기로 한 원고 약속 날짜, 원고가 완성되었다는 사실을 까맣게 잊는다.

4. 추적 탐사형: 청탁받은 시집에 관한 것이라면, 시인에 관한 것이라면 무엇이든 모으고 애써 찾아 열심히 메모하고 읽는다. 마치 작품이 삶을 반영한다는 듯, 시인의 신발 치수라든지, 시인이 자주 가는 카페라든지, 그가 읽는 책이라든지, 개의치 않고, 정말 뭐든지, 뭐든지 다 모으고 집약하려 시도한다. 그렇게 지푸라기라도 잡는 심정으로 하루하루를 보낸다. 그렇게 모은 자료와 최소 A4용지 30-40매가량의 메모를 출력하여, 다양한 펜으로 밑줄을 그으며, 꼼꼼히 읽고 읽는다. 정작 원고의 대상이 되는 작품은 가장 나중에 읽는다.

우여곡절 끝에 원고를 완성하면, 이 시인에 관한 모든 것을 알고 있다고 생각하며, 자기 원고의 수준과는 그다지 상관없는, 자신감과 뿌듯함을 품는다.

5. 차후 반성형: 어렵지 않게 글을 쓴다. 글의 분량에서 원고 마감일 준수에 이르기까지, 모든 게 정상이다. 기분이 좋은 상태에서 원고를 송부한다. 그러고는 커피 한 잔을 내려 천천히 자기가 쓴 글을 다시 읽어 본다. 급하게 출판사에 전화한다. 원고를 고쳐야겠다고, 고친 다음 다시 보내겠다고 좀 기다려 달라고 부탁한다. 며칠이 흘러간다. 모든 게 정상이다. 기분이 좋은 상태에서 원고를 '재'송부한다. 그러고는 홍차 한 잔을 내려 천천히 자기가 쓴 글을 다시 읽어 본다. 급하게 출판사에 전화…. 이와 같은 반성적 성찰을 최소 다섯 번 정도 하고, 급기야 편집자에게 '며칠 더 여유를 드릴 테니 충분히 살펴보고 보내 주세요'라는 말을 듣는다.

2020. 2. 17.

병원에서 마주하게 되는 사람들의 얼굴 위에는 경계심과 초조함, 두려움과 공포가 걸어 다니는 것 같다. 기다림, 기다림, 기다림. 아침나절, 시간이 다소 길어질 것 같은 예감이 든다. 잠시 졸았나 보다. 아주 짧은 이 순간에 너무 많은 것들이 컴컴한 숲에서 펼쳐졌다. 안과 밖이 다소 모호하다. 의자에 앉아 순서를 기다리며 갖게 된 이 짧은 반수면 상태에서도 영영 깨어나지 않기를 바라는 마음은 도대체 무엇인가. 창밖에는 검은 눈이 내린다. "나는 세상의 경계를 구분할 수 없게 되었다."(나카무라 아스미코, 『우츠보라』)

2020. 2. 26. ①

오늘이 졸업식인가 보다. 학교에는 모처럼 사람들이 돌아다닌다. 대부분 마스크를 하고 다닌다. 나도 며칠 전부터 외출할 때는 마스크를 쓴다. 치료를 받던 병원에는 이번 주부터 당분간 가지 않기로 했다. 자극적인 소리를 잔뜩 늘어놓는 정치인들의 입을 꿰매 버렸으면 좋겠다고 생각하다가도 현장에서 지금 이 시각에도 사투를 벌이고 있는 의료진 소식을 접할 때면, 마음이 뭉클해진다. 이 위급한 상황에서 온라인 강의 걱정이나 하고 있던 내가 좀 한심해 보였다. 2주 개강이 늦추어진다 해도 이후 강의실에서 직접 진행하기 어려울 수도 있으므로 대비해야 하며, 이건 권고 사항이 아니라 의무 사항이다.

학교에서 보내 준 온라인 강의 매뉴얼을 읽어 보았다. 음…. 이번 학기 대학원 수업 '프랑스 상징주의 문학'에서는 랭보의 시를 읽기로 했는데 『지옥에서 보낸 한 철』은 완독을, 『일루미나시옹』은 10편 정도 읽는 것이 목표다. PPT를 만들어 원문을 보여 주고, 그 사이 설명을 하고, 칠판을 만들어 필기하면 좋을 것 같다. 부속 장치들 때문에 현실적으로 이 방법이 어려우면 PPT를 띄우고 목소리를 녹음하는 방식을 택하는 게 좋겠다. 학부 수업도 동영상에 맞춰서 개편해야 한다. 처음 해 보는 1학년 과목 '프랑스 문학의 이해'는 프랑스의 주요 작가들을 간략하고도 효과적으로 소개하고 있는 프랑스어 교재로 진행하기로 했다. 이 교재는 한 작가에게 두 페이지 정도 할애하고 있는데, 한쪽에는 작가 소개 및 작품 발췌, 나머지에는 함께 풀어보는 기초 문제와 고급 문제들로 구성된다. 작가들을 두루 읽어 보는 게 나을 것 같아, 보들레르, 랭보, 베를렌, 베케트, 뒤라스, 뷔토르, 사로트 등을 각각 2주씩 살필 계획이었다. 왼편에 등장하는 작가와 작품을 소개, 설명하고, 오른쪽에 제시된 다양한 문제를 수업 시간에 학생들에게 풀게 하고 그 자리에서 피드백을 해 주는 강의는 온라인으로는 어려울 것 같으니, 피드백은 추후에 하기로 하고 강의 중심으로 수정해야겠다. 학부 3-4학년 수업 '문학번역·번역문학' 역시, 소설(카뮈 『이방인』, 페렉 『잠자는 남자』), 운문시(보들레르), 자유시(아폴리네르), 문체 실험(크노, 『문체 연습』) 등에서 발췌해서 텍스트를 나눠 준 후 번역 실습을 진행하려 했는데, 이 강의 역시 피드백이나 학생 참여가 어려우니 설명 위주로 바꿔야 할 것 같다.

2020. 2. 26. ②

"오리나 거위"에서 "오리나"를 오스트리아 어디쯤 지명으로 읽거나, "수염이 없는 턱을 만진다"에서 "수염"을 '만지다'의 주어로 읽거나 "고모가 주는 건 다 감사히 받았다"에서 "고모"라는 사람이 누군가 "주는" 모든 걸 감사히 받는 주어로 읽는다. 고의로 의미 연관을 엉망으로 만들어 버리는 이러한 독서는 일종의 착시와도 같다. 글을 읽다가 미로에 갇히고 나니, 이와 같은 문장도 겹으로 보이고, 생소한 낱말은 물론 지극히 평범해 보이는 것조차 사전을 찾아 메모하게 된다.

이 시집에는 내가 모르는 것이 사실 너무 많다. 문장의 연결보다 훨씬 중요한 건 아키텍트의 에스프리! 도대체 이 시집에 내가 어떤 말을 던질 수 있을까? 좀처럼 윤곽이 잡히지 않는다. 군말을 덧붙이기가 몹시 어려운 문장들이 집합을 이루고 있다. 이야기는 흩어져 이상한 폼으로 교신을 하고 뒷골목 저 아래 지하 어두컴컴한 곳과 구름 저 너머의 허공을 한 번쯤 할퀴고서 무언가 명멸하듯 내려놓곤 또 달아나 버린다. '공들인 작업'과 그 작업의 이상한 '행진'과 이 행진 끝에 도달한 기묘한 '선별'과 그 끝에 기다리고 있는 '비극적인 운명'과 비극적인 운명 끝에 덧붙여진 '태양'이 흐물흐물 녹아내리며 지금, 내 이마 위로 흐르고 있는 것만 같다. 글이, 목소리가, 특히 그 사유가, 알 수 없는 것들을 향해 내디딘 발걸음이 작렬하고, 무언가 보이지 않던 것들이 찌그러진 캔처럼 툭툭 튀어나온다. 곤혹스럽다.

2020. 2. 27.

병원 빼먹고 방에 처박혀 '오독의 백지' 위를, 분주하게, 돌아다닌 하루:

"구슬이 굴러다니다가 고인 웅덩이를 내려다보고 있다": "구슬"이 "웅덩이"를 "내려다보고 있"는 문장으로 읽는다거나,

"언어들이 무엇인가를 끌고 갈 거라는 오해에서 비롯되었다": "무엇인가를 끌고 갈 거라는 오해"에서 "언어"가 "비롯되었다"로 읽는다거나,

"모든 관계는 이야기가 없어도 좋다": "모든 관계"가 이야기 없이도 무언가를 좋아한다거나, 괜찮다, 정도로 읽는다거나,

"여기가 더 재밌으니까 그러니까 비가 온다": 누군가 "여기가 더 재밌으니까"라고 말하니 "비가 온다"라고 읽는다거나,

"자네는 열대지방 모르게 저 멀리 눈을 내렸지": "눈"을 '雪'과 '目'으로 번갈아 읽는다.

물론 이럴 때마다, 내 머리가 좀 돈 건 아닌가, 뇌가 허물어진 건 아닌가 한다. 맥락이 모든 걸 결정한다. 맥락은 낱말을 둘러싼 다른 낱말들, 문장을 둘러싼 다른 문장들에 의해 결정되지만, 때론 시 한 편이 통째로 맥락처럼 기능할 수 있다는 사실을 곧 시집이 될 시집

『오트 쿠튀르』원고를 읽으면서 깨닫는다. 어쩌면 한 권의 시집이 각각 시의, 그리고 각각 시가 각각 문장의 맥락일 수 있다.

의정부시 호원동에 위치한 다락원 캠프를 한번 찾아가 볼까? '파크레인저'는 '파워레인저'가 아니다. '루프탑'은 어떤 감정을 갖는 '옥상'인가? BMW Z1과 Z3형은 이인승 포터블, 그러니까 빨간 콤팩트/컴팩트 카. 숙희와 사라와 나나는 친구가 될 수 있을까? 아! 고모, 제발 좀 고모. 프리리도그와 청설모는 어감이 다른 '다람쥐'과에 속한다. 코카 잎은 코카인에 사용되는 동시에 코카콜라에도 들어가고 일반 차로도 복용한다. 물음표가 거꾸로 선다. 위스콘신주와 캘리포니아주는 인버스처럼 거꾸로 맞물려 있지만, 마치 어댑터처럼 연결되어 있다. 2019년 MLB 밀워키 제1선발, 잭 데이비스, 체이스 앤더슨, 브랜든 우드러퍼는 rabona kick을 한다. D.company의 정체를 찾아라. 저녁에는 소머리국밥과 프렌치빈을 먹으러 공용 수영장엘 가자.

2020. 3. 3. ①

레몽 크노의『떡갈나무와 개』역자 해설을 써야 하는데 일주일 넘게 뭉그적뭉그적…. 아마 나는 적절한 타이밍(?)을 놓친 것 같다. 세 차례 교정을 보았는데도 한두 군데 실수가 발견된다. 문맥에 맞지 않는 낯선 표현을 프랑스어에 의지해서(?) 번역했다가, 혹시나 확인해 보면 크노 특유의 어법이자 그의 전기와 관련된 부분이었다. 번역은 '언어'를 옮기는 것이 아니라 언어의 '작동'을 살피는 작업이라는 사실을 다시 한 번 확인하고 또 절감한다. 크노 고유의 문법에 감도는 무슨 마법에 홀린 것 같다. 프랑스에 가게 되면 그의 고향 르아브르에 있는 '레몽 크노 도서관(Bibliothèque Raymond Queneau)'에 꼭 가 보고 싶다.

2020. 3. 3. ②

운문의 소설적 실험-자전의 시적 이야기
레몽 크노의 『떡갈나무와 개』에 부처

조 재 룡

시가 규칙과 기교를 만드는 자들의 속복받은
대지였다면, 이와 달리 소설은 존재한 이래도
모든 법칙을 벗어났다.

레몽 크노[1]

1. 자서전 삼부작

2. 운문 소설의 가능성

3. 자전-정신분석-픽션

4. 서정적 주체의 회복

연구실에 거의 하루 종일 앉아서 쓴다고 썼는데, 고작해야 이게
전부라니…. 처참한 마음…. 무슨 말을 해야 할지 모르는 것도 아니
고, 자료 조사를 비롯해 준비가 안 된 것도 아니고, 메모해 놓지 않
은 것도 아니고, 시간이 없는 것도 아니고, 손가락이 마비된 것도 아
니고, 담배가 떨어진 것도 아니고, 그렇다고 마냥 논 것도 아니고….
처참한 마음, 처참한 마음, 어디 감출 길이 없네. 항복하고 그냥 집
으로 가자. 내일이 있다. 내일이 있다. 내일이 있다.

2020. 3. 7.

이 시집은 난감하다. 이 시집은 난해하다. 이 시집은 난망하다. 이
시집은 난리가 났다. 이 시집은 난맥이다. 이 시집은 난과 함께 자란
다. 이 시집은 큰 그림에 갇혀 있다. 이 시집은 문맥을 무지른다. 이

시집은 이상한 기류를 타고 날아간다. 이 시집은 시간을 삼킨다. 이 시집은 구성되어 있다. 이 시집의 구성이 바로 시집의 큰 그림이다. 이 시집은 말을 할 수 없게 만든다. 이 시집은 의미를 포기한다. 이 시집은 포기를 의미한다. 이 시집은 대상을 망치로 두드린다. 이 시집은 낱말을 소품으로 사용하는 연극 같다. 이 시집은 출구도 입구도 없다. 이 시집은 솟구친다. 이 시집은 '트랜스−로직(trans-logic)'하다. 이 시집의 해설에도 출구나 입구, 모두 없다. 아마 없는 것 같다. 으아…. 눈알이 빠질 것 같다.

2020. 3. 9.

오늘 오전에 내내 강의 PPT를 만들었다. 점심 먹고 연구실로 올라와 40분 정도 분량의 강의를 녹음하기 시작했다. 중간에 한두 차례 말이 꼬여서 버벅거리기도 했으나, 끝까지 무사히 마쳤다. PPT 자료, 그리고 강의 내용을 적은 파일을 하나 더 만들어 출력해서 왼편에 놓고, 마우스를 조심스레 움직여 가며 슬라이드를 하나씩 넘기면서 강의를 마친 다음, 동영상 파일(이게 중요하다!)로 변환 저장했다. 그런데 뒤늦게 마이크 잭이 빠져 있는 것을 발견했다. USB에 자료를 복사하려고 토요일에 빼놓았던 것인데, 오늘 연구실에 와서 마이크를 다시 끼워야 한다는 사실을 그만 깜박하고 말았다. 어릴 때부터 덤벙거린다는 말을 정말 많이 들었다. 서서히, 천천히, 맨탈이 붕괴되고 있다. 짜릿함! 으으으으! 기필코 오늘 40-50분 동영상 세 개를 모두 만들고 집에 가겠다. 으으, 으아…. 의지가 활활 타오른다!

2020. 3. 10.

동영상 강의: 아침에 헛발질한 후, 오늘 열다섯 시간을 매달려 3

개를 만들었다. 40-50분짜리 강의가 총 4개 완성되었다. 2주분의 수업 분량, 한 과목은 이렇게 끝났다. 다른 과목 2주 치 강의 네 개 중 하나는 지난주에 완성했으니, 내일은 나머지 3개를 만들기로 한다. 집으로 가는 발걸음이 가벼운 건 정말 오래간만이다. 지금은 새벽 4시. 그런데 지금 이 시각, 이 건물에 나만 있는 것 같다. 1층까지 내려가야 하는데, 더구나 화장실도 가고 싶고…. 귀신을 만나도 무서울 거 없는 마음, 처음이다.

2020. 3. 11.

내게 일어나는 열 가지 이상한 징조들(치매 혹은 건망증으로 추정되는):

1. 아침에 주차장엘 간다. 차를 어디 세워 두었는지 기억하지 못한다. 지하 1, 2, 3층을 다 돌아다닌 적도, 그러다가 지상에 주차해 놓았다는 사실을 나중에 알게 된 경우도 있다.

2. 핸드폰을 차에 놓고 그냥 연구실로 올라오는 경우가 잦아진다. 연구실에 도착해서 없어진(?) 핸드폰의 행방을 고심하다가 커피를 뽑아 온 1층 휴게실에 가 보기도 한다. 혹은 집에 도착해서도 비슷한 현상이 벌어진다. 차에 핸드폰을 두고 나왔다가 주차장으로 다시 내려가 찾아온다.

3. 거리에서 학생들을 마주쳐도 기억을 잘 하지 못한다. 아는 척을 하거나 인사를 건네는 경우, 대부분 이유가 있다. 수많은 수강생 중 한 명은 아니라는 것인데, 나는 이들을 잘 기억하지 못하며, 그저 어정쩡하게 답례를 하거나, 심지어 걸음을 멈추고 '잘 지냈어요?' 뭐, 이런 말을 건네기도 한다. 그런데 그 사람(대부분 학생일 것이다)이 누군지 기억하지 못한다.

4. 복사를 맡겨 놓고 그 사실을 기억하지 못한다. 그러고는 또 복

사하러 가거나 자료를 발견하지 못해 허둥댄다. 자료는 복삿집에 맡겼으니 당연히 없다.

5. 지도학생과 약속을 잡아 놓고 까먹는다. 대부분을 연구실에 있으니 큰 문제가 발생하지는 않는다. 학생이 연구실에 오면, 대략 이삼 초간 멀뚱멀뚱 바라보다가 약속이나 면담을 까먹었다는 사실을 학생에게 들키지 않고(아니다, 학생은 알 것이다) '왔어요?'나 '어서 와요?' 등의 말을 건넨다. 그러고는 짧은 시간, 말없이 마주 앉아 멀뚱멀뚱 서로를 바라보기도 한다.

6. 일전에 했던 이야기를 다시 한다. 조심하려고 하지만, 맘대로 되지 않는다. 그런데 이야기를 듣고 있는 상대방의 얼굴을 보면 알 수 있다. 그즈음 눈치를 챈 나는 '일전에 했던 얘기지만…', '지난번에도 이야기했듯이…' 같은 말을 보태 사태를 모면해 보려고 한다. 이런 일이 자주 반복된다.

7. 구입했던 책을 다시 구입한다. 원서도 예외가 아니다. 두 권이 생기면 학생에게 준다.

8. 하루 약속(빵을 구입한다거나 기타 물품 등)을 잊어버린다. 집에 거의 도착해서 생각이 나면 차를 돌려 다시 사러 간다. 혹은 집에 들어왔다가 다시 나가거나 다음 날로 미루기도 한다. 문자를 확인했으면 벌어지지 않았을 일이다.

9. 빌려준 돈, 빌린 돈이 계산되지 않는다. 큰 금액은 아니나 빌려준 돈, 누구에게 빌려주었는지 까맣게 잊는다. 반대도 마찬가지이다. 지갑을 가지고 오지 않아 조교에게 만 원 정도 빌리면 반드시 어딘가에 메모해 놓는데 이것조차(그러니까 메모해 놓았다는 사실) 잊어버리는 경우가 종종 있다.

10. 날짜나 요일을 종종 잊는다. 화요일인가 하면 수요일이고, 목

요일인가 하면 금요일이다. 반대의 경우도 발생한다. 무엇을 망각했느냐에 따라 하루가 사라지거나 생겨나기도 한다. 정작 시간은 정직하게, 우직하게, 묵묵히 흐르고 있는데, 무엇을 까먹었느냐에 따라 초조해하며 패닉 상태에서 하루를 보내기도 하고, 기쁨에 들떠 하루를 벌었다며 여유를 갖고 놀기도 한다.

2020. 3. 13.

번역에서 우리말의 극한을 체험하게 하는 것은 사실 굉장히 쉬운 낱말들, 서로 엇비슷해 보이지만 섬세하게 차이가 나는 낱말들이다. 가령 프랑스어의 formidable, fantastique, merveilleux, génial, superbe, abberrant, excellent, magnifique, admirable, parfait, splendide, rayonnant, radieux, éclatant, éblouissant, étincelant, pétillant… 같은 형용사는 번역에서 내 한국어 어휘의 빈곤을 그대로 드러낸다. 이 낱말들 사이에 존재하는 차이는 정말 담아내기 어렵다. 이렇게 번역은 어려운 구절이 아니라 바로 이런 낱말들에서 은폐되어 있던 실패를 맛본다. 뛰어난 번역가들이 작가였던 것은 우연이 아니다. 그러거나 말거나…. 이 피곤한 밤, 지친 밤, 이토록 formidable하고 fantastique한 밤, 이 merveilleux, génial, superbe, abberrant, excellent, magnifique, admirable, parfait, splendide, rayonnant, radieux, éclatant, éblouissant, étincelant, pétillant한 오늘 이 밤, 아직 주인이 없는 이 형용사를 모두 가져다 붙여 놓아도 좋을 그런 사람이 이 세상에 있으면 좋겠네.

2020. 3. 19.

어떤 이가 폭격하듯 다가오는 악몽을 걷어 낸 미래의 무언가가 어서 당도하기를 고대하며 밤낮없이 시간을 태우며 자기 삶을 바치는 일에 전념하는 동안, 어떤 이는 책상을 지키며 세상의 모든 사물을 깔고 앉은 언어의 저 어두운 방석을 홀라당 뒤집어 툴툴 털어 버리고 그렇게 의미가 하나의 지평 위에 붙들리거나 하나의 점 주위로 굳어지지 않게 끊임없이 교란하는 문장의 타래를 띄엄띄엄 심는 일을 묵묵히 하고 있다.

17세기 후반 유럽에 페스트가 창궐했을 때 케임브리지 대학이 폐쇄되어 낙향하게 된 뉴턴은 미적분학을 창시하고 프리즘 분광 실험에 성공한다. $F = ma$. 사과의 일화도 이때 싹트게 된 것이라는데, 대학의 과도한 업무에서 벗어나 사색에 몰두할 수 있었기 때문이라고 말한다. 그렇지 않았더라면 우리는 지금도 입을 벌리고 사과나무 아래 누워 사과가 떨어지기를 기다리고 있었을지도 모른다. 요즘이라면 아마 잦은 실시간 화상 회의와 동영상 강의 제작에 평소보다 더 분주했을 터, 이런 고안, 발명, 착상은 가능하지 않았을 것이다.

2020. 3. 20.

어제저녁부터 감기 기운이 돈다. 목이 칼칼하고 미열이 있다. 불안하다. 겨울이면 꼭 한 번은 감기에 걸렸던 기억. 꼼짝없이 며칠을 앓았었다. 약을 먹고 좀 자고 나면 괜찮아질까? 찬찬히 '동선'을 복기해 본다. 요즘 바이러스보다 무섭다는 그 동선! 자동차로 연구실과 집을 왔다 갔다 한 게 다다. 그만 생각하기로 한다. 불안하다. 불안이라는 단어를 이렇게 절감한 적이 없었던 것 같다. 몸도 마음도 지치고 또 몹시 사납다. 바람이 분다. 바람이 분다.

2020. 3. 25.

  오늘 새벽 5시, 붙잡고 있던 글을 하나 떠나보냈는데, 늦게 보내서 시인에게 미안하고 기다려 줘서 정말 고마운 마음 가득한 상태에서, 아침 6시 집에 들어와, 샤워하고 두 시간 눈을 붙이고 일어나 다시 학교 연구실로 가서, 서둘러 오늘 분량의 강의를 올리고, 다른 일을 조금 더 하다가, 바로 연구실에서 나와, 큰아이가 부탁한 A3 용지 건축 도면과 작은아이가 부탁한 B4 용지 모의고사 문제집 출력하려고 보람문화사에 맡긴 다음, 출력하는 동안, 보람문화사 바로 옆 알파문고에 가서 큰아이가 부탁한 트레이싱지를 사고, 보람문화사에 다시 돌아와서 출력물을 찾아 나와, 주위를 돌아보다가 안암사거리 근처 빵집이 눈에 들어와, 샌드위치를 사러 갔는데, 샌드위치, 마침 없다고 해서, 매대 바로 옆에 있던 대왕카스테라를 사려고 물어봤더니, '치즈'와 '노멀'을 제외한 생크림만 남았다고 해서 어쩔 수 없이 하나 사고 나오니, 빵집 바로 옆.경복궁김밥이 눈에 들어와, 들어가서 참치와 스팸 각각 하나, 야채 둘을 사 배낭에 넣고, 학교 주차장으로 터벅터벅 걸어가다가 요즘 가장 고생하시는 교수학습개발센터장 박지훈 선생님을 우연히 만나, 거리에서 15분 정도, 요즘의 이 동영상 강의와 개강 등에 관해 이야기 나누고, 주차장에 가서 차를 몰고 집으로 돌아오는 길에, 문득 어제 글을 쓰다가 담배를 너무 많이 피웠다고 생각하다가, 그 김에 담배 하나를 꺼내 물었고, 그러자 수중에 담배가 몇 개비 남지 않았다는 사실을 알게 되어, 집 근처 편의점에 들어가서 담배를 두 갑 사고 목이 칼칼하고 머리가 띵- 한 것 같아, 코홀스 사탕과 비타민 음료를 사고 보니, 갑자기 김밥과 대왕카스테라를 샀다는 사실을 까맣게 잊고, 시리얼을 우유에 말아 먹고 싶다는 생각을 바로 한순간, 반사적으로 '초코 시리얼을 초코 우유에 넣어 먹으면 어떨까?'에 꽂혀서 초코 우유를 두 개 사서 집에 들어왔는데, 자꾸 뭔가 잊어버린 것 같다는 생각이 들어, '뭐지 뭐지' 하다가 큰아이와 작은아이가 부탁한 복사물을 차에 놓고 그냥 왔다는 사실을 깨닫고는, 다시 주차장으로 가서, 놓고 온 것을 들고 집에 다시 들어오니 **#아직오전11시되지않음**, 아 아 아, 탄식과 떨림 속에서, 경악하고 적잖게 놀란 나는, 바로 그 순간, 아주 짧았던 바로 그 시간, 머릿속에 학교에 가야 한다는 생각이 퍼뜩 스쳐 지나갔다. 원고 하나 더 남은 거 아무 사고 없이 잘 마무리하고 싶다.

2020. 3. 26.

수강 정정 기간이 어제까지였나 보다. 수강 인원이 최종적으로 정해지고 나서 메일을 몇 개 받았는데, 정정하여 수강하게 되었으며, 정정 기간에 수강하지 못한 1주차 강의와 2주차 첫 강의를 다시 들을 수 있는지 문의하는 내용이었다. 용량 문제로 삭제한 1주차 강의 파일 5개를 부랴부랴 다시 업로드하고, 공개로 전환한 다음, 링크를 걸어 학생들에게, 보는 참에, 강의 자료와 주차 강의록 서머리 PDF 파일도 함께 보내 주었다.

온라인 강의에서는 일회성의 제약이 사라진다. 원하면 언제고 다시 볼 수 있다. 이론상으로는 무한대의 시청도 가능하다. 기술복제 시대에 '아우라'가 상실된다는 말을 여기서 실감한다. 예술 작품, 그것의 일회성, 그것의 현장성, 그것이 뿜어내는 지금-여기의 권위가 사라지는 순간, 예술은 조금 더 대중적이 된다. 이미지의 복제는 그것이 제아무리 "완벽한 복제라고 하더라도", 거기에는 항상 "한 가지 요소"가 빠져 있게 된다고, 그 요소는 "시간과 공간에서 예술 작품이 갖는 유일무이한 현존성, 다시 말해 예술 작품이 위치하고 있는 장소에서 그 예술 작품이 지니는 일회적 현존성"이라고 벤야민이 말하지 않았던가?(벤야민, 『기술복제시대의 예술 작품』)

　동영상 강의는, 필연적으로 강의의 "물리적 구조의 변화와 소유 관계의 변화"를 야기한다. 동영상 강의가 되었건, 어쨌든 복제 기술은 복제품 자체의 대량생산과 반복 가능성을 열어, 무한대로 시청이 가능해지는 것이다. 동영상 강의는 이렇게 '유일무이한 현존성'이 아니라, '편재라는 보편성'을 바탕으로, 강의실 대면 강의라는 "일회적 생산물"을 "대량 제조된 산물"로 대치시킬 뿐 아니라, 수용자-수강자가 아무 때나, 어느 곳에서나, 자신의 "개별적 상황"에 맞춰, 이 복제품 강의를 대면하고 그것을 "현재화"할 수 있게 한다. 역설적이게도 대학의 일회성 강의, 그러니까 그간 꾸준히 진행되어 온 대학의 저 강의실 현장 강의는 오히려 그것이 대학 고유의 '상품'일 때만 가능한, 다시 말해, 대학이라는 울타리 속에서만 오로지 제 권위를 갖고 있으며 가질 수 있다는 생각이 들었다. 대학의 정체성과 대학의 가치와 밀접히 연관된 유일무이한 현존성을 만들어 내면서, 대학은 생존하기 위해서라도 그 가치와 정체성, 그 권위를 포기하지 못하는 것은 아닐까. 동영상 강의는 이 개인적 일회성, 대학이라는 집단적 권위, 대학이라는 개인적·집단적 상품성의 주관적 가치를 파괴하고, 보수성과 경직성, 혹은 사라지니까 보존되는 다소 기이한 비밀성과 이 비밀성으로 인해 보존되는 권위에서 벗어나거나 그 울타리 밖에서 취하는 대중적·집단적·민주적·탈경계적인 특성을 갖는다. 다시 벤야민의 비유가 떠오른다. 현장 강의가 시각적인 "개인적 관조"에 의한 "회화"와 비슷하다면 동영상 강의는 오히려 촉각적인 "집단적 수용"에 의한 "영화"와도 같아 보인다.

2020. 3. 30.

　망각은 정말 힘들다. 무언가 중요한 사안을 자꾸 까먹는다. 사람들을 만나지 않아서 생긴 블랙홀의 접촉점이 내게도 생긴 것만 같다. 눈앞의 일들이 그렇다. 강의 영상 업로드로 모든 게 끝난 것이 아님에도, 강의 제작을 마치면 나는 나 자신에게 아마 끝났다는 메시지를 보내는 것 같다. 강독에 필요한 기타 강의 자료, 동영상 강의를 요약한 PDF 버전을 강의 시간 최소 이틀 전까지 단체 메일로 보내야 하는데, 어디 메모를 해 놓지 않으니, 이 사안이 간혹 발목을 잡는다. 강의 시간에 맞추어 비공개를 공개 모드로 전환하는 것도 자주 잊기는 마찬가지다. 주섬주섬 책을 집어 들고 집으로 가려고 연구실을 나오다가 아차, 싶어서 대학원생에게 물어보니, 내일 강의 자료 및 필기할 수 있는 강의 요약본을 아직 보내지 않았다고 말한다. 메일을 확인해 보면 알 수 있는 일이다. 그런데 학교가 도입한 이 G-mail 함에는 사실 너무나 많은 수신 메일이 쌓여 있다. 여기서 뭔가 자꾸 빠져나간다. 대학원은 다음 주부터 대면 강의가 가능하도록 결정된 모양이지만 학부는 아직 소식이 없다. 나만 모르고 다 아는 것 같다. 복도에서 간혹 마주치는 교수들은 어떤 답을 각자 나름대로 갖고 있다. 나에게는 이 모든 것이 카드를 한 장도 보지 않고 그저 순서를 맞이하여 배팅을 진행해야 하는 아슬아슬한 게임과도 같이 느껴진다. 한없이 헝클어지는 시간, 주워 담지 못하는 순간들이 시곗바늘에 둔한 추를 달아 놓은 것 같다.

2020. 3. 31.

　¿ 연착(延着): 미룬다=도착한다. 밀린다=당긴다. 유보한다=도래한다. 지운다=살아난다. 밀어낸다=다가온다. 지체한다=실현된

다. (수동형이 다수 말살되고 있다), 가령 '확산된다'는 '확산하다'가 된다, 되었다, 혹은 '확산하다'를 하고 있다. propager pro-pager, 된소리도 사라지고 있다. '효꽈'가 있다. '온다'는 확신만 있으면 '기다릴 수 있다'고 말한다. 거짓말이야, 오지 않는다는 것을 경험적으로 알아야만 기다릴 수 있다. 거짓말이다. '오로지'와 '다만' 사이, '여전히'와 '아직도' 사이, 기다림의 조건은 연착이 아니다. 아! confinement 같은 낱말… Cher Mon vieux, ma vieille, 잘 지내시나요? 늦게라도, 언젠가, 이 무책임의 대명사와 같은…. 흘러간 유행가의 조각 뼈, 뼈, 뼈 같은 낱말들. 도착할 것인가? 늦었지만 당도할 것인가? 유보하지만(유보되지만) 이룰(이루어질) 것인가? '잊혀진'이 잊히고 잊히며 잊혀진다. 국립국어연구원 軀囚究拒戀丘言 지우지만 복원할 것인가? 밀어내지만 다가갈, 혹은 다가올 것인가? '지체하다 =지체되다', 역공, 공습 같은 것. 연착, 연착, 연착, 반복되는 기다림과 동공에 매달린 파열음 같은 것. 아침, 기침, 마침, 침을 너무 많이 흘렸다 = 맞았다. acuponcture 약침 등침 대침 소침 시침 새침…. 연착(延着): 늦게라도 도착한다면?

2020. 4. 2.

이 꿈은 도대체 뭔가? 새벽에 깨어났다가 다시 잠들었는데 그사이에 꿈을, 아주 선명한 꿈을 꾸었다. 필사가 가능할 정도로 선명한 꿈, 일곱 개의 장면으로 구성된 꿈, 곳곳에 등장한 장면은 그 이유가 하나씩 설명되기도 하고 원인도 짐작이 가는, 그래서 또 아주 이상하다고 할, 꿈을 꾸었다.

1. 자전거를 타고 간다. 언덕을 오르기도 하고 예전에 살던 독바

위역 근처 산 아래의 길을 가기도, 달리기도 한다. 자전거의 뒤에 누군가 타고 있다. 그 사람은 계속 자고 있다. 장면이 포개어진다. 어느새 자동차 안에서 그 사람은 자고 있다. 낡은 소나타다. 필시 중고로 구입해서 5년 정도 타고 다녔던 바로 그 고물차가 분명하다. 나는 과속을 하지 않는다. 천천히 몰고 있다. 그런데 브레이크가 말을 잘 듣지 않는다.

2. 아주 경미한 접촉이 벌어지려는 순간, 나는 계속 브레이크를 밟는다. 그런데 잘 안 된다. 옆 사람은 계속 잠에 빠져 있다. 깨어나지 않는다. 일어나라고 말해도 일어나지 못한다. 깊은 잠에 빠져 있다. 그러다가 차에서 내리려는 순간, 차 문에 어떤 서류가 있는 걸 발견한다. 나에게 온 것이 아니지만 내 차 문틈에 끼어 있다. 이 서류에는 USB가 딸려 있다.

3. 서류 귀퉁이에 꽂혀 있다. USB를 열어 본다. 컴퓨터도 없는데 그냥 화면으로 나타난다. 누군가의 원고이며, 그 원고는 출간 서지와 정보가 적혀 있는 마지막 장만 내게 보인다. ○○○ 시집, ○○○ 해설 ○○○○○○ 출판사. 그러나 이 장면은 그냥 여기서 끝난다. 이름만 보인다. 그리고는 다른 파일이 열려 화면처럼 제시된다. 출간될, 아직 출간되지 않은 누군가의 책, 그 첫 페이지다. ○○○ 소설가의 이름이 적혀 있다. 달랑 한 장만 보인다. 나는 그 내용을 읽지 않는다.

4. 그러고 나서 나는 이 출판사에 보낼 메일을 쓴다. 앞으로 이 출판사에서 청탁하는 원고는 절대 쓰지 않겠다고, 절대 그렇게 하지 않겠다고 단호하게 또 그 이유를 네 가지 정도로 요약해 작성한다. 그러나 메일을 보냈는지는 분명하지 않다.

5. 이 메일에는 대강 이런 말을 적었다: '5월이 되었건, 6월이 되

었건, 당장은 코로나바이러스의 완전한 박멸이 가능하지 않다. '사태', 즉 지금의 상황은 올해까지 이어질 것이라는 전망도 나온다. 그러니까 이 상태에서 가능한 생활의 방식을 찾아야 한다. 모든 것이 코로나 이전과 이후로 바뀔 것이고, 실로 지금도 바뀌는 중이다. 완벽한 박멸 이전과 이후라는 이분법은 어쩌면 존재하지 않는 것인지도 모른다.'

6. 이후 원룸이다. 원룸에는 파지들이 쌓여 있고, 나는 배달된 물품을 받기로 한 시간에 맞춰 기다리는 중이다. 택배 기사의 문자 메시지가 온다. 집 앞인데 들어갈 수 없다고 말한다. 들어오는 방법을 계속 설명하지만, 소통이 성공하지 못한다. 내가 밖으로 나가 물품을 받으면 모든 게 해결되는데 무슨 이유인지 모르겠지만 나는 밖으로 나갈 수가 없거나 나가지 않는다.

7. 집 앞에 놓아두었다는 말을 전해 듣고 나가 보니 일전에 살던 대조동 어느 골목이고 그 골목에는 아무도 없으며 나는 물건을 찾을 수가 없다. 다시 원룸으로 들어오려 하는데 들어갈 수가 없다. 문이 열리지 않고 내가 방금 나온 그 원룸도 아니다.

2020. 4. 4.

며칠 전전긍긍하던 원고를 보내고 나니 뭔가 허전하면서도, 미뤄둔 잠이 한꺼번에 쏟아진다. 매번 그렇다. 이번에도 지난번과 마찬가지로 자책을 한다. 작년 하반기부터 지금까지 붙잡고 있던 해설 여섯 개를 오늘로 모두 마감했다. 그중 첫 시집이 세 권이었다. 시인들에게, 특히 첫 시집 해설을 나에게 맡겨 준 시인들에게는 정말 미안한 마음만 가득하다. 50편가량의 시를 대상으로 글을 쓴다는 것, 해설은 항상 '여전히'와 '아직도' 사이에 줄을 달고 임하는 곡예와도 같고, 과잉과 결핍 사이에 배를 띄워 저어 가는 '전우주멀리울기 대회'나 '데데킨트의 절단'과도 같다. 앙앙앙앙. 이 시들은 담벼락 위의 수많은 포스터, 책 제목, 광고 문구, 신문 쪼가리, 정치 선전물, 시대의 구호, 영화 제목이나 영화배우의 이름, 역사적 인물이나 크고 작은 사건, 무용수나 연예인, 수학이나 철학적 개념, 명문이나 오문, 시구절, 연극 대사, 자막 등에서 착수한다. 어떤 시는 여기서 활력을 얻고, 어떤 시는 이접하며, 어떤 낱말은 솟구치고, 어떤 문장은 '기절'한다. 첫 시집을 발간하는 시인들에게 (전달될 리 없겠지만) 곧 시집을 낼 이 시인들에게 박수를 보낸다. 해설을 쓸 때 그토록 몸서리치며 혼자 불렀던 이름들, 그들을 응원한다.

2020. 4. 6.
　청중: 연극을 하려면 어떻게 해야 하나요?
　베르나르 마리 콜테스(Bernard-Marie Koltès): 하루 한 편씩 시를 읽어야 합니다….

> 까닭 모르게
> 머릿속 저 깊은 데 절벽이 있어
> 날마다 흙더미가 무너져 내리는 듯
> (何がなしに
> 　頭なかに崖ありて
> 　日毎に土のくづるるごとし)
> 　　　　　　　—이시카와 다쿠보쿠(石川啄木), 「한 줌의 모래(一握の砂)」

흡사 지금의 마음이 이럴까? 붙들린 어느 한순간은, 붙들린 저 말의 소산이다. 어느 시기에나 모습을 드러내려 한, 그러했던 저 '한 줌'이라는 '마음'이 이렇게 백지 위에서 피어오른다. '한 줌'의 저 한 자 "一握"이, 오늘, 참으로, 명징하게 다가오고, '한 줌'의 저 라틴어 'minim'이, 오늘, 참으로, 차갑게 느껴진다. 문자가 머금고 있는 힘은 그 무슨 사고의 잠재력 따위가 아니다. 그것은 차라리 그 어떤 수단을 써서 표현할 수 없는 것을 표현하려는 순간의 고안이다. 시는 역사 속에서 이러한 권리를 확보하기 위해 얼마나 오랜 기간을 자기와 싸워 왔던 것일까?

에스트라공: 피곤하네. (사이) 우리 어서 가자.
블라디미르: 그럴 수가 없잖아.
에스트라공: 왜?
블라디미르: 고도를 기다리고 있잖아.
에스트라공: 그렇지. (사이) 그럼 어떻게 한다?
블라디미르: 할 일이 아무것도 없다.

2020. 4. 18.

아! 소심하고 광기만 부리면서 혼자 몇 잔의 술을 마시고 있는 건지, 우울이 살갗에 우중충한 하늘빛처럼 번져 도무지 닦아 낼 수가 없다. 장세니스트의 낡은 일기장을 넘기면서 '고도(Godot)'나 기다리며 하루 종일 마음에 내린 빗물을 씻어 내고 있을 바에야, 차라리 죽이고, 죽이고, 죽이는, 죽여도, 죽여도, 도무지 끝날 줄을 모르는 지루한 영화 한 편 틀어 놓고 '도대체 어디에 있는 거니?' 이런 말이나 중얼거리는 게 낫겠다 싶다. 너의 영혼은 카피하지 않고는 도저히 견딜 수가 없고, 너의 짧았던 외침은 최소한의 경멸을 표출하지 않음으로 인해서 흘러넘치는, 넘치고 또 넘쳐 결국에는 스며들고 마는 존경심을 도무지 감출 방법이 없구나!

2020. 4. 19.

시집 해설을 쓰다가, 혹시 시인의 삶일 수도 있다는 생각이 들면, 그 이후부터 글은 급격히 어려워진다. 적극적으로 파고들어 뭐든 더 쓰게 되는 경우와 좀처럼 그렇게 하지 못하고 내내 입을 다물고 마는 경우로 나뉜다. 글의 방향이 각각 다른 이 양자. 이 중 하나를 선택하게 되는 동기는 무엇일까? 물론 여러 기준이 있으리라…. 언젠가 자전과 시, 전기라는 것과 글쓰기, '오토 픽션'을 주제로 글을 써 볼 것이다! 할 수도 있었으나 너무 힘들어서 차마 하지 못한 말, 결국에는 다 하고 말리라.

2020. 4. 20.

나의 비평은 죄다 들켜 버린 것 같다. 어떤 시인은 간혹 나에게 자기 시를 들켰다는 표현을 쓰곤 했다. 그 표현은 내 비평의 성격을 말해 주는 것이기도 해서, 그다지 좋지도 또 싫지도 않았으나, 분명 어떤 곤혹감을 내게 풀어놓았던 것 같다. 그런데 이번에는 내가 어떤 시인에게 내 비평을 들켰다는 표현을 쓰게 된다. 그는 내 글의 색깔이 달라졌다고 말한다. 아침부터 마음이 조금씩, 조금씩, 흔들린다. 꼼짝없이 시집을 다시 읽고 있다. 글을 쓰던 당시의 나는 대체 무엇이었나, 또 무엇을 보았나, 아니 무엇에 사로잡혔었나, 도대체 무엇을 두려워했던가.

2020. 4. 21.

혈액형? Robert Lepage! 동영상 중간 끊김, 다시 연결, 다시 중간 끊김, '혹시 면(麵)을 좋아하시나요?' 그렇다면? 내내 차가운 날씨, 간혹 비, 그리고 꽃잎 꽃잎 꽃잎…. 청명한 하늘, 늦은 밤, 이상하게 청명한 기운! 자동차 기계 부품과 숱한 차종들…. 빵빵빵. 먹지 않아도 배가 부른 건 내장 비만 때문임! 토마토처럼 붉어지는 마음. Verlaine의 청승 떠는 시처럼. 일상의 표면에 살짝 난 틈 같은 것, 어! 그 사이를 엿보면 곤란합니다. 얼굴이 모조리 일그러지는 웃음 같은 것, 치아가 다 드러납니다! 다시 꽃잎 꽃잎 꽃잎.

우중충한 하늘, 꼭 뭔가 일어날 것만 같은 하늘, 태풍이 서서히 싹을 틔우는 시간을 잔뜩 머금고 있는 하늘, 비는 내리지 않고 심술만 부리는구나! 비라도 오면 좋을 텐데, 비라도 내리면 홀홀 쇠스랑으로 칭칭 감기듯 거리를 돌아다닐 텐데, 비의 손길이 간절한 밤, 닫았던 술병을 열고 잔에 얼음을 채운다. 낮부터 시작된 우울에는 주인이 없네…. 딸꾹거리는 시간들, 너무 많은 것을 잊고 사는 시간이 한없이 야속하다. 밀린 일들이 너무 많다. 나는 녹슨 기계처럼 삐걱거리다가 주저앉아 바닥에 동그라미를 그리고 있다.

2020. 4. 22.

누가 봄날을 함부로 이야기하는가! 어둡고 춥고 난방은 해 주지 않고(학교 본부에 온도계를 보내 주어야겠다, 아주 큰 걸로. 아니다. 중앙광장 앞에 커다란 온도계를 동상으로 만들어 세워 놓아야지!) 그런데 '봄날'은 가령, 아일이 부른 BTS의 노래에 있거나, 아직 오지 않은 시제 속에서만 있다. 거리는 스산하고 하늘은 계시록에 나올 것 같은 풍광이 자욱하여, 마치 빵빠라밤— 울리며 천사들이 내려와, 요즘 너무 심심하고 쓸쓸하고 힘들고 그렇죠? 이러면서 아일이 부른 BTS의 노래 봄날을 불러 주면 정말 좋겠네에, 정말 좋겠네. 춤추고 노래하는 예쁜⋯ 내⋯ 글자에는 왜 감정이 박히지 않는가? 아래 가사 위에 아일이 부른 노래, 분명, 아일이라고 나는 말했으므로, 아일이 「슈퍼밴드」에서 부른 그 노래를 찾아서 은박을 새기듯 입혀 보고 싶다. 문자, 글자, 언어가 결국에는 지고야 마는 것들, 질 수밖에 없는 것들, 꽃잎이 떨어지듯, 결국 지고 마는 것들을 생각한다. 초현실 앞에서 패배하는 문자와 음악 앞에서 감정을 상실한 문자의 저 항복에는, 이상한 비장함이 새겨져 있다. (그런데, 이 노래는 너무 좋다. 그래서 너무하다.)

2020. 4. 29.
　글 한 꼭지를 끝냈다. 짧은 글이 더 어렵다. 제목을 고심하고 있다. 번역 해제를 넘기지 않은 채 두 달이 지나갔다. 나는 게으른 것이다. 나는 몹시 게으르다. 게오르그가 생각난다. 나는 게으르구나. 게오르그 조!

　코로나 이후, 자기 섬에서 둥둥 떠 있는 것 같은 환각을 본다. 동영상 강의를 밀린 숙제처럼 하면서 틈틈이 책을 읽고 있다. 대부분 시집이다. 시집, 참 많이 나온다. 특히 올해는 첫 시집이 많다. 2020년은 첫 시집의 해로 기억될 것 같다. 데자뷔 현상! 2000년도, 2000년대도 내내 그랬다.

　투고한 비평집. 출판사의 출간 결정 소식을 어제 들었다. 조건은 원고를 좀 덜어 내야 한다는 것, 이번부터 판형을 크게 바꾸기로 했는데 그래도 600쪽을 훌쩍 넘긴다며 500쪽 이내였으면 좋겠다고 말한다. 이번 비평집의 제목은 '시집'이다. 한두 꼭지를 제외하고 시 해설만 스무 편 가량 담았다. 원고가 많이 밀려 있어 내년 상반기 출간 예정이라고 일정을 알려 주며 덧붙이는 말: '그사이 원고 쓰시더라도 추가하지 말아 주세요.' 이 편집자는 나를 다 아는 것 같다. 내 속을 훤히 뚫어 보고는 내가 하지 말아야 할 목록을 적어 나가듯 앞과 뒤를 모두 틀어막았다. 이것 참! 그간 내 책을 세 권이나 만들어 주었던 고마운 사람!!!

2020. 4. 30. ①

하나의 문장으로, 끊이지 않는 단 하나의 문장으로 50쪽가량 글을 써 보고 싶다는 생각을 처음 해 본 것은 아마 조르주 페렉의 저 다기한 소설들을 읽기 훨씬 이전에 품었던 욕망은 아니었던가 한다. 기억을 더듬어 보면 1980년대 중후반, 그러니까 고등학생 시절, 자율학습 시간에 교과서 사이에 끼워 놓고 몰래 읽었던 다양한 소설들, 그중에 최명익의 「비 오는 길」, 그러니까 심리 묘사를 이상한 만연체와 혼종 대화체로 섞어 전개한, 가령,

그렇다고 '돈을 아껴서 책까지 안 산다면 내 생활은 무엇이 됩니까? 지금 나에게는 도서관에 갈 시간도 없지 않소? 그러면 그렇게 책은 읽어서 무엇 하느냐고 묻겠지만 나 역시 무슨 목적이 있어서 보는 것은 아닙니다.' 하고서는 '어떻게 살아야 후회 없는 일생을 살 수 있는가? 하는, 즉 사람에게는 사람이란 무엇인가? 하는 의문이 있다는 것을 알고 나도 그것을 알아보려고 한 적도 있었지만 지금은 고학도 할 수 없이 된 병약한 몸과 2년래로 주인에게 모욕을 받고 있는 나의 인격의 울분한 반항이 하자면 모두 자기네 일에 분망한 세상에서 나도 내 생활

을 위하여 몰두하는 시간을 가져 보겠다는 것이 나의 독서요.' 하고 이렇게 말한다면 말하는 자기의 음성이 떨릴 것이요.

와 같은 문장을 읽으면서였거나, 김승옥의 정말로 기이한 수동적·피동적·사변적 만연체, 그러니까 어떤 국문학자가 '나쁜 번역 투'의 예로 삼아 나를 놀라게 했던, 어찌 되었건 매우 독특한 문장, 다시 말해, 소설 중 특히 유머가 뛰어난 「다산성」에서 하나만 꼽아 보면, 가령,

숙이를 불러낸 것이 장난이라면, 천사의 후예라고 좀 엄살을 부리자. 겨우 그 여자를 거의 있는 그대로 표현한 듯하던 느낌도 장난이어야 했고, 택시를 잡아타고 거기까지 달려오던 것도 장난이어야 했고, 그리고 다방 문 앞에 연극 속에서 우두커니 서 있는 것도 장난이어야 했다. 아무것도 장난이 아니었는데 우두커니 서 있는 동안 놀랍게도 그 모든 것이 장난처럼 생각되어 버렸다. 장난이 아닌 것으로서 유일한 것은, 만일 그 여자가 지금 저 속에 앉아 있는데도 불구하고 여기서 내가 그냥 돌아서 버린다면, 혹시 그 여자가 차를 마셨을 경우 그런데 나를 믿고 돈을 가져오지 않았을 경우에 그 여자가 당할 봉변이었다. 얼마든지 가능할 수 있는 그런 사태, 오로지 그것 때문에 나는 다방 문을 밀고 안으로 들어섰다. 다방 안쪽의 어두운 구석까지 가 보았지만 그 여자는 나와 있지 않았다. '그럴 리는 없지만 혹' 하는 생각으로 다방 입구에 마련되어 있는 심장 모양의 메모판을 훑어보았다. 나를 위한 쪽지는 없었다. 그러자 나는 장난은 이미 끝나 버렸고, 그런데 그 장난은 내가 아직 장난이라고 생각하기도 전에 벌써 장난이라는 모습을 해 버렸다는 것을 깨달았다.

와 같은 문장을 읽으면서였던 것으로 추정되기는 하나, 한 문장으로 글을 써 보고 싶다는 생각을 처음 해 본 것은, 이보다는 오히려 대학에서 읽었던 플로베르와 카뮈의 소설, 아니 조금 더 정확히 말하자면(정확함을 보장할 수는 없겠지만), 프루스트의 책을 원서로 구입하고, 그의 긴 작품 『잃어버린 시간을 찾아서』 중 고작 제1권 『스완의 집 쪽으로』의 프랑스어 원본을 읽다가 서서히 필사하고 또 읽기를 반복하다가, 뭐 이런 '패러노이아크'가 다 있나 하면서도, 만년필의 잉크가 다 닳을 때까지, 우두커니 창문이 커다랗게 나 있던 도서관의 어느 자리에 앉아 종일 그 짓을 하다가, 짓무른 엄지손가락을 호호 불고, 손가락 사이로 번져 난 잉크 자국 같은 것을 가방에서 휴지를 꺼내 대강 쓱쓱 닦아 내고, 집에 와서는, 비누로 세게 문질러, 피부가 갖고 있던 원래의 색깔, 그러나 어떤 색깔이었는지는 정확히 기억하고 있지 않을 뿐만 아니라 기억 자체가 갖는 근본적인 모호성 때문에, '정확히'를 보장할 수 없는, 그러나 한편으로 따져 보면 원래의 색깔이라는 것조차 무엇을 말하는지 알 수 없는, 그런 색깔, 흔히 어떤 시대에 '살색'이라고 부르곤 했던 그 색깔, 그러나 지금은 좀처럼 그렇게 말하지 않거니와 '피부색'이라는, 다소 중성적 표현인, 이 중성성에 의탁해서 '살색'이 하나가 아님을, 그것이 야기할 수 있는 차별이나 고정관념을 비판하여 부르는, 그렇게 얻게 된 신체를 지칭하는 새로운 명칭, 그러나 일면, 색채 형용사를 사용하지 않고 색채를 표현하는, 바로 이 '피부색'을 내가 다시 회복할 때까지, 비누로 문지르곤 했던, 그 과정에서 이와 같은 부류의 불편함과 기이함을 나에게 동시에 주었던, 한편으로는 책을 읽으면서 그랬고, 다른 한편으로는 책을 읽고 난 이후에 또 그와 같은 상태에 진입하게 되었다는 사실을 비로소 깨닫게 되는, 또한 바로 그 즈음에 내가 이 소설 속의 기억에서 이렇게 살고 있구나, 그것은 뭐 그러니까 어떤 기억의 지속과 층위의 문제일 수도 있겠구나, 이런 생각을 품게 해 주었던, 프루스트의 바로 그 작품을 읽은 다음이었다는 사실이 제법 자명해졌다.

2020. 4. 30. ②

나는 왜 자꾸 입을 다물려고 하는 것일까? 서체의 아름다움 같은 것을 느끼지 못하거나 해독하지 못하는 능력에서 오는 낯선 불편함은 또 무엇인가? 칼리그래피는 형상(figure)이지만, 그렇게 이미지이지만, 이미지는 사실 심상(心象)이다. 그래서 무언가를 드러내고 표상함으로써 어딘가로 향하거나, 무엇인가를 발생시킨다는 믿음을 허공에 뿌린다는 사실을 한편 사실로 받아들인다. 그렇다 해도 상형시는 사실, 글자다. 그래서, 그렇기에 시의 반열에 오른다. 세상 만고의 이미지 이론가들의 주의·주장과 통념에 비추어 다소 이상하다고 할 수 있는, 그러나 한편으로 영영 벗어 버릴 수 없는, 따라서 내가 봐도 다소 기이한 나의 이 문자주의적, 발화주의적 사고는 어디서 온 것일까? 생각해 보면, 결국, 그 끝에는 언어에 대한 사고가 자리한다.

한편 언어도, 이미지도, 근본적으로, 극명하게, 치명적으로, 극단적으로 '역사적'이다. 어느 시절의 말과 이미지는 어느 시절에는 그렇지 않았으며, 이 어느 시절의 역사성이 말과 이미지의 성질을 가늠한다. 붉은색은 붉은색이 아니며, 파란색은 파란색이 아니다. 행복은 행복이 아니며, 불행은 그 불행이 아니다. 붉은색과 행복은 변화의 요로에 놓여 있는 붉은색과 행복이며, 오로지 끊임없이 생성 중인 상태에서만 표상이건 의미건, 붙잡고 다시 움직임, 운동, 조직

속에서, 그러니까 형이상이 아니라 경험적·역사적인 맥락에 의해, 값이 결정되고 또 빠져나가는 무엇일 뿐이다.

2020. 5. 4.

오늘을 '실수의 날', '부랴부랴-DAY', 혹은 '불행은 한꺼번에 온다-날'로 제정한다.

-오늘 오전 강의, 업로드하는 걸 까먹었다. 강의 시작 후 3분 정도 지나 이 사실을 알게 되어 **부랴부랴** 자료를 올리고 **부랴부랴** 10분 정도 늦게 시작하는 공지 메일을 보냈다.

-20분 정도 지나자 '오늘 강의 없냐'는 문자 및 메일이 왔다. 살펴보니 5월 11일 날짜로 올렸다는 사실을 알게 되어 멘붕이 오기 시작했다. **부랴부랴** 5월 4일로 바꾸어 업로드하고 **부랴부랴** 단체 메일을 또 보내어 사실을 알리고 학생들에게 사과했다. 동영상, 내일까지 듣고 만약 출석 문제가 발생하면 연락 달라는 메시지를 **부랴부랴** 보냈다.

-오후가 되었다. 정신이 없어서 그런지 밥맛도 없고, 날도 덥고 그래서 조금 힘도 빠지고 또 그래서 점심을 생략할까 고민하다가 더 늦어지기 전에 **부랴부랴** 식사를 하러 갔다. 단골집에 가서 식사하고 나오면서 계산을 하려고 보니 카드가 없었다. 머릿속이 텅 빈 것 같았다. 그럼 내 카드는 어디에 있는 거지? 이러다, 생각해 보니 어제 무언가를 계산한다고 집에 놓고 왔다. 카드를 가지고 오지 않았다, 어쩌고저쩌고 안절부절못하다가, **부랴부랴** 주머니를 뒤져 보니 꼬깃꼬깃한 만 원짜리 지폐가 두 장 나왔다. 옷을 갈아입고 왔는데 청바지 뒷주머니에 있었다. **부랴부랴** 계산하고 나와서 연구실로 돌아왔다.

-다시는 이런 실수를 반복하지 말자고 다짐하면서, 강의 자료를 검토하다 보니, 5월 11일 자료 중 하나가 빠졌다. 3주간 강의 자료 5개를 모두 보냈다고 생각했는데, 하나를 깜박했다. 전체 메일로 **부랴부랴** 자료를 보냈다.

-앗! 지금 생각해 보니, 오늘 비교문학 대학원 예비 심사일이다. 내가 지도교수를 맡고 있는 학생의 발표는 없지만, 주임인 관계로, 잠시 들렀어야 하는 게 맞는데…. 14시까지 예정인데, 지금은 2시 20분…. **부랴부랴**…. 아, 늦었구나, 아아…. 절망스럽다. 헛, 살았어, 헛살았구나!

-오늘이 아직 가지 않았네…. 또 무슨 실수를 하려고!!!

2020. 5. 7.

오후 내내 번역 과제물을 살펴보았다. 구글이나 파파고를 이용한 자동번역 결과물을 토대로 교정해서 제출한 번역이 제법 발견된다. 자동번역은 현실이 되었는가? 도움을 받을 수 있겠지만 여기서 끝나면 작품이 되지 않는다. 소설을 소설로, 시를 시로, 그러니까 작품을 작품으로 번역하는 것, 이번 학기 강의는 내내 이와 관련된 이야기를 하고 있으며, 계속 하게 될 것 같다. 동영상 강의를 만들고 또 만들고 있다. 그러다 보니 화면을 찢고서 얼굴을 불쑥 내밀고 하나하나 텍스트를 함께 살펴보고 싶은 순간이 점점 늘어난다. 이번 학기는 내내 이렇게 지나갈 것 같다. 조금 우울하고, 조금 피곤하다. 과제물이 하나씩 하나씩 폴더에 쌓여 간다.

2020. 5. 13.

오늘, 하늘이 유난히 맑고, 바람이 살랑거린다. 그것은 전경, 그러니까 '작은 나무숲'으로 자주 번역되곤 하는 'bocage(s)', 즉 전경(全景)이었다. 수업 일지…. 오늘 동영상 녹음하면서 혼자 마이크를 잡고 보이지 않는 학생들 이름을 한 명씩 불러 보았다. '모두 오셨네요'라고 혼자 말하고는 혼자 좀 웃고, 마치 강의실에서 하듯 몇 마디를 덧붙였다. 내가 도대체 무슨 짓을 한 거지? 10주를 넘기니 완성된, 즉 녹화를 마친 영상이 거의 60개에 육박한다. 간혹 새벽에 마이크를 쥐고 강의를 녹화하다 보면, 혼자 귀신을 불러 앉혀 놓고, 떠들고 있는 것 같다. 마치 강의실에서 강의하는 그 시간대에 살아 있는 것처럼…. 이번 학기는 이것 외에 어떤 일도 하지 못할 것이다.

랭보의 시에서 자연의 비유는 온갖 감각들과 녹아 있지만, 시에 관한 혹은 시라는 것에 대한 열망, 새로워야 한다는, 오로지 언어에 의해, 언어 안에서 발현할 수 있는 어떤 감각의 혁신에 바쳐진 것들이었다. 그러나 그는 고귀하거나 형이상학적인 무엇을 추구하며 순수한 언어를 찾아 나선 것은 아니었다. 『지옥에서 보낸 한 철』의 「착란 2—언어의 연금술」(황현산 번역)은 이렇게 시작한다:

내 차례. 나의 여러 광기 가운데 하나에 관한 이야기.
오래전부터, 나는 가능한 모든 풍경을 소유했다고 자부해 왔으며, 현대 회화와 현대시의 명성을 가소로운 것으로 여겼다.
나는 유치한 그림들, 가령 문 위의 장식, 무대의 배경, 곡마단의 천막, 간판, 대중적 채색 삽화를 좋아했다: 한물간 문학, 가령 교회의 라틴어, 글자 없는 외설서, 우리 조상들의 소설, 요정 이야기들, 어린 시절의 작은 책, 오래된 오페라, 바보 같은 후렴구, 소박한 노래를 좋아했다.

나는 십자군을, 아직 기록되지 않은 탐험 여행을, 역사 없는 공화국을, 짓눌려 버린 종교 전쟁을, 풍속의 혁신을, 민족과 대륙의 이동을 꿈꾸었다: 나는 모든 매혹적인 것을 믿었다.

나는 모음들의 색깔을 발명했다! — 검은 A, 하얀 E, 붉은 I, 푸른 O, 녹색 U. — 나는 매 자음마다 그 형태와 운동을 규정하기도 하였고, 본능적인 리듬으로, 어느 날이나 또 다른 날, 모든 감각에 다다를 수 있는 시적 언어를 발명하리라 자부하기도 했다. 나는 번역을 보류해 두었다.

이것은 우선은 연습이었다. 나는 침묵을, 밤들을 썼다, 나는 표현할 수 없는 것을 적어 두었다, 나는 현기증을 붙들어 놓았다.

"언어의 연금술"이라는 제목을 달고 있는 시 「착란(Délires)」의 두 번째 부분은 랭보의 시적 역사를 이야기한다. 지옥의 계절을 살아가는 동안 랭보 자신이 실천한 시 쓰기의 결과에 대한 냉혹한 비평이다. 고유의 모호한 말투, 사실들에 관한 다소 급박하고도 과격한 문장에도 불구하고, 작품의 의미를 이해하고 랭보의 사유에 더욱 깊숙이 접근한다. "표현할 수 없는 것"과 "현기증"을 붙들어 놓는 일, 언어에 형식과 운동을 부여하는 일, "본능적인 리듬"으로, "모든 감각에 다다를 수 있는 시적 언어를 발명"하는 일을 랭보는 온갖 일상적인 것들에서 길어 왔다고 말한다. 랭보가 "전적으로 현대적이어야한다(Il faut être absolument moderne)"라고 말한 것은 바로 이와 같은 맥락에서였다. 시를 비평하는 시, 시 자체의 추구 과정에 대해 적고 있는 시, 시가 스스로 시를 향하는 비평의 언어, 시를 대상(화)에서 다시 거두어들인 시, 시-비평, 비평-시는 말라르메 이전에 십대 후반의 랭보가 시도했던 것이었다.

2020. 5. 20.

비현실적인 풍경, 맞다. 세잔이 보았다면 이차원 화폭을 왜곡하는 퍼즐처럼 이 광경을 그려 보려고 난리를 쳤을지도 모른다. 대상 각각이 너무나도 입체적이어서, 마치 서로가 자신의 존재, 그러니까 그 '있음(Dasein)'을 경쟁하기라도 하는 듯, 꼼짝하지 않고 스스로를 뽐내고 있다. 완벽한 착시의 원리, 시각이 기본적으로 왜곡이라는 굴절과 그 작동 속에 놓인다는 사실이 이렇게 쉽게 드러난다. 이 눈부신 풍경에 관해서라면 원근을 이야기할 필요조차 없어 보인다. '생기'라는 낱말이 이렇게 비대칭으로, 서로 그물을 짜기 시작하면, 무생물은 그 관계만으로도 구성의 산물로 거듭난다. 저 아래 누워, 팔베개를 하고서 낮잠을 청하기에는 바람이 차고 공기가 제법 쌀쌀하다. 그러거나 말거나, 벤치에 앉아 느릿느릿 움직이는 행인들을 보며 시간을 보내는 게 도대체 얼마만의 일이던가. 시선의 중립성을 유지하려는 하릴없는 노력, 아니다, 이 경우, 차라리 시선을 고의로 '방기(放棄)한다'는 표현이 옳다. 눈의 조리개에 주권을 뺏고 나니, 스냅사진 같은 장면들이 이어진다.

2020. 5. 28.

말들의 갑작스럽고도 우연한 결합은 종종 아름다움을 낳는다. 아름다움은 낱말 자체가 아니라 낱말들의 화학작용에서 빚어지는 기묘한 충격과 여기서 발생하는 기이한 체험에서 비롯되는 것으로, 깊이 있는 말을 발견하는 데 달린 것이 아니라, 쓰고 있던 말들의 사용법을 바꾸는 데에서 자주 결정된다. 말들의 이런 멋진 결합이 넘쳐흐르는 시집을 발견할 때마다 필사의 허기에 시달리곤 했다. 초현실주의 시인들도 그랬으나, 그들 중에는 아주 어린 나이, 그러니까 십대 후반의 랭보, 혹은 이십대 초반의 로트레아몽도 있었다. 최근에 해설을 쓴 두 시인, 첫 시집이었던 이들의 언어 역시 그랬고, 작년 하반기에 해설을 쓴 시인의 첫 시집도 그러했다. 아마 나는 이 시인들의 언어, 그러니까 팔레트 위의 물감처럼 말들을 펼쳐 놓고 기묘하게 조합하여 완성해 나가는, 문을 열고 들어가면 다른 문이 열리는 것 같은 미로, 이상한 이 재료들이 어우러져 열리는 세계가 좋았던 모양이다. 첫 시집 해설은 테이블 위에 엎어져 있는 카드를 보고 배팅을 하면서 한 장 한 장 카드를 열어 보는 '홀덤'과 비슷한 면이 있다. 최근 쏟아져 나온 첫 시집에 관해 글을 써야겠다.

2020. 6. 1.

팝콘이 하늘 위에 두둥실 떠다니네. 비현실적인 건 하늘이나 지금이나 마찬가지···. 어서 두 다리를 땅 위에 붙이고, 지상의 일인으로 거듭나고 싶다. 까다로운 구문을, 말라빠진 시간을, 스쳐 지나가 눈에 쟁여 두었던 한밤의 생각을, 낮에 난입한 일을, 어제의 번잡한 취기를 애써 기억하지 말라! 수증기처럼 피어올라, 살며시 어디로든 탈출하라! 자아의 입속으로 들어가 컴컴한 연기를 들이마시라!

2020. 6. 2.

오늘은 **너무나도**-DAY인가?:

짧은 글 하나 쓰는 데 **너무나도** 오래 걸린다. 원고지 10-15매 분량의 **너무나도** 작은 글, 그러니까 애초 요청은 A4용지 1매나 1.5매가량이었던 글, 주제는 물론 **너무나도** 포괄적이어서 오히려 **너무나도** 어려운 글이었다. '세계문학 작품을 읽어야 하는 이유'라는 제목을 **너무나도** 호기롭게 정했으나, 이 분량에 맞추어 이 주제의 글을 쓰기에는 **너무나도** 많은 이야기, 번역에 관한 **너무나도** 잡다한 이야기, 세계 문학이라는 개념 자체에 관한 **너무나도** 다양한 사유 등등이 나를 **너무나도** 장황한 구상의 한복판으로 밀어 넣어 버렸다. **너무나도** 정신이 없는 와중에 함량에 **너무나도** 못 미치는 글을 **너무나도** 긴 시간을 들여 썼다. 하루가 **너무나도** 터무니없다는 느낌은, 마치 방금 송부한 **너무나도** 짧은 글이 내게 부여한 **너무나도** 황당한 느낌과 마치 등가를 이루는 듯하다. 이런 글을 왜 수락했는가? 그러고 보니 조금 전 어떤 EBS 기자로부터 **너무나도** 이해할 수 없는 요청을 받았다. 몇 번의 경험을 통해 나도 이제 **너무나도** 잘 안다. 대강 이름을 검색해서 다짜고짜 **너무나도** 급한 요청이라고 말하는 기자들이 있으며, 이들 중 상당수, 도와주고 나면, 정말로 언제 보았냐는 듯, 그렇게 **너무나도** 예상 밖인 반응을 보인다는 사실을 말이다. 일전에는 티브이 방송에 출연해 달라는 전화를 받았는데 수락하지 않았더니 그럼 자문을 해 달라고 해서, 자료를 모아 주고 설명을 상세히 해 준 적이 있는데, 출처 및 자문을 방송에 내보내겠다, 자문료를 지급하겠다, 등등의 말을 **너무나도** 자주 했으나 **너무나도** 당연한 듯 이 구두 약속을 지키지 않았으며, 실제로 방송을 했는지조차 알려 주지 않았다. 암튼 이제는 이런 원고는 절대 쓰지 않기로 한다. 사실, 요즘은 원고 쓰기가 **너무나도** 겁난다. 그래서인지 **너무나도** 자주, **너무나도** 빈번히, 원고를 취소하거나 요청이 들어와도 거절을 한다. 그래서인지 **너무나도** 예상 밖으로, 나는, 다소, 조금, **너무나도** 우울한 것 같다. 그랬다. 이런 말을 했더니, 지인이 하는 말, "아니 얼마나 됐다고, 얼어 죽을 우울은 …. 원고 안 쓴 지 고작 한 달 정도 넘겼을 뿐이잖아?" 이 사람, 좋아하는 시인, 암튼 이 사람, 이분, **너무나도** 옳은 소리, 반박할 수 없는 말이지만, 이분-시인-사람이 **너무나도** 나쁘다, 고 나는 생각한다.

2020. 6. 9.

이탈리아 학생이 한국 소설을 주제로 한국어로 작성한 석사 학위 심사 논문을 읽고 있다. 새삼 느끼게 되는 한국어 구사의 어려움…. 고쳐야 할 문장이 너무 많다. 그런데 참 열심히 썼다. 이 학생에게 도움이 되기를 바라며 하나하나 지적을 한다. 남은 시간, 한국어 교정하는 과정에서 실력이 늘 것이다. 유학 시절이 떠오른다. 내 부족한 프랑스어를 하나하나 지적해 주시고 격려를 해 주신 선생님들…. Robert Burac, Henri Meschonnic, Gérard Dessons.

어제부터 지금까지 외국 학생이 한국어로 집필한 논문을 읽으며 계속 메모하고 있다. 이 이탈리아 학생은 놀랍게도 ○○○ 소설가의 작품을 '전부' 읽은 것 같다. 석사 학위논문에서 한두 작품을 선택하는 손쉬운 길을 학생은 택하지 않았다. 문장도 내용도 괜찮아 보인다. 실수는 이상한 곳에서 발생한다. 조사(助詞)를 어찌해야 하는가? 가만 생각해 보니, 이 학생이 한국어 문법책을 읽고 아무리 열심히 공부했다고 하더라도, 조사의 문제는 정말 어렵겠다는 생각이 든다. 가령 이런 문장들이다.

"2PAC은 유경은 수의사를 되고자 다니는 대학교 동기다." = 2PAC은 유경이 수의사가 되고자 다니는 대학교 동기다.

"그들은 망가진 가족은 그들에 어깨에 짊어진 억압적인 그림자로부터 해방되기를 꿈을 꾸고 있다." = 그들 망가진 가족은 그들의 어깨에 짊어진 억압적인 그림자로부터 해방되기를 꿈꾸고 있다.

"그리고 노아가 주는 립스틱을 바르는 동작을 통해서 안나가 실제로 아버지가 말했던 프린세스가 되는 것이다." = 그리고 노아가 주는 립스틱을 바르는 동작을 통해서 안나는 실제로 아버지가 말했던 프린세스가 되는 것이다.

"○○○의 1990년대 초반 작품들 연구하면서, 작품이 구체적인 흐름을 읽을 수 있다." = ○○○의 1990년대 초반 작품들 연구를 통해 작품의 구체적인 흐름을 읽을 수 있다.

누군가 교정을 해 주었으면 좋았을 것이라는 생각이 든다. 프랑스어로 논문을 쓸 당시를 잠시 떠올려 본다. 리포트건, 발표건, 원고건, 선생에게 제출하기 전에 나는 친구들에게 교정을 받았다. 프랑스어 집필 경험이 쌓여도, 결국 나의 프랑스어 논문은 교정을 받아야만 했으며, 지금도 외국 저널에 외국어로 글을 실을 때는 시몽 선생의 도움을 받는다. 외국인 학생들이 한국어로 쓴 논문을 교정해 주는 제도가 대학에 있으면 좋겠다.

2020. 6. 11.

이토록 모호한 각도에서…. 즉 누워서, 시집을 다시 읽으니, 처음 읽었을 때 보이지 않았던 어떤 삶이 파편처럼 눈앞으로 튀어나온다. 나는 살짝살짝 졸면서 그 삶을 꿈으로 끌고 가서 내내 이상한 물음을 던지거나 물음을 당하고(?) 있다. 분명 오후가 저물고 있는데 '어흐덩덩-베르디-쩍새'가 종이를 찢고 나오는 소리만 들린다. 비가 온다던 일기예보는 역시 믿을 수 없다. 두꺼비 두 마리를 기상청에 보내는 게 나을 것 같다. 비 예보가 잘못된 날에는 유난히 짜증이 난다.

2020. 6. 14.

'리듬'은 번역어다. 20세기 초 영어 'rhythm'이나 프랑스어 'rythme'의 번역어로 국내에 소개되었을 것이다. 영문학자 김기림이나 김억, 정인섭 이전에 누가, 어느 글에서, 최초로 리듬이라는 용어와 개념을 조선에 소개했는가? 어느 분이시든, 알려 주시면 꼭 후사(?) 하겠습니다.

2020. 6. 16.

『나는 예수입니다—도올의 예수전』을 읽은 주말…. 인상적이다. 김용옥의 책은 1990년 『여자란 무엇인가』 이후 처음이다. 제목과는 다소 상관없이, 나에게는 기억해 둘 만한 '언어학' 책이었는데, '시니피앙'과 '시니피에'의 관계가 자의적(恣意的)이라는 사실 하나로 절반을 채웠다. 이 책 말고는 『신동아』에 연재했던 '기철학(氣哲學)이란 무엇인가'도 읽었던 기억이 난다. 데카르트 형님이 어쩌고, 칸트 형님이 저쩌고 하면서, 일원론을 주장했던, 입담도 내용도, 흥미로운 글이었던 걸로 기억한다. '그리스도'가 아닌 인간 예수의 실천과 말, 역사적 사실들을 예수 자신의 '입'을 빌려서 기술한다. 꾸밈과 사변이 적은 구어식 기술도 그렇지만 주제가 흥미진진하여 단숨에 읽었다. 예수는 무엇보다도 의사(치료사-주술사)와 가깝고, 철학적 면모를 갖춘 강담술적 교주와도 다소 닮았으며, 고행자, 수사가(문답술에서는 가히 소크라테스와 견줄 만하다), 해방 운동가, 무엇보다도 선지자(즉 '앎'을 선취한 자), 핍박받는 자였던 것 같다. 벽장 속에서 썩고 있는 동양 고전을 꺼내 대중들의 눈앞에서 펼쳐 내었듯, 이 책도 교회에서 예수를 꺼내어 사람들 앞으로 데려다 놓는다. 밑줄 그은 부분이 많은 책 …. 주말이 후다닥 저무는구나.

2020. 7. 2. – 12. 31.

2020. 7. 2.

오래전부터 생각했던 것인데, 이 세상에는 어쩌면 비극적인 (tragique) 삶과 비참한(misère) 삶, 이렇게 두 가지 종류의 삶만이 존재하는 것 같다. 이 양자를 어렵게 이어, 시간이라는 줄을 매달고 그 위를, 길고 무거운 균형대 하나를 들고 아슬아슬하게 한 걸음 또 한 걸음, 밟아 나가고 있는 숱한 외줄 타기 곡예사들의 얼굴은 누구나의 자화상이다. 그 얼굴 위를 일그러진 긴장과 낭패를 본 곤혹이 뚜벅뚜벅 걸어 다닌다. 조금이라도 줄이 느슨해지면 끝장이라도 난다는 듯, 혹은 그 위에서 옅은 미소를 띠거나 잠시 주위를 둘러보거나, 혹은 지친 어깨를 내려놓거나 하면, 균형대를 손에서 아예 놓쳐 버리기라도 한다는 듯, 그러면 그것으로 영영, 끝이라는 생각이, 다시는 외줄 위를 오를 수도 없을 것이라는 공포와 함께 삶에 비극과 비참의 형상을 입힌다. 지나치게 구체적이고 또한 명료하게 추상적이어서 다소 힘겨운 오후가 시작되었다. 그러나 아픈 사람들, 아프지 않았으면 좋겠다. 그러나 서글픈 사람들, 서글퍼하지 않았으면 좋겠다. 그러나 웃지 못하는 사람들, 웃을 수 있었으면 좋겠다.

2020. 7. 5.

나는 무슨 프로야구 선수인가?

동영상 강의로 진행된 1학기 내내 어깨 부상, 경추·척추 부상, 손가락 관절염, 심혈관 문제 등을 계속 치료해야 했는데, 채점을 다하고 성적 입력을 마치고 나서, 문제의 고질적 부상으로 질질 끌며 하루 이틀 미뤘던 역자 후기를 지금에서야 쓰려고 하니, 왼팔의 근육이 심하게 아파 온다. 토요일 오전 일단 한의원에 가서 치료를 받았는데, 이후에도 좀처럼 통증이 진정되지 않는다. 한의사는 두 가지

가능성을 말한다. 하나는 근육 파열이고 하나는 대상포진이다. 병원엘 가서 검사를 받아 보는 것이 좋겠다고 권고한다. 주말 내내 통증 때문에 잠을 잘 수 없어, 내내 진통제를 복용한 채, 앉은 자세로 멍하니 졸기를 반복했다. 하필 주말이다. 월요일에는 눈뜨자마자 통증의학과에 가서 검사를 받아야겠다. 제발 대상포진이 아니길, 단순한 근육 파열 정도로 그치길…. 그런데 이 통증은 좀 심하고 예상을 뛰어넘는다. 진통제를 복용해도 별반 소용이 없고 잠시 잠잠해지는가 하면 이내 다시 재발한다. 어떤 자세로도 잠을 이룰 수가 없다. 나는 시즌 내내 부상에 시달리는 끝물의 패전 처리용 좌완 투수 같다. 답답한 일요일이 지나간다.

2020. 7. 6.

연구실 책상 위에는 모처럼 아무것도 없다. 그러고 보니 시집이 너무 많다. 읽을 시집도 너무 많다. 시집 몇 권을 주섬주섬 들고 집으로 간다. 이 여름은 또 뭔가. 다시 돌아올 것이다. 그때는 어느 시인처럼 하루 20000(꼭 이렇게 쓰더라) 보(步) 걸으려, 선술집에서 목을 축이지는 않겠지만, 『총몽』의 기계 인간처럼 강철 어깨 강철 허리 강철 목이 되어, 끄떡없는 인간으로 다시 태어나리라! ㅎㅎㅎ I will be BACK!

2020. 8. 8.

모든 사람들이 놀란 표정을 짓거나 믿기지 않는다는 반응을 보였다. 대학원 세미나를 마치고 만난 학생들은 비명에 다소 가깝다고도 할 수 있는, 짤막한 감탄사 비슷한 소리를 내는 데 대부분 동참했고, 같은 자리에 있던 동료 교수들은 '설마'와 '에잇'을 말도 안 된다는 맥락 속에 주저하지 않고 집어넣었으며, 점심시간에 만난 편집자는 놀라움을 금치 못하겠는 말을 연신 반복하면서 앞으로 내가 하게 될 번역이나 평론의 실종을 예상하는 말을 거기에 보태면서 '믿을 수 없음'에 대한 단호한 의지를 표출했다. 최 모 시인은 심지어 이런 나를 다소 어이없어 했는데, 그건 며칠만 지나면 금세 들킬 거짓말을 내가 입에서 줄줄줄 뱉고 있다는 사실에 대한 자신의 견해를 확신하는 행위와 비슷한 것이기도 했다. 담배를 피우지 않은 지(나는 담배를 끊었다고 말하지 않았다!) 이제 3주가 지났다. 오늘 아침부터 저녁까지 많은 사람들을 만났다. 그 누구도 믿지 않았지만 내게 일어난 일이었다. 모두 믿지 않는 일, 아니 믿으려 하지 않는 일을 내가 한 것은 아마 내 삶에서 처음이 아닌가 한다. 사람들이 믿지 못하겠다며 나를 보며 짓는 그 표정을 내일도, 모레도, 아니 한 달 후에도 다시 보고 싶다.

2020. 8. 10.

이상한 꿈, 생생한 꿈, 더운 꿈:

파리에서 열린 학술 대회에 참석했다. 막상 가 보니 학술 대회가 아니라 단상 앞으로 나와 궁금해하는 걸 질문하면 참석한 전문가들이 알아서 대답해 주는, 다소 이상한 질의응답의 자리였다. 몇 순이 지나 단상에 올라간 나는 '오이디푸스 콤플렉스는 보편적인가?(Est-ce que le complexe d'Œdipe est universel?)'라고 질문을 했다. 그러자 이에 대한 대답으로 어떤 정신분석학자가 손을 들더니, 상세히 설명을 늘어놓기 시작했다. 그는 생물학적 조건이 어쩌고 필연성이 저쩌고 하면서 '그렇다'라고 내게 말했는데, 그의 설명을 잘 알아듣지 못한 나는 그의 말이 이어지는 내내, 왜 문화적·역사적 요소는 고려되지 않는 걸까라는 물음에 사로잡혀 있었다. 그러다가 옆에 앉은 사람과 조금 다투었는데, 그건 결국 내가 그 사람을 좋아해서, 그리고 그 사람도 나를 좋아했기 때문이었다. 우리 둘은 바로 이와 같은 오해로 서로 다투었다는 사실을 알게 되었다. 꿈은 내내 프랑스어로 진행되었고, 장면과 장면은 그간 너무나 재미있게 보았던 '스캄 프랑스(Skam France)' 시리즈와 상당 부분 겹쳐졌다. 너무나 더운 꿈이어서 그런지 내 바람과는 달리 오래 지속되지 않았고, 그만 새벽에 나는 깨고 말았다. 잠이 확 달아났다. 날이 덥지도 않은데 몸에서는 식은땀이 난다.

2020. 8. 14.

　사람들은 어쩌면 제 머릿속에 고유한 그림을 하나씩을 가지고 있다는 생각을 하게 된다. 그건 적어도, 최소한 자기의 거울에 비추어서는, 무척이나 아름다운 그림이기도 할 것이며, 이 그림을 머릿속에 간직하고 있는 한, 거기에 그려진 바에 따라 자기 삶의 순간과 순간을 수놓거나 그 걸음의 향방을 결정하듯 행동을 한다. 그런데 아무리 이 그림을 누군가에게 보여 주고 싶어도 그럴 수가 없다는 데 문제가 있다. 오로지 자기만 알고 있는 그림이기 때문이며, 조금이라도 더 아름다워질 수 있을까, 조금이라도 더 완벽할 수 있을까, 자기 자신만이 간혹 수정을 가하기도 하고 살짝 덧칠하기도 하는 그런 그림, 그래서 아주 큰 것이 되어 버린 그림, 그래서 다시 그리는 것이 불가능해져 버린 그림, 그래서 도덕이나 법, 정의 따위도 그 앞에서는 무력해지며 공소한 것이 되기도 하는 그림이기 때문이다. 그 그림은 내가 전혀 이해할 수 없는 동기를 갖고 있는 타인의 얼굴을 보여 주기도 하면서 나도 결국에는 따를 수밖에 없는 그림이 되기도 한다. 그렇다. 바로 이 그림이 사람을 선악의 피안으로 데려간다. 이 그림에 한번 빠진 사람은 어지간하면 되돌아오지 못하고 그 너머의 세계에서 계속 살게 된다.

2020. 8. 18.

지금-여기의 모든 교회를 도서관으로 바꿀 수 있으면 좋겠다.(문화 센터도 좋을 것 같고, 박물관도 좋을 것 같다.)

인류가 더 이상 존재하지 않게 되었을 때, 신은 도대체 무얼 할지 궁금해졌다. 신은 창조되지 않은(incréé) 존재다. 창조되지 않은 존재가 그러니까 세계, 아니 우주의 모든 것을 창조했다고 믿는 건 또 어떻게 가능한가?

얼마 전부터 여러분은 모두 같은 질문을 하고 있으며, 정확히 말해 하나같이 어려운 질문입니다. 다시 말해, '만약 신이 완벽하다면, 신은 왜 불완전한 무언가를 창조하는가'라는 질문입니다. 이 질문에 대답하는 것은 매우 어렵습니다. 바로 이런 이유로 저는 신이 없다고 생각하는 게 보다 간단하다는 견해를 갖고 있습니다. 이게 더 간단합니다. 간혹 우리는 신과 더불어 간단한 대답이 주어진다고 생각합니다. 왜 세계가 존재하는 것일까요? 왜냐하면 신이 세계를 창조했기 때문입니다. 이러한 대답은 겉으로 보기에만 간단하며, 우리는 보다 복잡한 문제들에 결부되기 시작하는데, 그 까닭은 이와 같은 신은 창조되지 않고, 완벽하며, 무한해야만 하기 때문입니다. 그런데 이 경우, 신은 왜 이 모든 것을 창조하면서 즐거워했던 것일까요? 사실 우리는 이러한 질문에는 대답하지 않았습니다. 우리는 이 질문에 대답했다고 믿고 있을 뿐, 이 질문에 대답하지 않았습니다. 만약 우주가 신에 의해 창조되지 않았다고 말한다면, 만약 우리가 이와 같은 가설을 세우지 않는다면, 물음은 보다 거친 방식으로, 그러나 분명, 보다 단순하고 보다 진실된 방식으로 제기될 것입니다.

—알랭 바디우, 『유한과 무한(Le fini et l'infini)』에서

2020. 8. 20.

다소 기이한 꿈, 정말 사실 같은 꿈(스포일러, 반전 있음!):

어느덧 개강을 했다. '프랑스 현대시' 수업 첫 시간, 나는 비대면 강의인데도 강의실에서 강의하는 중이다. 학생들이 많이 왔는데 강의 계획서를 출력해 오지 않았다. 그런데 이 현장 강의는 비대면 강의, 즉 온라인상에서도 진행되는 중이었다. 나는 헷갈리기 시작했다. 강의 계획서를 블랙 보드에 업로드했으니 부러 출력해서 학생들에게 나누어 주지 않아도 된다는 생각과 그래도 학생들이 지금 강의실에 있으니 당연히 나누어 줘야 한다는 생각(즉 실물 종이를 손에 쥐고 학생들에게 직접 나누어 줘야 한다는 생각)이 서로 경합하기 시작한다. 오분만 기다려 달라고 학생들에게 말하고는 4층(강의실)에서 6층(연구실)으로 달음질을 쳤다. 연구실에는 조교가 있었다. 조교는 내 수업을 들어야 하는 학생이었으며, 그러나 실제로 그는 듣지 않고 내 연구실에 그냥 앉아 있었으며, 내게는 이게 무척 신기한 일처럼 여겨졌다. 정신없이 보들레르 강의안을 뒤지기 시작했다. 이건가 하면 아니고 저건가 하면 또 아닌, 전형적인 꿈의 메커니즘에 빠져, 아무것도 찾지 못하고 허우적거리기를 반복했다. 시계를 쳐다보면서 초조해하면서…. 1분이 지나고 2분이 지나고…. 그런데 갑자기 조교가 동영상 강의를 진행하는데 왜 강의 계획서를 찾으시냐고 나에게 물어보았고, 내가 지금 동영상 강의 중이라는 사실을 새삼 나에게 알

려 주었다. 바로 이 순간, 모든 게, 자명해졌다. 강의실에서 강의하는 내가 동영상 속의 내 모습이었으며, 강의실에서 강의를 하고 있는 동영상 강의 속의 내가 현실로 튀어나온 것이었으며, 이렇게 가상과 현실이 서로 경계를 허문, 일종의 착시 같은 서클에 빠져 돌고 또 돌고 있었다. 그러자 잠에서 깨어났다. 알람이 울리기 10분 전이었다. 생각해 보니, 이 모든 게 「블랙 미러」에서 흥미롭게 본 몇몇 에피소드와 흡사하였다. 「블랙 미러」 제작진에게 연락해서 오늘 내 꿈 이야기를 팔아야겠다. 아주 흥미로운 일화가 될 것 같다. 세계적으로 크게 히트할 것 같다.

2020. 8. 21. ①

인공지능(AI)이 모든 인간의 지능을 합친 것보다 강력할 것으로 예측하면서 인공지능에 대한 우려를 나타냈다. 즉 2045년이 되면 인공지능이 만들어 낸 연구 결과를 인간이 이해하지 못하게 되며 이는 인간이 인공지능을 통제할 수 없는 지점이 올 수도 있는데 그 지점이 바로 특이점이다.

—네이버, 「특이점(sigularity)」

「블랙 미러」의 각각 에피소드의 중심에는 '특이점'이 자리한다. 인공지능(AI)이 인간의 지능을 넘어서는 지점, 그 이후의 세계, 혹은 세계에 관한 정의와 재현의 방식을 매우 흥미로운 주제를 통해 보여 준다. 특이점이 당도한 이후의 세계는 그러나 디스토피아도 유토피아도 아니다. 그것은 끊임없이 탄생하는 주체, 매번 탄생하기를 그치지 않는 주체에 관한 것이며, 이 주체는 인간을 중심으로, 인간을 향해 정의를 내려온 온갖 이즘이나 이데올로기, 그러니까 흔히 휴머니티 따위에서 무엇인가를 채 올리거나 맞붙잡는 이념이나 사상이 아니라, 그것을 다시, 그러니까 '탈(dé)-구축(construction)'한다. '주체'는 '인간'과 동의어도, 유의어도 꾸리지 않는다. 그것은 단지 무한을 열어 보여 현실을, 인간을 거기로 끌고 갈 뿐이다. 이렇게 믿고 있던 것이 무너진, 말 그대로 새로운, 새로운 패러다임, 새로운 이해, 새로운 구성, 새로운 관계, 새로운 활동 등으로 가까스로 이야기할 수 있을 뿐인 어떤 세계(어쩌면 세계라는 정의 자체도 새롭게 해야 하는), 어떤 징후와 양상의 끝자락일 뿐인 무한으로 인간을 데려간다.

모든 에피소드가 그렇지만, 가령 「화이트 크리스마스」나 「센주니페로」 「게임 터스터」나 「보이지 않는 사람들」은 이 '탈구축'의 세계를 잘 보여 준다. 사실 모든 에피소드가 그렇다. 인간이 자신의 생활을 편리하게 운영(?)하고자 자아를 복제하여(이미 성공한 사업이 되어 버렸기 때문에 인간이 자신의 의지로 그렇게 한 것은 아닐 수 있다. 네트워크상에서 이루어지는 선택이 전부 내 의지의 반영이라는 생각 또한 순진하다!), 쿠키 안에 가두어 놓고, 그러니까 하얀 방, 아무것도 없는 하얀 방 안에 가두어 놓고 강제로 길들인다는 「화이트 크리스마스」는 정말로 충격을 주었다. 더구나 이 충격은, 그것이 가능할 수 있다는 단순한 가설을 넘어, 지금-여기의 현실에서도 실현되고 있는, 그러니까 탈구축의 결과이기도 하기에 현실-가상-실현-잠재, 이 모든 걸 부수어 버리며 무한으로 향하는 저 닫힌 문을 기어코 열고야 만다. 무한과의 만남, 무한으로의 여정이 이렇게, 디지털의 세계 속에서 열린다. 0101010101의 자아, 그것은 끔찍하고 고통스러울 수 있으며, 숱한 노력과 엄청난 긴장을, 혹은 어마어마한 대가를 요구할 수 있다. 거기에는 죽음도 삶도 없다. 아니 삶만 있다. 아니 무한 반복되는, 그칠 수 없는, 멈출 수 없는 삶만이 있다. 이것은 단순한 시뮬라크르가 아니다. 시간이 없는 삶, 자아가 배제되지 않은 삶, 육체를 제거한 삶이다. 파스칼이 말했듯, "무한의 공간들이 자아내는 침묵이 나를 두렵게 한다."

2020. 8. 21. ②

담배를 피우지 않은 지 한 달이 조금 지났다. 처음 두 주는 굉장히 힘들었는데, 담배를 피우고 싶은 생각이 나서 그랬다기보다, 신진대사 및 심적 상태 등, 모든 게 바뀌는 중이었기 때문인 듯하다. 지금 달라진 것은 얼굴에 붓기가 조금 가라앉았으며, 두통이 다소 감소했고, 아침에 일어날 때 몸이 조금 덜 무겁다는 것, 뭐 이 정도이다. 손과 몸에서 시작해 내 주위(특히 연구실)에서도 담배 냄새가 서서히 빠져나가고 있다. 그간 연구실을 방문한 몇몇이 담배를 피웠다. 그들이 가고 나면, 환기하고, 재떨이를 깨끗이 비우고 씻는다. 몸이 좋아졌는지는 잘 모르겠으나 주책없이 졸음이 쏟아진다. 매일 오후, 어김없이, 연신 하품을 해 대고, 소파에 누워 자거나 엎드려 졸기도 한다. 자도 자도 잠이 부족하다고 몸이 말하는 것 같다. 이렇게 많은 시간을 잠에 취해 있어도 좋은 걸까? 담배를 피우지 않고 지내는 순간에 이르러서야 비로소 삶의 순간과 순간이 조금 밋밋해졌음을 알게 되었다. 뭔가 싱겁고 헐렁한 이 느낌은 무엇이며, 이 탈(脫)정념적 사태는 무엇인가? 그냥 이 느낌 그대로 살아가려고 한다. 이 삶에 뭔 놈의 정열이 그리도 넘실댔는지, 빨갛게 빨갛게 달아오른 담배 열기처럼…. 한참 철 지난 바닷가에 와 있는 것 같다.

2020. 8. 24.

오늘은 짧은 원고 하나를 담배를 피우지 않고서 끝냈다. 한 차례 고비가 있었으나 어떻게 잘 넘어갔다. 이거 참, 그간 담배 없이 글을 쓰거나 번역한 적이 없었다. 밤을 새우면서 통상 두 갑 이상은 피웠던 것 같다. 사실 그간 몇 차례 원고를 거절하거나 펑크를 냈는데 그건 모두 담배를 피우지 않기 위해서였다. 겁이 났다. 담배를 피우지 않고 글을 쓰는데(A4 두 장 남짓한 원고였지만…) 처음으로 성공한 오늘을 기억하겠다. 청탁 거절 모드를 이제 슬슬 해제해 볼까 고민해 보자. 그러고 보니 번역 해설이 남았구나. 부지런히 쓰고 어서 개강 준비도 해야지….

2020. 8. 25.

'번역과 근대 문화' 학술 행사 발표였는데 나는 그만 특강인 줄 알고 원고를 준비했다. 세미나라고 알려 줘서, 또 대상이 대학원생 이상이라고 해서, 개최의 주체가 연구소이기도 해서, 애당초 2월에 내게 제안했던 김태환 선생이 특강의 성격을 지닌다고 알려 줘서, 특강 강의안만 보냈다. 그런데 ZOOM 상에서 켜지는 창에는 연구자, 교수, 외국인 교수, 전공자, 박사 등등이 있었다. 발표하면서 이런 사정을 이야기하니까, 학생들도 많이 듣고 있다고 한다. 그런데 누가 학생인 건지, 어디 숨어 있는지 보이지 않는다. 발표(특강)를 마치고 나니 질문을 한다. 질문에는 네 가지 종류가 있다. 첫째, 자기가 아는 것을 나도 아는지 확인해 보려는 질문, 둘째, 자기가 모르는 것을 내가 알고 있는지 알아보려는 질문, 셋째, 자기가 알고 있다고 생각하지만 실제로는 모르는 상태에서 내가 어떻게 생각하는지 알아보려는 질문, 넷째 자신이 알고 있는 것을 내가 모르고 있다는 사실을 확인하려는 질문(그러니까 엄밀히 말해 질문이 아니다)….

1. 번역 비평은 왜 필요한가? 번역 비평은 소위 비평하는 자의 주관성이 작용하는 것은 아닌가?

2. 언어의 작동, '디스쿠르' 번역을 말씀했는데, 시에서는 그렇지 않을 수 있지 않나? 시에서 중요한 것은 언어적인 것이 아니라 존재론적인 것이라서…. 예를 들어 노발리스….

3. 베르만이 제시한 세 번째 유형의 번역, 즉 플라톤주의적 번역을 의미/형식의 이분법에 따른 번역이라고 했는데, 정확히 무엇을 뜻하는가?

4. 프랑스에서 뛰어난 번역 비평서나 번역 이론서가 나온다. 프랑스의 번역 경향은 어떤가?

ZOOM을 처음 사용해 보았는데, 소통에는 문제가 없었고 편리했지만, 현장에서 발표했더라면 내 대답이 조금은 더 수월했으리라고 생각되었다.

2020. 8. 26.

천국은 조용하고 또 고즈넉해서 좋고, 지옥은 친구들이 많으니 이야기를 나눌 수 있어 좋다. 그런데 연옥은 너무 바쁘다. 그래서 싫은 것도 좋은 것도 아닌, 그저 이상한 느낌으로 뒤발한 풍경들이 시간을 온통 집어삼킬 뿐, 사실은 아무것도 없는 것 같다. 시원한 연구실에서 화상으로 발표하고, 34도를 웃도는 더위에 안암역 오거리에 와서 신발 두 켤레를 수선하고 있다. 8천 원을 달라고 하시고는 정말 꼼꼼하게 꿰매 주신다.

2020. 9. 2.

오후 학부 강의를 제시간에 올리지 않았다. 며칠 전 녹화를 마치고, 분명 업로드했는데, 오후 두 시가 되었는데 수업이 올라오지 않았다고 연락을 받았다. 부랴부랴 확인을 해 보니, 어머나, 웬일인지, 2시 30분부터 수강하게 세팅을 해 놓은 것이었다. 이런, 젠장! 왜 그랬는지? 오전 수업이 10시 30분부터 시작해서 그러려니, 주의하지 않은 것일까? 개강 첫날부터 학생들에게 사과 메일을 보냈다. 나는 구제 불능이다…. 강의를 열심히 준비하면 뭐하나! 다시 한 번, 젠장!

비가 온다. 울적했다. 지속되어 온 것이다. 그런데도 다시 그 일로 우울해한다는 사실이 잘 믿기지 않는다. 그것으로 이미 끝난 일이었다. 잔상이 남았다 해도 끝난 것이다. 분명히 끝난 일이다. 그렇다. 이 역시, 지나가리라, 지나가리라. 다시 웅얼거린다. 6주간 피우지 않았던 담배를 하나 물었다. 비려서 한 개비를 채 피우기 전에 껐다. 어쩌면 우리는 줄곧 불가능한 삶을 사는 것은 아닌가 하는 생각이 들자, 갑자기 이 모든 것이 다소 시시해져 버렸다. Nothing is forever except nothing. 언제나처럼 가장 무서운 것은 사람이다. 그간의 경험으로 증명되어 온 것이지만, 언제 그랬는지, 나는 이 사실을 좀처럼 받아들일 수도, 또 쉽게 믿을 수도, '없어 하는 것'만 같다. 나는, 누군가의 표현처럼, 그러니까 순진한 것이다. 악순환에 빠져 허우적거리는 지루한 순간과 순간이 계속해서 반복되는 것 같다. 일 년이 지났는데도 아직 지나가지 않았다면 필시 이유가 있을 것이다. 그건 아마 일 년을 끌고 왔기 때문일 것이다. 내가 아직도 누군가를 만나고 있기 때문일 수도 있다. 가장 정직한 태도가 무엇인지

나는 분명 알고 있다. 비가 온다. 원고를 접고, 집으로 돌아간다. 오늘 밤은 푹 잤으면 좋겠다.

2020. 9. 3.

잠을 푹 잤던 게 언제인가? 기억이 나질 않는다.

나는 항상 꿈을 꾼다. 꿈을 필사하면 좋겠다는 생각을 해 본 적이 있다. 지금 번역 중인 페렉의 『어렴풋한 부티크』도 124개의 꿈을 필사한 작품이다. 어제 꿈은 파리에서 펼쳐졌다. 아마 어제저녁, 코로나를 피해서 잠시 귀국했다가 다시 박사 학위논문을 마저 끝내려고 출국하기 전에 만난 제자와 나누었던 이야기 때문이기도 한 것 같다. 오래전부터 꼭 파리에서 만나자고 했지만, 나의 경우, 올해 하반기 기획되었던 국제 학술 대회가 온라인 ZOOM으로 진행될 것 같고, 제자의 경우, 내년 상반기에 학위논문을 마칠 예정이어서, 파리에서 만날 가능성이 희박하다는 이야기를 나누었다. 어제는 비가 왔고, 간단하게 저녁 식사를 마치고 돌아가는 제자의 뒷모습을 우두커니 서서 보고 있었던 것 같다.

파리의 구석구석을 돌아다녔다기보다 꿈에서 나는 차라리 헤맸다고 하는 편이 맞는 것 같다. 내가 아는 풍경이 아니다. 포도(鋪道) 위 조각상은 로마의 그것과 닮았고, 작은 정원이 펼쳐지는가 하면, 분명 개선문 근처였는데, 알아볼 수 있는 건물이나 길은 하나도 없었다. 그런가 하면 화려한 회전목마(Iéna역 근처가 아니었다!)가 보였고, 오르막길로 늘어선 사람들 물결과 양쪽에 빽빽하게 늘어선 소규모 카페들은 흡사 이스탄불에서 본 도심 풍경과 같았으며, 센강 변이라고 생각했던 곳은 오히려 물살로 보나 폭으로 보나 다뉴브강과 닮아 있었고, 작은 콜로세움이 있었는데 이탈리아 지중해의 낡은 도시 바리의 그것과 비슷했다. 어쨌든 나는 파리에 있었다. 도저히 길을 찾을 수 없어서 전철역에 갔다. 전철역 이름은 기억나지 않는다. 승차권을 구매하려고 창구로 가서 '10개짜리 한 묶음(Un Carnet, s'il vous plaît!)'을 외쳤건만 아무도 대꾸하지 않았다. 옆에는 한국인 마드모아젤이 있었는데, 나를 알아보았다. 아무리 기억을 더듬어 보아도 이 마드모아젤이 누군지 모르는 나에게 그녀는 프랑스식 인사, 즉 'bise'를 했는데, 그만 붉은색 루주가 내 뺨에 자국을 남겼다. 마침내 생각이 났다. 한국에서 국문과를 나와 프랑스에서 글을 쓰면서 공부를 하는 학생이었는데 이름이 '이지안'이었다. 나는 사실 학생을 전혀 모르면서 아는 상태가 되었다. 나는 마드모아젤의 이름을 불렀고, 그녀는 자기 이름을 잘못 알고 있는 나를 모른 척해 주었다. 그런데 내 뺨에 짙게 남은 붉은 루주 자국이 자꾸 신경 쓰이기 시작했다. 휴지나 손수건이 있나 주머니를 뒤졌다. 휴지는 너덜너덜해서 뺨을 닦을 수 없었고, 손수건은 젖어 있었는데, 만지는 것 자체가 불쾌해서 그냥 휴지통에 버렸다. 그러다가 어정쩡하게 그녀와 나는 잠시 서 있다가, 내게 필요한 것이 지하철 승차권이라는 사실을 떠올리고는 혹시 남는 승차권이 있는지 알아보려고 그녀에게 말을 꺼내려는 순간, 저쪽에서 어제의 그 제자가 손짓을 하며, 나를 한참 찾았다며, 조금 나무라듯 나를 부른다. 나는 자리를 떠야 했다. '이지안'이라는 이름의, 그러나 내가 모르는 마드모아젤에게 조금 미안했지만, 뺨에 묻은 붉은색 루주 자국이 더 신경이 쓰였다. 제자를 만나려면 루주 자국이 없어야 했고, 반면 함께 있던 마드모아젤을 이렇게 갑자기 떠나는 게 일종의 배신 같다는 생각이 들었다. 바람이 세게 불었고, 사람들이 밀려왔다. 그건 기차가 도착했기 때문이었는데, 지하철이라기보다 뤼미에르 형제의 '시오타역' 어쩌고 하는 최초의 영화에 나오는 바로 그 기차였다. 꿈이라는 걸 깨닫게 된 순간이었다. 잠에서 깨어나기 싫다고 꿈에서 고개를 가로젓는다. 그러자 내 앞 풍경이 하나씩, 천천히 눈에 들어오기 시작했다. 개선문에서 샹젤리제 거리로 이어지는 풍경은 내가 알고 있는 것들로 가득했다.

2020. 9. 9.

오늘 하루는 아폴리네르 강의 준비로 보냈다. 「넥타이와 시계 (Cravate et montre)」, 상형시다.

Guillaume Apollinaire, *Calligrammes*, Paris, © Gallimard, 1925.

mon cœur = 내 심장 = 1

les yeux = 눈 = 2

l'enfant = 아이 = 엄마 + 아빠 + 아이 = 3

Agla = 아글라 = a.g.l.a. = 4개의 문자 = 4

la main = 손 = 다섯 손가락 = 5

Tircis = 티르시스 = 6개의 문자 = tire + six = 여섯 발을 쏴라

semaine = 일주일 = 7일

L'infini redressé par un fou philosophe = 미치광이 철학자에 의해 다시 일어난 무한 = 무한 = ∞ = 8

les Muses = 뮤즈는 아홉 = 9

le bel inconnu = 미지의 미남 = 미지 = 미지수 = X = 10

Et le vers dantesque luisant et cadavérique = 그리고 단테의 빛나는 송장 시구들 = 단테의 신곡 = 6+5의 11음절 = 11

les heures = 시계의 시간들 = 시간은 열둘 = 12

불같은 사랑에 빠졌던 젊은 아폴리네르는 왜 이런 장난을 했을까? "미치광이 철학자에 의해 다시 일어난 무한"이라니…. 깜짝이야! 아폴리네르의 시 중, 「미라보 다리 아래」의, 가령, 내 기억 속의 이런 구절,

오! 삶은 왜 이다지도 이렇게 지루하단 말인가!
그러나 희망은 왜 이다지도 이렇게 격렬하단 말인가!

나에게 정말 감동을 줬다. 너무 멋있는 시인, 아폴리네르…였다. 중학교 1학년 때였으니 1980년인데, 아마 나는 『世界의 名詩』 같은

책에서 시를 읽었거나 그랬을 것이다. 이 두 행을 큰 글씨로 옮겨 적어, 책상 옆 벽에 잘 보이게 붙여 놓았다. 당시 나는 이런 짓을 많이 했다.(산울림의 노래 가사나 레드 제플린의 「Stair way to heaven」을 적어 붙여 놓기도 했다.) 대학생이 되어 아폴리네르 시의 이 구절 원문을 찾아보니

> Comme la vie est lente
> Et comme l'Espérance est violente

이 대목을 황현산 선생님은 "이처럼 삶은 느린 것이며/이처럼 희망은 난폭한 것인가"라고 번역했다. 그러고 보니, 일전에 선생님과 내가 기억하고 있던 위의 시 구절에 관해 이야기를 나눈 적이 있다. 선생님은 내 기억 속의 시구 두 개가 장만영 선생의 번역인 것 같다며 잠시 웃으셨다. 나중에 찾아보니 장만영 번역은 "목숨만이 길었구나./ 보람만이 뻗혔고나."(『佛蘭西詩集』, 정양사, 1953)였다. 뭐 이런 거지 같은…. 1980년대 후반의 어느 번역은 "인생은 정말 느리고/희망의 별만이 반짝이는데"(한림출판사)였다. 아니 다시, 뭐 이런 거지 같은…. 내 기억 속의 저 멋진 구절…. 아직도 나는 누가 내 기억 속의 저 구절을 번역했는지 모르겠다. 내 기억이 왜곡되었을 수도 있다. 번역이 감동을 줄 때, 번역가는 숨어 있지 않는다.

2020. 9. 10.

지난 반년 정도 원고를 쓰지 않았다. 물론 청탁도 받지 않았다. 며칠 전 시인에게 전화를 받았다. 시인론이다. 써야 한다는 이상한 기분이 들어 수락한 다음, 이후 그간 출간한 그의 시집 세 권을 (다시) 읽기 시작했다. 어제 글을 쓰다가, 다시 담배를 피우기 시작했다. 정

확히 7주를 금연하고 나서 피우는 담배였다. 한 개비, 두 개비…. 네 개비…. 그러다가 연구실에서 나와 학교 주변을 한 바퀴 걸었다. 빠른 걸음으로 중앙광장에서 오른쪽으로 큰 원을 그리는 궤적을 따라 미디어관을 지나고 사이 골목으로 알파문고를 거쳐 다시 정경관의 '폭풍의 언덕'을 걸어 올라 국제관을 지나서 왼편으로 인촌기념관을 마주 보며 조금은 경사가 진 길을 터벅거리며 올라가서 오른쪽 계단을 밟고 다람쥐길까지 내려가서 다시 왼쪽으로 대학원 건물을 끼고 직진을 하고 그렇게 중앙도서관을 지나 사범대 앞까지 가서는 사범대 문을 열고 그 건물 안으로 들어가 엘리베이터를 타고 1층으로 내려간 다음 문을 열고 빠져나와 오른편에 보이는 경사로를 올라 정경관 뒤쪽의 후미지고 좁다란 길을 따라 계속 가다가 정문을 지나 중앙광장 분수대 위를 밟고 인촌 동상을 마주 보면서 잔디밭을 양옆으로 두고 걸어가 본관에 당도해서는 잠시 숨을 고른 다음 문과대 서관으로 다시 돌아왔다. 땀이 흥건했다. 세수하고 나서 다시 책상 앞에 앉아 원고를 쓰려고 하니까, 이런, 다시 담배 생각이 나서, 원고 때려치우고 그냥, 집으로 갔더라는…. 전형적인 **#담배못끊는패턴에 빠진자** 이야기….

2020. 9. 17.

잔혹한 일…. 번역 버전의 충돌….

말은 거창하나, 간단하게 표현하면, 파일이 뒤섞였다는 말. 파일을 열어 번역을 계속 수정하고 있다가, 이 작업이 어느 정도 진척된 다른 파일을 나중에 발견하고 멘붕에 빠졌다는 말…. 텍스트가 뒤섞여 버렸다. 살펴보다가 다시 번역하고 다시 번역하다가 헷갈리고…. 그 일을 반복하다가 오후가 저물었다. 아, 그냥 콱, 때려치우고 싶다.

크노의 『문체 연습』은 추가로 번역한 20편에 대한 판권 확정(계약은 했지만, 최종 확답이 남았다고 몇 달을 기다리고 있는… 아직 가타부타 말이 없는 갈리마르 출판사…) 문제로 출간이 미뤄지고 있고 아울러 번역을 마치고 모든 출간 준비를 끝낸 크노의 『떡갈나무와 개』 역시 『문체 연습』과 함께 출간하기로 해서 마냥 기다릴 수밖에 없게 되었는데…. 그 사이, 그러니까 대략 두 달 동안, 바디우의 책 『유한과 무한』, 짧은 번역 하나 넘기고, 일전에 마친 다른 번역(데리다의 『조건 없는 대학』) 교정 끝내고, 페렉의 작품 『어렴풋한 부티크』를 번역하고 있었는데, 그러다 이 모양 이 지경이 되었다. 이 작품은 또 왜 이리 어려운지…. 페렉이 어디 가나?

2020. 9. 20.

어제 꿈에는 두 명의 시인이 나왔다. 우선은 황인숙 시인. 핸드폰을 장만했다고 해서 놀랐다. 만난 곳은 해방촌이다. 음식을 먹으러 갔다. 평소에 자주 갔던 Envi, 그런데 문이 닫혀 있었다. 다음으로 최정례 시인. 어느 병원의 아주 긴 복도였는데 유리문을 사이에 두고 서로 마주 보고 있었다. 시인은 나보고 들어오라고 손짓을 했는데 나는 당최 안으로 들어갈 수가 없었다. 아픈 기색이 사라져서 다행이라고 생각하고 있었는데 그 모습이 흐렸다. 그런데 두 분이 같이 있었고, 나는 이게 좀처럼 이해가 가질 않았다. 분명히 따로 만났는데 결국 같이 있었다. 두 시인 모두 나를 보며 웃고 있었다. 나는 너무 기분이 좋았는데, 이상하게도 두 시인에게 말 한마디 건넬 수가 없었다. 분명, 두 시인은 약속이라도 한 듯이 너무나도 활짝, 반갑게, 좋아서, 나를 보며 환한 미소로 웃고 있었다. 나도 따라 웃었

는데, 뭔지 모르겠지만, 왜 그랬는지 모르겠지만, 속으로 내내 다행
이라고 생각하고 있었다. 그냥 살아 있어서 고마웠어! 이 말을 하고
싶었다.

2020. 9. 21.

텍스트 안에 온갖 종류의 은밀한 부비트랩을 설치해 놓은 작가들
이 있다. 잘못 밟으면 그냥 터진다. 그런데 잘못 읽으면 엉뚱한 곳에
서 터진다. 레몽 크노와 조르주 페렉, 아주 고약한 부비트랩 설치가
다. 하나를 찾아 제거해도, 제거하고 다시 길을 가다 발견하고는 다
시 제거해도, 정말 끝이 없다. 페렉은 많은 부분을 크노에게 영향을
받았다. 크노는 장치를 고안하는 것을 오히려 즐기고, 장치를 설치
하면서 그 제약을 간혹, 설렁설렁, 그러니까 유머러스하게 풀어내는
데 몰두한다. 즉 그는 '어느 정도까지' 한다. 이런 점에서 크노는 제
약의 진정한 '창조자'다. 그런데 페렉은 장치를 고안하는 것보다 오
히려 설치를 끝까지 밀어붙인다. 완벽하다. 그의 이 무시무시한 강
박은 대체 어디서 온 것일까? 이런 의미에서 페렉은 제약의 종결자
라 부를 만하다. 크노도 페렉도 오랫동안 정신분석 상담을 받았다.
상담 일지를 한번 보고 싶다. 대학원 강의를 준비하며 페렉의 『실종
(Disparition)』과 『인생 사용법(La vie mode d'emploi)』을 온종일 들여다보
고 있는데…. 감탄과 놀람이 수시로 교차한다. 이 알파벳 e를 완벽
히 제거한 소설 『실종』을 꼭 번역하고 싶다는 생각이…. 모락모락 피
어오른다.

2020. 9. 22.

프랑스의 갈리마르 출판사(Éditions Gallimard)…. 그간 정말로 많은

작가들이 이 출판사에 투고했다가 고배를 마셨다. 프루스트도 투고했다가 떨어지고, 페렉도 투고했다가 떨어지고, 클로드 시몽도 투고했다가 떨어지고, 알랭 로브 그리예도 투고했다가 떨어지고, 나탈리 사로트도 투고했다가 떨어지고…. 고배를 마신 작가들 리스트는 끝이 보이지 않을 정도다. 갈리마르 출판사의 매몰찬 거절이 없었더라면, 과연 미뉘 출판사(Les Éditions de Minuit)에서 누보로망 시리즈가 나올 수 있었을까? 일단 성공하면 다시 작가를 후다닥 채 가는 갈리마르 출판사…. 그렇게 한 다음, 그 작가에게 상도 주며(특히 공쿠르상) 키워 주는 출판사…. 프루스트도 그랬고 페렉도 그랬고….

암튼 그렇게 오랫동안 판권 문의에 묵묵-묵-묵-무-무-무답이던 갈리마르 출판사가('출판사 갈리마르가'라고 쓰는 게 맞겠지만 그렇게 하고 싶지 않다!) 오늘, 오늘에서야, 답장을 주었다고 문학동네에서 방금 연락을 받았다. 분명히 말하자면『문체 연습』전편에 대한 판권이 아니라『문체 연습』에서 추가로 번역한, 그러니까『문체 연습』아흔아홉 편을 다 번역하고, 끝까지 다하고, 해제도 다 쓰고, 역자 후기도 다 쓰고, 그냥 덤으로 더 번역한 열 편의 출간에 대한 문의(?)였다. 분명히 말하자면, 이 열 편의 판권에 대한 문의가 아니라, 이미 승낙한 추가본 출간에 대한 아주 간단한 '컨펌'이었다. 컨펌! 이 간단한 확인을 이 망할 놈의 출판사는 무려 넉 달을 미뤘다. 120일가량을!!! 어쨌든, 결국, 그리하여, 그러나, 그렇게, 그러코롬, 그래서, 그런데, 그렇거니와, 그런고로, 하여간, 암튼, 허나(개정되어 '하나'), 따라서, 아마도, 필경, 기필고, 아무쪼록… 10월 중순에는 크노의『문체 연습』을 출간할 수 있게 되었다. 이런 빌어먹을 하루 같으니라고! 민음사와 조율하여『떡갈나무와 개』도 함께 출간하게 되었다. 하염없이 6개월을 기다려 준 민음사도, 문학동네와 더불어, 땡큐. 편집자 송지선에게 무수한 감사의 화환을 보낸다. 갑자기 술이 땡긴다. 술이!

2020. 9. 23.

번역 재개(再開).

조르주 페렉의 『어렴풋한 부티크』: 꿈의 기록, 꿈의 필사라고 페렉은 말한다. 꿈을 기록한, 꿈을 그대로 받아 적은 글 124개가 날짜를 달고 번호를 매겨 한 권의 책으로 구성되었다. 자기 꿈을 기록했다고…. 그게 가능한가? 암튼 내 생각에는 절반은 '뻥'인데…. 페렉은 그렇게 했다며, 그 과정이며 방식 등을 서두에서 제법 상세히 밝힌다. 꿈의 저 생생한 기억을 적어 보았다고…. 그래서 대부분 이야기는 현재 시제로 구성된다. 꿈의 문체, 꿈의 이미지를 살려 내는 게 번역에서 관건이다.

가령 "나는 높고 좁은 창문을 통해 커다란 탱크를 본다"는 문장은 자체로는 문제가 없어 보인다. 그런데 꿈의 기술이므로 번역은 좀 달라진다. 원문의 통사 순서를 살리고, 통사 그룹에 맞추어 솟아나는 이미지, 그 꿈의 리듬과 호흡을 존중하여 번역한다. 그렇게, 위 문장은, "높고, 좁은, 창문이다, 나는 거기로 커다란 탱크 한 대를 보고 있다"가 된다. 골치 아픈 것은 번역에서 가장 중요한 '맥락'이 상당 부분 제거되어 있다는 것이다. 더구나 실제 꿈의 장면은 아주 급하게 전환되곤 한다. 그래서 낱말과 구절, 문장이 어떤 맥락 속에 놓여 있는지 파악하기가 쉽지 않다. 한마디로 무얼 말하고 있는지 잘 모를 때가 많다는 것이다. 아, 구글이 없었더라면…. 그리고 연구서가 없었더라면…. 특히 미국의 연구자 데이비드 벨로스의 『조르주 페렉: 말 속의 한 인생(Georges Perec: Une vie dans les mots)』이 없었더라면…. 상상하기 싫다.

2020. 9. 30.

대학원 수업 준비하면서 다시 읽고 있는 페렉의 『실종』….

작품은 그야말로 탐정소설에 필요한 모든 조건을 갖추고 있는 것으로 보인다. 불가사의 사건, 암호, 가짜 신분…. 그리고 반전과 실종, 납치와 연쇄살인 사건, 조사자와 부부 사기단이 등장한다. 리포그램(Lipogramme)을 엄밀하게 실천한, 형식적으로 가장 명확한 방식으로 하나의 규칙을 따른 최초의 소설이라고 할 수 있다. 다섯 번째 문자 e를 쓰지 않는다는 그의 제약(contrainte)은 처음부터 끝까지 집요하게 관철된다. 소설은 총 26개의 장으로 구성되어 있는데, 이는 프랑스어 알파벳 개수와 동일하다. 다섯 번째 문자 e가 사라진 탓에 소설에서는 5장이 없다. 주인공 '안톤 브왈(Anton Voyl)'은 불면증 환자이며 발작을 일으켜 수술을 받는다. 그 이후에도 계속 잠을 자지 못한다. 어느 날 그는 홀연 사라진다. 자세히 보면 그의 이름 '안톤 브왈(Anton Voyl)' 또한 '무강세 모음(Voyelle atone)'을 의미한다. e는 이렇게 주인공 이름에서부터 없어져 버렸다. 이후 하나씩 사라지는 인물(Nicias, Optat, Parfait…)이나 안톤 브왈이 살았던 마을(Aubusson, Issoudun, Ornans…)도 모두 알파벳 순서에 따라 등장한다.

소설에서는 e가 없으므로 프랑스어 낱말 중 적어도 십만 개 이상을 사용하지 못한다. 역설적으로 사용할 수 없는 낱말들은 프랑스어에서 가장 자주 사용하는 낱말들이다. 관사도, 인칭대명사도, 그 일부는 사용하지 못하며, 현재 시제는 물론, 모든 여성형이 사라져 버린다. 여기에 상호텍스트가 개입한다. 이 역시, 제약을 통해 재현된다. 무슨 말인가? 랭보의 시 「모음들(Voyelles)」을 e를 제거하여 변형한다. 이와 같은 방식으로 끝까지, 그러니까 글쓰기가 가능하지 않은 상태에서, 페렉은 이 믿기지 않는 '제약'을 실행에 옮기며, 플롯을 만들고, 이야기를 하나씩 꾸리고, e를 제거해 나가면서, 차츰 사라지는 연기처럼, 실종, 그야말로 무언가의 상실을 재현한다. 소설의 관심은 작가가 바로 이 제약 때문에 매번 변형시키고 발명해야만 하는 어휘에 놓여 있으며, 동시에 전체 구조 속에서의 그 작용에도 붙들린다.

지금 이야기한 것을 전부, 번역을 염두에 두고 다시 생각해 보면 …. 번역은 그저 단순하게, 험난한 게 아니라, 아예 실현이 가능하지 않아 보인다. 그런데 읽다 보니 정말로 모르는 단어가 많이 등장한다. 소설의 도입부다.

Anton Voyl n'arrivait pas à dormir. Il alluma. Son Jaz marquait minuit vingt. Il poussa un profond soupir, s'assit dans son lit, s'appuyant sur son polochon. Il prit un roman, il l'ouvrit, il lut;

(안톤 브왈은 잠을 이루지 못하였다. 그는 불을 켰다. 자명종은 열두 시 이십 분을 가리키고 있다. 그는 깊은 한숨을 내쉬고, 그의 긴 베개에 몸을 기대고서, 침대에 앉았다. 그는 소설책을 쥐고, 펼치고, 읽었다.)

이 번역본에서 'o'를 없앤다고 해 보자.

단톤 브할은 잠드는 데 실패하고 만다. 그는 불을 컸다. 시계는 12시 20분 근처를 가리킨다. 그는 긴 한숨 하나 내쉬고, 제 긴 베개를 받치고서 침대로 가서 머문다. 그는 소설책 한 편 쥐고서, 펼치고, 독서를 한다.

그러니까 이런 고된 작업을 300쪽 정도를 해야 하는 것이다. 그

러나 운이 좋아, 혹은 끈기와 집념으로 그렇게 하는 데 성공한다 해
도, 절대 해결되지 않거나 조작 자체가 아예 불가능한 구조적 문제
들이 산재한다. e의 실종은 전체적으로 얽혀 단순한 e의 없어짐만이
아니기 때문이다. e의 실종은 화학작용을 통해 체계 속에서, 즉 디스
쿠르 속에서 작용한다. 가령, 랭보의 시에서 e를 제거한 시는 어떻
게 번역을 할 것인가? 그냥 포기하는 게 정신 건강에 이로운 것처럼
보인다. 아니면 오늘부터 '이응'을 모조리 없앤 문장을 쓰는 연습에
돌입해야 하는 걸까? 아니, '이응'이 과연 'e'의 사라짐에 등가를 이
루기는 하는 걸까? 하나의 자모가 아니라 모음과 자음 몇 개가 오히
려 번역에서 제약으로 기능할 수도 있겠다. 이걸 모조리 없애야 하
는 걸까? 한국어의 어떤 자모를 지워 내야 하는 걸까?

2020. 10. 3.

기쁜 착각, 눈부신, 잊고 싶지 않은 순간….

시간이 어떻게 흘러가는지 모르겠다. 오늘, 일요일이구나, 하며,
아, 이제 정말 마지막 날인데, 하면서, 이제는 원고를 보내야만 하
는데, 이러면서, 억지로 정말 억지로 일어나 제법 이른 시간에 학교
에 갔다. 시집을 읽다 보니, 아무래도 월요일까지는 어려울 것 같아
서, 수요일까지 원고를 보내겠다고, 심호흡을 한번 하고 용기를 내
서, 편집자에게 말하고 나서 부지런히 메모하다가, 오늘이 토요일이
라는 사실을, 우연히, 정말 우연히 알게 되었다. 그 순간, 이상한 희
열과 전율에 몸을 부르르 떨다가, 다시 확인하고, 한 번 더 확인하고
서는, 안도의 긴 한숨을 내쉬고 나서, 열심히 원고를 쓰는 대신, 짐
을 챙겨서 곧장 집으로 왔다. 그렇다. 나만, 정말 나만 기쁜 거, 그
거 맞다. 내일 하루 더, 무려 24시간 이상이 공짜로 주어진 것 같아

서, 기쁜 마음에 원고를 쓴다, 가 아니라 PBA 준결승전을 보고 있다. 이 기쁜 순간을 영원히 기억하고 싶다. 그리하여, 그대에게 보낸다. 나의 이 여유로운 마음을, 여유로운 나의 이 마음을, 이 나의 여유로운 마음을, 나의 여유로운 이 마음을, 이 여유로운 나의 마음을…. (LPBA에서는 응원하던 선수들, 김가영, 이미래, 그리고 혜성처럼 나타난 오솔지 선수 등이 모조리 탈락했네.)

2020. 10. 15. ①

가을이 사그라들고 있다. 저녁에는 저절로 옷깃을 여미게 된다. 어제는 오랜만에 (요즘 누구나 그럴 테지) 시인들, 소설가들, 평론가들, 그러니까 통칭해서 작가들을 만났다. 나를 일부러 불러 준 것이었는데, 차가 막혀서 조금 늦었다. 나는 내내, 음…, 그러니까…, 그 무슨, 만남 결핍증 환자 같았다. 내 앞에 앉아 있던 젊은 평론가 두 분은 내 수다와 경망스러움, 터무니없이 자주 흘려보내는 웃음에 적응을 잘 하지 못하는 것으로 보였다. 두 분, 자리 운이 없었던 거다. 시간이 조금 지나니, 둘 중 한 분이 나를 몇 차례 보았다고 말한다. 몇 년 전의 어느 학술 대회와 정한아 시인 박사 논문 예비 심사장, 그리고 '제1회 김현 포럼'에서 발표하는 걸 보았다고…. 그러더니 자꾸 웃는다. 그때는 너무 진지하시고 날카로우셨고…. 그 이후에('그런데'의 생략) 관해서는 말을 덧붙이지 않더니…. 흐흐흐 이내 다시 웃는다. 옆에 있던 평론가도 같이 웃는 걸 보면 함께 있었다는 말이다. 나도 그냥 웃었다. 사실 까닭을 잘 모른 채 따라 웃었다. 묻지 않았다. 어제는 내내, 아주 많이 웃고 아주 많이 떠들고 아주 많이 (는 아니고 적당히) 마시고, 아주 많이…. 뭐든, 그러니까 좀 많았다. 너무 반가웠다. 어쩌면 나만 그랬던 것인지도 모르겠다. 자정이 되기 전에 헤어졌다. 아마 예전이었으면 새벽까지 이어졌을 자리였다.

2020. 10. 15. ②

어제 문득 '인터넷이 없었더라면 지금 과연 어떤 삶을 살고 있을까?'라는 메시지가 도출된 후, 오웰의 『1984』를 읽었다. 이 두 조합은 다소 느슨하지만 추리적·예언적·실제적이다. 역사에 가정은 없다. 문학이면 가능하겠지. 암튼 인터넷이 없었더라면···. 일단 강의를 하지 못한다. 이 상상 하나가 아주 복잡한 함수를 내 머릿속에 풀어놓는다. 인터넷이 없었더라면이라는 가정은 복잡하게 얽혀 있는, 한 장의 지도 같다. 도미노처럼 생각이 꼬리를 물고 번져 나가기 시작한다. '인터넷이 없었더라면' 하나씩 기술해 보자.

1. 강의를 하지 못한다.
1-1. 강의를 준비할 필요가 없다.
1-1-1. 시간이 달라진다.
1-1-2. 장소가 달라진다.
·················

2020. 10. 16.

'여기까지'라는 말을, 오늘, 비로소 실감한다. 이 말에는 '안타까움'과 '돌이킬 수 없음'이 자리한다. 정말 여기까지다. 어쩔 수 없다. 인쇄소에서 한창 제작 중인 책, 번역서에게 뒤늦은 안부를 전한다. 레몽 크노의 『문체 연습』을 번역했으나, 이상하기도 하지, 나는 이 책이 번역서라기보다 오히려 저서에 가깝다는 생각을 하게 된다. 인쇄를 맡겨 놓고, 다시 살펴보던 중, 만약 할 수만 있다면, 이 아흔아홉 가지의 문체 중, 번역 방식을 바꾸고 싶은 꼭지도 생겨났다. 그러나 번역에서, 나는 용감했다고, 나 자신을 여긴다. 할 때마다, 다시 살필 때마다, 사실, 번역은 매번 바뀌었다. 그것은 잘못 해석한, 그러니까 오역의 문제가 아니라, 차라리 고안의 문제였다. 저서를 낼 때도 내 마음이 이렇지는 않았던 것 같다. 눈이 조금씩 따끔거리고, 초점이 흐려지기 시작한다. 내일까지 넘겨야 하는 비평 원고는 마무리하지 못하고…. 괜히 기분만 착잡하다. 시험을 앞둔 공부 못하는 수험생이 된 것만 같다. 늦은 저녁… 레몽 크노의 『떡갈나무와 개』에게도 (마찬가지로 인쇄소에 있는) 뒤늦은 안부를 묻는다.

2020. 10. 17.

집으로 돌아가는 길. 학교에 남아 있는 사람, 이제 아무도 없는 것 같다. 애면글면, 지루하게 끌어오던 원고를 보내고 나니, 발걸음은 가볍다. 좋은 시집을 읽고 난 다음의 마음. 올해 비평 원고는 이걸로 이제 하나 남았다. 다시 금연 계획을 짠다. 실패하더라도…. 실패한다 해도….

2020. 10. 21.

레몽 크노의 『문체 연습』이 출간되었습니다. 무엇보다도 문학동네 송지선 편집자, 정말 고맙습니다. 「책 광고」 문체도 있습니다. (맞습니다. 이 포스팅은 책 광고입니다.)

일찍이 수많은 걸작을 선보여 그 명성이 자자한 소설가 모 씨는 유니크한 재능으로 한껏 빛나는 이번 신작 소설에서 키가 크거나 작은 사람들 너 나 할 것 없이 수긍할 만한 분위기를 배경으로 맹활약을 펼치는 인물들로만 모든 장면을 연출하는 데 총력을 기울였다. 어느 날 아무나 붙잡고 시비를 거는 제법 수수께끼 같은 한 인물을 자기가 타고 있는 버스 안에서 공교롭게 맞닥뜨리게 되면서 벌어지는 흥미진진한 사연이 소설 전반을 가득 수놓는다. 마지막 에피소드에서 우리는 멋쟁이 중 단연코 최고인 어느 친구의 조언을 매우 진지한 태도로 경청하고 있는 이 신비로운 인물과 다시 조우하게 될 것이다. 고귀한 행복감에 젖어 소설가 모 씨가 한 글자 한 글자 새겨 넣은 힘찬 필치에서 뿜어나오는 매력과 감동이 작품 전반에 흘러넘친다.

—「책이 나왔습니다」

2020. 10. 25.

레몽 크노의 시집『떡갈나무와 개』가 출간되었습니다.

크노의 첫 시집이며, 부제는 '운문 소설', 즉 운문(정형시)으로 쓴 소설입니다. 크노는『떡갈나무와 개』를『문체 연습』의 모델이 된 작품이라고 말합니다. (맞습니다. 이 포스팅도, 마찬가지로, 책 광고입니다.)

대담한 언어 실험과 문학 장르의 경계 넘나들기, 유머러스하고 서민적인 감각이 돋보이는 작가 특유의 문장은 이미 여기 완성되어 있다. 또한 자전 서사와 정신분석이라는 틀을 이용해 고유하면서도 단일하지 않은 시적 자아를 확립하는 젊은 작가의 모습이 고스란히 담겼다.

2020. 10. 27.

오늘 강의는, 음…. 그러니까 빌어먹을 '사랑'에 관한 시였다. 너무나 쉬운 시, 음…. 그러니까, 흔히들, 아주 쉽다고 말하곤 하는 시,

어휘도 문장도, 뭐 하나 복잡하지 않다. 「내 사랑 너에게(Pour toi mon amour)」라니…, 아…. 제목도 유치하기 짝이 없다. 「Je suis comme je suis」도 읽었다…. 이 시 제목은 '나는 나일 뿐'(이승환의 노래 제목과 같다) 아닐까? 생긴 대로 산다는 것이다…. 그런데 어렵다. 번역은 정말 어렵다. 아무리 해도 번역은 금세 싱거워진다. 감미로운 포도주에 자꾸 물을 타거나, 반대로 독주를 붓는 느낌이다. 번역이 가장 어려운 건 바로 이런 시다. 게다가 시가 아름답다거나 쉽다거나 하는 말들을 아무렇지도 않게, 더구나 어떻게 21세기에 할 수 있는지…. 자크 프레베르(Jacques Prévert)의 시들…. 입에 달라붙었다가 다시 빠져나가는 말들…. 말들…. 아니, 뭐 이렇게 어려운 시가 다 있나!

2020. 10. 30.

아니 에르노(Annie Ernaux)의 소설과 에세이, 아니 문학론…. 11월 3주간의 강의안을 만들다가 몇몇 작품을 다시 읽게 되었는데, 강의안이고 뭐고 다 집어치우고 글을 읽고 있다. 한번 잡으니 손을 놓기 어렵다. 『집착(l'Occupation)』에서 『단순한 열정(Une passion simple)』까지, 『자리(La place)』에서 『한 여자(Une femme)』까지, 오전이 다 간다. 분량으로 보면, 비교적 짧은 작품들…. 에르노의 소설은 소위, 잘 읽히는 글이라기보다, 간략하고, 단순하고, 딱딱하고, 자발적으로 간결하게 만든 글쓰기(번역에서 고려해야 할 가장 중요한 사안이다), 그렇게 바르트와 브르통, 그러니까 '자동사적 글쓰기(écriture intransitive)'와 '자동기술법(écriture automatique)'의 어느 중간에서, 문학과 사회학의 어느 중간, 자발과 창발의 어느 중간에서 가족의 역사에 주름을 내고, 부모와의 관계에 고랑을 파고, 내면에 독창적인 입을 달아 놓는다. 『칼 같은 글쓰기(Ecriture comme un couteau)』의 한 구절:

대개 글쓰기 과정은 다음과 같은 방식으로 진행됩니다. 어느 순간, 어떤 충동이 일어나 몇 페이지를 쓰도록 나 자신을 부추깁니다. 하지만 난 그 글에 아무런 목적도 부여하지 않습니다. 따라서 그 페이지들이 어떤 특정 텍스트의 도입부로 예정되어 있지는 않죠. 그다음엔 멈춰요. 내가 어디로 갈 수 없기 때문입니다. 그러고는 그 조각을 한동안 보류시켜 둡니다. 그러는 사이 계획은 좀 더 선명해지면서, 말하자면 그 조각에 악착같이 매달리게 되는 겁니다. 그렇게 해서 그 조각은 그 계획 속에서 결정적 요소로 부각되기에 이릅니다.(최애영 역, 183쪽)

2020. 11. 3. ①

조르주 페렉의 『어렴풋한 부티크』: 고유명사, 상품명이 너무 자주 나온다. 가전제품이며 주방 용품이며 학용품이며 의류 등이 그것인데, 번역은, 아무튼, 이토록, 난맥상이다. 음차를 선택하면 쉬운 길이 열리며, 간혹 번역에서 음차가 필요할 때도, 또한 요청될 때도 있다. 그런데 문제는 정작 다른 곳에도 있다. 가령 'boutique'는 '상점'이 아니다.(모디아노의 '어두운 상점'은 명백히 페렉의 이 작품에 대한 패러디다.) 'galeries marchandes'도 '쇼핑몰'이 아니며, 'timbre d'office'도 '도기 개수대'가 아니며, 'tout-fait'도 '스튜용 냄비'가 아니며 'hotte de verre'도 '유리 환기장치'가 아니며 함께 쓰이는, 혹은 이 장치의 한 유형인 'sorbonne'도 그러니 '후드'가 아니다. 'trousse'도 '필통'이나 '케이스'가 아니며, 'veston tweed'도 '트위드 재킷'이 아니다. 번역은 이러한 명사·고유명사·실사·상품명을 주로 한자어를 통해 개념을 만들어 내거나 대치하려 시도해 왔다. 이렇게 'Le gisant de la cathédrale'는 대성당의 '횡와상(橫臥象)'이 된다. 음차는 최대한 지양되었다. 음차는 그러나 영어식으로 변환되어 표기되는 경향이 짙어졌다. 가령 'La Chimère'는 '키메라'나 '키마이라'로 음차하면서, 번역을 완성했다고 여긴다. 번역에서도 영어가 표준이 되고 있다. 가장 쉬운 단어, 누구나 다 아는 단어, 일상의 단어가 번역하기 가장 어려운 말일 수 있다. 아니, 가장 어렵다고 말할 수 있을지 모르나, 가장 자주, 빈번히 번역이 실패하는 곳임에는 분명하다.

2020. 11. 3. ②

정말 춥다. 밖도 춥고 안도 춥다. 연구실이 춥다. 저녁을 먹고 올라오는 길에 만난 바람도 매섭다. 모든 것이 다 그렇다. 이것만 마무리하면, 저것만 끝나면…. 이런 말을 아무렇지도 않게 입에 달고 다닌다.

현대는 정말 춥다. 혼자서는 불을 못 피운다. 바람을 막으며 손바닥만 한 얼음 위에 불을 피우려면 두 사람이어야 한다.

—최인훈, 「크리스마스 캐럴」에서

어떤 텍스트가 그렇지 않겠느냐마는, 번역된 소설을 읽다 보면, 시제 번역이 정말 어렵다는 사실을 새삼 느끼는 동시에 시제 번역에서 상당히 많은 것이 지워지고 문체가 평평해진다는 사실을 깨닫게 된다. 왜 번역서에서는 '-하는 중이었다', '-하고 난 다음이었다', '-하곤 했었다', '-한 적이 있다', '-했던 적이 있었다', '-했었던 적이 있었다', '-했었었다'를 찾아볼 수 없는가? 대과거를 지우는 번역들, 과거의 층위를 무마하는 번역들, 그간 너무 많았던 것 같다. 브르통의 『나자』, 뒤라스의 『연인』, 뷔토르의 『변형』, 프루스트의 『잃어버린 시간을 찾아서」 등은 마치 『난장이가 쏘아 올린 작은 공』의 영어 번역본을 보는 것 같다.

이 작품이 어렵다는 사람들에게 나는 이렇게 말해 주었어요. 우선 시제가 어떻게 표현되고 있는지, 그것부터 봐라, 예를 들면, '말한다', '말했다', '말했었다'의 차이도 살펴보라는 거였죠."

—조세희, 「난장이가 쏘아 올린 작은 공
150쇄 발간 기념 작가 인터뷰」에서

2020. 11. 11.

1년 중 가장 바쁜 계절이다. 약속은 약속이기에…. 또한 그것이 약속이기에, 뭐든 앞에 주어진 잔을 들어 결국 마시게 된다.

그러나, 오, 시간이여! 시간이여! 제발 천천히, 더디게 흘러가 다오! 달력을 찢고 싶은 마음 가득하다…. 우수수 떨어지는 낙엽, 나 몰라라 하며, 일관되게 돌아가는 시곗바늘, 분주하게 뛰기 시작하는 심장박동 소리…. 그리고 문득, 불가피한 선택에서 비롯되는, 하나를 포기해야 하는 상황에서 야기되는 묘한 죄책감, 은혜를 입고 또 그 인간성에 반해 결국 장 발장을 풀어 주고서, 괴로워하는 『레 미제라블』의 자베르 경감처럼!

2020. 11. 14.

잠시 일이 있어 나왔다가 다시 연구실로 돌아왔다. 그런데 연구실 문 앞에 만 원짜리 지폐 한 장이 떨어져 있었다. 같은 층 사회학 연구소와 중문과 교수의 연구실 문은 잠겨 있었다. 그럼 누가 떨어트린 것일까? 몇 초간 생각하다가, 십중팔구, 아침에 들어오면서 내가 떨어트린 돈일 거라는 생각에, 냉큼, 주저하지 않고, 지폐를 집어들었다. 연구실로 들어와 지갑을 열어 보았다. 지갑 안에는 만 원짜리 지폐 세 장이, 아주 사이좋게, 다시 말해서, 가지런히 쟁여 있었다. 이때부터 생각이 다소 복잡해지기 시작했다. 만약 이 만 원권이 내 지갑에서 빠져나온 것이 아니라면? 그러자 연구실의 잠금장치를 풀려면 지갑을 꺼내어 신분증을 태그해야 하므로, 이 만 원권이 바로 그 순간, 내 지갑에서 빠져나온 게 분명할 거라는 생각이 머릿속을 스쳐 지났고, 이걸로 내가 갖고 있던 자그마한 죄의식이 곧 사라졌다. 암튼, 어찌 되었건, 공으로 만 원을 벌었다고 생각하는 게 좋을 수도 있겠다. 오늘 누군가에게 저녁을 사 줘야만 할 것 같다.

거저 줍는 것, 그 우연한 취득에 관하여 1:
나는 무언가를 잘 줍는다. 아니다. 이런 방면에는 사실 '도'가 튼 것 같다. 행운이 나에게 손짓했던 기억을 적으려면 원고지 100매도 모자랄 지경이다. 특히 프랑스에서 그랬다. 프랑스에서 나는, 아주 사소한 것에서 제법 큰 건(?)에 이르기까지, '운(chance)'으로 가득한 사람이었다. 가령, 길을 가다가 담뱃갑이 눈에 띄어 발로 살짝 밟으면, 스무 개비 가득한 새것인 경우도 간혹 있었다. 이후, 길 위에 버려진 담뱃갑을 보면 꼭 밟는 버릇이 생겼다. 1995년도였나? 역시 길을 지나다, ATM을 보았는데, 200프랑짜리 지폐 두 장이 펄럭거려, 아무도 없는 그곳에서, 살짝 거두어들인 적도 있었다. 지금이라면 아마 그렇게 하지 못했을 것이다. 그냥 놔두면 다시 입금된다는 사실을 알았을 테니…. 그때는 반납한다는 생각을 못 했고, 그저 나에게 찾아온 행운으로 여겼다. 또 한 번은, 이런 적도 있다. 베르사유궁엘 놀러 갔는데, 지나가다가 엽서 크기의 카드 같은 걸 주웠다. 카드의 봉투 위에는 일본어로 '축 결혼'이라고 적혀 있었다. 일본인 관광객이 흘리고 간 결혼 축하 카드가 분명했다. 그런데 제법 두툼했다. 무언가 들어 있을 것이라는 짐작에, 주인을 찾아 사방을 돌아다녔으나, 단체 일본 관광객 버스도 없었고, 더구나 평일이어서 주위는 제법 한산하기도 했다. 어떻게 했냐고? 분실물 센터에 갔는데, 문을 닫아서, (어쩔 수 없이, 정말 어쩔 수 없이), 집으로 가져왔다. 나중에 열어 보니, 오만 엔('원'이 아니다! 당시 엔화의 가치는 지금보다 더 높았다)이라는 거금이 들어 있었다. (어쩔 수 없이, 정말 어쩔 수 없이….) 내가 알지 못하는 어느 분의 결혼을 축하하며, 생활비에 보탰다. (이런 이야기를 해도 되나? 처벌받을 수도 있을 것 같아, 조금 겁이 난다….) 돈이나 현물을 줍는 행위, 그 우연한 취득에 관해서라면, 사실 자잘한 일은 차마 열거할 수 없을 정도다. 대형 슈퍼마켓에서 장 보고 나오다가 주운 동전 지갑에는, 동전 몇 개와 꼬깃꼬깃 접은 200프랑과 100프랑짜리 지폐가 들어 있었다. 신분증은 물론, 지폐와 동전 외에는, 아무것도 없었다. 동전 지갑의 주인을 찾을 가능성은 제로에 가까웠다. 그래서 어떻게 했냐고? 집으로 가져왔다. 어느 날엔가는 또 이런 일도 있었다. 커피 자동판매기에서 동전을 넣고서 커피를 뽑아 마셨는데, 혹시나 해서 거스름돈이 나오는 창구를 확인하니 거기에 동전이 남아 있었다. 비슷한 경험을 두 번 정도 했던 것 같다. 심지어 기차 안에서도 돈을 주운 적이 있다. 목적지에 도착해 내리려고 자리에서 일어나니, 내가 앉았던 좌석 위에 100달러짜리 지폐가 있었다. 서너 시간을 내 엉덩이에 깔려 숨을 죽이고 있던 100달러가 숨통을 트는 순간이었다. 나의 이 모든 행운, 우연한 금전의 취득, (행)운의 사례에서 절정은 '밀리오네르'라는 복권이었다. 담배 가게에서 10프랑(1,500원 정도)에 파는 이 복권을 그러나 내가 구입한 것은 아니었다. 나는 인생에서 단 한 번도 로또나 복권을 구매한 적이 없다. 지금까지도…. 담배 가게 주인이 내가 담배를 사려고 건넨 50프랑에 거스름돈이 모자란다고 '밀리오네르' 두 장을 대신 주면 안 되겠냐고 물어보았고, 나는 다소 못마땅했으나, 담배를 꼭 사고 싶었으므로, 더구나 담배 가게는 집 근처에 여기뿐이었으므로, 그냥 그러자고 한 것뿐이었다. 그런데 두 장 중 하나가…. 어머나! 엄마야! 얼마 후, 적어도 석 달 치 생활비로 부족함이 없는 넉넉한 금액이 내 통장에 들어왔다. 반대의 경우도 있었다…. (To be continued)

2020. 12. 1.

다소 기가 막힌다고 할 일들이 나에게서 벌어지고 있다. 일주일 사이 나는 두 번 지갑을 놓고 집을 나왔다. 차를 몰고 가다가 다시 집으로 돌아왔다. 심지어 안경을 놓고 온 적도 있다. 여지없이 차를 돌려야 했다. 보온병은 그간 두 개를 사용해 왔는데 하나를 분실했다고 생각했다. 오늘 찾았다. 자동차 트렁크에 있었다. 그게 왜 거기에? 한참을 생각하다가 이유를 알고는 피식 웃음이 나왔지만 내심 놀란다. 복용하는 약의 주기를 잊어 고생한 적도 있다. 대학원 수업 자료도 강의가 임박해서 겨우 보낸다. 혹은 몇 페이지를 빠뜨려서 다시 보내기도 한다. 오늘부터는 뭐든 꼭 메모하겠다. 그러고는 또 잊겠지. 요즘 나는 일상에서 이렇게 많은 것들-일들을 깜빡하고 산다. 사실 조금 겁이 난다. 지금의 추세로는 기말시험도, 논문 심사도, 원고 송부도, 번역 마무리도, 아니 크리스마스조차 깜빡 잊을 것만 같다. 중요한 것, 반드시 해야만 하는 것을 잊고 사는 느낌, 이 불쾌하고도 불안한 느낌은 무엇인가? 오늘은? 오늘은? 뭐 흘린 거 없나, 뭐 잊은 거 없나, 주위를 살핀다. 잊기 좋은 시절…. 생각났다. 역시! 잊고 있었다. 아니 이토록 중요한 일을…. 페렉의 『어렴풋한 부티크』에 나오는 이름들, 오로지 약어로 표기된 저 무수한 이름들 …처럼!

2020. 12. 3.

거저 줍는 것, 그 우연한 취득에 관하여 2:

무언가를 주울 때, 바로 그 순간에만 찾아오는 기묘한 느낌이 존재한다. 무언가에 잠시 사로잡힌다고 말하는 게 나을 것 같은, 그런 상태라고 해야 하나. 내가 생각해도 정말 나는 많은 것을 주웠다. 최초로 무언가를 발견한 자리에 그대로 놓아둘 수 없다는 생각에 주인을 찾아보려고 노력했던 물건도 여럿 있었다. 제법 오래전의 일이다. 여러 대학에 출강하면서 틈만 나면 빈 강의실에서 강의와 강의 사이의 빈 시간, 그 벌어진 틈에 노트북을 켜 놓고 무언가를 하는 일이 점차 늘어나는 시절, 어느 금요일 오후였다. 아무도 없는 강의실에서 노트북을 발견했다. 그 순간, 잠시 이상한 기분이 들었다. 금요일 오후라 학교 행정실도 문을 닫았으며, 주위에 사람도 없었다. 그렇다고 강의실에 노트북을 그대로 놔두고 집으로 향하려니, 그것도 쉽지 않았다. 무엇이든, 선택해야 했다. 주인이 다시 찾으러 올 것이다…. 그 자리에 놔두어야 한다…. 이런 생각은 그러나 시간이 흐를수록, 분실을 방지하기 위해 보관한 다음, 월요일, 행정실에 분실물 신고를 해야 한다는 생각을 끝내 이기지 못했다. 그래도 두 시간을 기다렸다. 이제 집에 가야 한다. 아이를 찾으러 가야 한다. 초조와 조급, 불편과 당황…. 무사히 주인에게 노트북이 되돌아가기까지는 대략 이삼

일의 시간과 다소간의 우여곡절이 필요했다. 여러 대학을 돌아다니며 강의를 할 때(나는 운이 좋았다. 대학은 대부분 지하철 2호선상에 있었다), 여러 대학의 강의실에서 주운 것들 역시, 열거하기가 어렵다. 볼펜, 지우개, 간혹 USB나 이어폰, MP3, 빈 노트, 필통, 자, 가방, 사탕, 책 등등…. 필통이나 가방 같은 것은 분실물 센터에 맡기면 그만이지만, 다른 것들은 사뭇 '처치'가 곤란했다. 이 많은 물건은 오롯이, 빈 강의실을 찾아 메뚜기처럼 돌아다닌 탓(?)에 내가 발견(?)할 수 있었던 것들이었다. 가장 힘들었던 것은 두툼한 일기장이었다. 어떻게 했냐고? 고심하다가 그 자리에 그냥 놔두었다. 무책임한 일이었지만 어쩔 수 없었다. 고대에 온 이후, 무언가를 발견하는 일은 급격히 줄어들었다. 고작해야(?) 두 차례 지갑을 주운 적이 있었을 뿐이다. 평일에 주운 그것은 곧바로, 토요일에 주운 것은 잠시 보관하고 있다가 행정실에 맡겼다. 그러나 그간 내가 아무리 많은 것을 주웠다고 해도, 사실을 말하자면, 나는 단 한 번에 모든 걸 잃은 사람이나 마찬가지였다. 귀국한 다음, 내가 주운 이 모든 것은 사실, 어느 한 순간에 벌어진 사건으로 인해 내가 잃어버린 것과는 그 크기를 비교할 수 없을 만큼 초라하기 때문이다. (to be continued….)

2020. 12. 10.

대낮의 꿈 이야기:

대학 입시를 치렀다. 연세대 체육학과(이렇게만 나와 있다)에 붙었다. 실기시험은 컬링이었다. 시험 당일. 연세대는 신촌이 아니라 허허벌판에 있다. 현장에서 10분 정도 즉석에서 과외를 해 주는 장면이 나온다. 논 비슷한 곳. 그곳은 얼어붙었고 암튼 나는 거기서 속성으로 컬링을 배웠다. 마음대로 움직이는 것은 아무것도 없었다. 뼈를 굴려야 했는데, 내 손에는 해골이 쥐여 있었다. 볼링공처럼 두 개의 눈 구멍에 손가락을 꽂고 굴려야 한다. 잘될 리가 없다. 꽉 끼여서 빠지질 않았다. 시간에 쫓겨 서둘러 이상한 과외를 마치고 시험 현장으로 가려고 하는 데 돈을 내야 했다. 수중에 돈이라고는 없었다. 그런데 돈을 받는 사람도 없었다. 죄의식을 가득 품고, 도망치다시피 시험 장소로 갔다. 그런데 도착해 보니 오히려 수학 문제를 풀어야 했다. 나는 어느 이상한 건물에 갇혔다. 건물을 헤매기 시작했다. 그러다가 어느 대학 교수 연구실 하나를 발견하고 안으로 들어갔다. 귀신이 나올 것같이 낡았고 거미줄투성이에다가 책은 거의 없다시피 했다. 화장실이다. 왼편에 사람들이 탁자를 놓고 무언가를 마시고 있었고 바로 옆에 소변기가 있었다. 많은 사람들이 아무렇지 않게 용변을 해결하길래 나도 그렇게 하려고 했는데 끝내 성공하지 못했다. 그러다가 깼다.

이 무슨 대낮의 개꿈인가…. 잊히기 전에 마구 쓴다. 쓰다 보니, 아니 쓰는 순간, 꿈은 결코 필사할 수 없다는 확신이 든다. 지금 조르주 페렉의 『어렴풋한 부티크』를 번역하고 있다. 페렉은 꿈을 필사한 이야기 124개를 묶었다고 말한다. 나는 이제야 깨닫는다, 페렉이 완전히 뻥을 쳤다는 사실을.

2020. 12. 12.

느지막이 일어나 오후가 시작되기 전에 학교에 나왔다. 어느 때보다 조용하다. 아무도 없다. 이 고요는, 이제 익숙하다는 착시를 준다. 그런 것 같다. 관점이 사건을 만든다. 보는 관점에 따라 얼마나 다양한 해석이 나올 수 있는지를 실감한다. 크노가 '문체(style)'라고 부른 것, 그러니까 「사랑방 손님과 어머니」에서도 사실 옥희가 아니었더라면 어머니의 연심은 끝내 드러나지 않았을 것이다. 제라르 주네트(Genette)는 '시점(Point de view)'의 상이한 층위들, 그 각각의 특성이 내러티브 구성의 첫째라고 말한다. 아리스토텔레스도 현실의 시간과 서사의 시간이 구성되는 방식의 차이를 플롯이라는 개념으로 상세히 설명한다. 객관적인 무엇, 절대적인 본질, 단 하나의 시간, 단 하나의 말과 그 의미를 고정된 무엇처럼 여기면서, 이를 진리 혹은 진실이라고 부르는 것은 아닌지 모르겠다. 그러나 살펴야할 것은 진리(vérité) 대신 역사성(historicité), 의미(sens) 대신 의미의 값(valeur), 정체(identité) 대신 타자(altérité), 구조(structure) 대신 체계(système), 문법(grammaire) 대신 통사(syntaxe), 개인(individu) 대신 주체(sujet)다. 아니다. 전자는 철저히 후자의 산물이다. 후자는 철저히 전자의 '생성(devenir)'이자 그 '과정(processus)'일 뿐이다.

마감을 얼마 남겨 두지 않은 번역은 이제 겨우 N° 78 「보수 공사」에 당도했다. 내 예상보다 훨씬 더디게 진행되고 있다. 시간을 쏟지 못한 탓이다. 번역은 시간, 무지막지한 시간의 산물이다. 지금 나는 그러니까 "나는 어떤 건물의 안뜰을 통과하고 있다 건물을 우리는 수리하는 중이다(우리는 마치 내 건물을 수리하는 중인 것처럼 보인다)"라는 대목을 지나고 있다. 오후의 시간이 여기서 대롱거린다.

2020. 12. 14.

레몽 크노의 『문체 연습』 출간 이후, 제법 많은 책방, 혹은 기관에서 연락을 받았다. 그중 몇 군데서 낭독회 혹은 독자와의 만남, 혹은 강연 등이 예정되어 있었다. 모두 취소되었다. 내게 여유의 시간이 주어졌다고 생각한다. 아쉬운 면이 있는 것도 사실이나, 나는, 사실, 청중 앞에서, 혹은 누군가 앞에서 진행하는 강연 등에는, 솔직히, 자신이 없기도 해서, 지금 나는 속내를 들키지 않은 채, 어느 면에서는 다행이라고 생각하는 중이다. 반면 두 군데에서 크노의 『문체 연습』을 따라, '문체 연습' 공모를 진행했거나 진행 중에서 있다고 한다. 재미있는 결과물들이 있을 것으로 예상한다. 우리는 흔히 「약기(略記)」나 「객관적 이야기」가 『문체 연습』 전반의 모델이라고 생각한다. 그런데 사실, 크노의 『문체 연습』은 기준이 되는 어느 글 하나를 제시하고, 그것을 변주해 나아간 결과가 아니다. 이 책에는 파뷸라가 없다고 보는 것이 더 옳다. 재미있는 놀이가 될 만한 아이디어 하나를 주어도 좋을 것 같다. 아무쪼록 내가 번역한 책이 화제가 되고 있어, 한편으로는 기쁘기도 하고, 한편으로는 번역가일 뿐인 나에게 작가의 목소리를 기대하는 것 같아 조금은 의외이기도 하다. 재미있는 것은 변주하여 응모한 몇몇 글들을 보니, 전적으로 번역을 모델로 삼아 진행된다는 것인데, 아아, 이럴 때 드는 생각은, 생각보다, 예상보다, 더 이상하고 또 어느 모로 보나 몹시 어색한 것이다…. 굳이 말하자면 억지로 '작가·저자'가 된 느낌이랄까?

2020. 12. 15.

이상한 꿈 또 이상한 꿈, 꿈꿈꿈.

어제 꿈은 정말 이상했다고 말할 수 있을 것 같다. 한 집단의 연구자들이 사표를 내야만 했다. 나도 결국 사표를 내고 말았는데, 내게는 아주 이상한 일이면서 한편으로는 당연한 모종의 절차이기도 했다. 내가 이상하다고 생각한 것은 바로 이것이다. 가령, 이런 상황이 펼쳐진다. 앞으로 뭘 해서 먹고사나 한참 궁리하던 차에 강의해야 하는 상황, 사표를 냈는데 '출근기록대장'에 출근 기록을 남겨야 하는 상황 같은 것 말이다. 10년을 넘게 근무하면서 한 번도 보지 못했던 출근기록대장이 학교 건물의 입구마다 붙어 있다. 그러나 사실 그 누구도 출근할 필요가 없었는데, 두 가지 이유 때문이었다. 우선 건물 출입 시 매번 신분증을 태그해야 하므로 출근기록대장 따위에 매번 기록을 남길 필요가 없다. 두 번째로 우리는 이미 사표를 냈기 때문에 출근할 필요가 없다. 나는 도저히 이해하지 못한다. 뭐가 어떻게 굴러가는지 전혀 이해하지 못하는 상태에서 학교 민주광장 벤치에 앉아 동료들을 기다린다. 사표를 내야 하거나 사표를 낸 몇몇 동료들을 계속 기다린다. 그런데 시간이 지나도 아무도 오지 않는다. 추위에 바들바들 떨면서 담배를 피우고 있는데 멀리서 총장이 내가 있는 곳으로 다가온다. 다짜고짜 따지려고 총장에게 다가간다. 그 순간 그만 손에 들고 있던 담배가 신경이 쓰였다. 결국, 총장과 총장을 대동하고 있는 한 무리의 사람들(아마 처장들이었던 것 같다. 평소 가깝게 지냈다고 생각하던 송○○ 선생도 있었다)에게 다가가서 화를 내거나 발로 차거나 난동을 부리려는 바로 그 순간, 총장을 비롯해 이 모든 사람들이 이제 막 사표를 내고 오는 중이었다는 사실을 문득 깨닫게 되었다. 어정쩡한 상태에서 이러지도 저러지도 못하고 있는데, 사표를 내야만 했던 조금 전 그 동료 선생들, 아까 그 연구자들이 각자의 손에 서로 다른 색깔의 아이스크림콘(배스킨라빈스)을 하나씩 들고 큰 소리로 떠들면서 더구나 몹시 즐거운 표정을 지으며 내게 다가오고 있었다. 그러나 나는 왜 이들이 이렇게 즐거워하는 것인지, 또 이 추운 날씨에 아이스크림은 왜 먹고 있는지 물어보지 못했다. 감히, 그러니까 미안한 감정 때문이었는지, 정말 감히 입을 떼지 못했다는 사실을 나는 깨달았고, 그런 후 내내 우유부단하고 귀도 얇은 나 자신을 책망하고만 있었다. 그다음 이어지는 장면은 내 연구실이다. 내가 앞서 제출했다고 생각하고 있던 사표가 연구실 책상 위에 얌전히 놓여 있었다.

2020. 12. 23.

2020년 단상 1:

2021년 달력을 넘기는 게 겁이 난다. 비동시적인 모든 것들이 동시에 진행되고 있는 걸 실감하는 순간에 누군가는 디지털을 더 늦기 전에 생활화해야 한다고… 힘주어 말한다. 그렇겠지 아무렴.

2020. 12. 25.

2020년 단상 2:

1월: 겨울 + (Co…)

2월: 겨울 + (Coro…)

3월: 보-보-봄 + Corona

Corona

Corona

……

Corona

…….

12월: Corona

To be Coronatinucoronaed…

2020. 12. 31. ①

내 맘대로 선정한 2020년도 번역서 열 권:

1. 문체연습

2. 문.체.연.습.

3. 습연체문

4. 문▲체▼연◀습▶

5. ㅁㅜㄴㅊㅔㅇㅕㄴㅅㅡㅂ

6. 문^^체^^연^^습

7. 문+체×연÷습

8. **문**이시고**체**이시니**연**이시고**습**이시라

9. (文體) = (練習)

10. 떡갈나무와 개

2020. 12. 31. ②

올해의 마지막 원고는 내년 첫 원고가 될 모양이다. 올해의 마지막 번역 역시, 내년 첫 번역이 될 것 같다. 시간을 무찌르는 글은 없다. 내가 게으른 것도 이유가 되겠다. 단기간이라면 몰라도 사실 하루에 열두 시간을 글을 쓰거나 번역을 하는 사람은 별로 없는 것 같다. 진행하던 번역을 잠시 멈추고 오늘은 아침부터 내년에 나오기를 바라는 글을 만지고 있다(아직 어느 출판사에도 투고하지 않았다). 제목은 '아케이드 프로젝트 2014-2020 비평 일기'. 벤야민이 울고 가겠다. 날씨는…. 음, 조금 더 추워도 좋을 것 같다. 도대체 내가 무슨 소리를 하고 있는가?